21世纪高等学校计算机基础实用规划教材

计算机网络与应用

（第二版）

石良武 编著

清华大学出版社
北京

内容简介

本书是以2004年教育部高教司关于《进一步加强计算机基础教学的意见》白皮书精神为指导，遵循大学教育的规律和特点，结合文科计算机基础教学指导委员会关于《高等学校文科类专业大学计算机教学基本要求》而编写的新版教材。

全书分四大部分：网络基础、局域网、网络应用、网络安全与维护。本书力求突出应用环节并辅以案例，图文并茂，引人入胜，既可作为高等学校文科类专业大学计算机系列课程的教材，也是一本广大计算机网络爱好者的自学参考书。

图书在版编目（CIP）数据

计算机网络与应用 / 石良武编著. —2版. —北京：清华大学出版社，2011.1
（21世纪高等学校计算机基础实用规划教材）
ISBN 978-7-302-23591-0

Ⅰ. ①计…　Ⅱ. ①石…　Ⅲ. ①计算机网络-高等学校-教材　Ⅳ. ①TP393

中国版本图书馆CIP数据核字（2010）第159026号

责任编辑：魏江江
责任校对：白　蕾
责任印制：何　芊
出版发行：清华大学出版社　　地　址：北京清华大学学研大厦A座
http://www.tup.com.cn　　邮　编：100084
社　总　机：010-62770175　　邮　购：010-62786544
投稿与读者服务：010-62795954，jsjjc@tup.tsinghua.edu.cn
质　量　反　馈：010-62772015，zhiliang@tup.tsinghua.edu.cn
印　刷　者：清华大学印刷厂
装　订　者：三河市新茂装订有限公司
经　　销：全国新华书店
开　　本：185×260　印　张：23　字　数：551千字
版　　次：2005年2月第1版　　2011年1月第2版
印　　次：2011年1月第1次印刷
印　　数：28001～31000
定　　价：35.00元

产品编号：039329-01

编审委员会成员

（按地区排序）

浙江大学	吴朝晖	教授
	李善平	教授
南京大学	骆　斌	教授
	黄　强	副教授
南京航空航天大学	黄志球	教授
	秦小麟	教授
南京理工大学	张功萱	教授
南京邮电学院	朱秀昌	教授
苏州大学	龚声蓉	教授
	陈建明	副教授
江苏大学	宋余庆	教授
武汉大学	何炎祥	教授
华中科技大学	刘乐善	教授
中南财经政法大学	刘腾红	教授
华中师范大学	叶俊民	教授
	王林平	副教授
	魏开平	副教授
国防科技大学	赵克佳	教授
	肖　侬	副教授
中南大学	邹北骥	教授
	刘卫国	教授
湖南大学	林亚平	教授
西安交通大学	沈钧毅	教授
	齐　勇	教授
长安大学	巨永峰	教授
哈尔滨工业大学	郭茂祖	教授
吉林大学	徐一平	教授
	毕　强	教授
山东大学	孟祥旭	教授
	郝兴伟	教授
中山大学	潘小轰	教授
厦门大学	冯少荣	教授
云南大学	刘惟一	教授
电子科技大学	刘乃琦	教授
	罗　蕾	教授
重庆邮电学院	王国胤	教授
西南交通大学	曾华燊	教授
	杨　燕	副教授

出版说明

随着我国改革开放的进一步深化，高等教育也得到了快速发展，各地高校紧密结合地方经济建设发展需要，科学运用市场调节机制，加大了使用信息科学等现代科学技术提升、改造传统学科专业的投入力度，通过教育改革合理调整和配置了教育资源，优化了传统学科专业，积极为地方经济建设输送人才，为我国经济社会的快速、健康和可持续发展以及高等教育自身的改革发展做出了巨大贡献。但是，高等教育质量还需要进一步提高，以适应经济社会发展的需要，不少高校的专业设置和结构不尽合理，教师队伍整体素质亟待提高，人才培养模式、教学内容和方法需要进一步转变，学生的实践能力和创新精神亟待加强。

教育部一直十分重视高等教育质量工作。2007 年 1 月，教育部下发了《关于实施高等学校本科教学质量与教学改革工程的意见》，计划实施“高等学校本科教学质量与教学改革工程（简称‘质量工程’）”，通过专业结构调整、课程教材建设、实践教学改革、教学团队建设等多项内容，进一步深化高等学校教学改革，提高人才培养的能力和水平，更好地满足经济社会发展对高素质人才的需要。在贯彻和落实教育部“质量工程”的过程中，各地高校发挥师资力量强、办学经验丰富、教学资源充裕等优势，对其特色专业及特色课程（群）加以规划、整理和总结，更新教学内容、改革课程体系，建设了一大批内容新、体系新、方法新、手段新的特色课程。在此基础上，经教育部相关教学指导委员会专家的指导和建议，清华大学出版社在多个领域精选各高校的特色课程，分别规划出版系列教材，以配合“质量工程”的实施，满足各高校教学质量和教学改革的需要。

本系列教材立足于计算机公共课程领域，以公共基础课为主、专业基础课为辅，横向满足高校多层次教学的需要。在规划过程中体现了如下一些基本原则和特点。

（1）面向多层次、多学科专业，强调计算机在各专业中的应用。教材内容坚持基本理论适度，反映各层次对基本理论和原理的需求，同时加强实践和应用环节。

（2）反映教学需要，促进教学发展。教材要适应多样化的教学需要，正确把握教学内容和课程体系的改革方向，在选择教材内容和编写体系时注意体现素质教育、创新能力与实践能力的培养，为学生知识、能力、素质协调发展创造条件。

（3）实施精品战略，突出重点，保证质量。本规划教材把重点放在公共基础课和专业基础课的教材建设上；特别注意选择并安排一部分原来基础比较好的优秀教材或讲义修订再版，逐步形成精品教材；提倡并鼓励编写体现教学质量和教学改革成果的教材。

（4）主张一纲多本，合理配套。基础课和专业基础课教材配套，同一门课程有针对不同层次、面向不同专业的多本具有各自内容特点的教材。处理好教材统一性与多样化，基本教材与辅助教材、教学参考书，文字教材与软件教材的关系，实现教材系列资源配套。

（5）依靠专家，择优选用。在制定教材规划时要依靠各课程专家在调查研究本课程教材建设现状的基础上提出规划选题。在落实主编人选时，要引入竞争机制，通过申报、评审确定主题。书稿完成后，认真实行审稿程序，确保出书质量。

繁荣教材出版事业，提高教材质量的关键是教师。建立一支高水平教材编写梯队才能保证教材的编写质量和建设力度，希望有志于教材建设的教师能够加入到我们的编写队伍中来。

21世纪高等学校计算机基础实用规划教材
联系人：魏江江 weijj@tup.tsinghua.edu.cn

前 言

21 世纪是网络的时代，计算机网络的应用在逐步改变人们的学习、工作与生活方式的同时，又进一步引起了世界范围内产业结构的变化，促进了全球信息产业的发展。计算机网络在世界各国的经济、文化、科研、军事、政治、教育和社会生活等各个领域内发挥的作用也越来越重要。计算机网络技术已引起了人们的高度关注，因此高校计算机网络课程也日益受到普遍重视。

作者系湖南省软科学课题“基于 SNMP 的高校校园网络实验室监控管理研究”的主持者（批准号：2007ZK3007）和湖南省教育科学“十五”规划重点资助课题“普通高等教育教材建设的理论与实践”子课题“高校计算机教材建设研究”的主持者（批准号：XJK01AG015）。

本书涵盖了计算机网络基础知识，局域网的硬件设备与连接、软件系统与设置、对等网、无线网、服务器/客户机局域网的组建与管理，共享网络资源的方法，接入和共享 Internet 的方法，以及局域网的典型应用和局域网的安全维护等内容。对于网络与通信基础知识的介绍以“够用”为度。

根据本教材使用过程中一线教师与同学的反馈意见，本次修订侧重增补了有关新颖实用的各类案例，如：虚拟机环境多系统的安装、单网卡共享上网、远程管理共享打印机、Windows DC 和 DNS 的安装、对等网中的相互访问、单臂路由与 VLAN 的配置、公司网络构建方案设计与实现等。

在本书的编写过程中得到了湖南大学计算机与通信学院林亚平、周学毛，中南大学信息科学与工程学院邹北骥、施荣华、曾三槐，湖南省教育科学研究院高等教育研究所熊俊钧、赵雄辉，湖南商学院邓淑玲、柳德荣、刘济波、王建明、周鲜成、余绍黔、罗新密等专家教授的大力帮助和支持，在此特表示衷心的感谢！对精心参与修订并严谨实践案例的同济大学陈天宇（SCJP—Sun 认证 Java 程序员）和湖南涉外经济学院杨登科（OSTA 网络工程师）表示衷心的感谢！本书参考了大量的相关资料，因无法一一列出资料来源，特向相关资料的作者表示感谢。由于编写时间仓促，作者水平有限，书中不足及疏漏之处在所难免，敬请广大读者批评指正。

编 者

2010 年 10 月

目　录

第一篇　网络基础

第二篇 局 域 网

第三篇 网络应用

第四篇 网络安全与维护

第一篇　网络基础

网络化是计算机技术发展的方向之一。近年来，计算机网络对人类社会的影响之深广是有目共睹的。如今，没有联网的计算机就好像生活在孤岛上的人永远体会不到人们之间交流的快乐。现代计算机网络系统的发展，已经从简单到复杂，从单一到综合，在全球人类社会范围内融合了信息采集技术、信息处理技术、信息存储技术、信息传输技术和信息控制利用技术等各种先进的信息技术，而且还将继续不断地融入各种新的信息技术。计算机网络应用功能和系统性能的发展实际上是20世纪各种先进信息技术发展的综合和集中体现，必将在21世纪的网络时代中进一步发展成为一切信息技术的核心与龙头。本篇主要介绍计算机网络与通信技术的一些基础知识，使读者通过本篇的学习，能够对计算机网络形成一个初步的印象。

第 1 章　计算机网络概述

1.1　计算机网络的定义

计算机网络是计算机技术和通信技术相结合的产物，始于 20 世纪 50 年代，近 20 年来得到迅猛发展，在信息社会中起着举足轻重的作用。如今，计算机网络的发展水平不仅反映一个国家的计算机科学技术和通信技术的水平，而且是衡量其国力及现代化程度的重要标志之一。

一台计算机的资源是有限的，要想实现共享数据和硬件资源，就必须将计算机连接起来形成网络。因此，从组成结构来讲，计算机网络是通过外围设备和连线，将分布在相同或不同地域的多台计算机连接在一起形成的集合；从应用角度来讲，具有独立功能的多台计算机连接在一起，能够实现信息的相互交换，并且共享计算机资源的系统均可称为计算机网络。

综上所述，计算机网络的概念可以表述为：将处于不同地理位置的相互独立的计算机，通过通信设备和线路按一定的通信协议连接起来，以达到资源共享和信息交流为目的的计算机互连系统。

1.2　计算机网络的分类

计算机网络从不同的角度可以分为不同的类型，最常见的是按覆盖范围分类，可以分为局域网（Local Area Network，LAN）、广域网（Wide Area Network，WAN）、城域网（Metropolitan Area Network，MAN）和因特网（Internet）。

1.2.1　局域网

局域网指在一个局部范围内由多台计算机、外围设备和通信线路等组成的计算机网络。

一般的小型局域网中的计算机数量不超过 200 台，有的甚至只有两台，通常应用于家庭、学校、企业、医院或机关等。

在局域网中，通常至少有一台计算机作为服务器提供资源共享、文件传输、网络安全与管理服务，其他入网的计算机称为工作站。服务器作为管理整个网络的计算机，一般来说性能较好、运行速度较快、硬盘容量较大，可以是高档计算机或专用的服务器；而工作站作为日常使用的计算机，其配置相对较低。图 1-2-1 所示为一个典型的局域网示意图。

值得一提的是，对等网是一种常见的局域网，通常用于 10 台以下的计算机联网。这种网络不需要专门的服务器，每台计算机都具有双重身份，既是服务器又是工作站，拥有绝对的自主权。对等网是一种经济实用的网络，只需少量投入，并且简单设置后即可享受联网的乐趣，常用于家庭、学生宿舍和小型企业中。

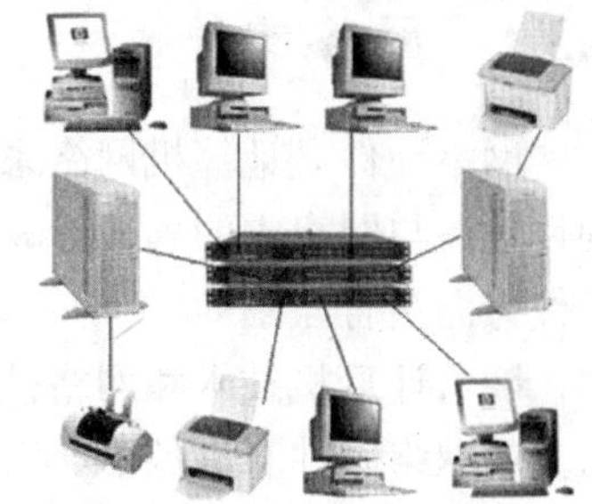

图 1-2-1 局域网示意图

1.2.2 城域网

城域网的覆盖范围介于局域网和广域网之间，例如整个城市。与局域网相比，城域网具有如下特征：

（1）适用于比局域网更大的地理范围，从几个楼群到整个城市。

（2）建立在中等到较高数据传输速度的信道之上，但数据传输出错率可能比局域网高一些。

（3）一个城域网可以为一个组织或多个组织拥有和使用。

1.2.3 广域网

广域网是一种跨城市或国家的地域而组成的计算机通信网络。从字面上理解，其覆盖的区域范围比较广，可以是一个或几个城市、省份、国家等。

广域网广泛应用于国民经济的许多方面，例如银行、邮电、铁路系统及大型网络会议系统所使用的计算机网络都属于广域网。图 1-2-2 所示为广域网示意图。

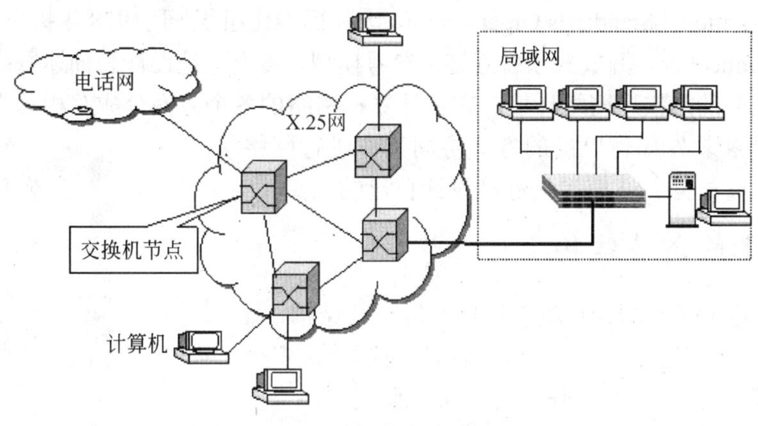

图 1-2-2 广域网示意图

1.2.4 Internet

Internet 即通常所说的因特网，是一种连接世界各地的计算机网络的集合，也称为国际网，是全球最大的开放式计算机网络。通常所说的“上网”中的“网”就是指 Internet。

通过 Internet 获取所需信息，现在已经成为一种方便、快捷、有效的手段，已逐渐被社会大众普遍接受，Internet 的普及是现代信息社会的主要标志之一。

1.3 计算机网络系统的组成

计算机网络系统由网络硬件和网络软件两部分组成。在网络系统中，硬件对网络的性能起着决定性的作用，是网络运行的载体；而网络软件则是支持网络运行、提高效率和开发网络资源的工具。

1.3.1 网络硬件

网络硬件是计算机网络系统的物质基础。组建计算机网络，首先要将计算机及其附属硬件设备与网络中的其他计算机系统连接起来，实现物理连接。不同的计算机网络系统在硬件方面是有差别的。

随着计算机技术和网络技术的发展，网络硬件日趋多样化，且功能更强，结构更复杂。常见的网络硬件有服务器、工作站、网卡（Network Interface Card，NIC）、通信介质及各种网络互连设备，例如集线器（Hub）和交换机（Switch）等。

1.3.2 网络软件

没有软件的网络是无法运行的，网络软件是实现网络功能所不可缺少的软环境。正因为网络软件能够实现丰富的功能，才使得网络应用如此广泛。网络软件通常包括网络操作系统（Network Operating System，NOS）和网络通信协议。

1.4 OSI 体系结构

ISO（International Standards Organization，国际标准化组织）于 1978 年提出了 OSI（Open System Interconnection，开放式系统互连）参考模型，该模型是设计和描述网络通信的基本框架，应用最多的是描述网络环境。它将计算机网络的各个方面分成互相独立的 7 层，描述了网络硬件和软件如何以层的方式协同工作进行网络通信。生产厂商根据 OSI 模型的标准设计自己的产品。

1.4.1 OSI 的分层结构

OSI 模型定义了不同计算机互连标准的框架结构，得到国际上的承认。它通过分层把复杂的通信过程分成多个独立的、比较容易解决的子问题。在 OSI 模型中，下一层为上一层提供服务，而各层内部的工作与相邻层无关，如图 1-4-1 所示。

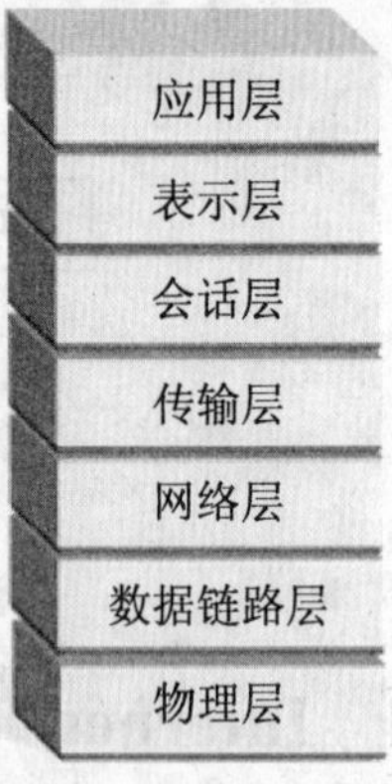

应用层
表示层
会话层
传输层
网络层
数据链路层
物理层

图 1-4-1　OSI 模型中的七个层次

1.4.2 OSI 模型各层之间的关系

OSI 模型的每层包含了不同的网络活动，从底层到高层依次是物理层、数据链路层、网络层、传输层、会话层、表示层和应用层，各层之间相对独立，又存在一定的关系。

1．物理层

OSI 模型的最底层，也是 OSI 分层结构体系中最重要和最基础的一层。该层建立在通信介质基础之上，实现设备之间的物理接口。

物理层定义了数据编码和流同步，确保发送方与接收方之间的正确传输；定义了比特流的持续时间及比特流如何转换为可在通信介质上传输的电信号或光信号；定义了电缆线如何连接到网络适配器，并定义了通信介质发送数据采用的技术。

2．数据链路层

该层负责从网络层向物理层发送数据帧，数据帧是存放数据的有组织的逻辑结构，接收端将来自物理层的比特流打包为数据帧。该层含媒体访问控制子层和逻辑链路控制子层。

数据链路层指明将要发送的每个数据帧的大小和目标地址，以将其送到指定的接收者。该层提供基本的错误识别和校正机制，以确保发送和接收的数据一样。

3．网络层

该层负责信息寻址及将逻辑地址和名字转换为物理地址，决定从源计算机到目的计算机之间的路由，并根据物理情况、服务的优先级和其他因素等确定数据应该经过的通道。网络层还管理物理通信问题，如报文交换、路由和数据流量控制等。

4．传输层

通过一个唯一的地址指明计算机网络上的每个结点，并管理结点之间的连接。同时将大的信息分成小块信息，并在接收结点将信息重新组合起来。传输层提供数据流控制和错误处理，以及与报文传输和接收有关的故障处理。

5．会话层

该层允许不同计算机上的两个应用程序建立、使用和结束会话连接，并执行身份识别及安全性等功能，允许两个应用程序跨网络通信。

会话层通过在数据流上放置检测点来保证用户任务之间的同步，这样如果网络出现故障，只有最近检测点之后的数据才需要重新传送。

会话层管理通信进程之间的会话，协调数据发送方、发送时间和数据包的大小等。

6．表示层

该层确定计算机之间交换数据的格式，可以称其为网络转换器。它负责把网络上传输的数据从一种陈述类型转换到另一种类型，也能在数据传输前将其打乱，并在接收端恢复。

7．应用层

OSI 的最高层，是应用程序访问网络服务的窗口。本层服务直接支持用户的应用程序，如 HTTP（超文本传输）、FTP（文件传输）、WAP（无线应用）和 SMTP（简单邮件传输）等。在 OSI 的七个层次中，应用层是最复杂的，所包含的协议也最多，有些还处于研究和开发之中。

1.5　计算机网络的功能

一台计算机的资源是有限的，为了实现资源共享和信息交流，必须将计算机连接形成网络。一般来说，计算机网络主要有以下功能。

1．数据通信

这是计算机网络最基本的功能。计算机网络提供的数据通信服务包括电子邮件、传真、电子数据交换、电子公告牌、远程登录和信息浏览等。

2．资源共享

所谓“资源”是指计算机系统的软件、硬件和数据等，所谓“共享”是指网络内的用户依据权限均能调用网络中各个计算机系统的全部或部分资源。

3．提高计算机系统的可靠性和可用性

可靠性是指网络中的计算机可以互为后备，一旦某台计算机出现故障，其任务可由网络中的其他计算机取而代之。可用性是指当网络中某些计算机负荷过重时，网络可将新任务分配给较空闲的计算机完成，以提高每一台计算机的可用性。

4．实现分布式的信息处理

由于有了计算机网络，所以许多大型信息处理问题可以借助于分散在网络中的多台计算机协同完成，解决单机无法完成的信息处理任务。

第2章　数据通信基础

2.1　概　　述

通信（Communication）已成为现代生活中必不可少的一部分，通信的目的是单、双向传递信息。广义上来说，用任何方法通过任何介质将信息从一地传送到另一地都可称为通信。数据通信是指在两点或多点之间以二进制形式进行信息传输与交换的过程。由于现在大多数信息传输与交换是在计算机之间或计算机与打印机等外围设备之间进行，数据通信有时也称为计算机通信。计算机网络涉及数据通信与计算机科学两个领域，本章将讲述网络数据通信的一般工作原理，包括数据通信的基本概念、数据调制与编码、多路复用、异步与同步通信、数据传输介质和差错控制校验等。

2.1.1　数据通信的基本概念

1．信息、数据和信号

信息（Information）是客观事物属性和相互联系特性的表征，反映了客观事物的存在形式和运动状态。事物的运动状态、结构、温度、颜色等都是信息的不同表现形式，而人造通信系统中传送的文字、语音、图像、符号、数据等也是一些包含一定信息内容的不同信息形式。由于信息形式与信息内容的对立统一，有时也直接把它们看成一些不同的信息类型，简称文字信息、语音信息、图像信息和数据信息等。

数据（Data）一般可以理解为“信息的数字化形式”或“数字化的信息形式”。狭义的“数据”是指具有一定数字特性的信息，如统计数据、气象数据、测量数据及计算机中区别于程序的计算数据等。但在计算机网络系统中，数据通常被广义地理解为在网络中存储、处理和传输的二进制数字编码。语音信息、图像信息、文字信息以及从自然界直接采集的各种自然属性信息均可转换为二进制数字编码在计算机网络系统中存储、处理和传输。网络中的数据通信、数据处理和数据库等通常就是指这种广义的数据。

信号（Signal）简单地讲就是携带信息的传输介质。在通信系统中我们常常使用的电信号、电磁信号、光信号、载波信号、脉冲信号、调制信号等术语就是指携带某种信息的具有不同形式或特性的传输介质。CCITT（国际电话电报咨询委员会）在有关 Signal 的定义中也明确指出“信号是以其某种特性参数的变化来代表信息的”。信号的频谱宽度就称为该信号的带宽。

根据信号参量取值的不同，信号可分为数字信号和模拟信号，或称为离散信号和连续信号。例如计算机输出的脉冲信号是数字信号，普通电话机输出的信号就是频率和振幅连续改变的模拟信号。

信息不是物质，所以信息的传输必须依靠物质和能量的作用，传输介质正是体现了这种信息、物质和能量的相互联系，信息的传输过程正是把信源的某种属性特征转换为传输介质的某种属性特征，并把这种属性特征作用给信宿，反映到信宿的属性中去。人造信息传输系统——通信系统——为信息的传输提供了适当的传输介质和控制介质参数的方法。人们能够通过各种通信系统获得数千千米以外的信息，归根到底是通信系统中各种参数介质的物质和能量的作用。信息传输的这一重要概念，也是计算机网络系统以至一切信息系统中信息活动和信息行为的本质。

2．数据通信系统的模型

实现通信的方式很多，目前使用最广泛的方式是电通信，即用电信号携带所要传送的信息，然后经过各种电信道进行传输，达到通信的目的。之所以使用电通信方式是因为这种方式能使信息几乎在任意的通信距离上实现迅速而准确的传递。光通信也属于电通信。

信号由一地向另一地传输需要通过一定的介质。按介质的不同通信可分为两大类：一类称为有线通信；另一类称为无线通信。有线通信是指利用导线作为传输介质的通信方式，这里的导线可以是架空明线，也可以是各种电缆以及光纤。无线通信则是指利用无线电波在自由空间的传输来传递信息。在移动通信系统中，各基站与移动交换局用有线或无线相连，各基站与移动电话之间用无线方式进行通信联络。移动电话把电话信号转换成相应的高频电磁波，通过天线发往基站，基站再通过天线将信号发往其他移动电话，最终实现移动电话之间的通信。

无论是有线通信还是无线通信，为完成通信任务所需要的一切技术设备和传输介质所构成的总体，就称为通信系统。一个简化了的通信系统模型如图 2-1-1 所示。

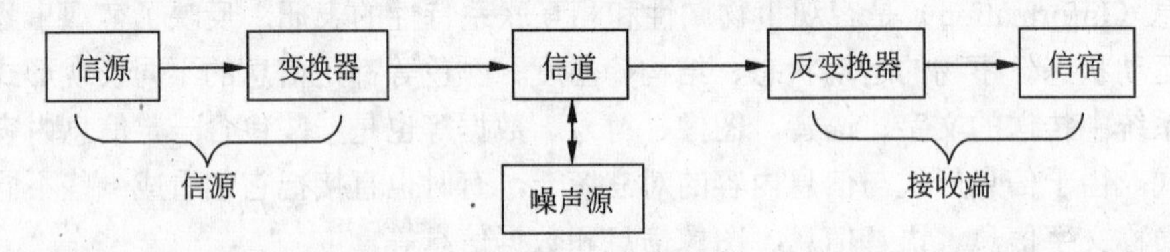

图 2-1-1　通信系统模型

图 2-1-1 中，信源是信息的发出者，它把各种可能的信息转换成原始信号，为了使其能适合在信道上传输，就要通过某种变换器将原始信号转换成需要的信号。例如利用模拟传输系统传输数字数据就需要调制解调器（Modem）这样的一种变换器。调制器（Modulator）是一个波形转换器，主要作用是将基带数字信号的波形变换成适合于模拟信号输出的波形；而解调器（Demodulator）是一个波形识别器，作用就是将经过调制器变换过的模拟信号恢复成原来的数字信号。常用的信源有电话机话筒、摄像机、传真机、计算机等。

在发送设备和接收设备之间用于传输信号的介质称为信道。信道一般表示向某一个方向传送信息的介质，一条信道可以看成是一条电路的逻辑部件。一条物理信道（传输介质）上可以有多条逻辑信道（利用多路复用技术）。数字信号经过数模变换后可以在模拟信道上传送，模拟信号经过模数变换后也可以在数字信道上传送。信道上传送的信号有基带（Base band）信号和宽带（Broad band）信号之分。简单说来，所谓基带信号就是将数字信号“0”或“1”直接用两种不同的电压来表示，然后送到线路上去传输。而宽带信号则是将基带信号进行调制后形成的频带信号。

信宿是指信息的接收者，它将接收到的信号转换成相应的信息。

图 2-1-1 中的噪声源是信道中的噪声以及分散在通信系统其他各处噪声的集中表示。信号在传输过程中受到的干扰称为噪声，干扰可能来自外部，也可能由信号传输过程本身产生。

3．数据通信系统的通信方式

图 2-1-1 所示的为单向通信系统，从通信的双方信息交互的方式来看，可以有以下三种基本方式：

（1）单向通信。又称单工通信，即只能有一个方向的通信，而没有反方向的交互。无线电广播、有线电广播以及电视广播就属于这种类型。

（2）双向交替通信。又称半双工通信，即通信的双方都可以发送信息，但不能双方同时发送（或同时接收），这种通信方式往往是一方发送信息另一方接收。

（3）双向同时通信。又称全双工通信，即通信双方可以同时发送和接收信息。

单向通信只需要一条信道，而双向交替通信或双向同时通信则都需要两条信道（每个方向各一条）。显然，双向同时通信的传输效率最高。

就目前来说，不论是模拟通信还是数字通信，在通信业务中都得到了广泛应用。但是，近几年来，数字通信发展十分迅速，在大多数通信系统中已经替代模拟通信，成为当代通信系统的主流。这是因为与模拟通信相比，数字通信更能适应通信技术越来越高的要求。数字通信的主要优点如下：

（1）抗干扰能力强。在远距离传输中，各中继站可以对数字信号波形进行整形再生而消除噪声的积累。此外，还可以采用各种差错控制编码方法进一步改善传输质量。

（2）便于加密，有利于实现保密通信。

（3）易于实现集成化，使通信设备的体积小，功耗低。

（4）数字信号便于存储、处理、交换，便于和计算机连接，也便于利用计算机进行管理。

当然，数字通信的许多优点都是利用比模拟信号占更宽的频带而换得的。以电话为例，一路模拟电话通常只占 4 kHz 带宽，但一路数字电话却占据 20～60 kHz 的带宽。随着社会生产力的发展，有待传输的数据量急剧增加，传输可靠性和保密性要求也越来越高，所以在实际工程中，宁可牺牲系统频带也要采用数字通信。在频带宽裕的场合，比如微波通信、光通信等，都唯一地选择数字通信。

4．数据通信系统的任务

图 2-1-2 是通信系统的一个实例，工作站通过公共电话网 PSTN 与一个服务器进行通信。在此模型中，数据通信系统要完成一系列关键任务。

图 2-1-2 通信系统实例

（1）接口规范：为了能够进行通信，设备接口必须和传输系统相兼容，使产生的信号特性（如信号波形和强度）能适应传输系统传输，并且能够在接收端对数据进行解释。

（2）同步：接收端要按发送端发送的每个码元波形的重复频率和起止时间来接收数据，并且要校对自己的时钟以便与发送端的发送取得一致，实现同步接收。

（3）传输系统利用率：传输设施通常是由很多的通信设备共享的，要有效地利用这些设施，必须采用相应的介质访问控制协议来合理有效地为各个站点分配传输介质的带宽；

要协调传输服务的要求，以免系统过载，如各种局域网物理层技术规范及拥塞控制技术等。

（4）差错检测和校验：对通信过程中产生的传输差错进行检测和校正，在发送端对数字信号以一定的编码规则附加一些校验码元进行抗干扰编码，在接收端利用该规则进行相应的译码，译码的结果有可能发现差错并能够纠正差错。最好还有流量控制的功能，以防止信号流量过大接收器来不及接收。

（5）灾难恢复：不同于差错检测和校验，它发生在系统因某种原因（包括自然灾害）被破坏或中断，需要对系统进行恢复时使用。

（6）寻址和路由：决定信号到达目的地的最佳路径。

（7）网络安全：保证经过加密的数据正确、完整、不被泄露地从发送端传输到接收端。

（8）网络管理：对复杂的通信系统设备进行配置、故障、性能、安全、计费等管理。

2.1.2 数据通信系统的主要质量指标

数据通信的任务是传输数据，希望传输速度快、出错率低、信息量大、可靠性高，并且既经济又便于使用维护。为了衡量通信系统的质量优劣，必须使用通信系统的性能指标，即质量指标。这些指标是对整个系统进行综合评估而规定的。通信系统的性能指标是一个十分复杂的问题，涉及通信系统的有效性、可靠性、适应性、标准性、经济性及维护使用等。但是从研究信息的传输来说，通信的有效性和可靠性是最重要的指标。有效性指的是传输一定的信息量所消耗的信道资源（带宽或时间），而可靠性指的是接收信息的准确程度。这两项指标是对通信系统最基本的要求。

有效性和可靠性这两个要求通常是矛盾的，因此只能根据需要及技术发展水平尽可能取得适当的统一。例如在一定可靠性指标下，尽可能提高信息的传输速度；或者在一定有效性条件下，使消息的传输质量尽可能高。模拟通信和数据通信对这两个指标要求的具体内容有较大差异。

1．模拟通信系统的质量指标

（1）有效性。模拟通信系统的有效性是用有效传输带宽来度量。同样的信息采用不同的调制方式，则需要不同的频带宽度。频带宽度越窄，有效性越好。如传输一路模拟电话，单边带信号只需要 4kHz 带宽，而常规调幅或双边带信号则需要 8 kHz 带宽，因此在一定频带内，用单边带信号传输的路数比常规调幅信号多一倍，即可以传输更多的信息，显然单边带系统的有效性比常规调幅系统要好。

（2）可靠性。模拟通信系统的可靠性是用接收端最终的输出信噪比来度量。信噪比越大，通信质量越高。如普通电话要求信噪比在 20 dB 以上，电视图像则要求信噪比在 40 dB 以上，信噪比是由信号功率和传输中引入的噪声功率决定的。不同调制方式在同样信道条件下所得到的输出信噪比是不同的。例如调频信号的抗干扰性能比调幅信号好，但调频信号所需的传输带宽却大于调幅信号。

2．数字通信系统的质量指标

数字通信系统的有效性用传输速率来衡量，可靠性用差错率（误码率）来衡量。

（1）传输速率。数据传输速率指的是单位时间内传送的信息量，有多种表示方法。

数字信号由码元组成，码元携带一定的信息量。定义单位时间传输的码元数为码元速率 R_s，单位为码元/s，又称为波特（Baud，Bd），码元速率也称传码率，是一种调制速率。

定义单位时间传输的信息量为信息速率 R_b，单位为 bit/s（比特/秒）、b/s 或 bps，所以信息速率又称比特率。波特和比特是两个不同的概念，波特是码元传输速率的单位，它说明每秒传输多少个码元。比特是信息量的单位。一个二进制码元的信息量为 1 bit，一个 M 进制码元的信息量为 $\log_2 M$ bit。信息的传输速率“比特/秒”与码元的传输速率“波特”在数量上有一定的关系，若一个码元只携带 1bit 的信息量，则“比特/秒”和“波特”在数值上是相等的；但若使一个码元携带 n bit 的信息量，则 M Baud 的码元传输速率所对应的信息传输速率为 $M \times n$ b/s，所以码元速率 R_s 和信息速率 R_b 之间的关系为 $R_b=R_s \times \log_2 M$（bit/s）或 $R_s=R_b/\log_2 M$ (Baud)。

一般在二元制调相方式中，R_s 和 R_b 相等，但在多元调相的情况下，就不一定了。例如对于 2 400 b/s 的四相制调制解调器，单位脉冲 $T=833 \times 10^{-6}$s，状态数 $M=4$，则数据传输速率 $R_b=(1/T) \times \log_2 M=(1/833) \times 10^6 \times 2=2\,400$ b/s，调制速率 $R_s=1/T=1\,200$ Baud。

（2）差错率。差错率即误码率，是衡量数据通信系统在正常工作情况下传输可靠性的指标，它的定义是，二进制码元被传输出错的概率。被传错的码元数为 N_e，传输的二进制码元总数为 N，则误码率为 P_s =错误码元数/传输的总码元数$=N_e/N$；有时将误码率称为误符号率。在计算机网络中，误码率通常要求低于 10^{-6}。定义误比特率 P_b=错误比特数/传输的总比特数，误比特率又称为误信率。差错率越小，通信的可靠性越高。

2.2 数据调制与编码

模拟信号和数字信号在通过某一介质传输时需进行调制和编码。调制是载波信号的某些特性根据输入信号而变化的过程，包括幅度、频率和相位的变化，其实就是进行波形变换，说得更严格些，是进行频谱变换，将基带数字信号的频谱变换成适合于在模拟信道中传输的频谱。无论是模拟数据还是数字数据，原始输入数据经过调制就作为模拟信号通过介质发送出去，并将在接收端进行解调，再变换成原来的形式。

编码是将模拟数据或数字数据变换成数字信号，以便通过数字通信介质传输出去，简而言之，就是把数据转换成适合在介质上传输的信号。解码就是指在接收端收到数字信号后，再反变换恢复成原来的模拟或数字信号。

数据与信号之间一般有四种可能的组合来满足各种数据传输方法的需要，分别为数字数据→数字信号，数字数据→模拟信号，模拟数据→数字信号，模拟数据→模拟信号。

2.3 多路复用技术

一般情况下，在远程数据通信或计算机网络系统中，传输信道的传输容量往往大于一路信号传输单一信息的需求，所以为了有效地利用通信线路，提高信道利用率，人们研究和发展了通信链路的信道共享和多路复用（Multiplexing）技术。多路复用器连接许多低速线路，并将它们各自所需的传输容量组合在一起后，仅由一条速度较高的线路传输所有信息。其优点是显然的，这在远距离传输时，可大大节省电缆的安装和维护，降低整个通信系统的费用，并且多路复用系统对用户是透明的，提高了工作效率。

2.3.1 频分多路复用

当介质的有效带宽超过被传输的信号带宽时，可以把多个信号调制在不同的载波频率上，从而在同一介质上实现同时传送多路信号，即将信道的可用频带（带宽）按频率分割多路信号的方法划分为若干互不交叠的频段，每路信号占据其中一个频段，从而形成许多个子信道；在接收端用适当的滤波器将多路信号分开，分别进行解调和终端处理，这种技术称为频分多路复用（Frequency Division Multiplexing，FDM）。

2.3.2 时分多路复用

时分多路复用（Time Division Multiplexing，TDM）是将多路信号按一定的时间间隔相间传送以在一条传输线上实现“同时”传送多路信号。基本的 TDM 是同步时分多路复用技术，如果采用较复杂的措施以改善同步时分复用的性能，就成为统计时分多路复用（Statistical Time Division Multiplexing，STDM）或异步时分多路复用（Asynchronous TDM，ATDM）。

2.4 异步与同步通信

在数据通信中，同步问题是一个十分关键的问题，是实现正确信息交换的基本任务之一。发送端一位一位地把信息通过介质发往接收端，接收端必须识别信息的开始和结束，而且必须知道每一位的持续时间，只有这样，接收端才能从传输线上正确地取出被传送的数据。同步就是接收端按发送端发送的每个码元的起止时间及重复频率来接收数据，并且要校准自己的时钟以便与发送端的发送取得一致，实现同步接收。数据传输的同步方式一般分为位同步、字符同步。字符同步通常是识别每一个字符或一帧数据的开始和结束，位同步则识别每一位的开始和结束。

在异步通信中，发送端可以在任意时刻发送字符，字符之间的间隔时间可以任意变化。该方法是将字符看作一个独立的传送单元，在每个字符的前后各加入 1～3 位信息作为字符的开始和结束标志位，以便在每一个字符开始时接收端和发送端同步一次，从而在一串比特流中可以把每个字符识别出来。如果接收器和发送器时钟有差别，则经过若干位以后可能出现差错。例如，如果接收器和发送器时钟周期相差位长的 5%，若接收端第一位在被传输数据的中间位置取样，经过 10 位以后接收端的取样位置将完全偏离应该接收的位单元，从而造成传输差错。解决这类问题需要采用更复杂的同步技术。异步传输的特点是简单，缺点是起始位和终止位实际上不传送信息，开销较大。

在同步通信中，每块数据的开头设置专门的同步字符，可以是一个字符或多个字符，然后要求发送端和接收端在该帧数据传输的过程中保持同步。同步传输有面向字符和面向比特的两种控制方式。对于面向字符的传输，数据都被看作字符序列，所有的控制信息也都是字符形式，在字符序列（数据串）的前后分别设有开始标志和结束标志，接收端首先寻找开始同步字符，然后处理控制字符，接收数据字符。一帧的结束可以用结束控制字符标志，也可以在控制字符中设置帧长度加以控制。对于面向比特的传输，数据都被看作二进制位序列，有若干种控制规程，如高级数据链路控制规程（HDLC）、链路接入规程——

平衡型（LAP-B）等。

下面简单地介绍一下“串行通信”和“并行通信”的概念。通常情况下，并行通信用于距离较近的情况，串行通信用于距离较远的情况。在并行数据传输中，至少有 8 位数据同时从一个设备传送到另一个设备，发送设备将 8 位数据通过 8 条数据线传送给接收设备。接收设备在收到这些数据后，不需经过任何改变就可以直接使用。计算机内部的总线数据传送通常都是以并行方式进行传输的。在串行数据传输中，每次由源地传到目的地的数据只有一位，与同时传输好几位数据的并行传输相比，串行数据传输的传输速度要比并行传输慢，但在实际应用中往往选择串行数据传输，这是因为实现串行数据传输的硬件具有经济性和实用性。在并行数据传输中，8 位或更多位的数据同时从源地送往目的地，一个字节中的各位是很好分辨的。但是在串行数据传输中，各位逐次从源地送到目的地，这就要求在数据源和数据目的地之间进行同步，将各位、字符和报文区分开来。若没有同步机制，则接收设备收到的一系列信号将是无意义的，因此标志数据传输开始的同步信息是必不可少的。数据链路控制可实现两站点间的同步，它要求位、字符或报文从一个站点发送到另一个站点时要加上必要的附加信息，这些附加信息是由通信软件或硬件来实现的，对用户是完全透明的。这些信息使得接收站和发送站中的硬件时钟得以同步，从而保证由源地发送的信号被目的地正确地识别出来。串行数据通信也有两种数据传输方法，即异步串行数据传输和同步串行数据传输。异步串行数据传输以字节为单位，通信硬件给要传送的字节加上同步信息；而同步串行数据传输是以块为单位进行的数据传输，在进行远距离传输时，其同步信息包含在信息块的内部。

同步通信比异步通信有更多优点，如同步通信取消了每个字符前面的同步位，从而使数据位在所传比特中占比率增大，提高了传输效率；允许用户传送没有意义的二进制数据；个人计算机用户通过同步通信网络可实现与大型主机之间的通信。尽管同步通信方式有很多优点，但由于其软硬件费用太高，故更多用户采用异步通信方式。

2.5 数据传输介质

传输介质是通信网络中连接计算机的具体物理设备和数据传输物理通路。计算机网络中常使用双绞线、同轴电缆、光纤等有线传输介质。另外，也经常利用无线电短波、地面微波、卫星通信、红外线通信、激光通信等无线传输介质。传输介质的特性包括物理描述、传输特性、信号发送形式、调制技术、传输带宽容量、频率范围、连通性、抗干扰性、性能价格比、连接距离、地理范围等。在后面的章节中将详细介绍几种常用传输介质。

2.6 差错控制与校验

差错控制编码就是对网络中传输的数字信号进行抗干扰编码，目的是提高数字通信系统的容错性和可靠性，它在发送端被传输的信息码元序列中，以一定的编码规则附加一些校验码元，接收端利用该规则进行相应的译码，译码的结果有可能发现差错或纠正差错。在差错控制码中，检错码是指能自动发现出现差错的编码，纠错码是指不仅能发现差错而且能够自动纠正差错的编码。当然，检错和纠错能力是用信息量的冗余和降低系统的效率为代价来换取的。

我们以传输 3 位二进制码组为例来说明检测纠错的基本原理。3 位二进制码元共有 8 种组合：000，001，010，011，100，101，110，111。假如这 8 种码组都用于传递信息，在传输过程中若发生一个误码，则一种码组就会错误地变成另一种码组，但接收端却不能发现错误，因为任何一个码组都是许用码组。但是如果只选取其中 000，011，101，110 作为许用码组来传递消息，则相当于只传递 00，01，10，11 这 4 种消息，而第 3 位是附加的，其作用是保证码组中 1 码的个数为偶数。除上述 4 种许用码组以外的另外 4 种码组不满足这种校验关系，称为禁用码组。在接收时一旦发现这些禁用码组，就表明传输过程中发生了错误。用这种简单的校验关系可以发现 1 或 3 个错误，但不能纠正。如果进一步将许用码组限制为两种：000 和 111，那么就可以发现所有两个以下的错误。如用来纠错，则可纠正 1 位错误。可见，码组之间的差别与码组的差错控制能力有着至关重要的关系。

2.7 信息交换技术

数据在通信线路上传输的最简单的形式是在两个用某种类型的传输介质直接连接的设备之间进行的通信。但是直接连接两个设备常常是不现实的，一般通过有中间结点的网络把数据从源地发送到目的地，以实现通信。这些中间结点并不关心数据内容，目的是提供一个交换设备。用这个交换设备把数据从一个结点传到另一个结点，直至到达目的地。

通常使用的数据交换技术有 3 种：线路交换、报文交换、分组交换。

2.7.1 线路交换

使用线路（电路）交换（Circuit Switching）方式，就是通过网络中的结点在两个站之间建立一条专用的通信线路。最普通的线路交换例子是电话系统（见图 2-7-1）。

电话系统示例分析：

根据图 2-7-1，该电话网数据传输过程如下。

（1）电路建立：这个过程是用户 A 拨号，经 M 局、N 局的转接，当用户 B 电话铃响后，电路以示接通，电路建立工作完成。

（2）通话。

（3）拆除电路：用户 A 与用户 B 通话完毕释放电路 U 或 V、W，被拆除的电路信道，可供其他用户使用。

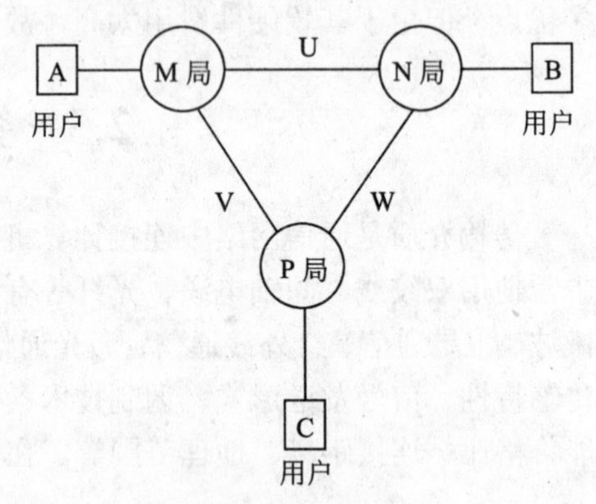

图 2-7-1 线路交换

通过线路交换进行通信，指的是在两个站之间有一个实际的物理连接。这种连接是结点之间的连接序列。在每条线路上，通道专用于连接。线路交换方式的通信包括 3 种状态。

（1）线路建立：在传输任何数据之前，都必须建立端到端（站到站）的线路。

（2）数据传送：所传输的数据可以是数字的也可以是模拟的。

（3）线路拆除：在某个数据传送周期结束以后，就要结束连接，通常由两个站中的一个来完成这个动作。

这种方式使用的设备操作简单，特别适合于交互式通信以及远距离成批处理，建立一次连接就可以传送大量数据。因为在数据传输开始以前必须建立连接通路，因此通路中的每对结点之间的通道容量必须是可用的，而且每个结点必须有内部交换能力来处理连接。交换结点必须具有智能以进行分配和求出通过网络的路径。线路交换可能效率很低，因为通道容量在连接期间是专用的，即使没有数据传送，别人也不能用。就性能而言，在数据传送以前，为了呼叫建立，有一个延迟，然而一旦建立了线路，网络对于用户实际上是透明的，用户可以用固定的数据传输速率来传输数据，除了通过传输链路时的传输延迟外，不再有别的延迟。在每个结点上的延迟是很小的。

2.7.2 报文交换

另一种网络通信的方法是报文交换（Message Switching）。在报文交换中不需要在两个站之间建立一条专用通路。如果一个站想要发送一个报文（信息的一个逻辑单位），只需要把一个目的地址附加在报文上，然后把报文通过网络从结点到结点进行传送。在每个结点中，接收整个报文，暂存这个报文，然后发送到下一个结点（见图 2-7-2）。

报文交换的过程：

（1）发送端将发送的信息分割成一个个报文，连同接收地址发给本地交换中心。

（2）交换结点接收报文并存储下来，待后面的线路空闲时，再转发给下一结点。

（3）接收结点接收一个个报文，进行整理。

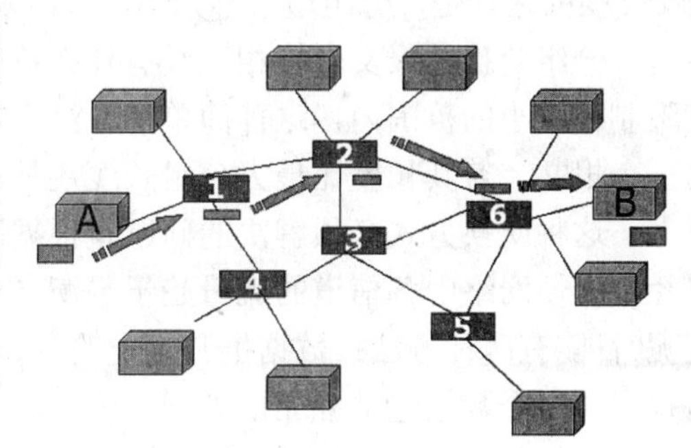

图 2-7-2　报文交换

在线路交换的网络中，每个结点是一个电子或机电结合的交换设备。这种设备发送二进制位同接收二进制位一样快。报文交换结点通常是一台通用的小型计算机。它具有足够的存储容量来缓存进入的报文。一个报文在每个结点的延迟时间等于接收报文的所有位所需的时间加上等待时间和重传到下一个结点所需的排队延迟时间。

这种方法比线路交换有以下优点：

（1）线路效率较高，因为许多报文可以分时共享一条结点到结点的通道。

（2）不需要同时使用发送器和接收器来传输数据，网络可以在接收器可用之前，暂时存储这个报文。

（3）在线路交换网上，当通信量变得很大时，就不能接受某些呼叫。而在报文交换网上，却仍然可以接收报文，这时报文被缓冲导致传送延迟增加，但不会引起阻塞。

（4）报文交换系统可以把一个报文发送到多个目的地。

（5）根据报文的长短或其他特征能够建立报文的优先权，使得一些短的、重要的报文优先传递。

（6）报文交换网可以进行速度和代码的转换。因为每个站都可以用它特有的数据传输率连接到其他结点，所以两个不同传输率的站也可以连接。报文交换网还能转换数据的格式，例如从ASCII码（美国信息交换标准码）转换为EBCDIC码（扩充的二进制编码的十进制交换码）。

但报文交换不能满足实时或交互式的通信要求。经过网络的延迟时间相当长，而且由于负载不同，延迟时间有相当大的变化。这种方式不能用于声音连接，也不适合交互式终端到计算机的连接。

2.7.3 分组交换

分组交换（Packet Switching）试图兼有报文交换和线路交换的优点，而使两者的缺点最少。分组交换与报文交换的工作方式基本相同，形式上的主要差别在于，分组交换网中要限制所传输的数据单位的长度。典型的最大长度是一千位至几千位，称为包（Packets）。报文交换系统却适应更长的报文。从一个站的观点来看，把超过最大长度的报文的数据块按限定的大小分割成一个个小段，为每个小段加上有关的地址信息以及段的分割信息并组成一个数据包，然后依次发送。为了区分这两种技术，分组交换系统中的数据单位通常称为分组。与报文交换的区别是，分组通常不归档，分组复制暂存起来的目的是为了纠正错误。

从表面看，分组交换与报文交换相比没有什么特殊优点。值得注意的是，把数据单位的最大长度限制在较小的范围内，这种简单的方法会在性能上有一个引人注目的结果。一个站要发送一个报文，若其长度比最大分组长度还长，它先把该报文分成组，再把这些组发送到结点上。这种交换方式必须解决的问题是根据网络当前的状况为各个数据包选择不同的传输路径，以便网络中各信道的流量趋于平衡（见图2-7-3）。问题是网络将如何管理这些分组流呢?目前有两种方法：数据报和虚电路。

在数据报中，每个数据包被独立地处理，就像在报文交换中每个报文被独立地处理那样，每个结点根据一个路由选择算法，为每个数据包选择一条路径，使它们的目的地相同。一个结点在发送多个发往同一地址的数据包时，可以根据线路的拥挤情况为各个包选择不同的转发结点，所以一个大数据段的各个数据包可能是从不同的路径到达目的地的，并且到达的先后顺序也不一定是分割时的顺序，这要根据网络中当时的具体流量等情况而定。每个数据包都有相应的分割信息，接收端可以根据这些信息把它们重新组合起来，恢复原来的数据块。

报文分组交换的过程（数据报）：

报文从A发出到结点1，分成多个分组，每个分组选择不同的路径，最后到达结点6，重新组成报文传给B。

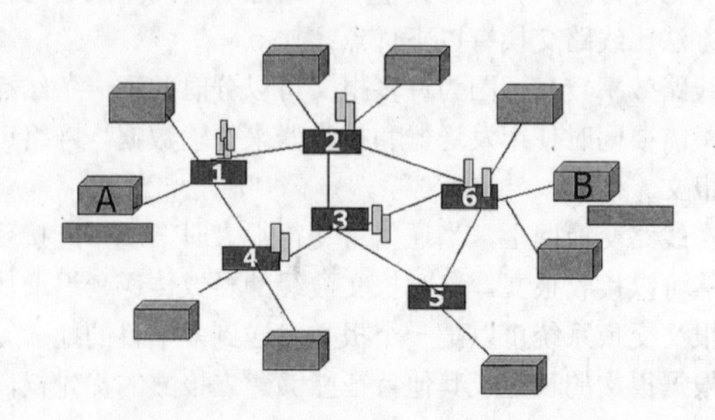

图2-7-3 分组交换

在虚电路中，数据在传送以前，发送和接收双方在网络中建立起一条逻辑上的连接，但它并不是像电路交换中那样有一条专用的物理通路，该路径上各个结点都有缓冲装置，服从于这条逻辑线路的安排，也就是按照逻辑连接的方向和接收的次序进行输出排队和转发，这样每个结点就不需要为每个数据包进行路径选择判断，就好像收发双方有一条专用信道一样。发送方依次发出的每个数据包经过若干次存储转发，按顺序到达接收方。双方完成数据交换后，拆除掉这条虚电路。

2.7.4 三种数据交换技术的比较

三种数据交换技术总结如下。

（1）线路交换：在数据传送之前需建立一条物理通路，在线路被释放之前，该通路将一直被一对用户完全占有。

（2）报文交换：报文从发送方传送到接收方采用存储转发的方式。在传送报文时，只占用一段通路；在交换结点中需要缓冲存储，报文需要排队。因此，这种方式不满足实时通信的要求。

（3）分组交换：此方式与报文交换类似，但报文被分成组传送，并规定了分组的最大长度，到达目的地后需重新将分组组装成报文。这是网络中最广泛采用的一种交换技术。

三种数据交换方式各有其特点，对于实时性强的交互式传输，线路交换最合适，不宜采用报文方式；对于网络中较轻的或间歇式负载，报文交换方式较合算；对于中等或稍重的负载，分组交换方式有较好的效果。

第3章 局域网基础

3.1 局域网概述

1．局域网的概念

从广义上讲，局域网是联网距离有限的资源共享系统，它支持各种通信设备的互连，并以低廉的投入来获取足够的带宽，从而实现整个区域内的信息交流和资源共享。局域网通常为有限的用户专有，如家庭、办公室、小型企业和网吧等。

2．局域网的特征

按照上述这个广义概念，局域网是具有如下特征的分布式处理系统。

（1）为部分用户所拥有，地理范围和站点数目有限。

（2）使用专用的通信线路，数据传输速率一般在10～100 Mb/s之间，并且在扩容（增加集线器容量或增加带宽）时成本较低。

（3）通信时间延迟较低，可靠性较好。

（4）采用国际标准化组织（ISO）推荐的开放式系统互连参考模型OSI的有关标准。

（5）可按广播方式或组播方式（一个站向多个站发送信息）通信。

（6）既能够提供数据、语音、视频、图形图像等综合服务，也能够有效地维护和管理网络。

（7）可通过数据通信网或专用的数据电路，与其他局域网、数据库服务或计算中心相连接，从而构成一个更大范围的信息处理系统。

3．影响局域网性能的主要因素

影响局域网性能的主要因素有以下几种。

（1）带宽：网络的数据信道容量，主要由网络硬件设备决定，如网卡、网线和集线器等。

（2）网络拓扑结构：局域网的物理结构，如总线型、星型等。

（3）通信协议：联网的计算机之间“对话”的语言，如TCP/IP等。

3.2 局域网拓扑结构

局域网的性能与其所采用的拓扑结构有很大关系，本节主要介绍拓扑结构的概念、一些与拓扑结构有关的重要术语及常见局域网拓扑结构。

3.2.1 拓扑结构概念

拓扑学（Topology）是一种研究与大小、距离无关的几何图形特性的方法，在计算机网络中通常采用这种方法分析网络单元彼此互连的形状与其性能的关系。

采用从图论演变而来的拓扑方法，抛开网络中的具体设备，将工作站、服务器等网络单元抽象为“点”，网络中的传输介质抽象为“线”。这样从拓扑学的观点看计算机网络系统时，就形成了点和线组成的几何图形，从而抽象出网络系统的具体结构。这种采用拓扑学方法抽象出的网络结构称为计算机网络的拓扑结构。

网络拓扑是由网络结点设备和通信介质构成的网络结构图，网络拓扑结构对网络采用的技术、网络的可靠性、可维护性和实施费用等都有重大的影响。在选择网络拓扑结构时，应考虑以下因素：

（1）安装的相对难易程度；

（2）重新配置的难易程度；

（3）维护的相对难易程度；

（4）通信介质发生故障时，受影响设备的情况。

3.2.2 与拓扑结构有关的重要术语

在具体介绍各种网络拓扑结构之前，首先讲述一些与拓扑结构有关的重要术语。

1．结点

结点也称为网络单元，是网络系统中的各种数据处理设备、数据通信控制设备和数据终端设备。常见的结点有服务器、工作站、集线器和交换机等。

结点可分为转结点和访问结点两类，前者的作用是支持网络连接，通过通信线路转接和传递信息，如集线器、交换机等；后者是信息交换的起源点和目的地，如服务器、工作站等。

2．链路

链路是两个结点间的连线，可分为物理链路和逻辑链路两种。前者指实际存在的通信连线，后者指在逻辑上起作用的网络通路。链路容量是指每个链路在单位时间内可接纳的最大信息量。

3．通路

通路是指从发出信息的结点到接收信息的结点之间的一串结点和链路，即指一系列穿越通信网络而建立的结点到结点的链路。

3.2.3 常见局域网拓扑结构

常见的局域网拓扑结构主要有总线型、星型、树型和环型，其中星型拓扑结构是目前组建局域网时的首选。

1．总线型拓扑结构

在这种结构中，通信网络仅仅是传播媒体，不存在交换机或转发器，所有结点通过适当的硬件接口（一般是网卡）直接与总线连接。总线型网络采用广播的方式传播信息，即从任一个结点发出的信号向两个方向广播至整个总线的长度。

这种传播方式本身存在两个问题：一是任一结点发送的消息可能被所有结点接收，所以需要某种方法指定数据传送的方向；二是如果两个结点同时传送数据，则其数据将互相覆盖而变得混乱，所以需要一种传送的规范。

在总线型网络中，针对本身两个问题所采用的解决方法是帧和 MAC 协议。帧即带有传送地址的数据块，包括结点传送的部分数据加上一个包含控制信息的帧头；MAC 协议不是一种具体的网络协议，而是指运行于局域网中且控制局域网数据传送的所有网络协议。

组建总线型局域网使用电缆比较少，无须集线器，且容易安装。但由于所有计算机都共享一条数据通道，在高通信量的网络环境中传输电缆会成为网络的瓶颈，而且传输电缆一旦出现故障会导致整个网络瘫痪。因此这种结构只适用于连接设备较少，且在较短距离内传输小容量信息的网络。总线型拓扑结构如图 3-2-1 所示。

图 3-2-1 总线型拓扑结构

2．星型拓扑结构

在这种结构中，站点通过点到点的链路与中心结点相连。其特点是网络具有很强的扩容性，数据的安全性和优先级容易控制，易实现网络监控，但中心结点的故障会引起整个网络瘫痪。

中心结点有两种可选的数据传播方式：一种是以广播的方式工作，从一个站点传送的帧到达中心结点后重传到外部链路上。在这种方式下，逻辑上是总线型（服务器不干预网络的传输服务）。另一种是中心结点作为一个帧交换设备工作，一个到达中心结点的帧经过处理后，找到相应的目的结点后传送。星型拓扑结构如图 3-2-2 所示。

3．树型拓扑结构

树型拓扑结构实际上是星型拓扑结构的一种变形，它将原来用单独链路直接连接的结点通过多级处理主机分级连接。

树型结构与星型结构相比降低了通信线路的成本，但增加了网络复杂性。网络中除最底层结点及其连线外，任一结点或连线的故障均影响其所在支路网络的正常工作。树型拓扑结构如图 3-2-3 所示。

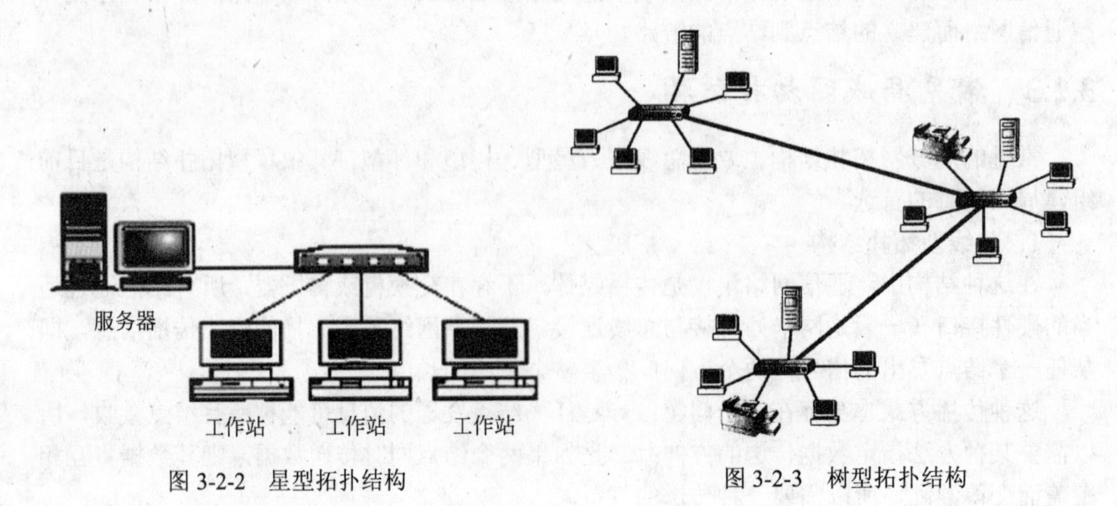

图 3-2-2 星型拓扑结构

图 3-2-3 树型拓扑结构

4. 环型拓扑结构

在这种结构中，各结点通过通信介质连成一个封闭的环。环型网络容易安装和监控，但容量有限，网络建成后，难以增加新的站点。

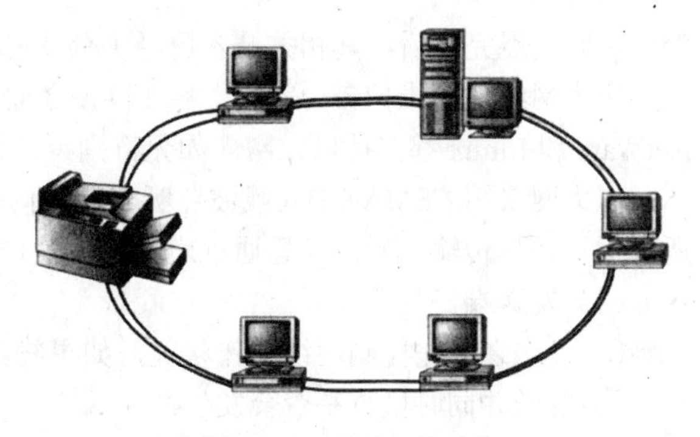

图 3-2-4 环型拓扑结构

环型拓扑结构网络使用的电缆长度短，不需要接线盒，适用于光纤通信（Fiber Optic Cable，FOC）。但也具有结点故障引起全网瘫痪、故障诊断困难，以及扩充不方便等缺点。环型拓扑结构如图 3-2-4 所示。

3.3 局域网的类型

按网络应用范围的不同，局域网一般分为令牌网和以太网两种。

3.3.1 令牌网

令牌网也称为“令牌环网”，出现在 20 世纪 80 年代至 90 年代，由 IBM 公司开发。令牌网主要应用于广域网及大型局域网的主干部分，使用环型拓扑结构，以光纤为主要传输介质，大多使用 UNIX 操作系统。所有的令牌环站串接在闭合的环中，所有信号通过并由每个站中继。每个站的作用如同一个中继器，并且需用两对电缆和环相连接。其中一对接收输入，另一对发送输出，如图 3-3-1 所示。

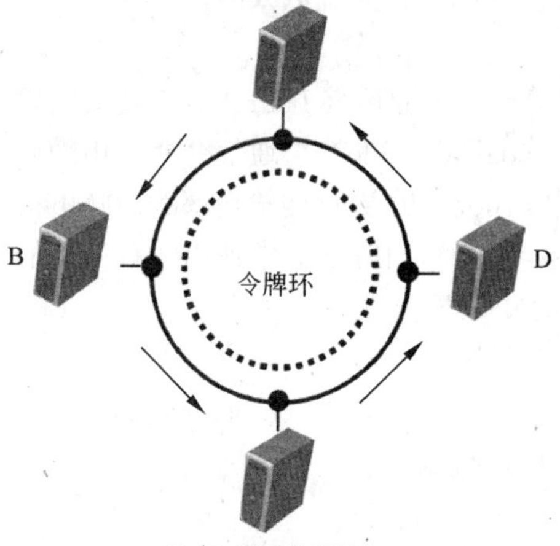

A（B 的上游邻站）
B
令牌环
D
C（B 的下游邻站）

图 3-3-1 令牌网示意图

令牌网发送数据时，每个站点必须完成如下 4 个步骤。

（1）捕获一个令牌。令牌是一种特殊的位形式，环上的设备捕获或探测到它后，即可传输数据。

（2）发送队列中的数据。

（3）卸除发送的帧。

（4）发送一个自由的令牌，供其他设备捕获。

令牌网的所有硬件通常集中放在一个小空间中，称为电缆柜。由于设备和电缆可以集中放置，因此容易安装和维护。但令牌网的设置和管理非常复杂，普通用户很少问津。

3.3.2 以太网

1. 以太网定义

目前，局域网几乎成了以太网（Ethernet）的代名词，人们通常所说的局域网大多指以太网。以太网是当今世界上应用范围最广的一种网络技术，最早起源于美国的夏威夷大学，经过不断发展完善后，其相关技术已经十分成熟。

以太网组建和维护较为容易，各个设备之间的兼容性好，目前主流操作系统 Windows, NetWare 和 Linux 都支持以太网。如无特别说明，一般提到的局域网都是指以太网。

以太网采用 CSMA/CD（载波监听多路访问/冲突检测）控制协议工作方式，网络中的所有用户共享传输介质，信息通过广播方式发送到所有端口。CSMA/CD 的原理如下。

（1）发送端。

① 发送之前先检测网络工作状况，如果线路有空，则立即发送。

② 发送并同时检查是否会发生冲突。

③ 如果有冲突，则等待再次发送或停止。

（2）接收端。

① 连续不断地检测网上传来的数据信息，但传来的信息并不一定是发给自己的。

② 检查目的地地址，如果确认是发给自己的才能接收，然后检查数据包的完整性。

③ 处理接收到的数据包。

2. 以太网类型

以太网诞生于 1973 年，带宽只有 3 Mb/s。1983 年，IEEE（国际电气和电子工程师协会）正式批准第一个以太网工业标准（IEEE 802.3），明确其标准带宽为 10 Mb/s。时至今日，以太网技术突飞猛进地发展，数据传输速率提升到 100 Mb/s、1000 Mb/s 和 10 Gb/s 带宽标准。

因此，以太网通常按照其带宽标准，可分为标准以太网、百兆位以太网、千兆位以太网和万兆位以太网。

（1）标准以太网。通常情况下，人们将以太网的第一个工业标准 IEEE 802.3 定义的以太网称为标准以太网，它以直径为 1 cm 的同轴电缆（coaxial cable）为通信介质，电缆电阻为 50 Ω，最大传输距离为 200 m，每段电缆最多可连接 100 结点，数据传输速率为 10 Mb/s。标准以太网采用总线型拓扑结构，通常称之为 10 Base-2 网络。IEEE 通常使用一种简易的命名方法表示各类以太网，例如 10 Base-2 各部分的意义如下。

① 10 表示网络带宽为 10 Mb/s。

② Base 表示信号类型为“基带”（base band），相对于“宽带”（broad band）而言。基带网络以数字信号传递数据，宽带网络以模拟信号传递数据。

③ 2 表示通信介质的最大传输距离为 200 m。

④ 此外，以太网支持的介质不同，介质代码也不同。例如 T 代表非屏蔽双绞线（UTP），F 代表光纤。

（2）百兆位以太网。提高以太网传输速率最直接的方法就是增加其带宽。1995 年，IEEE 正式通过 802.3u 工业标准，即 100 Base-T 快速以太网（fast Ethernet）的标准，百兆位以太网由此诞生。

百兆位以太网是目前市场的主流，共有 4 种不同的类型。

① 100 Base-TX：最早问世于 1993 年，采用 5 类 UTP 为通信介质。仍然保留 CSMA/CD 的传输控制方法，完全兼容 10 Base-T 以太网。

② 100 Base-T4：使用内含四对双绞线（Twisted-Pair）的 3 类以上 UTP 为通信介质。

③ 100 Base-FX：使用内含两束光纤的电缆为通信介质。

④ 100 Base-T2：1997 年，IEEE 推出了百兆位以太网的第 4 种规格 IEEE 802.3y，采用内含两对 3 类以上的 UTP 为通信介质。

上述几种百兆位以太网的主要区别在于所采用的通信介质类型不同，由于目前 5 类以上 UTP 是双绞线的主流产品，因此最常用的百兆位以太网当属 100 Base-TX。

此外，为了更好地利用 10 Mb/s 以太网设备，现在流行一种 10/100 Mb/s 自适应以太网，网络会根据所使用的硬件设备自动检测出应采用哪种带宽。

（3）千兆位以太网。1998 年通过的 IEEE 802.3z 工业标准，定义了超高速以太网（Gigabit Ethernet）的规格。超高速以太网必须拥有 1000 Mb/s 的数据传输速率，因此通常称为千兆位以太网。

IEEE 802.3z 定义了以下 3 种规格的千兆位以太网。

① 1000 Base-SX：短波长激光光纤以太网，可使用 62.5 μm（微米）或 50 μm 的多模光纤。

② 1000 Base-LX：长波长激光光纤以太网，可使用 62.5 μm，50 μm 和 10 μm 的单、多模光纤。

③ 1000 Base-CX: 采用两对 150 Ω 屏蔽双绞线（STP）为主要通信介质。

此外，802.3z 标准附带了一个 1000 Base-T 的条款，讨论有关利用 5 类以上的 UTP 构建千兆位以太网的规格。当前市场上可见的产品仍以 1000 Base-SX 和 1000 Base-LX 为主，价格偏高，集中应用在大型网络的骨干线上。

（4）万兆位以太网。1999 年 IEEE 成立相关工作小组负责万兆位以太网标准的制定工作。这种以太网仍然采用 IEEE 802.3 以太网介质访问控制（MAC）协议、帧格式和帧长度，保持了高度的兼容性。

由于万兆位以太网保持了原有以太网的基本架构和工作方式，只是在数据传输速率上进行了大幅度的提升。因此原来的以太网用户不需要对现有的网络结构进行大规模调整，即可实现 10 Gb/s 的连接速度，而且大大减少了用户在升级后的学习和适应时间。使用万兆位以太网技术，可以解决两个千兆位以太网服务器之间的瓶颈问题，提高骨干网络的性能。

由于在原有的 5 类双绞线上达到 10 Gb/s 的传输速率将非常困难，所以研究小组正在考虑使用 6 类双绞线。但从应用需求来看，如何在光纤线路上传输 10 Gb/s 数据是许多用户所关注的问题。

2000 年 9 月确定了万兆位以太网标准的一个重要草案，并于同年 11 月通过了 IEEE 万兆位以太网工作小组的审查，已经在标准的范围、目的及许多技术要点上取得了共识。虽然目前市场上已经出现了万兆位以太网的产品，但是其最终标准的发布还需要一定的时间。届时，万兆位以太网将成为最快速、最简单且性价比最高的企业骨干网络技术。

3.4 局域网技术

局域网技术的概念十分广泛，但带宽、通信介质和网络工作机制这 3 个基本方面时刻代表着局域网技术在稳步发展。

3.4.1 带宽

不断提升的局域网带宽最直接、最鲜明地体现了局域网在稳步向前发展。最初以太网带宽为 3 Mb/s，后来确定 10 Mb/s 为标准带宽，随之 100 Mb/s、1000 Mb/s 甚至 10 000 Mb/s 也陆续成为现实。

局域网带宽通常用 b/s 表示，含义是“每秒钟传输的二进制位数”。在书写和日常用语中经常会用到带宽的简称，例如将 10 Mb/s 写成 10 M，将 100 Mb/s 局域网说成 100 M 局域网等。注意，b/s 中的 b 代表 bit（位），而不是 Byte（字节）。由于 1 Byte=8 bit，所以 10Mb/s 局域网理论上每秒传输 1.25 MB 数据，不要误认为每秒传输 10 MB 数据。

3.4.2 通信介质

最初的局域网使用同轴电缆作为通信介质，随着人们对网络传输速率要求的不断提高及网络布线的标准化，双绞线开始进入布线系统。由于其布线施工的灵活性及传输速率的提升，双绞线很快成为通信介质中应用最广泛的佼佼者。

当快速以太网和千兆位以太网投入使用后，光纤登上了局域网布线的舞台。目前使用无线电波为通信介质的无线局域网已开始流行。

3.4.3 网络工作机制

使用同轴电缆作为通信介质的网络属于共享式局域网，所有用户都依赖于单条的共享通道，网络采用半双工的工作机制。以双绞线为通信介质的星型网络得到大量应用后，局域网大多采用全双工工作机制，且交换式以太网开始出现，从而大大提高了局域网的传输速率和性能。

在相同带宽的网络中，理论上全双工的速度是半双工的两倍，交换式网络的速度是共享式网络的 1.85 倍。注意，总线型局域网及采用共享式集线器（Hub）为连接设备的局域网属于共享式网络，交换式局域网常用的连接设备是交换机（Switch）。

如前所述，单工、半双工和全双工的概念源于电话系统的串行数据通信，表示通信双方信息交换的方式，20 世纪 90 年代初被引入到局域网中。

（1）单工指在一条线路上只能单方向通信，多用于广播和电视领域，局域网不采用。

（2）半双工指在同一时间内，通信双方中只能有一方发送或接收信息。局域网最早使用半双工工作方式。

（3）全双工指在同一时间内，通信双方既可以发送信息，也可以接收信息。与半双工相比，全双工的通信双方可以同时发送和接收信息，不会发生冲突，理论上可以加倍提高传输速率。目前，大量的局域网交换机和网卡都采用全双工技术，使网络速度在原先的基础上又提高了一倍，进一步提高了网络的通信能力。

第二篇　局　域　网

目前，网络已经成为社会中不可缺少的内容。人们无论是在工作、生活，还是学习中每天都在接触着网络。而局域网对人们的影响更是深远，从某种意义上说，局域网已经成为评判一个单位、企业、学校硬件设施的重要标准之一。本篇主要介绍局域网的软硬件连接及组网技术。

第4章 局域网硬件及其连接

4.1 网 卡

以前网卡对于普通用户而言似乎是多余的，但是随着计算机的普及及宽带网的兴起，网卡已经是计算机的标准配置。网卡又称为“网络适配器”，是组建局域网必不可少的基本硬件设备。

4.1.1 网卡的作用

网卡作为组建局域网不可缺少的硬件，是计算机与局域网、宽带相互连接的桥梁。在网络中，网卡的作用是双重的。

（1）接收和解包网络上传来的数据包，再将其传输给本地计算机。

（2）打包和发送本地计算机上的数据，再将数据包通过通信介质（如双绞线、同轴电缆、无线电波等）送入网络。

局域网有多种不同的类型，如以太网、令牌网及 ATM 网络等，不同的局域网必须采用相应的网卡。但普通用户所接触的局域网都是以太网，使用大多是以太网网卡，本书所讲的网卡都是指以太网网卡。

4.1.2 网卡的类型

网卡的分类标准主要有总线类型、接口种类及数据传输带宽 3 种。

1．依据总线类型

网卡通过总线接口与计算机沟通，按总线类型的不同可以分为 ISA 网卡、PCI 网卡、USB 网卡和 PCMCIA 网卡。

（1）ISA 网卡：ISA（Industry Standard Architecture）是应用在第一代个人计算机上的总线，ISA 网卡的工作频率始终为 8 MHz，每 3 个工作周期完成一次读写工作，每次读写 16 bit 数据，最大传输速率只能达到 13.33 Mb/s（16×3/8=13.33）。

16 位 ISA 网卡如图 4-1-1 所示，由于其他更先进网卡（尤其是 PCI 网卡）的广泛应用，该网卡已被淘汰。

（2）PCI 网卡：PCI（Peripheral Component Interconnect）是由 Intel 公司主导的总线标准，可以支持 32 位及 64 位的数据传输，当前以 32 位的居多。PCI 网卡如图 4-1-2 所示，它在稳定性与数据传输速率方面都有重大的改进，时钟频率是 33 MHz，最大数据传输速率可达 132 Mb/s，是目前最流行的网卡。

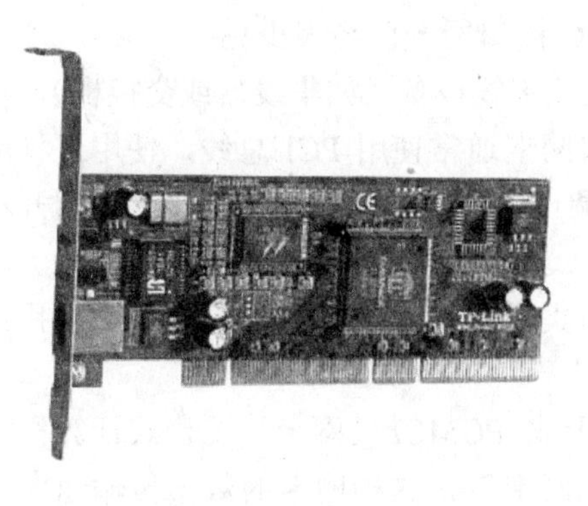

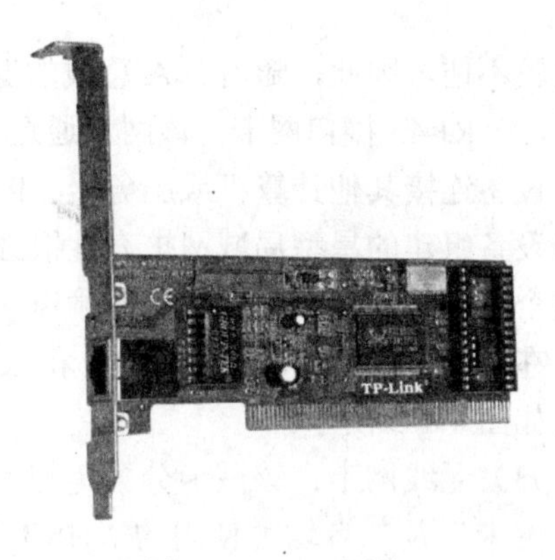

图 4-1-1　ISA 网卡　　　　图 4-1-2　PCI 网卡

（3）USB 网卡：USB（Universal Serial Bus）称为通用串行总线，是 IBM，Intel 和 Microsoft 等厂商提出的新一代总线标准。由于采用 USB 总线的设备安装和使用非常方便，数据传输速率较高，因此越来越多的硬件设备采用 USB 接口。USB 网卡如图 4-1-3 所示。

USB 设备目前在市场上颇受欢迎，具有如下优点。

① 高扩展性：比传统的串行接口和并行接口具有更强的可扩展性，最多可以串接 127 个 USB 设备。

② 热插拔功能：增加或拔掉 USB 设备都不需要关机。

③ 即插即用功能：只要插上接头，所有的硬件设置工作均由操作系统负责。

④ 数据传输速率高：USB 1.1 标准规定的传输速率的低速是 1.5 Mb/s，全速为 12 Mb/s，而目前流行的 USB 2.0 标准传输速率可达 480 Mb/s。

（4） PCMCIA 网卡：PCMCIA（Personal Computer Memory Card International Association）网卡是用于笔记本电脑的一种网卡，大小与扑克牌差不多，比一张扑克牌厚一些，为 3～4 mm，如图 4-1-4 所示。

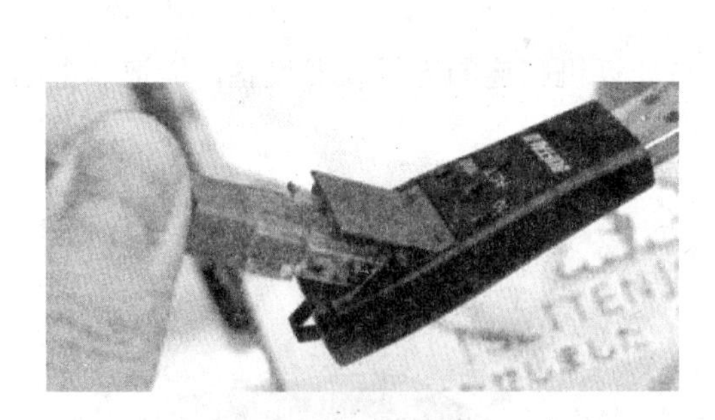

图 4-1-3　USB 网卡　　　　图 4-1-4　笔记本专用 PCMCIA 网卡

2．依据接口

网卡的接口类型决定所使用的网线类型，按接口的不同可分为 BNC 接口网卡和 RJ-45 接口网卡，另外还有无线网卡。

（1）BNC 接口网卡：该网卡通过同轴电缆将计算机接入局域网，总线类型通常为 ISA，因此这种网卡的数据传输速率不高，而且使用 BNC 接口网卡和同轴电缆通常只能组建总线型局域网。这种局域网的最大缺点就是个别计算机的故障会导致整个网络瘫痪，使用起来比较不便。因此，随着 ISA 总线的退出，BNC 接口网卡已经很少见。

（2）RJ-45 接口网卡：该网卡通过双绞线连接集线设备（如集线器或交换机），再通过集线设备连接其他计算机或服务器。RJ-45 接口网卡通常使用 PCI 总线，使用这种网卡和集线设备组建的星型局域网扩充性很强、系统调试方便，个别计算机的接入或断开不会影响整个网络的正常使用。数据传输速率高，所以这种网卡得到了普遍的应用。

在市场上曾经出现过将 BNC 和 RJ-45 接口集成在一起的双接口网卡，多采用 ISA 总线，如图 4-1-5 所示。

（3）无线网卡：该网卡分为笔记本电脑“无线 PCMCIA 网卡”、台式计算机“无线 PCI 网卡”及二者均可使用的“USB 接口无线网卡”，这种网卡的数据传输速率主要有 11 Mb/s 和 54 Mb/s 两种。

“无线 PCMCIA 网卡”的形状和普通 PCMCIA 网卡相似，区别在于无线 PCMCIA 网卡用无线发送、接收电路代替了普通 RJ-45 接口。因此比普通 PCMCIA 网卡多了“天线”部分，如图 4-1-6 所示。

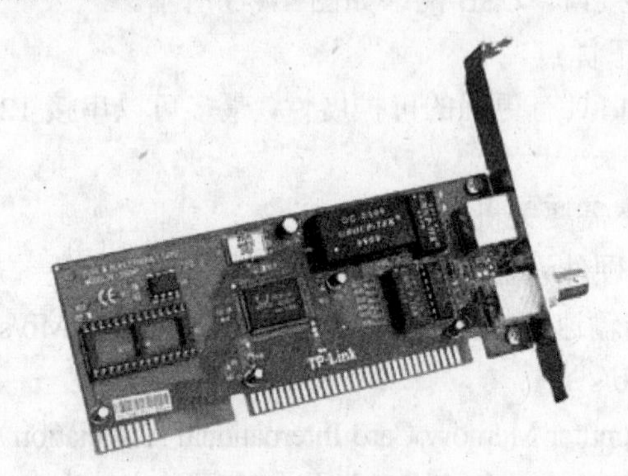

图 4-1-5　双接口网卡

图 4-1-6　无线 PCMCIA 网卡

从外观上看，台式计算机“无线 PCI 网卡”只是在“无线 PCMCIA 网卡”的基础上加装了一个 PCI 接口卡而已，如图 4-1-7 所示。

“USB 无线网卡”是一种通过 USB 接口与计算机相连的无线收发设备，笔记本电脑和台式计算机都可以使用，如图 4-1-8 所示。

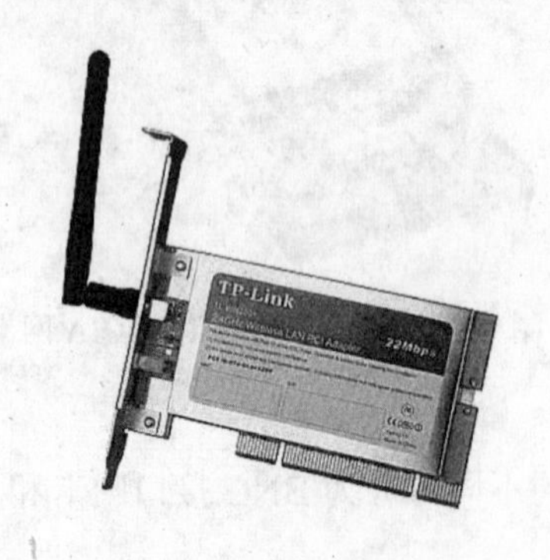

图 4-1-7　无线 PCI 网卡

图 4-1-8　USB 无线网卡

注意：无线网卡的天线要放在较少受电磁波干扰的地方。一般不要靠近屏幕、主机或电源等设备。

3．依据传输带宽

数据传输带宽是决定网络数据传输速率的主要因素，传输带宽越大，数据的传输速率越快，相应的价格也越高。目前，网卡主要有 10 Mb/s、100 Mb/s、10/100 Mb/s 和 1000 Mb/s 等几种传输带宽。

10 Mb/s 网卡已经显得有些落伍，一般用于家庭网络等对传输速度要求不高的网络中；100 Mb/s 网卡又称为快速以太网卡，由于其增加了带宽，故大幅度提高了网络传输速率，是目前局域网网卡的主流；10/100 Mb/s 自适应网卡具有一定的智能，可以与远端网络设备（集线器或交换机）自动协商，以确定当前可以使用的速率是 10 Mb/s 还是 100 Mb/s；1000 Mb/s 网卡即千兆位以太网网卡，目前其价格较贵，但它是今后发展的方向，目前多用于服务器。

4.1.3 选购网卡

1．带宽

如果使用现有 10 Mb/s 网络的设备，且打算升级为 100 Mb/s 网络，那么采用 10/100 Mb/s 自适应网卡是理想的做法。这样可保证原设备物尽其用，并为以后更新网络打下基础。而且现在普通的 10 Mb/s 网卡与 10/100 Mb/s 自适应网卡的价格差异也很小，而 1000 Mb/s 网卡并不适用于普通用户。

2．总线类型

如果主板上 PCI 插槽还有空余，建议选购 PCI 网卡。这种网卡速度快且稳定，是市场的主流。而 ISA 网卡耗用的资源相对于 PCI 网卡要高得多，使用后不但计算机速度会变慢，而且网络数据传输速度也很低，所以最好不要选择 ISA 网卡。

3．接口

常见网卡接口有 BNC 接口和 RJ-45 接口，也有两种接口均有的双接口网卡，网卡接口决定使用网线的类型。目前双绞线是最常用的网线，对应的网卡接口是 RJ-45。注意一些商家会高价将双接口网卡推荐给用户，并鼓吹其为高级产品。实际相反，双接口网卡属于 ISA 总线的低端产品，其 BNC 接口决定数据传输速率无法达到 100 Mb/s。

4．外观

一块正规的网卡产品，其元器件安装工整规范，布线整齐，焊点均匀无毛刺，厂商牌号、型号等信息标注清晰，接口、插口、指示灯一应俱全且相当规范。而一些杂牌网卡的焊接质量较差，信息标注也比较模糊。

5．防伪

了解网卡优劣的最好方式就是辨别网卡的 MAC 地址。每块网卡都有全球唯一的 ID 编号，此即其 MAC 地址。具有相同 MAC 地址的产品在同一局域网中将因冲突而无法使用。

正规厂家生产的网卡上都标明了该网卡的 MAC 地址，通常为一组 12 位的十六进制数，前 6 位为厂商 ID，后 6 位是厂商分配给网卡的唯一的 ID（有的网卡只标注了后 6 位），如图 4-1-9 所示。如果购买的几款网卡上所标注的 MAC 地址都相同，那么肯定是劣质产品。

使用 MS-DOS 下的 ipconfig/all 命令进行测试，12 位代码就会显示出来，可以和网卡上所标注的 MAC 地址对照是否相同。

6．品牌

网卡品牌的选择也很重要，如深圳普瑞尔电子公司的TP-Link 品牌、顶星科技公司的 Topstar 品牌、智翔电脑公司的 Lantech 品牌、友康科技公司的 UCOM 品牌及友讯科技公司的 D-Link 品牌都是国内市场著名的网卡品牌，性价比很高。而对于那些价格极低的网卡，应慎重选择，因为使用起来可能不太稳定，甚至会出现 MAC 地址相同的情况。

图 4-1-9 网卡的 MAC 地址

7．外包装与驱动程序

较为高档的网卡都有单独的包装，并提供驱动程序盘。而杂牌产品多是散装，且没有提供驱动程序盘。这并非说散装产品不能用，因为现在的操作系统已能够自动识别大部分网卡，一般情况下没有必要单独安装驱动程序。而对于追求精品的用户来说，可以考虑购买有正规包装的名牌产品，并注意检查其驱动程序盘（通常为一张 3.5 英寸（1 英寸=2.54cm）软盘）。双接口网卡应附带一个连接网线的 T 型 BNC 接头。

4.1.4 案例——网卡的安装与配置

1．案例说明

无论是校园网、家庭小型局域网，还是 Internet 的宽带用户，只要是“网”，就跟网卡有关（电话拨号上网与双机并、串口及红外线互联除外）。由于利用同轴电缆组建的总线型局域网具有致命的弱点，在市场中已逐渐被淘汰，因此，目前组建的网络绝大多数是采用网卡和带有 RJ-45 水晶头的双绞线通过集线器或交换机来实现连接（当然也有使用光纤的）。每台计算机均有独立的 IP 地址。网卡的正确安装及有关参数的正确配置，是决定网络连接成功与否的决定性因素。

网卡的安装与配置其实并不是一件难事，但对于初学者而言，如果没有适当的指导，也是无从下手的。下面将网卡安装与配置的基本步骤介绍给大家，希望能给初学者一些帮助。

2．实现方法

（1）安装网卡

以 Realtek RTL8139 PCI 网卡为例进行介绍，其他品牌的网卡的安装类似。

先将网卡插入计算机主板上的 PCI 插槽，打开主机电源，启动 Windows，这时系统会提示发现新的硬件设备，需安装相应的驱动程序，将装有网卡驱动程序的软盘插入软驱，根据对话框提示，选择从 A 盘安装，找到相应驱动程序进行安装即可。

选中桌面上“我的电脑”，右击，出现快捷菜单，选择“属性”命令，在“系统属性”对话框中选择“设备管理器”选项卡，单击“网络适配器”选项前面的“+”标志，将会发现下面出现的网卡型号标志，如图 4-1-10 所示，这表明网卡已正确安装。如标志前面有个感叹号，表明安装有问题，可查看驱动程序安装是否正确，也可将有感叹号标志的设备删除后重新安装。

（2）安装 TCP/IP 协议

选择“开始”|“设置”|“控制面板”|“网络”命令，弹出一个配置对话框，单击“添加”按钮，如图 4-1-11 所示。出现“请选择网络组件类型“对话框，双击“协议”选项，

如图 4-1-12 所示。

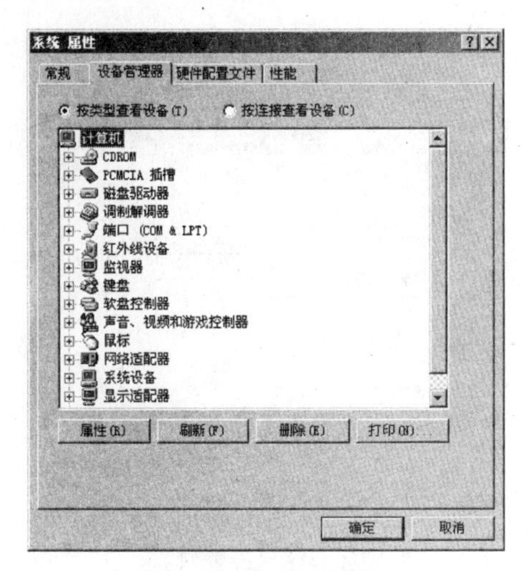

图 4-1-10 系统属性

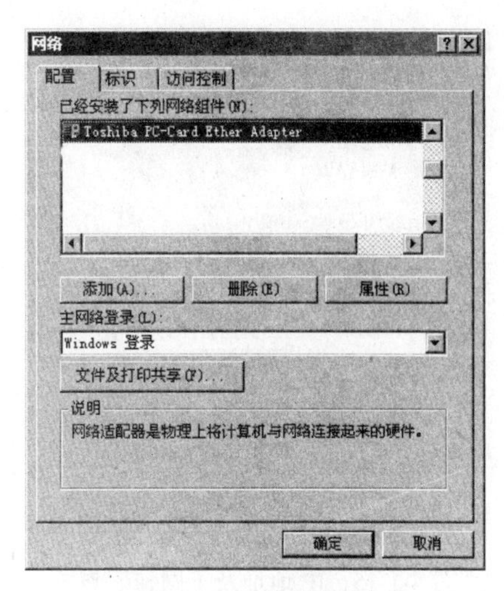

图 4-1-11 网络配置

再选“Microsoft”中的“TCP/IP”，然后单击“确定”按钮，如图 4-1-13 所示。因为是通过局域网连接，因此再选“协议”项，将“Microsoft”中的“NetBEUI”选中并安装。

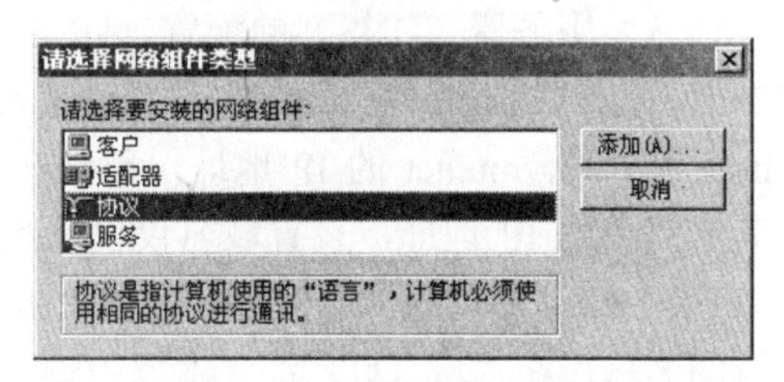

图 4-1-12 选择网络组件类型

（3）设置 TCP/IP 的参数

双击配置对话框中 TCP/IP（如果安装了多个网络适配器，则双击其中的“TCP/IP 网卡型号”）项，如图 4-1-14 所示，以便设置 TCP/IP 的参数。

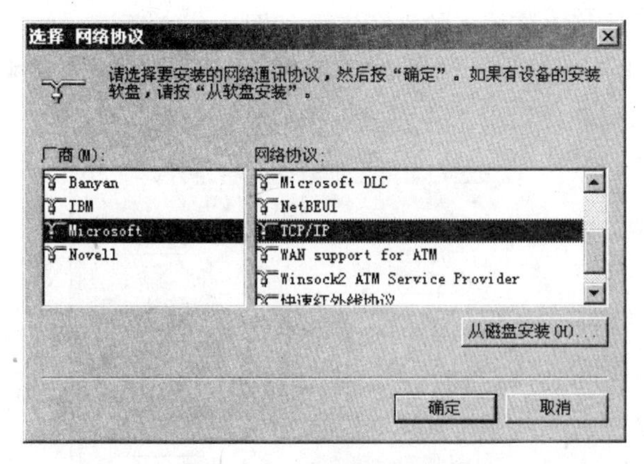

图 4-1-13 选择网络协议

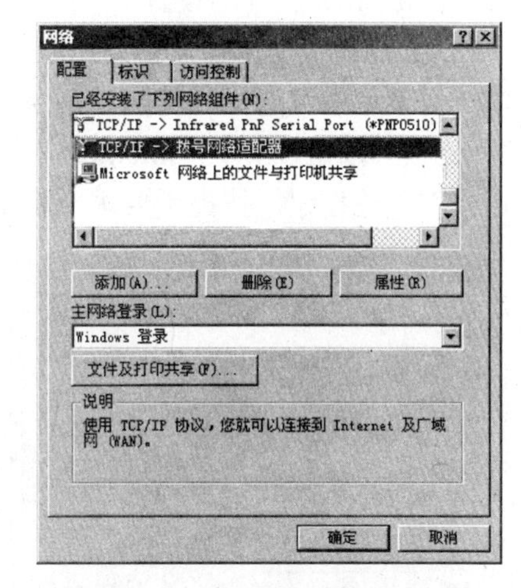

图 4-1-14 进行网络配置

在“IP 地址”选项卡上选择“指定 IP 地址（S）”，并输入本机的“IP 地址”及“子网掩码”，如图 4-1-15 所示。例如 IP 地址为 202.197.83.35，子网掩码为 255.255.255.0。

如果本地计算机还要连接到局域网以外的服务器或计算机时，那么还需要设置网关。在“网关”选项卡上的“新网关”文本框中输入网关的 IP 地址，然后单击“添加”按钮，即可加入到“已安装的网关（I）”中，如图 4-1-16 所示。

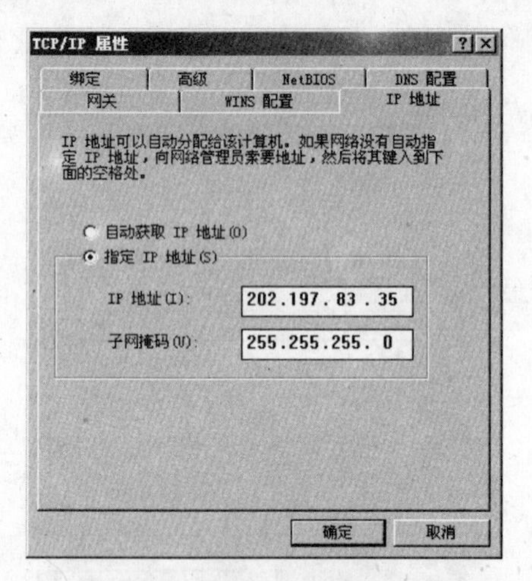

图 4-1-15　IP 地址及子网掩码设置

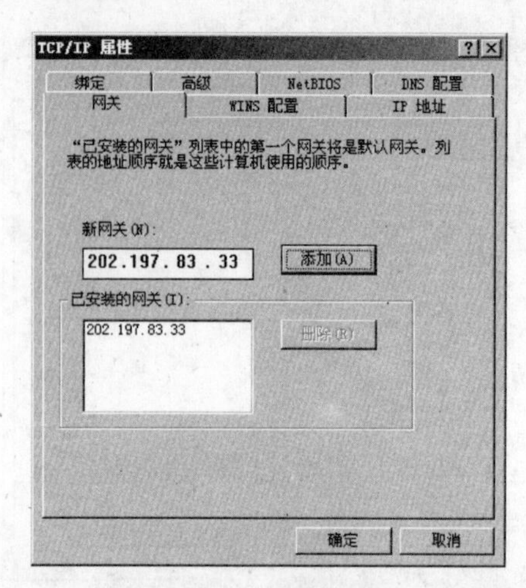

图 4-1-16　设置网关

域名服务器（DNS）的配置。DNS 的功能是将计算机的网络名称转为 IP 地址。例如当使用浏览器浏览 http://www.xymu.net 网站时，计算机会到 DNS 数据库去查询 http://www.xymu.net 的 IP 地址，得到其 IP 地址 202.197.89.68，进而可以浏览。网络通信其实只使用 IP 地址，设置域名仅仅是为了便于记忆而已。在“DNS 配置”选项卡上选择“启用 DNS（E）”单选按钮，并在“主机”文本框中输入你的计算机在 DNS 数据库中登记的名称，在“域（O）”文本框中输入域名称，在“DNS 服务器搜索顺序”文本框中输入 DNS 的 IP 地址，如图 4-1-17 所示。然后单击“添加”按钮即可。

设置完成后，单击“确定”按钮，重新启动计算机后，上述的参数设置就生效了。

（4）Internet 属性的设置

在 TCP/IP 协议及有关参数配置好后，还需要建立网络的连接。右击 IE 浏览器，在出现的快捷菜单中，选择“属性”命令，再选择“连接”的选项卡，如图 4-1-18 所示。单击“建立连接”按钮，出现“Internet 连接向导”对话框，选择“手动设置 Internet 连接或局域网连接”单选按钮，按提示要求一步步执行，最后单击“完成”按钮结束设置。

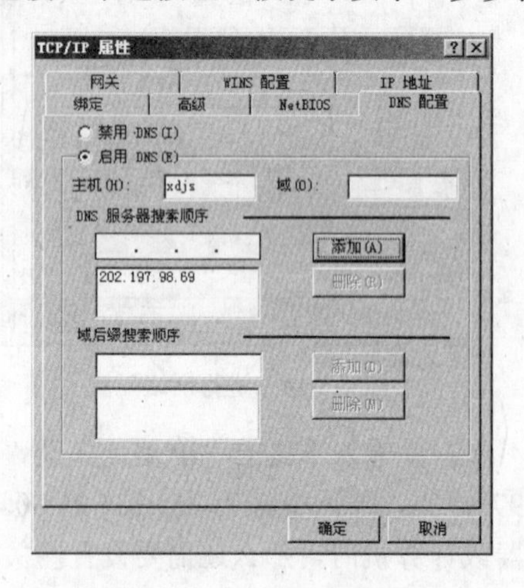

图 4-1-17　DNS 设置

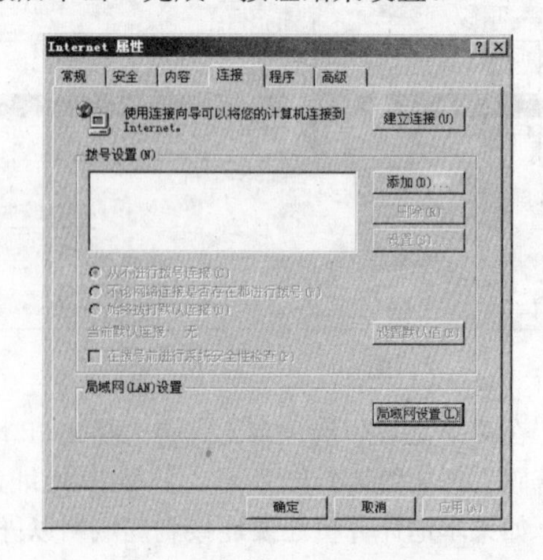

图 4-1-18　Internet 属性设置

（5）通过 ping 命令对网络连接进行测试

命令“ping 127.0.0.1【参数】”可用来测试网卡的配置是否正确。“127.0.0.1”被称为“回送地址”。关于 ping 命令的使用详解，可参阅本书相关实例。

（6）特别提示

① 适配器是任何能在物理上不同的系统之间进行通信的硬件设备。这个术语常指插在计算机中的外设卡，提供从计算机总线到另一种诸如硬盘或网络的介质的接口。

② 网关（gateway）是将两个使用不同协议的网络段连接在一起的设备，其作用就是对两个网络段中使用不同传输协议的数据进行互相的翻译转换。例如校园网常常需要通过网关发送电子邮件到 Internet 的相关地址。

4.2 网　　线

在局域网中，要使不同的计算机能够相互通信，必须有一条通路（即网线）使它们能够相互连接。目前局域网中常用的网线主要有同轴电缆、双绞线和光缆等，使用最多的是双绞线。

4.2.1 同轴电缆

在局域网兴起之初，同轴电缆曾是局域网网线的主流。但现在逐渐被双绞线替代，下面简单介绍同轴电缆的相关知识。

1. 认识同轴电缆

同轴电缆由一根空心的外圆柱导体和一根位于中心轴线的内导线组成，两导体间用绝缘材料隔开，如图 4-2-1 所示。

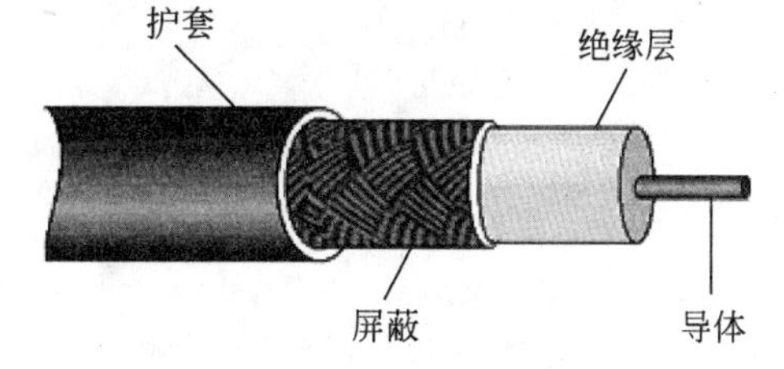

图 4-2-1　同轴电缆

同轴电缆由以下几个部分组成。

（1）中心导体：中心轴线位置的铜导线，标准同轴电缆中心导体应为多芯铜线。

（2）绝缘体：隔离中心导体和导电网，目的是避免短路。

（3）导电网：网状铜导体，和中心导体以一层绝缘体相隔，接地线用。在网络信息传输过程中，可用来作为中心导体的参考电压。

（4）外层包覆：保护网线免受外界干扰，并预防网线在不良环境中受到氧化或其他损伤。

由于同轴电缆具有抗干扰能力强、屏蔽性能好等优点，因此在中小型局域网中，多用于设备与设备之间的连接或者用于总线型局域网中。

2. 分类

根据直径的不同，同轴电缆可以分为粗缆（RG-11）和细缆（RG-58）两种类型。

（1）粗缆：传输距离长、性能高，但成本相对较高，常用于大型局域网的干线，连接时两端需要安装终接器。

（2）细缆：传输距离短、性能不高，但成本相对便宜，使用 T 型头与 BNC 网卡相连，两端安装 50 Ω终端电阻。

普通用户从节约资金的角度出发，通常使用细缆。粗缆的安装和接头的制作比较复杂，在中小型局域网中很少使用。

4.2.2 双绞线

双绞线是局域网中最常用的网线，由四组相互缠绕的铜线封装在一层绝缘外套中。四组铜线绞在一起的原因是当金属线中有电流通过（即进行数据传输）时会产生电磁场，将正信号与负信号的线对绕，两者产生的磁场就会相互抵消，从而减少信号的干扰。

1．分类

双绞线分为非屏蔽双绞线（Unshielded Twisted Pair，UTP）和屏蔽双绞线（Shielded Twisted Pair，STP）两大类，普通用户多选择非屏蔽双绞线。

（1）非屏蔽双绞线：外面只有一层绝缘胶皮，重量轻、容易弯曲，组网灵活。比较适合结构化布线，是星型局域网的首选网线，如图 4-2-2 所示。

（2）屏蔽双绞线：最大特点在于封装于其中的双绞线与外层绝缘皮之间有一层金属屏蔽，如图 4-2-3 所示。这种结构能减少辐射，防止信息被窃听，同时还具有较高的数据传输速率。但是由于屏蔽双绞线价格昂贵，对组网设备和工艺要求较高，所以只应用在电磁辐射严重且对传输质量要求较高的组网场合。

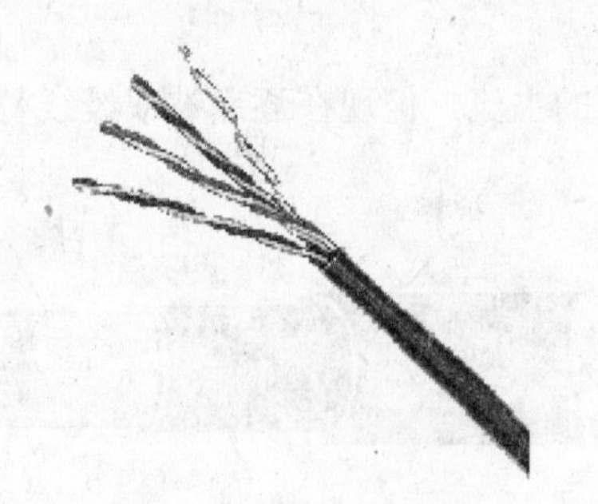

图 4-2-2　非屏蔽双绞线

图 4-2-3　屏蔽双绞线

2．UTP 的分类与特点

根据传输速率和用途的不同，非屏蔽双绞线（UTP）又分为 3 类、4 类、5 类、超 5 类和 6 类，常用的是 5 类和超 5 类 UTP。由于 5 类和超 5 类 UTP 缠绕紧密程度比 3 类、4 类 UTP 高，所以能够产生更高的传输速率，而 6 类 UTP 主要用于千兆位以太网。表 4-2-1 列出了几类 UTP 的技术参数和主要用途。

3．选购建议

选购 UTP 时，要根据网络的整体性能决定双绞线的类别。但是个别商家把 3 类、4 类 UTP 包着 5 类或超 5 类的外皮来欺骗不懂行的用户。在此提供几点建议，希望对读者有所帮助。

（1）速度测试：如果有条件，建议对双绞线做速度测试，这是最直观反映双绞线质量优劣的办法。在测试时要使用优等网卡，系统中尽量不要安装其他应用软件，硬盘速度要足够快，水晶头也要非常规范。

（2）检查外部标志：通常情况下，双绞线外皮上有线的种类标志，例如 CAT 5 表示 5 类 UTP，CAT 4 表示 4 类 UTP，其中 CAT 是 category（种类）的缩写。

表 4-2-1　每类 UTP 的技术参数和主要用途

UTP 类别	最高工作频率/MHz	最高传输速率/(Mb·s^{-1})	主要用途
3 类	15	10	用于语音和最高数据传输速率为 10 Mb/s 的网络，目前已经从市场上消失
4 类	20	45	用于语音和最高数据传输速率为 15 Mb/s 的网络，目前在布线中应用很少
5 类	100	100	使用了特殊的绝缘材料，可用于语音和最高数据传输速率为 100 Mb/s 的网络，是目前网络布线的主流
超 5 类	100	155	比 5 类 UTP 性能更佳，传输距离可达到 130 m。目前广泛应用于 100 Mb/s 的网络，有取代 5 类 UTP 的趋势

（3）柔韧程度：为了方便布线，双绞线应该比较柔韧，既容易弯曲，又不易折断。如果双绞线经过反复弯曲几次就折断了，或者过于柔软，就要考虑其质量问题。

（4）双绞线的绕距：双绞线由 4 对逆时针相互缠绕的铜线组成，为了避免串扰，每对铜线的缠绕紧密程度（通常以“绕距”来衡量，即扭绕一节的长度）也不同。标志 CAT 5 的外皮中发现了绕距为 10 cm 的双绞线，那么一定是已经被淘汰的 3 类 UTP。

（5）外皮的延展性：优质双绞线在制作时考虑到布线时线会被弯曲，所以把外皮制作得有一定的延展性。而某些劣质的双绞线则不然，外皮甚至能够用手拉断。

（6）外皮的抗高温性：为了保证双绞线在高温环境下也能正常工作，正规双绞线的外皮在 43℃～44℃时不会出现软化的现象。可以取一截外皮在室外阳光下照射一段时间，如果变得比较柔软，说明其质量欠佳。

（7）外皮的阻燃性：布线工程中对安全的要求相当严格，至少线不会烧燃。购买双绞线时，可以索取 1 cm 左右的线皮用火烧。优质双绞线外皮会逐渐熔化，但不会燃烧。如果一烧就着，千万不能购买。

4.2.3　光缆

光缆由许多根经过技术处理的光导纤维（简称光纤）组合而成，是经常用于大型局域网中的通信介质之一。下面介绍光缆的外观、分类及特点等。

1．认识光缆

20 世纪 80 年代初期，光缆开始进入网络布线领域。由于光缆能够适应网络长距离传输大容量信息的需求，所以在网络中发挥着十分重要的作用，很快成为传输介质的佼佼者。光纤以光脉冲的形式来传输信号，因此材质以玻璃或有机玻璃为主。

光缆的结构和同轴电缆类似，中心为一根由玻璃或透明塑料制成的光导纤维，周围包裹着保护材料，如图 4-2-4 所示。根据需要还可以将多根光纤合并在一根光缆中。

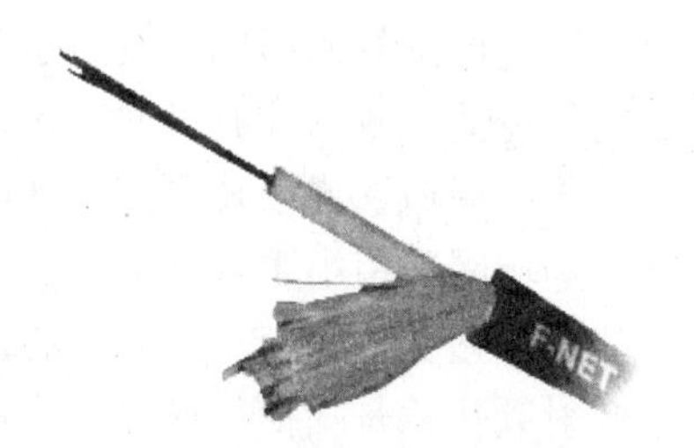

图 4-2-4　光缆

2．分类

（1）单模光缆：由激光作为光源，芯线较细，仅有一条光通路，其特点是传输频带宽、信息容量大、传输距离长（2 km 以上），但成本较高，通常用于远距离传输数据。

（2）多模光缆：由二极管发光，芯线较粗，其特点是传输速度低、传输距离短（2 km 以内）、传输性能较单模光缆差，但成本相对较低，主要用于较小范围内的数据传输，如在同一建筑物内或相邻较近（2 km 以内）的环境中使用。

模是指以一定角度进入光缆的一束光，单模与多模光缆光源的不同决定了其传输容量和质量。

3．特点

光缆与其他通信介质相比，具有以下优点。

（1）由于光缆传输的是光信号，不受外界电磁信号的干扰，信号的衰减速度很慢，所以信号的传输距离比其他各种网线要远得多。单段最大长度可达 2 km。特别适用于电磁环境恶劣的地方。

（2）由于光缆的光学反射特性，一根光缆内部可以同时传送多路信号，所以光缆的传输速率非常高。目前 1000 Mb/s 的光缆网络已经成为主流高速网络，光缆网络的理论速率最高可达到 50 000 Gb/s。

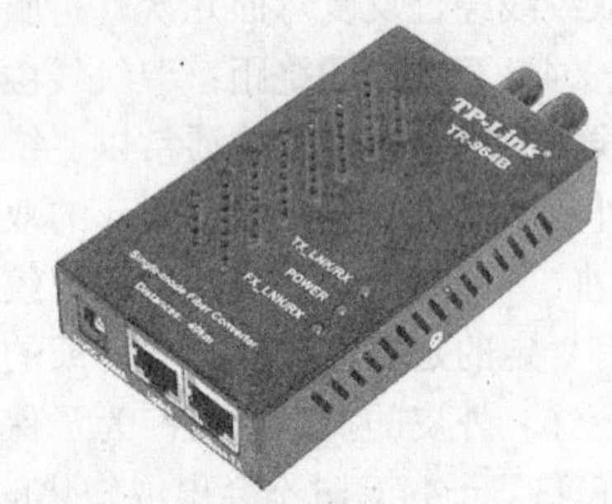

图 4-2-5 光缆转发器

目前，光缆没有像双绞线那样普及的主要原因如下。

（1）光缆网络由于需要把光信号转变为计算机的电信号，因此在技术上要求比较高。

（2）除了需要连接光缆的多种类型接头外，还需要专用的光缆转发器（如图 4-2-5 所示）等设备负责把光信号转变为计算机电信号，并且把光信号继续发送给其他网络设备。

（3）价格昂贵，因此中小型局域网没有必要使用。目前光缆主要应用在大型局域网中作为主干线路。

总的来说，光缆是前景非常好的网络通信介质。随着成本的降低及技术的进步，在不远的未来，光缆会取代双绞线的地位，给用户带来全新的高速体验。

4.2.4 无线通信介质

电波提供了一种无法触摸的网络数据传输方式。几十年来，广播电台和电视塔都使用电波以模拟信号的形式传输信息。电波不仅能够传输模拟信号，还能够传输数字信号，通过电波传输信号的计算机网络称为无线网络。

无线局域网通常使用红外（IR）或者射频（RF）波段传输信息，以后者使用居多。红外线局域网采用小于 1 μm 波长的红外线作为传输媒体，有较强的方向性，受太阳光线的干扰大。它支持 1～2 Mb/s 数据速率，适用于近距离通信。

射频传输是指信号通过特定的频率点传输，采用射频作为传输媒体，覆盖范围大，发射功率较自然背景的噪声低，基本避免了信号的窃取，使通信相对安全。

除红外和射频传输外，微波和卫星链接也可以通过电波传输数据，这些能够跨越更远距离的传输方式主要应用于广域网通信。

4.2.5 案例——双绞线的制作

1．案例说明

双绞线制作的必备工具如下。

（1）水晶头以及双绞线压线钳。水晶头连接 RJ-45 接口和双绞线如图 4-2-6 所示。自上而下可以直接看到 8 块金属簧片，依次为 1 号引脚到 8 号引脚。图 4-2-7 所示就是双绞线压线钳，它是组建网络的最重要的工具之一。它的质量直接关系到网线接头的制作成功率，因此在经济条件允许的情况下，最好购买名牌大厂的产品。

图 4-2-6 水晶头

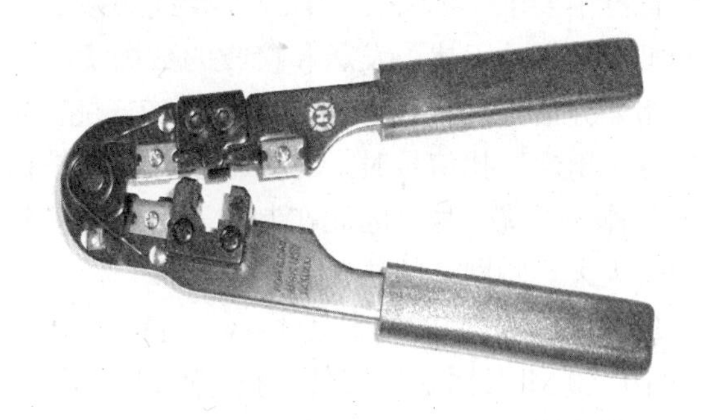

图 4-2-7 双绞线压线钳

（2）测试仪。测试仪的功能是检验网线是否连通，网线制作是否正确。如图 4-2-8 所示，一套简单的测试仪由两部分组成，一般约定以带电池的、带开关的部分称为主测试体，另一较小部分称为副测试体，两部分都有一个 RJ-45 接口，同时主测试体上还有用于表示测试结果的指示灯。检测时把双绞线的两端分别接到测试仪的两部分上，如果测试仪上的绿灯全亮了则表示网线是通的，否则，需要重新制作。需要特别提醒的是，简单的测试仪仅能检验网线是否连通，并不能检验网线传输数据时质量的高低。有的网线表面上已经做好，也能在网络中使用，可一旦传输大文件时往往会出现 CRC 循环校验错误，其结果就是导致文件损坏。因此，在制作网线的时候要细心、耐心，才能有效的避免这种情况的发生。对于双机互连使用的交叉双绞线，也可以使用它直接连接两台计算机来测试其是否接通。

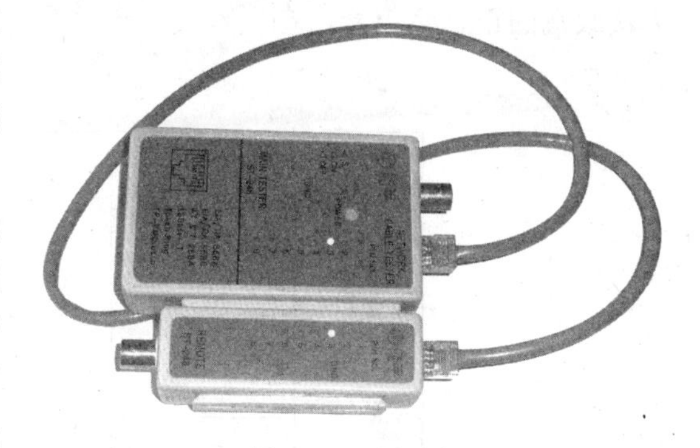

图 4-2-8 测试仪

2．实现方法

（1）制作标准。

① 双绞线的线序。CAT 5 双绞线由 8 根不同颜色的线分成 4 对绞合在一起，分别是绿、绿白，橙、橙白，蓝、蓝白，棕、棕白。通过 RJ-45 水晶头接入网卡、集线器（Hub）或交换机等网络设备的 RJ-45 插座内。RJ-45 水晶接头前端有 8 个槽，槽内有 8 个金属触点，线头向下金属触点面从左至右引脚序号分别是 1～8。

为了保持最佳的兼容性，双绞线与 RJ-45 头相连时，EIA/TIA 的布线标准 568A 与 568B 规定了两种双绞线的线序。

568A 标准：1—绿白，2—绿，3—橙白，4—蓝，5—蓝白，6—橙，7—棕白，8—棕。

568B 标准：1—橙白，2—橙，3—绿白，4—蓝，5—蓝白，6—绿，7—棕白，8—棕。

两者没有本质的区别，只是颜色上的不同，但在整个网络布线中应该仅使用一种布线标准，至于两端都有 RJ-45 插口的网络连线无论是采用 568A 标准，还是采用 568B 标准，在网络中都是可行的，但双绞线的顺序应与 RJ-45 头的引脚序号一一对应。在实际工程中，多采用 568B 标准。

标准中要求 1-2，3-6，4-5，7-8 线必须是双绞。这是因为，在数据的传输中，为了减少和抑制外界的干扰，发送和接收的数据均以差分方式传输，即每一对线互相扭在一起传输一路差分信号。所谓差分信号是指绞在一起的两根线分别以正负电平方式传输同一信号，当线路中出现干扰信号时，对两根线的影响是相同的，因而在接收端还原差分信号时就可以屏蔽掉该干扰信号。因此在制作双绞线的接头时，不能将传输差分信号的一对线分开，否则将大大影响网络的传输质量。

10 Mb/s 以太网的网卡使用 1，2，3，6 引脚传递数据，而 100 Mb/s 网卡需要使用四对线。由于 10 Mb/s 网卡能够使用按 100 Mb/s 方式制作的网线，而且双绞线又提供有四对线，因而即使使用 10 Mb/s 网卡，一般也按 100 Mb/s 方式制作网线。

② RJ-45 插座的接线方法。为了方便用户，网卡、Hub 或交换机的厂家已定义好了 RJ-45 插座的接线方法，如图 4-2-9 所示。其中 T_{x+}、T_{x-}为发送端的正、负信号，R_{x+}、R_{x-}为接收端的正、负信号，在用双绞线连接两台设备通信时，必须使发送端正负与接收端正负互连。

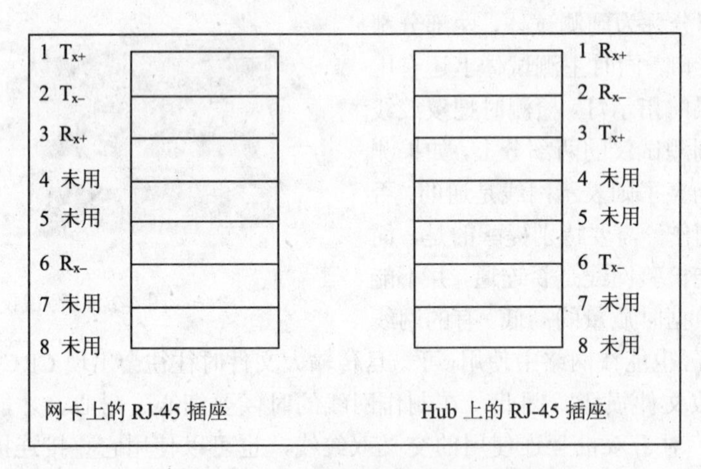

图 4-2-9　网卡和 Hub 上的 RJ-45 插座

（2）制作步骤。

① 准备好长短合适的双绞线，用 RJ-45 剥线/压线钳剥出 1.5～2 cm 长度的双绞线。

② 将剥好的双绞线按 568A 标准或 568B 标准排好顺序，再用 RJ-45 剥线/压线钳将接头剪齐，留出 1 cm 左右的双绞线接头。

③ 将排好顺序的双绞线插入 RJ-45 接头，用 RJ-45 剥线/压线钳将接头压紧，必须确定无松动现象。

④ 制作双绞线的另一端的RJ-45接头(直通线两头按同一标准,交叉线两头按不同标准)。

(3)应用类型。

① 个人计算机至集线器(Hub)普通口互连。个人计算机连接到Hub普通口时,若为10 Mb/s网速,只要双绞线两端一一对应即可,不必考虑不同颜色的线序,而如果使用100 Mb/s速率相连的话,则必须严格按照EIA/TIA 568A或568B布线标准制作,连线参考如图4-2-10所示。

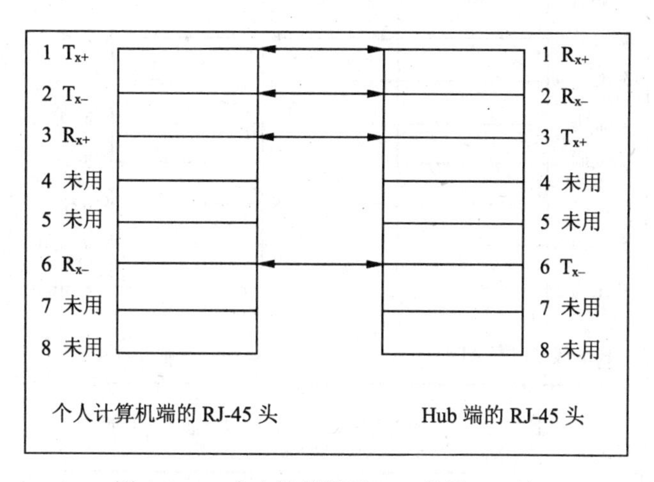

图4-2-10 个人计算机至Hub普通口互连

② 个人计算机至个人计算机的互连,如图4-2-11所示。

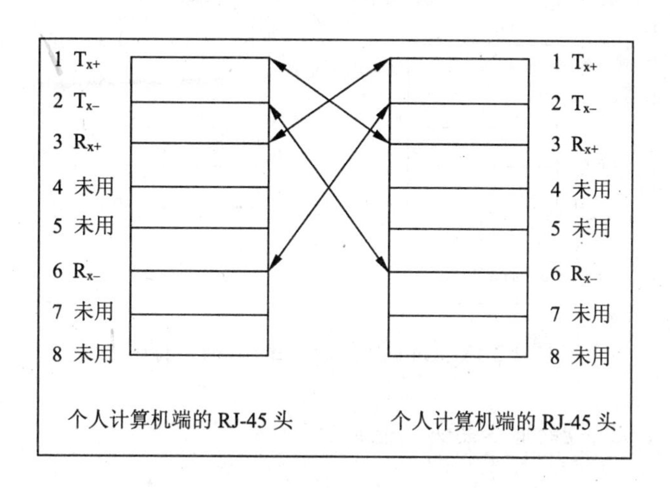

图4-2-11 个人计算机至个人计算机的互连

③ Hub级联口至Hub普通口的互连,如图4-2-12所示。

④ Hub普通口至Hub普通口的互连,如图4-2-13所示。

(4)检测。网线做好后需要检查是否能够连通,此步骤需要用到测试仪。一般来说测试仪可以同时检测双绞线和同轴电缆,只是分别用不同的接口和不同的指示灯。

检测步骤如下:在主测试体中装好电池后,将网线的两头分别插入测试仪的两个测试体,并打开测试仪开关。这时主测试体的"PIN NO"下面的8个指示灯会依一定次序点亮,这就说明网线是通的。测试直通双绞线时，8 个指示灯点亮的顺序是 1，2，3，4，5，6，7，8；如果是交叉双绞线，则顺序为 3，6，1，4，5，2，7，8。如果出现某个灯不亮或者点亮的顺序不对的情况，就说明网线有问题。如果某个灯不亮，表示有某一条芯线没有接通或是接触不良；如果是顺序不对，则表示交叉错误，即 8 根细线的排列顺序错了。无论出现什么错误，都要把做好的水晶头剪掉，重新制作新的水晶头。

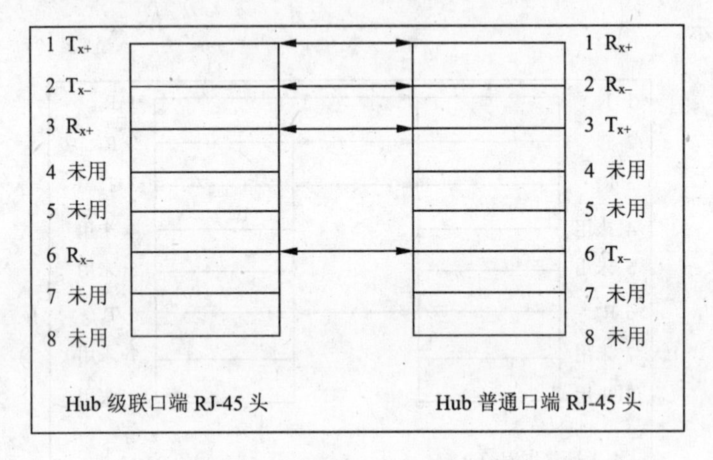

图 4-2-12　Hub 级联口至 Hub 普通口的互连

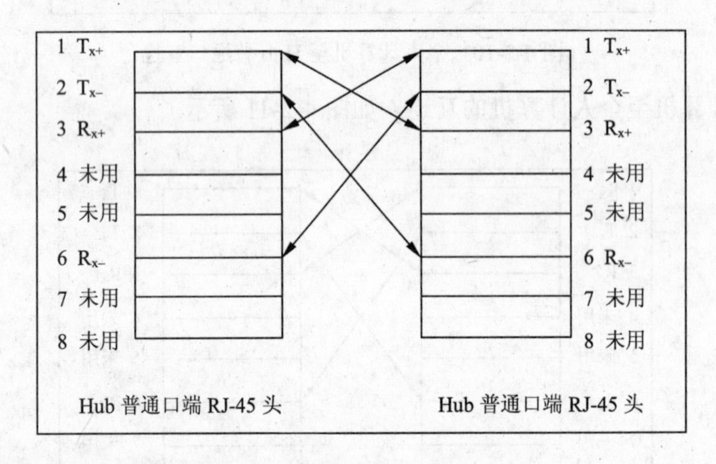

图 4-2-13　Hub 普通口至 Hub 普通口的互连

注意：用压线钳压过的旧水晶头不能再使用。

4.3　中继器与集线器

4.3.1　认识中继器与集线器

1. 中继器

在星型局域网中，单根双绞线长度最大不能超过 100 m，否则信号衰减到一定程度，数据就无法识别。为了解决这个问题，需要使用“中继”手段，即在网络中间放一个中继器，中继器将衰减的信号放大处理，重新产生出完整的信号后继续传送，这样扩大了网络的范围。

在 IEEE 802.3 中，对于网络电缆的长度做了规定。如 10Base-5 标准中，粗缆的最大长度是 500 m，10Base-2 标准中，细缆长度是 185 m。使用中继器后，粗缆长度可增至 2.5 km，细缆长度可增至 925 m。但网上对使用中继器的数量有所规定，粗缆最多接 5 个中继器，每个中继器可挂 100 个工作站。细缆也能接 5 个中继器，每个中继器只能接 30 个工作站。在以太网中使用中继器要注意 5-4-3-2-1 原则，即 4 个中继器连接 5 个段，其中只有 3 个段可以连接主机，另 2 个段是连接段，它们共处于 1 个广播域中。

中继器除了可以扩大网络范围外，还可以改变网络的拓扑结构，使总线结构变成星型或树型结构。中继器还具有自动分割和重新连接、暂停网段间的数据传输、接收、自动隔离出错段等保证网络正常运行的功能。此外，中继器也提供多种状态指示，如发送、接收、分割、冲突指示等。

使用时，中继器一般与网络主干线相连，主干线可以是细缆、粗缆光纤等。若与粗缆连接，则需要外接收发器，并在网络局域区外使用细线或双绞线。中继器工作在协议层次的最底层，即物理层。两段必须使用同种的介质访问法。中继器通常在一栋楼中使用。扩展段上的结点地址不能与现行段上的结点地址相同。

中继器只有对信号进行再生和扩大的功能，没有通信隔离功能，也没有办法解决信息拥挤和路径选择等问题。

使用中继器时应注意以下两点。

（1）用中继器连接的以太网不能形成环。

（2）必须遵守 MAC 协议定时特性，即不能用中继器将电缆段无限连接下去。即使信号衰减能够得到控制，信号传输时间过长，也会出现错误。

2．集线器

集线器又称集中器，也就是俗称的 Hub。集线器是一种特殊的中继器，而中继的主要作用是对接收到的信号进行再生放大，以扩大网络的传输距离。集线器把来自不同的计算机网络设备的电缆集中配置于一体，是多个网络电缆的中间转接设备，像树的主干一样，集线器是各分枝的汇集点，是对网络进行集中管理的主要设备。网络中如果使用了 Hub，那么这个网络就变成了混合型网络。

集线器作为一种集中管理网络的共享设备，不仅将网络设备连接在一起，而且还有扩大网络范围的作用，外观如图 4-3-1 所示。

图 4-3-1　集线器

采用集线器是解决从服务器直接到工作站的最佳且最经济的方案，使用集线器组网十分灵活。它处于网络的一个星型结点，集中管理与其相连的工作站。某台工作站故障不影响整个网络的正常运行，并可方便地增加或减少工作站。图 4-3-2 所示为一个由集线器连接的小型局域网。

通过集线器可以监视网络中每个工作站的工作状况，面板上的指示灯时刻清楚地显示出通信线路的状态，大大方便了网络的日常维护工作。

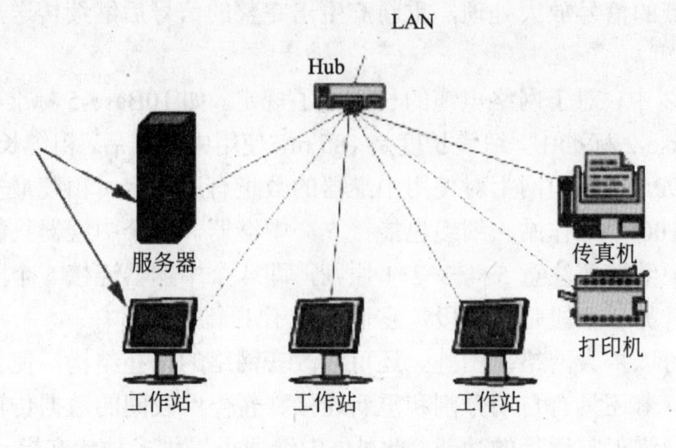

图 4-3-2　一个集线器连接的网络

4.3.2　分类

集线器可以按传输速率、配置形式、管理方式和端口数不同分类。组网时应根据入网的计算机和其他设备的数量选择合适的集线器，并留下一些余量为以后扩充网络做准备。

1．依据传输速率

目前，集线器的传输速率主要有 10 Mb/s、100 Mb/s 和 10/100 Mb/s。其中 10 Mb/s 集线器传输速率过低，已经被淘汰；100 Mb/s 集线器适用于中小型星型局域网；10/100 Mb/s 自适应集线器能够自动调整传输速率，工作在 10 Mb/s 或 100 Mb/s 网络中。

2．依据配置形式

依据配置形式的不同，集线器可以分为如下类型。

（1）独立型集线器：价格低，管理方便但工作性能较差，缺乏速度优势。

（2）模块化集线器：便于实施对用户的集中管理，一般用于大型网络。

（3）可堆叠式集线器：独立型和模块化的结合，可方便扩充网络，用于中型网络中。

3．依据管理方式

依据管理方式的不同，集线器可以分为如下类型。

（1）被动集线器：它只把多段网络介质连接在一起，允许信号通过，不对信号做任何处理，不能提高网络性能，也不能帮助检测硬件错误或性能瓶颈，只是简单地从一个端口接收数据并通过所有端口分发，这是集线器的最简单功能。

（2）主动集线器：拥有被动集线器的所有功能，此外还能监视数据，纠正损坏的分组并调整时序，增加信号强度。还可以报告哪些设备失效，具备一定的诊断能力。

（3）智能集线器：比前两种集线器提供更多的功能，可以使用户更有效地共享资源。除了主动集线器的功能外，还提供了集中管理功能。如果连接到智能集线器上的设备出现问题，可以很容易地识别、诊断并排除。智能集线器还可以为不同设备提供灵活的数据传输速率。

（4）交换集线器：在一般智能集线器功能上增加了线路交换和网络分段功能。很多时候也把它划归到入门级交换机类型中。

4．依据端口数目

集线器的端口数目主要有 8 口、16 口和 24 口，端口数多，价格会相对高一点。使用多少端口数的集线器，应该根据联网的计算机的数目而定。例如，18 台计算机联网，就要购买 24 口集线器。

4.3.3 选购建议

满足需求是选购的前提，不符合需求的集线器，价格再低也不能买。选购集线器时主要考虑网络规模、数据传输速率、品牌和价格等因素。

1．网络规模

网络的规模决定采用的集线器类型。

（1）如果只有两台计算机互联，采用双绞线交叉相连的方法即可，无须使用集线器。

（2）如果有 3～8 台计算机联网，且在一段时间内不再增加计算机，购买一个 8 口集线器即可。8 口集线器具有很高的性价比，是超小型的 SOHO 网络的理想选型。

（3）计算机规模在 8 台以上的星型网络，则应该在 16 口和 24 口的集线器中选择。

（4）计算机数量如果多于 24 台，就要选择两台或两台以上集线器进行级联，或者使用堆叠集线器。

（5）如果网络中有上百台甚至更多的计算机，集线器已经不能满足需求，需要使用交换机。

2．数据传输速率

集线器的数据传输速率，主要取决于以下 3 个因素。

（1）其他配套设备的带宽：如果网卡和双绞线的带宽均为 100 Mb/s，应该配置 100 Mb/s 的集线器，否则会造成资源浪费。

（2）联网的计算机数量：由于连接在集线器上的所有计算机均使用同一个上行总线，所以联网的计算机数目越多，越容易造成冲突，这时 10 Mb/s 产品很可能满足不了带宽需求。通常的做法是，计算机数量如果多于 10 台，需要 16 口或 24 口集线器时，不再考虑 10 Mb/s 集线器，而应选择 100 Mb/s 或 10/100 Mb/s 自适应产品。

（3）应用需求：如果传输的内容不涉及语音、图像，传输量相对较小时，选择 10 Mb/s 集线器；如果传输量较大，且有可能涉及多媒体应用时，应当选择 100 Mb/s 或 10/100 Mb/s 自适应集线器。

3．品牌和价格

价格永远是选购商品时必须考虑的因素。集线器之所以在交换机面前还能够生存，重要原因之一就是价格比交换机便宜。一般来说，好的品牌意味着好的质量和完善的售后服务。目前，生产集线器的公司主要有 3COM、Intel（英特尔）、HP（惠普）、GVC（致福）、顶星科技、友讯科技、智邦科技、中国长城计算机集团、明基、深圳普瑞尔电子、实达电脑集团、Aopen（建基）和清华同方等。

一般来说，国外知名品牌的价格比较昂贵，例如 3COM 品牌。其实，在性能方面，同级别、同规格的国产集线器与国外品牌相比并没有很大差别，主要在耐用性上有一定差距，因此建议在购买集线器时，还是首选 TP-Link、D-Link、3COM、Topstar 及实达等知名国内品牌。这些产品不仅价格较低，而且质量和售后服务也有保障。

4.3.4 案例——集线器及其连接

1．案例说明

集线器是局域网中经常要用到的主要设备之一。其名称来自单词 Hub，意为中枢或交汇点，是网络中工作站和服务器的连接设备。通过本案例，读者能够掌握集线器在局域网中的连接方法。

2．实现方法

（1）单个集线器的连接

单个集线器组成局域网的连接非常简单，将计算机分别连接到集线器的端口上即可，如果有服务器，将其连接到 1 号端口上。

（2）多个集线器的连接

将服务器连接到一台集线器的端口 1 上，然后将其他集线器作为终端连接到第一个集线器的其他端口上，如图 4-3-3 所示。在此需要注意，一般可级联集线器的接口比标明的多一个，比如 8 口的集线器，实际有 9 个端口。多出的端口称为 Top Link 或者 Up Link 端口，与端口 1 相邻，用于两个集线器之间的级联。但此端口与端口 1 不能同时使用，否则会出现不能上网的问题。

级联式集线器虽可以扩充端口，但是却降低了结点的传输速度。为了避免这种情况，出现了堆叠式集线器（集线器堆叠是通过厂家提供的一条专用连接电缆，从一台集线器的“UP”堆叠端口直接连接到另一台集线器的“DOWN”堆叠端口，以实现单台集线器端口数的扩充），如图 4-3-4 所示。所有的堆叠式集线器是并联的，一般最多可以并接 8 个。在堆叠式集线器组成的系统中，每个集线器各个端口的传输速率是一样的。

堆叠式集线器在后面有专用的堆叠连接口，一般标有“In”和“Out”，没有特殊的地方，只不过连接的电缆要用专用的堆叠电缆。

（3）10Base-T 的 5-4-3 规则

此规则用于 10 Mb/s 双绞线网络中。所谓 10Base-T 的 5-4-3 规则，是指任意两台计算机间最多不能超过 5 段线（既包括集线器到集线器的连接线缆，也包括集线器到计算机间的连接线缆）、4 台集线器，并且只能有 3 台集线器直接与计算机等网络设备连接。如图 4-3-5 所示即为 10Base-T 网络所允许的最大拓扑结构，以及所能级联的集线器层数。

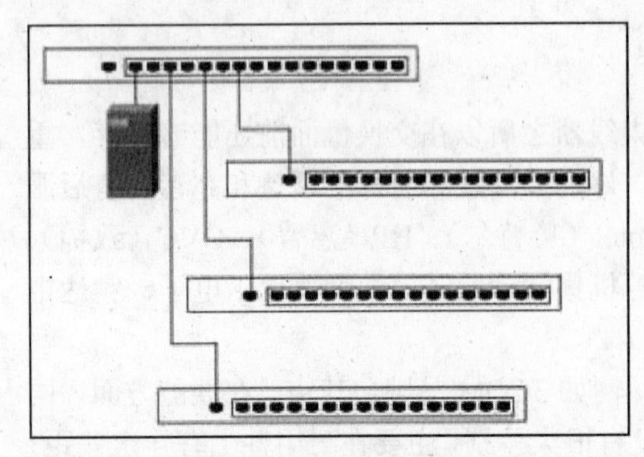

图 4-3-3　多个集线器的连接

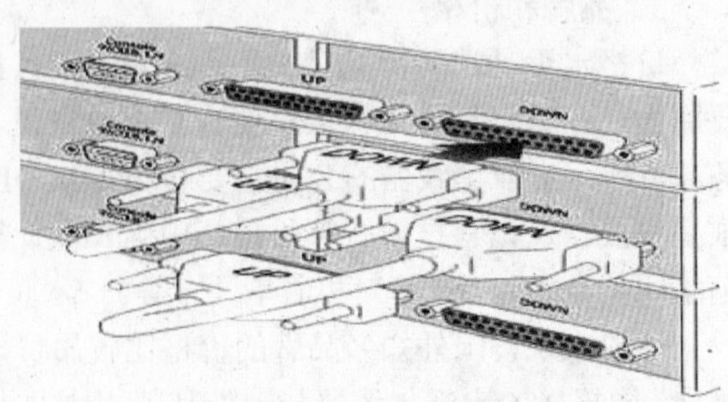

图 4-3-4　堆叠式集线器

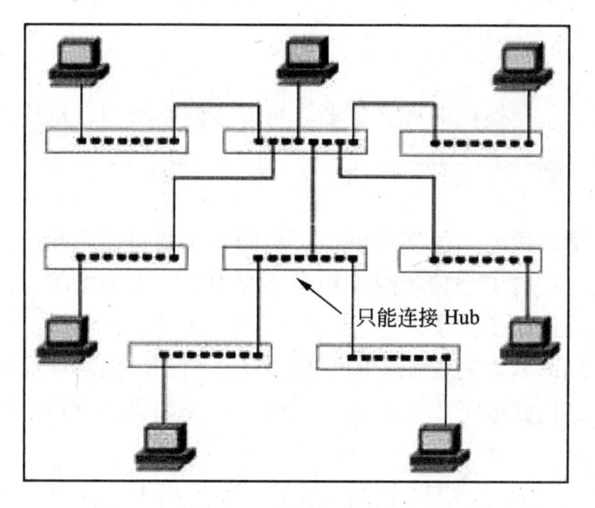

图 4-3-5　10Base-T 网络的最大拓扑结构

4.4　交　换　机

交换机在外观上和集线器相似。但其原理和集线器不一样，功能更为强大，通常用于较大型的网络中。

4.4.1　认识交换机

交换机如图 4-4-1 所示，作为采用交换技术的网络设备，交换机不仅具有集线器的功能，在外观和使用上都与集线器类似，而且智能性更高。随着技术的发展，模块化设计是新型交换机的特点，如图 4-4-2 所示。在传输速率方面，目前国内市场上最常见的是 10/100 Mb/s 自适应交换机。

图 4-4-1　普通交换机

图 4-4-2　模块化交换机

交换机采用全双工工作机制，可以记忆网卡的 MAC 地址，并将其保存在内部地址表中，通过在数据包的发送端和接收端之间建立临时的交换路径，使数据包直接由源地址到达目的地址，而不会送到其他不相关的端口。因此这些未受影响的端口可以继续向其他端口传送数据，从而突破了共享式集线器同时只能有一对端口工作的限制。

交换机的传输速率通常比集线器高，例如同样是 100 Mb/s 带宽，集线器是由连入其中的计算机共享 100 Mb/s 带宽，而交换机则是每台计算机各自独享 100 Mb/s 带宽。所以，利用交换机可以让每个用户都能够获得足够的带宽，从而提高整个网络的性能。

4.4.2 分类

相对于集线器而言，交换机的种类更多，可以按网络类型、结构、交换方式、应用规模和管理方式等标准分类。

1．依据网络类型

不同的局域网类型，所使用的交换机也不相同，主要有以下几种。

（1）令牌环交换机：与“令牌环网”相配的交换机。由于令牌环网逐渐失去了市场，相应地，令牌环交换机也很少见了。

（2）以太网交换机：以太网中使用的交换设备。由于以太网现在几乎成为局域网的代称，因此以太网交换机也就成了“交换机”的代名词。如果没有特别说明，通常所说的交换机即指这种交换机。

（3）ATM 交换机：应用于 ATM 网络的交换机，价格十分昂贵。ATM 网络由于其独特的技术特性，目前广泛用于 Internet 的主干中。普通的局域网用户一般接触不到 ATM 交换机。

2．依据结构

依据结构不同，交换机可以分为固定式交换机和模块化交换机。

（1）固定式交换机：价格相对便宜，但只能提供有限的固定类型接口，因此在可连接的用户数量和可使用的通信介质上都有局限性，只适用于小型局域网。

（2）模块化交换机：价格比固定式交换机贵许多，但拥有很大的灵活性和可扩充性。用户可任意选择不同数量、不同速率和不同接口类型的模块，以适应千变万化的网络需求。为保证自身稳定的电力供应，模块化交换机还拥有可热插拔的双电源。

3．依据交换方式

交换机的交换方式也称为工作方式，按交换方式的不同，可以分为以下几种。

（1）存储转发（Store and Forward）式：这种交换机的控制器将到达输入端口的数据包先缓存起来，进行 CRC（循环冗余）校验，过滤掉错误包后发送数据。这样不但可以有效地减少网络中的错误包，而且可以支持不同速率端口间的转换，以保持高速端口和低速端口间的协同工作，因此处理数据包存在一定的延时。

（2）直通（Cut Through）式：这种工作方式只检查数据包头，取出目的地址，然后把数据包转发到该目的端口完成交换工作。这种交换机具有延时短且速度快的优点，但不支持不同速度的端口直接通信。

（3）碎片隔离（Fragment Free）式：介于直通和存储转发之间的一种方式。这种工作方式检查数据包的长度是否够 64 Byte。若小于，便判定是错误数据包并将其丢弃；若大于，则发送。其速度介于直通式和存储转发式之间。

4．依据应用规模

按应用规模的大小，交换机可以分为工作组级交换机、部门级交换机和企业级交换机。需要说明的是，不同企业的规模标准可能会不同。

（1）工作组级交换机：支持 100 个信息点以内的交换机，其特征是端口数量少，带宽较低。为几台到几十台计算机联网提供交换环境，对带宽的要求不太高。

（2）部门级交换机：支持 100～300 个信息点的交换机，是面向部门，供数十人至数百人使用的交换机。此处的“部门”并不是特指某部门，而是就规模而言。与工作组级交换机相比，这种交换机具有较为突出的智能型特点。

（3）企业级交换机：支持 300～500 个信息点的交换机，通常用于大型企业的骨干网中。属于高端交换机，采用模块化结构，可作为网络骨干构建高速局域网，不仅能传送海量数据和控制信息，更具有硬件冗余和软件可伸缩性的特点，保证网络的可靠运行。

5．依据管理方式

按管理方式的不同，交换机可以分为可网管交换机和非网管型交换机。

（1）可网管交换机：这种交换机支持 SNMP（Simple Network Management Protocol，简单网络管理协议）网络管理。可以分配 IP 地址后将其作为网络上的一个结点存在从而通过 SNMP 网络管理软件远程管理交换机。

（2）非网管型交换机：这种交换机在小型网络中很常见，不能被分配 IP 地址，因此也不具有可网管交换机的管理特性。但通过串口或打印口，非网管交换机可以实现一些简单的管理功能。

4.4.3 选购建议

交换机是局域网中的重要设备，目前国内市场上最常见交换机品牌主要有 TP-Link、D-Link、3COM、Accton、Intel、Cisco、联想、实达及全向等。下面是交换机选购建议，仅供参考。

1．网络规模

对于要求稍高的用户，选择交换机组建网络肯定比集线器稳妥，而且在由多台集线器组成的网络中增加一台交换机作为网络中枢，可以大大提升网络的总体性能。因此对于不同的用户，应主要根据自己的网络规模，选择性价比高的产品。

对于小型企业或办公室用户，千元左右的交换机应为首选，它完全能够满足网络的日常工作，具备较高的性价比。例如国产的 TP-Link 及全向等品牌的普及型产品都具备不错的性能和较合理的价格。

对于大中型企业用户的中等规模网络及要求比较高的网络，可选用的余地大大增加。既可选择 TP-Link 及 Topstar 等品牌的实用型产品，也可选择 3COM 及 Aleatel（阿尔卡特）等世界知名品牌的高端产品。

对于对网络环境要求极为苛刻的用户而言，千兆位交换机肯定是最好选择。此时用户一般不太考虑价格，性能和实用性第一。

2．端口带宽

目前，交换机的端口带宽主要有 10 Mb/s，100 Mb/s，10/100 Mb/s 和 100/1000 Mb/s 等几种。所使用的端口类型大多为 RJ-45，数量通常为 8 的倍数，以 16 口和 24 口为主。一些高端产品采用光纤端口。

对于小型的企业用户或办公室用户，可选用 100 Mb/s 交换机产品承担骨干网，而用 10 Mb/s 的产品来承担分支网，这样具有投资小且经济实用等优点。

10/100 Mb/s 交换机产品是目前国内市场上的主流产品，具备自动侦测使用全/半双工的功能，适合于广大网络用户。如果要实现全双工，还需要网卡等相关网络设备要具备全双工功能，现在市场上的主流网络设备都支持全双工。

100/1000 Mb/s 交换机产品是高端应用用户的最好选择，在一定程度上解决了服务器与服务器之间的带宽瓶颈问题。

如果网络将采用光纤布线，那么必须选用支持光纤的交换机产品。可以直接选择带光纤端口的产品，但价格昂贵，也可以选择在不带光纤接口的交换机上加装光纤模块后使用。注意许多低价位的产品不支持，而且不同厂家或不同系列交换机的光纤模块一般不能通用。

3．背板带宽

背板带宽也称背板吞吐量，类似于计算机主板上的总线，是交换机接口处理器和数据总线间所能吞吐的最大数据量。一台交换机的背板带宽越高，处理数据的能力就越强，同时价格也越高。背板带宽的大小直接影响到交换机的实际传输速率，是交换机的主要性能指标之一，选购时要特别注意。

一般来说，一台背板带宽为 2.4 Gb/s 的 24 口交换机，每端口平均分配 100 Mb/s，足以满足大多数数据传输业务对网络速度的要求。如果一台 24 口交换机，标称其端口带宽为 100 Mb/s，但其背板带宽只有 2 Gb/s，那么当所有端口同时传输数据时，实际工作效率就会大打折扣。

对于中等规模以上的局域网来说，网络中心的主干交换机对背板带宽的要求比下一级交换机高，一般要达到几十 Gb/s，甚至几百 Gb/s。

4．售后服务

选用交换机时除了在一定程度上认清产品的真伪、厂商知名度外，产品售后服务的质量是更应该关心的问题。一些信誉较好的商家，除了对产品按规定实行包修包换外，还免费上门安装调试及人员培训。

总之，在性价比差不多的情况下，售后服务质量应该决定用户的取舍。这就需要用户除通过各种途径获取产品情况外，还要货比三家，选择最好的。

4.4.4　交换机和集线器的区别

集线器是连接多台计算机的设备，只能起到信号放大和传输的作用，不能对信号中的碎片进行处理，所以在传输过程中容易出错；而交换机则可以看作是一种智能型的集线器，除了具有集线器的所有特性外，还具有自动寻址、交换、处理的功能，可以防止数据丢失和提高数据吞吐量。

具体地说，交换机和集线器的区别主要有以下几点。

（1）交换机的前面板上通常有 3 排或 6 排灯，而集线器的前面板只有一排或两排灯。当进行数据交换时，交换机的 LNK/ACT 灯闪烁，10/100 Mb/s 灯亮时代表工作在 100 Mb/s 速率上，否则代表工作在 10 Mb/s 速率上；DOP/COL 灯亮时代表交换机以双工模式工作，否则代表以半双工模式工作。由于集线器只能以半双工模式工作，所以它没有 DOP/COL 灯。

（2）从 OSI 体系结构来看，集线器属于 OSI 的第 1 层（物理层）设备，而交换机属于 OSI 的第 2 层（数据链路层）或属于 OSI 的第 3 层（网络层）设备。这就意味着集线器只是对数据的传输起到同步、放大和整形的作用，对数据传输中的短帧、碎片等无法进行有效的处理，不能保证数据传输的完整性和正确性；而交换机还可以过滤短帧和碎片等。

（3）从工作方式来看，集线器是一种广播模式。即集线器的某个端口工作时，其他所有端口都能够收听到信息，容易产生广播风暴，当网络较大时网络性能会受到很大的影响；而交换机工作时，只有发出请求的端口和目的端口之间相互响应，不影响其他端口。因此，交换机能够隔离冲突域和有效地抑制广播风暴的产生。

(4) 从带宽来看，集线器的所有端口共享一条带宽，在同一时刻只能有两个端口传送数据，其他端口只能等待，并且只能工作在半双工模式下；而交换机的每个端口都有一条独占的带宽，两个端口工作时不会影响其他端口工作。同时交换机可以工作在全双工模式下，大大提高网络性能。

4.4.5 路由器

路由器是一种多端口的网络设备，如图 4-4-3 所示，能够连接多个不同的网络或网段，以实现更大范围内的信息传输，从而构成一个更大的网络。目前，路由器已经成为实现各种骨干网内部连接、骨干网间互联和骨干网与 Internet 互联互通业务的主力军。

图 4-4-3 路由器

所谓路由就是指通过相互连接的网络把信息从源地点移动到目标地点的活动。一般来说，在路由过程中，信息至少会经过一个或多个中间结点。

路由器是网络互联的主要结点设备，主要作用是连通不同的网络，如图 4-4-4 所示。作为不同网络之间互相连接的枢纽，路由器系统构成了基于 TCP/IP 的 Internet 的主体脉络。路由器的处理速度是网络通信的主要瓶颈之一，其可靠性直接影响着网络互联的质量。因此，在网络互联乃至整个 Internet 研究领域中，路由器技术始终处于核心地位，其发展历程和方向成为整个 Internet 研究的一个缩影。

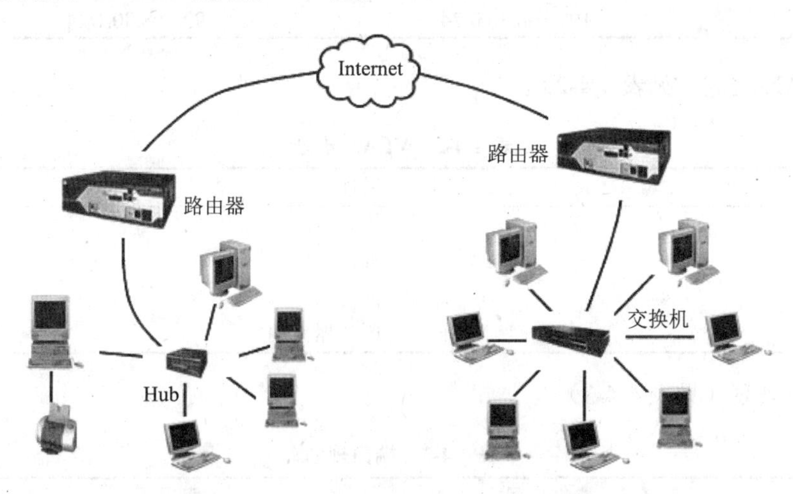

图 4-4-4 由路由器构成的互联网络

4.4.6 案例——单臂路由与 VLAN 的配置

1. 案例说明

(1) VLAN (Virtual Local Area Network，虚拟局域网)：主要为了解决交换机在进行局域网互连时无法限制广播的问题。每个 VLAN 是一个广播域，VLAN 内的主机间通信就和在一个 LAN 内一样，而 VLAN 间则不能直接互通，这样，广播报文被限制在一个

VLAN 内。

（2）单臂路由：主要用于不同 VLAN 之间的通信。采用单臂路由，即在路由器上设置多个逻辑子接口，每个子接口对应于一个 VLAN，达到 VLAN 之间的通信目的。

2．实施环境

（1）某公司为了业务的发展，租赁了新的写字楼。新环境的网线已经在大楼施工时同时布置完成。现要构建公司网络，公司有 2 个部门，每个部门 10 个人员，公司同时有 2 台服务器提供打印和文件服务。

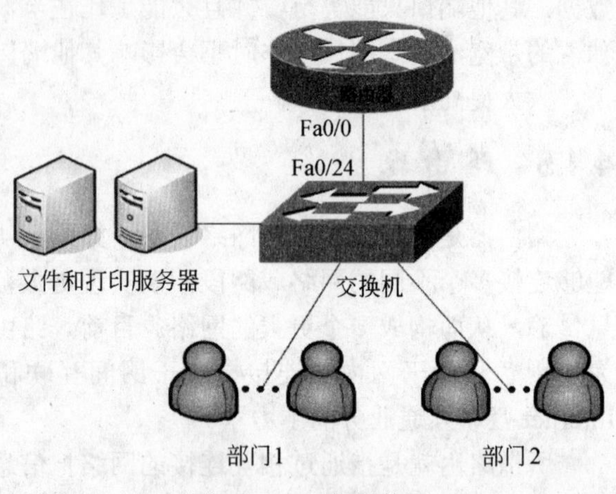

图 4-4-5　网络拓扑图

（2）网络拓扑图

网络拓扑图如图 4-4-5 所示。

（3）网络地址、VLAN、端口的规划

① 网络地址规划（见表 4-4-1）

表 4-4-1　网络地址规划

VLAN ID	IP 地址范围	网关地址
1	192.168.1.0/24	192.168.1.1/24
10	192.168.10.0/24	192.168.10.1/24
20	192.168.20.0/24	192.168.20.1/24
30	192.168.30.0/24	192.168.30.1/24

② VLAN 规划（见表 4-4-2）

表 4-4-2　VLAN 规划

VLAN ID	描述
1	管理专用
10	部门 1
20	部门 2
30	服务器专用

③ 端口规划（见表 4-4-3）

表 4-4-3　端口规划

交换机 ID	端口号	隶属于
SW-2L-1	Port1-10	VLAN10
SW-2L-1	Port11-20	VLAN20
SW-2L-1	Port21-23	VLAN30

3．实现方法

（1）先将其硬件设备按图 4-4-5 所示进行物理连接。

（2）配置交换机的名称与创建 VLAN，如图 4-4-6 所示。

```
Switch>en
Switch#conf t
Enter configuration commands, one per line.  End with CNTL/Z.
Switch(config)#hostname SW-2L-1
SW-2L-1(config)#vlan 10
SW-2L-1(config-vlan)#vlan 20
SW-2L-1(config-vlan)#vlan 30
SW-2L-1(config-vlan)#
```

图 4-4-6　交换机配置与 VLAN 创建

（3）将端口划分到不同的 VLAN，如图 4-4-7 所示。

```
SW-2L-1(config-vlan)#exit
SW-2L-1(config)#int rang f0/1 - 10
SW-2L-1(config-if-range)#
SW-2L-1(config-if-range)#switchport access vlan 10
SW-2L-1(config-if-range)#
SW-2L-1(config-if-range)#int rang f0/11 - 20
SW-2L-1(config-if-range)#
SW-2L-1(config-if-range)#switchport access vlan 20
SW-2L-1(config-if-range)#
SW-2L-1(config-if-range)#int rang f0/21 - 23
SW-2L-1(config-if-range)#
SW-2L-1(config-if-range)#switchport access vlan 30
```

图 4-4-7　端口划分

（4）验证 VLAN 的配置。

如果上面都操作成功的话，可以通过 show VLAN 命令来查看，如图 4-4-8 所示。

```
SW-2L-1(config)#int rang f0/21 - 23
SW-2L-1(config-if-range)#end
%SYS-5-CONFIG_I: Configured from console by console
SW-2L-1#show vlan

VLAN Name                             Status    Ports
---- -------------------------------- --------- -------------------------------
1    default                          active    Fa0/24
10   VLAN0010                         active    Fa0/1, Fa0/2, Fa0/3, Fa0/4
                                                Fa0/5, Fa0/6, Fa0/7, Fa0/8
                                                Fa0/9, Fa0/10
20   VLAN0020                         active    Fa0/11, Fa0/12, Fa0/13, Fa0/14
                                                Fa0/15, Fa0/16, Fa0/17, Fa0/18
                                                Fa0/19, Fa0/20
30   VLAN0030                         active    Fa0/21, Fa0/22, Fa0/23
1002 fddi-default                     active
1003 token-ring-default               active
1004 fddinet-default                  active
1005 trnet-default                    active

VLAN Type  SAID       MTU   Parent RingNo BridgeNo Stp  BrdgMode Trans1 Trans2
---- ----- ---------- ----- ------ ------ -------- ---- -------- ------ ------
1    enet  100001     1500  -      -      -        -    -        0      0
10   enet  100010     1500  -      -      -        -    -        0      0
20   enet  100020     1500  -      -      -        -    -        0      0
30   enet  100030     1500  -      -      -        -    -        0      0
1002 enet  101002     1500  -      -      -        -    -        0      0
1003 enet  101003     1500  -      -      -        -    -        0      0
1004 enet  101004     1500  -      -      -        -    -        0      0
1005 enet  101005     1500  -      -      -        -    -        0      0
```

图 4-4-8　验证 VLAN

（5）配置路由器的主机名与 IP 地址，如图 4-4-9 所示。

```
Router>en
Router#conf t
Enter configuration commands, one per line.  End with CNTL/Z.
Router(config)#hostname R1
R1(config)#int f0/1
R1(config-if)#ip add 10.0.0.24 255.0.0.0
R1(config-if)#no shutdown

%LINK-5-CHANGED: Interface FastEthernet0/1, changed state to up
R1(config-if)#
%LINEPROTO-5-UPDOWN: Line protocol on Interface FastEthernet0/1, changed state t
o up
```

图 4-4-9 配置路由器的主机名与 IP 地址

（6）配置单臂路由，如图 4-4-10 所示。

```
R1(config-if)#int f0/0.1
R1(config-subif)#encapsulation dot1q 10
R1(config-subif)#ip add 192.168.10.1 255.255.255.0
R1(config-subif)#int f0/0.2
R1(config-subif)#encapsulation dot1q 20
R1(config-subif)#ip add 192.168.20.1 255.255.255.0
R1(config-subif)#int f0/0.3
R1(config-subif)#encapsulation dot1q 30
R1(config-subif)#ip add 192.168.30.1 255.255.255.0
R1(config-subif)#int f0/0
R1(config-if)#no shutdown
```

图 4-4-10 配置单臂路由

（7）设置交换机与路由器相连的端口为 TRUNK 模式，如图 4-4-11 所示。

```
SW-2L-1(config)#int f0/24
SW-2L-1(config-if)#switch mode
SW-2L-1(config-if)#switch mode trunk

%LINEPROTO-5-UPDOWN: Line protocol on Interface FastEthernet0/24, changed state
to down
%LINEPROTO-5-UPDOWN: Line protocol on Interface FastEthernet0/24, changed state
to up
```

图 4-4-11 设置交换机与路由器相连的端口

至此内网之间的配置已经完成了，3 个 VLAN 之间可以相互访问了。

（8）验证内网之间的连通性。

这里测试用 VLAN1 中的主机 ping VLAN2 中的计算机，如图 4-4-12 所示。

4.5 网桥与网关

4.5.1 网桥

当局域网上的用户日益增多，工作站数量日益增加时，局域网上的信息量也将随着增加，可能会引起局域网性能的下降。这是所有局域网共存的一个问题。在这种情况下，利用网桥将网络进行分段，以减少每段网络上的用户量和信息量。

```
PC>ipconfig

IP Address......................: 192.168.10.10
Subnet Mask.....................: 255.255.255.0
Default Gateway.................: 192.168.10.1

PC>ping 192.168.20.10

Pinging 192.168.20.10 with 32 bytes of data:

Reply from 192.168.20.10: bytes=32 time=125ms TTL=127
Reply from 192.168.20.10: bytes=32 time=112ms TTL=127
Reply from 192.168.20.10: bytes=32 time=125ms TTL=127
Reply from 192.168.20.10: bytes=32 time=110ms TTL=127

Ping statistics for 192.168.20.10:
    Packets: Sent = 4, Received = 4, Lost = 0 (0% loss),
Approximate round trip times in milli-seconds:
    Minimum = 110ms, Maximum = 125ms, Average = 118ms
```

图 4-4-12　内网之间的连通性验证

网桥的第二个适应场合就是用于互联两个相互独立而又有联系的局域网。

网桥是在数据链路层上连接两个网络，即网络的数据链路层不同而网络层相同时要用网桥连接。图 4-5-1 所示的是网桥的连接。

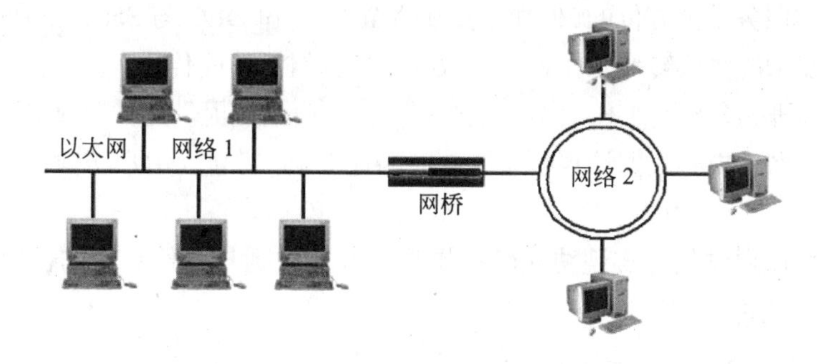

图 4-5-1　网桥

当网桥收到一个数据帧后，首先将其传送到数据链路层进行差错校验，然后再送到物理层，通过物理层传输机制再传送到另一个子网上，在转发帧之前，网桥对所接收的信息帧只作少量的包装，而不进行任何修改。因为网桥主要用于同类局域网的互连，具有相同的网络操作系统或相同的网络层或相同的高层协议，所以网桥对信息帧在逻辑链路层进行存储转发，不进行修改。网桥可以采用另外一种协议来转发信息。网桥一般具有足够大的缓冲空间，以满足高峰期的要求。

4.5.2　网关

网络协议转换器称为网关，是连接两个协议差别很大的计算机网络时使用的设备。可以将具有不同体系结构的计算机网络连接在一起。

在 OSI/RM 中，网关是属于最高层（应用层）的设备。实际上网关使用了所有 7 个层次，因为网关主要用于不同体系结构的网络和局域网与主机的连接。

网关是提供微机用户进入小型机和主机环境的链路。通过使用已由网络建立起来的通信链路，局域网上的任何用户都可通过网关访问主机系统。网关的连接如图 4-5-2 所示。

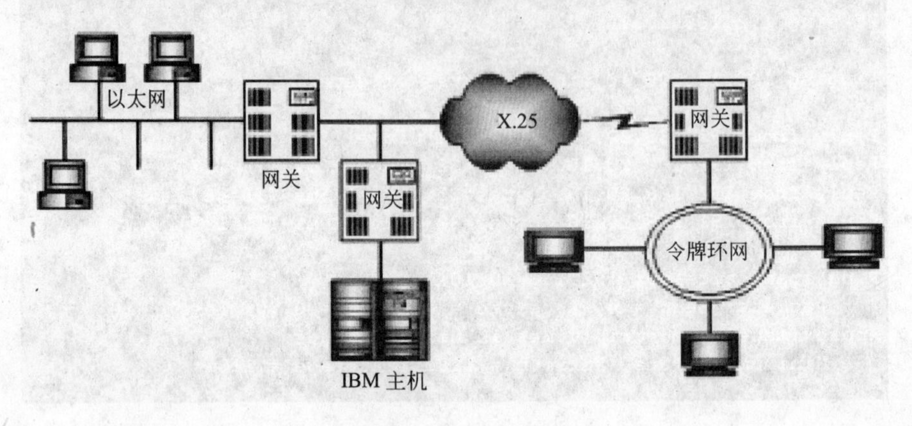

图 4-5-2　网关连接

在 OSI/RM 中，网关有两种。

（1）无连接的网关：用于数据报网络的互联。

（2）面向连接的网关：用于虚拟电路网络的互联。

网关提供的服务是全方位的。例如若要实现 IBM 公司 DEC 与 SNA 公司的 DNA 之间的网关，则需要复杂的协议转换工作，并将数据重新分组后才能传送。

网关的实现非常复杂，工作效率也很难提高，一般只能提供几种协议的转换功能，常见的网关都是用在网络中心大型计算机系统之间的连接上，为普通用户访问更多类型的计算机系统提供帮助。

有些网关可以通过软件实现协议转换操作，并能起到与硬件类似的作用，但这是以消耗机器的资源为代价来实现的。

4.5.3　网桥与网关的区别

网关在概念上与网桥相似，但与网桥的不同之处在于：

（1）网关用来实现不同局域网的连接。

（2）网关建立在应用层，而网桥建立在数据链路层。

（3）网关比起网桥有一个主要优势——可以将具有不同协议的网络连接起来。

第5章　局域网软件及其设置

5.1　网络操作系统简介

网络操作系统是使网络中各计算机能够方便而有效地共享网络资源，为网络用户提供所需各种服务的计算机操作系统。通常的操作系统具有文件管理、设备管理和存储器管理等功能，而网络操作系统除了具有上述功能外，还能够提供高效、可靠的网络通信能力及多种网络服务。

目前，用得最广泛的网络操作系统主要有 Windows NT Server、Windows 2000 Server、Red Hat Linux 8.0、NetWare 和 UNIX。

5.1.1　Windows NT Server

Windows NT 是 Microsoft 公司推出的网络操作系统（见图 5-1-1）。Windows NT 既可充当服务器又可充当客户机。也就是说，Windows NT 一方面可以作为网络服务器，对网络上的客户机提供多种服务；另一方面又可以作为客户机，访问网络上的任何服务器，这种开放的体系结构，使其能与其他的网络操作系统之间具有良好的互通性，如可访问 NetWare，NFS 等服务器。Windows NT 的网络平台是作为 Windows NT 的组件嵌入其操作系统的，可提供文件共享、打印机共享、电子邮件和动态数据交换等网络功能，Windows NT 强有力的内部网络功能主要依靠远程过程调用 RPC、命名管道和多种网络应用编程接口（API）等来实现。

图　5-1-1

用户可以使用 Windows NT Server 作为网络服务器的网络操作系统，使用 Windows NT 或 Windows 9x 等作为客户机操作系统，构成功能强大的网络系统。其中，Windows NT 网络可通过 TCP/IP，NetBEUI 等协议将工作站和服务器相连，通过电话线、ISDN、ADSL 或 DDN 专线连接远程工作站实现远程访问服务，可使用 NWLink 协议与 NetWare 网络相连，使用 DLC 协议实现与 IBM 主机相连。

5.1.2 Windows 2000 Server

Windows 2000 包括 Professional，Server，Advanced Server 和 Data Center Server 共四个版本，其中 Windows 2000 Professional 通常应用于单机或工作站操作系统，其他版本都面向网络服务器，最常用的是 Server 版本。

Windows 2000 Server 中文版支持范围广泛的应用程序开发工具，同时还具有使用和管理方便等优点。用户利用 Server 提供的网络功能，不仅可以轻松建立 Web 服务器、邮件服务器、文件服务器和打印服务器等，而且可以安装网络防火墙，加强局域网的安全。

Windows 2000 Server 在市场上的占有率越来越大，主要有以下特点：

（1）大量采用公开的网络协议标准，使其更容易与 Internet 连接。

（2）能在不同平台上运行，具有抢先式多任务、虚拟内存、对称多处理的特性，可以建立多种类型的网络服务器。

（3）具有强大的活动目录（Active Directory）服务及域（Domain）管理功能，极大地方便了集中对网络资源进行控制和管理。

（4）用户界面秉承以往 Windows 版本一贯风格，使初学者容易学习，是适合各级用户的高性能的 C/S（客户机/服务器）应用平台。

5.1.3 UNIX

UNIX 操作系统是 AT & T 贝尔实验室在 1969 年开发出来的，是一个十分成熟的多用户、多任务的网络操作系统。UNIX 操作系统长期受到计算机界的支持和欢迎，不仅可以在微型计算机上运行（UNIX System V 版本），而且可以在大、中、小型机上运行（UNIX BSD 版本，见图 5-1-2）。

图 5-1-2

UNIX 作为一种网络操作系统和开发平台在高端领域获得了广泛应用，目前主要用于工程应用、科学计算和 Internet 服务器等领域。其特点如下：

（1）系统在安全方面是任何一种操作系统都不能与之相比的，很少有计算机病毒侵入。这是因为 UNIX 初衷就是为多任务、多用户环境设计的，在用户权限、文件和目录权限、内存等方面有严格的规定。近几年，UNIX 操作系统以其良好的安全性和保密性证实了这一点。

（2）系统自身提供了多种应用功能，安装 UNIX 之后，即得到诸如路由、防火墙、域名服务和自动 IP 地址分配之类的操作所需的程序。尽管 Windows 2000 Server 和 Novell NetWare 也能选择这些操作，但是它们都需要独立的软件包来完成特定的功能。

（3）虽然 Internet 开始风靡于 1995 年，但是 UNIX 是其真正起源。UNIX 和 Internet 的完美结合使其成为运行 TCP/IP 协议的首选平台，例如 Internet 中担当服务器角色的计算机八成以上都使用 UNIX 操作系统。

由于 UNIX 只能运行在少数几家厂商制造的硬件平台上，所以在硬件的兼容性方面不够好。

5.1.4 Red Hat Linux 8.0

Linux 是一个遵循 UNIX 命令及体系结构的多任务和多用户网络操作系统，被广大业内人士普遍认为是最有发展前途的操作系统。Linux 是一款共享或免费软件产品，用户可以到 Internet 上免费下载使用。虽然市场上也有个别 Linux 版本出售，但只是象征性地付给厂家一些低廉的制作费。

和其他网络操作系统相比，Linux 操作系统的特点如下。

（1）源代码开放：Linux 许多组成部分的源代码是完全开放的，任何人都可以通过 Internet 得到，开发并发布。目前著名的 Linux 版本有 Red Hat Linux 和红旗 Linux 等。

（2）支持多种硬件平台：Linux 可以运行在多种硬件平台上，还支持多处理器的计算机。

（3）功能强大：与文字、图形图像、多媒体处理和计算机网络等结合使用，并支持在计算机上使用的大量外部设备。

（4）支持多种通信协议：在 Linux 中可以使用所有的网络服务，如网络文件系统、远程登录和接入 Internet 等，都和 Linux 支持多种通信协议是分不开的。

（5）支持多种文件系统：目前，Linux 支持 EXT2，EXT3，FAT，FAT32，XIAFS，ISOFS 和 HPFS 等文件系统。其中最常见的是 EXT3，文件名可长达 255 个字符。

尽管 Linux 有如此多的特点，但是其版本繁多，且相互之间不兼容。和 Windows 相比，其文件组织形式、操作方法都相对复杂，因此至今未能普及。

在众多的 Linux 版本中，Red Hat Linux 拥有最大的用户群（见图 5-1-3）。目前其最新版本是 8.0。Red Hat Linux 8.0 中文版采用向导式图形化安装程序，提供包括个人桌面、工作站、服务器、定制和升级等多种安装类型，为各级用户量身打造。在使用方法上不仅提供 shell 命令操作，而且支持 KDE，GNOME 等多种 X-Window 图形界面，操作十分直观。除了系统安装盘和源代码盘外，还提供了简体中文使用教程，大大方便了用户学习和使用。

图 5-1-3

5.1.5 NetWare

NetWare 是 Novell 公司于 1983 年推出的流行于 20 世纪 90 年代的网络操作系统（见图 5-1-4），属于层次式网络操作系统，但其霸主地位正受到 Windows NT 及 2000 Server 的威胁。

NetWare 是 32 位实时、多任务操作系统，是基于模块设计思想的开放式系统结构，主要由客户机联网软件、文件服务器联网软件、可选的网桥类互联软件，以及可选的网络增值服务软件等模块组成。

图 5-1-4

NetWare 之所以成为流行的网络操作系统，是因为其具有如下特点。

（1）为不同工作平台（如 DOS，Windows，Macintosh 和 UNIX 等）、不同网络协议环境（如 TCP/IP，IPX/SPX 和 AppleTalk 等），以及不同工作站操作系统提供了互操作性解决方案。

（2）为用户提供了完善的安全措施，包括用户密码、目录权限、文件和目录属性，以及对用户登录工作站点及时间的限制等。

（3）具有很强的文件和打印共享功能。

（4）NetWare 服务器可提供给主机 4 块网卡所需要的资源，4 个不同的 LAN 在 NetWare 服务器中可以连在一起。对于多个 LAN 的情况，NetWare 服务器中具有一个内部路由器，用来选择路径。

（5）出色的文件服务系统，能够直接对微处理器编程。

（6）不仅支持多种硬件设备，而且支持不同特性的网络互联。

这些特征和网络目录服务的技术，使 NetWare 在文件和目录服务应用方面至今仍然占有很大的市场份额。

5.1.6 选择网络操作系统

选择网络操作系统时应从网络自身的特点考察，权衡各方面的利弊，通常需要注意以下问题。

（1）系统的安装界面是否友好，安装过程是否简单。

（2）网络的维护是否方便，排除故障的方法和过程是否简单。

（3）不同操作系统之间的兼容性能。网络的应用是开放的，要求不同的操作系统之间能够协调工作，不会影响网络的稳定性。

（4）是否有广泛的软件支持。至少主流应用软件都可以在网络中稳定地运行，否则网络也就失去了存在的意义。

（5）UNIX 和 NetWare 虽然具有许多其他操作系统所不具备的优势，如工作环境稳定、系统的安全性也好，但是其安装和维护对普通用户来说比较困难。

（6）Linux 虽然是一个免费软件，但目前真正用户数并不可观，对应的应用软件也比较少，与其他操作系统的兼容性不尽如人意，因此其广泛运用还需要一段时间。

（7）Windows 操作系统具有良好的易用性，用户数量也十分可观，安装、管理和使用都比较简单。在安全性方面，Windows 提供了多种控制方法。应用这些控制方法既不影响用户访问系统资源，又不影响安全性。同时 Microsoft 公司又是一个强大的应用软件提供者，如 IE 浏览器、Office 软件包等，为 Windows 的发展奠定了坚实的基础。此外，国内外著名的软件公司（金山、交大铭泰、豪杰、Macromedia 及 Adobe 等）大部分产品都是针对 Windows 环境开发的。因此，本书主要介绍 Windows 操作系统的网络功能。

（8）不同版本的 Windows 在功能上尤其是网络功能不尽相同，新版本通常比旧版本功能更强大。目前，用户相对较多的是 Windows 98/2000 Professional/2000 Server/XP。

5.1.7 案例——Windows 2000 服务器的安全配置

1．案例说明

由于 Windows 2000 系统远比 Windows NT 4.0 系统安全性高，因此目前使用

Windows 2000 的系统越来越多。安全配置 Windows 2000 成为一个保证网络安全的重要措施之一。而要想安全地配置微软的这个操作系统，却不是一件容易的事。本案例从如何选择 Windows 2000 版本、如何安装、如何对系统进行设置等方面介绍提高 Windows 2000 安全性的方法，以保证 Windows 2000 服务器的高安全性，从而保证网络的高可靠性。

Windows 系统发布时，往往存在一些漏洞，Microsoft 公司也往往是通过补丁的方式进行解决，因此版本的选择对系统的安全必然存在一定的影响。而系统的配置（如帐户权限的设置、共享资源的设置等）更是直接影响系统的安全。选择适当的版本，正确配置系统可以减少安全隐患，提高系统的安全度。

2．实现方法

（1）安装 Windows 2000

① 从光驱上启动 Windows 2000 Server 安装程序。在局域网服务器上启动。Windows 2000 Server 安装程序可以从网络安装，也可以从 CD-ROM 安装。在安装程序启动之后，要经过以下几个步骤：提示信息、复制文件以及重新启动。计算机可能需要启动两次或者三次，这取决于启动安装程序的方式。安装程序显示出“配置服务器”屏幕（见图 5-1-5），允许进行特殊的调整和配置。

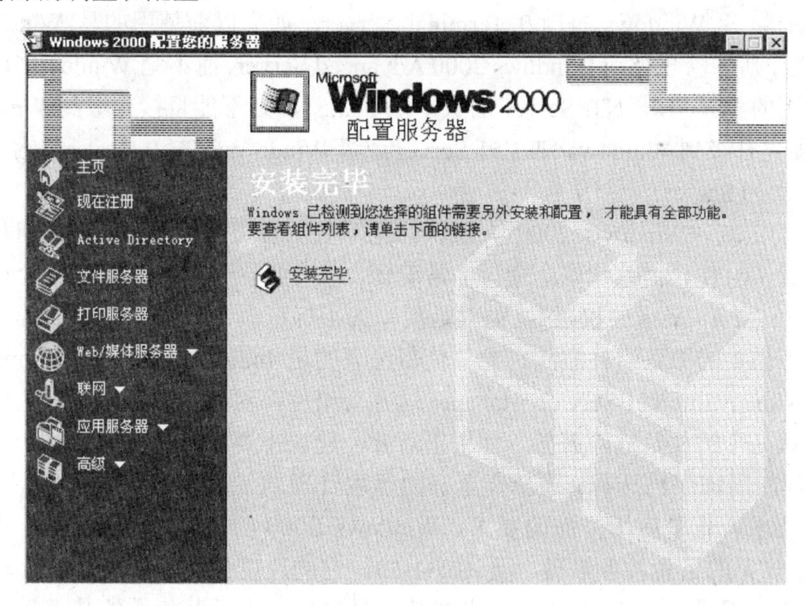

图 5-1-5

如果从 DOS 上启动 Windows 2000 Server 安装程序，要想获得最高的运行效率，应该先加载磁盘高速缓存程序 Smartdrv.exe，否则在复制文件时需要较长的时间。

在 DOS 下用光盘启动安装程序的方法：在光驱中插入 Windows 2000 Server 光盘，然后在光盘的“\I386”目录上执行“Winnt”命令。

在 Windows 95/98/Me，Windows NT 计算机上安装启动程序的方法：在光驱中插入 Windows 2000 Server 光盘，则会显示安装对话框。单击“安装 Windows 2000”，则进入了 Windows 2000 Server 安装向导界面（见图 5-1-6）。安装向导提供了两种安装方式，升级安装或者全新安装。升级就是在已经运行的 Windows 计算机上安装 Windows 2000 Server；而安装新的服务器就是删除以前的操作系统，或是在一个没有操作系统的磁盘或者磁盘分区上安装 Windows 2000 Server。

图　5-1-6

目前可升级为 Windows 2000 Server 的操作系统有 Windows NT3.51 Server，Windows NT4.0 Server 以及 Windows NT4.0 Terminal Server，如果以前使用的是 Windows NT4.0 Server 企业版，则可以升级到 Windows 2000 Advanced Server，而不是 Windows 2000 Server；如果以前使用的 Windows NT Server 的版本低于 3.51，则不能直接升级到 Windows 2000 Server，必须先升级到 Windows NT3.51 Server 或者 Windows NT4.0 Server，然后才能升级到 Windows 2000 Server。

② 组件的定制。Windows 2000 在默认情况下会安装一些常用的组件，但是正是由于安装了这些默认组件，使系统安全变得非常脆弱，安全性全面降低。根据安全原则"最大的安全=最少的服务+最小的权限"，也就是说，为了保证系统安全，只安装确实需要的服务即可，将不需要的服务组件删除。尤其值得注意的是 Indexing Service，Frontpage 2000 Server Extensions，Internet Service Manager 这几个组件，对系统安全影响最大，对于系统安全来说，这几个组件是危险服务，如果不需要，建议不要安装。

③ 管理应用程序的选择。选择一个好的远程管理软件是非常重要的事，这不仅仅是安全方面的要求，也是应用方面的要求。Windows 2000 的 Terminal Service 是基于 RDP（远程桌面协议）的远程控制软件（见图 5-1-7），它的速度快，操作方便，比较适合用来进行常规操作。但是 Terminal Service 也有其不足之处，由于其使用的是虚拟桌面，再加上 Microsoft 编程的不严谨，当你使用 Terminal Service 进行安装软件或重启服务器等与真实桌面交互的操作时，往往会出现意外的现象，例如使用 Terminal Service 重启微软的认证服务器（Compaq，IBM 等）可能会直接关机。所以为了安全起见，建议再配备一个远程控制软件作为辅助，与 Terminal Service 进行互补，如 PC Anywhere 就是一个不错的选择。

④ 分区和逻辑盘的分配。至少建立两个分区：一个系统分区，一个应用程序分区。这是因为 Microsoft 的 IIS（Internet Information Server）经常会有漏洞，如果把系统和 IIS 放在同一个驱动器会导致系统文件的泄露，甚至让入侵者远程获取管理权。

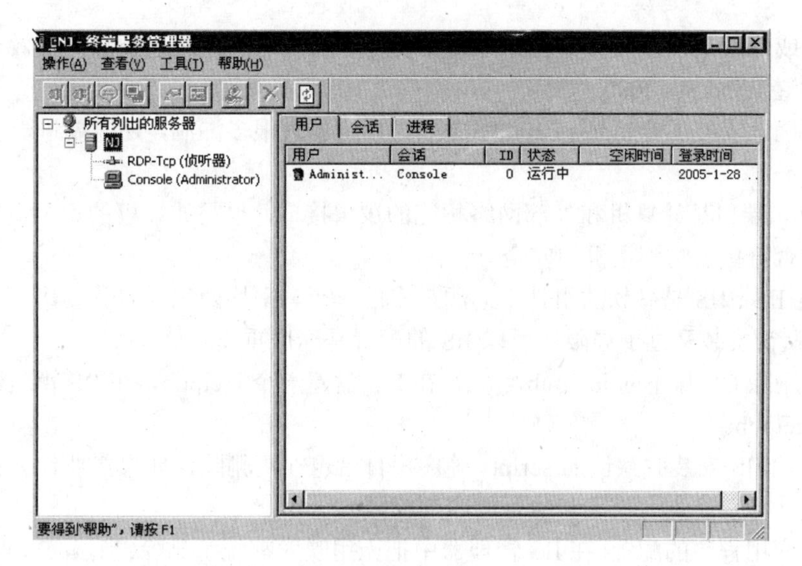

图 5-1-7

推荐建立三个逻辑驱动器：第一个用来装系统和重要的日志文件；第二个放 IIS；第三个放 FTP，这样无论 IIS 或 FTP 出了安全漏洞都不会直接影响到系统目录和系统文件。

⑤ 安装顺序的选择。不要觉得只要能装上系统，就算完事了，其实 Windows 2000 的安装顺序是非常重要的。

首先，要注意接入网络的时间。Windows 2000 在安装时有一个漏洞，就是在输入 administrator 的密码后，系统会建立"$Admin"的共享（见图 5-1-8），但是并没有用刚输入的密码来保护它，这种情况一直会持续到计算机再次启动。在此期间，任何人都可以通过"$Admin"进入系统。同时，只要安装一完成，各种服务就会自动运行，而这时的服务器还到处是漏洞，非常容易从外部侵入。因此，在完全安装并配置好 Windows 2000 Server 之前，一定不要把主机接入网络。

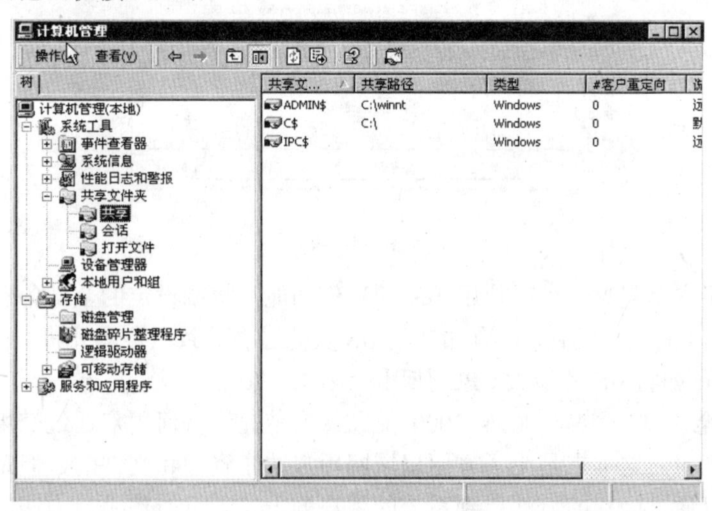

图 5-1-8

其次，注意补丁的安装。补丁应该在所有应用程序安装完之后再安装，因为补丁程序往往要替换或修改某些系统文件，如果先安装补丁的话可能无法起到应有的效果。

（2）设置 Windows 2000

即使正确地安装了 Windows 2000 Server，系统也有很多漏洞，还需要进一步进行细致的配置。

① 端口。端口是计算机和外部网络相连的逻辑接口，也是计算机的第一道屏障，端口配置正确与否直接影响到主机的安全。

② 配置 IIS。IIS 是微软的组件中问题最多的一个，平均两三个月就要出一个漏洞，而微软的 IIS 默认安装又过于局限，所以 IIS 的配置是一个重点。

首先，删除 C：盘下的 inetpub 目录，在 D：盘建一个 inetpub，在 IIS 管理器中将主目录指向 d:\Inetpub。

其次，把 IIS 安装时默认的 scripts 等虚拟目录也一概删除，如果需要什么权限的目录可以后再建（特别注意写权限和执行程序的权限）。

然后是应用程序的配置。在 IIS 管理器中把无用映射都统统删除（当然必须保留如 Asp、Asa 等）。在 IIS 管理器中依次选择“主机”|“属性”|“WWW 服务编辑”|“主目录配置”|“应用程序映射”选项（见图 5-1-9），然后一个个删除。接着在应用程序调试书签内，将脚本错误消息改为发送文本。单击“确定”按钮，退出时别忘了让虚拟站点继承刚才设定好的属性。

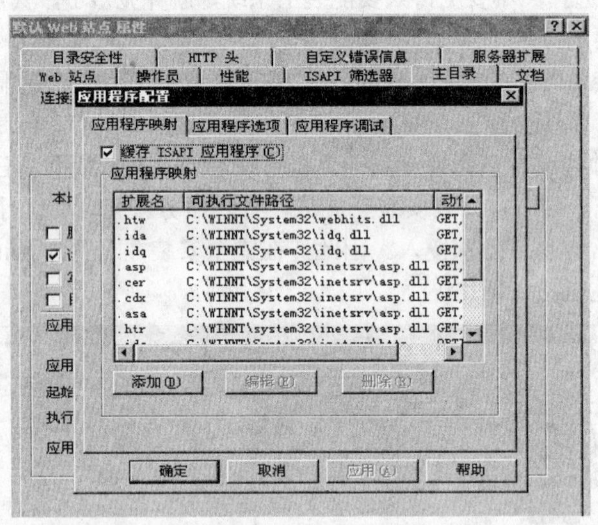

图 5-1-9

最后，为了安全起见，可以使用 IIS 的备份功能，将刚设定的全部备份下来，这样就可以随时恢复 IIS 的安全配置。还有如果怕 IIS 负荷过高导致服务器死机，也可以在性能中打开 CPU 限制，如将 IIS 的最大 CPU 使用率限制在 70%。

③ 帐号安全。首先，Windows 2000 的默认安装允许任何用户通过空用户得到系统所有帐号和共享列表，这本来是为了方便局域网用户共享资源和文件的，但是同时任何一个远程用户也可以通过同样的方法得到系统的用户列表，并可能使用暴力法破解用户密码给整个网络带来破坏。

很多人都只知道更改注册表 Local Machine\System\Currentcontrolset\Control\LsaRestrictanonymous=1 来禁止空用户连接，实际上 Windows 2000 的本地安全策略里（如果是域服务器就是在域服务器安全和域安全策略里）就有这样的选项 restrictanonymous（匿名连接的额外限制），其中有三个值。

- “0”：None，Rely On Default Permissions（无，取决于默认的权限）。
- “1”：Do Not Allow Enumeration of Sam Accounts And Shares（不允许枚举 sam 帐号和共享）。
- “2”：No Access Without Explicit Anonymous Permissions（没有显式匿名权限就允许访问）。

“0”这个值是系统默认的，没有任何限制，远程用户可以知道你机器上所有的帐号、组信息、共享目录、网络传输列表（Net server transportenum）等，对服务器来说这样的设置非常危险。“1”这个值只允许非 null 用户存取 sam 帐号信息和共享信息。“2”这个值只有 Windows 2000 才支持，需要注意的是，如果使用了这个值，就不能再共享资源了，所以还是推荐把数值设为“1”比较好。

④ 安全日志。Windows 2000 默认安装是没有任何安全审核的，因此应该在“本地策略”|“审核策略”中打开相应的审核（见图 5-1-10）。如果审核项目太少，想查看时则可能发现没有记录，那就一点办法都没有；而如果审核项目太多，则不仅会占用大量的系统资源，而且也可能根本没空去全部看完，这样就失去了审核的意义。因此推荐打开以下审核：

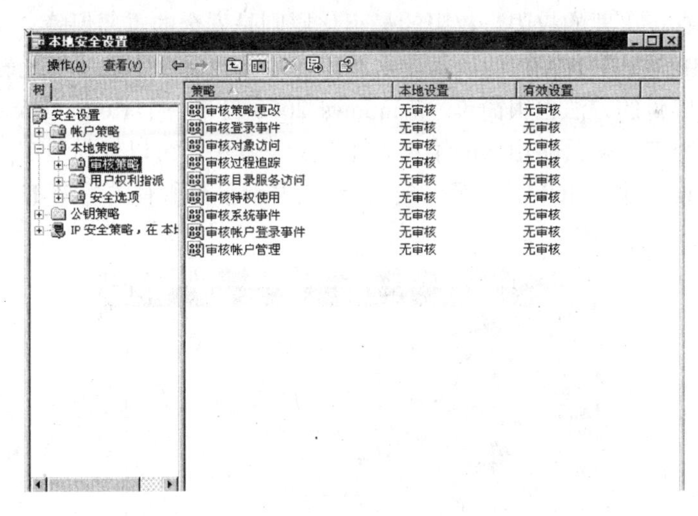

图 5-1-10

- “帐户管理”，“登录事件”，“策略更改”，“系统事件”，“帐户登录事件”需要把“成功”和“失败”都打开。
- “对象访问”，“特权使用”，“目录服务访问”只打开“失败”。
- 在“帐户策略”、“密码策略”中设定“密码复杂性要求启用”，“密码长度最小值 6 位”，“强制密码历史 5 次”，“最长存留期 30 天”。
- 在“帐户策略”，“帐户锁定策略”中设定“帐户锁定 3 次错误登录”，“锁定时间 20 分钟”，“复位锁定计数 20 分钟”等。

- Terminal Service 的安全日志默认也是没有启用的，可以在 Terminal Service Configration（远程服务配置）|“权限”，“高级”中配置安全审核，一般来说只要记录登录、注销事件就可以了。

⑤ 目录和文件权限。为了控制好服务器上用户的权限，同时也为了预防以后可能的入侵和溢出，还必须非常小心地设置目录和文件的访问权限。NT 的访问权限分为读取、写入、读取及执行、修改、列目录、完全控制（见图 5-1-11）。在默认的情况下，大多数的文件夹对所有用户（Everyone 这个组）是完全敞开的（Full Control），需要根据应用的需要进行权限重设。在进行权限控制时，应遵循以下几个原则：

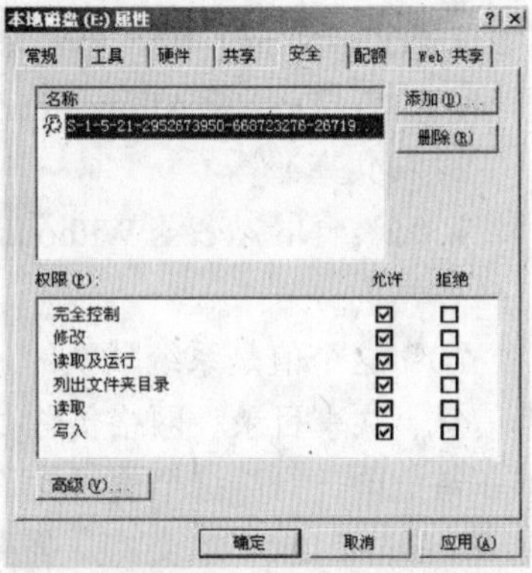

图 5-1-11

- 权限是累计的，如果一个用户同时属于两个组，那么他就有了这两个组所允许的所有权限。
- 拒绝的权限要比允许的权限高（拒绝策略会先执行）。如果一个用户属于一个被拒绝访问某个资源的组，那么不管其他的权限设置给他开放了多少权限，他也一定不能访问这个资源。
- 文件权限比文件夹权限高。
- 利用用户组来进行权限控制是一个成熟的系统管理员必须具有的优良习惯。
- 只给用户真正需要的权限，权限的最小化原则是安全的重要保障。
- 预防 ICMP 攻击，ICMP 的风暴攻击和碎片攻击也是令 NT 主机比较头疼的攻击方法，其实应付的方法也很简单，Windows 2000 自带一个 Routing & Remote Access 工具，这个工具初具路由器的雏形。在这个工具中，可以轻易地定义输入输出包过滤器。如设定输入 ICMP 代码 255 丢弃就表示丢弃所有的外来 ICMP 报文（见图 5-1-12）。

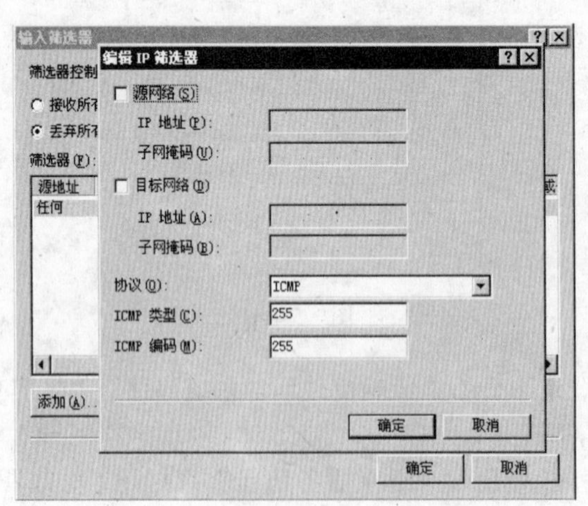

图 5-1-12

（3）特别提示

① 安全和应用在很多时候是矛盾的，因此，需要在其中找到平衡点，毕竟服务器是给用户用的，如果安全原则妨碍了系统应用，那么这个安全原则也不是一个好的原则。

② 网络安全是一项系统工程，不仅有空间的跨度，还有时间的跨度。很多人（包括部分系统管理员）认为进行了安全配置的主机就是安全的，其实这里有个误区，我们只能说一台主机在一定的情况下一定的时间内是安全的，随着网络结构的变化、新的漏洞的发现、管理员和用户的操作，主机的安全状况是随时随地变化着的，只有让安全意识和安全制度贯穿整个过程才能做到真正的安全。

③ 系统安全漏洞信息的获取途径一般有以下几种：对系统安全日志信息的分析；Microsoft 公告；Windows 安全方面的 BBS。

5.1.8 案例——使用虚拟机安装多操作系统

1．案例说明

虚拟机（系统虚拟机）是一种特殊的软件。使用虚拟机可以在实际的计算机中以软件的方式虚拟出另一台计算机，并且能在已有的操作系统上安装运行另一个操作系统，就好像运行一个普通的应用程序一般。使用虚拟机运行多系统，不需要额外的硬盘分区，不用担心多系统启动问题，甚至可以像删除文件一样直接把一个虚拟机卸载。

Sun xVM VirtualBox 是升阳电脑公司（Sun Microsystems）的一款免费虚拟机软件。它既可以运行于各 Windows 平台，也可以运行在 Linux 平台上。VirtualBox 可以虚拟运行大多数操作系统，包括 Linux、Windows、Solaris。VirtualBox 具有良好的虚拟机-主机交互性能，可实现网络连接、文件共享、USB 设备穿透等功能。

Windows Server 2003 操作系统是 Windows 2000 Server 的升级版本，目前广泛应用于各种服务器。

本案例是在已有的 Windows XP 操作系统上安装运行另一个 Windows Server 2003 操作系统。

2．实现方法

（1）安装 Sun xVM VirtualBox 虚拟机软件

① 运行 VirtualBox 安装文件。虽然 VirtualBox 支持多国语言，但安装过程仍然是英文界面，如图 5-1-13 所示。

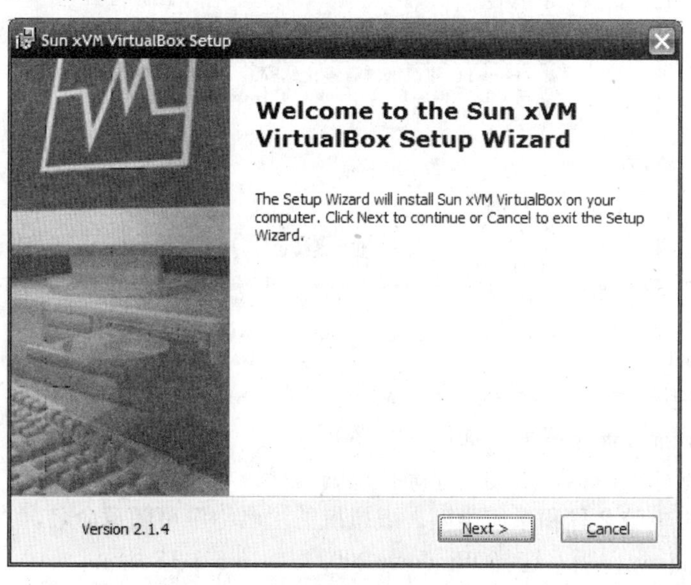

图 5-1-13 运行 VirtualBox 安装文件

② 确认网络传输暂时中断。由于虚拟机的网络通信需要在主机的网卡配置中增加协议，VirtualBox 可能会在下一步暂时切断网卡连接，如图 5-1-14 所示。

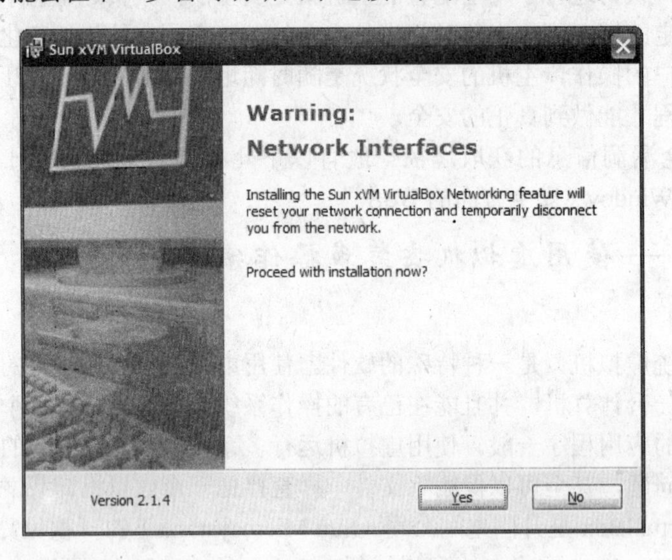

图 5-1-14 确认网络传输暂时中断

③ 确认未通过 Windows 徽标认证的硬件驱动安装。VirtualBox 为了实现主机与虚拟机的交互，在主机中装入了若干驱动文件，其中一部分未通过 Windows 徽标认证，导致类似的警告信息会弹出若干次，单击“仍然继续”按钮进入下一步，如图 5-1-15 所示。

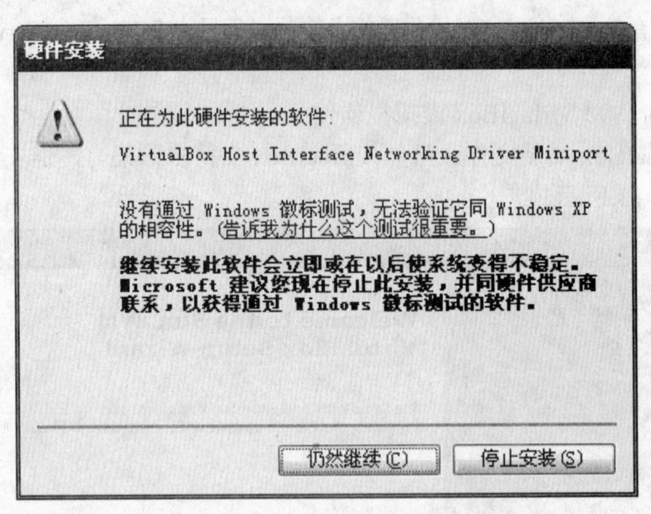

图 5-1-15 确认未通过 Windows 徽标认证的驱动安装

（2）新建虚拟机

① 打开 VirtualBox 主界面，如图 5-1-16 所示。

② 单击“新建”图标，启动新建虚拟电脑向导，如图 5-1-17 所示。

③ 设置虚拟电脑名称和系统类型。虚拟机的“名称”可随意命名，“系统类型”选择 Microsoft Windows，版本选择 Windows 2003，如图 5-1-18 所示。

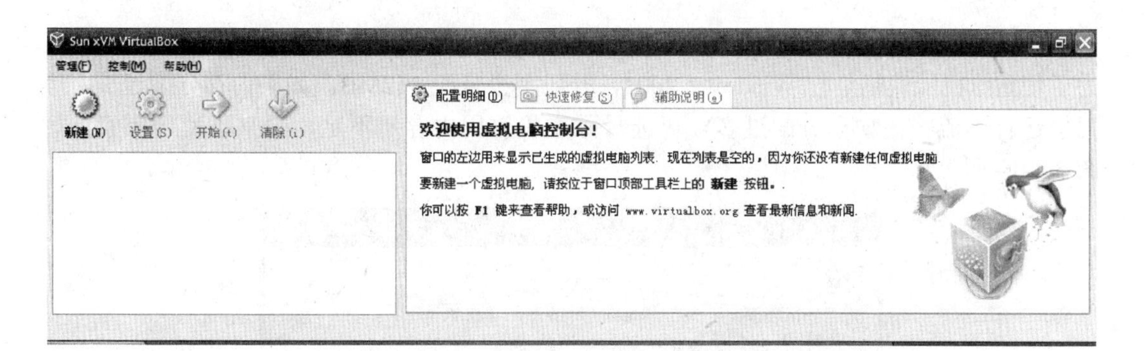

图 5-1-16　VirtualBox 主界面

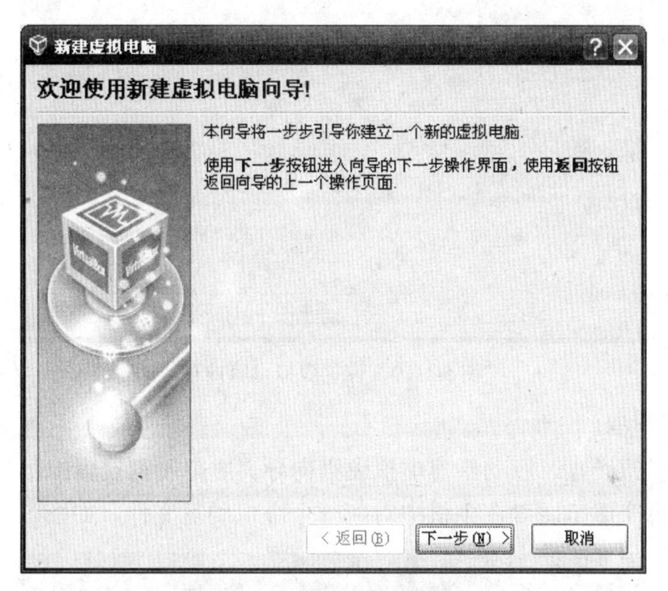

图 5-1-17　新建虚拟电脑向导

图 5-1-18　设置虚拟电脑名称和系统类型

④ 设置虚拟电脑内存。这里的虚拟电脑内存是指虚拟机运行时允许使用的最大内存。为了使虚拟机能流畅运行 Windows 2003，一般至少分配 512MB。如果内存分配过少，虚拟机运行不流畅；如果分配过多，可能导致主机可用内存量不足，带来不稳定因素，如图 5-1-19 所示。

图 5-1-19　设置虚拟电脑内存

⑤ 设置虚拟硬盘。

- 选择新建虚拟硬盘，启动新建虚拟硬盘向导。虚拟硬盘被虚拟机的系统识别为一块“硬盘”，每个虚拟硬盘在主机中对应一个虚拟硬盘文件，如图 5-1-20 所示。

图 5-1-20　设置虚拟硬盘

- 选择存储设备类型。可以选择动态增长的存储空间，或者固定大小的存储空间。如果使用动态增长的存储空间，虚拟硬盘一开始只有很少的空间，若将来需要，可以增大容量。如果使用固定大小的存储空间，可以给虚拟硬盘预先分配一块较大的空间，但容量不可扩展。建议选择固定大小的存储空间，以避免扩充空间带来的性能损失，如图 5-1-21 所示。

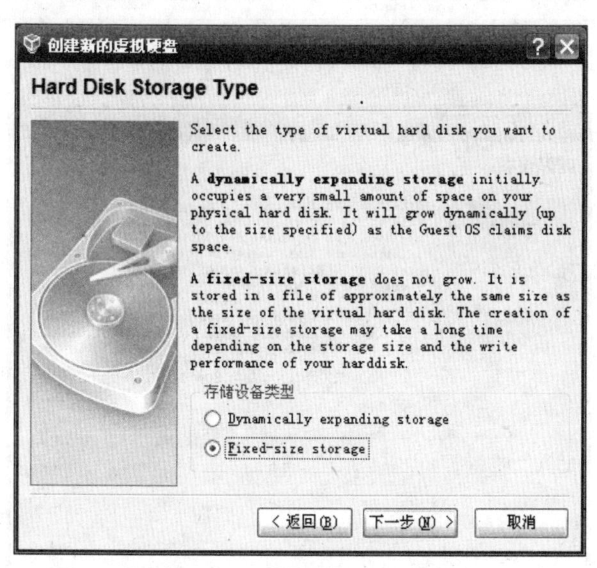

图 5-1-21　选择存储设备类型

- 选择虚拟硬盘文件位置和空间大小。虚拟硬盘在主机上对应一个.vdi 文件，文件大小就是虚拟硬盘的容量，如图 5-1-22 所示。

图 5-1-22　选择虚拟硬盘文件位置和空间大小

- 开始创建虚拟硬盘。根据所选的虚拟硬盘大小可能需要几分钟时间，如图 5-1-23 所示。
- 返回新建虚拟电脑向导，选择刚创建的虚拟硬盘，并选择 Boot Hard Disk，使虚拟机从该硬盘启动，如图 5-1-24 所示。

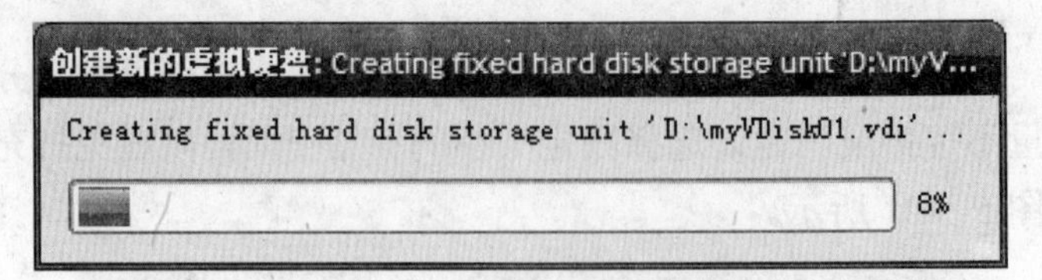

图 5-1-23　开始创建虚拟硬盘

图 5-1-24　选择虚拟硬盘

- 完成新建虚拟电脑向导。在 VirtualBox 主界面上可以看到刚创建的虚拟机，它具有某些常用硬件，其中部分与系统共享（如 CPU），另一些完全是虚拟出来的（如显卡），如图 5-1-25 所示。

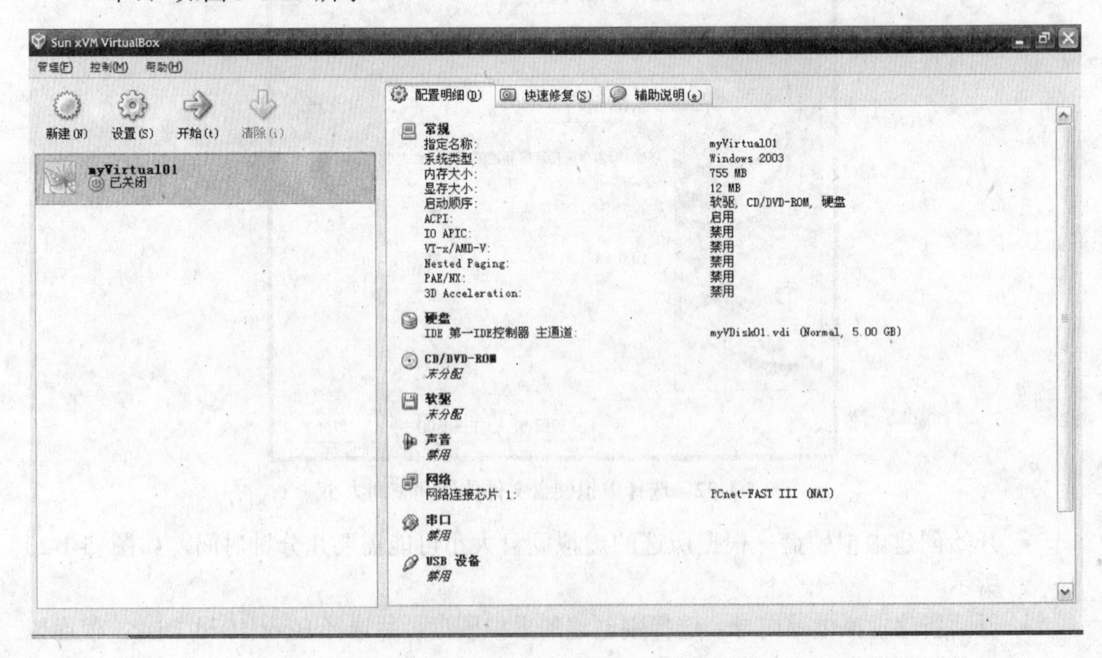

图 5-1-25　虚拟机的基本硬件配置

⑥ 配置虚拟电脑。

- 在 VirtualBox 主界面选中刚才建立的虚拟机，单击“设置”图标，打开虚拟机设置对话框。
- 为虚拟机分配光驱。在虚拟机设置对话框左侧列表选择“光驱”，选中“分配光驱”，选择“物理光驱”或“虚拟光盘”，如图 5-1-26 所示。物理光驱是指主机上的光驱（包括主机安装的虚拟光驱），虚拟光盘是指载入主机上的虚拟光盘文件作为虚拟机的光驱。

图 5-1-26　虚拟机光驱设置

- 启用虚拟机的声卡。VirtualBox 新建的虚拟机默认不开启声卡。在虚拟机设置对话框左侧列表选择“声音”，选中“启用声音”，声卡类型和控制芯片使用默认设置，如图 5-1-27 所示。

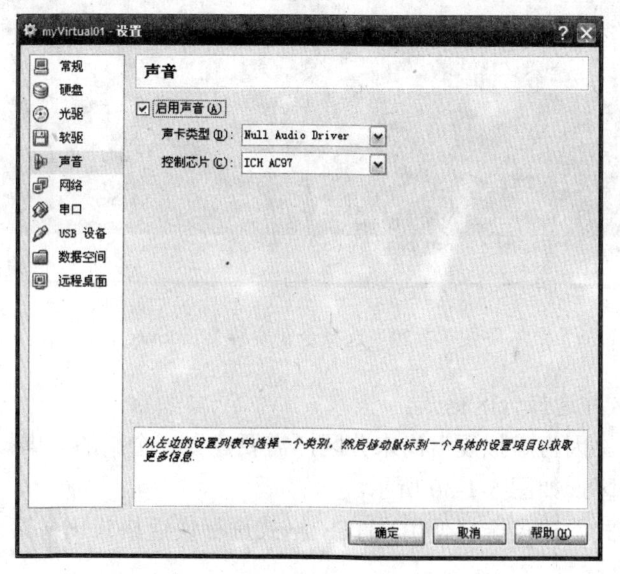

图 5-1-27　虚拟机声卡设置

- 启用虚拟机的USB控制器。在虚拟机设置对话框左侧列表选择“USB设备”，选中“启用USB控制器”复选框，并选中“启用USB 2.0（EHCI）控制器”复选框，如图5-1-28所示。

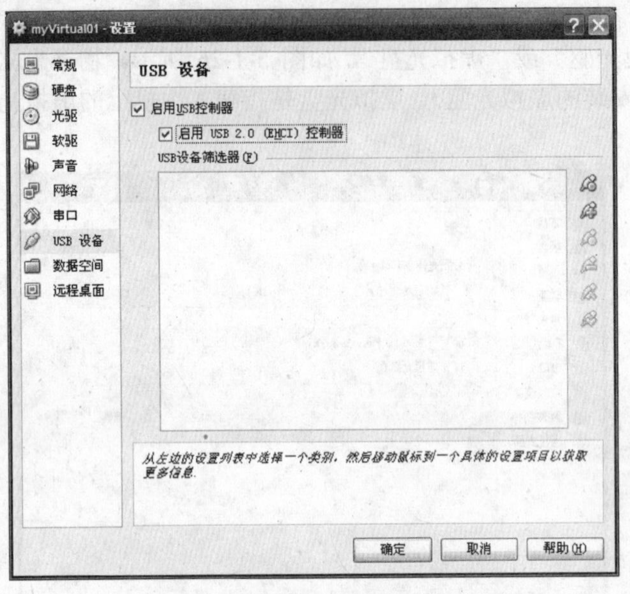

图5-1-28　虚拟机的USB控制器设置

（3）在虚拟机中安装Windows Server 2003操作系统

① 放入光盘，启动虚拟机，虚拟机会从光盘启动。选择全新安装Windows（按回车键），如图5-1-29所示。

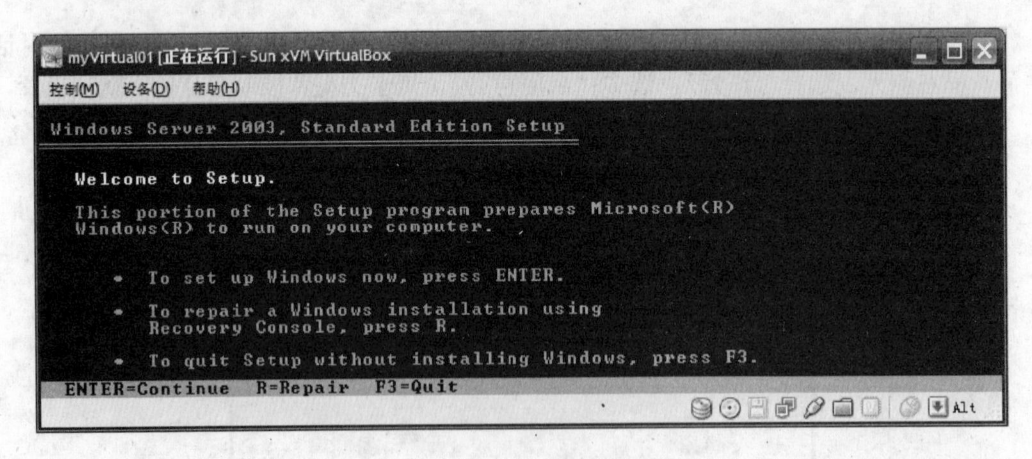

图5-1-29　选择全新安装Windows

② 建立新分区并选择分区格式。

- 建立新分区。因为虚拟硬盘尚未分区，需要建立一个新的（虚拟）硬盘分区。按C键建立新分区，如图5-1-30所示。
- 选择分区格式。建议选择使用NTFS格式进行快速格式化（第一项），如图5-1-31所示。

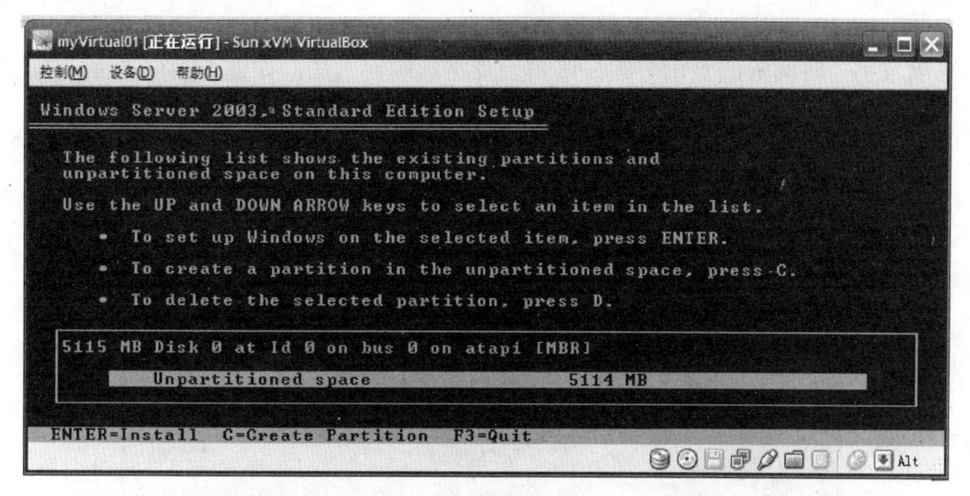

图 5-1-30　建立新分区

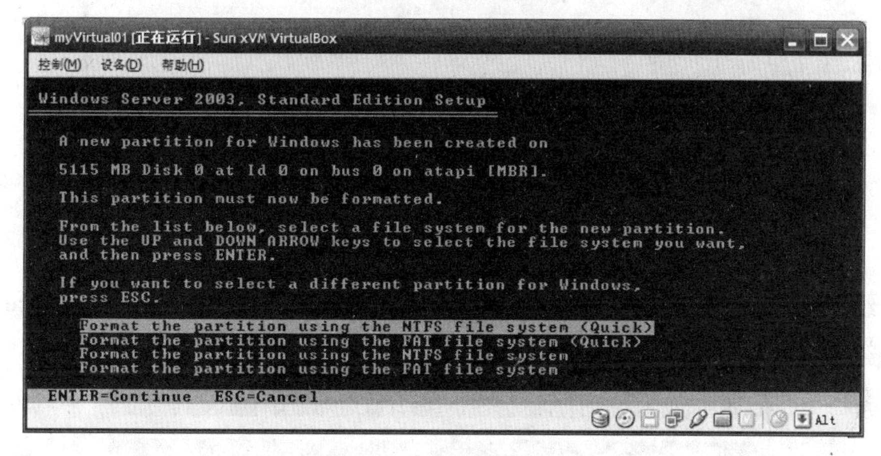

图 5-1-31　选择分区格式

③ 开始安装。安装程序将首先完成分区及文件复制，随后自动重启计算机，进入下一步安装过程，如图 5-1-32 所示。

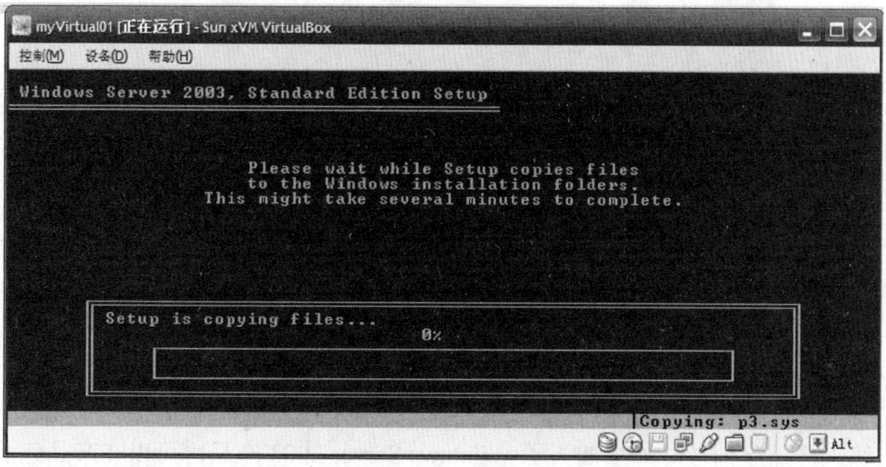

图 5-1-32　开始安装

④ 区域及语言设置。自动重启约 10 分钟后，会弹出区域及语言设置对话框。区域设置将影响数字、时间等的显示方式，语言设置将影响输入法，如图 5-1-33 所示。

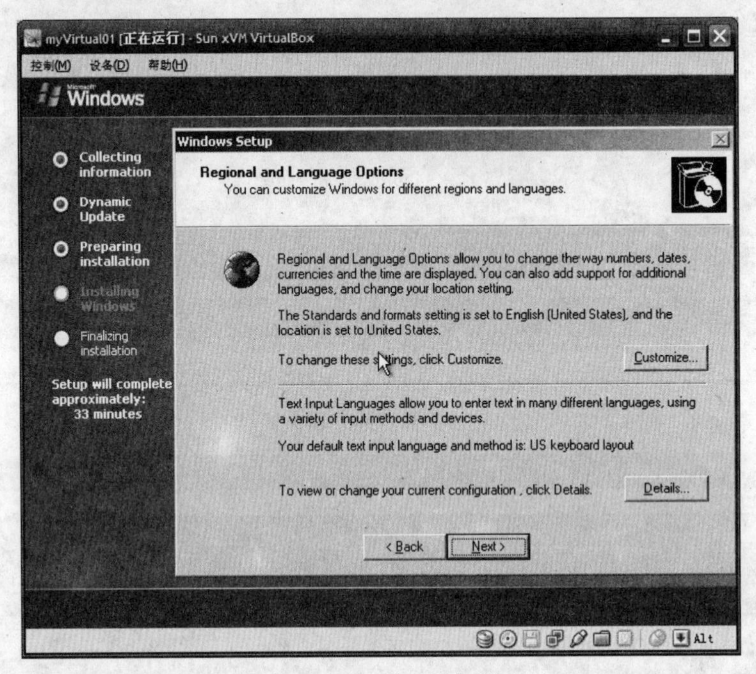

图 5-1-33　区域及语言设置

⑤ 组织及姓名设置。此处可以任意填写，其信息将用于应用程序（如 Office 套件）的默认显示，如图 5-1-34 所示。

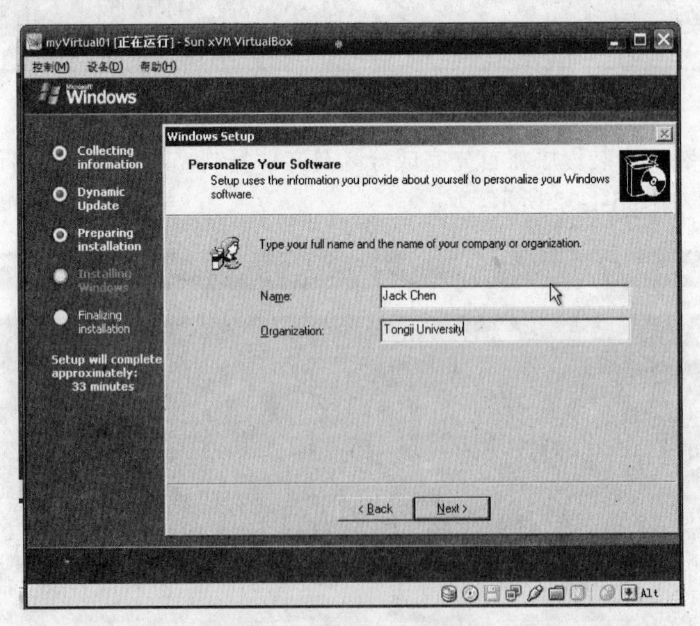

图 5-1-34　组织及姓名设置

⑥ 输入产品序列号。如果购买了 Windows Server 2003 产品，可以在产品包装盒上找到相应的序列号。如果学校接入了教育网，可凭学校邮箱（xxx@xx.edu.cn）通过微软学生

中心（http://www.msuniversity.edu.cn/）提供的“微软学生软件资源”获取序列号（仅限非商业用途），如图 5-1-35 所示。

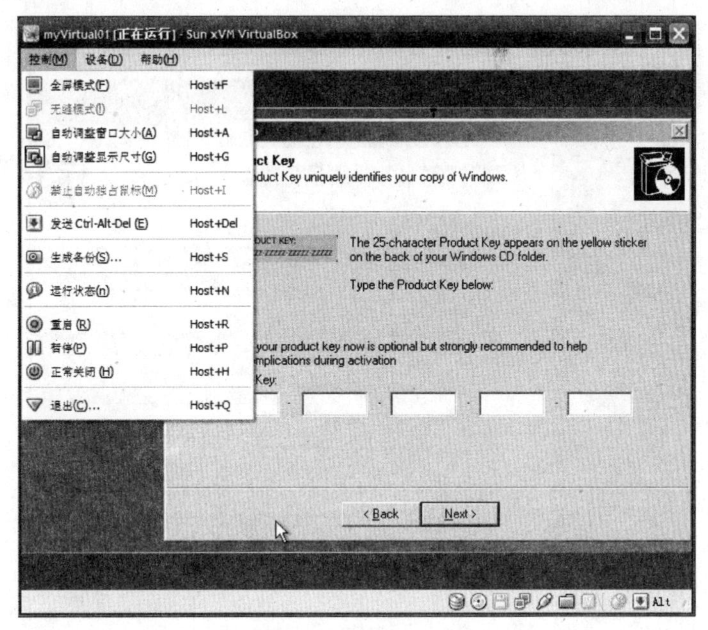

图 5-1-35　输入序列号

⑦ 选择证书模式。如果只有一台服务器，建议选择 Per Server（每台服务器的并发连接数），如图 5-1-36 所示。这里的证书模式与购买 Windows Server 2003 时的价格、方式有关。需要注意的是，如果配置的证书模式超过了已购买的证书（如购置了 Per Server 5 Connections，实际设置成 Per Server 10 Connections），或许仍然可以使用，但这也属于盗版行为。

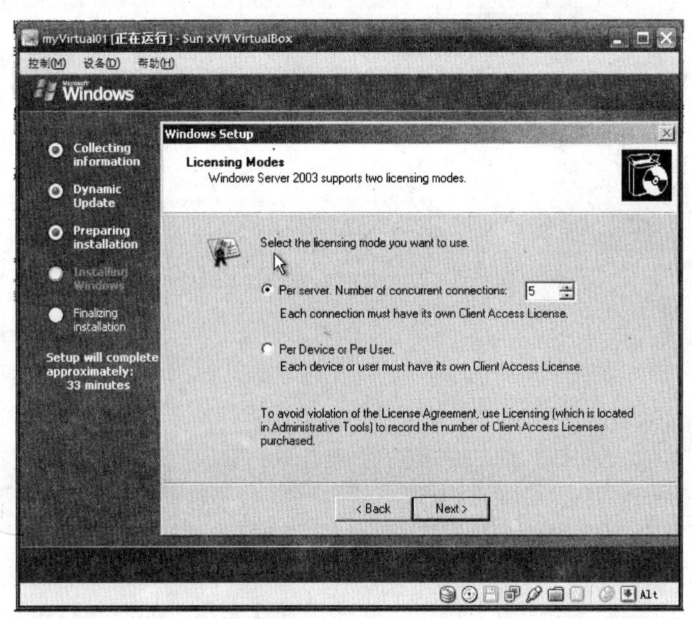

图 5-1-36　选择证书模式

⑧ 设置计算机名称及超级用户密码。当通过网络邻居访问计算机时，该计算机名称将被显示，如图 5-1-37 所示。

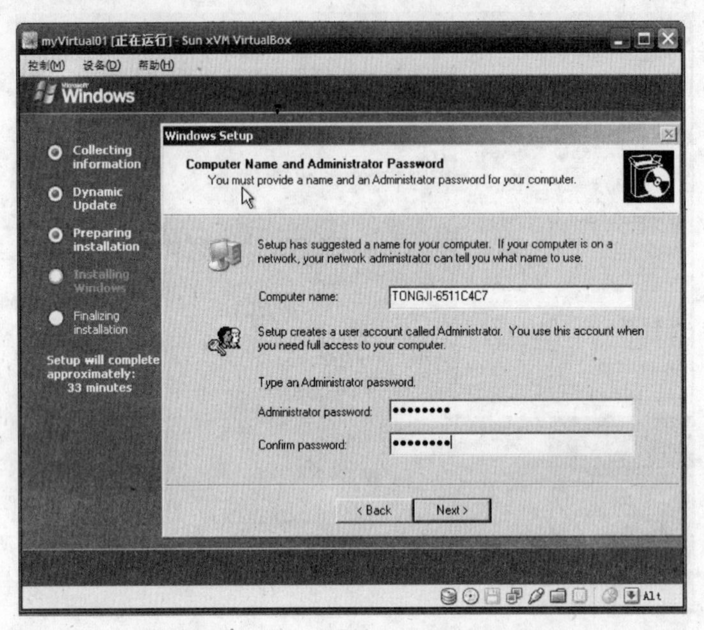

图 5-1-37 设置计算机名称及超级用户密码

⑨ 设置网络类型与工作组/域。

- 网络类型，建议选择 Typical settings（典型设置），如图 5-1-38 所示。

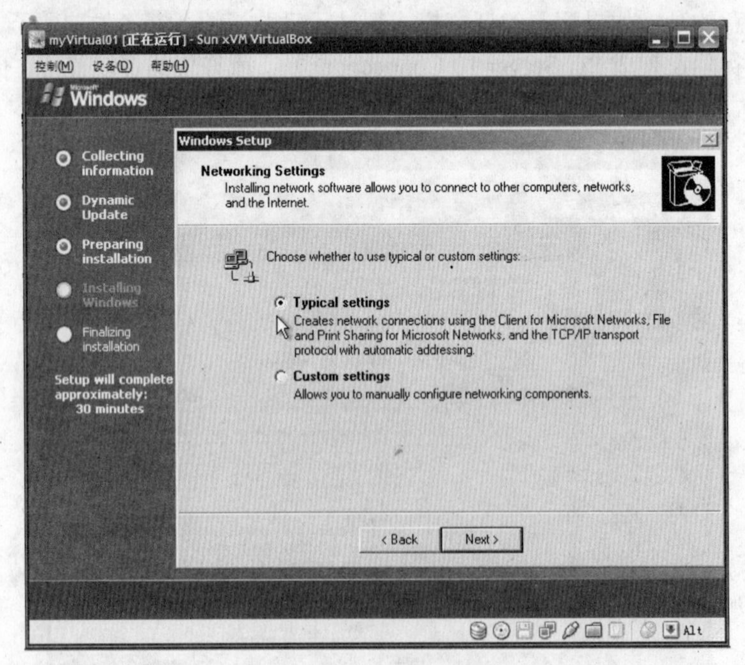

图 5-1-38 设置网络类型

- 工作组/域，建议选择使用工作组，并使用默认名称，如图 5-1-39 所示。

⑩ 安装完成后的初始配置。

- 重启计算机。大约 40 分钟后安装过程结束，重新启动计算机后进入登录界面。与 Windows XP 不同的是，Windows 2003 需要同时按下 Ctrl+Alt+Delete 键才能显示登录框，如图 5-1-40 所示。VirtualBox 不支持在虚拟机中使用这个组合键，但可以用热键（Host）+Delete 键代替。默认状态下热键是右 Ctrl 键，可以在 VirtualBox 全局设定中更改为其他按键。

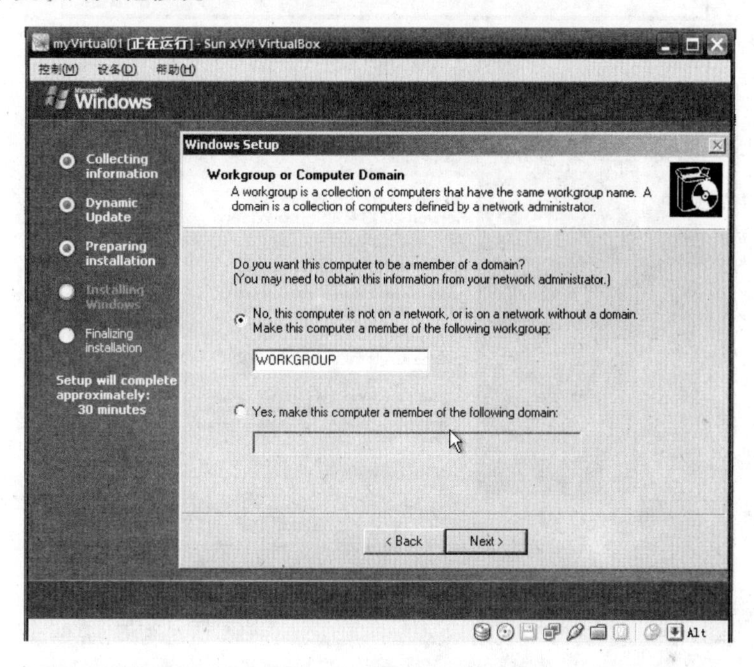

图 5-1-39 设置工作组/域

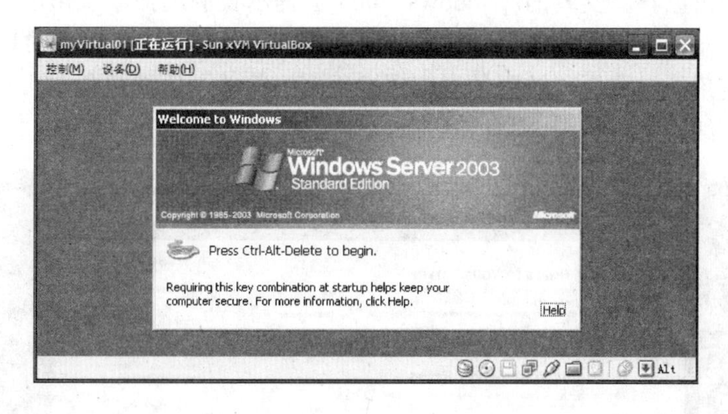

图 5-1-40 Windows 2003 登录框

- 初次登录配置。第一次登录 Windows 2003 系统将花费一些时间自动配置用户相关信息，如图 5-1-41 所示。
- 安装 Windows Server 2003 R2。如果使用的是 Windows 2003 R2 版本，首次进入桌面后会弹出安装 R2 的对话框。Windows 2003 R2 提供了一些新功能，如需安装可插入 CD2 并按提示操作（略），如图 5-1-42 所示。

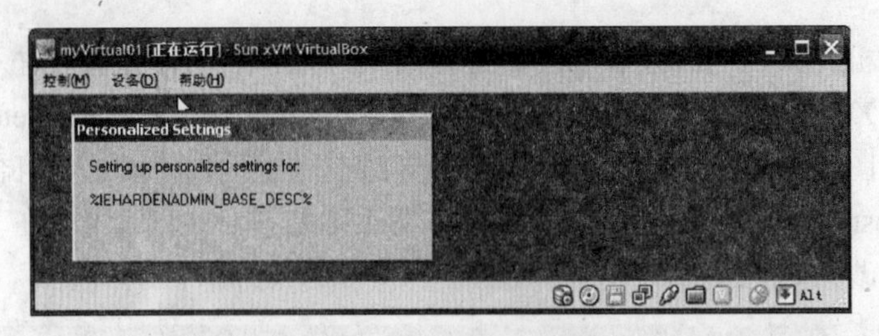

图 5-1-41　初次登录配置

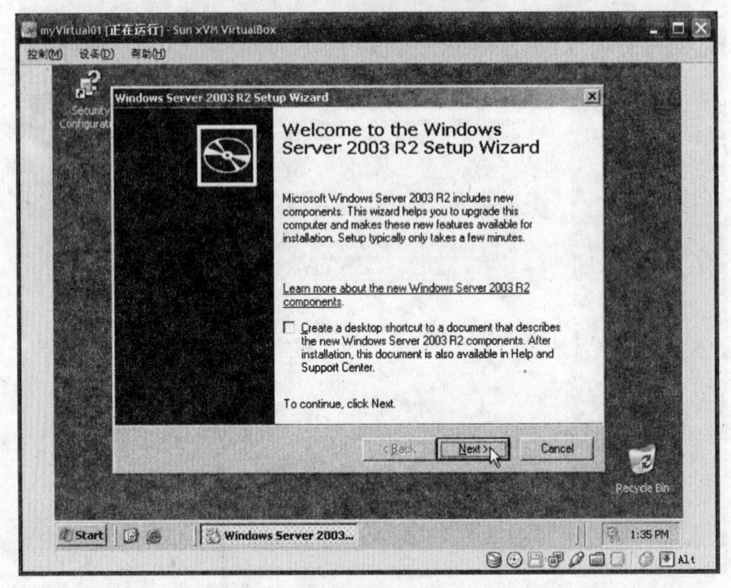

图 5-1-42　安装 Windows 2003 R2

- 添加系统角色。新安装的 Windows 2003 会提示我们选择系统角色。系统角色包括终端服务器、文件服务器、打印服务器、邮件服务器等 11 种。可以根据实际需求选择系统角色，将烦琐的服务器配置过程变得简单。系统角色与服务器用途相关，这里不详细讲述，如图 5-1-43 所示。

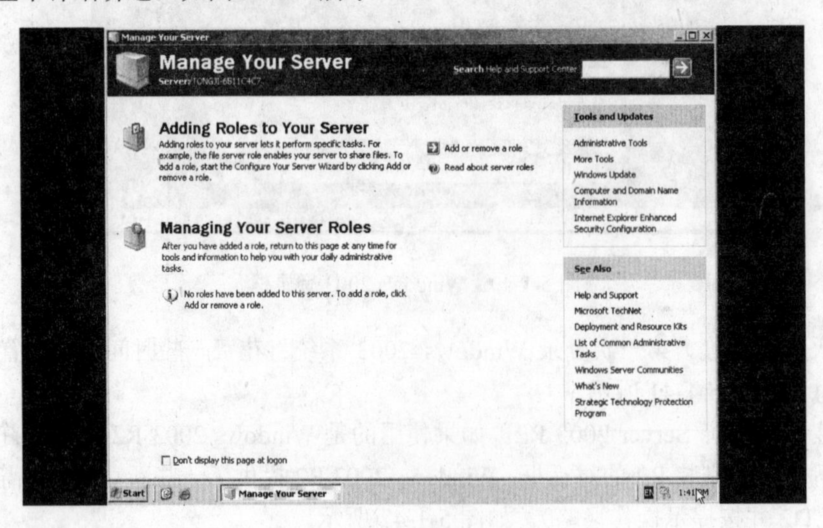

图 5-1-43　添加系统角色

- 安装 VirtualBox 增强功能。在虚拟机窗口菜单上选择“设备”|“安装增强功能”命令，虚拟机的光驱会自动生成一个虚拟光盘文件，如图 5-1-44 所示。在“我的电脑”中右击 CD Drive 盘符，选择自动运行命令即可开始安装，安装完成后可能需要重启虚拟机，如图 5-1-45 所示。

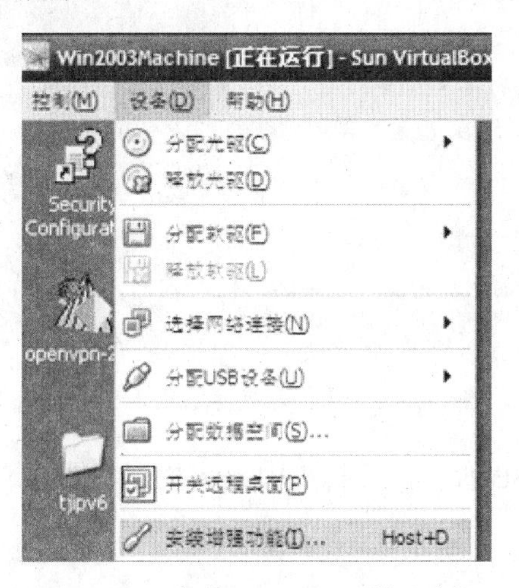

图 5-1-44　安装 VirtualBox 增强功能

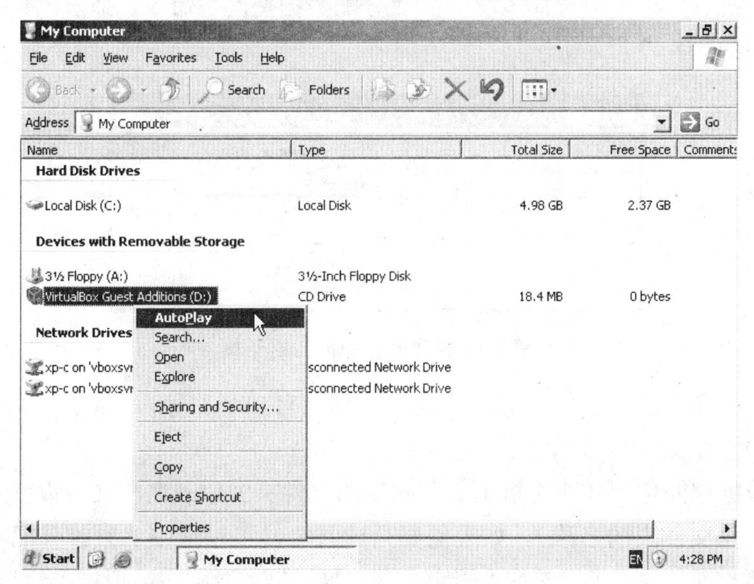

图 5-1-45　自动安装 VirtualBox 增强功能

（4）虚拟机与主机交互

① USB 设备穿透。

- 启动虚拟机。
- 在虚拟机窗口菜单栏上选择“设备”|“分配 USB 设备”命令，可以看到主机拥有的 USB 设备，选择需要穿透的设备，如图 5-1-46 所示。若出现错误，可以尝试先插入 USB 设备再启动虚拟机。如果是首次使用该功能，主机会提示找到 VirtualBox USB 设备，并可能弹出安装新硬件向导，只需选择自动安装即可。

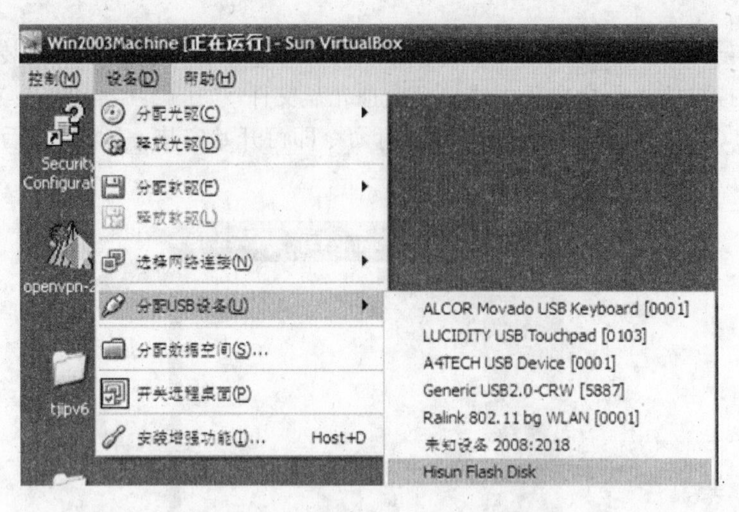

图 5-1-46　选择需要穿透的 USB 设备

- 主机不再显示该 USB 设备，虚拟机中提示找到新硬件。

② 文件共享。

- 启动虚拟机。
- 在虚拟机窗口菜单中选择“设备”|“分配数据空间”命令，弹出“数据空间”对话框，如图 5-1-47 所示。

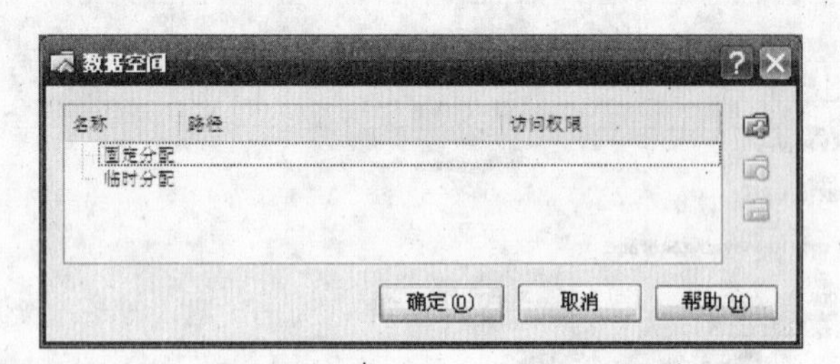

图 5-1-47　“数据空间”对话框

- 单击右上角“添加数据空间”按钮（图标上有一个加号），弹出“添加数据空间”对话框，如图 5-1-48 所示。
- 选择数据空间位置（即主机上需要共享的文件夹）以及名称（可以任意选取，将显示为共享文件夹的名称）。如果需要只读共享，可以选中“只读分配”复选框；如果需要长期共享，可以选中“固定分配”复选框，否则在虚拟机重启后共享将失效。
- 在虚拟机中进入网上邻居，选择“整个网络”，找到 VirtualBox Shared Folders，双击进入，即可看到刚才分配的数据空间（共享文件夹），如图 5-1-49 所示。

③ 虚拟机的其他交互。

- 键盘捕捉。在虚拟机运行时按住热键（默认是右 Ctrl 键），可将键盘输入在主机/虚拟机之间切换。
- 虚拟机分辨率。使用“热键+F 键”可以将虚拟机切换至全屏模式。使用“热键+G 键”可以使虚拟机适应窗口大小。

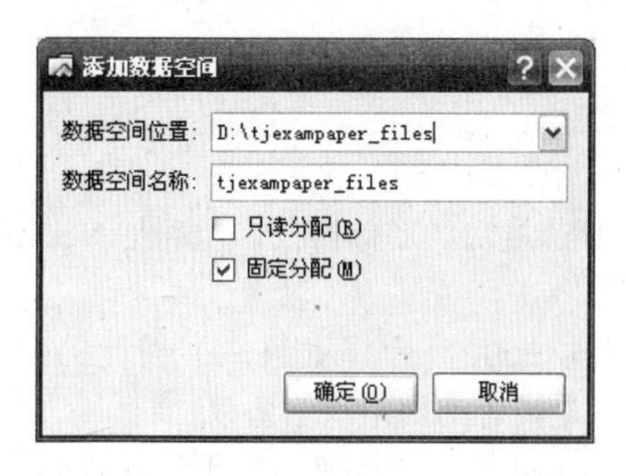

图 5-1-48 “添加数据空间”对话框

图 5-1-49 通过网上邻居查看主机的共享文件夹

虚拟机的网络连接。VirtualBox 为虚拟机提供了良好的网络功能，通常无须特殊配置即可在虚拟机中通过主机的 Internet 连接上网。

5.2 网络通信协议

通信协议是计算机通过网络相互交流信息的“语言”，网络中的不同计算机必须使用相同的通信协议才能交换信息。

在网络中，通信协议扮演着重要的角色。无论使用哪种网络连接方式，都需要相应的通信协议的支持。如果没有网络通信协议，资源就无法共享，那么网络连接就失去了意义。在局域网中，最常用的通信协议是 TCP/IP，此外还有 NetBEUI、NWLink IPX/SPX/NetBIOS 兼容传输协议和 AppleTalk 协议等。

5.2.1 TCP/IP 协议

TCP/IP 协议广泛应用于各种计算机网络，实际名称是“Internet 协议系列”。它是最流行的网络通信协议，也是 Internet 的基础，可以跨越由不同硬件体系和不同操作系统的计算机相互连接的网络进行通信。

TCP/IP 是一个协议系列，包括 100 多个协议，TCP（传输控制协议）和 IP（网际协议）仅是其中的两个协议。由于它们是最基本和最重要的两个协议，且应用广泛并广为人知，因此通常用 TCP/IP 代表整个 Internet 协议系列。

TCP/IP 协议不仅规定了计算机如何进行通信，而且具有路由功能。通过识别子网掩码，可以为企业范围的网络提供更大的灵活性。TCP/IP 协议使用 IP 地址识别网络中的计算机，每台计算机必须拥有唯一的 IP 地址。

TCP/IP 协议采用分组交换方式的通信方式。TCP 协议把数据分成若干数据包，并写上序号，以便接收端能够把数据还原成原来的格式；IP 协议为每个数据包写上发送主机和接收主机的地址，这样数据包即可在网络上传输。在传输过程中可能出现顺序颠倒、数据丢失或失真，甚至重复等现象。这些问题都由 TCP 协议处理，它具有检查和处理错误的功能，必要时可以请求发送端重发。

Microsoft 的联网方案使用了 TCP/IP 协议，在目前流行的 Windows 版本中都内置了该协议，而且在 Windows XP 中是自动安装的。在 Windows 2000 Server 中，TCP/IP 协议与 DNS（域名系统）和 DHCP（动态主机配置协议）配合使用。DHCP 用来分配 IP 地址，当用户计算机登录网络时，自动寻找网络中的 DHCP 服务器，以从中获得网络连接的动态配置并获得 IP 地址。

5.2.2 NetBEUI 协议

NetBEUI 协议是一种占用空间小、效率高且速度快的通信协议，全称是 NetBIOS Extended User Interface（NetBIOS 扩展用户接口）。

该协议是专门为小型局域网（通常不超过 200 台计算机组成）设计的协议，在 Windows 9x/Me/NT/Windows 2000 Server 中，也是内置的网络通信协议。

NetBEUI 协议占用内存最少，在网络中基本不需要任何配置，但不具备路由功能。如果在一台服务器上安装了多块网卡，或者使用路由器等设备进行多局域网互联时，不能使用该协议。

5.2.3 NWLink IPX/SPX/NetBIOS 兼容传输协议

NWLink IPX/SPX/NetBIOS 是一种常用的兼容传输协议，是 Windows XP 的内置协议。它支持将 Windows 2000 Server 服务器连接到 Novell NetWare 服务器上。通过使用 NWLink 协议，Windows 和 NetWare 客户可以访问在对方服务器上运行的客户或服务器应用程序。

5.2.4 AppleTalk 协议

AppleTalk 协议允许其他使用该协议的计算机与运行 Windows 的计算机通信，主要指 Apple 公司的苹果机。它允许运行 Windows 2000 Server 的计算机充当 AppleTalk 的路由器。通过该协议，Windows 2000 Server 可以为苹果机提供文件和打印服务。

5.2.5 选择网络通信协议

选择网络通信协议时应遵循如下原则。

（1）尽量少选用通信协议。除特殊情况外，一个局域网中尽量只选择一种协议。因为通信协议越多，占用计算机的内存就越多。既影响计算机的运行速度，也不利于网络管理。

（2）尽量使用高版本的协议。注意协议的一致性，因为网络中的计算机之间相互传递数据信息时必须使用相同的协议。

（3）对于一个没有对外连接需要的小型局域网，NetBEUI 协议是最佳选择。当网络规模较大，且网络结构复杂时，应选择可管理性和扩充性较好的协议，如 TCP/IP 协议。如果网络存在多个网段或需要通过路由器连接时，除了安装 TCP/IP 协议外，还要安装 NWLink IPX/SPX/NetBIOS 兼容传输协议或 AppleTalk 协议。

（4）如果组网的目的之一是玩联网游戏，则最好安装 NWLink IPX/SPX/NetBIOS 兼容传输协议，因为许多网络游戏用其实现联机。

（5）如果难以选择通信协议，则选择 TCP/IP 协议。因为该协议的适应性非常强，可以应用于各种类型和规模的网络。

5.2.6 案例——通信协议的安装

1．案例说明

本案例着重讲解如何在 Windows 操作系统下安装必要的通信协议。这是一项非常重要的操作，在联网的时候，经常会用到系统中本来没有安装的通信协议。

网络通信协议就是网络各主机之间进行通信活动的翻译，是计算机之间沟通的桥梁。常用的 Internet 协议一般包括 TCP/IP 协议、IPX/SPX 及其兼容协议，还有 NetBEUI 协议。在本案例中以在 Windows XP 系统下安装 IPX/SPX 及其兼容协议和 NetBEUI 协议为例，如图 5-2-1 所示。

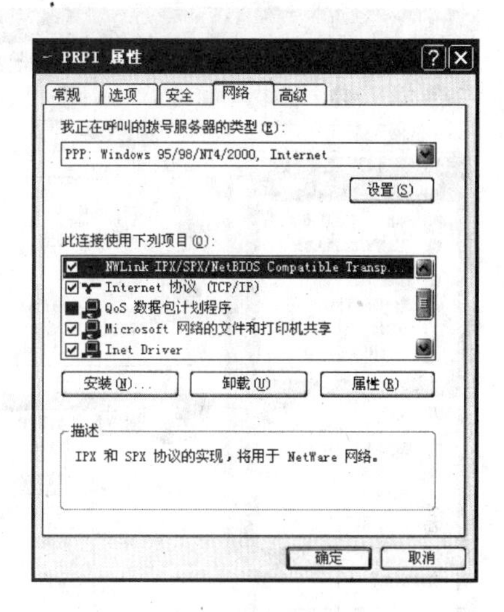

图 5-2-1 “PRPI 属性”对话框

通过本案例，读者要掌握如何安装和卸载通信协议以及各个通信协议的功能。

2．实现方法

（1）协议说明

① IPX/SPX 及其兼容协议。IPX/SPX 即网际包交换/顺序包交换，其全称是 Internetwork Packet eXchange/Sequences Packet eXchange，是 Novell 公司开发的，通过这个协议可以建立与 NetWare 服务器连接。

② NetBEUI 协议。NetBEUI 协议即 NetBIOS 扩展用户接口，全称就是 NetBIOS Extended User Interface，其中 NetBIOS 是指网络基本输入/输出系统。NetBEUI 协议由 IBM 公司产品改造而来。

（2）协议的安装

① 执行“开始”|“控制面板”命令，弹出如图 5-2-2 所示窗口，在其中单击“网络和 Internet 连接”选项，弹出如图 5-2-3 所示的窗口。

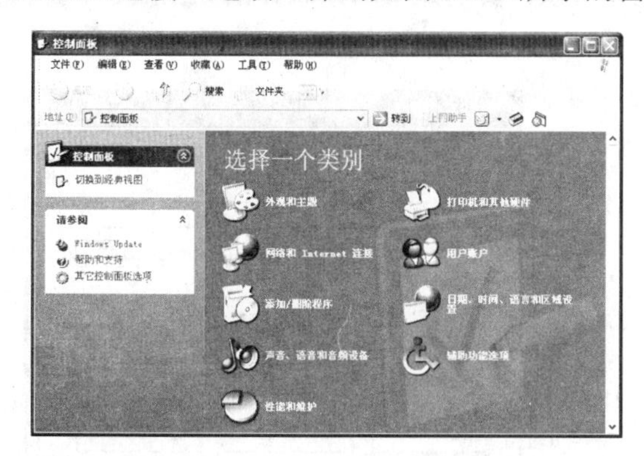

图 5-2-2 “控制面板”窗口

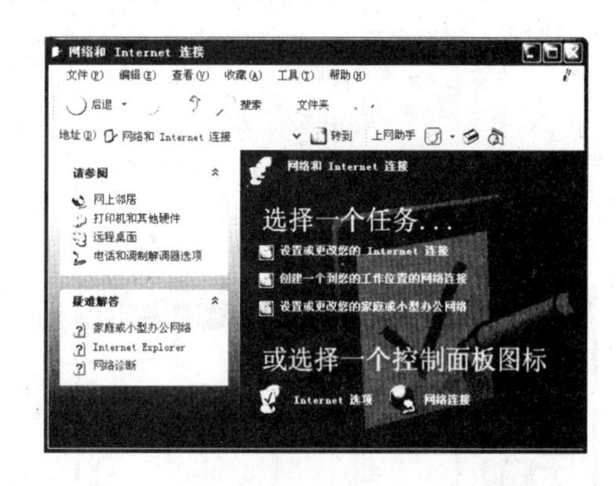

图 5-2-3 “网络和 Internet 连接”窗口

② 在窗口中单击“或选择一个控制面板图标”下的“网络连接”，弹出“网络连接”窗口，如图 5-2-4 所示。

③ 以拨号连接为例（其他连接的安装过程相同，而且只安装一次即可），右击拨号设置的图标，在弹出的快捷菜单中选择“属性”命令，弹出网络属性对话框。

④ 在网络属性对话框中选择“网络”选项卡，如图 5-2-5 所示。其中“我正在呼叫的拨号服务器的类型”与安装的操作系统有关，本例以 Windows XP 操作系统为例，因此使用系统默认的设置“PPP：Windows 95/98/NT4/2000，Internet”。单击“安装”按钮，弹出

如图 5-2-6 所示的对话框，选择所要安装的网络组件类型。

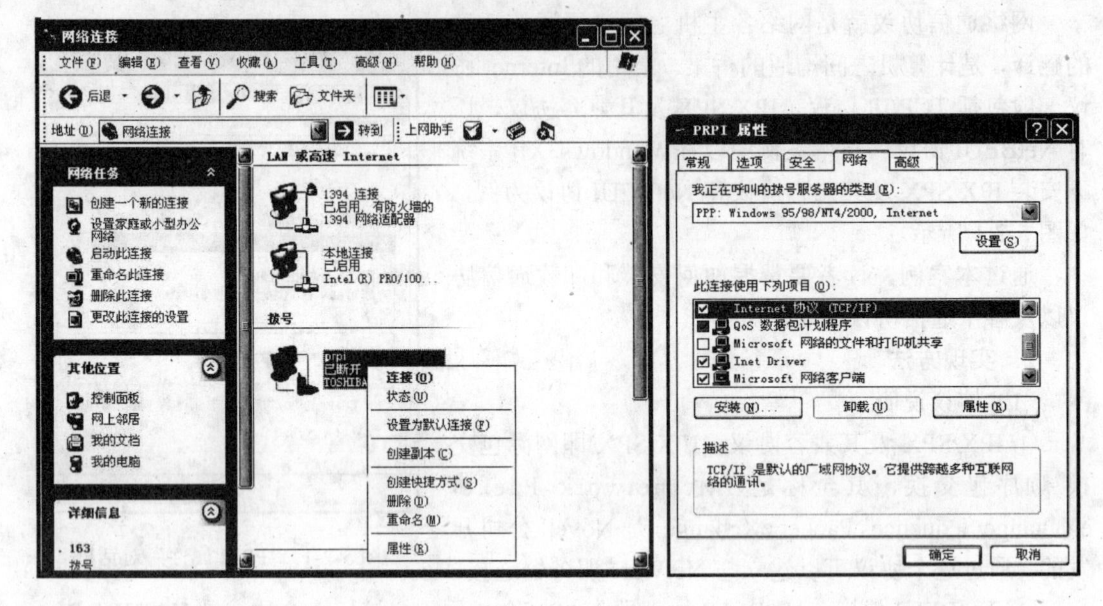

图 5-2-4 “网络连接”窗口　　图 5-2-5 “网络”选项卡

⑤ 在图 5-2-6 所示的对话框中双击“协议”，或者选择“协议”后单击“添加”按钮，弹出对话框，选择所要安装的通信协议“NWLink IPX/SPX/NetBIOS Compatible Transport Protocol”，单击“确定”按钮。

⑥ 系统自动安装选择的 IPX/SPX 及其兼容协议，安装完毕后系统弹出如图 5-2-7 所示的对话框，说明通信协议安装成功。单击“关闭”按钮退出安装程序。

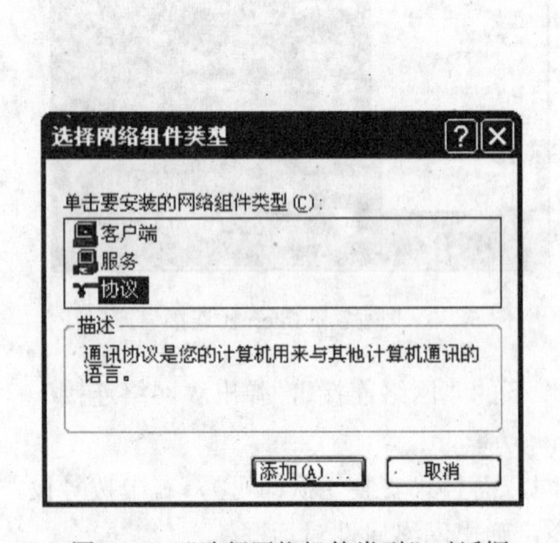

图 5-2-6 “选择网络组件类型”对话框

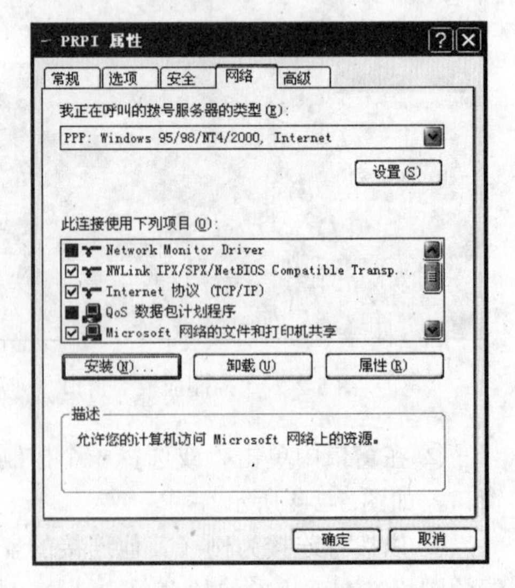

图 5-2-7 显示安装的通信协议

（3）通信协议的删除

通信协议的删除相对容易，重复上述步骤中的①～③步，单击“网络”选项卡，弹出

"属性"对话框。选择要删除的通信协议，单击"卸载"按钮，系统会自动地将该协议删除。

（4）通信协议的用途

网络协议都有各自的用处：当装有 Windows 操作系统的工作站要与 UNIX 服务器连接或者访问 Internet 时，我们必须安装 TCP/IP 协议；如果装有 Windows 操作系统的工作站要作为客户机访问 NetWare 服务器，则需要 IPX/SPX 及其兼容协议；而那些只装有 TCP/IP 协议的 Windows 9x 工作站是不能加入到 Windows NT 域的，虽然它们可以设置代理服务器而通过 NT 服务器访问 Internet，但用户不能登录到 NT 域。如果要登录到 NT 域中，NetBEUI 协议是必不可少的。

因此，从普通客户机的兼容性来考虑，同时安装这三种通信协议是一个很好的选择，不论连接任何服务器，都可以顺利完成，也就是说可以满足多种网络连接的需要，但这样做会降低一定的网络速度。

5.3 IP 地址和子网掩码

IP 地址和子网掩码是 TCP/IP 网络中的重要概念，它们的共同作用是标识网络中不同的计算机及识别计算机正在使用的网络。

5.3.1 IP 地址

基于 TCP/IP 协议网络及 Internet 中的每一台计算机都必须以某种方式唯一地标志，否则网络不知道如何传递消息。如果多台计算机使用相同的标志，网络不可能确定消息的接收者。

IP 地址是 TCP/IP 网络及 Internet 中用于区分不同计算机的数字标志，作为统一的地址格式，它由 32 位二进制数组成，并分成 4 组 8 位部分。由于二进制使用不方便，所以通常使用"点分十进制"方式表示 IP 地址。即把每部分用相应的十进制数表示，大小介于 0～255 之间，例如 192.168.0.1 和 200.200.200.66 等都是 IP 地址。

如果网络在 IP 地址中任意使用全部 32 位二进制数，那么将有超过 40 亿（2^{564}）个可能地址。但是一些特殊组合作为专用，而且 4 组 8 位二进制数以特殊方式分类，具体依赖于网络规模的大小，因此潜在地址的实际数并没有如此之多。

一个 IP 地址实际上由网络（Network）号和主机（Host）号两部分组成，通过使用两个部分，不同网络中的计算机可以拥有相同的主机号。没有这种组合类型，编号将很难控制。

IP 地址根据网络规模可以分为 Class A～E 共 5 类，其中后两类保留，不作为 IP 地址编号。类打乱了原来的 4 组 8 位的规律，并根据类来标志主机。在 IP 地址的开头保留 1 位或多位以标志类的类型。

不同类 IP 地址根据网络规模的设计如表 5-3-1 所示。

表 5-3-1 IP 地址设计规则

Class A	0	网络号（7 位）	主机号（24 位）
Class B	10	网络号（14 位）	主机号（16 位）
Class C	110	网络号（21 位）	主机号（8 位）

Class A～C 类 IP 地址的具体含义如下。

（1）Class A（A 类）：A 类 IP 地址只有 7 位作为网络地址，但有 24 位作为主机地址。这样允许有 160 万个主机地址。但是最多只有 128（2^7）个 A 类 IP 地址。

（2）Class B（B 类）：B 类 IP 地址用 14 位作为网络地址，用 16 位作为主机地址。虽然允许有更多的 B 类网络，而主机数却少了许多，不过仍允许有 65 000 多台主机。

（3）Class C（C 类）：C 类 IP 地址用 21 位作为网络地址，用 8 位作为主机地址。C 类 IP 地址最多可以有 254（0 和 255 为 IP 地址的每一部分保留）台主机和 200 多万网络地址。

同时 IP 地址规定，网络号不能以 0、127、255 开头，并且主机号不能全为 0 或 255。

目前，世界上大多数是 B 类和 C 类网络，通过 IP 地址的第一个十进制数可以识别网络所属的类别，由此可以得出主机所在网络的规模大小。

IP 地址的第 1 个十进制数的规则：

（1）A 类 IP 地址的第 1 个数介于 1～126 之间。

（2）B 类 IP 地址的第 1 个数介于 128～191 之间。

（3）C 类 IP 地址的第 1 个数介于 192～223 之间。

此外，D 类 IP 地址的第 1 个数介于 224～239 之间，用于多目的地信息的传输，保留作备用；E 类 IP 地址的第 1 个数在 240～254 之间，保留仅作为 Internet 的实验开发之用。

例如计算机的 IP 地址为 108.16.99.35，即可推断该主机属于一个 A 类网络，网络规模很大，网络地址为 108，主机地址为 16.99.35；如果是 149.28.98.23，即可推断该主机属于一个 B 类网络，网络地址为 149.28，主机地址为 98.23；如果是 192.168.0.1，即可推断该主机属于一个 C 类网络，计算机数量不超过 254 台，网络地址为 192.168.0，主机地址为 1。

实际上 IP 地址的分配是由 InterNIC（Internet 网络信息中心，http://rs.internic.net）统筹管理的。如果要建立一个 Internet 网站，则必须先向 ISP（Internet Service Provider，Internet 服务提供商）申请一个全世界唯一的 IP 地址，而 ISP 所拥有的 IP 地址也是事先向 InterNIC 申请的。

以上介绍的 IP 地址知识主要针对接入 Internet 的网络而言。如果建立的只是公司内部或家庭局域网，那么即可自己设置 IP 地址而不必向 ISP 申请。设置时不能在 0～255 之间任意选择。IP 地址的第 1 个数只能介于 1～223 之间，且不能为 127，不能将主机号全部指定为 0 或 255。例如不可指定 127.45.89.213，224.67.90.192，190.161.0.0，200.200.200.255 等 IP 地址。

注意，在 TCP/IP 协议中，有些 IP 地址是专门保留给私有局域网使用的，因为这些 IP 地址不能通过路由器传送，因此不会出现在 Internet 上。这些保留给私有局域网使用的 IP 地址如下：A 类是 10.x.y.z，B 类是 172.16.y.z～172.31.y.z，C 类是 192.168.0. z～192.168.255.z。如果局域网并不需要接入 Internet，那么设置时不必拘泥于专门保留给局域网使用的 IP 地址。

5.3.2 子网掩码

为了快速确定 IP 地址的代表网络号及代表主机号的部分，以判断两个 IP 地址是否属于同一网络，就产生了子网掩码的概念。子网掩码按 IP 地址的格式给出。A、B、C 类 IP 地址的默认子网掩码如下。

A 类：255.0.0.0

B 类：255.255.0.0

C 类：255.255.255.0

用子网掩码判断 IP 地址的网络号与主机号的方法是用其与相应的子网掩码进行“与”运算，利用子网掩码获得 IP 地址的 Network ID 和 Host ID。

当 TCP/IP 网络上的主机相互通信时，可以利用子网掩码得知这些主机是否处在相同的网络区段内，即 Network ID 是否相同。

A 类 IP 地址的子网掩码为 255.0.0.0；B 类 IP 地址的子网掩码为 255.255.0.0；C 类 IP 地址的子网掩码为 255.255.255.0（255 为二进制的 8 位 1，0 为二进制的 8 位 0）。其中为 1 的位用来定出 Network ID，为 0 的位用来定出 Host ID。

例如某 A 主机的 IP 地址为 202.197.147.3，则计算其 Network ID 的方法是将 IP 地址与子网掩码（子网掩码为 255.255.255.0，因该 IP 地址是 C 类地址）两个值中相对应的二进制位做 AND 逻辑运算。取得子网掩码为 1 的 IP 地址的位，即为 Network ID。在 IP 地址中扣除 Network ID 后，其余的部分就是 Host ID。

202.197.144.3	11001010	11000101	10010011	00000011
255.255.255.0	11111111	11111111	11111111	00000000
AND 后的结果	11001010	11000101	10010011	00000000
	（202）	（197）	（147）	

因此，IP 地址 202.197.147.3 的 Network ID 就是 202.197.147，而 Host ID 为 3。

若 B 主机的 IP 地址为 202.197.147.18（子网掩码为 255.255.255.0）。当 A 主机要和 B 主机通信时，A 主机和 B 主机都会将自己的 IP 地址分别与子网掩码做 AND 运算，得知这两台主机的 Network ID 都是 202.197.147，因此判断这两台主机是在同一个网络区域内，可以直接通信。但是如果两台主机不在同一个网络区域内（Network ID 不同），则无法直接沟通，而必须通过路由器进行通信。

又如，10.68.89.8 是 A 类 IP 地址，默认子网掩码为 255.0.0.0，分别转化为二进制执行“与”运算后，得出网络号为 10，而不是 10.68 或其他；205.30.151.3 和 202.30.152.80 为 C 类 IP 地址，默认子网掩码为 255.255.255.0，执行“与”运算后得出两者网络号不相同，说明两台主机不在同一网络中。

简言之，子网掩码的作用就是和 IP 地址结合，识别计算机正在使用的网络。

子网掩码的另一功能就是用来划分子网。在实际应用中，经常遇到网络号不够的问题，需要把某类网络划分出多个子网，采用的方法即是将主机号标识部分的一些二进制位划分出来标志子网。虚拟子网及其主机号的计算方法如下例。

例如一台计算机的 IP 地址是 211.69.85.109，其子网掩码是 255.255.255.240，试计算其所在网络的虚拟子网号和主机号。

$(109)_{10}=(01101101)_2$

$(240)_{10}=(11110000)_2$ 取反得 $(00001111)_2=(15)_{10}$

211.69.85.109 AND 255.255.255.240=211.69.85.96（虚拟子网号）

211.69.85.109 AND 0.0.0.15=0.0.0.13（主机号）

5.3.3 案例——局域网内主机IP地址自动获得的实现

1. 案例说明

在我们组建局域网时，IP地址的分配是一件非常令人头痛的事情，特别是需要组建的局域网规模比较大时，合理分配和管理IP地址就显得更为重要，甚至还需要列出详细的分配表，以便在进行网络维护时备查。但当需要管理的机器数量超过了用户拥有的合法IP地址数量时，将有一部分机器无法获得合法的IP地址。本案例利用Windows 2000 Server提供的动态主机配置协议（Dynamic Host Configure Protocol，DHCP）实现局域网内主机IP地址的自动获取，实现IP地址的动态管理。

DHCP服务器可以让管理员集中指派和指定全局的和子网特有的TCP/IP参数（含IP地址、网关、DNS服务器等）供整个网络使用，客户机不需要手动配置TCP/IP，并且当客户机断开与服务器的连接后，旧的IP地址将被释放以便重用。DHCP的这个特性可以解决IP地址资源少于机器数目的矛盾，只要局域网中同时使用服务器DHCP服务的机器不超过合法IP地址的数目，IP地址资源不足的情况就不会发生。如果已配置冲突检测设置，DHCP服务器在将租约中的地址提供给客户机之前会试用 ping 测试作用域中每个可用地址的连通性，因而可确保提供给客户的每个IP地址都没有被使用手动TCP/IP配置的其他非DHCP计算机使用。

如果网络发生变化，也只需要在DHCP服务器上进行一下修改，整个网络就又可以重新使用了，客户端也仅仅需要重新启动一次，重新获得IP就达到了网络设置的修改。如果采用的是固定IP地址的方案，当网络发生变化时，IP地址的维护工作会很繁重。

2. 实现方法

（1）Windows 2000 Server下DHCP的安装

在默认情况下，Windows 2000 Server在安装时已经自动安装了DHCP服务。在“控制面板”中的“管理工具”里面会有DHCP程序项，如果没有，需要进行添加安装。

打开“控制面板”中的“添加/删除程序”，单击里面的“添加/删除Windows组件”按钮。在“Windows组件向导”的组件列表中，选择“网络服务”项目。然后单击“详细信息”按钮，打开其详细组件，在里面选择“动态主机配置协议（DHCP）”复选框，如图5-3-1所示，确定保存即可自动完成安装（只有在Windows 2000 Server中才有这个选项，其他版本则没有）。

（2）DHCP服务器的配置

① 打开DHCP管理器。选择“开始”|“程序”|“管理工具”| DHCP命令。一般情况下，里面已经有了服务器的 FQDN（Fully Qualified Domain Name，完全合格域名），如www.xysm.net。

② 如果列表中还没有任何服务器，则需添加 DHCP 服务器。选择“DHCP”，右击，选择“添加服务器”命令，选择“此服务器”，再单击“浏览”按钮，选择（或直接输入）服务器名。

③ 打开作用域的设置对话框。先选中“FQDN”名字，再击右键，选择“新建作用域”命令。

④ 设置作用域名。“名称”文本框只是用于提示，可填入任意内容。

⑤ 设置可分配的IP地址范围，如图5-3-2所示。比如可分配202.114.31.1～202.114.31. 100，

则在“起始 IP 地址”文本框中填写 202.114.31.1，在“结束 IP 地址”文本框中填写 202.114.31.100，在“子网掩码”文本框中填写为 255.255.255.0。

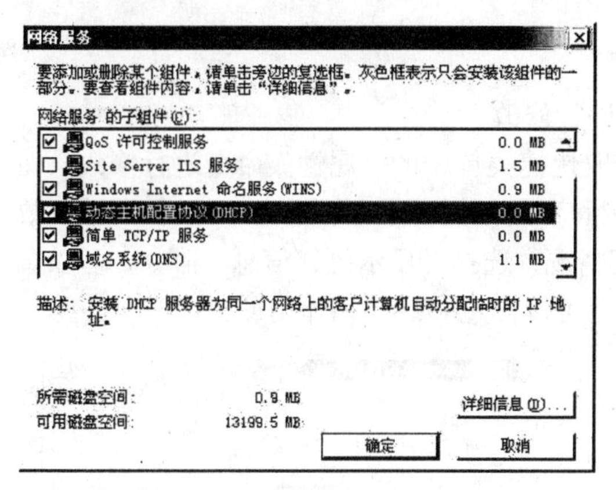

图 5-3-1　DHCP 的安装

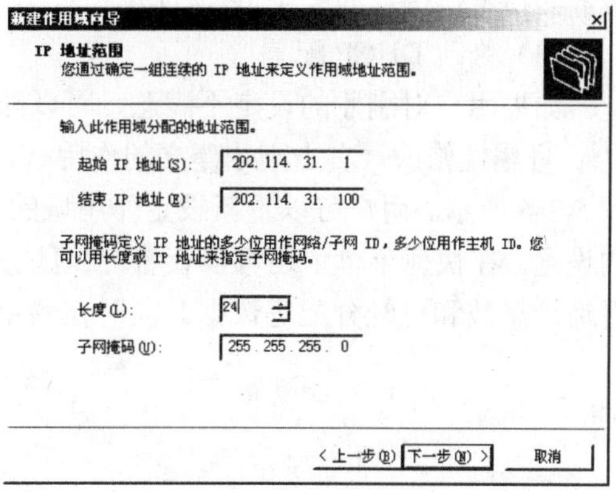

图 5-3-2　设置可分配的 IP 地址范围

⑥ 在上面设置的 IP 地址范围内，如果想排除部分 IP 地址，可通过“新建作用域向导”中的“添加排除”功能来实现。IP 地址的排除可以是一个，也可以是一段。如果只排除一个单独的 IP 地址，在“起始 IP 地址”文本框中键入地址即可，如图 5-3-3 所示。

⑦ 通过“新建作用域向导”中的“租约期限”可设定 DHCP 服务器所分配的 IP 地址的有效期，时间限制可精确到分钟。一般来说，对于一个以笔记本电脑或拨号客户为主要用户的移动网络来说，设置较短的租约期限比较好；而对于一个主要以台式计算机为主要用户的相对固定的网络来说，设置较长的租约期限比较好，如图 5-3-4 所示。完成后，单击“下一步”按钮。

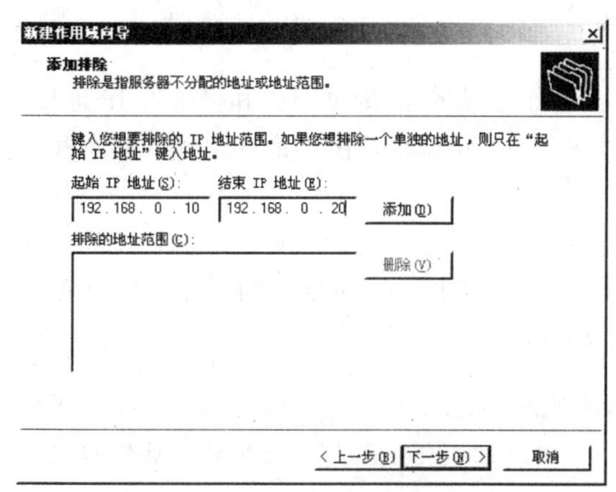

图 5-3-3　IP 地址的排除

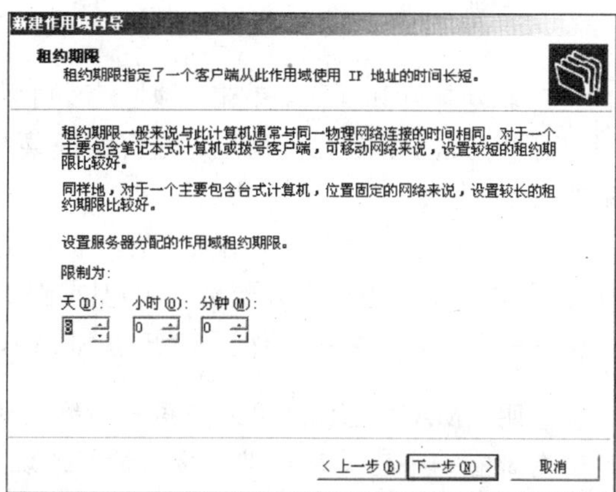

图 5-3-4　租约期限的设置

⑧ 在出现的对话框中选择“是，我现在想配置这些选项”以继续配置分配给工作站的默认的网关、默认的 DNS 服务地址、默认的 WINS 服务器，在有 IP 地址的栏目添加服务器的 IP 地址。然后再根据提示选择“是，我想现在激活此作用域”。单击“完成”按钮，即可结束最后设置，并在 DHCP 的主窗口中将出现刚才设定的作用域，这时可以选择相关项目进行查看，如图 5-3-5 所示。

⑨ 将此局域网中的工作站的网络属性中的“TCP/IP”属性均设置成“自动获取 IP 地

址”，并将 DNS 服务器设为“禁用”，网关栏保持为空，重新启动成功后，运行 winipcfg（Windows 98 中）即可看到各项已分配成功。此时，客户机已经从网络上自动获得了 DHCP 服务器指定范围内的一个 IP 地址。

（3）修改 DHCP 配置

如果用户对刚才的设定不满意，可以随时进行修改。

① 属性修改。右击刚才建立的作用域，选取快捷菜单中的“属性”命令进行修改，如图 5-3-6 所示。用户可以重新设定作用域的范围和租约期限，还可以进行 DNS 和高级参数的设置。在快捷菜单中还可以查看 IP 地址分配情况，选择“显示统计信息”命令，可以查看地址总数和已经分配等数据。同时在菜单中还可以停止和启动该作用域。

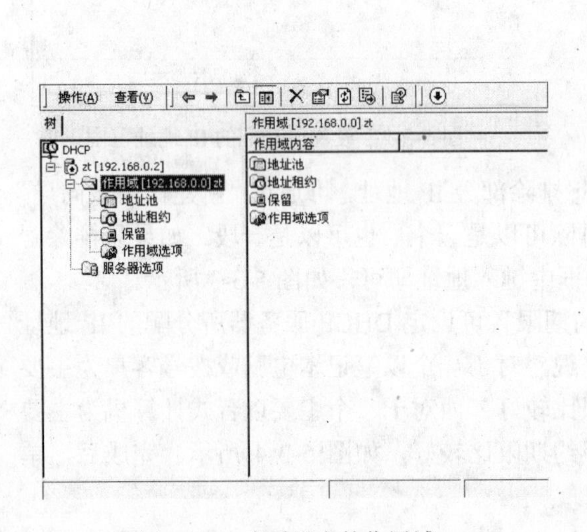

图 5-3-5 查看设定的作用域

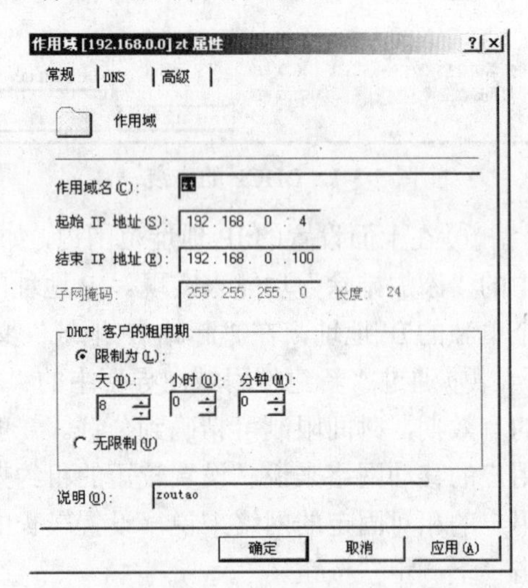

图 5-3-6 作用域的属性

② 新建排除和保留。单击“地址池”可以查看作用域的 IP 地址范围和排除的 IP 地址，用户可以在这里新建排除地址。选择快捷菜单中的“新建排除范围”命令，输入起始和结束的 IP 地址即可。

利用“新建保留”可以给某个客户机设定固定的 IP 地址，这样就算客户机设定的是自动分配 IP 地址，也可以分配给该用户固定的 IP 地址。选择快捷菜单中的“保留”|“新建保留”命令，输入名称、保留 IP 地址和 MAC 地址即可。

说明：MAC 地址是用来与同一网络上的其他网络适配器进行通信的地址。每个网络适配器都有一个已关联的媒体访问控制地址。可以通过 ipconfig/all 来查看，反馈信息中“Physical Address”所对应的就是该网卡的 MAC 地址。

③ 作用域选项。选择快捷菜单中的“作用域选项”|“配置选项”命令，可以设定 DHCP 服务器指派给客户机的额外参数，例如默认网关、WINS 服务器等都可以在这里修改。

④ 客户端设置。完成了服务器端的 DHCP 配置修改工作，客户端的设置就很简单了，只需要将其 IP 地址设置成为自动分配即可。

打开客户机中的网络设置，在 TCP/IP 的属性中设定其“IP 地址”为“自动获得 IP 地址”就完成了客户端的设置，这样客户机在启动时就能自动完成 IP 地址等相关的一系列设置工作。

（4）特别提示

① 在进行 DHCP 配置前必须在 Windows 2000 中安装了 DHCP，否则无法进行配置。

② Windows NT Server 5.0 中的 DHCP 服务提供了以下几种新的特性。

- 自动分配 IP 地址。如果 DHCP 服务器不能提供出租，网络上已启用 DHCP 客户，现在可以使用临时 IP 配置来自己配置。客户可以每五分钟持续联系一次 DHCP 服务器，要求有效的出租。自动分配对用户总是可见的，如果客户不能从 DCHP 服务器获得出租，不提醒用户。地址从网络地址范围中自己分配，它是为专用 TCP/IP 使用保留的，并不在 Internet 上使用。
- 增强的性能监视和服务器报告能力。DHCP 对于成功实现网络构造是重要的。没有运行的 DHCP 服务器，IP 客户会丧失部分或全部的访问网络的能力。Windows NT Server 5.0 中添加了新性能的监视计数器，帮助专门监视网络中的 DHCP 服务器性能。DHCP Manager 现在提供增强的服务器报告，通过图形显示服务器、作用域和客户的状态，例如各种新的可视图标显示服务器或作用域是否连接或断开。当作用域已经出租了可用地址的 90%时，出现警戒信号。
- DHCP 和 DNS 的集成。利用 Windows NT Server 5.0，DHCP 可以为支持更新的任何用户启动 DNS 命名空间的动态更新。域客户可以使用动态 DNS 来更新主名称地址映射信息（存储在 DNS 服务器），而不管 DHCP 分配地址发生了什么改变。
- 对 DHCP Manager 的只读控制台访问。此特征提供给特殊目的的本地用户组，即 DHCP 用户组，当 DHCP 服务安装时它会自动添加。通过添加成员到组中，利用 DHCP Manager 控制台，可以提供对在非管理员计算机上的与 DHCP 服务有关的信息的只读访问。这允许具有本地组成员身份的用户查看，但不能修改存储在指定 DHCP 服务器上的信息和属性。

第6章 局域网组网

6.1 对 等 网

对等网是一种最简单的局域网，常用于家庭及学生宿舍等组网场合。硬件连接好之后，只需经过简单设置即可享受联网的乐趣。通过本节内容的学习，当几台计算机通过网络硬件连接之后，我们可以将其设置成对等网，并确保连通。

6.1.1 对等网概述

在对等网中，联网的计算机数量一般在 10 台以下，且每台计算机都处于平等地位。既向网络中的其他用户提供服务，又享受其他用户提供的服务，可以说是真正的“互惠互利”。由于网络中没有具有特殊功能和作用的计算机，且每台计算机的地位都绝对平等，因此称为对等网。

1. 对等网结构

对等网中没有专用的服务器，每台联网的计算机既是服务器，又是工作站，拥有绝对的自主权。对等网中的计算机之间可以实现互访、数据交换及共享打印机、光驱和软驱等硬件设备。

一般情况下，几台计算机外加一台打印机即可构成一个对等网。既可以采用总线型拓扑结构，也可以采用星型拓扑结构。

总线型对等网通常采用 10Base-2 结构化布线，使用同轴电缆连接网络。电缆两端必须安装 50 Ω 终端电阻器，无须集线器，如图 6-1-1 所示，数据传输速率最高只能达到 10 Mb/s。

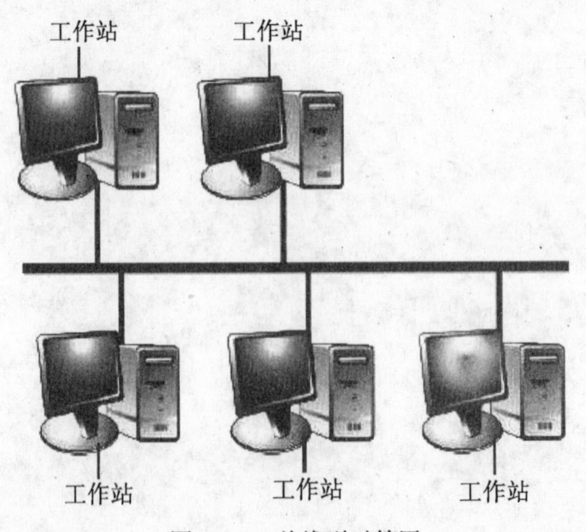

图 6-1-1　总线型对等网

星型对等网通常采用 10Base-T 结构化布线，使用双绞线连接网络。整个对等网需要一台集线器或交换机作为中心结点，如图 6-1-2 所示。

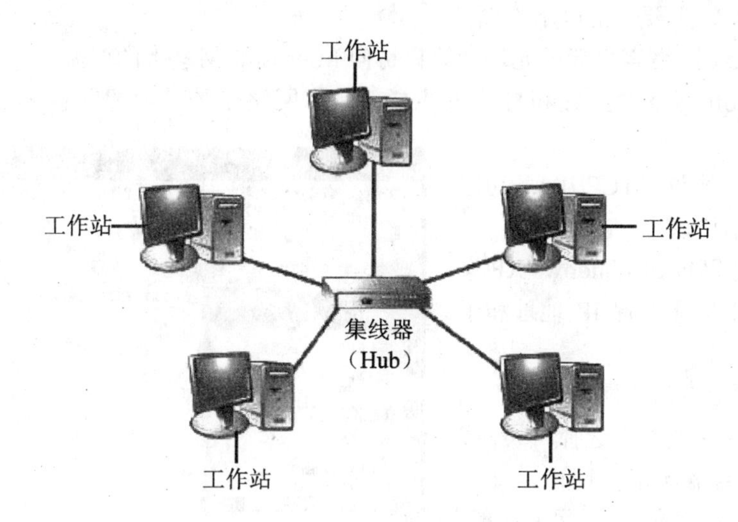

图 6-1-2　星型对等网

对等网除了上述两种布线方案外，如果只有两台计算机互连，可采用的方案还有直接电缆连接、双绞线交叉互连和 USBlink 双机互连。如果 3 台计算机联网，为了节省投资，还可以采用 4 机 4 网卡的布线方案。

在操作系统方面，对等网主要使用 Windows 98/2000 Professional/XP，网络通信协议建议只选择 TCP/IP。

2．组建原则

组建对等网时，必须遵循如下原则，否则网络将无法接通。

（1）总线型对等网的网线使用 BNC 接头的细缆，且网络终端必须安装 50 Ω终端电阻器；星型对等网的网线使用两端带 RJ-45 水晶头的 3 类以上的 UTP（双绞线），最常见的是 5 类或超 5 类。

（2）对等网结构简单，但是从管理的角度来看，由于每台计算机都需要独立设置，在复杂的环境下安全性及效率均很差，所以对等网中数据的安全性要求不能太高。

（3）总线型对等网的细缆最长不能超过 200 m，星型对等网要求计算机终端到中心结点的最大距离为 100 m。

（4）如果使用集线器（交换机）组网，那么联网计算机数不能超过集线器（交换机）接口数。

6.1.2　设置对等网

硬件连接之后，必须对对等网中的计算机进行简单设置，才能实现资源共享和信息交流。这些设置操作主要包括设置 IP 地址、子网掩码、计算机标志和工作组等。每台计算机的设置方法基本类似，但对于不同的操作系统，具体的操作方法不尽相同。本节主要以 Windows XP 操作系统为例介绍对等网的设置方法。

1. 设置IP地址和子网掩码

（1）必要的网络组件。只要正确安装网卡，启动计算机，Windows XP 就会自动添加必要的网络组件，主要包括以下方面。

① Microsoft 网络客户端：允许计算机访问 Microsoft 网络上的资源。

② Microsoft 网络的文件和打印机共享：允许网络中的计算机访问其他计算机上的资源。

③ Internet 协议（TCP/IP）：功能强大的网络通信协议。

（2）启动计算机到 Windows XP 桌面后，参考如下步骤设置 IP 地址和子网掩码。

① 在桌面上右击“网上邻居”图标，从弹出的快捷菜单中选择“属性”命令，打开“网络连接”窗口，如图6-1-3所示。如果桌面上无“网上邻居”图标，则单击“开始”按钮，打开“开始”菜单，然后右击“网上邻居”命令打开“网络连接”窗口。

图 6-1-3 “网络连接”窗口

② 右击“本地连接”图标，从弹出的快捷菜单中选择“属性”命令，打开“本地连接 属性”对话框。默认为“常规”选项卡，如图6-1-4所示，确认选中“此连接使用下列项目”列表框中的所有复选框。

③ 双击“Internet 协议（TCP/IP）”项目，打开“Internet 协议（TCP/IP）属性”对话框。选中“使用下面的 IP 地址”单选按钮，并在“IP 地址”文本框中输入 192.168.0.1。单击“子网掩码”文本框，自动输入 255.255.255.0，如图6-1-5所示。关于IP地址的概念及选择请参考本书中的相关内容。

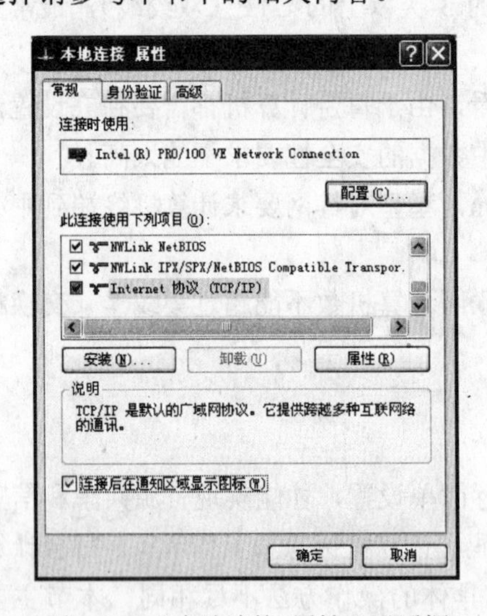

图 6-1-4 “本地连接 属性”对话框

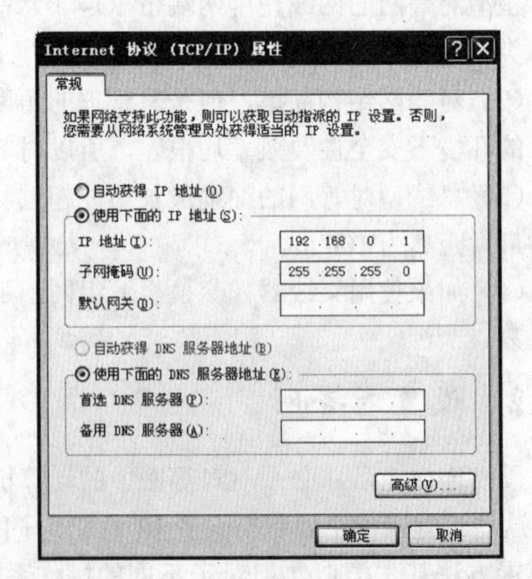

图 6-1-5 “Internet 协议（TCP/IP）属性”对话框

④ 依次单击“确定”按钮，关闭该对话框。

例如为 3 台运行 Windows XP 操作系统的计算机设置 IP 地址和子网掩码，要求 IP 地址分别为 200.200.200.1～200.200.200.3；子网掩码为 255.255.255.0。

- 启动一台计算机，右击“网上邻居”图标，从弹出的快捷菜单中选择“属性”命令，打开“网络连接”窗口。
- 右击“本地连接”图标，从弹出的快捷菜单中选择“属性”命令，打开“本地连接属性”对话框，在“常规”选项卡中选择“此连接使用下列项目”列表框中的所有复选框。
- 双击“Internet 协议（TCP/IP）”项目，打开“Internet 协议（TCP/IP）属性”对话框。选中“使用下面的 IP 地址”单选按钮，并在“IP 地址”文本框中输入 200.200.200.1。单击“子网掩码”文本框，自动输入 255.255.255.0。
- 依次单击“确定”按钮，关闭对话框。
- 使用同样的方法将其他两台计算机的 IP 地址分别设置为 200.200.200.2 和 200.200.200.3，子网掩码为 255.255.255.0。

（3）如果使用 Windows 2000 Professional 操作系统，那么设置方法和 Windows XP 基本相同。

（4）在 Windows 98 操作系统中设置 IP 地址和子网掩码的步骤如下：

① 在 Windows 98 中安装网卡及其驱动程序后启动计算机到桌面。

② 右击“网上邻居”图标，从弹出的快捷菜单中选择“属性”命令，打开“网络”对话框。在“配置”选项卡的“已经安装了下列网络组件”列表框中通常显示网卡的名称，如图 6-1-6 所示。

③ 单击“添加”按钮，打开“请选择网络组件类型”对话框，如图 6-1-7 所示。

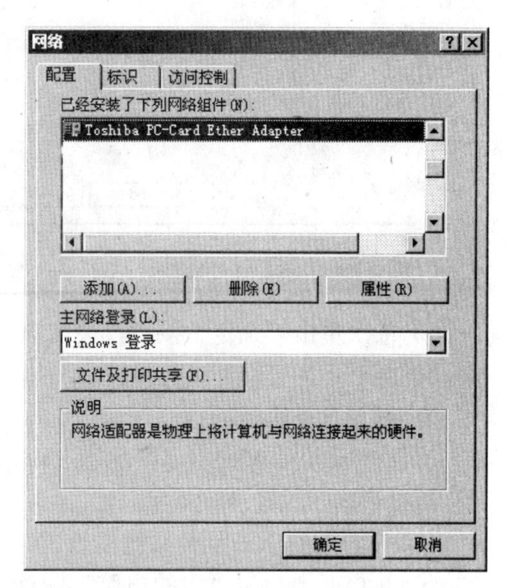

图 6-1-6 “网络”对话框

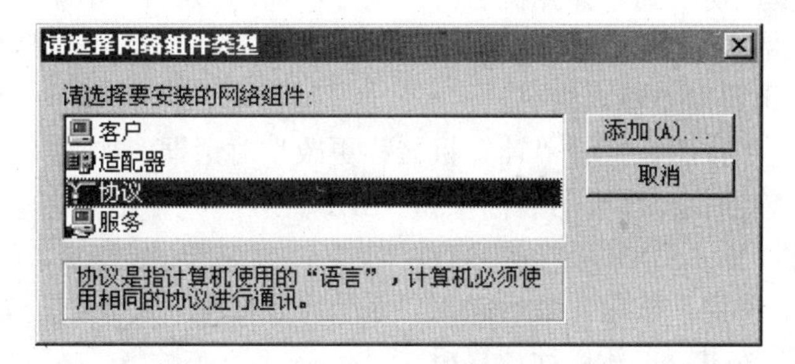

图 6-1-7 “请选择网络组件类型”对话框

④ 双击“协议”选项，打开“选择 网络协议”对话框。从“厂商”列表框中选择 Microsoft，

从“网络协议”列表框中选择“TCP/IP”选项，如图 6-1-8 所示。

⑤ 将 Windows 98 系统安装盘放入光驱，依次单击“确定”按钮复制文件。

⑥ 复制完成后，弹出“系统设置改变”提示对话框，单击“是”按钮，重新启动计算机。

⑦ 重新打开“网络”对话框，在图 6-1-8 所示的对话框中双击 TCP/IP 网络组件，打开“TCP/IP 属性”对话框，切换到“IP 地址”选项卡。

⑧ 选中“指定 IP 地址”单选按钮，在“IP 地址”文本框中输入 192.168.0.1，在“子网掩码”文本框中输入 255.255.255.0，如图 6-1-9 所示。

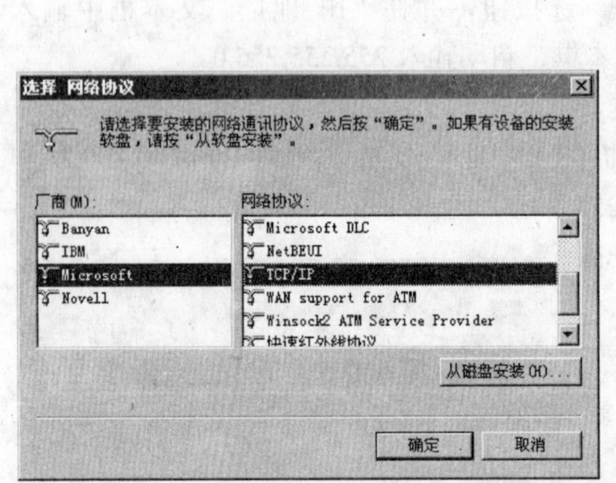

图 6-1-8 “选择 网络协议”对话框

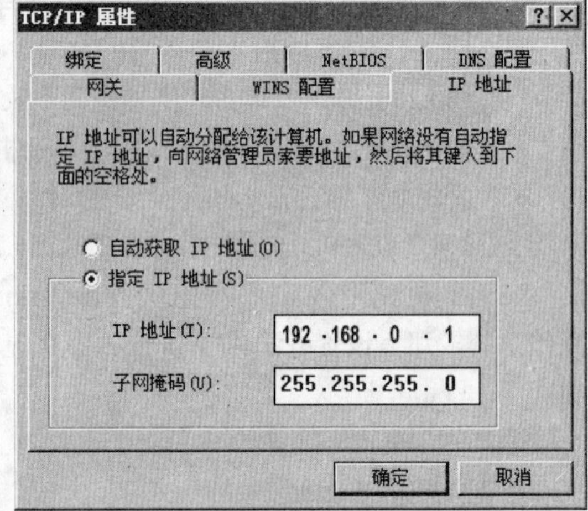

图 6-1-9 设置 IP 地址和子网掩码

⑨ 依次单击“确定”按钮，关闭该对话框，系统要求再次重新启动计算机。

⑩ 由于还需要继续进行设置，所以单击“否”按钮，稍后重新启动计算机。

2. 设置计算机标志

计算机标志是 Windows 在网络上识别计算机身份的信息，包括计算机名、所属工作组和计算机说明，设置步骤如下。

（1）Windows XP 操作系统中设置计算机标志的步骤。

① 在桌面上右击“我的电脑”图标，从弹出的快捷菜单中选择“属性”命令，打开“系统属性”对话框。切换到“计算机名”选项卡，如图 6-1-10 所示。注意在“计算机描述”文本框中输入的内容（例如“欢迎使用本机的打印机!”）用于帮助网络上的其他用户识别这台计算机，也可以不输入内容。

② 单击“更改”按钮，打开“计算机名称更改”对话框，如图 6-1-11 所示。在“计算机名”文本框中输入该计算机的名称，如“SHI”；在“工作组”文本框中输入该计算机所属工作组的名称，如“SOHO”。

③ 依次单击“确定”按钮，最后弹出“系统设置改变”对话框，如图 6-1-12 所示。

④ 单击“是”按钮，重新启动计算机。

例如为 3 台运行 Windows XP 操作系统的计算机设置计算机标志。要求计算机名分别为 A、B、C，同属于 ABC 工作组。

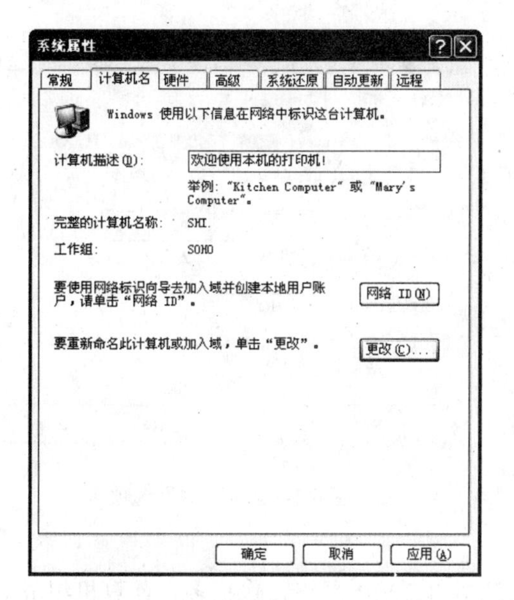

图 6-1-10 “计算机名”选项卡

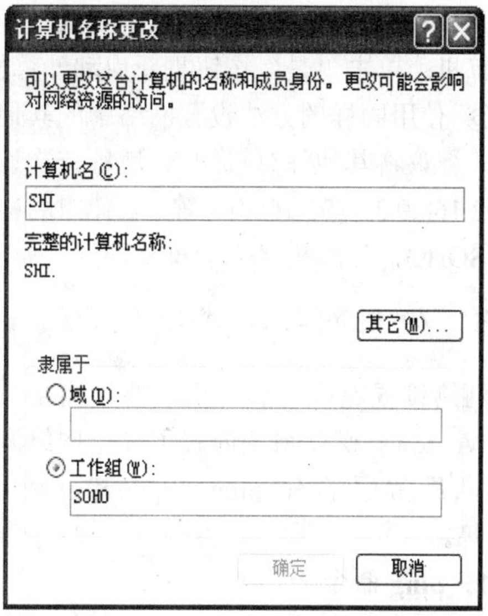

图 6-1-11 “计算机名称更改”对话框

- 在桌面上右击“我的电脑”图标，从弹出的快捷菜单中选择“属性”命令，打开“系统属性”对话框，切换到“计算机名”选项卡。
- 单击“更改”按钮，打开“计算机名称更改”对话框。在“计算机名”文本框中输入 A，在“工作组”文本框中输入 ABC。
- 依次单击“确定”按钮，最后单击“是”按钮重新启动计算机。
- 使用同样的方法将其他两台计算机的名称分别指定为 B、C，工作组都指定为 ABC。

(2) Windows 2000 操作系统中设置计算机标志的步骤。

在 Windows 2000 Professional 中设置计算机标志的方法和 Windows XP 基本相同。

(3) Windows 98 操作系统中设置计算机标志的步骤。

① 打开“网络”对话框，切换到“配置”选项卡。

② 单击“文件及打印共享”按钮，打开“文件及打印共享”对话框，选中“允许其他用户访问我的文件”和“允许其他计算机使用我的打印机”复选框，如图 6-1-13 所示。

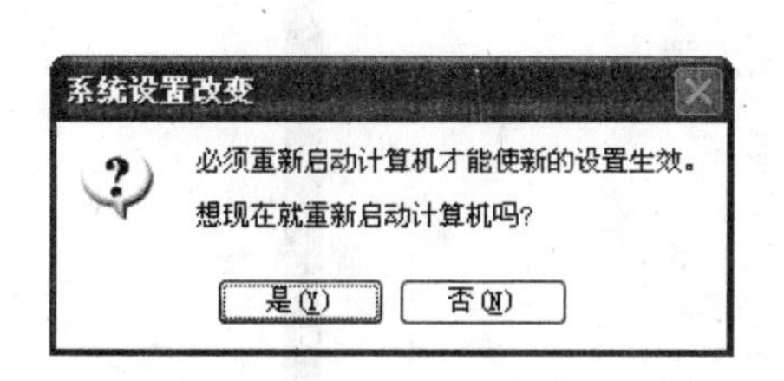

图 6-1-12 “系统设置改变”对话框

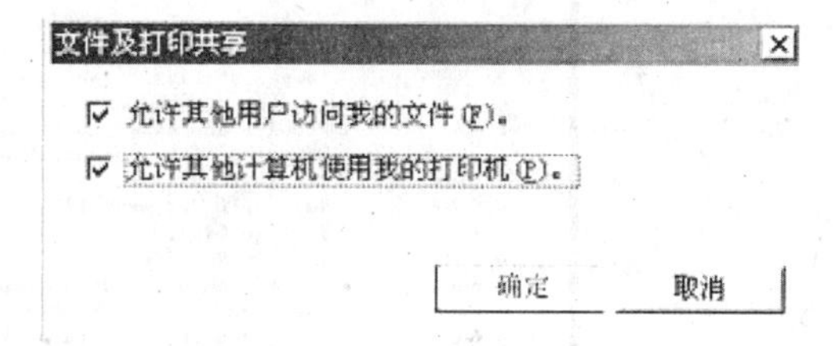

图 6-1-13 “文件及打印共享”对话框

③ 单击“确定”按钮。

④ 切换到“标识”选项卡，在相应的文本框中输入需要的内容。例如，在“计算机名”文本框中输入 SHI，在“工作组”文本框中输入 SOHO，在“计算机说明”文本框中输入“您好，欢迎访问!”，如图 6-1-14 所示。

⑤ 单击“确定”按钮，系统要求重新启动计算机。单击“是”按钮重新启动计算机。

⑥ 使用同样的方法设置网络中的其他计算机，建议将其他计算机的 IP 地址依次设置为 192.168.0.2、192.168.0.3 等，工作组名称全部为 SOHO，计算机名不能重复。

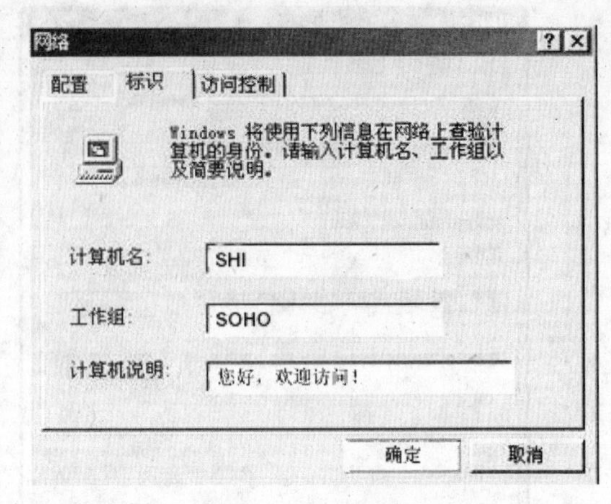

图 6-1-14 “标识”选项卡

6.1.3 使用网络测试命令

网络设置完成之后，还需要检测是否连通。Windows 操作系统内置了多个网络测试命令，最常用的有 ping，ipconfig 和 net view 等。

1．ping 命令

（1）ping 命令格式。ping 命令主要用来测试 TCP/IP 网络，包括多台计算机组成的局域网及 Internet 等，其格式如下：

ping 目的地址/参数 1/参数 2……

目的地址指被测计算机的 IP 地址或计算机名。

主要参数如下：

a：解析主机地址。

n count：发出的测试包的个数，默认值为 4。

l size：发送缓冲区的大小。

t：继续执行 ping 命令，直到按 Ctrl+C 组合键终止。

在“命令提示符”窗口中执行 ping/?命令可查看 ping 的所有参数，如图 6-1-15 所示。

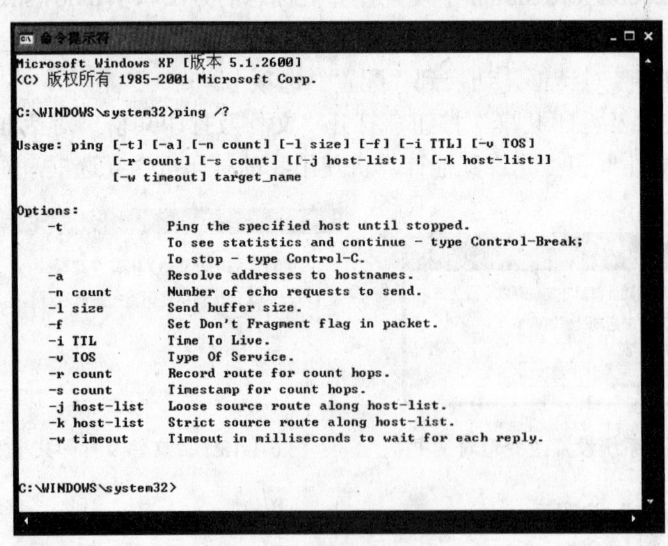

图 6-1-15 ping 的所有参数

（2）示例。例如网络中有一台名为 shilw-2 的计算机，可以在任何一台计算机上运行

ping 命令检查 TCP/IP 协议的工作情况，下面以 Windows XP 为例进行说明。

① 选择“开始”|“程序”|“附件”|“命令提示符”命令，打开“命令提示符”窗口。

② 在“命令提示符”窗口中输入“ping shilw-2”，按回车键。如果网络接通，则显示如图 6-1-16 所示的信息。

```
命令提示符
Microsoft Windows XP [版本 5.1.2600]
(C) 版权所有 1985-2001 Microsoft Corp.

C:\WINDOWS\system32>ping shi

Pinging shi      [192.168.0.3] with 32 bytes of data:

Reply from 192.168.0.3: bytes=32 time<1ms TTL=64
Reply from 192.168.0.3: bytes=32 time<1ms TTL=64
Reply from 192.168.0.3: bytes=32 time<1ms TTL=64
Reply from 192.168.0.3: bytes=32 time<1ms TTL=64

Ping statistics for 192.168.0.3:
    Packets: Sent = 4, Received = 4, Lost = 0 (0% loss),
Approximate round trip times in milli-seconds:
    Minimum = 0ms, Maximum = 0ms, Average = 0ms

C:\WINDOWS\system32>
```

图 6-1-16　网络接通时显示的信息

其中返回计算机 shilw-2 的 IP 地址为 192.168.0.135，传送（Sent）4 个测试数据包，对方同样收到（Received）4 个数据包。bytes=32 表示测试中发出的数据包大小是 32 字节，time<1ms 表示与对方主机往返一次所用的时间小于 1 ms。

③ 如果网络未连通，则返回如图 6-1-17 所示的失败信息。

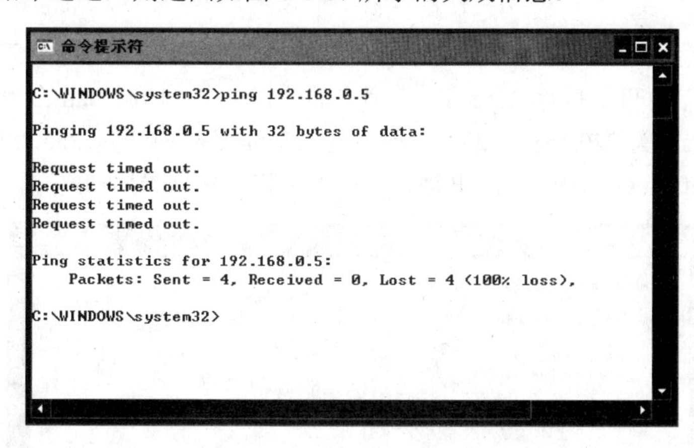

图 6-1-17　失败信息

（3）故障分析。如果输入的一个计算机名称，网络不通时则返回以下信息：

Ping request could not find host ab. Please check the name and try again.

此时需要分析网络故障出现的原因，一般可以检查如下几点。

① 网络中是否有这台计算机，或者被测试计算机是否正在运行。

② 被测试计算机是否安装了 TCP/IP 协议，IP 地址设置是否正确。

③ 被测试计算机的网卡是否安装正确，工作是否正常。

④ 被测试计算机的 TCP/IP 协议是否与网卡正确绑定。

⑤ 测试计算机的网络配置是否正确，使用“ping 本机 IP”测试本机网络配置。

⑥ 连接每台计算机间的网线及集线器是否接通并正常工作。

2．ipconfig 命令

ipconfig 命令用于显示所有当前的 TCP/IP 网络配置值、刷新动态主机配置协议（DHCP）和域名系统（DNS）设置。使用不带参数的 ipconfig 命令可以显示所有适配器的 IP 地址、子网掩码和默认网关。

在“命令提示符”窗口中执行 ipconfig/?命令可查看 ipconfig 的所有参数，如图 6-1-18 所示。

```
命令提示符

C:\WINDOWS\system32>ipconfig /?

USAGE:
    ipconfig [/? | /all | /renew [adapter] | /release [adapter] |
              /flushdns | /displaydns | /registerdns |
              /showclassid adapter |
              /setclassid adapter [classid] ]

where
    adapter         Connection name
                   (wildcard characters * and ? allowed, see examples)

    Options:
       /?           Display this help message
       /all         Display full configuration information.
       /release     Release the IP address for the specified adapter.
       /renew       Renew the IP address for the specified adapter.
       /flushdns    Purges the DNS Resolver cache.
       /registerdns Refreshes all DHCP leases and re-registers DNS names
       /displaydns  Display the contents of the DNS Resolver Cache.
       /showclassid Displays all the dhcp class IDs allowed for adapter.
       /setclassid  Modifies the dhcp class id.

The default is to display only the IP address, subnet mask and
default gateway for each adapter bound to TCP/IP.
```

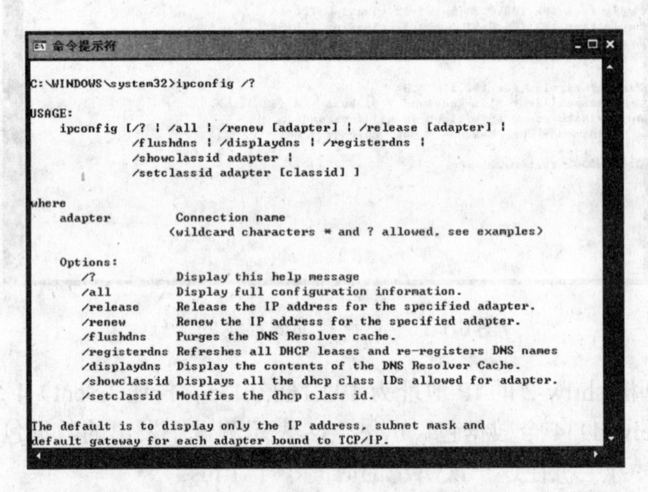

图 6-1-18　ipconfig 的所有参数

在用户端执行“ipconfig/all”后，详细显示 TCP/IP 协议的相关配置情况，如图 6-1-19 所示。由显示的信息可知执行“ipconfig”命令的计算机名（Host Name）为“shilw-2”，IP 地址（IP Address）为 220.168.67.23，子网掩码（Subnet Mask）为 255.255.255.255，还包括默认网关（Default Gateway）的 IP 地址、网卡名称、MAC 号码等信息。

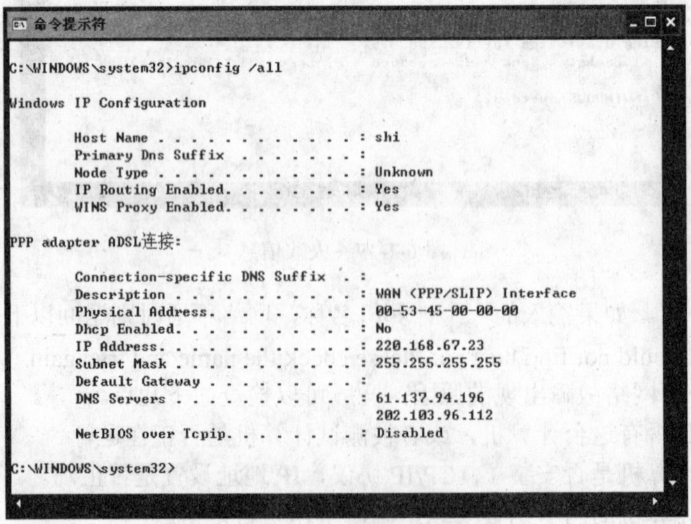

```
命令提示符

C:\WINDOWS\system32>ipconfig /all

Windows IP Configuration

        Host Name . . . . . . . . . . . . : shi
        Primary Dns Suffix  . . . . . . . :
        Node Type . . . . . . . . . . . . : Unknown
        IP Routing Enabled. . . . . . . . : Yes
        WINS Proxy Enabled. . . . . . . . : Yes

PPP adapter ADSL连接:

        Connection-specific DNS Suffix  . :
        Description . . . . . . . . . . . : WAN (PPP/SLIP) Interface
        Physical Address. . . . . . . . . : 00-53-45-00-00-00
        Dhcp Enabled. . . . . . . . . . . : No
        IP Address. . . . . . . . . . . . : 220.168.67.23
        Subnet Mask . . . . . . . . . . . : 255.255.255.255
        Default Gateway . . . . . . . . . :
        DNS Servers . . . . . . . . . . . : 61.137.94.196
                                            202.103.96.112
        NetBIOS over Tcpip. . . . . . . . : Disabled

C:\WINDOWS\system32>
```

图 6-1-19　TCP/IP 协议的相关配置情况

3．net view 命令

net view 命令用于显示域、计算机或指定计算机共享资源的列表。如果没有任何参数，则 net view 显示当前域中的计算机列表。

在“命令提示符”窗口中执行 net view/?命令，将显示该命令的语法，如图 6-1-20 所示。

直接运行 net view 命令，将显示工作组中当前正在运行的计算机，如图 6-1-21 所示。

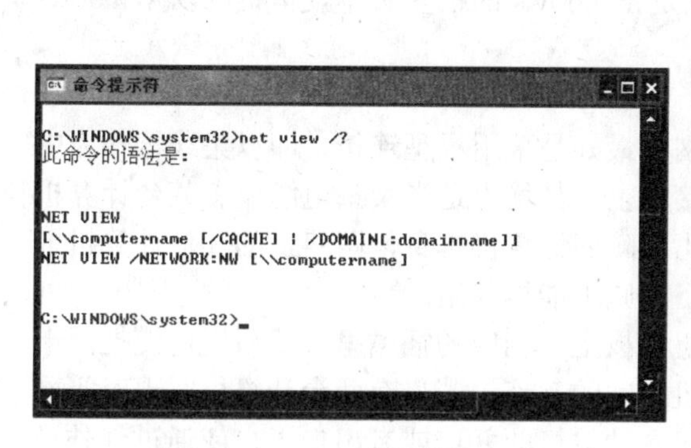

图 6-1-20　net view 命令的语法

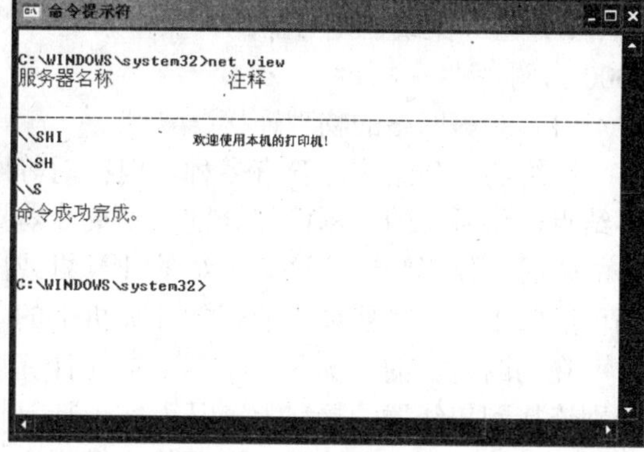

图 6-1-21　运行 net view 命令显示的信息

由显示的信息可以看出，当前有 3 台计算机正在运行，分别为 SHI，SH 和 S。其他计算机没有连通的可能原因有未开机或网络出现故障。

4．注意事项

（1）在实际操作中，要注意不同操作系统的设置会有所不同。

（2）同一网络中 IP 地址和计算机名不能重复。

（3）介绍的几个常用网络测试命令，不仅仅适用于对等网，也适用于所有基于 TCP/IP 协议的局域网。

6.1.4　案例——Windows 2000 中对等网的设置

1．案例说明

对于规模较小的单位、科室或者家庭等，虽拥有数目较少的计算机，但有时也有数据交换和共享的需要，如果通过软盘复制数据显然很费事，而且当需要交换的数据量较大时，仅仅用软盘已显得力不从心，如果为此而买一台专用的服务器又不划算，怎么办呢？当然有办法，那就是对等网。如果用户需要共享的计算机都配有网卡，只要增加一台 Hub 及几根两端已压好水晶头的网线，再将它们连接起来，通过一些配置，无须添加其他软硬件，经济而方便的对等网就建成了。

在对等式（pear to pear）的网络中，不需要专门的服务器，每一台联网的计算机既是网络中的一份子，享受着联网所带来的种种好处，又能把自身的一些资源（文件、打印机等）提供给网络中的其他计算机分享，所有计算机的地位都是均等的，因此才叫做对等网络。

对等网具有组建和维护都相当容易的优点，只要完成硬件安装与连线，然后再设置好网络协议就可以了，而且在对等网中几乎可以实现与有服务器的网络完全一样的功能。网络中的每一台计算机都既可做服务器也可作为工作站，所以当需要把一些服务或某些可共享的设备（如打印机、调制解调器）从一台计算机上移动到另外一处时，只要稍做些改动就可维持网络的原有功能，使用起来十分方便。

本案例在现有单机群的基础上简单介绍了如何选择合适的网卡、网线及如何在Windows 2000中通过对“网络属性”的设置来实现对等网的连接。

2．实现方法

无论用户是将现存网络升级到对等网络，或者将单机群连成对等网络，或实施一个新的对等网络，首先必须清楚需求，并准备好相应的各种软、硬件。个人计算机或者工作站、网卡、电缆、集线器是必需的，操作系统可以是Windows的很多版本，本案例以Windows 2000为例。

（1）对等网络的物理连接

网络的拓扑结构尽管有多种，但在对等网中最好是采用星型连接，即以集线器作为中心结点，将所有的计算机都分别插到集线器接口上。其优点是当某条电缆或者某台计算机出故障时，仅影响连接这条电缆的计算机或出故障的计算机本身，网络上的其他计算机则仍可照常工作，当然被影响了的计算机上的资源则不能被使用。

在切断电源的情况下，将网卡插在计算机主板上的相应的插槽里，然后用电缆把网卡分别连接到集线器的接口上，从而实现计算机之间的互连。若只有两台计算机实现对等网连接，则除上面的方法外，还可将电缆插到每台计算机的并口或者串口上，或通过红外通信接口来连接计算机。

（2）对等网的逻辑连接

① 安装网卡。接通电源，打开计算机，计算机将自动检查到网卡。如果计算机提示用户提供网卡的驱动程序，那么请按照屏幕上的提示完成驱动程序的安装，具体步骤在此不详述。

② 设置识别数据。Windows 2000 利用识别数据来区分网络上的计算机。识别数据包括计算机名、工作组及隶属域三项内容。选择“开始”|“设置”|“控制面板”命令，在弹出的“控制面板”窗口中双击“系统”图标，如图6-1-22所示，打开“系统特性”对话框。在该对话框中单击“网络标识”标签，切换到“网络标识”选项卡。在“网络标识”选项卡中，显示出当前系统安装时默认用来在网络上标识该计算机的名称和所在的工作组的名称，单击“属性”按钮，如图6-1-23所示。在弹出的“标识更改”对话框中，分别输入用户为计算机定义的新名称、用户希望加入的工作组或域的名称，并单击“确定”按钮，如图6-1-24所示。

图6-1-22　激活系统信息设置环境

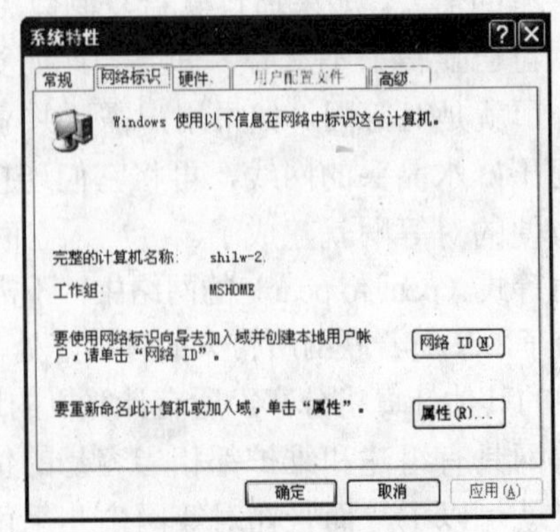

图6-1-23　查看网络标识

③ 安装网络组件。Windows 2000 的网络组件主要包括 Microsoft 网络用户，Microsoft 网络文件和打印机，以及协议 TCP/IP 协议。实质上，当网卡安装完成后，系统已自动地将网络组件安装和配置，且在“网络和拨号连接”文件夹下自动的生成了一个本地连接。不管怎样，请验证。选择“开始”|“设置”|“网络和拨号连接”命令，打开“网络和拨号连接”窗口，在该窗口中，右击“本地连接”图标，在弹出的快捷菜单中选择“属性”命令，将会弹出“本地连接属性”对话框，查看该对话框的组件列表框中是否完整地列出了以上 3 个组件，如已完全列出，则进入下一步，如没有，则在该对话框中单击“安装”按钮，在弹出的“选择网络组件类型”对话框中进行默认的组件的安装，如图 6-1-25 所示。

④ 配置工作组。Windows 2000 提供了一个工作组模型，可以把使用对等网络的计算机组成各个工作组。这种分组方法可以帮助用户方便地找到网络上的其他计算机。在安装网络软件的过程中，计算机会提示确定计算机名字、工作组和网络密码。

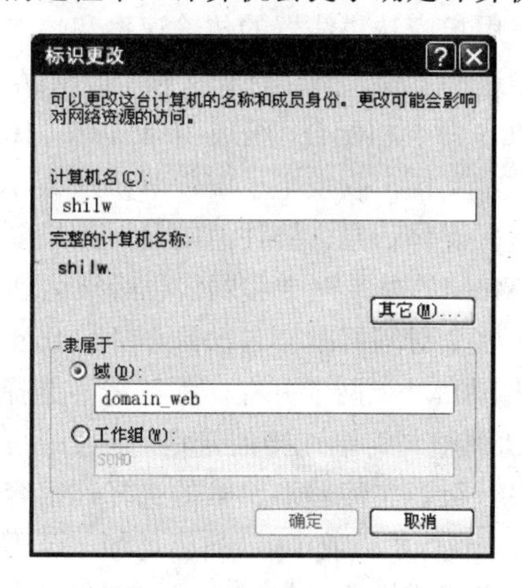

图 6-1-24　设置网络标志

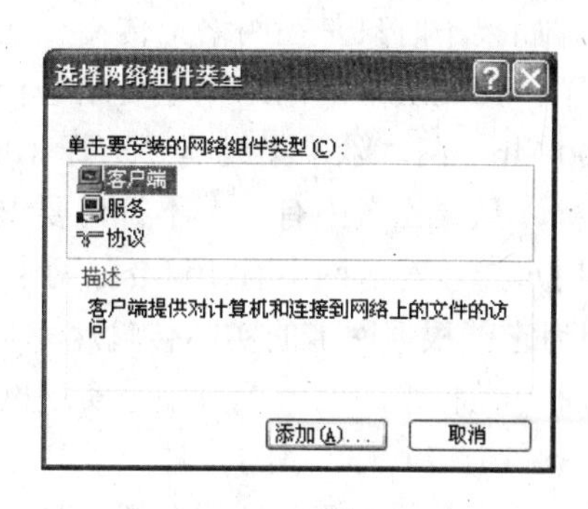

图 6-1-25　添加网络组件

值得注意的是，必须为每台计算机起一个彼此不同的计算机名，然后把计算机加入工作组，以便其他用户可以在网络上看到。计算机名将在其他用户浏览整个网络时显示出来。要确保为每台计算机起一个相同的工作组名，否则系统将无法认出网络里的所有计算机成员。

⑤ 启用连接共享。选择“开始”|“设置”|“网络和拨号连接”命令，然后右击想共享的连接，从弹出的快捷菜单中选择“属性”命令，在“属性”对话框中选择“共享”选项卡，在该选项卡上选中“启用此连接的 Internet 连接共享”复选框，如图 6-1-26 所示。

⑥ 重新启动计算机。当网络上各台计算机均完成以上设置后，重启计算机，一个期待的对等网络便已开始运转。网络上的计算机就可以开始指定计算机上的共享资源，对打印机等若干外部设备进行设置并彼此共享。

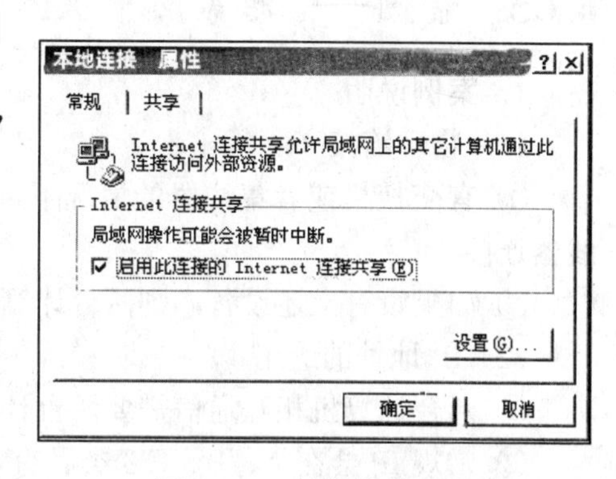

图 6-1-26　启用连接共享

（3）特别提示

① 组建对等网的条件。并不是任何条件都适合于组建对等网，其组建条件如下：

- 用户数不超过 10 个。
- 所有用户在地理位置上都相距较近，之前他们各自管理自己的资源，而这些资源可以共享，或至少部分可以共享。
- 进入对等网的用户均有共享资源（如文件、打印机、光驱等）的要求。
- 用户们的数据安全性要求不高。
- 使用方便性的需求优先于自定义需求。

② 对等网中心设备——集线器。集线器是具有星型拓扑结构的对等网的中心结点，是整个网络的核心。由于网络中任何结点间的通信都必须经过中央结点，因此一旦中心结点出了问题，就一定会导致整个网络的瘫痪，所以对集线器的选择应持慎重的态度。尽管集线器种类、功能各样，本着经济实用的原则，用户应从集线器的传输速率和端口数量以及所预测的网络负荷来进行选择。集线器从传输速率上讲，有 10 Mb/s 和 100 Mb/s 的，它们分别要与网络终端上的 10 Mb/s 网卡和 100 Mb/s 网卡相配合，组成 10 Mb/s 和 100 Mb/s 的网络环境。如果平时只是在网络上传输一些文本文档，收发电子邮件等，那么 10 Mb/s 网已经足够了。100 Mb/s 的网络则主要用于传输多媒体信息。要注意的是，如果要组建的对等网是 100 Mb/s 网，除了集线器要选择 100 Mb/s 的外，网卡和网线也必须达到 100 Mb/s 的性能指标，只要三者中有一个不符合要求，整个对等网就会自动降至 10 Mb/s 的标准运行。如果用户想让对等网中有 10 Mb/s 网卡与 100 Mb/s 网卡并存，那就需要选择"双速集线器"，因为它能根据网卡的实际传输速率自动调整与终端连接的带宽，这样既可保护现有的投资，又可在将来的某一天方便地实现网络升级。集线器端口数的选择则很容易确定。集线器有 8、16、24、32 口的，对一个对等网来说，8 口或 16 口的已足够。至于集线器的类型，是有源或无源、智能型或非智能型、固定式或堆叠式集线器等，则主要由用户的经济承受能力所决定。

③ 对等网网卡。对等网比较常见的选择是 100 Mb/s 的 PCI 网卡，采用 RJ-45 插头（水晶头）和 5 类双绞线与集线器连接。其主要原因是让网络的传输速率达到 100 Mb/s，而双绞线中只有 5 类或超 5 类的双绞线才能达到要求。

6.1.5 案例——对等网中 XP 的相互访问

1. 案例说明

（1）物理连接

① 有交换机或者集线器的情况下，计算机可以直接使用标准网线分别与交换机或集线器连接。

② 如果没有上述设备，则两台计算机之间可用交叉线直接互连。

（2）IP 地址的选用

① 两台计算机相互通信需要两台计算机的 IP 地址在同一个网段。

② 常规 IP 会在 A、B、C 3 类私有地址中任选其一。

③ 如果计算机没有接入互联网，则没有第二条的限制，只需 IP 在同一个网段即可。

下面以 20.0.0.1 和 20.0.0.2 为例进行相互访问演示。

2. 实现方法

（1）右击“网上邻居”图标，选择“属性”命令，如图 6-1-27 所示。

（2）在弹出的“网络连接”窗口中右击“本地连接”图标，选择“属性”命令，如图 6-1-28 所示。

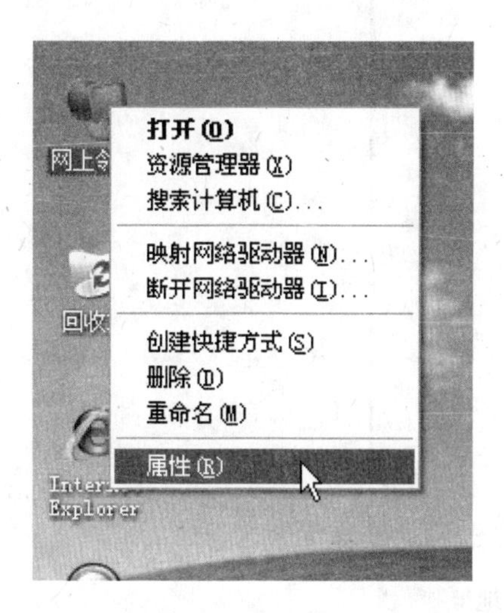

图 6-1-27　选择“网上邻居”的属性

图 6-1-28　选择“本地连接”命令

（3）在打开的“本地连接 属性”对话框中，选择“Internet 协议（TCP/IP）”复选框，单击“属性”按钮，如图 6-1-29 所示。

（4）在对话框中设置 A 主机的 IP 地址，如图 6-1-30 所示。

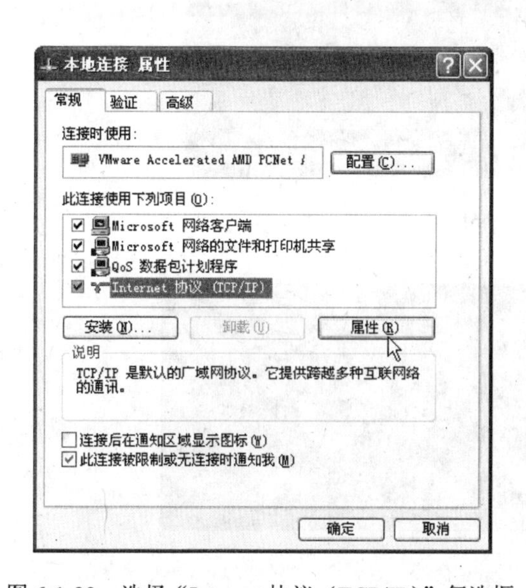

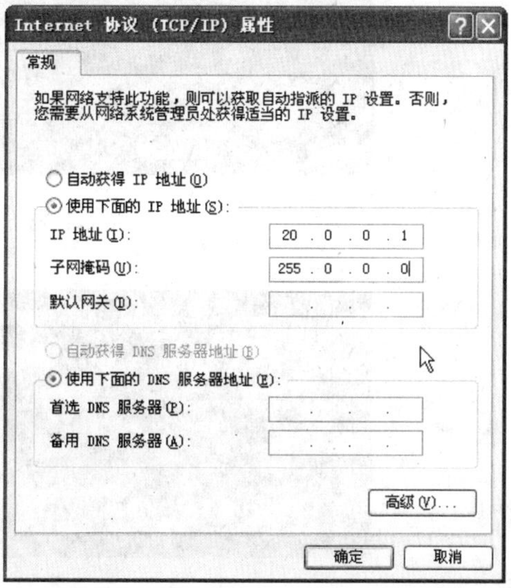

图 6-1-29　选择“Internet 协议（TCP/IP）”复选框

图 6-1-30　设置 A 主机的 IP 地址

（5）设置 B 主机的 IP 地址，如图 6-1-31 所示。

（6）IP 地址配置完成以后，我们可以通过简单的 DOS 命令来验证查看，图 6-1-32 为 A 主机的 ipconfig 命令的结果。

（7）用最简单的 ping 命令来测试 2 台主机的连通性：在 A 主机上运行 ping 20.0.0.2（B 主机的 IP）命令，如图 6-1-33 所示。

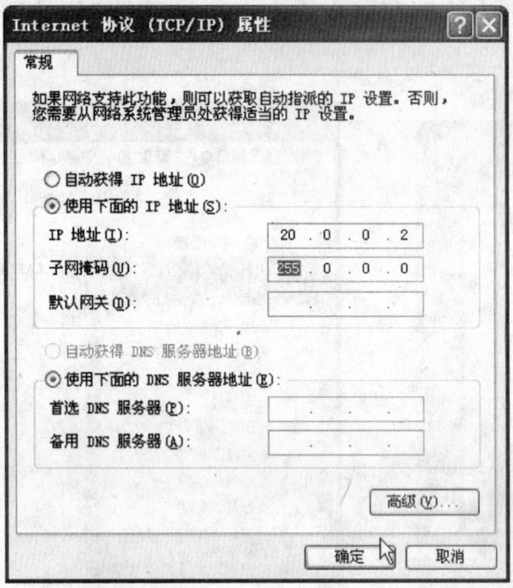
Internet 协议 (TCP/IP) 属性
常规
如果网络支持此功能，则可以获取自动指派的 IP 设置。否则，
您需要从网络系统管理员处获得适当的 IP 设置。
自动获得 IP 地址(O)
使用下面的 IP 地址(S):
IP 地址(I): 20 . 0 . 0 . 2
子网掩码(U): 255 . 0 . 0 . 0
默认网关(D):
自动获得 DNS 服务器地址(B)
使用下面的 DNS 服务器地址(E):
首选 DNS 服务器(P):
备用 DNS 服务器(A):
高级(V)...
确定
取消

图 6-1-31　设置 B 主机的 IP 地址

C:\WINDOWS\system32\cmd.exe
Microsoft Windows XP [版本 5.1.2600]
(C) 版权所有 1985-2001 Microsoft Corp.
C:\Documents and Settings\Administrator>ipconfig
Windows IP Configuration
Ethernet adapter 本地连接:
Connection-specific DNS Suffix . :
IP Address. . . . . : 20.0.0.1
Subnet Mask . . . . : 255.0.0.0
Default Gateway . . . . :

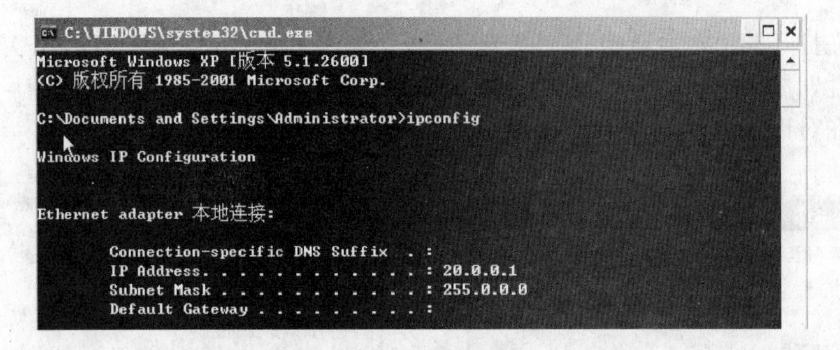

图 6-1-32　执行 ipconfig 命令

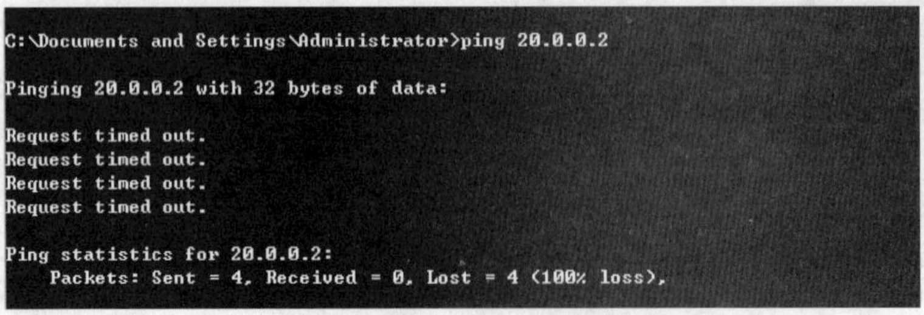
C:\Documents and Settings\Administrator>ping 20.0.0.2
Pinging 20.0.0.2 with 32 bytes of data:
Request timed out.
Request timed out.
Request timed out.
Request timed out.
Ping statistics for 20.0.0.2:
Packets: Sent = 4, Received = 0, Lost = 4 (100% loss),

图 6-1-33　执行 ping 命令

怎么结果显示的全是 Request timed out（响应超时）？这是因为 Windows XP 默认开启了防火墙的设置，防火墙默认拒绝了 ICMP 的回显请求。这里可以直接关闭 B 主机的防火墙，但是这样又大大降低了系统的安全特性。

（8）单独设置 B 主机防火墙的 ICMP 回显请求，响应 ping 命令。展开 B 主机的防火墙设置，单独设置 ICMP 允许传入的回显请求。这样既不关闭防火墙，又可以允许 ping 命令的回送请求，如图 6-1-34 所示。

本地连接 属性
Windows 防火墙
常规
例外
高级
网络连接设置
为下列选定的连接启用了 Windows 防火墙。要为每个连接单独添加例外，请选择连接，然后单击“设置”(C):
本地连接
设置(T)...
高级设置
服务
ICMP
Internet 控制消息协议 (ICMP)允许网络上的计算机共享错误和状态信息。选择来自 Internet 的此计算机将要响应的信息请求(I):
允许传入的回显请求
允许传入的时间戳请求
允许传入的掩码请求
允许传入的路由器请求
允许传出的目标不可访问
允许传出的源结束
允许传出的参数有问题
允许传出的时间超时
描述:
发送给此计算机的消息将被重复发送回发送者。这通常用于疑难解答，例如，ping 一台机器。
确定
取消

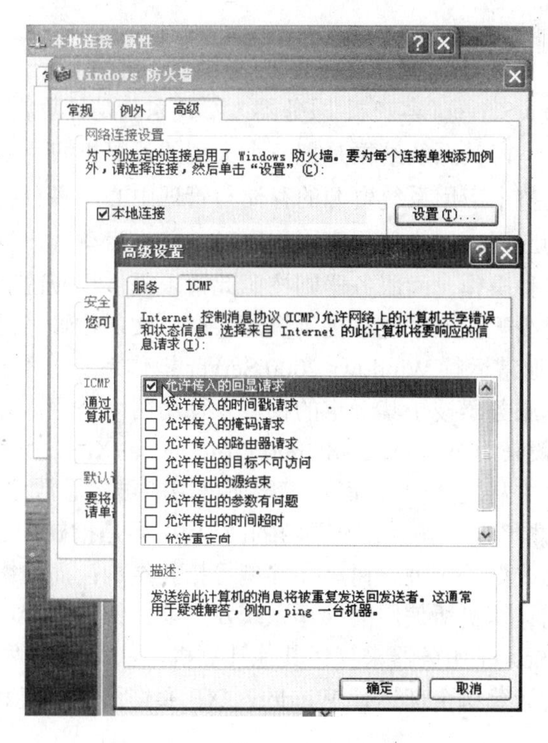

图 6-1-34　设置 B 主机的防火墙

（9）防火墙设置完成后，再一次在 A 主机上执行 ping 命令，如图 6-1-35 所示。

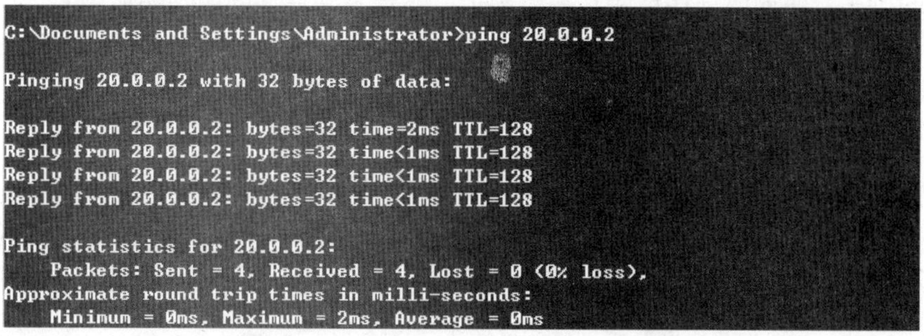

C:\Documents and Settings\Administrator>ping 20.0.0.2
Pinging 20.0.0.2 with 32 bytes of data:
Reply from 20.0.0.2: bytes=32 time=2ms TTL=128
Reply from 20.0.0.2: bytes=32 time<1ms TTL=128
Reply from 20.0.0.2: bytes=32 time<1ms TTL=128
Reply from 20.0.0.2: bytes=32 time<1ms TTL=128
Ping statistics for 20.0.0.2:
Packets: Sent = 4, Received = 4, Lost = 0 (0% loss),
Approximate round trip times in milli-seconds:
Minimum = 0ms, Maximum = 2ms, Average = 0ms

图 6-1-35　再次执行 ping 命令

数据包全部收到，证明了主机的连通性：2 台计算机已经实现通信，可以通过局域网来传送各种数据。

6.2　C/S 局域网

C/S 局域网是指客户机/服务器局域网，它采用不同于对等网的结构和工作模式。网络中有专门的服务器，通常使用 Windows 2000 Server 操作系统。和对等网相比，C/S 局域网的功能更强大、性能更安全、使用更广泛，多用于大中型企业、政府部门、学校、医院、火车站及网吧等场合。本节主要介绍C/S局域网的设置及客户机登录域，侧重点在Windows 2000 Server服务器的设置。

6.2.1 C/S局域网概述

所谓C/S是指Client/Server（客户机/服务器），C/S系统是计算机网络（尤其是Internet）中最重要的应用技术之一，其系统结构是把一个大型的计算机应用系统变为多个能互相独立的子系统。服务器是整个应用系统资源的存储与管理中心，多台客户机各自处理相应的功能，共同实现完整的应用。用户使用应用程序时，首先启动客户机通过有关命令通知服务器进行连接以完成各种操作，而服务器则按照此请求提供相应的服务。

C/S 网络结构中至少配置一台能够提供资源共享、文件传输、网络安全与管理等功能的计算机，即服务器，通常运行Windows 2000 Server操作系统。客户机通过相应的网络硬件设备与服务器连接，服务器授予其一定的权限来使用网络资源，并接受服务器的管理，也叫做“工作站”，一般采用Windows 98/2000 Professional/XP操作系统。

C/S 结构也叫做“主从式结构”，而对等网所采用的结构通常称为“对等式结构”。注意区分这里的“网络结构”与“拓扑结构”，拓扑结构主要是指硬件连接方式方面，不同的硬件连接方式形成了总线型、星型、树型和环型等拓扑结构；而网络结构主要指软件配置方面，关键在于联网的计算机所使用的操作系统及功能。例如完全可以在总线型网络中配置一台Windows 2000 Server服务器来管理其他计算机，从而形成“主从式结构”。同样，也可以让星型网络中的计算机全部运行Windows XP操作系统，使其地位和作用平等，而形成“对等式结构”。

在C/S局域网中，客户机既可以与服务器通信，也可以与其他客户机通信，而无须服务器的参与。所以严格来说，在C/S局域网中，服务器与客户机之间以主从模式工作，而客户机之间则为对等网的工作模式。一般来说，小型C/S局域网的结构如图6-2-1所示。

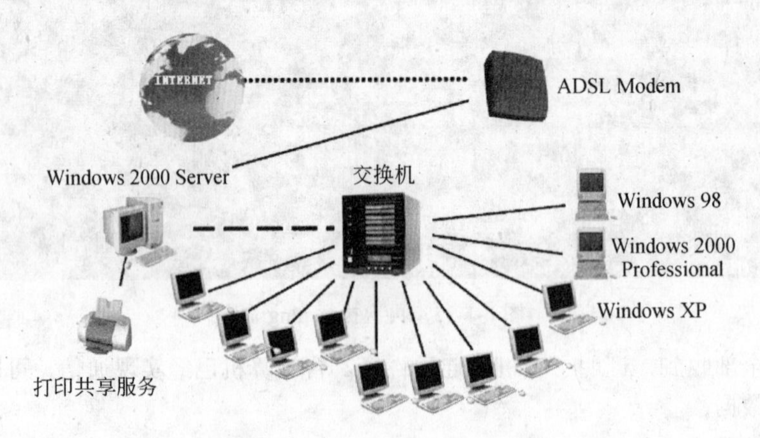

图6-2-1　C/S局域网结构示意图

6.2.2 安装Windows 2000 Server

连接网络硬件后，需要安装服务器和客户机的操作系统。客户机操作系统的安装方法比较简单，在本节中主要介绍服务器如何安装 Windows 2000 Server 操作系统。

1．准备工作

服务器是整个 C/S 局域网的核心，在安装之前应做好充分的准备工作。

（1）硬件要求。随着计算机硬件技术的飞速发展，使得多数计算机都能够顺利安装并运行 Windows 2000 Server 操作系统。一般情况下，应选择所有联网的计算机中在 CPU、内存和硬盘空间 3 方面硬件配置最佳的一台作为网络服务器。

（2）确定文件系统。Windows 2000 Server 支持 FAT、FAT32 和 NTFS 3 种硬盘文件系统，但只有使用 NTFS 文件系统，才能发挥 Server 服务器的最佳性能。

在安装过程中可以删除原有分区，重新创建新的分区，也可以将原文件系统升级为 NTFS 分区。

对于一块新硬盘，由于在 MS-DOS 下找不到 NTFS 分区，所以初次分区应采用 FAT32 文件系统。然后在安装过程中将其升级为 NTFS 分区，或安装完成后转换成 NTFS 分区。

（3）选择许可证方式。Windows 2000 Server 支持"每客户方式"和"每服务器方式"两种许可证方式，具体含义如下。

① 每客户方式。当网络中同时有多台域控制器时，选择此种方式。这样每一台访问 Server 服务器的工作站都要有一个单独的客户访问许可证（Client Access License，CAL）。

② 每服务器方式。当网络中只有一台域控制器时选择此种方式，这样只有固定数目的工作站能够访问 Server 服务器。例如当将每服务器方式的并发连接数设置为 8 时，那么服务器同时最多只允许 8 台客户机连接，并且不需要任何附加的许可证。

（4）选择安装方式。安装 Windows 2000 Server 操作系统时，可以选择"升级安装"和"全新安装"，而全新安装又分为从低版本 Windows 全新安装和从 MS-DOS 全新安装。

如果计算机原来运行 Windows 98 等低版本 Windows，可以将 Server 系统安装盘放入光驱，稍后就会出现提示，询问"该 CD-ROM 含有的 Windows 比您现在使用的版本新，要升级到 Windows 2000 吗?"，单击"是"按钮，然后选择"升级安装"或"全新安装"。升级安装会替换当前操作系统，但不会更改现有设置和已经安装的程序。如果执行全新安装，则必须指定新的设置并重新安装现有软件。计算机上可以同时有多个操作系统共存，原操作系统和应用程序不受影响。从低版本 Windows 中执行全新安装后，以后启动计算机会出现一个操作系统菜单，用户可以选择所需的操作系统。

对于一块新硬盘或者只想安装 Windows 2000 Server 一个操作系统，可以将硬盘重新分区（fdisk）并格式化（format），然后在 MS-DOS 下执行全新安装，这是相对复杂的一种安装方法。

2．简要安装过程

本节简要介绍 MS-DOS 下的安装方法。由于安装过程采用向导式操作，此处不再给出安装界面图，希望读者在实际操作时，注意向导说明并参考本节内容完成 Windows 2000 Server 的安装。

（1）在其他计算机上制作一张 Windows 98 启动盘，并把 Windows 目录下的 Smartdrv.exe 发送到启动盘。如果计算机支持从 CD-ROM 启动，也可以使用 Windows 98 系统安装盘代替启动盘。因为 Windows 98 系统安装盘通常具有引导系统的功能。

（2）打开计算机电源启动自检，按 Del 键，进入 CMOS 设置界面。

（3）使用方向键选择 BIOS FEATURES SETUP 选项，按回车键进入。使用方向键选择 Boot Sequence（启动顺序）选项，使用 Page Up 键和 Page Down 键将启动顺序调整为 A，C，SCSI。按下 Esc 键退出，然后按下 F10 键后，按下 Y 键保存设置，计算机重新启动。注意，计算机主板 BIOS 不同，启动顺序的表示也不尽相同，但只要以 A 开头即可。同样，如果从光驱启动，则选择以 CD-ROM 开头的启动顺序。

（4）在软驱中放入 Windows 98 启动盘，将计算机启动到 MS-DOS 下。

（5）执行 Smartdrv C：命令，在 DOS 下建立一个高速缓存区，这样可以大大加快文件的复制速度。其中 Windows 2000 Server 将安装到 C 分区。

（6）在光驱中放入 Windows 2000 Server 系统安装盘，使用 CD 命令定位到光盘的 I386 目录。

（7）输入 WINNT 命令，按回车键，出现 Windows 2000 Server Setup 蓝色界面。按回车键，系统将完成扫描硬盘和复制文件的操作。

（8）文件复制完成后，从软驱中取出启动盘，重新启动计算机。

（9）重新启动后经过确认安装 Windows 2000 Server、接受许可协议、选择安装分区（C）等步骤，出现转换文件系统的界面，选择“将磁盘分区转换为 NTFS”选项。这样，可以在保留磁盘分区数据的情况下将所选分区（C）转换成 NTFS 文件系统。

（10）按回车键，开始将文件复制到安装文件夹中，完成后自动重新启动，然后将文件系统转换为 NTFS。

（11）转换完成后向导设置硬件，完成后选择地区和语言选项，输入用户名、组织名和密码。

（12）单击“下一步”按钮，打开“授权模式”对话框。选择“每服务器”方式，并在其后的微调框中输入 10，表示同时最多允许 10 台客户机连接到服务器。

（13）单击“下一步”按钮，在打开的对话框中输入计算机名和系统管理员密码。

（14）单击“下一步”按钮，打开“Windows 2000 组件”对话框，这些组件可以扩展 Windows 2000 Server 的功能。选中需要安装的组件前面的复选框，也可采用默认值。

（15）单击“下一步”按钮，按照向导提示设置系统日期、时间和网络设置等。

（16）向导要求选择计算机是加入“域”还是“工作组”。显然，此时网络中还没有域，所以选中“不，此计算机不在网络上，或者在没有域的网络”单选按钮，然后在下方的文本框中输入工作组名称（如 Happy），安装结束后升级为域名。

（17）单击“下一步”按钮开始安装组件，完成后最后一次重新启动计算机。

（18）重新启动后完成安装，出现“Microsoft Windows 2000 配置服务器”向导，单击“关闭”按钮关闭向导。

6.2.3 C/S 局域网中的重要概念

使用 Windows 2000 Server 作为服务器操作系统的网络与对等网有很大区别，其中一些重要概念必须明白，这样更有利于以后的学习。

1．活动目录与域

活动目录（active directory，AD）服务集中管理网络系统中的各种网络设备，网络服务，网络帐户等资源信息，为用户提供一个统一的清单。它是区别 Windows 2000 的 Server 版和 Professional 版的重要标志，在网络管理中起着举足轻重的作用。

Windows 2000 Server 通过维护活动目录服务数据库管理网络上的计算机、网络设备、打印设备、共享文件、共享打印服务和网络帐户等基本信息和安全信息，提供对系统资源及服务的跟踪定位。使各种资源和服务对用户透明，用户不必知道资源的具体位置即可方便地访问。

通过登录验证及控制目录中对象的访问权限，将安全性集成到活动目录中。通过一次网络登录，管理员可以管理整个网络中的目录数据，只有获得授权的网络用户可以访问网络上的任何资源。活动目录使用了 DNS（域名系统），DNS 的功能是将容易理解的主机名转换为数字形式的 IP 地址。

活动目录充分体现了 Microsoft 产品的 ICE 特性，即集成性（integration）、深入性（comprehensive）和易用性（ease of use）等优点。它是一个完全可扩展、可伸缩的目录服务，既能够满足商业 ISP 的需要，又能够满足 Intranet 和外联网的需要。

活动目录的分区是域，一个域可以保存上百万个对象。域之间还有层次关系，可以建立域树和域森林，并可无限地扩展。

一个活动目录由一个或多个域组成，通过它可管理域内的组和用户，有关域的操作都可以在活动目录中完成。C/S 局域网主要使用域管理网络，域是网络中若干服务器和客户机的集合，它们使用同一个名字（称为域名），以及自己的帐号与安全机制。

使用域的最大好处之一是单一网络登录功能，用户只要在域中有一个合法帐号，登录到域后即可使用域对使用授权的共享资源。

在 Windows 网络中必须在运行 Windows 2000 Server/Advanced Server/Datacenter Server 的域控制器上创建域，由域控制器为网络用户和计算机提供 AD 服务并管理用户。

2．组与工作组

组也称为用户组（user group），是一些具有相同或相似属性用户的集合，是专门用于 Server 版 Windows 2000 服务器局域网中的一个概念。

组是域的组成部分，使用组的目的是便于分类管理用户，减少系统设置和维护的工作量。只要将某个共享资源的访问权限分配给了一个组，那么组中的每个用户将同时拥有此权限。组的应用方便了网络的管理并大大减轻了网络管理员的负担。

工作组是对等网中的基本概念。在对等网中没有域的概念，只有工作组。一个工作组由数台计算机组成，工作组中的计算机处于平等地位，它们之间可以相互通信并共享资源。

3．服务器在网络中的角色

根据不同需要，运行 Windows 2000 Server 操作系统的计算机可以在网络中充当域控制器、成员服务器和独立服务器 3 种角色。

（1）域控制器是指在局域网中运行 Windows 2000 Server 操作系统，并提供活动目录服务的计算机。域控制器在域中处于核心地位，除了特定的管理员外，普通用户通常无权登录域控制器，以防止活动目录的数据被破坏。

域控制器主要负责的工作是提供活动目录服务；保存与复制活动目录数据库；管理域中的活动，包括用户登录网络、身份验证和目录查询等。

C/S 局域网中可以有多台域控制器，所有域控制器都是平等的。当网络中只有一台

Windows 2000 Server 服务器时，一般要设置为域控制器。

（2）成员服务器是指安装了 Windows 2000 Server 操作系统，但未启用活动目录服务的计算机。成员服务器只是域的成员，不处理与帐号相关的信息，不需要安装活动目录，也不保存与网络安全策略相关的信息。

在成员服务器上可以为用户或组设置访问权限，允许用户访问并使用其中的共享资源。成员服务器按照其提供的服务不同，可以冠以不同的名称，如文件服务器，打印服务器，邮件服务器，Web 服务器和数据库服务器等。

（3）独立服务器是指虽然运行 Windows 2000 Server 操作系统，但不作为域成员的计算机。即独立服务器是一台具有独立操作功能的计算机，一旦加入域，角色即转换为成员服务器；而成员服务器一旦退出域，则降级为独立服务器。

初次安装 Windows 2000 Server 操作系统时，可以选择不同的角色。安装后，还可以根据实际需要调整服务器的角色，既可以在成员服务器或独立服务器上安装活动目录来升级为域控制器，也可以将域控制器降级为成员服务器或独立服务器。

小型 C/S 局域网中一般只有一台服务器，默认为域控制器。

6.2.4 配置 Windows 2000 Server 服务器

服务器是整个 C/S 局域网的核心，Windows 2000 Server 安装完成后，还需要经过一些特殊的设置才能管理网络中的其他计算机。

1．安装活动目录服务

如果要使运行 Windows 2000 Server 的计算机成为域控制器，必须安装活动目录服务。安装的步骤如下。

（1）安装 Windows 2000 Server 后重新启动计算机，显示“Windows 2000 配置您的服务器”向导，提示可以配置服务器。选择“开始”|“程序”|“管理工具”|“配置服务器”命令，也可以启用“Windows 2000 配置您的服务器”向导。如果“开始”菜单中无“管理工具”命令，则右击“任务栏”空白处，从弹出的快捷菜单中选择“属性”命令，打开“任务栏和开始菜单属性”对话框，切换到“高级”选项卡，在“开始菜单设置”列表框中选中“显示管理工具”复选框，然后单击“确定”按钮，关闭该对话框。

（2）单击窗口左侧的 Active Directory 超链接，打开提示窗口，其中简要介绍 Active Directory。

（3）将滚动条向下拉，单击“启动”超链接启动 Active Directory 安装向导。

（4）单击“下一步”按钮，打开“域控制器类型”对话框，选中“新域的域控制器”单选按钮，使服务器成为网络中的唯一域控制器。

（5）单击“下一步”按钮，打开“创建目录树或子域”对话框，选中“创建一个新的域目录树”单选按钮，创建新的域目录树。

（6）单击“下一步”按钮，打开“创建或加入目录林”对话框，选中“创建新的域目录林”单选按钮。

（7）单击“下一步”按钮，打开“新的域名”对话框，在“新域的 DNS 全名”文本框中输入新的 DNS 域名（如 Happy.local）。如果已经申请了 Internet 域名，可以使用该域名（如 Happy.com.cn）；否则输入 Happy.local 域名，以示区别。

（8）单击“下一步”按钮，打开“NetBIOS 域名”对话框，保持默认值。NetBIOS 域名是供早期 Windows 版本的用户来识别新域的。

（9）单击“下一步”按钮，打开“数据库和日志文件位置”对话框，在“数据库位置”和“日志位置”文本框中输入保存活动目录数据库和日志的位置，或者单击“浏览”按钮选择其他位置。

（10）单击“下一步”按钮，打开“共享的系统卷”对话框，建议采用默认值。如果要更改，也必须保存在 NTFS 分区中。系统卷共享文件夹（Sysvol）中存放域的公用文件的服务器副本。

（11）单击“下一步”按钮，弹出提示对话框。由于找不到管辖 Happy.local 域的 DNS 服务器，所以会出现“无法与 DNS 服务器取得联系”的提示。

（12）单击“确定”按钮，打开“配置 DNS”对话框，选中“是，在这台计算机上安装和配置 DNS”单选按钮。向导会在稍后的过程中安装 DNS 服务，这样有助于配置 DNS 服务器。

（13）单击“下一步”按钮，打开“权限”对话框，选中“只与 Windows 2000 服务器相兼容的权限”单选按钮。该对话框是在询问是否允许 Windows NT 4.0 远程访问（Remote Access Service，RAS）用户拥有浏览活动目录对象的权限。实际上，NT 4.0 对于活动目录对象所能选择的工作很少，即使允许 RAS 用户浏览活动目录对象也不会带来过多便利。建议选择第二项，尤其是网络中根本就没有运行 Windows NT 4.0 的计算机。

（14）单击“下一步”按钮，打开“目录服务恢复模式的管理员密码”对话框，一定要牢记输入的密码。

（15）单击“下一步”按钮，打开“摘要”对话框，其中显示了以上所做的设置。如果需要修改，单击“上一步”按钮。当活动目录数据损坏时，可以在启动计算机时按下“F8”键，进入目录服务恢复模式，重建活动目录数据。因为这个重建操作未必会成功，但可以复制原有的活动目录数据，为了防止非网管人员滥用，所以用密码保护。此对话框即是设置当进入目录服务恢复模式时所需的密码，可以任意设置，不必与域系统管理员密码相同。

（16）在光驱中放入 Windows 2000 Server 系统安装盘，单击“下一步”按钮开始配置 Active Directory，其中包括安装 DNS Server 组件。此过程需要一定的时间。

（17）完成后显示“完成 Active Directory 安装向导”对话框，提示已在这台计算机上为 Happy.local 域安装了 Active Directory。

（18）单击“完成”按钮，要求重新启动计算机，单击“立即重新启动”按钮，重新启动计算机后配置生效。安装活动目录服务之后，服务器的开机和关机时间会明显变长，运行速度也变慢。所以 Windows 2000 Server 域控制器对硬件的要求比较高，尤其是内存容量，建议不应少于 256 MB。如果管理员对某个服务器没有特别要求或者不想把它作为域控制器来使用，可以删除其中的活动目录，使其降级为成员服务器或独立服务器。要删除活动目录服务，选择“开始”|“运行”命令，打开“运行”对话框，在“打开”下拉列表框中输入 dcpromo，然后单击“确定”按钮，打开“Active Directory 安装向导”对话框，根据向导提示进行删除。

例如一台已经安装了活动目录服务的 Windows 2000 Server 计算机，由于硬件配置欠佳，导致运行速度过慢。将其降级为成员服务器，以提高运行速度。网络中还有其他域控制器，域名为Happy.local。要求新的成员服务器的密码为ocean，删除这台Windows 2000 Server计算机上的活动目录服务，即可将其降级，从而提高运行速度，方法如下所述。

① 确保其他域控制器正常运行。以Administrator身份登录到计算机。选择“开始”|“运行”命令，打开“运行”对话框，在“打开”下拉列表框中输入“dcpromo”。

② 单击“确定”按钮，启用“Active Directory安装向导”。

③ 单击“下一步”按钮，弹出“Active Directory安装向导”提示框。

④ 单击“确定”按钮，打开“删除 Active Directory”对话框，要求指定是否是域中的最后一个域控制器。由于域中还有其他域控制器，所以清除“这个服务器是域中的最后一个域控制器”复选框。

⑤ 单击“下一步”按钮，打开“管理员密码”对话框，输入要指派到服务管理员帐户的密码ocean。

⑥ 单击“下一步”按钮，打开“摘要”对话框，提示删除Active Directory操作完成后，这台服务器将成为Happy.local域的成员。

⑦ 单击“下一步”按钮，打开“正在配置Active Directory”对话框。提示正在删除 Active Directory，这个过程要持续一定的时间。

⑧ 删除Active Directory后显示“完成Active Directory安装向导”对话框。

⑨ 单击“完成”按钮，弹出“Active Directory安装向导”提示，要求重新启动Windows。

⑩ 单击“立即重新启动”按钮，重新启动计算机后，Windows 2000 Server 降级为成员服务器，且运行速度明显提升。

2．设置服务器IP地址

作为网络中唯一的服务器，必须设置一个静态的IP地址。这样既有利于管理整个网络，也方便在这台计算机上配置其他服务。设置的方法如下：

（1）在桌面上右击“网上邻居”图标，从弹出的快捷菜单中选择“属性”命令，打开“网络和拨号连接”窗口。

（2）右击“本地连接”图标，从弹出的快捷菜单中选择“属性”命令，打开“本地连接 属性”对话框。

（3）双击“Internet协议（TCP/IP）”组件，打开“Internet协议（TCP/IP）属性”对话框，选中“使用下面的IP地址”单选按钮，将服务器“IP地址”设置为192.168.0.1，“子网掩码”设置为255.255.255.0，“首选DNS服务器”设置为192.168.0.1（安装活动目录服务时，已经将该域的DNS服务器和域控制器指定为同一台计算机，所以服务器和首选DNS服务器应输入相同的IP地址）。

（4）依次单击“确定”按钮，关闭该对话框。

3．配置DNS服务器

DNS是一种组织成域层次结构的计算机和网络服务命名系统。当用户在应用程序中输入DNS名称时，DNS服务可以将此名称解析为与此名称相关的IP地址信息。DNS服务器提供的服务即完成将主机名和域名转换为IP地址的工作。

当网络上的一台客户机访问某一服务器上的资源时，用户在浏览器地址栏中输入的是便于记忆的主机名和域名，如http://www.greensea.net。而网络上的计算机之间实现连接却是通过每台计算机在网络中拥有的唯一的IP地址来完成的，这样就需要在用户容易记忆的地址（主机名和域名）和计算机能够识别的地址（IP 地址）之间有一个解析，DNS 服务器便充当了地址解析的重要角色。任何使用过 Web 浏览器上网的用户，同时也享受了 DNS 服务。

图 6-2-2 所示为 DNS 的基本使用方法，它根据计算机名称搜索其 IP 地址。

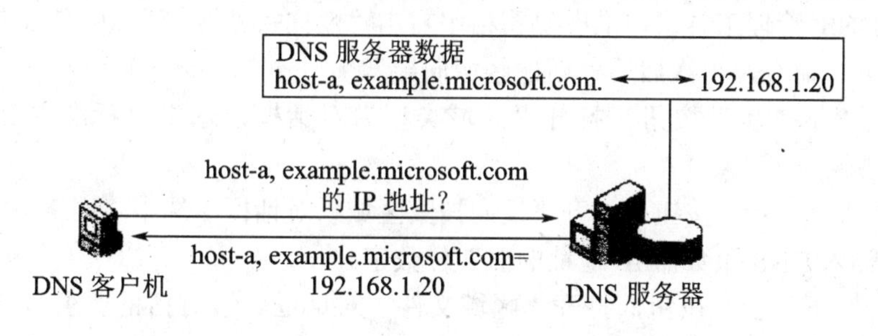

图 6-2-2　DNS 的基本使用方法

如果要使用 DNS 服务，必须安装 DNS 网络服务组件，这一操作已经在安装活动目录服务时完成。同时，Windows 2000 Server 自动将本机指定为 DNS 服务器。

如果在安装活动目录服务的过程中，在“配置 DNS”对话框中选中“否，我将自己安装并设置 DNS”单选按钮。请参考下文添加 DHCP 网络服务组件的方法，安装 DNS 组件。

指定了 DNS 服务器后，实际上只为该服务器选定了硬件设备。而实现 DNS 服务器的域名服务功能还需要软件的支持，最重要的是为 DNS 服务器创建区域。该区域是一个数据库，它提供 DNS 名称和相关数据，如 IP 地址和网络服务间的映射。

为 DNS 服务器创建区域包括使用 DNS 管理工具在 DNS 服务器上建立正向搜索区域、反向搜索区域、主机和指针。

（1）建立正向搜索区域。所谓“正向搜索”即根据 DNS 名称查找 IP 地址，正向搜索区域是指在 DNS 名称空间中使用正向搜索的区域，建立正向搜索区域的方法如下。

① 选择“开始”|“程序”|“管理工具”| DNS 命令，打开 DNS 管理工具窗口（这个 DNS 服务器名称为 Server，和用户设置的计算机名相同。一旦在服务器中安装了活动目录服务，使其升级为域控制器，则无法更改该名称）。

② 右击 DNS 服务器名称，从弹出的快捷菜单中选择“新建区域”命令，打开“新建区域向导”对话框。

③ 单击“下一步”按钮，打开“区域类型”对话框，选中“标准主要区域”单选按钮。

④ 单击“下一步”按钮，打开“正向或反向搜索区域”对话框，选中“正向搜索区域”单选按钮。

⑤ 单击“下一步”按钮，打开“区域名”对话框。区域名通常在域名层次结构中区域所包含的最高域之后，在“名称”文本框中输入新区域的名称，如 greensea.net。

⑥ 单击“下一步”按钮，打开“区域文件”对话框。该对话框要求用户输入新的 DNS 服务区域的数据库文件名，建议使用默认值。区域文件名默认与区域名相同，并以 dns 为扩展名。

⑦ 单击“下一步”按钮，打开“正在完成新建区域向导”对话框，简要显示以上操作所做的设置。

⑧ 单击“完成”按钮，完成创建正向搜索区域的操作。在DNS管理工具窗口中显示新建的正向搜索区域。

（2）建立反向搜索区域。所谓“反向搜索”即根据IP地址查找相应的DNS名称，反向搜索区域是指在DNS名称空间中使用反向搜索的区域，建立反向搜索区域的方法如下。

① 在DNS管理工具窗口的左侧窗格中右击“反向搜索区域”，从弹出快捷菜单中选择“新建区域”命令，再次启用“新建区域向导”。

② 单击“下一步”按钮，打开“区域类型”对话框，选中“标准主要区域”单选按钮。

③ 单击“下一步”按钮，打开“反向搜索区域”对话框。选中“网络IP”单选按钮，在文本框中输入DNS服务器IP地址的前3位数字。

④ 单击“下一步”按钮，打开“区域文件”对话框。该对话框要求用户输入反向搜索区域的数据库文件名，使用系统默认值即可。

⑤ 单击“下一步”按钮，打开“正在完成新建区域向导”对话框。

单击“完成”按钮，完成创建反向搜索区域的操作。在DNS管理工具窗口中显示新建的反向搜索区域。

（3）新建主机。主机用于将DNS域名映射到计算机使用的IP地址。建立主机的方法如下。

① 右击新建的正向搜索区域，弹出快捷菜单。

② 选择“新建主机”命令，打开“新建主机”对话框。在“名称”文本框中输入要新建的主机名称，在“IP地址”文本框中输入DNS服务器的IP地址。

③ 单击“添加主机”按钮，弹出提示对话框。

④ 单击“确定”按钮，返回“新建主机”对话框，然后单击“完成”按钮。

（4）新建指针。指针（PTR）用于映射基于指向其正向DNS域名的计算机的IP地址的反向DNS域名，建立指针的方法如下。

① 右击新建的反向搜索区域，弹出快捷菜单。

② 选择“新建指针”命令，打开“新建资源记录”对话框。在“主机IP号”文本框中输入DNS服务器IP地址的最后一位数字，在“主机名”文本框中输入主机名称（格式为“主机名.域名”），或者单击“浏览”按钮，在打开的“浏览”对话框中查找主机名称。

③ 单击“确定”按钮，指针新建成功。

4．配置DHCP服务器

DHCP（Dynamic Host Configuration Protocol，动态主机配置协议）是一种简化主机IP配置管理的TCP/IP标准。DHCP标准为DHCP服务器的使用提供了一种有效的方法，即管理IP地址的动态分配及网络上启用DHCP客户机的其他相关配置信息。

TCP/IP网络上的每台计算机都必须有唯一的计算机名称和IP地址，IP地址及与之相关的子网掩码标识计算机及其连接的子网。将计算机移动到不同的子网时，必须更改IP地址。DHCP允许用户从本地网络上的DHCP服务器的IP地址数据库中为客户机动态指定IP地址。

通过在网络上安装和配置DHCP服务器，启用DHCP的客户机可在每次启动并加入网络时动态地获得其IP地址和相关配置参数。DHCP服务器以地址租约形式将该配置提供给发出请求的客户机。图 6-2-3 显示了 DHCP 功能的基本使用方法。

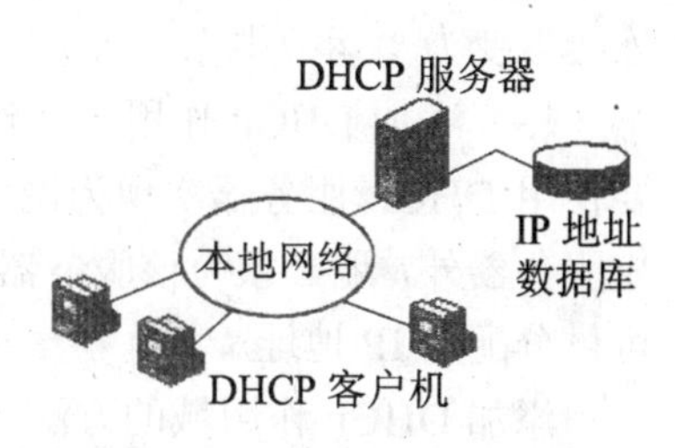

图 6-2-3 DHCP 的基本使用方法

对于基于 TCP/IP 的网络，使用 DHCP 功能不仅减少了重新配置计算机涉及的管理员的工作量和复杂性，而且避免了由于需要手动在每台计算机上输入值而引起的配置错误，还有助于防止由于在网络上配置新的计算机时重用以前指定的 IP 地址而引起的地址冲突。

（1）添加 DHCP 网络服务组件。如果要使用 DHCP 功能，必须安装 DHCP 网络服务组件，因为安装 Windows 2000 Server 操作系统时未默认安装。

① 在光驱中放入 Windows 2000 Server 系统安装盘。选择“开始”|“设置”|“控制面板”命令，打开“控制面板”窗口。

② 双击“添加/删除程序”图标，打开“添加/删除程序”对话框。

③ 单击“添加/删除 Windows 组件”图标，打开“Windows 组件向导”对话框。

④ 双击“网络服务”组件，打开“网络服务”对话框，选中“动态主机配置协议（DHCP）”复选框。

由于 DHCP 和 WINS 通常一起工作，所以建议同时安装“Windows Internet 名称服务（WINS）”组件。WINS 是 Microsoft 公司开发的一种网络名称转换服务，它可以将 NetBIOS 计算机（运行 Windows NT 4.0 或更早版本 Windows 操作系统）名称转换为对应的 IP 地址。如果网络中的计算机全部运行 Windows 2000 或更新版本的 Windows 操作系统，则无须该网络组件。

⑤ 单击“确定”按钮，返回“Windows 组件向导”对话框。单击“下一步”按钮，开始配置组件。

⑥ 组件配置完成之后，打开“完成‘Windows 组件向导’”对话框。

⑦ 单击“完成”按钮，再单击“关闭”按钮，DHCP 网络服务组件添加成功。

（2）授权 DHCP 服务器。在 Windows 2000 Server 域控制器中添加 DHCP 网络服务组件后，系统会自动将该服务器指定为 DHCP 服务器。如果要实现 DHCP 功能，还必须授予 DHCP 服务器权限，即授权 DHCP 服务器，方法如下。

① 选择“开始”|“程序”|“管理工具”| DHCP 命令，打开 DHCP 控制台窗口。

② 在 DHCP 控制台窗口中，选中 DHCP。然后选择“操作”|“管理授权的服务器”命令，打开“管理授权的服务器”对话框。

③ 单击“授权”按钮，打开“授权 DHCP 服务器”对话框。在“名称或 IP 地址”文本框中输入想要授权的 DHCP 服务器的名称或 IP 地址。在此由于域控制器和 DHCP 服务器是同一台计算机，所以输入域控制器的 IP 地址 192.168.0.1。

④ 单击“确定”按钮，弹出 DHCP 提示对话框，要求用户确认被授权 DHCP 服务器的名称和 IP 地址的正确性。

⑤ 单击“是”按钮，返回“管理授权的服务器”对话框。其中添加了被授权的 DHCP 服务器，单击该 DHCP 服务器。

⑥ 单击“确定”按钮，弹出 DHCP 提示对话框。

⑦ 单击“确定”按钮，完成授权 DHCP 服务器的操作，DHCP 服务器的状态由“未

连接”变为“运行中”。

（3）添加 DHCP 作用域。作用域是指定给请求动态 IP 地址的计算机的 IP 地址范围。要使用 DHCP 服务器实现为网络中的客户机动态分配 IP 地址和子网掩码的功能，除了授权服务器外，还必须为该服务器添加一个 DHCP 作用域，它关系到 DHCP 服务器是否拥有可供分配的 IP 地址。

添加 DHCP 作用域的方法如下：

① 在 DHCP 控制台窗口的“树”窗格中选中 DHCP 服务器。

② 选择“操作”|“新建作用域”命令，启用“新建作用域向导”。

③ 单击“下一步”按钮，打开“作用域名”对话框。在“名称”文本框中输入该 DHCP 作用域的名称，也可以在“说明”文本框中输入关于该 DHCP 作用域的说明性文字。

④ 单击“下一步”按钮，打开“IP 地址范围”对话框。在其中输入此作用域的起始 IP 地址和结束 IP 地址，子网掩码定义了 IP 地址的多少位用做网络/子网 ID，多少位用做主机 ID。根据所输入的起始和结束 IP 地址，DHCP 管理器会自动提供一个合适的子网掩码。

⑤ 单击“下一步”按钮，打开“添加排除”对话框。所谓排除的 IP 地址是指所有已经手工分配给其他 DHCP 服务器、工作站等的 IP 地址。如果在“IP 地址范围”内没有手工分配 IP 地址，则单击“下一步”按钮。

在此排除 192.168.0.71 到 192.168.0.80 这 10 个 IP 地址，这样 DHCP 服务器就不会把这些 IP 地址分配给 DHCP 客户机。在“起始 IP 地址”文本框中输入 192.168.0.71，在“结束 IP 地址”文本框中输入 192.168.0.80，单击“添加”按钮，添加到排除的地址范围内。

⑥ 单击“下一步”按钮，打开“租约期限”对话框。租约期限指定了一个客户端从此作用域使用 IP 地址的时间长短，对于移动网络而言，设置较短的租约期限比较好；对于固定的网络，设置较长的租约期限比较好。

⑦ 单击“下一步”按钮，打开“配置 DHCP 选项”对话框，选中“是，我想现在配置这些选项”单选按钮。

⑧ 单击“下一步”按钮，打开“路由器（默认网关）”对话框，指定此作用域要分配的路由器（默认网关）的 IP 地址。如果要指定路由器（默认网关）的 IP 地址，在“IP 地址”文本框中输入默认网关 IP 地址后，单击“添加”按钮。

默认网关是指本地 IP 路由器，使用它可以将数据包传送到超出本地网络的目标中。如果没有网关，则单击“下一步”按钮。

⑨ 单击“下一步”按钮，打开“域名称和 DNS 服务器”对话框。DNS 服务器用来把域名转换成 IP 地址。在“父域”文本框中输入域名（此处为 Happy.local），在“服务器名”文本框中输入服务器的名称（此处为 Server），然后单击“解析”按钮，如果找到该服务器，则在“IP 地址”文本框中显示其 IP 地址，否则提示找不到主机。单击“添加”按钮，将此 IP 地址添加到 DNS 服务器列表中。

⑩ 单击“下一步”按钮，打开“WINS 服务器”对话框。运行 Windows 的计算机可以使用 WINS 服务器将 NetBIOS 计算机名称转换为 IP 地址。在“服务器名”文本框中输入服务器的名称（此处为 Server），然后单击“解析”按钮。如果找到该服务器，则在“IP 地址”文本框中显示其 IP 地址，否则提示找不到主机。单击“添加”按钮，将此 IP 地址

添加到 WINS 服务器列表中。单击“下一步”按钮，打开“激活作用域”对话框。选中“是，我想现在激活此作用域”单选按钮，这样客户端才可以获得 IP 地址租约。单击“下一步”按钮，打开“正在完成新建作用域向导”对话框。单击“完成”按钮关闭向导，在 DHCP 控制台窗口中列出刚才所创建的作用域。

（4）举例：一个 50 台客户机规模的 C/S 局域网，客户机全部运行 Windows XP 操作系统，域名为 ocean.com。Windows 2000 Server 服务器既是域控制器又是 DHCP 服务器，名称为 work.ocean.com，IP 地址为 200.200.200.1。为该局域网创建一个 DHCP 作用域。要求名称为“我的作用域”；IP 地址范围为 200.200.200.2～200.200.200.51，其间无被排除地址；租约期限为 30 天；默认网关为 200.200.200.1。

① 在 DHCP 控制台窗口的“树”窗格中选中 DHCP 服务器 work.ocean.com，然后选择“操作”|“新建作用域”命令，启用“新建作用域向导”。

② 单击“下一步”按钮，打开“作用域名”对话框，在“名称”文本框中输入“我的作用域”。

③ 单击“下一步”按钮，打开“IP 地址范围”对话框。在“起始 IP 地址”文本框中输入 200.200.200.2，在“结束 IP 地址”文本框中输入 200.200.200.51。

④ 单击“下一步”按钮，打开“添加排除”对话框。单击“下一步”按钮，打开“租约期限”对话框，在“天”微调框中输入 30。

⑤ 单击“下一步”按钮，打开“配置 DHCP 选项”对话框，选中“是，我想现在配置这些选项”单选按钮。

⑥ 单击“下一步”按钮，打开“路由器（默认网关）”对话框。在“IP 地址”文本框中输入 200.200.200.1，单击“添加”按钮。

⑦ 单击“下一步”按钮，打开“域名称和 DNS 服务器”对话框。在“父域”文本框中输入 ocean.com，在“服务器名”文本框中输入 work。然后单击“解析”按钮，单击“添加”按钮。

⑧ 单击“下一步”按钮，打开“WINS 服务器”对话框。单击“下一步”按钮，打开“激活作用域”对话框，选中“是，我想现在激活此作用域”单选按钮。

⑨ 单击“下一步”按钮，打开“正在完成新建作用域向导”对话框，单击“完成”按钮关闭向导。

6.2.5 配置客户机

在域控制器上设置 DHCP 和 DNS 等服务之后，客户机经过简单设置即可共享这些服务。DHCP 功能主要用于使客户机从服务器上自动获取 IP 地址，省去了网络管理员手动设置 IP 地址和子网掩码的工作；DNS 功能主要用于客户机解析 Internet 地址，在局域网中建立虚拟 Internet 是必需服务。

不同的 Windows 操作系统，其配置方法有所不同。其中 Windows 98/Me 配置方法类似，Windows 2000 Professional/XP 配置方法类似。这里以 Windows 98 和 Windows XP 为例分别介绍客户机的配置方法。

1. 配置 Windows 98 客户机

确保域控制器正常运行，然后按照如下方法配置 Windows 98 客户机。

（1）启动 Windows 98 客户机，登录到桌面。右击"网上邻居"图标，从弹出的快捷菜单中选择"属性"命令，打开"网络"对话框。

（2）双击 TCP/IP 组件，打开"TCP/IP 属性"对话框，默认为"IP 地址"选项卡。选中"自动获得 IP 地址"单选按钮。

（3）切换到"WINS 配置"选项卡，选中"使用 DHCP 进行 WINS 解析"单选按钮。上述两步设置是让 Windows 98 客户机共享 DHCP 和 WINS 服务。

（4）切换到"DNS 配置"选项卡。选中"启用 DNS"单选按钮，在"主机"文本框中输入 DNS 服务器的名称（此处为 server），在"域"文本框中输入 NetBIOS 域名（此处为 Happy），在"DNS 服务器搜索顺序"文本框中输入 DNS 服务器的 IP 地址（如 192.168.0.1），单击"添加"按钮。

（5）依次单击"确定"按钮，关闭对话框，最后重新启动计算机。使用同样方法设置其他 Windows 98/Me 客户机（本步设置是让 Windows 98 客户机共享 DNS 服务，而且是建立虚拟 Internet 的重要条件）。

2．配置 Windows XP 客户机

相对于 Windows 98/Me 客户机，Windows 2000 Professional/XP 客户机的配置方法要简单得多，下面以 Windows XP 操作系统为例进行介绍。以系统管理员（如 Administrator）身份登录到桌面，右击"网上邻居"图标，从弹出的快捷菜单中选择"属性"命令，打开"网络连接"窗口。右击"本地连接"图标，选择"属性"命令，打开"Internet 协议（TCP/IP）属性"对话框。分别选中"自动获得 IP 地址"和"自动获得 DNS 服务器地址"单选按钮，单击"确定"按钮。

6.2.6 创建用户帐户

在任何一个计算机网络中，用户和计算机都是网络主体，二者缺一不可。拥有计算机帐户是计算机接入 Windows 2000 Server 局域网的前提，拥有用户帐户是用户登录到该网络并使用网络资源的前提。因此，用户和计算机帐户管理是 Windows 2000 Server 网络管理中最基本且最经常的工作。

用户和计算机帐户管理的操作是通过"Active Directory 用户和计算机"工具完成的，只有安装了活动目录服务的域控制器才有此工具。

1．Active Directory 的管理工具

安装服务并重新启动计算机后，在"开始"|"程序"|"管理工具"的级联菜单中增加了如下活动目录的 3 个管理工具。

（1）Active Directory 用户和计算机。管理活动目录中的用户，计算机安全组和其他对象，创建用户帐号等操作都要通过该工具完成。

（2）Active Directory 站点和服务。创建站点来管理活动目录中的相关信息。此功能在单服务器的局域网中一般不用。

（3）Active Directory 域和信任关系。管理域之间的信任关系，在单服务器的局域网中此工具无作用。

2．用户和计算机帐户

（1）帐户的主要作用

活动目录用户和计算机帐户代表物理实体，例如个人或计算机。帐户为用户或计算机提供安全凭证，以便用户和计算机能够登录到 Windows 2000 Server 网络并访问域资源。用户或计算机帐户的主要作用如下：

① 验证用户或计算机的身份；

② 授权或拒绝访问域资源；

③ 管理其他安全主体；

④ 审计使用用户或计算机帐户所执行的操作。

（2）活动目录用户帐户

活动目录用户帐户用来记录用户的用户名和密码、隶属的组、可以访问的网络资源，以及用户的个人文件和设置等。每个用户都应该在域控制器中有一个用户帐户才能登录并访问服务器，使用网络上的资源。用户帐户由“用户名”和“密码”来标志，两者都需要在用户登录网络时提供，用户帐户由网络管理员在域控制器上创建。

Windows 2000 Server 提供可用于登录到服务器的预定义帐户，包括管理员帐户和客户帐户。预定义帐户是允许用户登录到本地计算机并访问本地计算机上资源的默认用户帐户，设计这个帐户的主要目的是本地计算机的初始登录和配置。每个预定义帐户均有不同的权限组合。管理员帐户有最广泛权限，而来宾帐户的权限则受到一定的限制。如果预定义帐户权限没有被网络管理员修改或禁用，则任何使用管理员或客户身份登录到网络的用户均可以使用它们。

如果网络管理员希望获得用户验证和授权的安全性，则应该使用“Active Directory 用户和计算机”为加入网络的每个用户创建单独的用户帐户。创建后，用户需要使用活动目录帐户加入到网络中。这样，网络管理员即可将每个用户帐户（包括管理员和客户帐户）添加到 Windows 2000 Server 组中以控制指定给帐户的权限。

（3）计算机帐户

每个加入到域中且运行 Windows NT/2000/XP 操作系统的计算机均拥有计算机帐户，否则无法进行域连接并实现域资源的访问。

与用户帐户类似，计算机帐户也提供了一种验证和审核计算机访问网络及域资源的方法。但是连接到网络上的每一台计算机只能有唯一的计算机帐户。而一个用户可以拥有多个用户帐户，并可在不同的已连接到域中的计算机上使用自己的用户帐户进行网络登录。计算机帐户同样由网络管理员在域控制器上创建。

注意：Windows 9x 客户机不具备 Windows NT/2000 Professional/XP 客户机的高级安全特性，无法在 Windows 2000 Server 域中为其指定计算机帐户。但是用户仍可以登录到网络并在活动目录域中使用 Windows 9x 客户机。

当用户通过 Windows NT/2000 Professional/ XP 客户机登录到域时，域控制器会自动为该客户机创建一个以其名为帐户名称的计算机帐户，无法在域中为 Windows 9x 客户机指定计算机帐户，因此系统管理员不必为每台客户机创建计算机帐户，这些工作由系统自动完成。

3．创建用户帐户

当有新的用户需要登录域时，网络管理员必须在域控制器中为其创建相应的用户帐户，方法如下。

（1）选择“开始”|“程序”|“管理工具”|“Active Directory 用户和计算机”命令，打开“Active Directory 用户和计算机”窗口。

提示：在“树”窗格中可以看到域名，此处为 Happy.local。下面共有 5 个文件夹，称为“容器”。Windows 2000 Server 一旦安装了活动目录服务成为域控制器后，默认产生如下 5 种容器。

① Builtin：用来存放内建的本地组。在安装 Windows 2000 Server 时，系统自动创建这些帐户。

② Computers：用来存放域内的计算机帐户，每台计算机对应一个。

③ Domain Controllers：用来存放域控制器。换言之，域内如果有多台域控制器，都会显示在这里。

④ Foreign Security Principals：保存来自有信任关系域的对象。

⑤ Users：用来存放域内的用户帐户及组，一个用户可以拥有多个帐户。

（2）右击 Users 容器，弹出快捷菜单。

选择“查看”|“大图标”命令，右击右窗格空白处，同样会弹出该快捷菜单。

（3）选择“新建”|“用户”命令，打开“新建对象-用户”对话框。其中的内容比较多，但在实际登录域时使用的是“用户登录名”中的具体内容，其他选项可以根据需要选择。

（4）单击“下一步”按钮，在打开的对话框中输入用户密码，然后选中“用户不能更改密码”和“密码永不过期”复选框。

（5）单击“下一步”按钮，打开对话框，显示用户帐户的基本信息。

（6）单击“完成”按钮，则新创建的用户帐户也显示在“Active Directory 用户和计算机”窗口中。

（7）使用同样的方法为其他用户创建帐户。

（8）举例：在 Users 容器中创建一个名称为“王林”的用户帐户，要求登录名和密码均为 nnan，用户不能更改密码。

① 选择“开始”|“程序”|“管理工具”|“Active Directory 用户和计算机”命令，打开“Active Directory 用户和计算机”窗口。

② 右击 Users 容器，从弹出的快捷菜单中选择“新建”|“用户”命令，打开“新建对象-用户”对话框。在“姓名”文本框中输入“王林”，在“用户登录名”文本框中输入 nnan。

③ 单击“下一步”按钮，在“密码”和“确认密码”文本框中都输入 nnan，并选中“用户不能更改密码”复选框。

④ 单击“下一步”按钮，单击“完成”按钮。

6.2.7　客户机登录域

在 C/S 局域网中，客户机通常使用 Windows 98/Me/2000 Professional/XP 操作系统。如

果要使用服务器中的资源并接受服务器统一管理，则必须登录到域。以下介绍 Windows 98/XP 客户机登录域的方法，Windows Me 客户机登录域的方法和 Windows 98 类似，Windows 2000 Professional 和 Windows XP 类似。

在登录域之前，一定要确认客户机的网络硬件工作正常，并添加了 TCP/IP 通信协议。

1．Windows 98 客户机登录域

假设已经在 Windows 2000 Server 服务器上创建了用户帐户 Hecoeo，登录名和密码均为 shi。确保服务器正常运行，然后按照如下方法将 Windows 98 客户机登录到域。

（1）启动 Windows 98 客户机到桌面，右击“网上邻居”图标，从弹出的快捷菜单中选择“属性”命令，打开“网络”对话框。

（2）双击“Microsoft 网络用户”组件，打开“Microsoft 网络用户属性”对话框。选中“登录到 Windows NT 域”复选框，在“Windows NT 域”文本框中输入域名称（此处为 Happy）。

（3）单击“确定”按钮，返回“网络”对话框。切换到“标识”选项卡。输入计算机名（此处为 SHILW，与服务器上创建的计算机帐户要一致），在“工作组”文本框中输入 NetBIOS 域名（此处为 Happy）。

（4）单击“确定”按钮，弹出“系统设置改变”对话框。

注意： *在此 Windows NT 域应指定为 Happy，而不能是 Happy.local，因为 Windows 2000 以前版本的用户识别新域时采用“NetBIOS 域名”（此处为 Happy），这一点在安装活动目录服务时已经显示，应特别注意。*

（5）单击“是”按钮，重新启动计算机后，打开对话框。在“用户名”文本框中输入服务器提供给该用户的登录名称（此处为 shi），在“密码”文本框中输入服务器提供给该用户的登录密码（此处为 shi）。

提示： *如果网络中只有一个域，则在此对话框的“域”文本框中会自动显示，否则需要选择登录到哪个域。*

（6）单击“确定”按钮登录到域。

2．Windows XP 客户机登录域

假设已经在 Windows 2000 Server 服务器上创建了用户帐户 Sywen，登录名和密码均为 wcm。确保服务器正常运行，然后按照如下方法将 Windows XP 客户机登录到域。

（1）启动 Windows XP 客户机，以计算机管理员（例如 Administrator）身份登录到桌面。右击“我的电脑”图标，从弹出的快捷菜单中选择“属性”命令，打开“系统属性”对话框。切换到“计算机名”选项卡。

（2）单击“网络 ID”按钮，启用“网络标识向导”对话框。

（3）单击“下一步”按钮，打开“正在连接网络”对话框，选中“本机是商业网络的一部分，用它连接到其他工作着的计算机”单选按钮。

（4）单击“下一步”按钮，打开“正在连接网络”对话框，选中“公司使用带有域的网络”单选按钮。

（5）单击“下一步”按钮，打开“网络信息”对话框，其中显示提示信息。

（6）单击“下一步”按钮，打开“用户帐户和域信息”对话框。在“用户名”文本框中输入登录 Windows XP 时的用户名（如 Administrator），在“密码”文本框中输入登录时的密码，“域”为 Windows 2000 Server 域控制器的域名（如 Happy.local）。

（7）单击“下一步”按钮，打开“计算机域”对话框。在“计算机名”文本框中输入其名称（如 Wang），该名称将被服务器自动指定为计算机帐户，显示在 Computers 容器中；在“计算机域”文本框中输入此客户机登录 Windows 2000 Server 局域网时的域名（如 Happy，不要输入 Happy.local）。

（8）单击“下一步”按钮，打开“域用户名和密码”对话框。在“用户名”文本框中输入网络管理员在服务器上创建的用户登录名（如 wcm），在“密码”文本框中输入该用户帐户的密码（如 wcm），在“域”文本框中输入局域网的域名（如 Happy）。

（9）单击“确定”按钮，打开“用户帐户”对话框。选中“添加以下用户”单选按钮，在“用户名”文本框中输入系统管理员在服务器为该用户创建的登录用户名（如 wcm），“用户域”为 Windows 2000 Server 域控制器的域名（如 Happy.local）。

（10）单击“下一步”按钮，打开“访问级别”对话框。选择该用户对本机的用户访问级别，建议选中“标准用户”单选按钮。

（11）单击“下一步”按钮，打开“完成网络标识向导”对话框。

（12）单击“完成”按钮，打开“计算机名更改”提示对话框。

（13）单击“确定”按钮，返回“系统属性”对话框，其中显示“完整的计算机名称”（如 Wang.Happy.local）及所属的“域”（如 Happy.local）。

（14）单击“确定”按钮，打开“系统设置改变”提示对话框。

（15）单击“是”按钮，重新启动计算机，显示“欢迎使用 Windows”对话框。按下 Ctrl+Alt+Del 组合键，打开“登录到 Windows”对话框，单击“选项”按钮，然后从“登录到”下拉列表框中选择登录到域（Happy）还是本机（Wang）。如果选择登录到本机，则在“用户名”文本框中输入本机用户（如 Administrator）和该用户密码；如果选择登录到域，则在“用户名”文本框中输入在服务器上创建的用户登录名（如 were）和密码。

（16）此处选择登录到域，然后打开“网上邻居”窗口，其中显示域中的所有计算机，包括 Windows 2000 Server 服务器（Server）和本机（Wang）。

登录到域后，可以直接访问服务器；如果登录到本机且访问服务器，需要提供用户名和密码。输入在服务器上创建的用户登录名和密码（如 Wem）。单击“确定”按钮可打开“服务器”窗口。

6.2.8 案例——使用 Windows XP 客户机登录域

Windows 2000 Server 服务器已经为王林创建了名称为“王林”的帐户，用户登录名和密码均为 nnan，且王林在登录域时需要更改密码。本例实现王林使用 Windows XP 客户机登录到域中，且登录后可以完全控制本地计算机。这台 Windows XP 客户机的名称为 wl，系统管理员及密码均为 wang，要登录的域名称为 ocean.com。

（1）启动 Windows XP 客户机，以计算机管理员 Wang 登录到桌面。右击“我的电脑”图标，从弹出的快捷菜单中选择“属性”命令，打开“系统属性”对话框，切换到“计算机名”选项卡。

（2）单击“网络 ID”按钮，启用“网络标识向导”。

（3）单击“下一步”按钮，打开“正在连接网络”对话框，选中“本机是商业网络的一部分，用它连接到其他工作着的计算机”单选按钮。

（4）单击“下一步”按钮，打开“正在连接网络”对话框，选中“公司使用带有域的网络”单选按钮。

（5）单击“下一步”按钮，打开“网络信息”对话框。单击“下一步”按钮，打开“用户帐户和域信息”对话框。在“用户名”和“密码”文本框中都输入 Wang，在“域”文本框中输入 ocean.com。

（6）单击“下一步”按钮，打开“计算机域”对话框。在“计算机名”文本框中输入 wl，在“计算机域”文本框中输入 ocean。

（7）单击“下一步”按钮，弹出“域用户名和密码”对话框。在“用户名”和“密码”文本框中都输入 nnan，在“域”文本框中输入 ocean。

（8）单击“确定”按钮，打开“用户帐户”对话框。选中“添加以下用户”单选按钮，在“用户名”文本框中输入 nnan，在“用户域”文本框中输入 ocean.com。

（9）单击“下一步”按钮，打开“访问级别”对话框。选中“其他”单选按钮，并从其后的下拉列表框中选择 Administrators。

（10）单击“下一步”按钮，打开“完成网络标识向导”对话框。单击“完成”按钮，弹出“计算机名更改”提示对话框。单击“确定”按钮，返回“系统属性”对话框。

（11）单击“确定”按钮，弹出“系统设置改变”提示对话框。单击“是”按钮，重新启动计算机，直到出现“欢迎使用 Windows”对话框。

（12）按下 Ctrl+Alt+Del 组合键，打开“登录到 Windows”对话框。从“登录到”下拉列表框中选择 ocean，在“用户名”和“密码”文本框中都输入 wang。

（13）单击“确定”按钮，即可登录到域，同时能够完全控制本地计算机。

6.2.9 案例——Windows 2003 的 DC 和 DNS 的安装

1．案例说明

（1）域控制器（Domain Controller，DC）。域控制器中包含了域的帐户、密码、属于这个域的计算机等信息构成的数据库。当用户登录域时，域控制器首先要鉴别这台计算机是否是属于这个域的，用户使用的登录帐号是否存在、密码是否正确。如果信息有误，那么域控制器就会拒绝该用户。用户就不能访问服务器上有权限保护的资源，他只能以对等网用户的方式访问 Windows 共享的资源。大型网络中使用域控制器能够更好地管理网络资源和用户。

（2）域名服务器（Domain Name Server，DNS）是一种程序，服务器里存放了一张域名（domain name）和与之相对应的 IP 地址（IP address）的表，用来给域名翻译成 IP 地址。

2．实现方法

（1）第一次运行 Windows 2003，会出现服务器的设置向导，如图 6-2-4 所示。

（2）单击“添加或删除角色”，可以查看服务器的状态，如图 6-2-5 所示。默认情况下 Windows 2003 没有安装任何服务，如同普通的客户机一样。

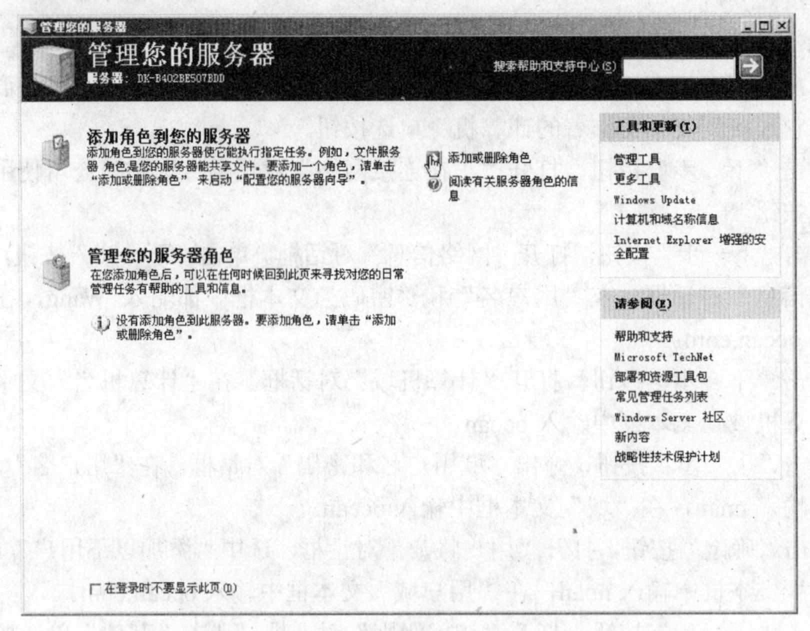

图 6-2-4　服务器设置向导

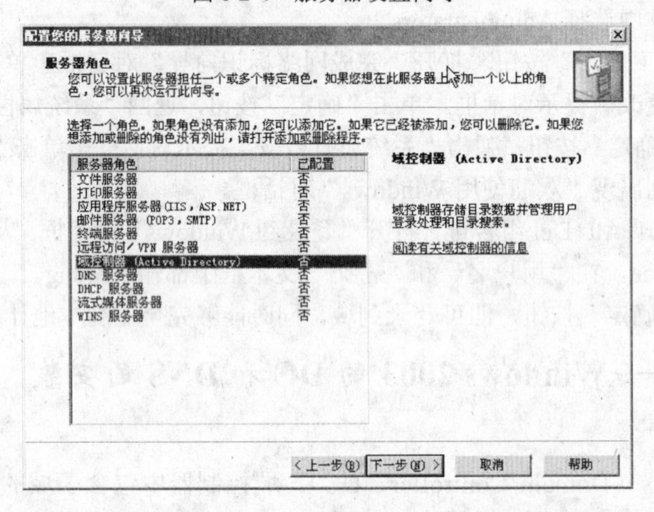

图 6-2-5　服务器角色

（3）安装域名服务器：可以使用向导程序来引导安装，也可以使用命令来安装。下面介绍命令安装方法。选择“开始”|“运行”命令，或者按 WIN+R 键，在弹出的“运行”对话框中输入 dcpromo 命令，如图 6-2-6 所示。

图 6-2-6　使用命令安装域名服务器

（4）单击“确定”按钮，启动 DC 安装向导，如图 6-2-7 所示。

（5）单击“下一步”按钮，出现兼容性的提示，这里主要考虑网络中还部署较早的 Windows 系统版本。不过现在的网络环境已经基本上不用考虑这个问题，所以直接单击“下一步”按钮，如图 6-2-8 所示。

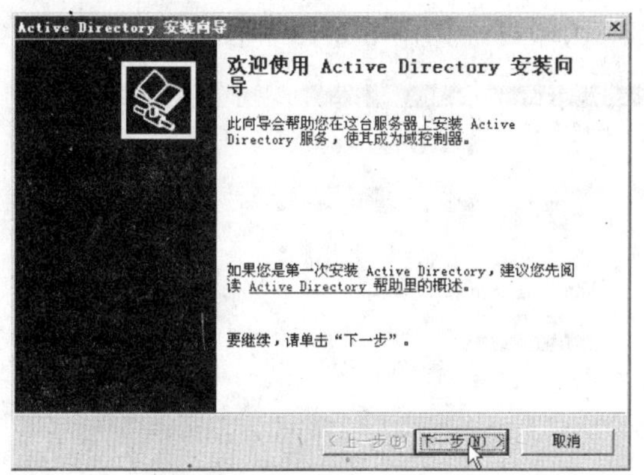

图 6-2-7　启动 DC 安装向导

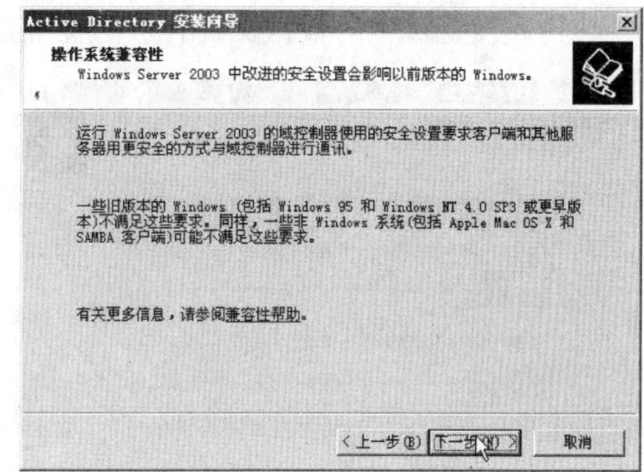

图 6-2-8　兼容性提示

（6）选择域控制器类型，这里第一次建域，选择“新域的域控制器”单选按钮，单击“下一步”按钮，如图 6-2-9 所示。

（7）选择域控制在域环境中的地位，这里是第一台服务器，选择“在新林中的域”单选按钮，如图 6-2-10 所示。

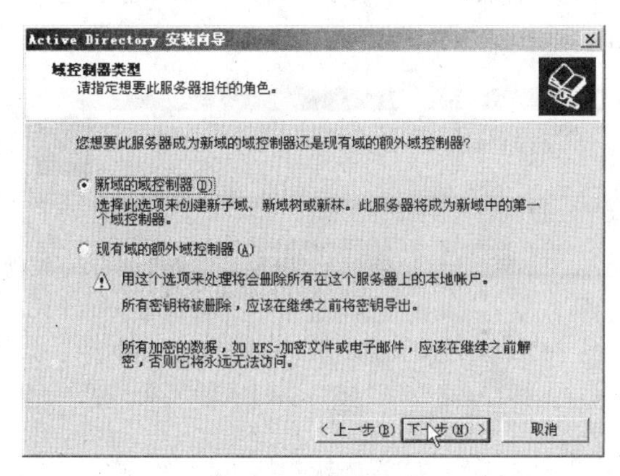

图 6-2-9　选择域控制器类型

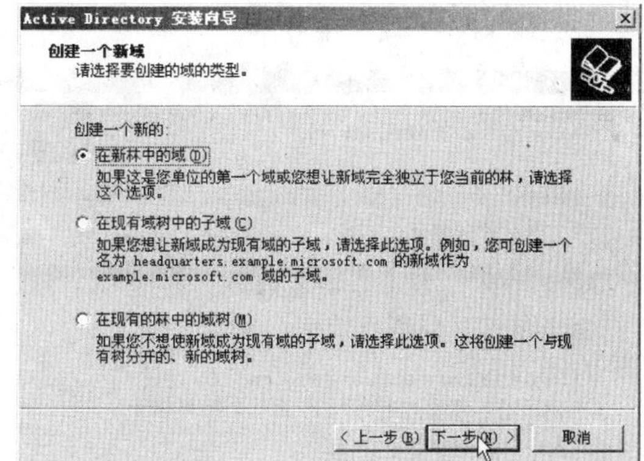

图 6-2-10　选择域控制地位

（8）指定域的名称，输入 NEW.COM.CN，单击“下一步”按钮，如图 6-2-11 所示。

（9）输入“域 NetBIOS 名”（NetBIOS：Network Basic Input Output System），如图 6-2-12 所示。

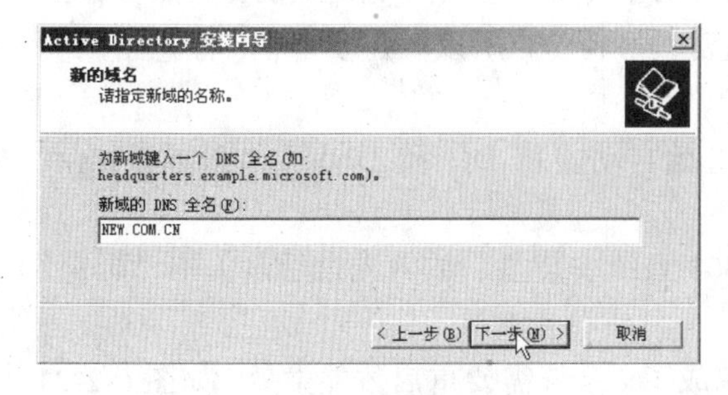

图 6-2-11　指定域名

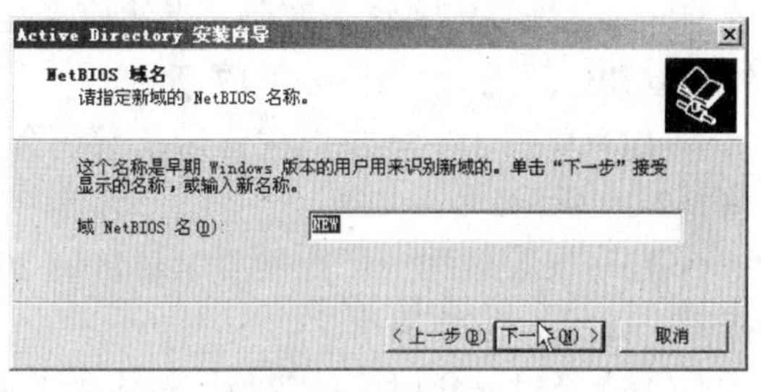

图 6-2-12　输入域的 NetBIOS 名

（10）设置域中的数据文件存放的位置，默认即可，如图 6-2-13 和图 6-2-14 所示。

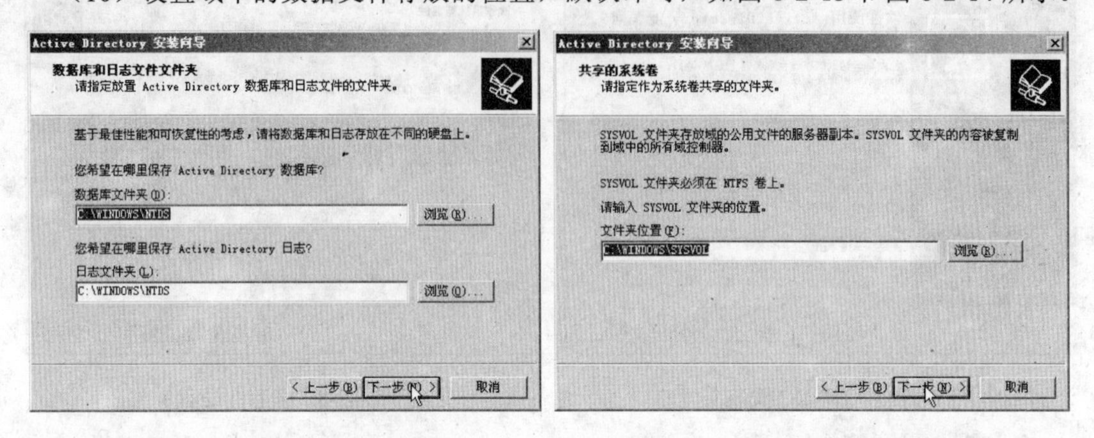

图 6-2-13　设置域中数据文件存放位置　　　　图 6-2-14　设置系统共享文件存放位置

（11）第一次在网络部署 DC，服务器会自动安装 DNS 服务器。这是因为 DC 需要 DNS 服务器才能正常的工作，如图 6-2-15 所示，单击“下一步”按钮。

（12）这里又一次出现系统兼容的选项，前一个兼容性主要针对客户机，这里是针对网络中的服务器，选择第二项，如图 6-2-16 所示。

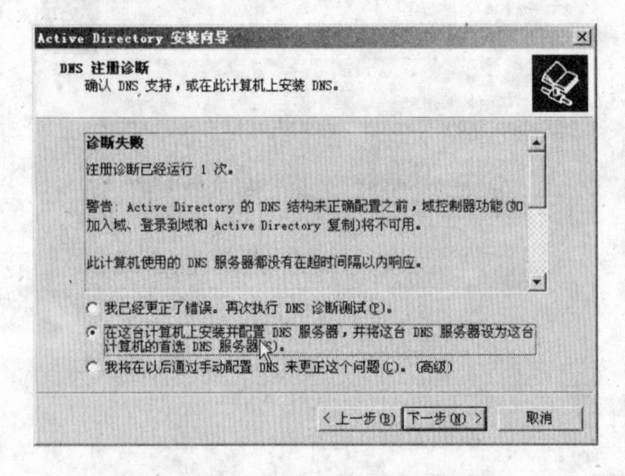

图 6-2-15　自动安装 DNS 服务器

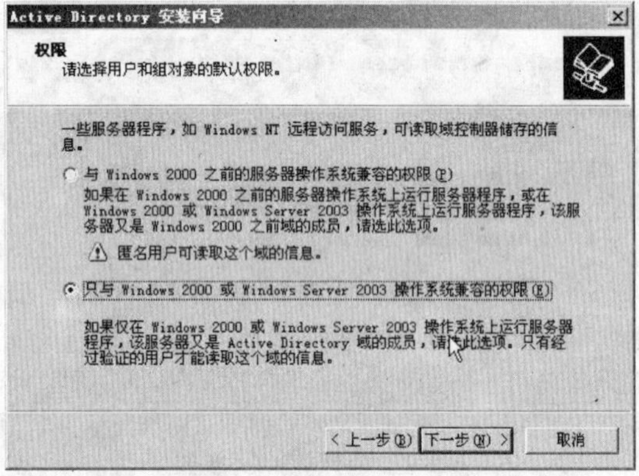

图 6-2-16　第二次系统兼容选项

（13）目录服务器还原模式的管理员密码，这里的密码不是 administrator 的，主要是用于域名服务器修复时使用的。网络中服务器不可能一直无差错地运行，当服务器崩溃的时候，恢复需要这个密码。当然前提是要做好备份，所以一定要牢记（注意密码要符合复杂性要求），如图 6-2-17 所示。

（14）单击“下一步”按钮后，系统会开始自动安装 DC 和 DNS，如图 6-2-18 和图 6-2-19 所示。

（15）安装过程中可能需要 Windows 2003 系统安装盘，放入光盘后，单击“确定”按钮，如图 6-2-20 所示。

（16）经过一定时间的等待，安装终于完成了，系统需要重启才能生效，如图 6-2-21 所示。

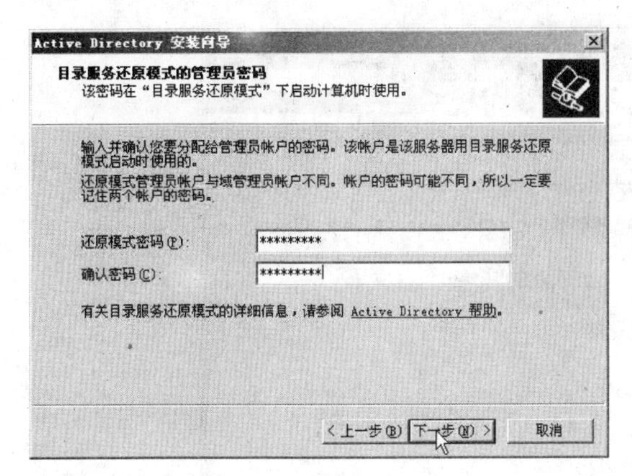

图 6-2-17　输入还原密码

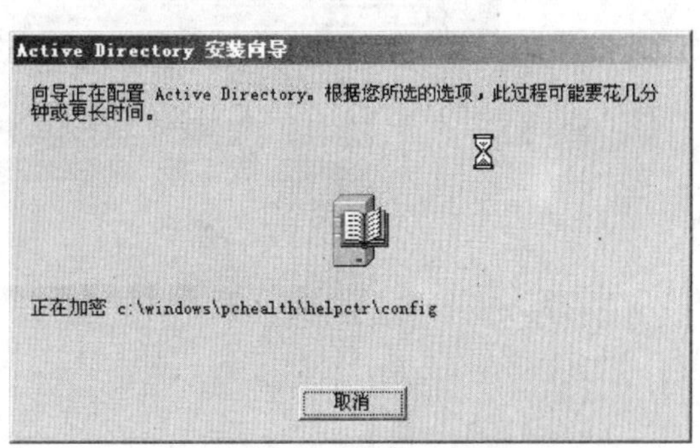

图 6-2-18　自动安装 DC

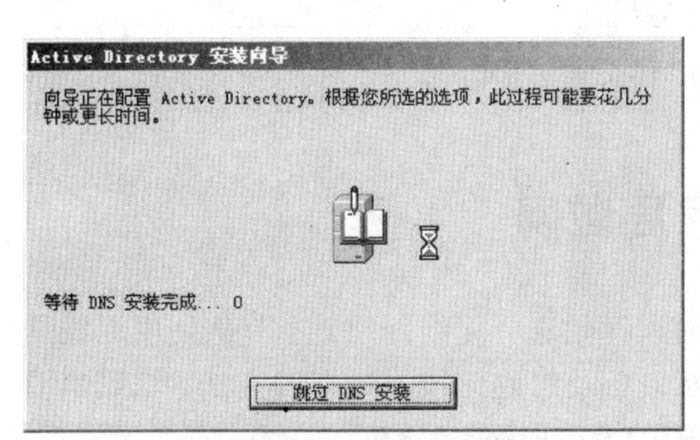

图 6-2-19　自动安装 DNS

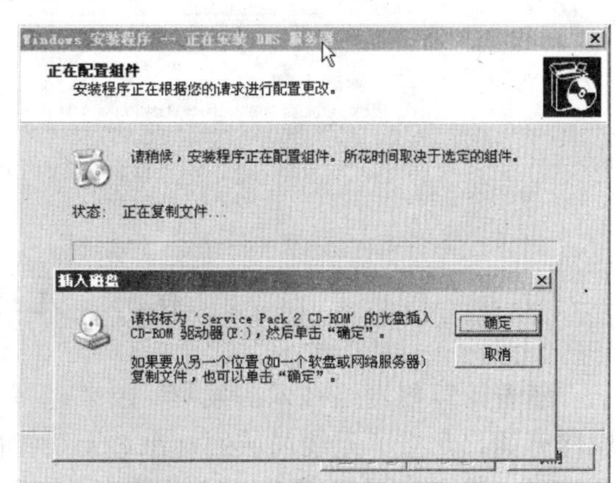

图 6-2-20　运行系统安装盘

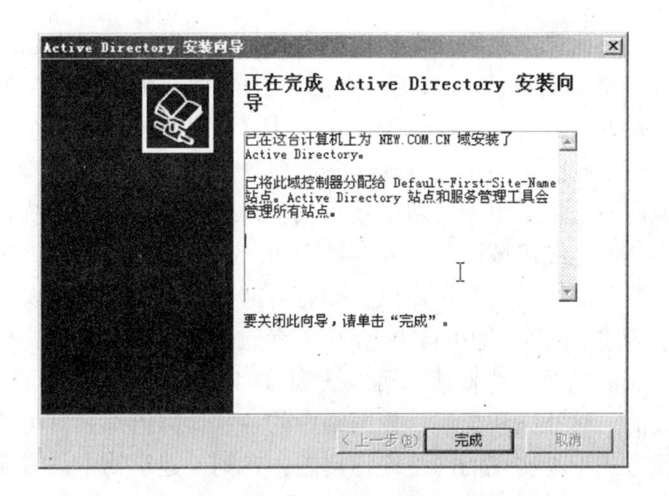

图 6-2-21　安装完成

（17）重启以后再一次查看服务器状态，可以看到“域控制器”和“DNS 服务器”已配置完毕，如图 6-2-22 所示。

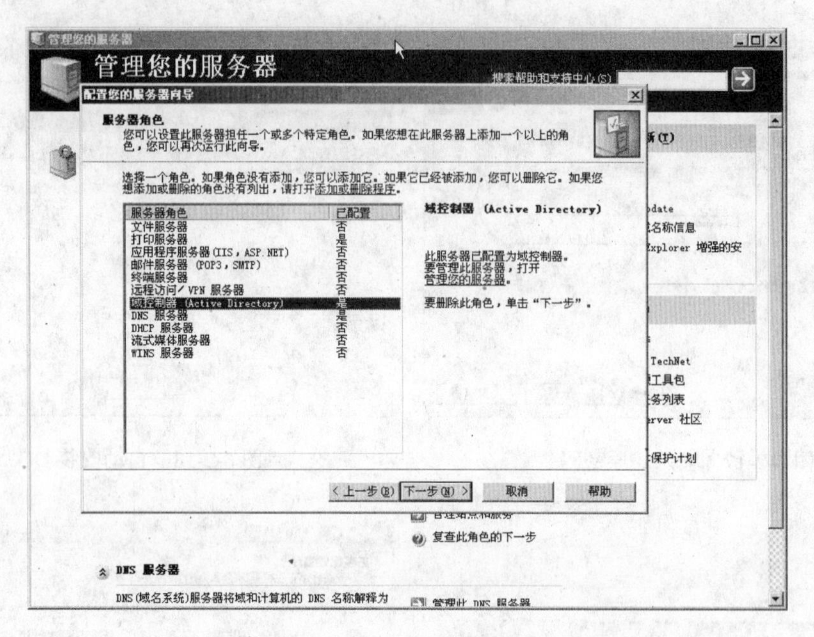

图 6-2-22 “域控制器”和“DNS 服务器”已配置

6.3 无线局域网

随着计算机网络技术的发展，越来越多的人开始选择无线网络。本节从使用无线局域网开始，介绍了无线局域网标准、无线组网设备及组建无线局域网的方法。通过本节的学习，读者可以了解无线局域网并组建所需的无线网络。

6.3.1 无线局域网概述

最近几年来，随着计算机网络技术的逐渐成熟和飞速发展，网络已经迅速渗透和普及到社会的各个领域，并在许多方面改变了人们原有的生活方式和生活观念。无线局域网（Wireless Local Area Network，WLAN）技术作为计算机网络技术的一个分支也渐渐地被人们所重视，成为当前组网的一种热门方式，发展前景广阔。

所谓无线局域网，是指采用无线通信技术代替传统电缆，提供传统有线局域网功能的网络。当然，并不是说无线局域网不需要传输介质，只是使用了人们肉眼无法看到的电波而已。在无线信号覆盖的区域内，用户只要拥有一部网络设备（如个人计算机，笔记本或手持式电脑），一块无线上网卡，即可自由上网，避免过去必须依靠网线或电话线上网的麻烦。

目前，无线局域网的数据传输速率可以达到 11 Mb/s，传输距离可远至数十千米。它是对有线联网方式的一种补充和扩展，使网络中的各台计算机都具有可移动性，能快速方便地解决使用有线方式不易实现的网络连通问题。在同一建筑物中，只要在笔记本电脑或掌上电脑上安装无线网络适配器，用户就能够在办公室内自由移动从而保持与网络的连接。将无线局域网技术应用到台式计算机系统，则具有传统局域网无法比拟的灵活性。桌面用户能够安放在缆线所无法到达的地方，台式计算机的位置能够随时随地进行变换。无线局域网成熟产品的不断推出及其价格的降低，正推动着无线局域网技术从小范围应用进入主流应用。

1．无线网络的特点

与传统有线局域网相比，无线网络具有如下特点。

（1）安装简便。在传统有线局域网建设中，施工周期最长、对周边环境影响最大的是网络布线工程。在施工过程中，往往需要破墙掘地、穿线架管。而无线局域网最大的优势就是省去或减少了网络布线的工作量，通常只需安装一台或多台接入点设备，即可建立覆盖整个建筑或地区的局域网络。

（2）使用灵活。在传统有线局域网中，网络设备（如计算机）的安放位置受网络信息点（如双绞线接口）位置的限制。而在无线局域网建成后，只要是在无线网的信号覆盖区域内，网络设备在任何位置都可以接入网络。

（3）节约经费。在建设有线局域网时，网络规划者要考虑未来发展的需要，通常预设一些利用率很低的信息点，相对来说造成了资源的浪费。而且一旦网络的发展超出了原来的设计规划，就需要投入较多的费用进行网络改造。如果使用无线局域网，则可以避免或减少以上情况的发生，不会造成资源浪费。

（4）易于扩展。无线局域网配置方式多种多样，能够根据实际需要灵活选择，能够胜任从几个用户的小型局域网到上千用户的大型网络，并且能够提供像“漫游（Roaming）”等有线局域网无法提供的特性。

（5）传输距离远。

无线局域网的通信范围不受环境条件的限制，网络的传输范围大大拓宽，最大传输范围可达到几十千米。而在有线局域网中，两个站点的距离在使用铜缆时被限制在 0.5 km 之内，即使采用单模光纤也只能达到 3 km 左右。而无线局域网中两个站点间的距离目前可达到 50 km，距离数千米的建筑物中的网络可以集成为同一个局域网。

2．无线局域网的不足之处

任何事物都有两面性，与传统有线局域网相比，无线局域网的不足之处主要有如下几点。

（1）当前无线局域网还没有完全脱离有线局域网，是有线局域网的扩展。

（2）无线局域网产品相对比较昂贵，组网成本较高。

（3）传输速度比较慢，最大只能达到 11 Mb/s，实际连接速度更低。

3．无线局域网的应用场合

无论如何，无线局域网是网络发展的大势所趋，随着无线设备产品价格的降低和技术的发展，越来越多的人们在组建局域网时会选择无线局域网。当前，从无线局域网的应用范围来看，主要应用于下列场合。

（1）移动办公。公司中有了无线局域网，可以充分享受无线的自由：到办公室后打开自己的笔记本电脑，即可摆脱双绞线的束缚，在公司内自由移动办公。如果来到分公司，利用其无线局域网，可以直接接入网络，而不必为找一个临时座位和双绞线接入点而发愁。

（2）会议会展中心。会场布置过程中最令人头痛的就是网络布线，因为与会者可能会随时随地需要接入网络环境中。如果拉双绞线在会场中布线，将会非常麻烦，既不美观，也不方便，还存在来往人员损坏线缆的可能。而通过在会场附近架设无线局域网，使无线局域网覆盖会场，与会者通过笔记本电脑借助无线网卡上网，问题就会迎刃而解。

（3）难以布线的场合。如老建筑、布线困难或昂贵的露天区域、城市建筑群、校园及工厂等场合，如果使用常规有线局域网，网络布线将是一个令人头痛的问题。但是如果采用无线局域网，一般只要安放一台或多台接入点设备就可建立覆盖整个建筑或地区的局域网络。在无线网的信号覆盖区域内的任何位置都可以接入网络，使得网络的扩容非常灵活。

（4）频繁变化的环境。频繁更换工作地点和改变位置的零售商、生产商，以及野外勘测、试验、军事、公安和银行等人员，均可以利用移动笔记本电脑等可移动设备通过无线局域网进行快速网络连接。

（5）作为常规有线网络的备用系统。有线网络线路会随使用时间的增长，表面绝缘、屏蔽层老化，逐渐失去原有性能，或者由于其他线路产生的干扰、线路损坏等原因导致线路不通。如果使用无线网络作为备用系统，则不存在这些问题，不仅随时可以更新升级，而且可以方便地安装与维护。

（6）其他适用无线网络的特殊场合。

（7）扩充网络。传统的有线网络扩充性较弱。由于一些原因，原有布线所预留的端口可能不够用，增加新用户就会遇到重新布置线缆烦琐、施工周期长等麻烦。而无线网络则扩充性较强，只需要增加无线适配卡和接入点即可方便地实现网络扩充。

6.3.2 无线通信标准

目前，无线局域网使用的无线通信标准主要是 IEEE 802.11/IEEE 802.1lb 协议，下面简要介绍标准。

IEEE 802.11 协议发布于 1997 年，是全球公认的局域网权威 IEEE 802 工作组经过了 7 年工作之后发布的，是无线局域网领域内的第 1 个国际上被认可的协议。在 1999 年 9 月，该工作组又提出了 802.11b 协议，用于对 802.11 协议进行补充。802.11b 在 802.11 的 1 Mb/s 和 2 Mb/s 速率下又增加了 5.5 Mb/s 和 11 Mb/s 两个新的网络吞吐速率。利用 802.11b，移动用户能够获得同以太网一样的性能、网络吞吐率及可用性。这个基于标准的技术使得网络管理员可以根据环境选择合适的局域网技术来构造自己的网络，满足其商业用户和其他用户的需求。802.11 协议主要工作在 ISO 协议的最低两层上，并在物理层上进行一些改动，加入了高速数字传输的特性和连接的稳定性。

在 802.11 最初定义的 3 个物理层包括了两个扩散频谱技术和一个红外传播规范，无线传输的频道定义在 2.4 GHz 波段内，这个频段在各个国际无线管理机构中（如美国的 USA、欧洲的 ETSI 和日本的 MKK）都是开放的，不需要申请即可使用。扩散频谱技术保证了 802.11 的设备在这个频段上的可用性和可靠的吞吐量，还可以保证同其他使用同一频段的设备不互相影响。IEEE 802.11b 无线局域网的带宽最高可达 11 Mb/s，比 IEEE 802.11 标准快 5 倍，扩大了无线局域网的应用领域。另外，也可根据实际情况采用 5.5 Mb/s、2 Mb/s 和 1 Mb/s 带宽，实际的工作速度在 5 Mb/s 左右，与普通的 10 Base-T 规格有线局域网几乎处于同一水平。既可作为对有线网络的补充，也可独立组网，从而使网络用户摆脱网线的束缚，实现真正意义上的移动应用。

IEEE 802.11b 无线局域网与 IEEE 802.3 以太网的原理类似，都是采用载波侦听的方式来控制网络中信息的传送。区别之处是传统的以太网采用的是 CSMA/CD（载波侦听/冲突检测）技术，网络上所有工作站都侦听网络中有无信息发送。当发现网络空闲时即发出自己的信息，如同抢答一样，只能有一台工作站抢到发言权，而其余工作站需要继续等待。如果一旦有两台以上的工作站同时发出信息，则网络中会发生冲突。冲突后这些冲突信息都会丢失，各工作站则将继续抢夺发言权。而 802.11b 无线局域网则引进了冲突避免技术（CSMA/CA），从而避免了网络中冲突的发生，可以大幅度地提高网络效率。IEEE 802.11b 标准的出现从根本上改变了无线局域网的设计和应用现状，满足了人们在一定区域内实现不间断移动办公的需求。

802.11 定义了两种类型的设备：一种是无线站。通常是通过一台计算机加上一块无线网卡构成的。另一种称为无线接入点（即 Access Point，AP），作用是提供无线和有线网络之间的桥接。一个无线接入点通常由一个无线输出口和一个有线的网络接口构成，接入点就像无线网络的一个无线基站，将多个无线的接入站集合到有线网络上。无线的终端可以是 802.11 PCMCIA 卡、PCI 或 USB 接口的无线网卡，或者是在非计算机终端上的嵌入式设备（如 802.11 移动电话）。

802.11b 运作模式基本分为两种：点对点模式和基站模式。点对点模式是指无线网卡和无线网卡之间的通信方式。只要在计算机上插上无线网卡即可与另一台具有无线网卡的电脑连接，对于小型的无线网络来说，这是一种方便的连接方式，最多可连接 256 台计算机（在实际应用时，可连接计算机的最多数目与实际所用的网络产品相关）。而基站模式是指无线网络规模扩充或无线和有线网络并存时的通信方式，这是 802.11b 最常用的方式。此时，插有无线网卡的计算机需要通过无线接入点与另一台计算机连接。接入点负责频段管理及漫游等指挥工作，一个接入点最多可连接 1024 台计算机（无线网卡）。当无线网络结点扩增时，网络存取速度会随着范围扩大和结点的增加而变慢，此时添加接入点可以有效控制和管理频宽与频段。无线网络需要与有线网络互联，或无线网络结点需要连接与存取有线网的资源和服务器时，接入点可以作为无线网和有线网之间的桥梁。

6.3.3 无线组网设备

用于组建无线局域网的硬件设备主要有无线网卡和无线接入点（AP）。以下主要介绍这些无线组网设备，让读者对它们有一个直观的认识，为以后学习无线局域网技术打下基础。

1. 无线网卡

无线网卡是无线局域网中最基本的硬件设备，它在无线局域网中扮演着有线网络中“网卡”的角色，是用户计算机进行网络连接必不可少的设备。无线网卡主要有 3 种类型，即笔记本电脑专用的 PCMCIA 无线网卡、台式计算机专用的 PCI 无线网卡、笔记本电脑和台式计算机都可以使用的 USB 无线网卡。

PCMCIA 无线网卡的外形和普通笔记本电脑的 PCMCIA 网卡基本相似，区别在于用无线发送、接收电路代替了普通 RJ-45 接口，因此比普通笔记本电脑的 PCMCIA 网卡多了“天线”部分，如图 6-3-1 所示。

PCI 无线网卡主要用于台式计算机组建无线局域网，这种网卡在 PCMCIA 无线网卡的基础上添加了一块 PCI 接口卡，如图 6-3-2 所示。

USB 无线网卡是通过 USB 接口和计算机相连的无线收发设备，由于笔记本电脑和台式计算机都具有 USB 接口，因此这种无线网卡既可用于笔记本电脑，也可用于台式计算机，是当前比较流行的无线网卡类型，如图 6-3-3 所示。

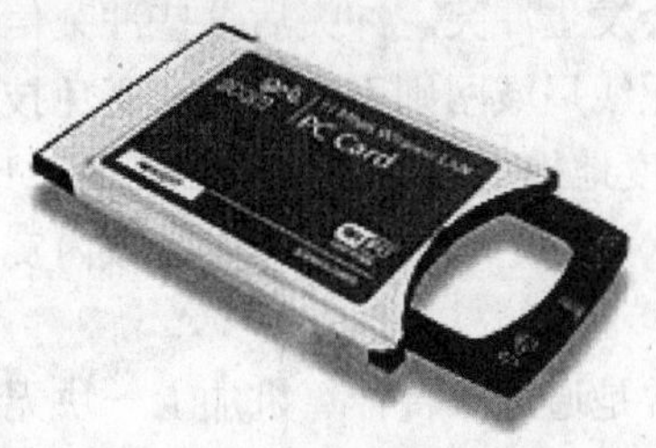

图 6-3-1　PCMCIA 无线网卡

PCI 转接卡

完整的 PCI 无线网卡

图 6-3-2　PCI 无线网卡

2．无线接入点

无线接入点（Wireless Network Access Point，无线 AP）的功能类似于有线网络中的集线器，如图 6-3-4 所示。无线接入点的主要作用有两个：一是作为无线局域网的中心点，供其他装有无线网卡的计算机通过它接入该无线局域网；二是通过为有线局域网络提供长距离无线连接，或为小型无线局域网络提供长距离有线连接，从而达到延伸网络范围的目的。

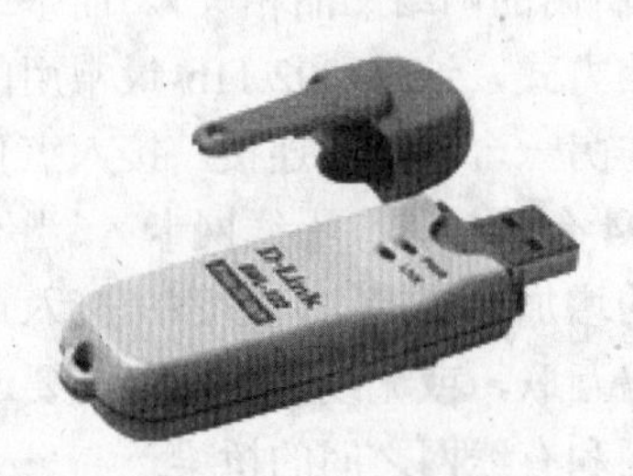

图 6-3-3　USB 无线网卡

图 6-3-4　无线接入点（AP）

无线接入点中也有一块无线网卡，因此它可以像无线网卡那样接收和发送无线数据。而经过功能的扩展后，可以像 Hub 那样把各种无线数据收集起来进行中转，并能够为信号覆盖范围内的无线设备提供接入，所以有人也将其称为无线 Hub。

无线接入点可以配置成独立无线局域网中的一个基站，用来扩大无线通信范围。它连接网络中装有无线网卡的台式计算机和笔记本电脑，从而形成一个“无线对等网”。此时接入点和终端用户的无线传输距离最大为 100 m，且网内的终端用户数量在接入点支持的最大范围内可以任意变化。

注意：理论上一台无线接入点可以支持多达 256 个终端用户，不过由于是共享带宽（和集线器类似），所以通常为了保证各个终端有相对较充裕的带宽，建议一台接入点（802.11b 型接入点，共享 11 Mb/s 带宽）最大只提供 20～30 个终端用户的支持。

无线接入点具有一个或多个以太网 RJ-45 接口，用来与有线局域网进行连接从而达到拓展网络的目的，这样无线局域网中的终端用户就能够共享有线局域网中的资料或共享 Internet。目前，无线接入点产品的功能大都得到了扩展，许多产品都能实现了无线网桥或无线路由器的功能。

6.3.4 无线局域网解决方案

1．室外点对点的连接（两个有线局域网之间）

如图 6-3-5 所示，A 网与 B 网分别为两个有线局域网，现通过两台无线网桥将两个有线网联在一起，可通过网桥上的 RJ-45 口或 BNC 细缆接口与有线网相接。每台网桥上插有一块无线 PC 卡，通过 PC 卡来完成无线链路的连通。PC 卡的射频输出端口通过馈线接到天线。无线网桥连接完成后的效果类似于 Hub 级联。

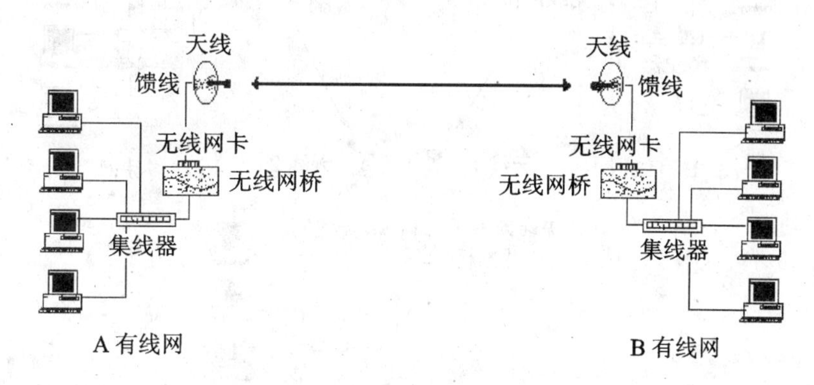

图 6-3-5　室外点对点的连接

2．室外中继的连接（两个有线局域网之间有障碍物）

当需要连接的两个有线局域之间有障碍物遮挡而不能可视时，可以考虑加中继的方案来解决。如图 6-3-6 所示，可以在水平或垂直方向寻找一个可以同时能看到 A 网与 B 网的位置，设置一中继用无线网桥，连接方式与上例一点对两点的大致相同，不同的只是中继点可以有也可以没有有线网。中继点的目的只是为绕过障碍物。

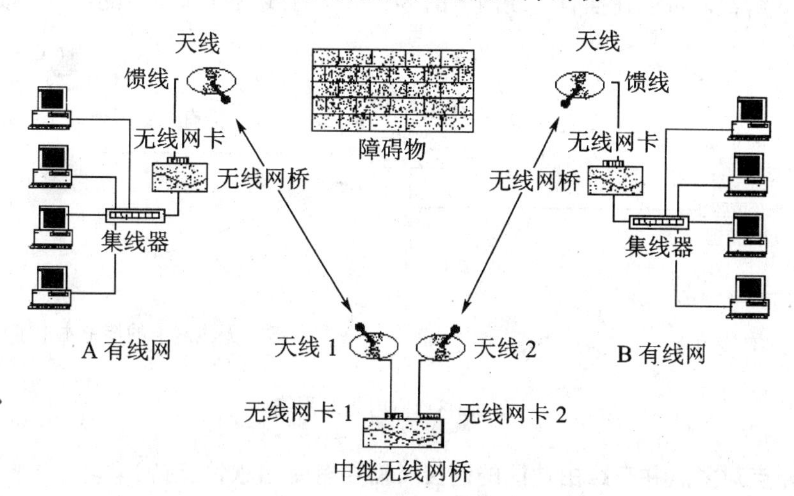

图 6-3-6　室外中继的连接

3．室外点到两点连接（三个有线局域网之间）

如图 6-3-7 所示，A 网、B 网、C 网分别为 3 个有线网，A 网为中心点，外围有 B 网和 C 网。无线网桥的接法与上一例点到点的非常相似，只是中心点 A 网的无线网桥上需插有两块无线网卡，两块无线网卡分别通过馈线接两部天线，两部天线分别指向 B 网和 C 网。

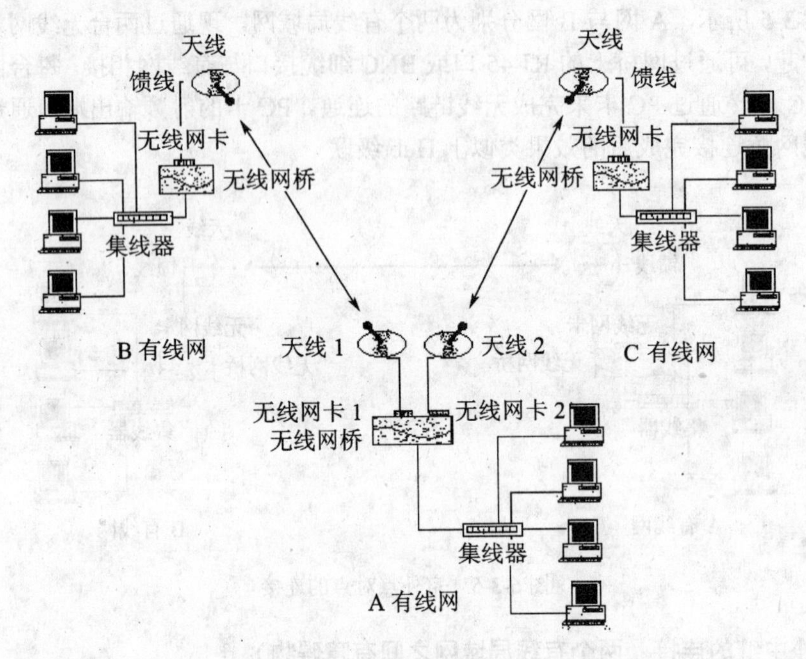

图 6-3-7　室外点到两点连接

4. 室内无线网络

如图 6-3-8 所示，当室内布线不方便，或需要移动计算机时，可以利用无线网卡插入计算机的方式解决，可以使插有无线网卡的客户共享有线网资源，实现有线无线的共享。

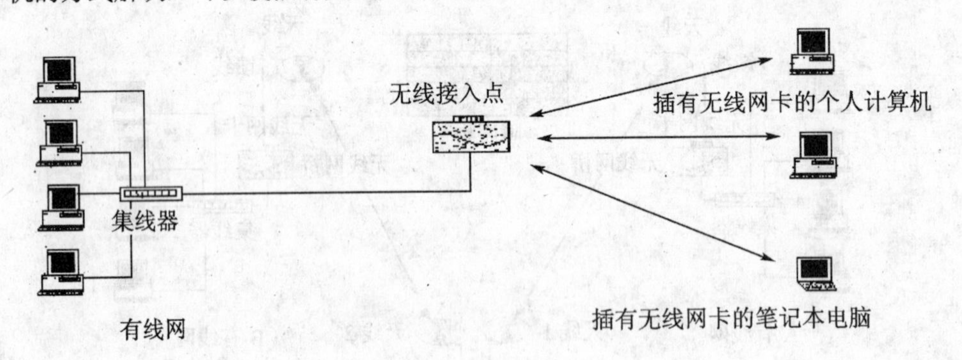

图 6-3-8　室内无线网络

5. 室外点对多点并有路由功能的连接（需要有专用软件支持）

如图 6-3-9 所示，为一点对多点且有路由功能的无线连接方案。A 有线网为中心点，B、C、D 分别为外围的 3 个有线网，在此案例中，几个有线网可以为不同网段。与前面几种情况相比，在无线设备上的选用有所不同，在中心点需要采用全向天线，并且需要有关专用路由软件的支持，才能实现路由功能。

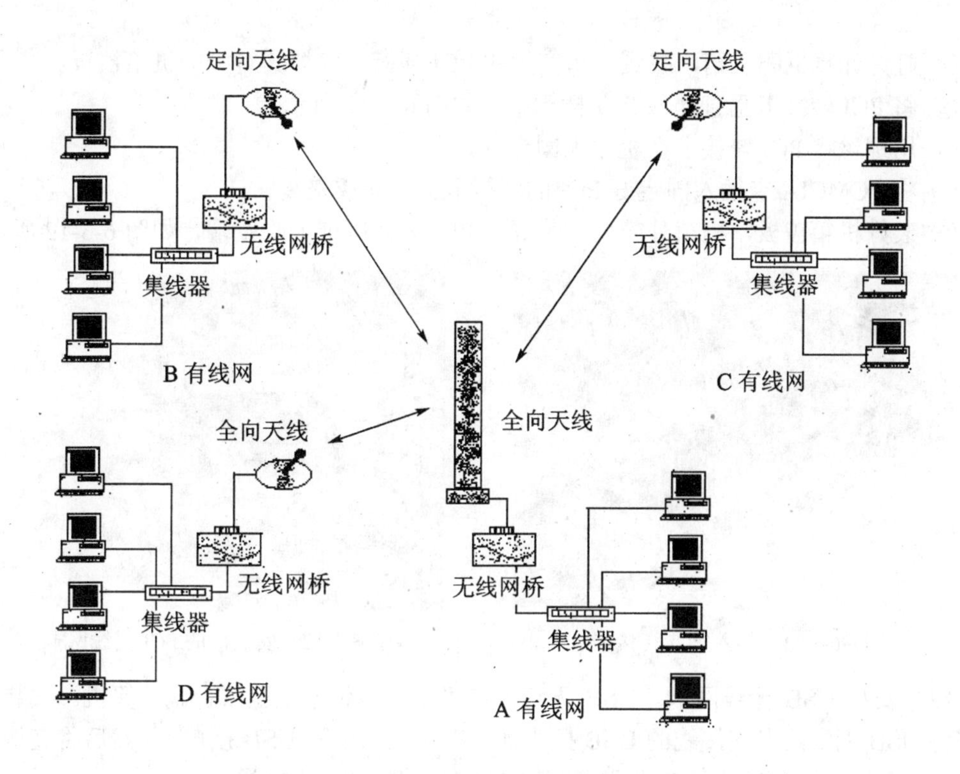

图 6-3-9　室外点对多点并有路由功能的连接

6.3.5　组建无线局域网

了解无线局域网的基础知识后，即可开始组建无线网络。根据实际的网络需要确定合适的组网方案后，接下来的工作就是安装和设置无线网卡，并对网络进行设置使其正常工作。以下介绍组建无线局域网的过程。

1．安装无线网卡

组建无线局域网的第一步是安装无线网卡并设置网络选项的相关参数。目前常见的无线网卡主要分为 PCMCIA、PCI 和 USB 3 种类型。

（1）安装 PCMCIA 无线网卡。PCMCIA 无线网卡主要用于笔记本电脑，其安装方法比较简单。首先找到笔记本电脑侧面的 PCMCIA 插槽，平行于桌面将无线网卡插入 PCMCIA 卡槽，如图 6-3-10 所示。在插入 PCMCIA 无线网卡时，注意一定要水平插入，以免损坏网卡。

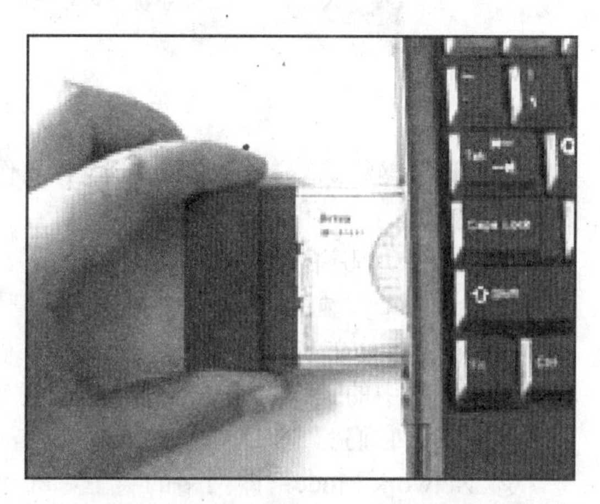

图 6-3-10　安装 PCMCIA 无线网卡

（2）安装 PCI 无线网卡。常见的 PCI 无线网卡大多是一块 PCMCIA 无线网卡配上一个 PCI 接口的转接卡，这类网卡主要用于台式个人计算机。为了避免损坏网卡，在安装之前先将 PCI 无线网卡上的 PCMCIA 卡取下来。安装 PCI 无线网卡的操作方法如下。

① 打开计算机的机箱，找到一个空闲的 PCI 插槽，取掉其对应的机箱挡板。

② 将 PCI 转接卡垂直插入 PCI 插槽中，如图 6-3-11 所示。

③ 用螺丝将 PCI 转接卡在机箱上固定好。

④ 将 PCMCIA 卡插入固定好 PCI 的转接卡上，完成安装。

⑤ 装好机箱盖板，机箱外露出安装好的 PCI 无线网卡的收发端，如图 6-3-12 所示。

图 6-3-11　插入 PCI 转接卡

图 6-3-12　安装好的 PCI 无线网卡

（3）安装 USB 无线网卡。USB 无线网卡可用于笔记本电脑或台式计算机。安装时，只需将 USB 无线网卡连接线的 USB 插头插入机箱上的空闲 USB 接口中，然后将连接线的另一端插入网卡上的对应接口中即可，如图 6-3-13 所示。

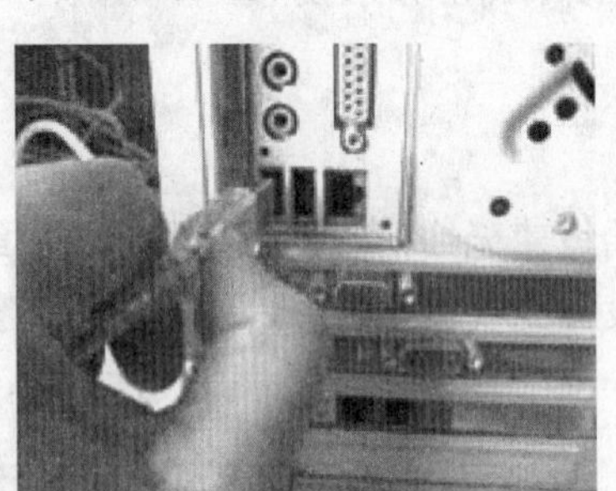

图 6-3-13　安装 USB 无线网卡

（4）设置网络选项。在 Windows XP 操作系统中已经提供了对 802.11 标准的支持，因此安装 PCMCIA、PCI 或 USB 无线网卡后，系统会发现新硬件并自动安装驱动程序。

在安装驱动程序的过程中，涉及 4 个重要参数 SSID，Network Mode，WEP 和 Channel。下面介绍这几个参数的含义。

① SSID：英文 Service Set Identifier 的缩写，即服务设置标志。代表无线网络的名称，相当于以太网中的工作组，该名称可以任意设定。如果用户希望多台计算机组成一个无线局域网，那么它们的 SSID 名称必须相同。

② Network Mode：即网络的类型。Peer to Peer（AD Hoc）表示点对点对等式无线网络，Infrastructure 表示 Infrastructure 模式。

③ WEP：英文为 Wired Equivalent Privacy，即有线等值安全协议，用于设置数据加密方式。无线传输的数据容易被截获，因此通过加密可以保证数据的安全，但加密后，传输速率将会有所降低。

④ Channel：即频率。802.11b 无线协议虽然固定在 2.4 GHz 这个频率上，但其中仍有细微的差别。在组建无线网络时需要指定一个频率，通常同一网络中的网络设备应设定在同一频率上。

2．组建对等无线网

这里所讲的对等无线网采用无中心结构，通过各计算机上无线网卡直接将两台或者多台计算机连接成无线网络，从而实现资料的共享。由于没有使用无线接入点，信号的强弱将会直接影响到文件传输速度，因此组建对等无线网时各计算机之间的距离和摆放位置应调整好。在需要连接网络的各计算机中安装无线网卡后，即可设置网络选项。

（1）在 Windows XP 操作系统中的设置方法。

① 选择“开始”|“网络连接”命令，打开“网络连接”窗口。

② 右击“无线网络连接”图标，从弹出的快捷菜单中选择“属性”命令，打开“无线网络连接 属性”对话框。切换到“无线网络配置”选项卡，如图 6-3-14 所示。

③ 选中“用 Windows 配置我的无线网络设置”复选框，启用自动无线网络配置功能。单击“高级”按钮，打开“高级”对话框，如图 6-3-15 所示。

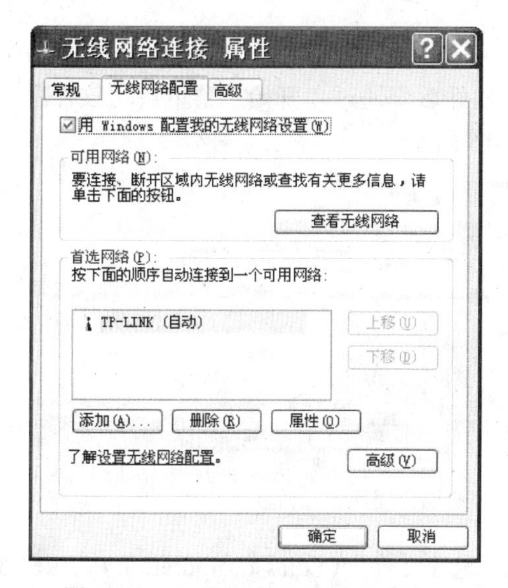

图 6-3-14 “无线网络配置”选项卡

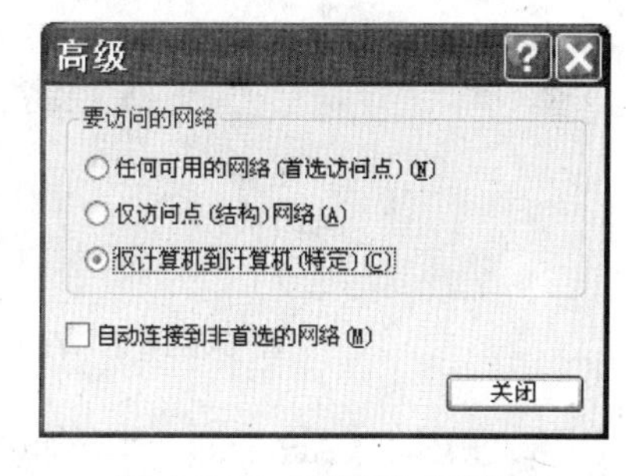

图 6-3-15 “高级”对话框

④ 选中“仅计算机到计算机（特定）”单选按钮。如果直接连接至计算机，还要保留连接至接入点的功能，可选中“任何可用的网络（首选访问点）”单选按钮。如果选中“自动连接到非首选的网络”复选框，则在首选访问点无线网络不可用时，系统会自动更改无线网络设置以连接到非首选的网络。

注意：在首选访问点无线网络中，如果有可用网络，通常会首先尝试连接到访问点无线网络。如果访问点网络不可用，则尝试连接到对等无线网络。例如，如果工作时在访问点无线网络中使用笔记本电脑，然后将笔记本电脑带回家使用计算机到计算机的家庭（无线）网络，自动无线网络配置将会根据需要更改无线网络设置，这样无须用户做任何设置即可直接连接到家庭网络。

⑤ 单击“关闭”按钮返回上一对话框，然后单击“确定”按钮完成设置。此时，任务栏右下角将显示无线网络连接现在已连接的提示信息。

提示：Windows 98/Me/2000/XP 具有自动为计算机分配 IP 地址的功能，在没有为无线网卡设置 IP 地址，而且网络中没有 DHCP 服务器时，计算机将自动从地址段中获得一个 IP 地址，并实现彼此之间的通信。不过，如果要实现网络的所有功能，应当为每个网卡分配一个 IP 地址，可以在网络连接属性对话框的“常规”选项卡中设置。

（2）Windows 98/Me/2000 操作系统中的设置方法。

由于 Windows 98/Me/2000 操作系统中没有提供对无线网络的支持，因此必须借助于无线网卡厂商提供的无线网络客户端软件（Client Manager）才能实现对无线网络的管理和配置。许多无线设备厂商提供了 Wireless Client Manager 软件，而且设置方法大同小异。下面就以 Avaya 无线网卡附带的 Avaya Wireless Client Manager 软件为例，介绍使用这个软件在 Windows 2000 操作系统中配置无线网络的方法。

提示：所谓无线网络客户端软件，就是在不支持无线网络技术的操作系统中实现无线网络功能的软件。

① 安装 Avaya Wireless Client Manager 软件后，通过“开始”菜单启动该程序，打开“Wireless 客户机管理器”对话框，如图 6-3-16 所示。

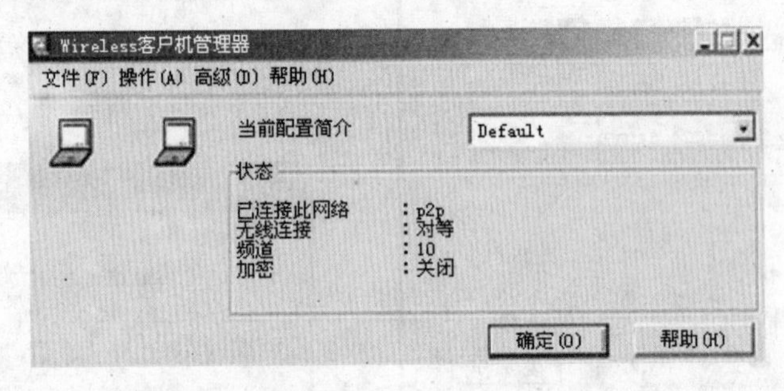

图 6-3-16 “Wireless 客户机管理器”对话框

② 选择“操作”（Actions）|“添加/编辑配置文件”（Edit Configuration Profile）命令，打开“添加/编辑配置简介”（Add/Edit Configuration Profile）对话框，如图 6-3-17 所示。单击“添加”按钮，可新建一个无线网络配置。如果计算机频繁地在家庭和办公网络中移动，可创建多个配置文件。这样只需选择适当的配置文件，即可快速与相匹配的无线网络连接。

③ 单击“编辑”（Edit）按钮，打开编辑配置（Edit Configuration）对话框，如图 6-3-18 所示。

④ 在“网络类型”（Network Type）下拉列表框中选择“对等工作组”（Reciprocity Workgroup）选项。单击“下一步”（Next）按钮，显示图 6-3-19 所示的对话框。在“网络名”（Network Name）文本框中输入无线网络的名称（即 SSID）。

⑤ 单击“扫描”（Scan）按钮，开始扫描网络，并在“扫描网络名称”（Scan Network Name）对话框中显示扫描到的当前可用的对等无线网络。双击所需的网络名称，返回上一对话框。

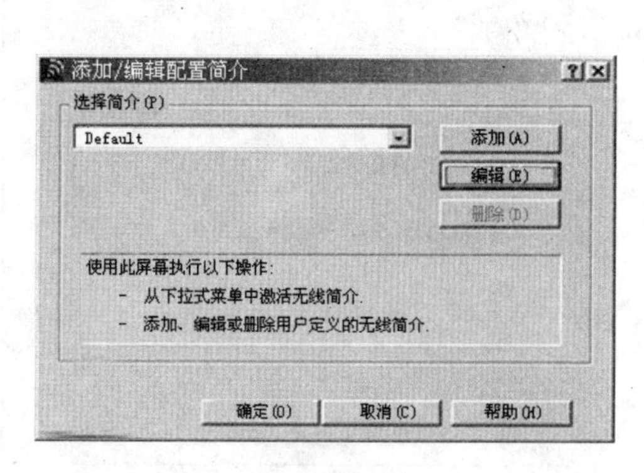

图 6-3-17 “添加/编辑配置简介”对话框

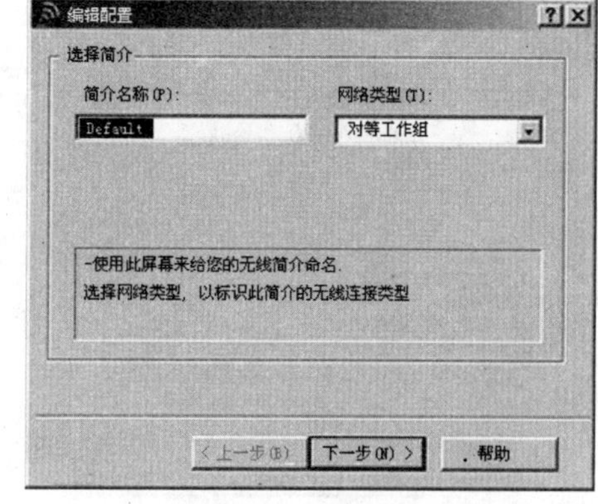

图 6-3-18 “编辑配置”对话框

⑥ 单击“下一步”（Next）按钮，在图 6-3-20 所示的对话框中设置无线网络的安全性。如果选中“启用数据安全性”（Enable Data Security）复选框，其下的选项就会成为可选状态，可以在其中设置密码选项。这样，就会在数据传输时对数据进行加密，从而保证无线网络的通信安全。

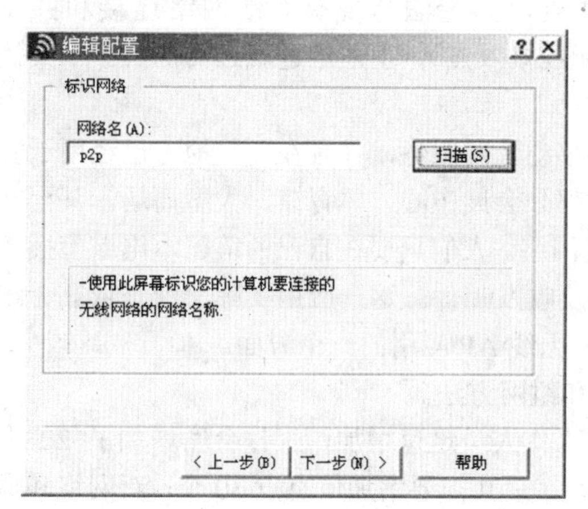

图 6-3-19 输入无线网络的名称

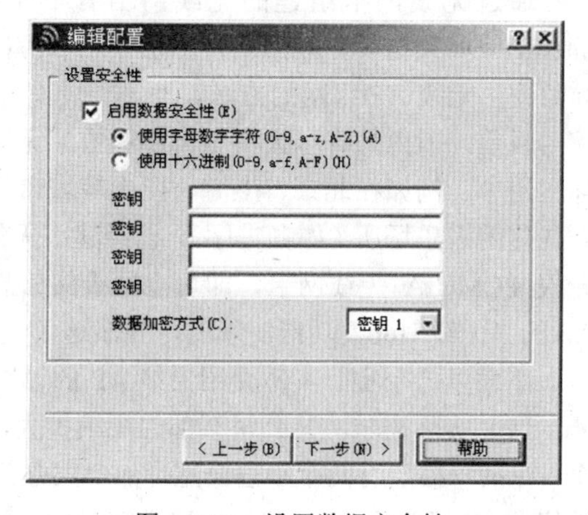

图 6-3-20 设置数据安全性

提示：如果使用无线网络传输的不是敏感文件，可以清除“启用数据安全性”（Enable Data Security）复选框。因为不加密传输数据时，将更少地占用计算机资源。

⑦ 单击“下一步”（Next）按钮，显示图 6-3-21 所示的对话框，在其中设置电源管理选项。如果使用笔记本电脑，可以选择“打开”（On）单选按钮启用电源管理功能，以减少电能的消耗，但将影响无线通信性能，通信速率和传输距离都会有所下降。对于台式计算机来说，最好选择“关闭”（Off）单选按钮，这样不会对无线性能造成影响。

⑧ 单击“下一步”（Next）按钮，显示图 6-3-22 所示的对话框，用于设置 TCP/IP 行为。选中“在选择此简介时更新 IP 地址”（Renew IP Address when selecting this profile）复选框，则当计算机从一个无线网络移动至另一个无线网络时，将会自动更新 IP 地址。

⑨ 至此无线网络的配置已经完成，单击“完成”按钮返回主窗口，无线网络连接成功。用同样的方法设置网络中的其他计算机，完成后即组建了对等式无线网络。

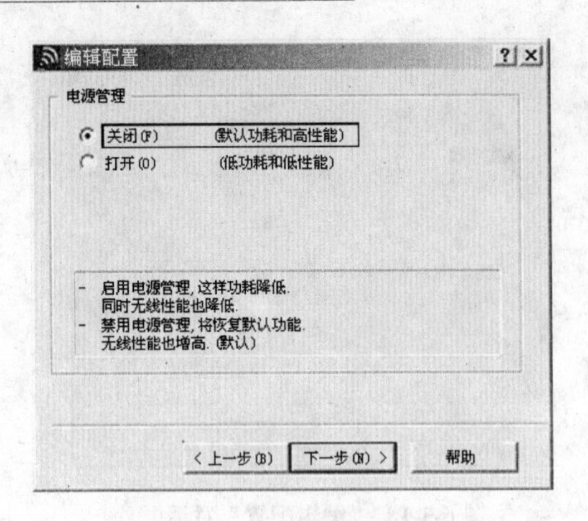

图 6-3-21 设置电源选项

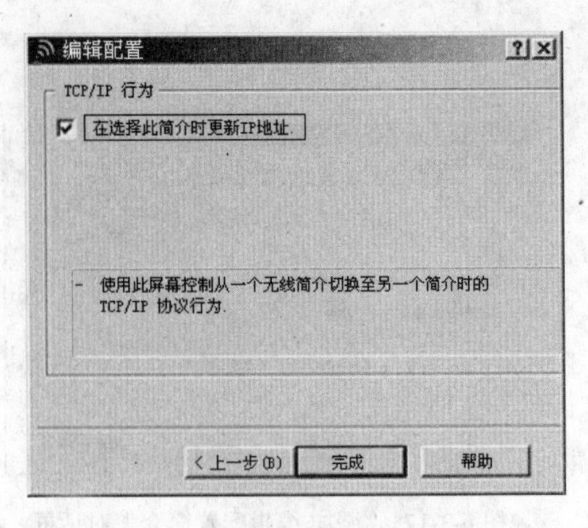

图 6-3-22 设置 TCP/IP 行为选项

6.3.6 案例——用无线 AP 组网

1．案例说明

通过无线网卡组建的无线网络有一个缺点，即无法与现有有线网络连接和共享 Internet。如果这种无线网络中添加一个 AP（无线接入点），上述问题就迎刃而解。本案例介绍使用无线 AP 组网的方法。

目前，国内的许多大中城市都在推广无线移动上网服务，并且在一些地方已经用于实际应用中。例如在北京、上海、广州等城市的部分会展中心、体育馆、大型商场，甚至在一些休闲娱乐场所（如咖啡厅），已经建成无线网络。人们只要在自己的笔记本电脑上插入一块 PCMCIA 无线网卡，即可上网查阅信息及收发邮件。这一应用实际上就是依靠无线 AP 的“无线 Hub”功能实现的，当然这仅仅是无线 AP 应用的一个方面。

下面以一个实际案例介绍无线 AP 的设置和组网方法。

（1）实际需求。某公司某部门规模扩大，工作人员迅速增加，工作台席增加了 20 多个，在同一楼层有两个小办公室，一个大办公室，总共需要增加信息点 30 个，新网络和原网络要实现互联互通，共享出口带宽。由于装修时没有充分考虑信息点的冗余，布线数量远远不够，即使交换机级联也要穿墙打孔，严重影响到装修的美观和办公室整体效果。显然，综合布线不很适宜。

（2）网络组网设计原则。既要考虑保证目前土建装修的效果不被破坏，又要保证足够的网络信息点满足网络联网、扩容和工作实际需求，同时还要保证代价不要过大。经过深入分析和研究对比，决定采用无线组网的方式解决网络扩容的问题。

2．实现方法

（1）实际解决办法。考虑到原网络为一个 C 类网络（IP:133.56.9.0，MASK:255.255.255.0），IP 地址分配绰绰有余，因此只需要考虑网络布线问题即可。经过充分研究和对比分析，准备采用无线组网的方式解决普通布线的实际困难，而且可以彻底解决网络的扩容问题，也不会对目前装修成果造成任何负面影响。为了确保组网的成功，先搭建了一个小的无线局域网接入原有线局域网，并做多项实际测试，下面是具体的组网方案、配置过程和测试结果。

（2）所需无线网络设备和配件如下所述。

① 无线 AP：NETGEAR ME102 802.11b Wireless Access Point（支持工作在 2.4～2.4835 GHz 的 IEEE 802.11b 标准，支持 11 Mb/s、5.5 Mb/s、2 Mb/s、1 Mb/s 动态速率调整）1 个。

② 个人计算机无线网卡：NETGEAR MA101 802.11b Wireless USB adapter 1 个。

③ 笔记本电脑无线网卡：NETGEAR MA401 802.11b Wireless PC 卡 1 个。

④ USB 数据线：USB 数据传输线路两条，用于无线 AP 调试和 PC 无线网卡接入 PC 设备。

⑤ 普通 5 类直连双绞线：1 条，用于级联到有线交换机。

⑥ 其他：联想笔记本电脑 1 台（Windows 98 SE），DELL 台式计算机 1 台（Windows 2000 Professional），CISCO4006 交换机 1 台。

（3）组网网络拓扑图如图 6-3-23 所示。

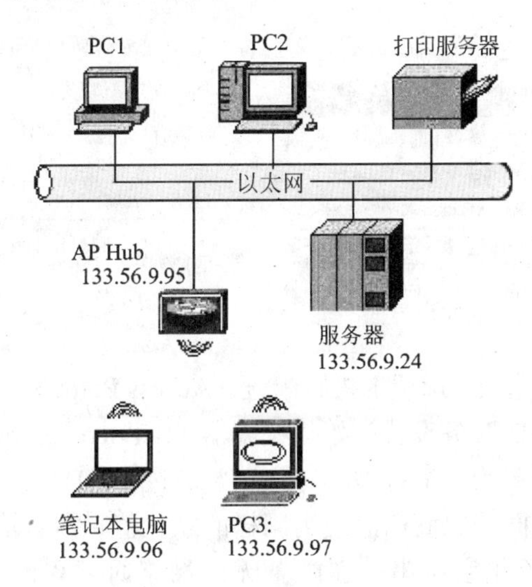

图 6-3-23　无线组网网络拓扑图

（4）操作步骤：将整个过程分成如下几个步骤完成。

第 1 步，安装 AP USB 驱动程序：

① 将 AP 设备上电，并且将 USB 数据线一端（大头）连接到个人计算机 USB 插槽，一端（小头）连接到 AP 设备 CONSOL 接口，同时用原配 5 类线将 AP 级联到 4006 交换机。

② 个人计算机屏幕上显示找到新设备，并提示安装驱动程序。插入所配的驱动光盘。

③ 指定安装位置，单击“确定”按钮。

④ 安装完毕，会出现安装成功的提示。

第 2 步，安装 AP 配置程序：

① 将原配光盘插入光驱，打开资源管理器，进入\USBMANG 文件夹，双击 Setup.exe 图标，出现提示界面，单击 Next 按钮。

② 安装程序提示指定具体安装位置，指定具体位置后单击 Next 按钮。

③ 确定应用程序快捷键文件夹名称。

④ 单击 Finish 按钮完成安装。

用同样的方法完成 AP 网管软件的安装。配置程序和网管程序安装完毕后，在菜单栏会出现图 6-3-24 所示的应用界面。

第 3 步，完成对 AP 设备参数的具体配置：

① 选择 Access Point USB Manager 命令。单击 Configure 按钮。

② 进入后，出现的对话框中，有 General，IP Setting，Encryption，Operational Setting 和 About 选项卡，默认选中的是 General 选项卡，如图 6-3-25 所示。

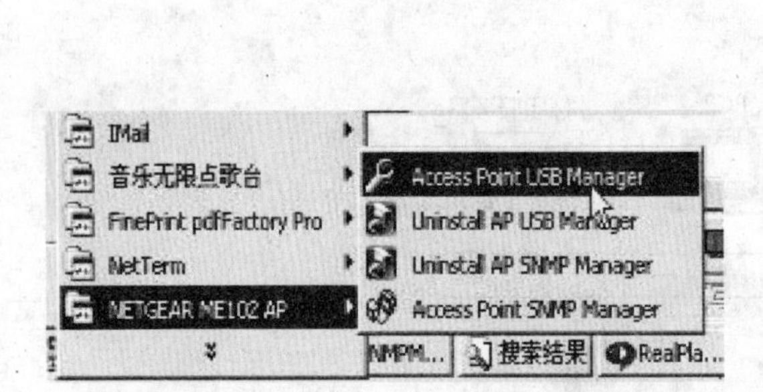

图 6-3-24　菜单栏显示的应用界面

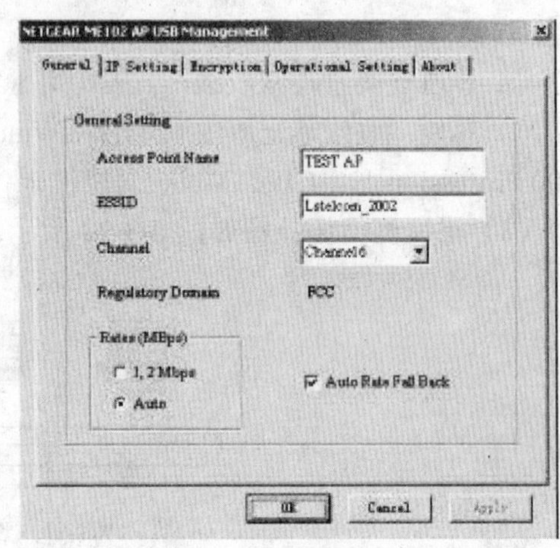

图 6-3-25　General 选项卡

③ 对 General（公共选项）选项卡进行配置。Access Point Name 用于为 AP 设备取名，将其取为 TEST AP。ESSID 服务设置初始化校验器（Service Set Identifier，SSID），用来鉴别无线访问结点所使用的初始化字符串，客户端要通过 SSID 来完成连接的初始化。该校验器由制造商进行设定，同一厂商产品使用同样的默认值，默认值是 Wireless，为了防止被黑客了解到相应的初始化字符串，在配置无线网络时，更改 SSID 初始化字符串为 Lstelcom_2003。Channel 用于定义使用的无线通道，默认是 6，不做任何修改。速率设定为 Auto，即自动配置速率。Regulatory Domain 为 FCC（不能改动）。选中 Auto Rate FallBack 复选框，即如遇到网络断路，自动退回。具体配置参见图 6-3-25。

④ 对 IP Setting 进行设置。AP 设备的 MAC 地址不能修改，将 IP 地址设为 133.56.9.95，子网掩码为 255.255.255.0，Gateway 设为 0.0.0.0，为考虑网络安全不采用动态分配 IP 地址，在 DHCP Primary Port 选项区域中选择 Ethernet 单选按钮。

⑤ 对网络安全加密进行设置。单击 Encryption 标签，首先对 WEP Key Mode 进行设置。WEP（无线加密协议）是针对无线网络数据传输加密的标准。尽管它仍存在一定的脆弱性，但用来防范普通黑客还是相当有效的，采用 64 bits 进行加密。Authentication Type（认证类型）设置为 BOTH，即对 Open System 和 Shared Key 两种类型都选择。Default Key 设置为 Key1。注意记住在 Key1 中输入的数字（十六进制）序列，以便在终端网卡配置中输入同样的序列实现加密通信。

⑥ 配置好上述内容后就基本上完成了对 AP 设备的配置，对于其他配置可采用默认设置。

第 4 步，在终端上安装无线网卡和驱动程序。

① 对于笔记本，将 PCMCIA 插入空槽，即可发现硬件（此时网卡 LINK 灯呈绿色并闪烁），用所配光盘安装驱动程序，完成后重新启动就可以在网络属性中看到硬件信息（NETGEAR MA401 wireless PC Card），如图 6-3-26 所示，无线网卡的配置和普通网卡基本相同。

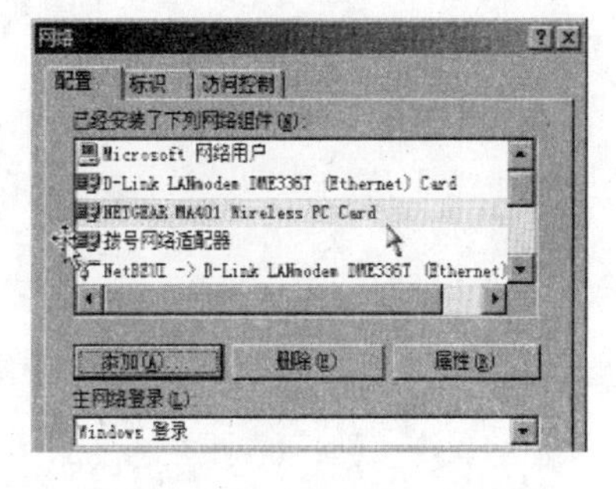

图 6-3-26 “网络”对话框

② 为其分配 IP 地址 133.56.9.96（mask：255.255.255.0），确认后重新启动。

③ 重新启动后，会发现右下角有个绿色标志在闪烁，表明无线网卡已经正常工作，但并不意味着和 AP 设备以及同一网段上的其他机器网络已经连通，还需要进一步的配置。定义 Profile Name 为 HXJ1，Network Mode 选取默认值（Infrastructure Access Point），SSID 一定要填写 Lstelcom_2002，和 AP 中 SSID 保持一致，否则网络不会连通。Tx Rate 设置为 Fully Automatic（自动适应）。

④ 上述配置后，还要设置加密项。选择 Encryption 选项卡，为和 AP 设置保持一致，WEP 加密的位数采用 64 bit，并在 Key1 后面输入和 AP 设置同样的数字序列。配置完成后单击“确认”按钮，完成配置。

⑤ 测试连通性，ping 133.56.9.95，Reply 正常，表明组网成功。

用类似的步骤和方法，完成 DELL 个人计算机 USB 无线网卡的安装、测试和连通。

（5）测试应用。网络连通后，测试数据库连接、数据传送、共享打印、宽带上网，速率非常快，几乎感觉不到和有线局域网的差异，而且传输距离可以达到 200 m 左右，信号很好，能够满足设计要求。

第三篇　网 络 应 用

当今的世界是网络的世界，网络的飞速发展已经成为人们广泛谈论的话题。如今，Internet 已经是众所周知的英文单词，并且已经深入到我们的生活中，但是网络带给我们的绝不仅仅是这些。我们的工作、生活、学习等随着 Internet 的出现而改变。本篇侧重讲解网络资源共享、接入 Internet、享受 Internet 各种服务，以及智能大厦、电子商务、校园网的构架问题。

第 7 章　局域网接入 Internet

7.1　Internet 概述

Internet 作为全球最大的计算机网络，是人类社会所共有的巨大财富。它提供的信息资源包罗万象，服务项目五花八门，其发展速度之快、影响之广是任何智者也未曾预料到的。

7.1.1　Internet 的产生与发展

Internet 的前身 ARPA（阿帕网）是美国国防部高级研究计划管理局为军事目的而建立的，开始时只连接了 4 台主机，这就是只有 4 个网点的“网络之父”。

1972 年公开展示时，由于学术研究机构及政府机构的加入，该系统已经连接了 50 所大学和研究机构的主机。1982 年 ARPA 网又实现了与其他多个网络的互连，从而形成了以 ARPAnet 为主干的 Internet。

1983 年，美国国家科学基金会（NSF）提供巨资，建造了全美 5 大超级计算中心。为使全美的科学家、工程师能共享超级计算机的设施，又建立了基于 IP 协议的计算机通信网络 NSFnet。最初，NSF 使用传输速率为 56 kb/s 的电话线通信，但无法满足需要。于是 NSF 便在全美按地区划分计算机广域网，并将它们与超级计算中心相连。最后又将各超级计算中心使用高速数据专线互连起来，从而成为 NSFnet 的主干网。

早期以 ARPAnet 为主干网的 Internet 只对少数的专家以及政府要员开放。1986 年，NSFnet 取代了 ARPA 网而成为 Internet 的主干网，并向社会开放。

20 世纪 90 年代，随着计算机的普及和信息技术的发展，Internet 迅速商业化，并以其独有的魅力和爆炸式的传播速度成为当今的热点，而日益成为人们相互沟通的桥梁。商业利用是 Internet 前进的发动机：一方面，网站的增加及众多企业商家的参与使 Internet 的规模急剧扩大，信息量成倍增加；另一方面，更刺激了 Internet 服务的发展。

Internet 是继报纸、杂志、广播及电视 4 大媒体之后新兴起的一种信息载体。与传统媒体相比，Internet 具有很多优势，主要体现在以下几方面。

（1）主动性。Internet 给每位参与者绝对的主动性，每位网上冲浪者都可以根据自己的需要选择要浏览的信息。

（2）信息量大。Internet 是全球一体的，每位 Internet 用户都可以浏览任何国家的网站，只要该网站向 Internet 开放，因此 Internet 中蕴含着绝对充足的信息资源。

（3）自由参与。在 Internet 上，上网用户已经不再是一个被动的信息接收者，而且可以成为信息发布者。在不违反法律和有关规定的前提下，能够自由地发布任何信息。

（4）形式多样。在 Internet 上可以用多种多样的方式来传送信息，包括文字、图像、声音和视频等。此外，Internet 的应用多种多样，例如网络远程教学、网络聊天交友、网络 IP 电话、网络游戏、网络炒股和电子商务等。

（5）规模庞大。Internet 诞生之初，谁也没有料想到它会发展得如此迅速，用户群体会如此庞大，这与它的开放性与平等性是分不开的。在 Internet 上，每位参与者都是平等的，都有享用和发布信息的权利。每位用户在接受服务的同时，也在向其他用户提供服务。

7.1.2 Internet 的组成

Internet 是全球最大的、开放的、由众多网络和计算机互连而成的计算机互联网。它连接各种各样的计算机系统和网络，无论是微型计算机还是专业的网络服务器，局域网还是广域网，不管在世界的什么位置，只要共同遵循 TCP/IP 协议，即可接入 Internet。概括来讲，整个 Internet 主要由 Internet 服务器（资源子网）、通信子网和 Internet 用户 3 个部分组成，其结构示意如图 7-1-1 所示。

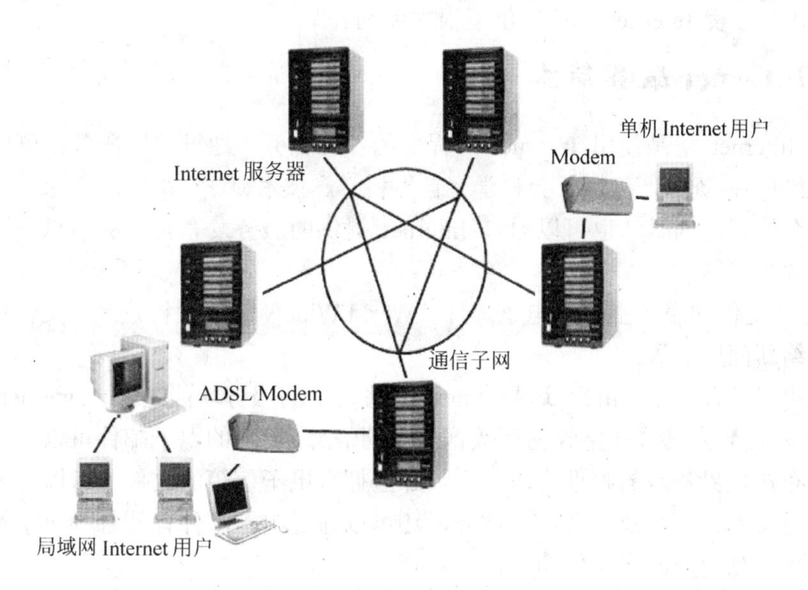

图 7-1-1 Internet 组成示意

1. Internet 服务器

Internet 服务器是指连接在 Internet 上提供给网络用户使用的计算机，用来运行用户端所需的应用程序，为用户提供丰富的资源和各种服务，通常也称资源子网。Internet 服务器一般要求全天 24 小时运行，否则 Internet 用户可能无法访问该服务器上的资源。

一般来说，一台计算机如果要成为 Internet 服务器，需要向有关管理部门提交申请。获得批准后，该计算机将拥有唯一的 IP 地址和域名，从而为成为 Internet 服务器做好准备。有一点须注意，申请成为 Internet 服务器及 Internet 服务器的运行期间都需要向管理部门支付一定的费用。

2. 通信子网

通信子网是指用来把 Internet 服务器连接在一起，供服务器之间相互传输各种信息和数据的通信设施。它由转接部件和通信线路两部分组成，转接部件负责处理及传输信息和数据，而通信线路是信息和数据传输的"高速公路"，多由光缆、电缆、电力线、通信卫星及无线电波等组成。

3．Internet 用户

只要通过一定的设备，例如电话线和 ADSL（Asymmetric Digital Subscriber Line，非对称性数字用户线路）等接入 Internet，即可访问 Internet 服务器上的资源，并享受 Internet 提供的各种服务，从而成为 Internet 用户。Internet 用户可以是单独的计算机，也可以是一个局域网。将局域网接入 Internet 后，通过共享 Internet，可以使网络内的所有用户都成为 Internet 用户。

对于拥有普通电话线和 Modem 的计算机用户，如果要接入 Internet，需要向当地的 ISP（网络服务提供商）申请一个上网帐号。然后通过电话拨入 ISP 的服务器，用所申请的帐号登录来接入 Internet。目前，许多 ISP 都提供了不需专门申请的公用帐号，任何人都可以使用电话线通过公用帐号接入 Internet（如北京的 95963，96691，95788 和 96606 等），为普通计算机用户享受 Internet 服务提供了很大便利。

7.1.3 Internet 服务简述

使用 Internet 就是使用 Internet 所提供的各种服务。通过这些服务，可以获得分布于 Internet 上的各种资源，包括社会科学、自然科学、技术科学、农业、气象、医学、教育及军事等各个领域。同时，也可以通过 Internet 提供的服务发布自己的信息，这些信息也成为网上资源。

Internet 提供的服务主要有电子邮件、World Wide Web、远程登录、文件传输、电子公告牌及网络新闻服务等。

（1）电子邮件（E-mail）。这是 Internet 最重要的服务功能之一。Internet 用户可以向 Internet 上的任何人发送和接收任何数据类型的信息，发送的电子邮件可以在几秒到几分钟内送往分布在世界各地的邮件服务器中，那些拥有电子信箱的收件人可以随时取阅。这些邮件可以是文本、图片及声音等。此外，还可以通过电子邮件订阅各种电子新闻杂志，它们将定时投递到用户的电子信箱中。

电子邮件服务经历了从免费到收费的发展过程。最初，网站为了增加浏览率及广告效应，普遍提供免费的电子邮件服务，但个别网站的服务质量欠佳，用户反应最强烈的就是垃圾邮件过多。由于许多网站经济效益不佳及个别用户恶意注册大量免费信箱等原因，进入 21 世纪，随着 263 电子邮件的全面收费，并承诺提供高质量的电子邮件服务，许多网站也纷纷效仿，电子邮件进入收费时代，但也有一些网站仍旧提供免费电子邮件服务。目前的状况是免费和收费电子邮件并存。收费电子邮件是发展趋势，服务质量也会越来越完善。

（2）World Wide Web（WWW，万维网）。WWW 是融合信息检索技术与超文本技术而形成的使用简单、功能强大的全球信息系统。它将文本、图像、文件和其他资源以超文本（HTML）的形式提供给访问者，是 Internet 上最方便和最受欢迎的信息浏览方式。

（3）远程登录（Telnet）。用来将一台计算机连接到远程计算机上，使之相当于远程计算机的一个终端。如将一台 Pentium 计算机登录到远程的超级计算机上，则在本地机上需花长时间完成的计算工作在远程机上可以很快完成。

（4）文件传输（FTP）。可以在两台远程计算机之间传输文件。网络上存在着大量的共享文件，获得这些文件的主要方式是 FTP。

（5）电子公告牌（BBS）。BBS 是 Bulletin Board System（公告牌系统）的缩写，能够完成信件交流、文件传输、信息发布、经验交流及资料查询等功能。在 Internet 中，BBS 提供了一块“公共电子白板”。每一个用户都可以在上面“书写”、贴“帖子”，以发布自己的信息或提出看法，是网络爱好者学习及交友的好方式。

（6）Internet 新闻组。使用户可在全球范围内就某一共同感兴趣的问题同许多人交流、讨论。一个新闻组有自己的主题，新闻组的成员向组内发送一条新闻后，组中的每个成员都会收到这一新闻。其他成员可以针对这一新闻发表赞同或反对观点，或者提出新的话题。

（7）其他服务。除了上述服务外，还可以总结出一系列其他服务，例如网络 IP 电话、电子商务、在线娱乐及远程教学等。总之，Internet 为用户提供了各种各样的服务，有了 Internet，人类的文化生活日益丰富多彩。

7.1.4 常用术语

在谈到 Internet 时，经常遇到一些专业名词，例如浏览器、网址、超链接及 ISP 等，它们的含义如下。

（1）浏览器。在浏览网页的过程中，浏览器的功能类似翻译器。因为在进入 Internet 后，用户所使用的计算机并不懂得 Internet 上的语言，必须使用浏览器同 Internet 主机进行沟通，然后才由浏览器将 Internet 上的语言转换为用户看得懂的形式。

目前，最流行的浏览器是 Microsoft 公司的 Internet Explorer 和 Netscape（网景）公司的 Netscape Navigator。其中 Internet Explorer 功能强大、操作简单，附带于 Windows 操作系统中，无须另外购买安装，非常方便。

（2）网站。Internet 上的一些机构拥有大量的网页，它们或宣传自己，或提供各种服务，人们将这些机构称为网站（web site）或站点。浏览 Internet，实际上就是浏览网站提供的网页。目前，大部分企业、政府部门、教育机构都拥有自己的网站，例如美国 IBM 公司（http://www.ibm.com）、中华人民共和国外交部（http://www.fmprc.gov.cn）、电子工业出版社（http://www.phei.com.cn）、清华大学（http://www.tsinghua.edu.cn）。也有一些专门的网络集团，一般称为门户类网站，例如新浪网（http://www.sina.com.cn）、雅虎中文（http://cn.yahoo.com）、中华网（http://www.china.com）、搜狐（http://www.sohu.com）及 263 网络集团（http://www.263.net）等。

（3）网页。用户通过浏览器看到的页面，统称为网页。每个网页上的内容都是网站或个人用 HTML（超文本标记语言）的文件格式制作的。

（4）主页。打开浏览器后所看到的第一个网页就是主页。在 IE 6.0 中，默认主页是微软中国网站（http://www.microsoft.com/cn）的首页。用户可以根据需要设置主页，或者将主页设置为空白页。

（5）首页。访问某网站时，所看到的第一个网页就是该网站的首页。首页可以说是网站的门面，通常集艺术性、观赏性和实用性为一体。深入探索整个网站的内容从首页开始。

（6）网址。每个网页都有其地址，称为“网址”，也称 URL。使用浏览器浏览网络，在浏览器的“地址”下拉列表框中输入网页的网址后按回车键便能打开相关的网页。

URL（统一资源地址）是指资源在 Internet 上唯一确定位置的地址。WWW 站点上的 URL 开始于 http://，例如 http://www.sina.com.cn。URL 可以包含更多的细节，诸如超文本页码的名称（通常由扩展名.html 或.htm 标示）。每个网页都有网址，但通常所说的某网站的网址一般是指该网站的首页地址。

（7）超链接。在浏览网页中，超链接是指两个网页之间存在的链接关系，这种关系允许用户从一个网页到达另一个网页。当用户将鼠标指针移到作为链接标志的文字或图形上时（按钮除外），鼠标指针会变成小手图标（默认设置），单击，便会打开另一个相关的网页。

（8）ISP（internet service provider）。网络服务提供商负责 Internet 的接入和维护工作，并且为网络用户提供诸如电子信箱、下载软件、新闻组等服务。另外，许多公用帐号就是 ISP 提供的，ISP 的网址一般以 net 结尾。

（9）IP 地址。根据 TCP/IP 协议，每台上网计算机必须有一个唯一的地址，即 IP 地址。IP 地址由 4 段数字组成，中间用“.”分开。用户通过 ISP 上网，ISP 准备了足够的 IP 地址供用户使用。用户每次上网，ISP 便分配给用户一个 IP 地址，作为在 Internet 上识别用户的标识。当用户断开连接时，ISP 便将用户的 IP 地址收回。所以用户每一次上网所得到的 IP 地址都是不相同的。

当有些机构或单位想在网上发布信息时必须拥有固定不变的 IP 地址，此时可以申请一个固定的 IP 地址。网站都拥有固定不变的 IP 地址。

（10）域名。虽然 IP 地址是唯一的，不会造成混乱，但最大的缺陷是难以记忆。所以，又引入了“域名系统”（domain name system，DNS）来识别计算机。域名可以使用英文和数字（中文域名也逐渐投入使用），由 3 个部分组成：主机名称、机构名称、地理名称，中间用“.”分开，很容易记忆。

例如电子工业出版社网址（http://www.phei.com.cn）中的主机名称为 www，机构名称为 phei.com，地理名称为 cn。在操作中，当用户输入域名时，系统会自动进行从域名到 IP 地址的转换，使用户能连接到相关的网站。

主机名称通常依照主机提供的服务种类来命名，例如提供 WWW 服务的主机，域名的开头是 www；提供 BBS 服务的主机，域名的开头是 bbs；机构名称指公司名称、政府机关的英文简称，如 phei，263，sohu 等。除了这项名称之外，机构名称后还要加上类别的缩写，如 com 代表商业团体。表 7-1-1 列出了常见机构类别缩写。

表 7-1-1　机构类别缩写

类别缩写	代表含义	类别缩写	代表含义
com	商业机构	edu	教育机构
gov	政府机构	net	网络服务提供商
org	非赢利组织	mil	军事机构
int	国际机构（主要指北约组织）		

地理名称的作用在于指出服务器主机的所在地，例如 cn 是中国、uk 是英国等。表 7-1-2 列出了常见的国家或地区名称缩写。没有地理名称缩写的域名通常称为国际域名，一般只有美国的机构使用国际域名。其他国家的网站也可以申请国际域名，例如中国的搜狐（http://www.sohu.com）、中华网（http://www.china.com）等都使用国际域名。

表 7-1-2 常见的国家或地区名称缩写

缩写	国家或地区	缩写	国家或地区	缩写	国家或地区
au	澳大利亚	fr	法国	sg	新加坡
de	德国	be	比利时	il	以色列
ie	爱尔兰	es	西班牙	cn	中国
nl	荷兰	it	意大利	fl	芬兰
uk	英国	ru	俄罗斯联邦	in	印度
ca	加拿大	ch	瑞士	jp	日本

7.2 Internet 接入方式

Internet 的世界丰富多彩，然而要想享受 Internet 提供的服务，则必须将计算机或整个局域网接入 Internet。目前，常见的 Internet 接入方式有拨号、ADSL、专线和 Cable Modem（电缆调制解调器）接入等。

7.2.1 拨号接入

拨号接入就是利用调制解调器（Modem）将计算机通过电话线与 Internet 主机相连。当需要上网时，拨打一个特殊的电话号码（即上网帐号），即可将计算机与 Internet 主机连接起来，从而进入 Internet 世界。图 7-2-1 为拨号接入 Internet 的示意图。

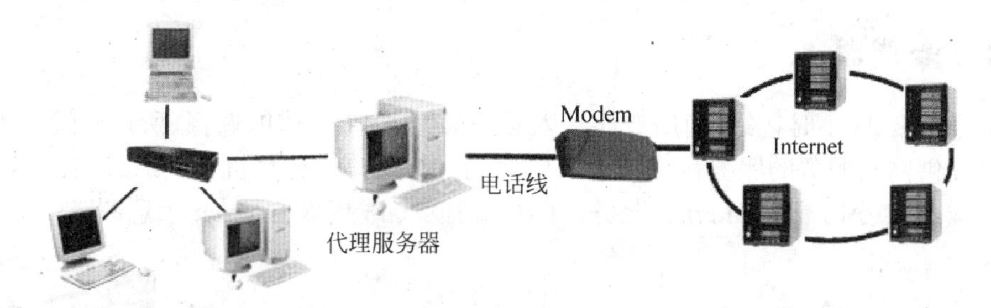

图 7-2-1 拨号接入 Internet 示意图

拨号接入操作简单、使用方便、灵活性强，只要有电话线和 Modem 即可，比较适合家庭用户或业务量小的单位使用。但是上网速度慢，连接有时不稳定，容易出现掉线现象。

7.2.2 ADSL 宽带接入

ADSL 是 DSL 大家庭中的一员，其技术比较成熟，具有相关标准，发展较快，所以备受关注。ADSL 是一种全新的 Internet 接入方式，它的流行使曾经颇有市场的 ISDN（一线通）逐渐被人们淡忘。

ADSL 仍旧以普通的电话线为传输介质，但它采用先进的数字信号处理技术与创新的数据演算方法，在一条电话线上使用更高频的范围来传输数据。并将下载、上传和语音数据传输的频道分开，形成一条电话线上可以同时传输 3 个不同频道的数据。这样突破了传统 Modem 的 56 kb/s 最大传输速率的限制。

ADSL 能够实现数字信号与模拟信号同时在电话线上传输的关键在于，上行和下行的带宽是不对称的。从 Internet 主机到用户端(下行频道)传输的带宽比较高，用户端到 Internet 主机（上行通道）的传输带宽则比较低。这样设计既保持了与现有电话网络频段的兼容性，也符合一般使用 Internet 的习惯与特性。

除了计算机外，使用 ADSL 接入 Internet 需要的设备有一台 ADSL 分离器、一台 ADSL Modem，一条电话线，连接结构如图 7-2-2 所示。

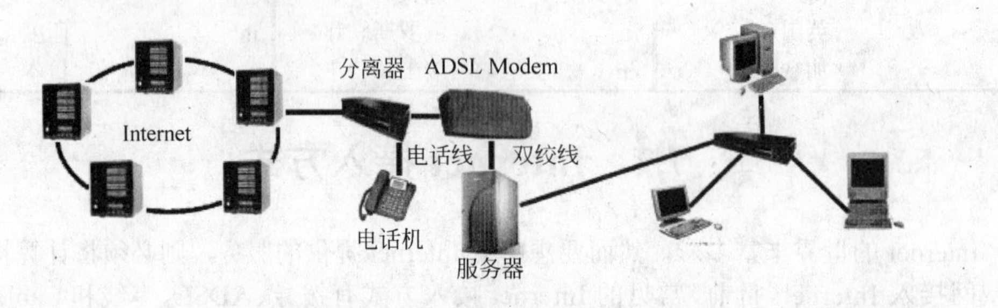

图 7-2-2　ADSL 宽带接入 Internet

使用 ADSL 接入 Internet 的优点是速度快，打电话、上网两不误。多数地区采用包月计费，比较经济实惠；缺点是有效传输距离有限，一般在 3～5 km 范围内，所以离电信局较远的用户将无法申请 ADSL 服务。

由于 ADSL 良好的性价比，所以在国内掀起了一股 ADSL 宽带接入热。尤其是家庭用户、中小企业用户及 Internet 服务场所，只要条件允许，多数选择 ADSL 接入 Internet。

7.2.3　专线接入

如果需要 24 小时在线，使用专线接入 Internet 是一个不错的选择。所谓专线接入 Internet 是指从提供网络服务的服务器（一般从电信局）与用户的计算机之间通过路由器建立一条网络专线，24 小时享受 Internet 服务。图 7-2-3 为专线接入 Internet 示意图。

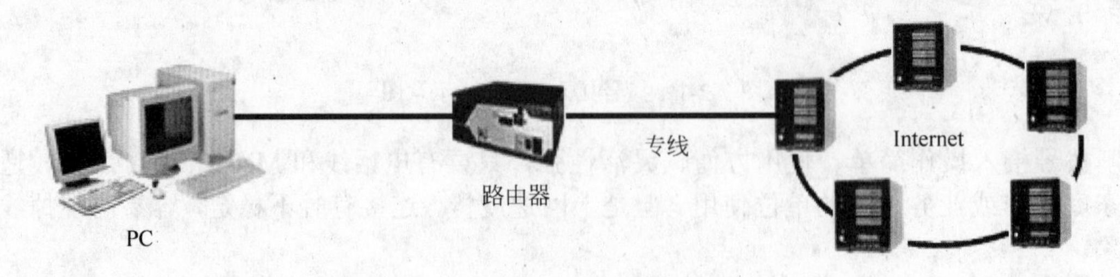

图 7-2-3　专线接入 Internet 示意图

申请专线接入 Internet 时，通常选择包月或包年的计费方式。即不管上了多长时间的网，付出的上网费是固定的。因此，这种接入方式的用户群多属于企业或单位用户，对于普通的家庭用户，如果不需要长时间上网，使用专线是一种浪费。

7.2.4 Cable Modem 宽带接入

目前，全球范围内最具影响力的两种宽带接入技术是基于普通铜质电话网络的 ADSL 和基于有线电视网络的 Cable Modem。

Cable Modem 是适用于电缆传输体系的调制解调器，它利用有线电视电缆的工作机制，使用电缆带宽的一部分来传送数据。

早在 1994 年，就产生了利用有线电视电缆接 Internet 的技术，而且也推出了相应产品，但由于当时有线电视普及率不高，使该项技术被搁置。时至今日，伴随着有线电视在城市的普及，使得 Cable Modem 宽带接入 Internet 技术有条件在城市中推广开来。

1．Cable Modem 宽带接入方式的优点

与 ADSL 等接入方式相比，Cable Modem 宽带接入方式具有明显的优点。

（1）成本低，连接速率快。Cable Modem 利用已有的有线电视网络，无须进行大规模设备投入和改造，是目前常见接入方式中连接速率最快的一种。

（2）不受连接距离的限制，用户所在地和有线电视中心之间的电缆线可以按照用户的需求延伸，而 ADSL 是做不到这一点的。

（3）采用与 ADSL 类似的非对称传输模式，提供了最高 40 Mb/s 的下行速率和 10 Mb/s 的上行速率。

2．Cable Modem 宽带接入方式的缺点

任何一种技术都并非十全十美，Cable Modem 也不例外，主要存在如下不足。

（1）Cable Modem 采用用户共享单一电缆的方式接入 Internet，如果所在区域（例如一个居民小区）的上网用户较多时，传输速率将明显下降。

（2）有线电视是一种广播服务，同一个信号将发送给所有用户，用户端的 Cable Modem 会对信号进行识别。如果是发送给自己的，则将其分离出来并接收。这种工作方式存在一定的安全问题，其他用户可能会通过共享电缆访问正在传输的数据。

（3）目前，在许多省份的农村（尤其是中西部）地区，有线电视的普及率很低，因此 Cable Modem 接入 Internet 技术在农村的推广无从谈起。

Cable Modem 通常也实行包月收费制，用户无须拨号，只要打开计算机即可通过 Cable Modem 自动建立与 Internet 的高速连接，而且上网和看有线电视可以两不误。图 7-2-4 为 Cable Modem 接入 Internet 示意图。

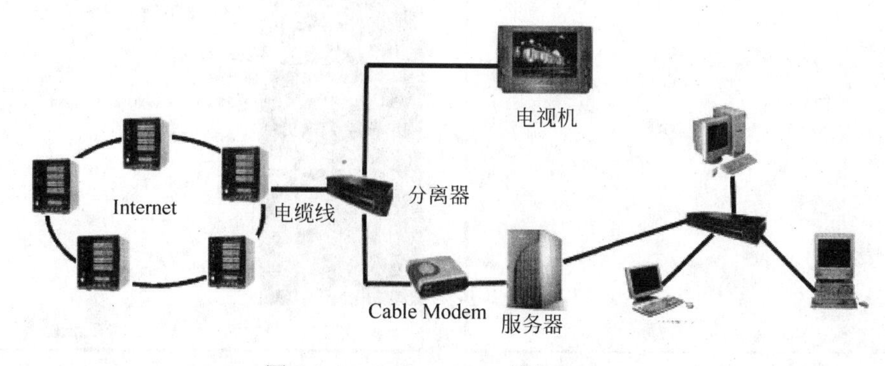

图 7-2-4　Cable Modem 接入 Internet

7.2.5 案例——Windows XP 系统下 ADSL 接入 Internet

1．案例说明

本案例讲解如何安装和设置 ADSL 调制解调器，从而实现网络连接。希望能通过本案例加深读者对安装网络硬件的方法的理解。

2．实现方法

（1）硬件安装。ADSL 调制解调器的硬件安装很简单，只是比普通调制解调器多了一个分线器，上面的接口都有标志，按照标志将计算机、ADSL 调制解调器以及电话连接起来即可。

（2）上网设置。对于 Windows XP 操作系统，内置了虚拟拨号环境，因此只需通过设置即可上网（Windows 98/Me/2000 需要安装虚拟拨号软件）。

① 执行“开始”|“控制面板”命令，打开控制面板，如图 7-2-5 所示。

② 在控制面板中单击“网络和 Internet 连接”图标，弹出如图 7-2-6 所示的窗口。

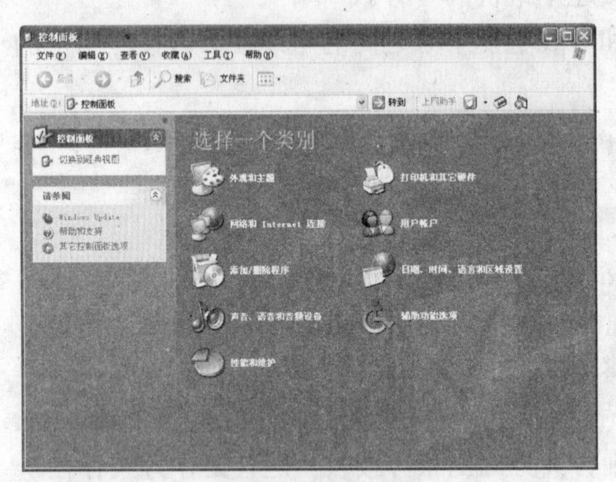

图 7-2-5 控制面板

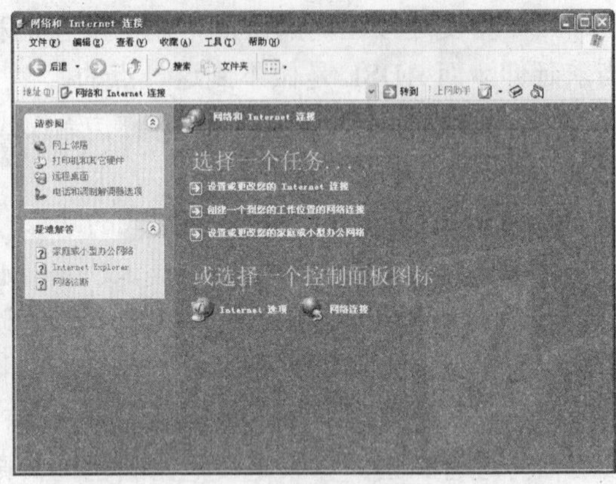

图 7-2-6 “网络和 Internet 连接”窗口

③ 单击“网络连接”图标，弹出如图 7-2-7 所示的窗口，在此可以看到当前计算机启用的网络连接。

④ 在窗口的左上方单击“创建一个新的连接”，弹出“新建连接向导”对话框，如图 7-2-8 所示。

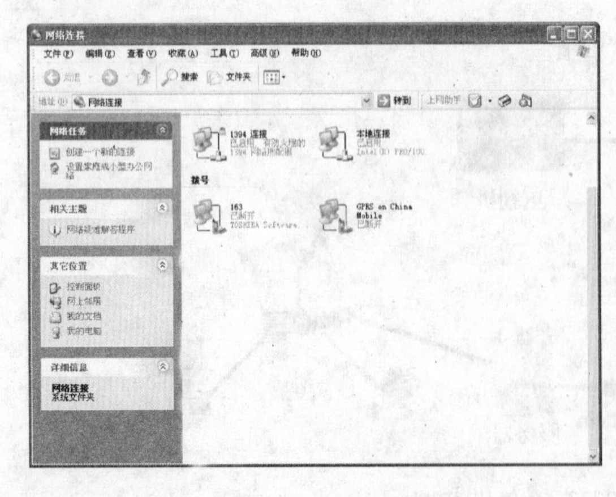

图 7-2-7 “网络连接”窗口

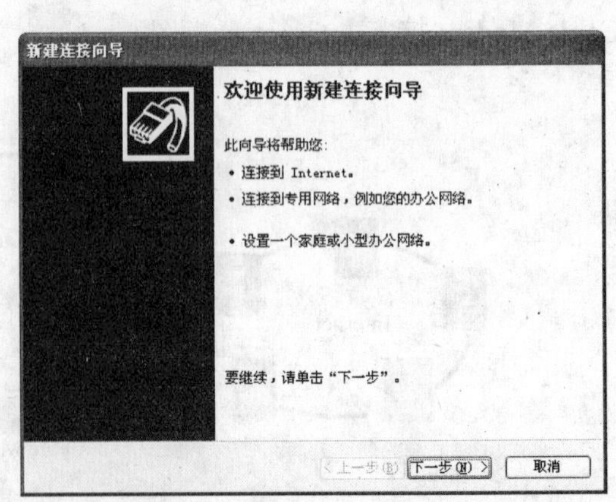

图 7-2-8 “新建连接向导”对话框

⑤ 单击“下一步”按钮，弹出如图 7-2-9 所示的对话框，选择网络类型，在此选择第一项“连接到 Internet”单选按钮。

⑥ 单击“下一步”按钮，弹出如图 7-2-10 所示的对话框，选择系统应该如何实现连接 Internet，选择“手动设置我的连接”单选按钮。

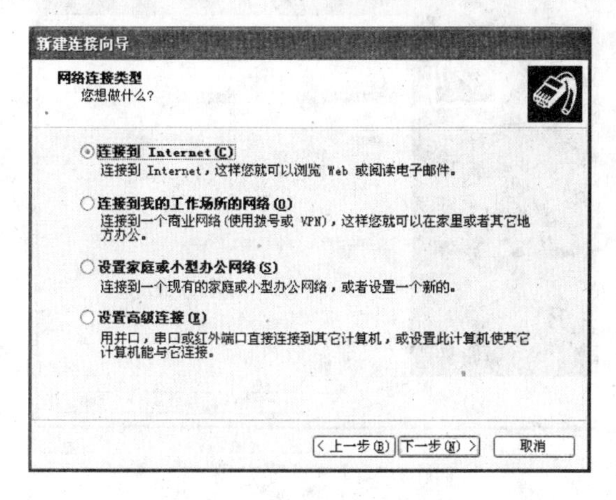

图 7-2-9　选择网络连接类型

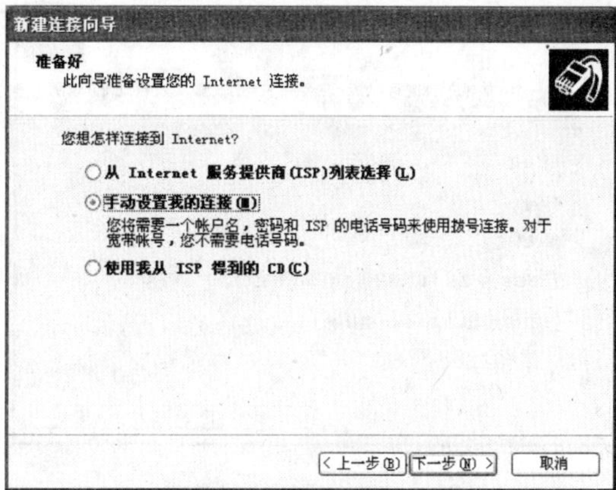

图 7-2-10　选择连接 Internet 的方式

⑦ 单击“下一步”按钮，弹出如图 7-2-11 所示的对话框，选择以何种方式连接 Internet，选择“用要求用户名和密码的宽带连接来连接”单选按钮。

⑧ 单击“下一步”按钮，弹出如图 7-2-12 所示的对话框，输入 Internet 连接的服务名，这个名字是显示在本地计算机上，用来标识该连接，因此随意输入即可，比如 ADSL。

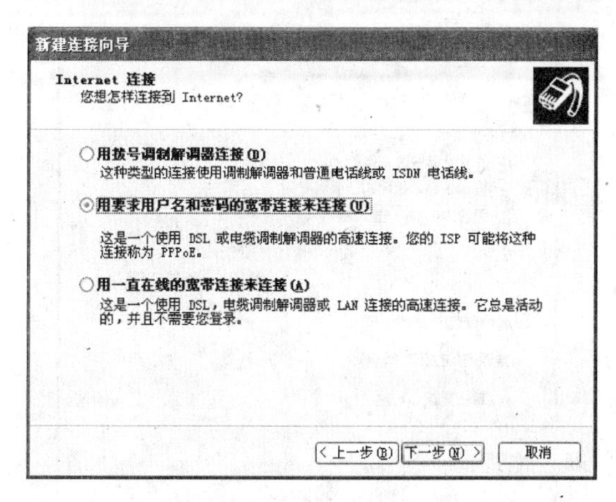

图 7-2-11　设置连接方式

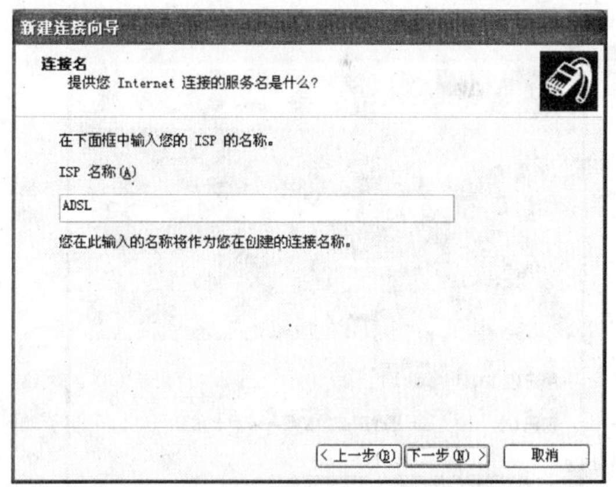

图 7-2-12　输入 Internet 连接的服务名

⑨ 单击“下一步”按钮，弹出如图 7-2-13 所示的对话框，在相应位置输入 ISP 提供的用户名和密码，并确认密码，之后选中下面的 3 个复选框。

⑩ 单击“下一步”按钮，弹出如图 7-2-14 所示的对话框，提示设置完毕，选中“在我的桌面上添加一个到此连接的快捷方式”复选框，单击“完成”按钮退出向导。

返回如图 7-2-7 所示的“网络连接”窗口，如果出现新建的连接，则表明安装成功。

（3）登录网络。双击桌面上新建的连接，弹出如图 7-2-15 所示的连接对话框，选中“为下面用户保存用户名和密码”复选框。如果选择“只是我”单选按钮，则系统只保存当前用户，其他用户登录网络时需要再输入用户名和密码。在此选择“任何使用此计算机的人”单选按钮，单击“连接”按钮，即登录网络。此时在任务栏中显示网络连通状态及其速度，再次通过控制面板打开“网络连接”对话框时，则会看到新建的 ADSL。

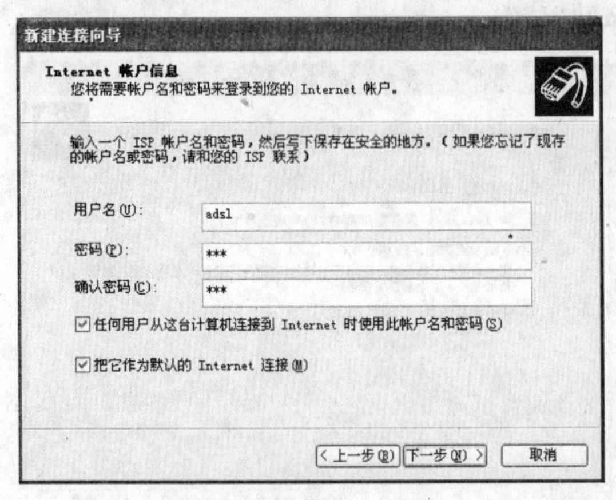

图 7-2-13　设置帐号信息

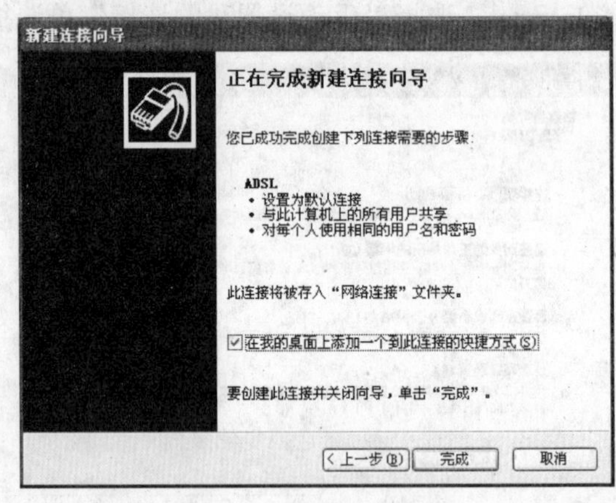

图 7-2-14　设置完成

（4）连接设置。

① 选项设置。在如图 7-2-15 所示的对话框中单击“属性”按钮，会弹出当前连接的属性对话框，选择“选项”选项卡，如图 7-2-16 所示。在“拨号选项”和“重拨选项”选项区域中设定相应的选项，比如选中“连接时显示连接进度”复选框，设定重拨次数和重拨时间间隔等。

图 7-2-15　“网络连接”对话框

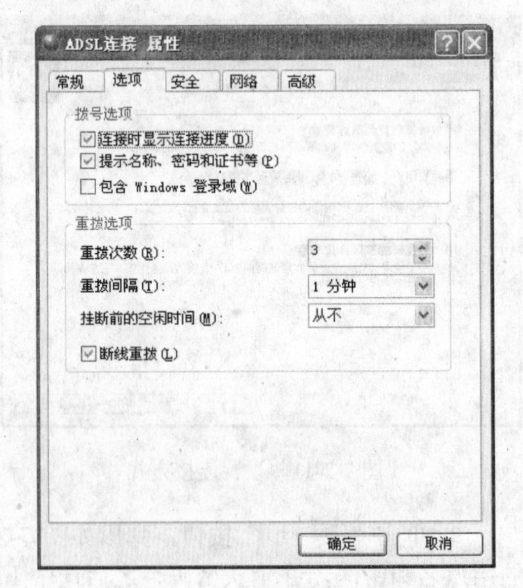

图 7-2-16　“选项”选项卡

② 网络设置，即设置 TCP/IP 协议。选择“网络”选项卡，双击列表中的 TCP/IP 协议，弹出如图 7-2-17 所示的对话框，设置 IP 地址和 DNS 服务器均为自动获取即可。

③ 高级设置。选择“高级”选项卡，如图 7-2-18 所示，根据需要设定是否使用连接

防火墙以及是否启用 Internet 连接共享，设定完毕后单击“确定”按钮即可。至于常规设置和安全设置，可以不必改动，使用系统默认值。

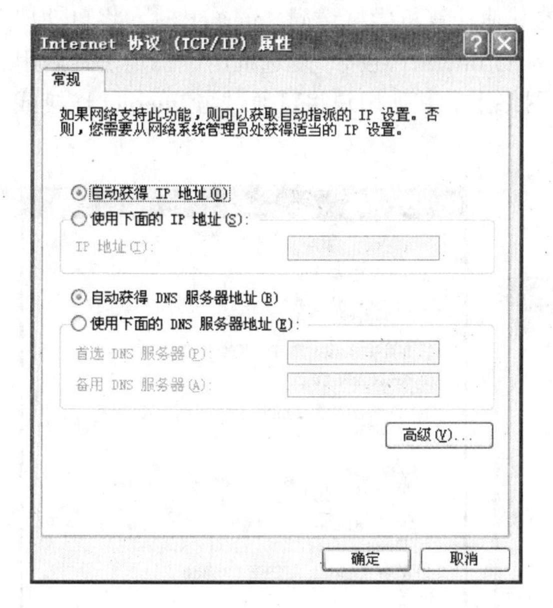

图 7-2-17　设置 TCP/IP 属性

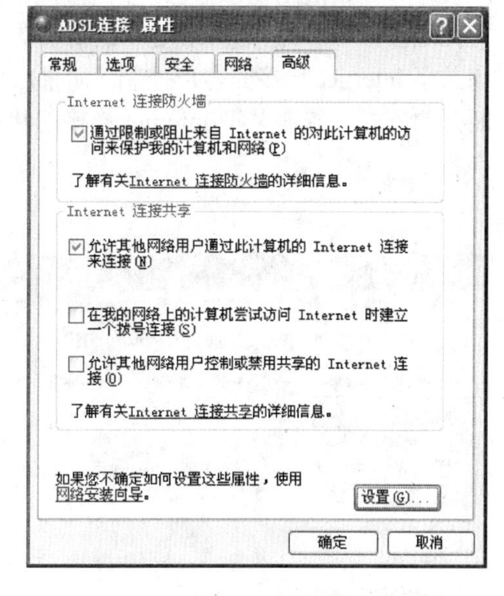

图 7-2-18　“高级”选项卡

以上就是在 Windows XP 操作系统下的 ADSL 网络设置步骤。

7.3　共享 Internet

7.3.1　Internet 连接共享

Internet 连接共享是自 Windows 98 第二版以来，Windows 操作系统内置的一个多机共享接入 Internet 的工具。该工具设置简单，使用方便。尤其是在 Windows XP 操作系统中更是如此，深受初学者欢迎。

只要在服务器（直接连接到 Internet 的计算机）上设置“允许其他网络用户通过此计算机的 Internet 连接来连接”，然后在客户机上运行 Internet 连接向导，选择通过局域网连接方式即可（通常所说的 Win 98，即指 Windows 98 第二版）。

1．服务器端

要想让其他网络用户共享接入 Internet，必须在服务器上启用 Internet 连接共享功能。

（1）在 Windows XP 中启用拨号 Internet 连接共享的方法。

① 右击 Windows XP 桌面上的“网上邻居”图标，从弹出的快捷菜单中选择“属性”命令，打开“网络连接”窗口，如图 7-3-1 所示。

② 右击创建的拨号连接图标，从弹出的快捷菜单中选择“属性”命令，打开“属性”对话框。

③ 切换到“高级”选项卡，选中“Internet 连接共享”选项区域中的“允许其他网络

用户通过此计算机的 Internet 连接来连接”复选框，如图 7-3-2 所示。“在我的网络上的计算机尝试访问 Internet 时建立一个拨号连接”复选框用于指定是否为此共享连接的启用请求拨号。如果启用请求拨号，则当局域网上的其他计算机尝试访问 Internet 时，将自动拨打此连接；“允许其他网络用户控制或禁用共享的 Internet 连接”复选框用于指定是否启用该共享 Internet 连接的客户控制。如果启用，网络上的其他用户将可通过与 Internet 连接或断开的方式，控制共享 Internet 连接的状态。

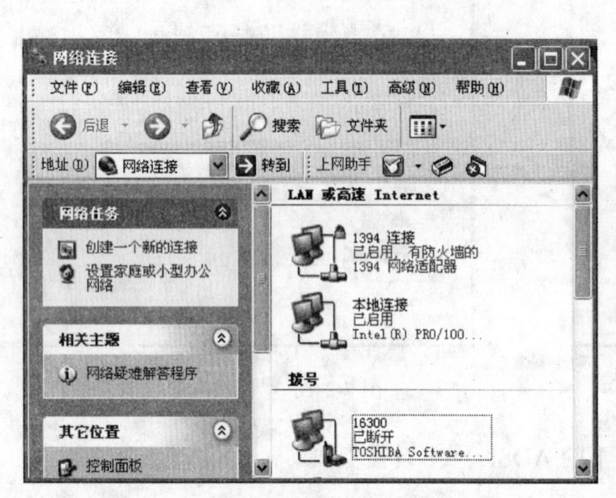

图 7-3-1 “网络连接”窗口

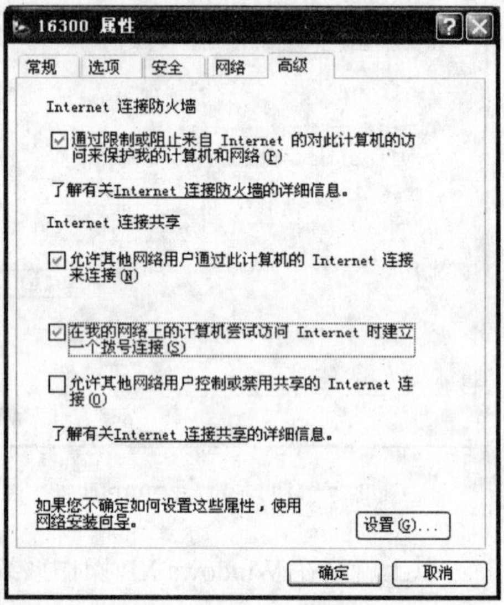

图 7-3-2 “高级”选项卡

④ 单击“确定”按钮，弹出“网络连接”提示对话框，如图 7-3-3 所示。

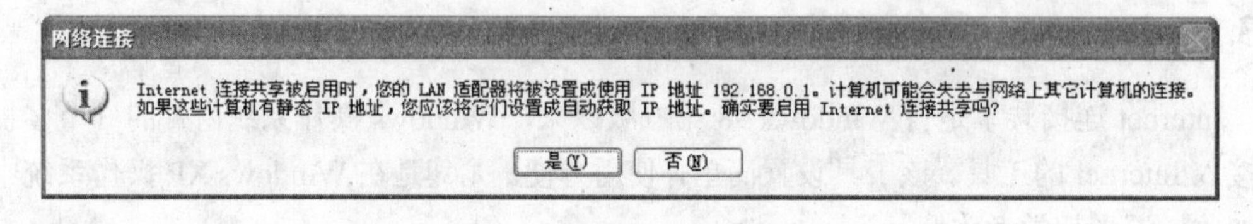

图 7-3-3 “网络连接”提示对话框

⑤ 单击“是”按钮，关闭对话框，在服务器上启用拨号 Internet 连接共享功能。

（2）在 Windows 2000 Server 中启用 ADSL 虚拟拨号 Internet 连接共享的方法。

在 Windows 2000 Server 中启用 ADSL 虚拟拨号 Internet 连接共享，该 ADSL 虚拟拨号使用 EnterNet 300 软件。

① 右击 Windows 2000 Server 桌面上的“网上邻居”图标，从弹出的快捷菜单中选择“属性”命令，打开“网络连接”窗口。

② 右击 EnterNet 300 虚拟拨号软件图标，从弹出的快捷菜单中选择“属性”命令，打开“属性”对话框。

③ 切换到“共享”选项卡，选中“启用此连接的 Internet 连接共享”复选框。

④ 单击“确定”按钮，弹出“网络连接”提示对话框。

⑤ 单击“是”按钮，关闭对话框。

2．客户端

下面以 Windows XP 客户机为例介绍客户端共享服务器上的“Internet 连接共享”接入 Internet 的方法。

（1）将客户机设置为“自动获得 IP 地址”，然后选择“开始”|“程序”|“附件”|“通信”|“网络安装向导”命令，打开“网络安装向导”对话框，如图 7-3-4 所示。

（2）单击“下一步”按钮，打开“继续之前”提示对话框，如图 7-3-5 所示，该对话框提示向导将要完成的操作。

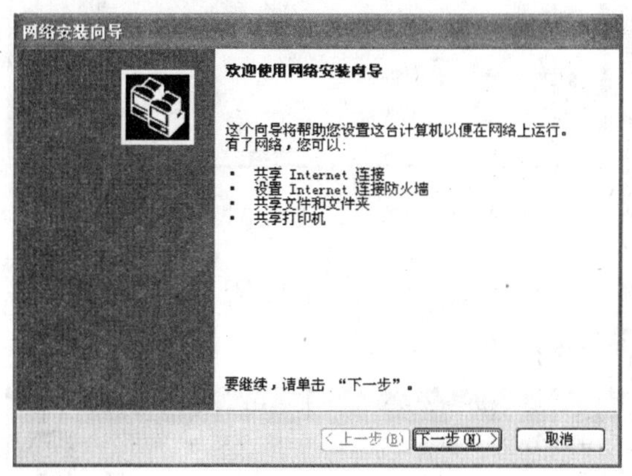

图 7-3-4 “网络安装向导”对话框

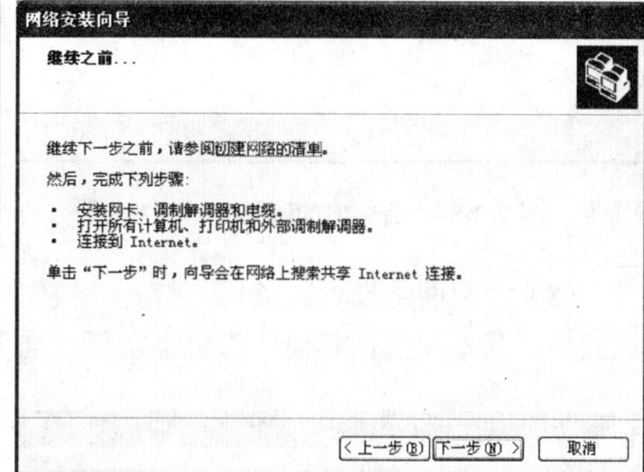

图 7-3-5 “继续之前”提示对话框

（3）单击“下一步”按钮，打开“选择连接方法”对话框，如图 7-3-6 所示。选中“这台计算机通过我的网络上的另一台计算机或住宅网关连接到 Internet”单选按钮。

（4）单击“下一步”按钮，打开“给这台计算机提供描述和名称”对话框，如图 7-3-7 所示。向导会自动检测出计算机名和描述，无须更改。

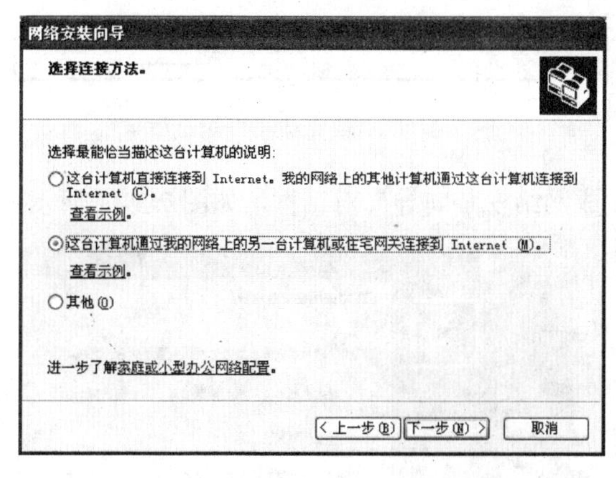

图 7-3-6 “选择连接方法”对话框

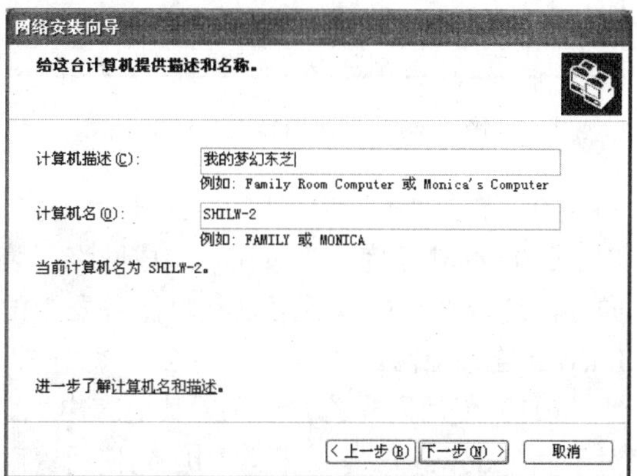

图 7-3-7 “给这台计算机提供描述和名称”对话框

（5）单击“下一步”按钮，打开“命名您的网络”对话框，如图 7-3-8 所示。在“工作组名”文本框中输入和服务器相同的工作组名，如果是 C/S 网络，则输入域名。

（6）单击“下一步”按钮，打开“准备应用网络设置”对话框，如图 7-3-9 所示。

（7）单击“下一步”按钮，打开“请稍候”对话框，如图 7-3-10 所示，正在为这台客户机应用网络设置。

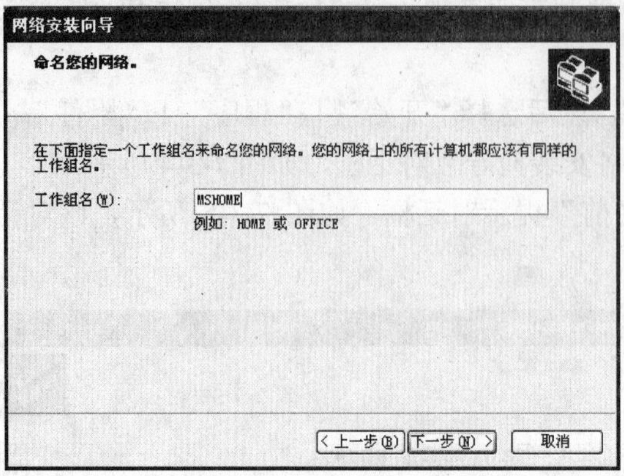

图 7-3-8 “命名您的网络”对话框

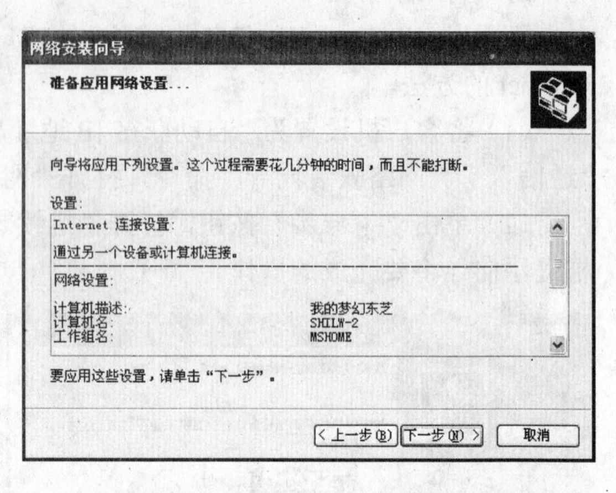

图 7-3-9 “准备应用网络设置”对话框

（8）应用网络设置结束后，打开“快完成了”对话框，如图 7-3-11 所示，选中“完成该向导。我不需要在其他计算机上运行该向导”单选按钮。

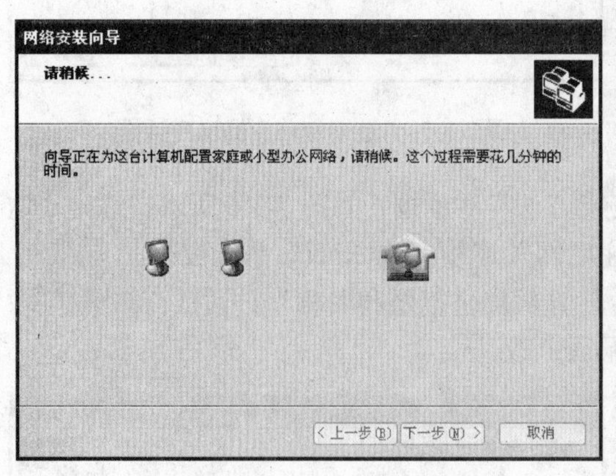

图 7-3-10 “请稍候”对话框

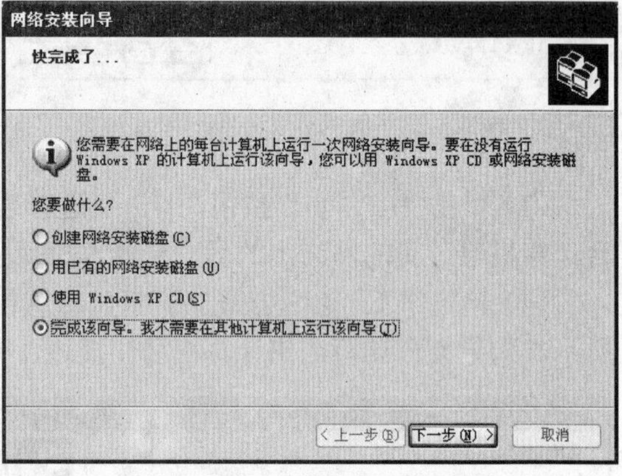

图 7-3-11 “快完成了”对话框

（9）单击“下一步”按钮，打开“正在完成网络安装向导”对话框，如图 7-3-12 所示。

（10）单击“完成”按钮，完成网络安装向导，这台客户机以后可以共享服务器上的 Internet 连接上网。

（11）使用同样的方法配置其他客户机。对于 Windows 9x 客户机，则应先使用“添加/删除程序”功能添加“Internet 连接共享”组件，然后运行向导。

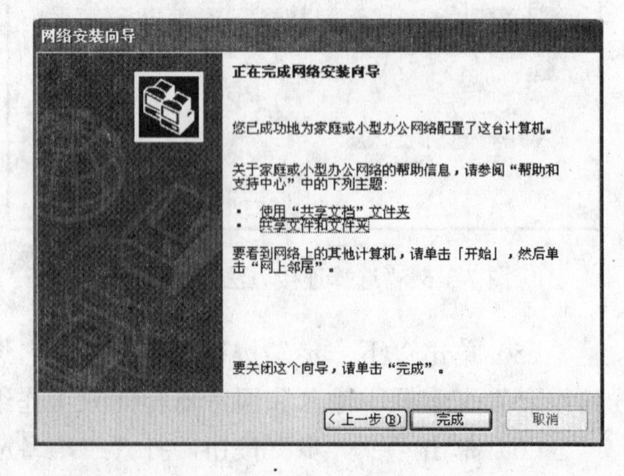

图 7-3-12 “正在完成网络安装向导”对话框

7.3.2 代理服务器共享 Internet

Internet 连接共享虽然能够轻松实现多机共享 Internet 上网，但其功能毕竟有限，比较适合初学者在对等网中使用。而在 Internet 服务场所、企业局域网及学校机房等具有一定规模的局域网中多使用代理服务器（proxy server）共享 Internet。

1．代理服务器概述

这里主要介绍有关代理服务器的基础知识，包括代理服务器的概念、工作原理及使用代理服务器的优势。

（1）代理服务器的概念。代理服务器是局域网和 Internet 服务商之间的中间代理机构，它负责转发合法的网络信息，并对转发进行控制和登记。其功能是代理网络用户取得网络信息，形象地说它是网络信息的“中转站”。使用 IE 浏览器浏览信息时，如果使用代理服务器，浏览器就不直接到 Web 服务器去取回网页，而是向代理服务器发出请求，由代理服务器取回浏览器所需要的信息。

Internet 是一个典型的 C/S（客户机/服务器）结构，当用户端与 Internet 连接时，通过用户端的客户程序（如 IE 浏览器或软件下载工具）发出请求，远端的 Internet 主机在接到请求后响应请求并提供相应的服务。而代理服务器处在用户端和 Internet 主机之间，对于 Internet 主机而言，代理服务器是客户机，它向 Internet 主机提出各种服务申请；对于用户端而言，代理服务器则是服务器，它接受用户端提出的申请并提供相应的服务，即用户端访问 Internet 时所发出的请求不再直接发送到远端的 Internet 主机，而是被送到了代理服务器上。代理服务器向远端的 Internet 主机提出相应的申请，接收 Internet 主机提供的数据并保存在自己的硬盘上，然后用这些数据对客户机提供相应的服务。

通常所说的代理服务器实际存在于远程的 Internet 和本地局域网，它们的作用不同。图 7-3-13 形象地说明了存在于 Internet 上的代理服务器的作用；在局域网中架设代理服务器的主要目的是降低组网成本，让局域网用户共享一个 Internet 连接，其作用如图 7-3-14 所示。如未特别说明，本书所说的代理服务器指局域网中的代理服务器。

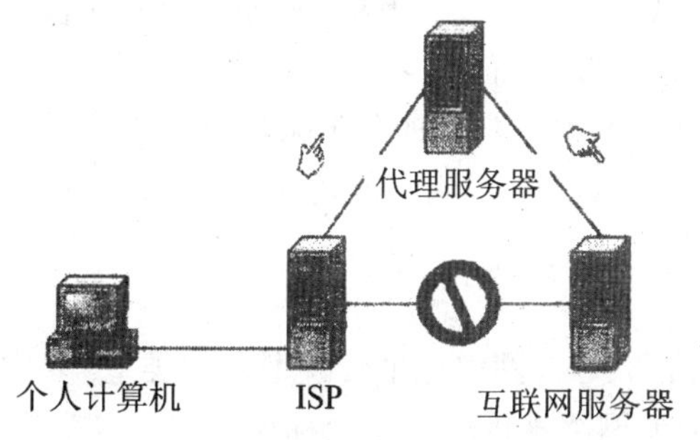

图 7-3-13　Internet 上的代理服务器的作用

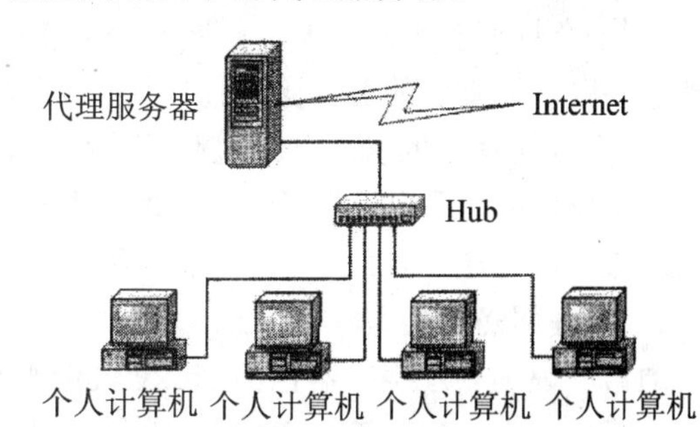

图 7-3-14　局域网中代理服务器的作用

（2）代理服务器的工作原理。代理服务器是建立在 TCP/IP 协议应用层上的一种服务软件，一般安装在局域网中一台性能比较优越且能够直接接入 Internet 的计算机上。

设置好代理服务器之后，在局域网中的每台客户机上必须配置使用代理服务器，并指向代理服务器的 IP 地址和服务端口号。当代理服务器启动时，将利用一个名为 Winsock.dll 的动态连接程序来开辟一个指定的端口，等待用户的访问请求。

例如客户机要访问一个站点，首先使代理服务器通过 Modem 拨号连上 Internet 服务供应商（ISP）。然后在客户机上发出信息请求，这个请求自动通过 Winsock 程序和代理服务器取得联系。代理服务器在指定的端口接收到客户机的请求后，分析客户机需要什么样的服务。如果是 WWW 服务，它首先查看本地计算机上有没有相应的信息。如果有，就从本地硬盘中把客户机需求的信息返回给客户机；如果没有，就通过 Modem 把客户机的请求发送到 ISP。当代理服务器收到 ISP 传回的响应以后，直接把响应的信息转发给发出请求的客户机。

以后，其他客户机访问相同的信息时，不用和 ISP 进行联系，直接从代理服务器上即可获取信息。

（3）使用代理服务器的好处。对于共享帐号上网的用户来说，合理设置并使用代理服务器可以得到以下很多好处：

① 提高访问速度。由于客户机要求的数据保存于代理服务器的本地硬盘中，因此下次该客户或其他客户再发出相同的请求时，会直接从代理服务器的硬盘中读取，代理服务器起到了缓存的作用。当许多客户机访问热门站点时，代理服务器在这方面的优势更为明显。

② 防火墙的作用。因为所有使用代理服务器的客户都必须通过代理服务器访问远程的站点，因此在代理服务器上即可设置相应的限制，以过滤或屏蔽掉某些信息。这是网络管理员对局域网用户访问范围限制最常用的办法，也是局域网用户为什么不能浏览某些网站的原因。

③ 访问一些不能直接访问的网站。Internet 上有许多开放的代理服务器，客户在访问权限受到限制时，而这些代理服务器的访问权限是不受限制的，并在客户的访问范围之内，那么客户通过代理服务器访问目标网站就成为可能。国内许多高校都使用教育网，不能访问国外的资源。但通过代理服务器，就能实现访问国外 Internet，这就是高校内代理服务器热的原因所在。

④ 安全性得到提高。无论是登录聊天室还是 Web 站点，目的网站只能知道其来自于代理服务器，而真实的 IP 无法测知，这使得安全性得以提高。

⑤ 方便对用户的管理。通过代理服务器，可以设置用户验证和记帐功能对用户进行管理，没有登记的用户无权通过代理服务器访问 Internet。并对用户的访问时间、访问地点和信息流量进行统计。

2．代理服务器类型

通常所说的代理服务器包括 Proxy 代理服务器和 NAT 网络地址转换型两大类型。其中 NAT（Network Address Translation，网络地址转换）网络地址转换型也称为网关类。

Proxy 类代理服务器即一般意义上所说的代理服务器，如 WinGate；NAT 类的代理服务器严格说应该是软网关，它通过将局域网内部的私有 IP 地址，转换为合法的公用 IP 地址来实现对 Internet 的访问，如 Sygate。

Proxy 类代理服务器需要客户机安装客户端程序，或对每种网络应用软件进行设置；而网关型代理服务器只要将服务器的 IP 地址设置为客户机的网关，即可实现对 Internet 的访问。

网关类代理服务器针对每一个数据包转换，不存在针对不同网络应用协议分别代理和处理的问题。用户不需要根据每一种网络的应用程序考虑连接代理的配置工作，使用起来更加简单，所以有时称为“透明代理”。

网关类代理服务器由于是全透明、全底层的工作方式，所以对客户机的控制管理能力比 Proxy 类代理服务器差了一些。但是随着开发商对 IP 数据包研究的加深，控制管理能力也在逐步增强。现在的网关类共享上网软件的控制管理能力越来越强，而原来典型的 Proxy 类代理服务器（如 WinGate）也增加了网关功能。所以这两类软件的界限越来越模糊，可能有融合的趋势。

3．使用 Sygate 共享 Internet

Sygate 属于网关类代理服务器，可以运行在 Windows 9x/2000/XP 操作系统下，允许多个用户共享访问 Internet，支持 Modem，ISDN，ADSL Modem，Cable Modem 等多种 Internet 接入方式。

Sygate 只需安装在服务器（直接连接到 Internet 的计算机）上，安装和设置十分简单。默认情况下，几乎不用做任何设置即可使用。官方网址是 http://www.sygate.com，此处介绍 Sygate Home Network 4.5 版本，网络环境是 C/S 局域网，运行在 Windows 2000 Server 域控制器（直接接入 Internet）上。

（1）在安装 Sygate 之前，服务器必须连接好硬件并建立 Internet 连接。安装方法如下。

① 双击 Sygate 压缩包图标，压缩包自解开后启用 Sygate 的安装向导。按照向导提示操作，直到出现 Installation Setting（安装设置）对话框，如图 7-3-15 所示。选中“服务器模式-这台计算机有 Internet 连接”单选按钮，即这台计算机直接连接到 Internet。

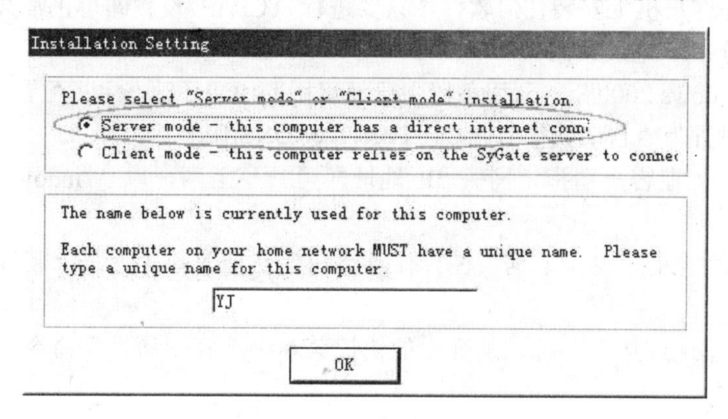

图 7-3-15 “安装设置”对话框

② 接通调制解调器电源，单击“确定”按钮，弹出“Sygate 网络诊断”提示对话框。如果用户使用的是外置调制解调器，请确认将其打开，然后单击 OK（确定）按钮继续。

③ 单击 OK（确定）按钮，弹出提示，询问是否使用检测到的连接接入 Internet。Sygate 会自动检测出计算机上的默认连接。

④ 单击 Yes（是）按钮，Sygate 开始检测默认连接，成功后出现如图 7-3-16 所示的提示对话框，并接入 Internet。

⑤ 单击 OK（确定）按钮，弹出“重新启动计算机”提示对话框。单击 Yes（是）按钮，重新启动计算机后，弹出每日提示对话框。选中其中的复选框，以后不再出现每日提示对话框。

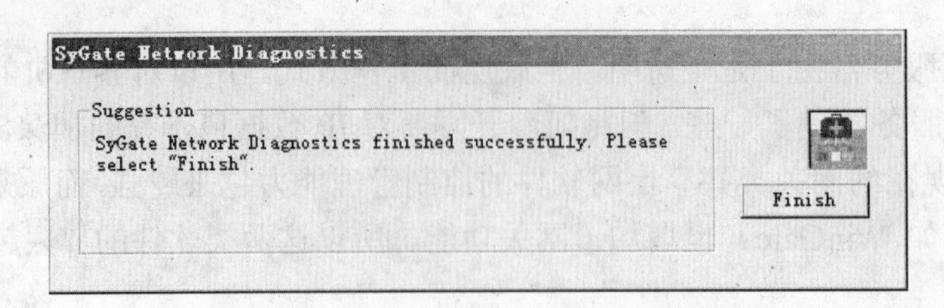

图 7-3-16　默认连接检测成功

⑥ 单击 OK（确定）按钮，完成安装，并显示 Sygate Manager 窗口，如图 7-3-17 所示。

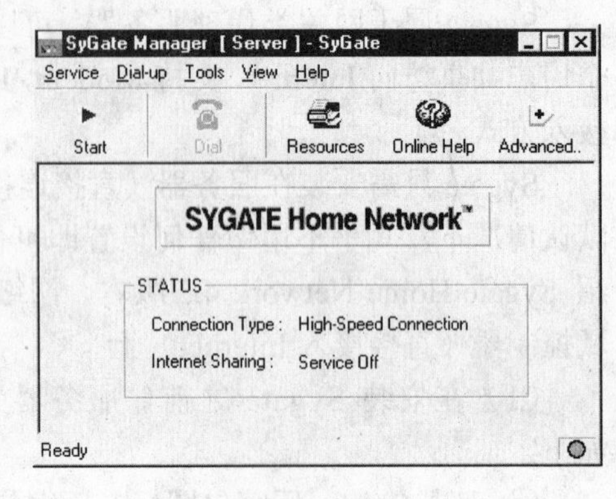

图 7-3-17　Sygate Manager 窗口

提示：默认设置下，以后每次启动计算机会自动启动 Sygate，并在系统托盘中显示相应图标。双击该图标，显示 Sygate Manager 界面。如果要退出 Sygate，则右击该图标，从弹出的快捷菜单中选择“退出”命令。也可以选择“开始”|“程序”|Sygate Home Network（Sygate 管理器）命令，手动启动 Sygate。

（2）设置客户端。在服务器上安装了 Sygate 服务器端后，服务器在局域网中扮演网关的角色。无须在客户机上安装任何软件，只要进行 TCP/IP 设置即可正常共享上网。该设置包括 3 个部分：IP 地址、网关和 DNS。

如果在 Windows 2000 Server 服务器中已经启用 DHCP（动态主机配置协议），DNS 功能，则客户机设置为“自动获得 IP 地址”，并指定 DNS 服务器。

一般情况下，在客户端指定网关 IP 地址即可共享上网，以 Windows XP 为例介绍如下。

① 右击桌面上的“网上邻居”图标，从弹出的快捷菜单中选择“属性”命令，打开“网络连接”窗口。

② 右击“本地连接”图标，从弹出的快捷菜单中选择“属性”命令，打开“本地连接属性”对话框。

③ 双击“Internet 协议（TCP/IP）”组件，打开“Internet 协议（TCP/IP）属性”对话框，如图 7-3-18 所示。

④ 单击“高级”按钮，打开“高级 TCP/IP 设置”对话框，如图 7-3-19 所示，默认为“IP 设置”选项卡。

⑤ 单击“默认网关”选项组中的“添加”按钮，打开“TCP/IP 网关地址”对话框，如图 7-3-20 所示。在“网关”文本框中输入 Sygate 服务器的 IP 地址（192.168.0.1）。

⑥ 单击“添加”按钮，添加网关 IP 地址。然后依次单击“确定”按钮，关闭对话框。

举例：为了共享 Sygate 接入 Internet，将 Windows 98 客户机的网关指定为 Sygate 服务器的 IP 地址（192.168.0.1）。

- 右击 Windows 98 客户机桌面上的“网上邻居”图标，从弹出的快捷菜单中选择“属性”命令，打开“网络”对话框，默认为“配置”选项卡。

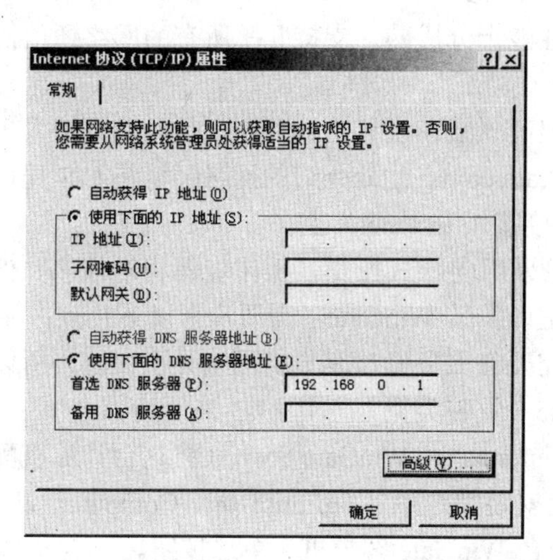

图 7-3-18 “Internet 协议（TCP/IP）属性”对话框

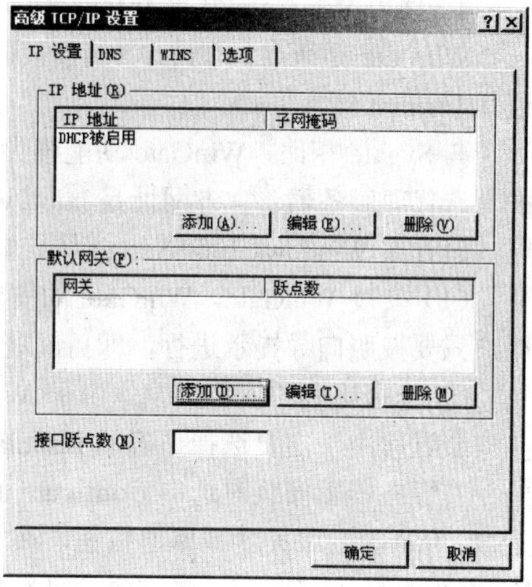

图 7-3-19 “高级 TCP/IP 设置”对话框

- 双击 TCP/IP 协议网络组件，打开“TCP/IP 属性”对话框。默认为“IP 地址”选项卡，确认选中“自动获得 IP 地址”单选按钮。
- 切换到“网关”选项卡，在“新网关”文本框中输入“192.168.0.1”后。单击“添加”按钮，将其添加到“已安装的网关”列表中。
- 依次单击“确定”按钮，关闭对话框，最后重新启动计算机。

（3）共享接入 Internet。在服务器端运行 Sygate，并且在客户端添加网关后，客户机和服务器就可以使用 Sygate 共享接入 Internet。

右击服务器桌面上的“网上邻居”图标，打开“网络连接”窗口。双击其中的连接图标，将服务器接入 Internet。同时，Sygate Manager 界面中的 Internet 共享由 Offline（离线）变为 Online（在线），如图 7-3-21 所示。此时，网络中的任何一台计算机都可以打开 IE 浏览器上网。

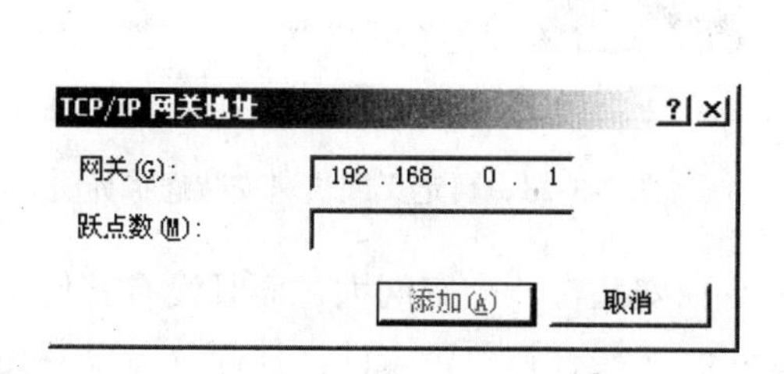

图 7-3-20 “TCP/IP 网关地址”对话框

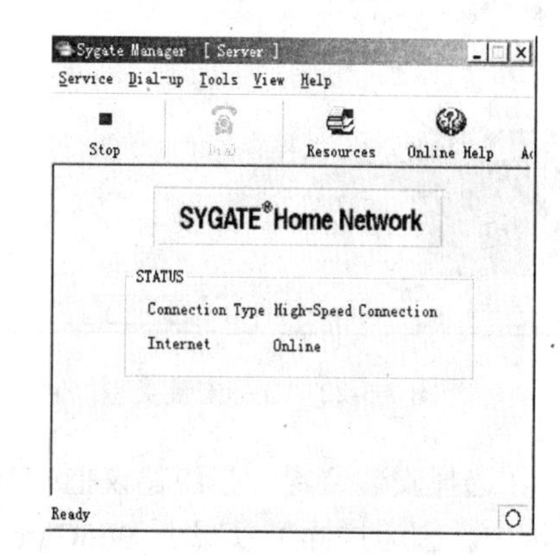

图 7-3-21 Sygate 在提供服务

如果要断开与 Internet 的连接，单击 Sygate Manager 窗口中的 Dial（挂断）按钮；如果要断开客户机，将服务器接入 Internet，单击 Sygate Manager 窗口中的 Stop（停止）

按钮。

4．使用 WinGate 共享 Internet

WinGate 是著名的 Proxy 类代理服务器，性能十分成熟，支持几乎所有的网络通信协议和 Internet 接入方式。

与 Sygate 相比，WinGate 功能强大得多，但其安装和设置比较复杂，是专业网管人士的首选代理服务器。官方网址是 http://www.wingate.com。此处介绍的网络环境是 C/S 局域网，运行在 Windows 2000 Server 域控制器（直接接入 Internet）上。

（1）安装 WinGate。WinGate 的安装过程也采用向导式操作，操作步骤相对较多，但用户只要按照向导提示进行，即可顺利完成。正确安装 WinGate，需要注意以下几点：

① 选择正确的安装类型。由于 WinGate 需要在服务器和客户机两端分别安装，所以在安装过程中一定要选择正确的 Installation Type（安装类型），如图 7-3-22 所示。

在服务器上安装时选中 Configure this Computer as the WinGate Server（将这台计算机配置成 WinGate 服务器）单选按钮，在客户机上安装则选中 Configure this Computer as a WinGate Internet Client（将这台计算机配置成一台 WinGate 客户机）单选按钮。

② 使用的网络类型：在安装 WinGate 服务器端的过程中，会出现 NT Users and Authentication（NT 用户和权限）对话框。如果使用的是 C/S 局域网，即网络中有“域”，选中 Use NT for User Authentication（GateKeeper and Client）复选框。多数情况下，WinGate 都应用在 C/S 局域网中。在只有几台计算机的对等网中使用 WinGate，难免给人一种“大材小用”的感觉。

③ 选择附带的组件：在安装 WinGate 服务器端的过程中，会出现 ENS（一种网关技术）、VPN（虚拟专用网络）等多个组件。可以根据具体需要选择是否安装，如果不能确定，建议采用默认值快速安装 WinGate 附带的组件，如图 7-3-23 所示。

图 7-3-22　选择安装类型

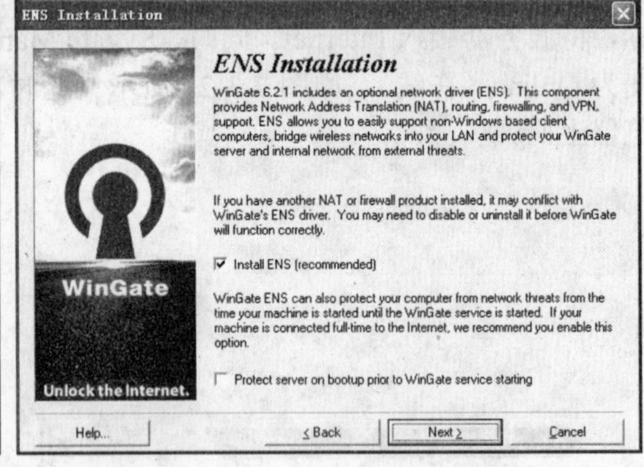

图 7-3-23　自定义或快速安装选择界面

④ 选择安装位置：强烈建议把 WinGate 单独安装在一个空间大，而且没有其他文件的分区中。因为这样可以减少 WinGate 的 Caching（缓存）所带来的文件碎片，以避免计算机启动速度减慢甚至系统崩溃。千万不要把 WinGate 安装在 C 盘中。

其他步骤一般是单击 Next 按钮，最后重新启动计算机。

（2）设置 WinGate 管理员密码。作为代理服务器，WinGate 控制着整个局域网用户如何接入 Internet，其作用至关重要。因此设置一个管理员密码就成为必然，方法如下：

① 双击系统托盘中的相应图标，打开 Online Options（在线选项）对话框，如图 7-3-24 所示，要求输入帐户信息。WinGate 默认的用户名为 Administrator，Password（密码）文本框为空。

注意：这里的 Administrator 和计算机管理员 Administrator 的意义完全不同，所以不能在 Password（密码）文本框中输入计算机管理员的密码。许多初次使用 WinGate 的用户在 Password 文本框中输入计算机管理员的密码后，单击 OK 按钮，结果弹出错误提示。

图 7-3-24 Online Options 对话框

② 单击 OK 按钮，先后确认两个提示。打开 Set Administrator Password（设置管理员密码）对话框，分别在 New password（新密码）和 Confirm new（确认密码）文本框中输入密码。

③ 单击 OK 按钮，打开 GateKeeper 管理程序。以后可以通过选择 Options（选项）| Change Password（修改密码）命令，更改管理员密码。

提示：WinGate 代理服务器由两部分组成，一是运行于后台的代理服务程序（WinGate 引擎），主要负责与 Internet 连接和为用户提供信息服务；二是 WinGate 管理程序（GateKeeper），网络管理员通过它控制和管理代理服务器的运行。在服务器上安装完成 WinGate 后，每次启动计算机会默认自动启动 WinGate 引擎，并在系统托盘中显示相应图标。双击该图标，可以打开 GateKeeper 管理程序。右击该图标，从弹出的快捷菜单中选择 Exit（退出）命令，可以关闭 WinGate 代理服务。也可以通过选择“开始”|“程序”| WinGate | WinGate Engine Monitor 命令，手动启动 WinGate 引擎。

（3）设置系统服务。通过 WinGate 的系统服务功能，可以控制服务器是否启动某项服务或者如何启动、哪些客户机可以享受某项服务，以及客户机在什么时间才能享受某项服务等。

以 Administrator 身份打开 GateKeeper 管理程序，如图 7-3-25 所示，默认为 System（系统）选项卡。选择设置栏中的（Services）选项卡，这里以列表形式显示了当前系统提供的服务及其端口，如图 7-3-26 所示。不同操作系统在此显示的服务类型和数量有所不同。

双击某项服务（如 TCP Mapping services），打开该项服务的属性对话框，如图 7-3-27 所示，默认为 General（常规）选项卡。

在 Start options（启动选项）下拉列表框中显示了服务的 3 种启动方法。

- Service is disabled：禁用该项服务。如果在此选择该选项，则客户机无法从服务器自动获得 IP 地址。
- Manual start/stop：手工启动、停止。选择该选项，则可以在列表中右击某项服务，从弹出的快捷菜单中选择 Start 或者 Stop 命令。停止某项服务后，则该项服务图标右下角显示一个红色的禁止图标。

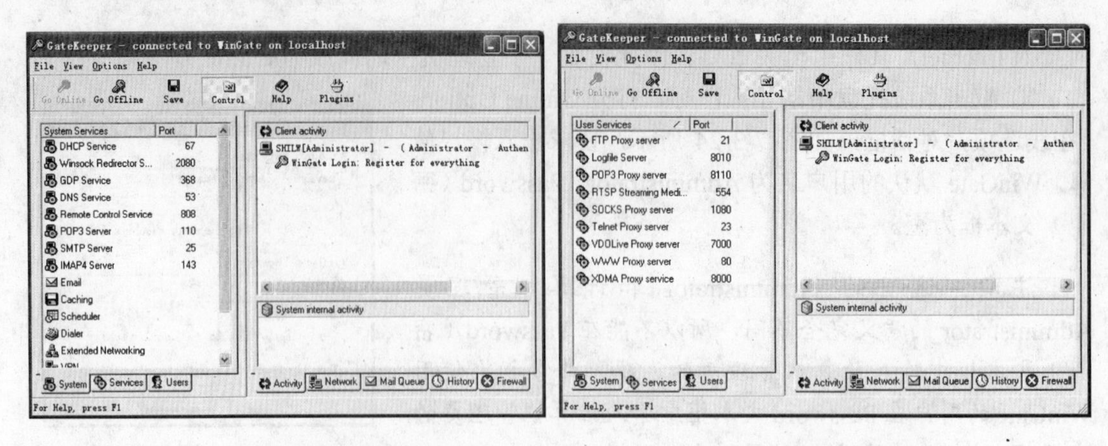

图 7-3-25　GateKeeper 管理界面　　　　图 7-3-26　Services 选项卡

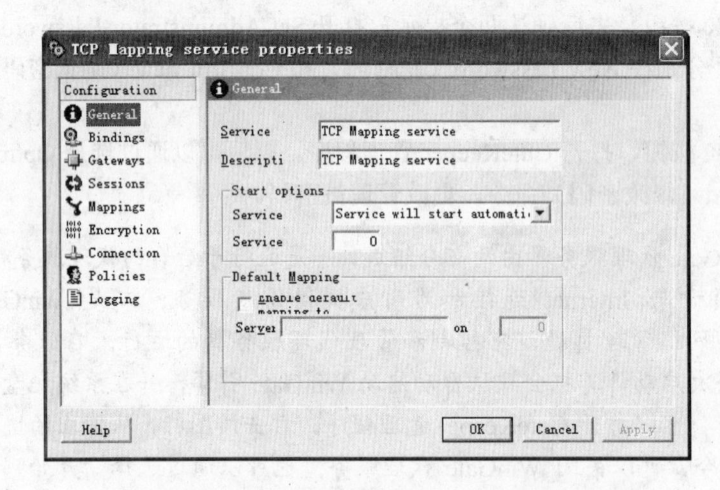

图 7-3-27　TCP Mapping services properties 对话框

- Service will start automatically：自动启动服务，这是默认值。即一打开服务器，就提供该项服务。

下面以具体实例的形式，说明系统服务的作用。WinGate 具有十分强大的拨号功能，拨号服务（Dialer）不仅可以控制允许拨号的用户，还可以指定拨号时段等，操作步骤如下：

① 打开 GateKeeper 管理程序，默认为 System 选项卡。

② 双击 Dialer 图标，打开 Dialer Properties（拨号属性）对话框，如图 7-3-28 所示。默认为 General（常规）选项卡，其中显示了服务器上可用的 Internet 连接。

③ 双击要控制的 Internet 连接（如“连接到 16300”），打开该连接的属性对话框，如图 7-3-29 所示。切换到 Access（权限）选项卡。

④ 选中 Everyone 用户后，单击 Remove（移除）按钮，将其删除。

⑤ 单击 Add（添加）按钮，添加允许拨号的用户类型，如图 7-3-30 所示。这里可以根据需要进行详细设置，包括拨号用户类型和时间段等。

⑥ 依次单击 OK 按钮，返回 GateKeeper 管理程序。

举例：WinGate 的缓存功能大大加快了一些热门站点的访问速度，这是因为 WinGate

自动将平时访问的内容更新到本地“缓存”中，以后访问相同的内容时直接从“缓存”中调取。因此，缓存大小对访问速度很重要，如何将缓存容量设置为 300 MB？其中 Administrator 的密码为 China。

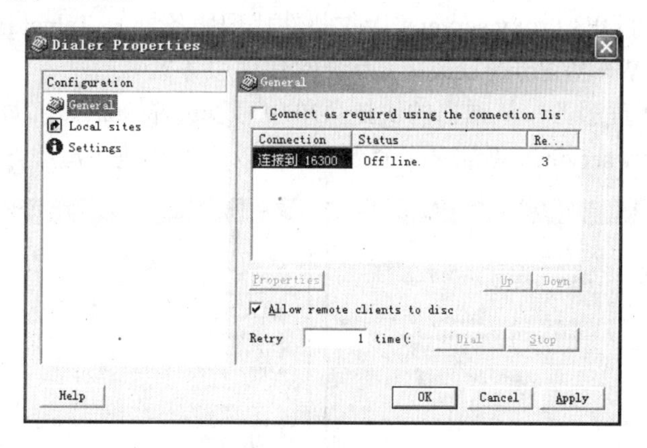

图 7-3-28　Dialer Properties 对话框

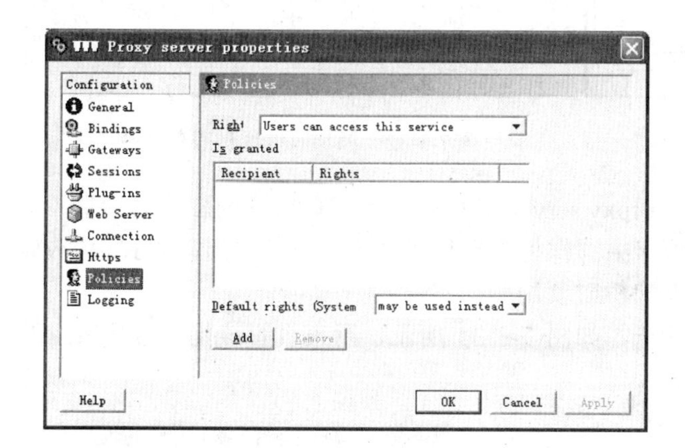

图 7-3-29　连接属性对话框

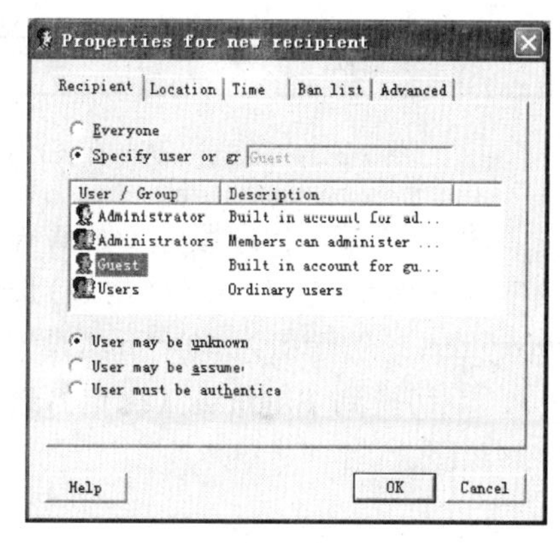

图 7-3-30　添加允许拨号的用户类型

- 双击系统托盘中的 WinGate 引擎图标，打开 Online Options 对话框。在 Username 文本框中输入 Administrator，在 Password 文本框中输入 China。
- 单击 OK 按钮，打开 GateKeeper 管理程序，默认为 System 选项卡。
- 双击 Caching（缓存）服务，打开 Cache Properties（缓存属性）对话框，默认为 General（常规）选项卡。
- 选中 Limit cache size MB（限制缓存容量 MB）复选框，在文本框中输入“300”。
- 单击 OK 按钮，关闭对话框。缓存容量太大，会增加 WinGate 代理服务器查找文件的时间。根据计算机配置，一般将缓存设置为 100～500 MB。

（4）设置代理服务。WinGate 代理服务器是局域网通向 Internet 的窗口，能够提供多种代理服务，这也正是 WinGate 的本质作用。客户机要使用这些代理服务，必须在 WinGate 代理服务器上设置相关服务与客户机网卡之间的绑定。例如，如果允许客户机使用浏览器查看网页，则 WinGate 代理服务器必须将 WWW 服务绑定在客户机的网卡上。

为检查 WinGate 代理服务器对客户机网卡的绑定情况或者设置绑定，可以参考如下方法设置代理服务。

① 打开 GateKeeper 管理程序，切换到 Services（服务）选项卡，如图 7-3-31 所示，其中显示 WinGate 代理服务器提供的代理服务及端口。最常用的是 FTP Proxy server（文件传输代理服务器）、POP3 Proxy server（接收邮件代理服务器）、Telnet Proxy server（远程登录代理服务器）和 WWW Proxy server（万维网代理服务器）。

② 右击某项代理服务，从弹出的快捷菜单中可以选择 Start（启动）或者 Stop（停止）命令。另外选择 New service（新服务）命令，还可以添加其他代理服务，如图 7-3-32 所示。

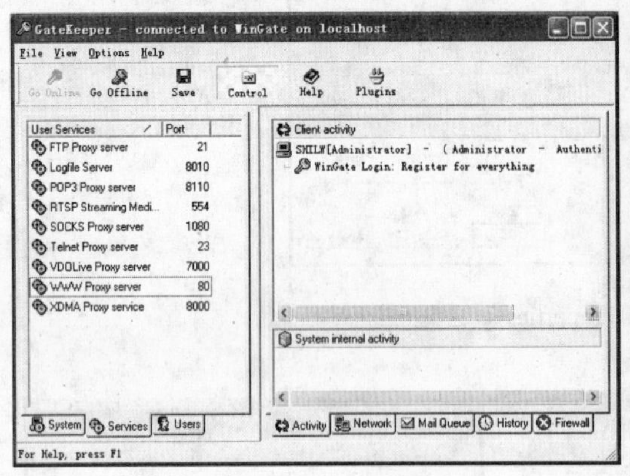

图 7-3-31　Services 选项卡

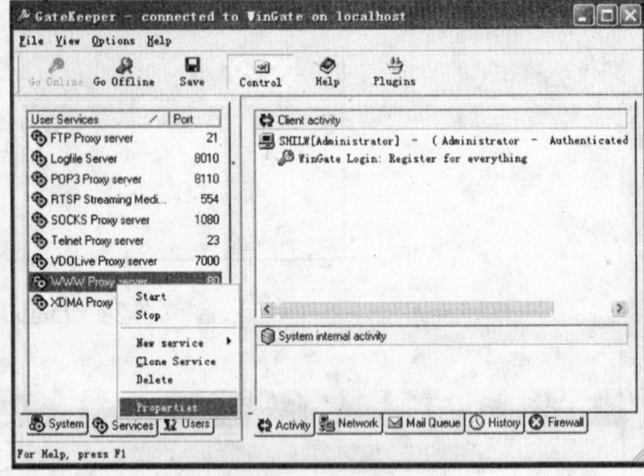

图 7-3-32　添加其他代理服务命令

③ 双击某项代理服务（如 WWW Proxy server），打开该项代理服务的属性对话框，如图 7-3-33 所示，在 General（常规）选项卡中同样可以选择该项代理服务的启动方式。WWW Proxy server 的端口为 80，下面设置客户机时要用到。

④ 切换到 Bindings（绑定）选项卡，如图 7-3-34 所示，用来设置该代理服务适用的网络范围。

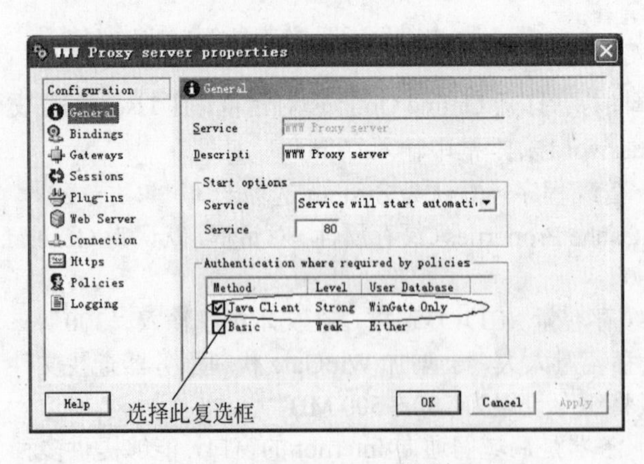

图 7-3-33　General 选项卡

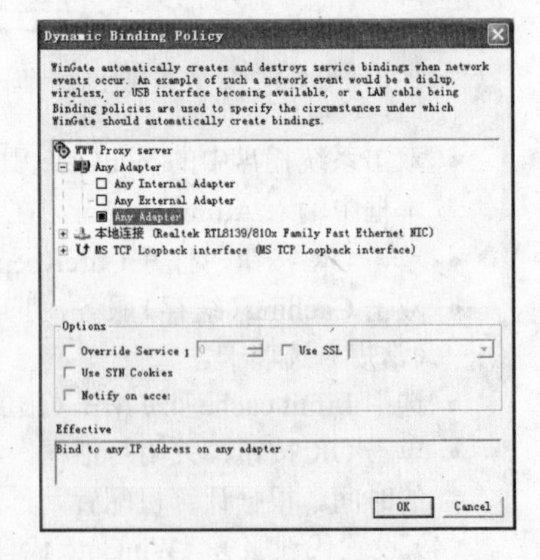

图 7-3-34　Bindings 选项卡

⑤ 选中 Allow connections coming in on any interface（允许任意网卡发出连接请求）单选按钮，并确认提示。单击 OK 按钮，使局域网中的所有客户机网卡都绑定 WWW 代理服

务。其他代理服务与客户机网卡的绑定方法类似。

举例：为 WinGate 代理服务器添加 RealAudio 代理服务功能，并将此项代理服务的启动方式设置为“手动”。

- 以 Administrator 的身份打开 GateKeeper 管理程序，切换到 Service 选项卡。
- 右击任一代理服务项目，从弹出的快捷菜单中选择 New service（新代理服务）| RealAudio Proxy server（RealAudio 代理服务器）命令，打开其属性对话框。
- 从 Start options（启动选项）中的下拉列表中选择 Manual start/stop。
- 单击 OK 按钮，添加 RealAudio Proxy server。

（5）设置客户机

在客户机上安装完成 WinGate 客户端后，还必须改变客户机的网络和浏览器设置，才能通过 WinGate 代理服务器上网。下面以 Windows XP 为例介绍客户机的设置方法。

① 选择“开始” | “设置” | “控制面板”命令，打开“控制面板”窗口，如图 7-3-35 所示，其中新增了 WinGate Internet Client 一项。

图 7-3-35 “控制面板”窗口

② 双击“Internet 选项”图标，打开“Internet 属性”对话框。切换到“连接”选项卡，如图 7-3-36 所示。

③ 单击“局域网设置”按钮，打开“局域网（LAN）设置”对话框，如图 7-3-37 所示。选中“代理服务器”选项区域中的“为 LAN 使用代理服务器”和“对于本地地址不使用代理服务器”复选框，在“地址”文本框中输入 WinGate 代理服务器的 IP 地址（192.168.0.1），在“端口”文本框中输入“80”。

图 7-3-36 “连接”选项卡

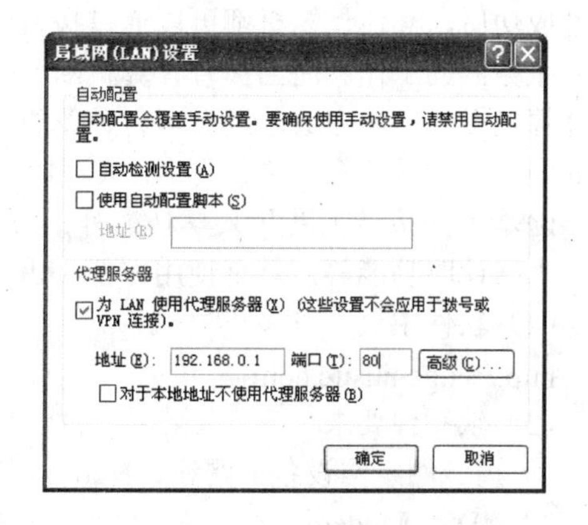

图 7-3-37 “局域网（LAN）设置”对话框

④ 依次单击“确定”按钮，返回“控制面板”窗口。双击 WinGate Internet Client 图标，打开 WinGate Internet Client 对话框。默认为 General（常规）选项卡，如图 7-3-38 所示，选中 Enable the WinGate Internet Client（激活 WinGate Internet 客户机）复选框。

⑤ 切换到 WinGate Servers（WinGate 服务器）选项卡，选中 Automatically select which server to use（自动选择代理服务器）单选按钮，如图 7-3-39 所示。通常情况下，WinGate 客户机能够自动检测出局域网中的 WinGate 代理服务器。

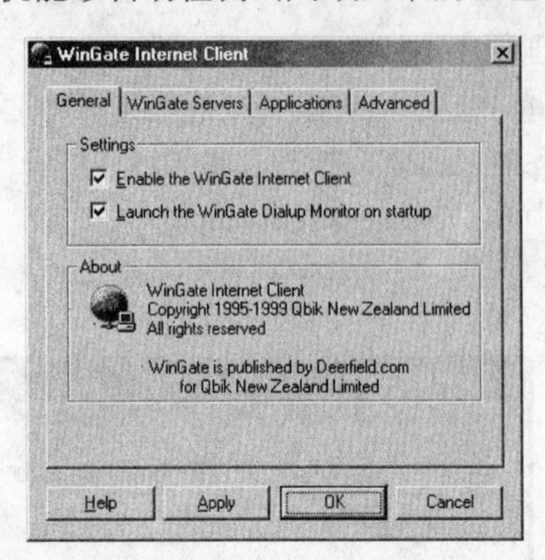

图 7-3-38 激活 WinGate Internet Client 对话框

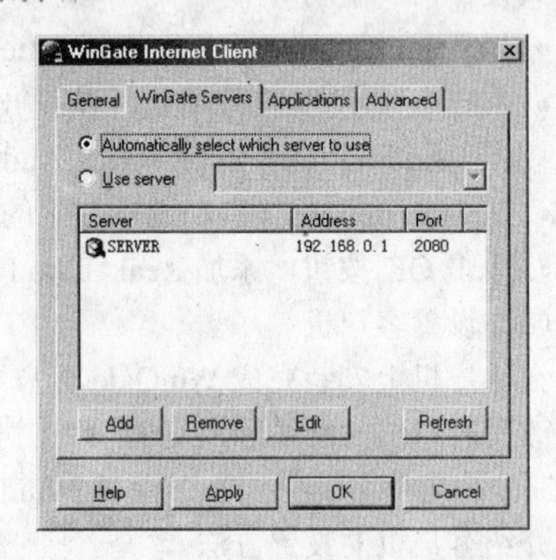

图 7-3-39 自动选择 WinGate 代理服务器

⑥ 单击 OK 按钮，关闭对话框，客户机设置完成。经过以上设置，局域网中的计算机即可共享 WinGate 代理服务器接入 Internet。

7.3.3 案例——ShareAssistant 共享 Internet

1. ShareAssistant 简介

ShareAssistant 是一款 Internet 连接共享辅助软件。它能在 Windows 系统“Internet 连接共享”功能的基础上实现多台计算机之间的连接共享。它的主要特点是不需要专门的服务器，共享 ADSL 时也不需要通过 ADSL 路由器。

（1）功能

以共享 ADSL 连接为例，局域网内的任何一台计算机都可以拨号上网，在一台计算机拨号成功后，其他计算机都可以通过拨号计算机实现共享上网。这时拨号计算机就担任了拨号服务器的工作。而当拨号计算机断开 Internet 连接后，拨号服务器的工作可以转由其他计算机拨号上网完成。没有多台计算机不能同时拨号的限制，没有路由方式需要长期在线的限制。尤其适合非全包月 ADSL 用户。

除基本的拨号上网和共享功能外，ShareAssistant 还具有局域网内文字和语音通话功能、上网计时功能等，具有使用方便、占用系统资源少等特点。

（2）软件主页

http://sa.geniusite.com

（3）软硬件要求

① 局域网组网设备：网线、Hub、网卡等。

② ADSL Modem。

③ 安装有 Windows Me 或 Windows 2000/XP 系统的计算机。Windows 98 系统需要另外安装其他连接共享软件，如 Sygate，建议升级到 Windows XP。

④ RASPPPOE 或 WinPoET 拨号软件（或其他支持 Internet 连接共享的拨号软件）。

（4）安装简介

软件的全部安装过程共分为如下几步：①硬件连接。②安装 ShareAssistant 软件。③网络设置。④建立拨号连接。⑤设置连接共享（对于不同的操作系统，步骤③～⑤的具体设置方法稍有不同）。

硬件连接的方法就是将所有计算机通过网线连接到 Hub（集线器）上。如果通过 ADSL 宽带上网，还需要将 ADSL Modem 通过网线连接到 Hub 上。具体连接方法可查阅相关资料或咨询网络安装人员。

ShareAssistant 软件本身的安装比较简单。

网络设置的基本要求是为每台计算机指定一个不同的 IP 地址，并设置用户所在 ISP（Internet 服务提供商）提供的 DNS 地址（可通过 ipconfig /all 命令查询得到）。

2．ShareAssistant 的安装

必须在局域网的每台计算机上安装 ShareAssistant 软件。安装过程非常简单，执行 Setup.exe，然后按照提示操作即可完成。详细步骤如下：

① 运行 Setup.exe，显示提示对话框，如图 7-3-40 所示。

② 在安装程序执行过程中，如果想中途退出，可单击“退出”按钮。单击“下一步”按钮准备安装 ShareAssistant，如图 7-3-41 所示。

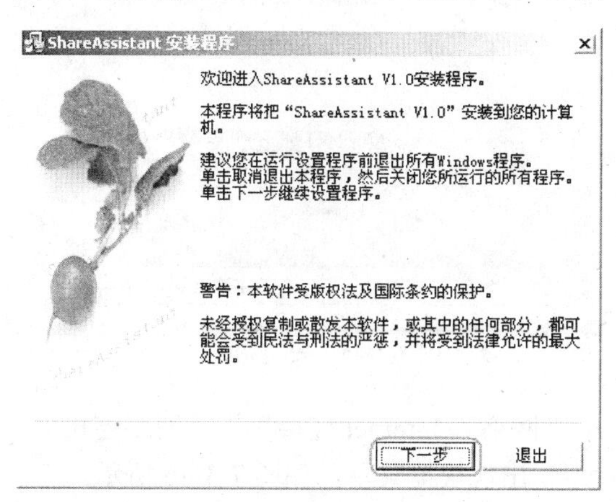

图 7-3-40　ShareAssistant 安装程序提示对话框

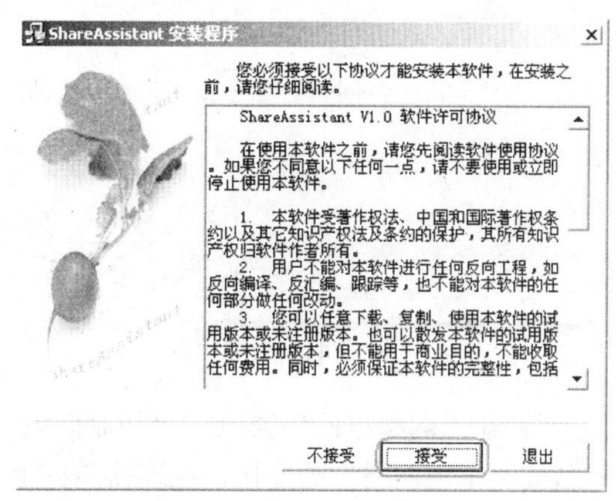

图 7-3-41　安装协议

③ 必须接受许可协议才能安装 ShareAssistant。单击“接受”按钮。

④ 如图 7-3-42 所示安装程序要求选择安装路径。如果用户想将 ShareAssistant 安装到其他路径，可单击“浏览”按钮以进行选择。单击“下一步”继续。

⑤ 如图 7-3-43 所示，要求设置一个用户名称，用于计费。使用相同用户名的不同计算机所产生的上网费用将统计到同一个帐户中。设置完成后，单击“下一步”继续。

⑥ 如图 7-3-44 所示，如果所有的设置正确，单击“下一步”按钮，立即开始安装。否则可单击“上一步”按钮返回，重新设置，如图 7-3-45 所示。

此时，可以选择是否立即运行 ShareAssistant 及是否打开帮助文件。单击“完成”按钮退出安装程序。

以后每次启动计算机时，ShareAssistant 都会自动运行。

3．网络设置（以 Windows XP 操作系统为例）

（1）设置本地网络。ShareAssistant 安装完成后，需要对每台计算机进行一些简单的网络设置。根据每台计算机操作系统的不同，设置步骤稍有不同，但原理是一样的。下面是 Windows XP 下设置本地网络的步骤。

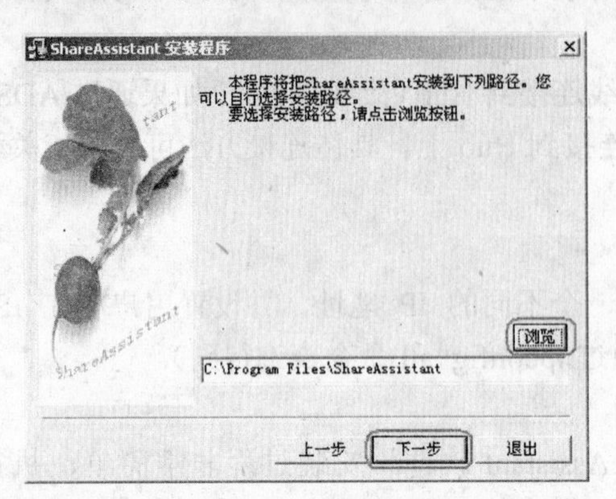

图 7-3-42　选择安装路径

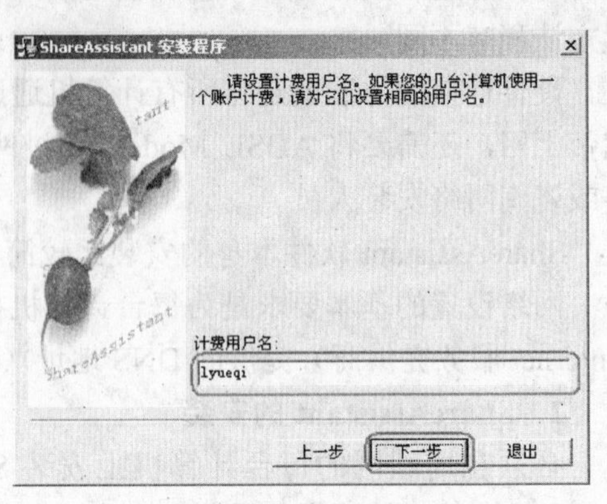

图 7-3-43　设置用户名

图 7-3-44　设置信息

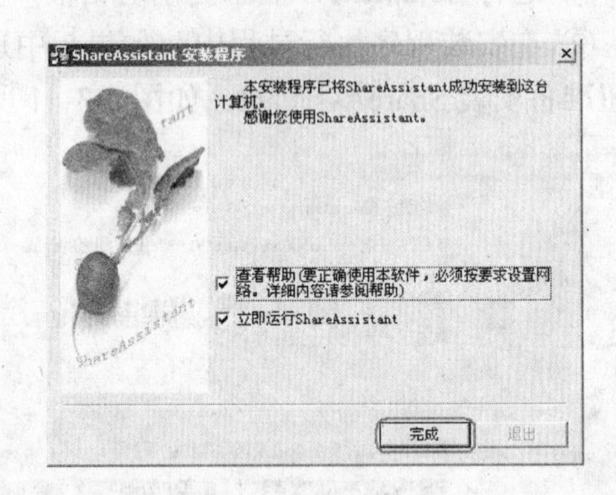

图 7-3-45　安装完成

① 在“网络连接”窗口（“控制面板”|“网络和 Internet 连接”|“网络连接”）里找到“本地网络”的连接，在连接图标上右击，出现快捷菜单，如图 7-3-46 所示。

② 选择“属性”命令，出现“本地连接 属性”对话框，如图 7-3-47 所示。

图 7-3-46　快捷菜单

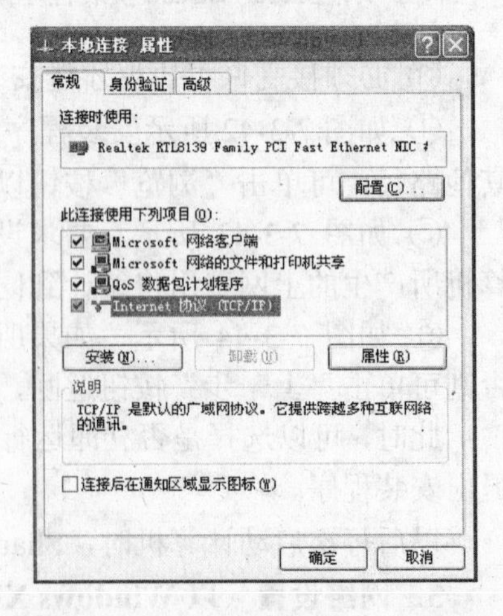

图 7-3-47　“本地连接 属性”对话框

③ 选中“Internet 协议（TCP/IP）”复选框，单击“属性”按钮，出现“Internet 协议（TCP/IP）属性”对话框，如图 7-3-48 所示。

选中“使用下面的 IP 地址（S）”单选按钮，然后输入这台计算机的局域网 IP 地址，如 192.168.0.5。需要注意的是局域网中的每台计算机必须使用不同的 IP 地址，在一般的小型网络中（如家庭网络），这些 IP 地址的前面三个数字相同，只有最后一个数字不同，如 192.168.0.2、192.168.0.3 等。最后一个数字的取值范围为 2～254。

输入子网掩码。对于一般的小型网络，输入 255.255.255.0。

选中“使用下面的 DNS 服务器地址”单选按钮，然后输入用户 ISP 的 Internet DNS 服务器 IP 地址（一般为两个）。输入完毕后，单击“确定”按钮。

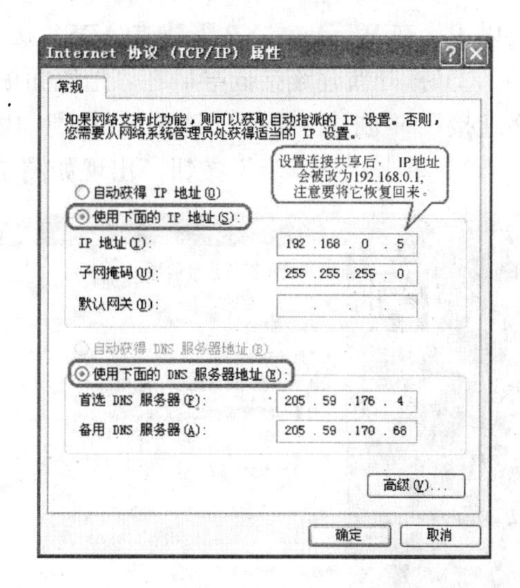

图 7-3-48 “Internet 协议（TCP/IP）属性”对话框

④ 获得 DNS 地址的方法：拨号连接到 Internet，在“命令提示符”下执行 ipconfig /all 命令。

在 ipconfig 命令的输出结果中找到拨号连接的名称，名称下面是关于这个连接的属性，其中的“DNS Servers”就是 DNS 地址，如图 7-3-49 所示。

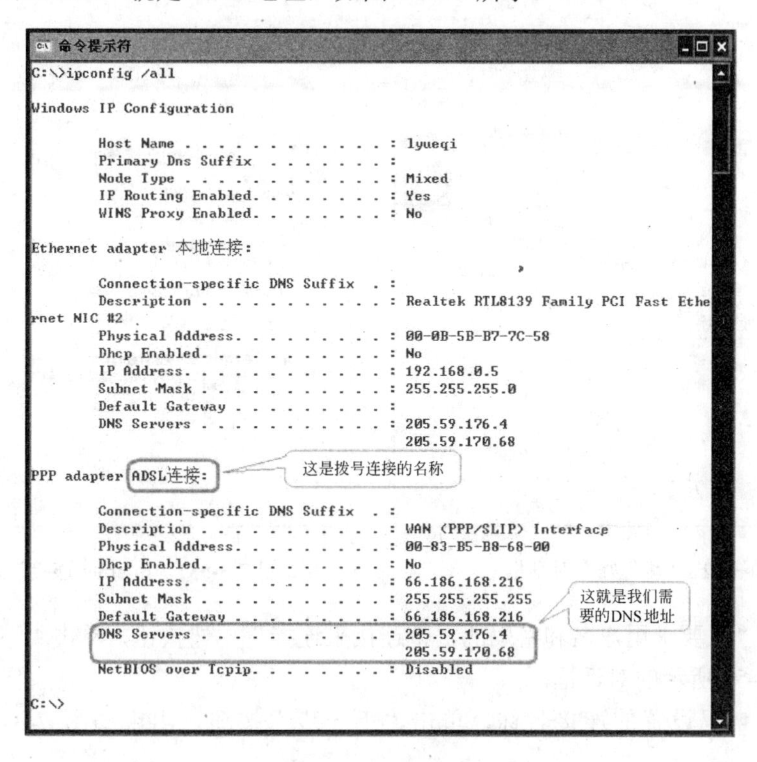

图 7-3-49 DNS 地址

（2）建立 ADSL 拨号连接。Windows XP 系统支持 PPPoE 虚拟拨号，一般不需安装 RASPPPoE 或 WinPoET 等拨号软件。如无特殊要求，使用 Windows XP 本身的拨号功能就可以了。在 Windows XP 下建立 ADSL 拨号连接的方法如下：

① 打开新建连接向导。在“控制面板”窗口中依次单击“网络和 Internet 连接”|“网络连接”|“创建一个新的连接”，出现如图 7-3-50 所示的向导对话框。

② 单击“下一步”按钮，出现如图 7-3-51 所示的对话框。

图 7-3-50 “新建连接向导”对话框

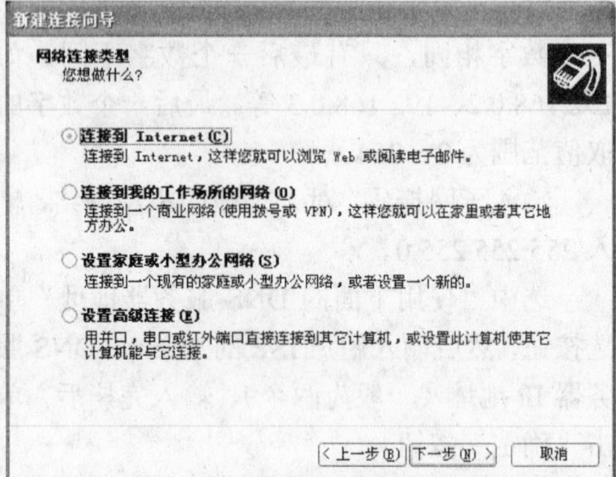

图 7-3-51 “网络连接类型”对话框

③ 选中“连接到 Internet（C）”单选按钮，单击“下一步”按钮，出现如图 7-3-52 所示的对话框。

④ 选中“手动设置我的连接”单选按钮，单击“下一步”按钮，出现如图 7-3-53 所示的对话框。

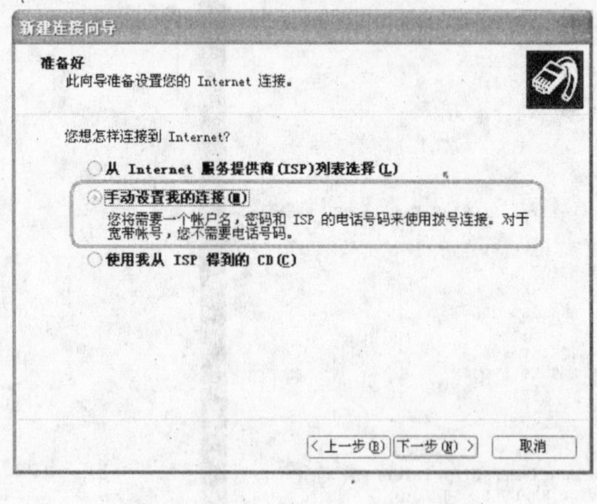

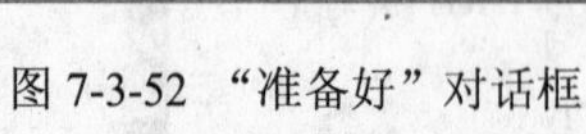

图 7-3-52 “准备好”对话框

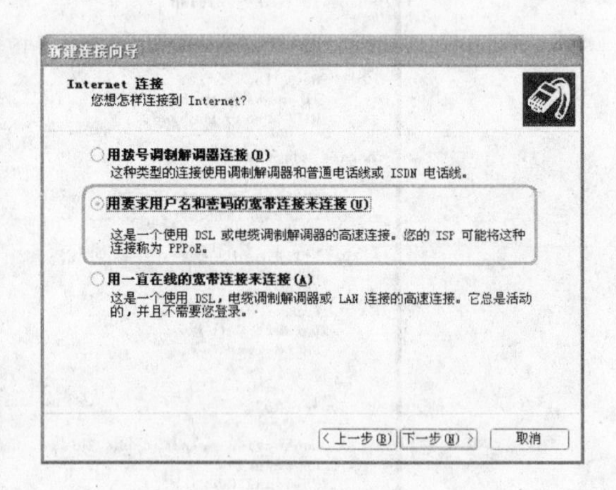

图 7-3-53 “Internet 连接”对话框

⑤ 选中“用要求用户名和密码的宽带连接来连接”单选按钮，单击“下一步”按钮，出现如图 7-3-54 所示的对话框。

⑥ 输入自己设置的连接名称，单击“下一步”按钮，出现如图 7-3-55 所示的对话框。

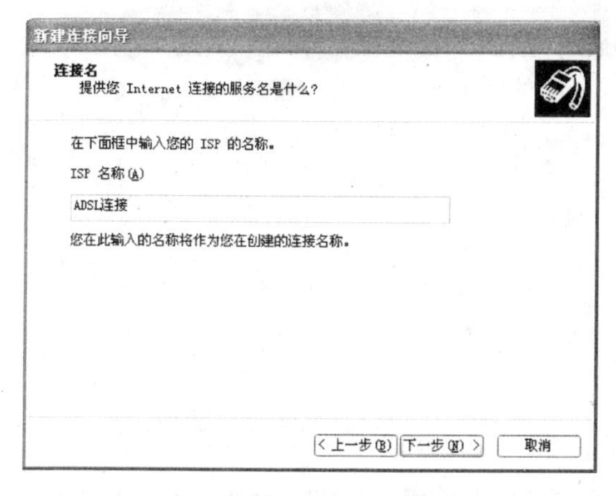

图 7-3-54 “连接名”对话框

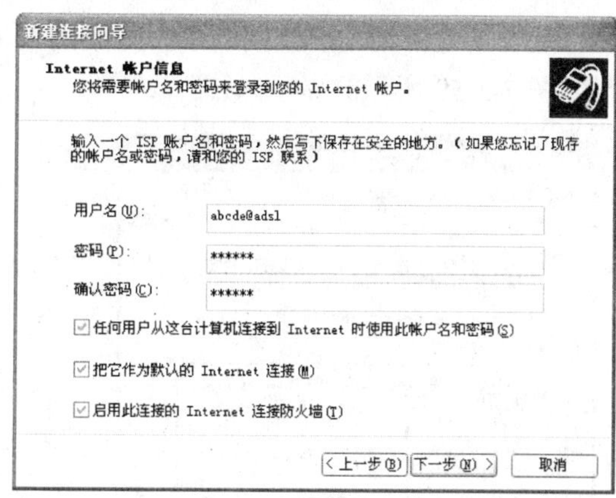

图 7-3-55 “Internet 帐户信息”对话框

⑦ 输入拨号用户名全称及密码，单击“下一步”按钮，出现如图 7-3-56 所示的对话框。

⑧ 单击“完成”按钮。ADSL 拨号连接已经建立成功了。这时，“网络连接”窗口里就出现了新建立的这个连接。

接下来，需要将这个连接设置为“共享”，这样其他计算机才能通过这台计算机共享上网。

（3）设置连接共享的步骤如下所述。

① 在“网络连接”窗口中找到建立的 ADSL 拨号连接，在连接图标上右击，出现快捷菜单，如图 7-3-57 所示。

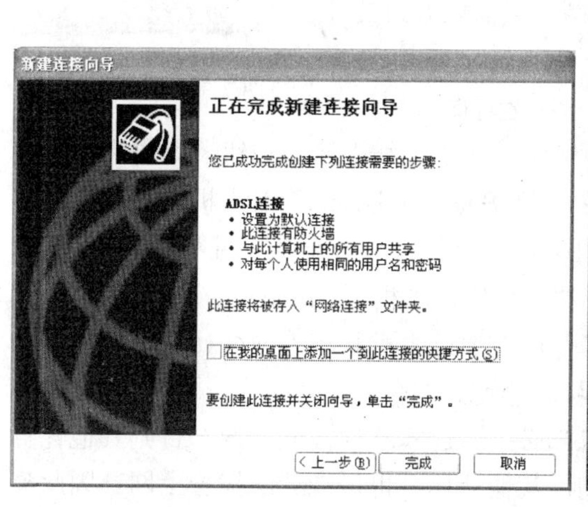

图 7-3-56 完成新建连接向导

图 7-3-57 快捷菜单

② 选择“属性”命令，出现属性设置对话框。然后选择“高级”选项卡，如图 7-3-58 所示。

③ 选中“允许其他网络用户通过此计算机的 Internet 连接来连接（N）”复选框，然后禁用这个复选框下面的（“在我的网络上的计算机尝试访问 Internet 时建立一个拨号连接”

和“允许其他网络用户控制或禁用共享的 Internet 连接”）复选框。单击“确定”按钮，出现如图 7-3-59 所示的提示。

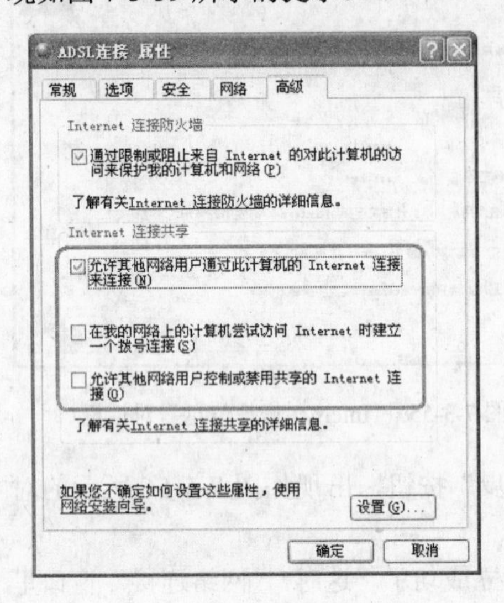

图 7-3-58 “高级”选项卡

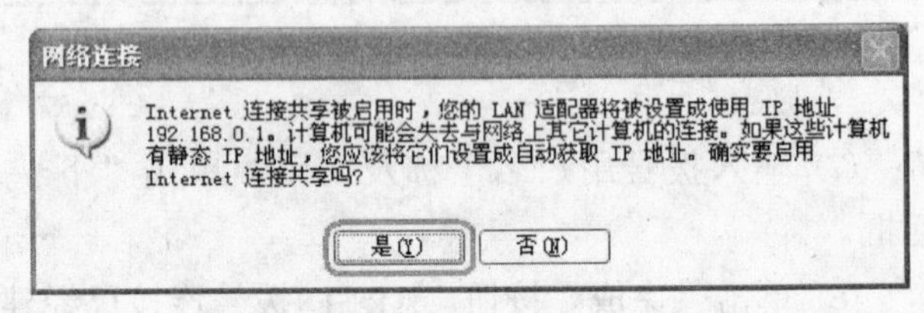

图 7-3-59 提示对话框

④ 单击“是（Y）”按钮。这时，这台计算机的 IP 地址被系统改成了 192.168.0.1，注意用户需要将它恢复成分配给这台计算机的 IP 地址。

4. ShareAssistant 使用方法

计算机启动时，ShareAssistant 会自动运行，运行后在系统托盘显示一个图标，用于与用户交互，如图 7-3-60 所示。

将鼠标指针移动到该图标，将会显示局域网内当前已开机的计算机数目及正在上网的计算机数目。单击该图标，将会弹出 ShareAssistant 对话框，如图 7-3-61 所示。第一次运行时，用户需要输入拨号用户名及密码。当用户准备上网时，请单击“连线上网”按钮，如果当前没有已拨号的计算机，ShareAssistant 将自动拨号。否则 ShareAssistant 将对本机进行配置，通过已拨号计算机共享上网。连通后，系统托盘图标将变成绿色，“连线上网”按钮变成“断开连线”按钮。当上网结束，请单击“断开连线”按钮，本机与 Internet 的连接将会断开。当本机为拨号计算机时，本机断开连线后，其他所有通过本机共享上网的计算机也将自动断开与 Internet 的连接。断开后，系统托盘图标将会变成灰色。

CH 13:19

图 7-3-60 系统托盘

需要注意的是，局域网内任何一台计算机都必须通过本软件拨号上网，否则其他计算机将无法通过本机共享上网。由于 ISP 的限制，其他计算机也可能无法拨号上网。因此建议用户删除桌面上的拨号连接快捷方式，以免误操作。

图 7-3-62 所示为选项设置对话框。其中的自动断线功能是为了节省上网费用而设计的，当本软件判断一定时间内没有网络活动时会自动断开网络。可以指定最小字节数和时间长度。自动拨号功能有两个选项：一是断线后的自动连线，包括网络异常断开及拨号计算机主动断开的情况，当拨号计算机主动断开时，其他正在上网的计算机会有一台自动拨号，而未拨号的计算机会重新选择新的拨号计算机连线上网；二是开机时的自动拨号，即打开

计算机后立即连线上网（本软件运行后15秒）。

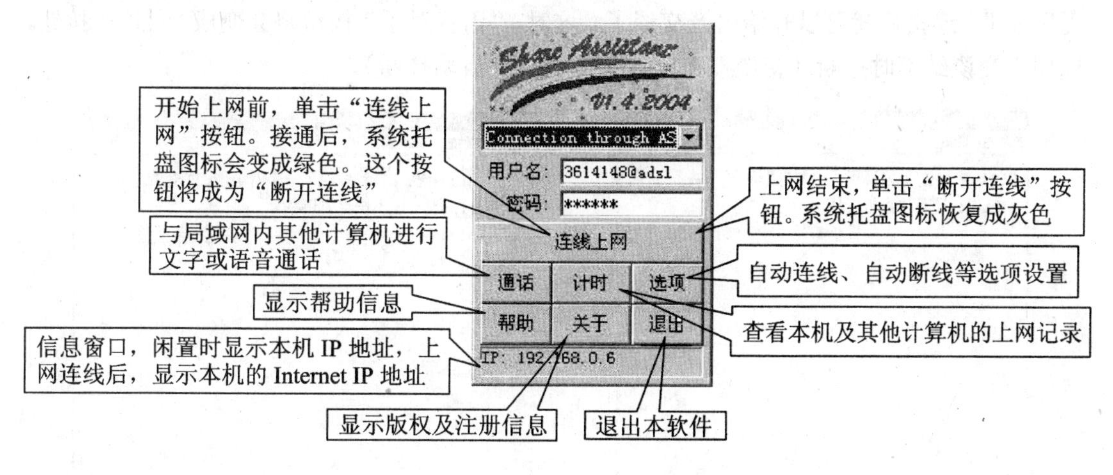

图7-3-61　ShareAssistant对话框

为方便联系，本软件提供了局域网内计算机之间的文字及语音通话功能、局域网内文件传送功能，如图7-3-63所示。

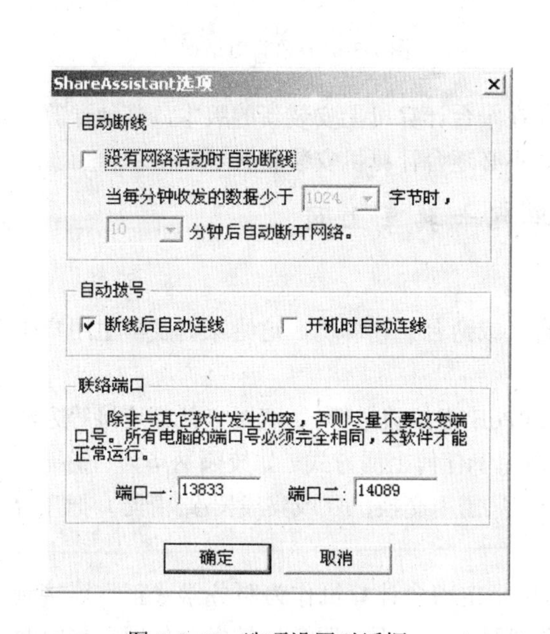

图7-3-62　选项设置对话框

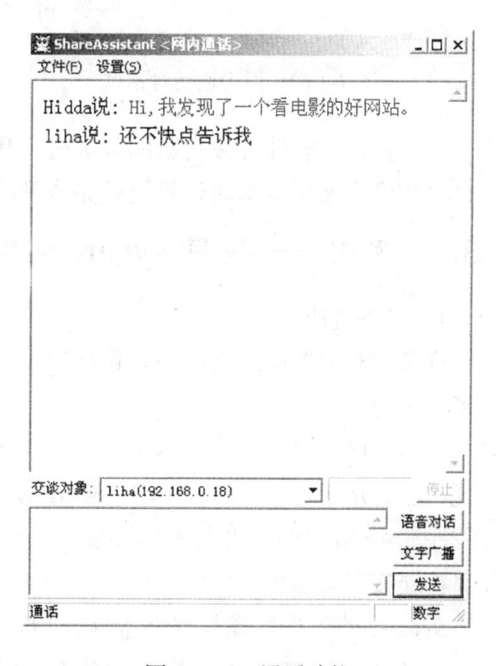

图7-3-63　通话功能

要进行文字通话，请先选择一个交谈对象，然后在下方的编辑框中输入想让对方看到的文字内容，输入完毕按回车键即可将其发送给对方，对方计算机会自动弹出网内通话对话框，并显示用户输入的内容，如图7-3-64所示。

要进行语音通话，请选择交谈对象后单击“语音对话”按钮，对方将会显示语音对话邀请提示信息，如图7-3-65所示。这时，“语音对话”按钮将会变成“取消”按钮。如果对方没有应答，可以通过“取消”按钮或对话内容里的超链接取消邀请。当对方单击“接受”按钮，连接后就可以开始语音交谈了。这时，“语音对话”按钮将会变成“挂断”按钮，以用于交谈结束时挂断（交谈双方一方挂断对方会自动挂断）。

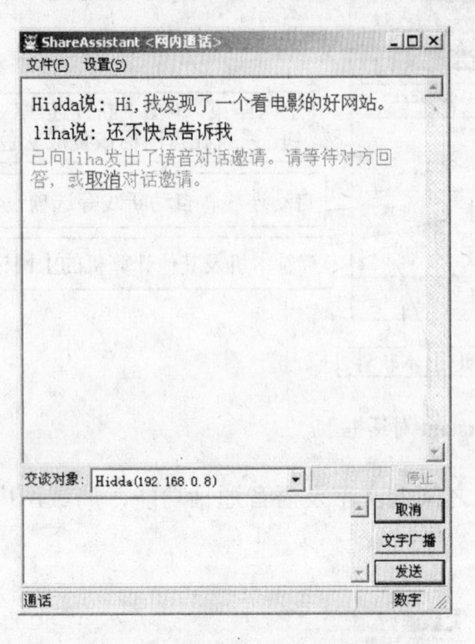

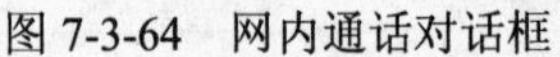
图 7-3-64　网内通话对话框

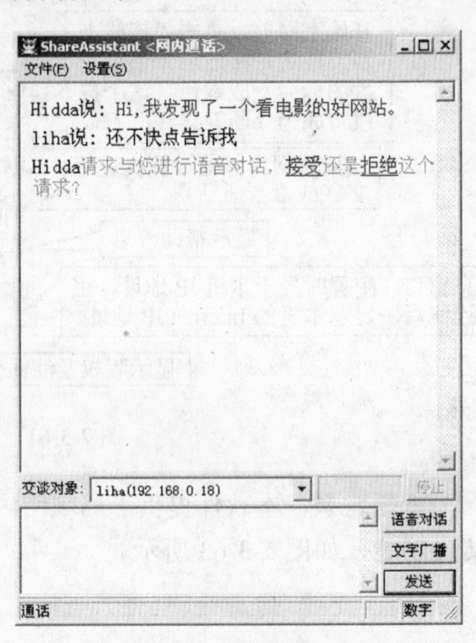

图 7-3-65　语音对话邀请

当需要将本软件升级到新的版本时，只需在一台计算机上安装新的版本，其他计算机会自动从已安装新版本的计算机处完成升级，不必逐台计算机安装新版本。

7.3.4　案例——使用 Sygate 实现单网卡共享上网

1．案例说明

许多 ISP 限制同一上网帐号仅能用于一台（或两台）计算机，这给家庭及学生用户带来了很大的不便。

共享上网可以通过路由器拨号（适用于 PPPoE 虚拟拨号等）、双网卡共享连接等方法实现。这里介绍的 Sygate HomeNetwork 软件适用于任何上网方式（如校园网华为、锐捷认证程序、ADSL 等），并且不需要安装双网卡，只需用交换机（或集线器/路由器）把几台计算机连接起来即可。

Sygate 的工作原理与双网卡法类似，需要指定一台计算机作为服务器（正常连接到 Internet）。发送数据时客户机都把数据包发送到服务器，再由服务器转发至外网。接收数据时服务器收到外网发来的数据包，再转发给相应的客户机。不同之处在于双网卡法的服务器使用一块网卡与 Internet 打交道，另一块网卡与客户机打交道；Sygate 使用同一块网卡处理 Internet 与客户机的数据包。

2．实现方法

（1）硬件连接

按图 7-3-66 所示用网线将计算机与交换机（或路由器/集线器）相连。Internet 连接线

（连接小区 LAN 或高速 Modem 的网线）也插在交换机上（可选择 Up 端口，亦可选择普通 LAN 端口）。如果使用路由器，不要把线接在 WAN 口上（这点与路由器拨号方式不同）。

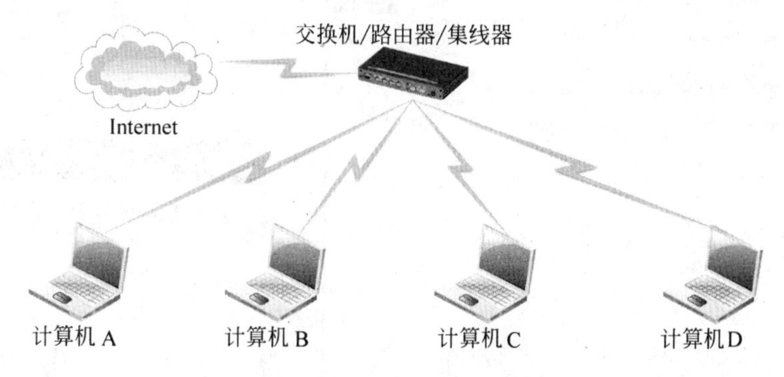

图 7-3-66　硬件设备连接图

（2）安装 Sygate 软件

① 运行 Sygate 安装文件（Sygate Home Network 4.5 build 851 英文版），如图 7-3-67 所示。

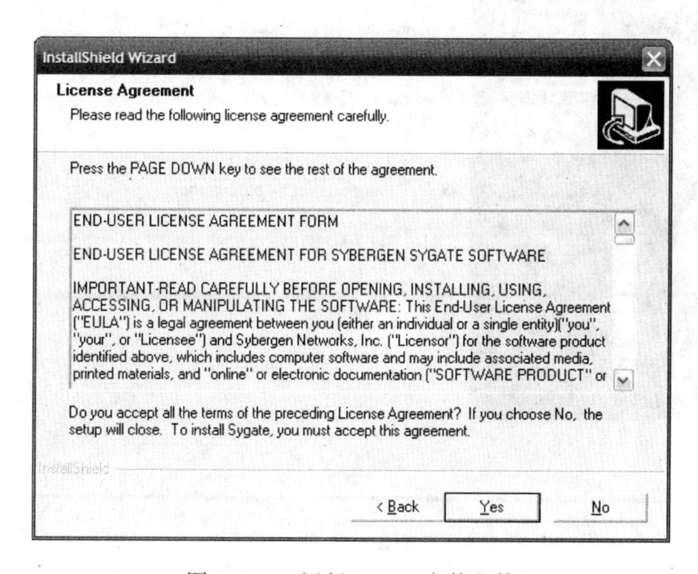

图 7-3-67　运行 Sygate 安装文件

② 选择安装模式。因为每台计算机均可能作为服务器，所以建议都选择 Server mode-has direct internet connection，如图 7-3-68 所示。

③ 完成网络诊断，如果失败说明当前计算机未连接互联网，请连网后再试，如图 7-3-69 所示。

④ 重启计算机，如图 7-3-70 所示。

（3）配置服务器

① 写下需要使用的内网网段，确定各计算机的内网 IP，列在一张表上备用。如果计算机安装了多网卡，需要为每张网卡预留一个 IP，如图 7-3-71 所示。

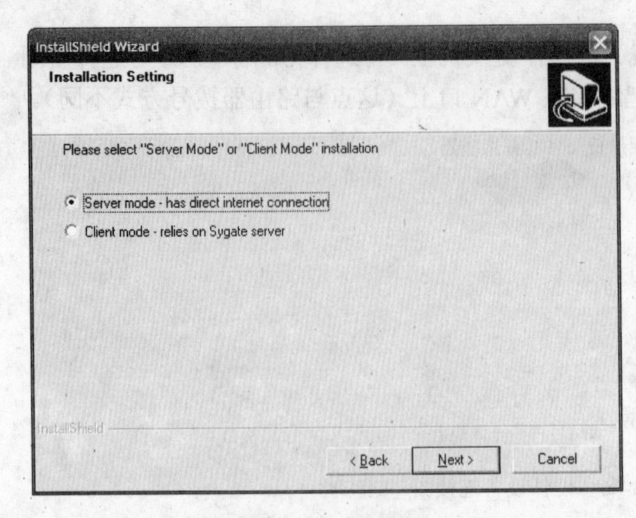

图 7-3-68　选择安装模式

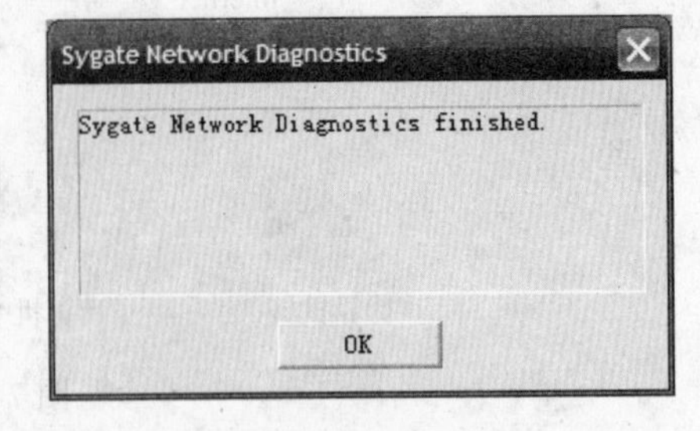

图 7-3-69　完成网络诊断

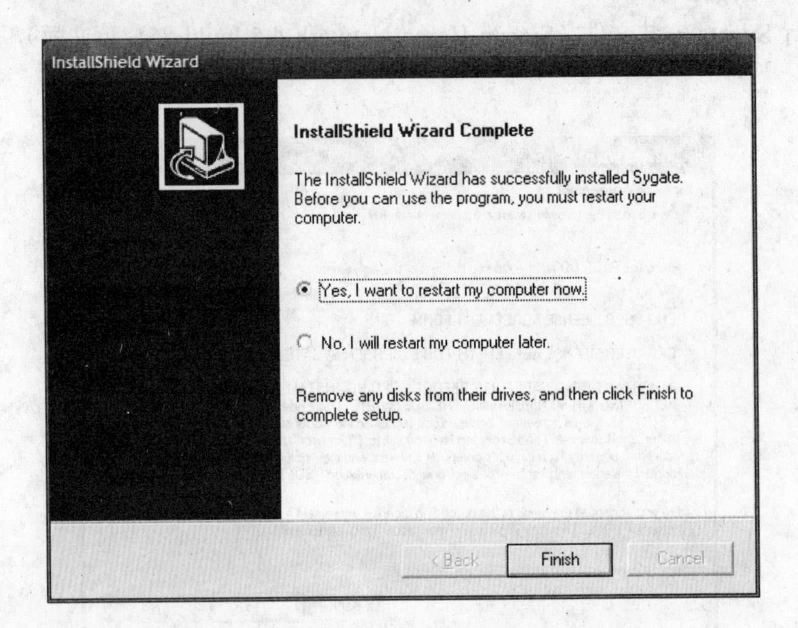

图 7-3-70　重启计算机

计算机	IP
A	192.168.104.1
B	192.168.104.2
C	192.168.104.3
D	192.168.104.4

图 7-3-71　IP 分配表

② 进入 Sygate 主界面，如图 7-3-72 所示。

③ 单击“高级”（Advanced）图标，展开高级界面，如图 7-3-73 所示。

④ 单击“配置”（Configuration）图标，进入配置对话框，如图 7-3-74 所示。

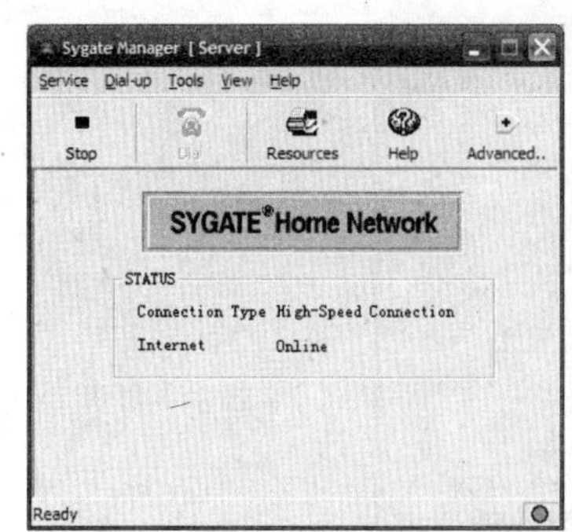

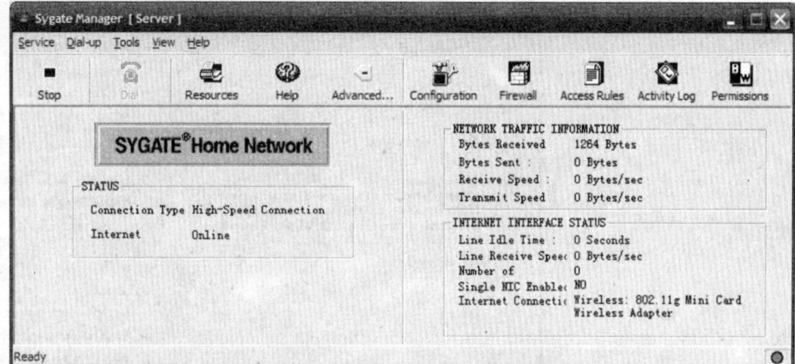

图 7-3-72　Sygate 主界面　　　　　　　　　　图 7-3-73　高级视图

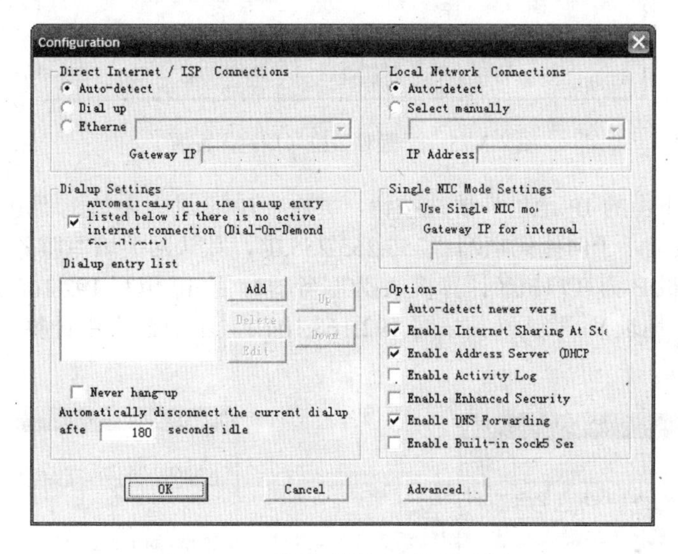

图 7-3-74　配置对话框（默认配置）

⑤ 填写配置对话框。

选择网卡。在局域网连接（Local Network Connections）中使用手动选择（Select manually），并选取所使用的网卡（这块网卡既负责 Internet 连接，也负责内网沟通）。

选择单网卡模式（Use Single NIC mode），设定内网网关（Gateway IP for internal）。内网网关即当前服务器的 IP。举例来说，假设要让计算机 B 作为服务器，那么就把网关设为 192.168.104.2。

选择“启动时启用 Internet 共享”（Enable Internet Sharing at Startup）以及“启用正向 dns”（Enable DNS Forwarding），如图 7-3-75 所示。

（4）配置客户机

① 在客户机的 Sygate 主界面上单击“停止”（Stop）图标，停止客户机 Sygate Server 服务。

② 设置客户机的 IP 信息。

在 Windows XP 控制面板中进入“网络连接”，右击所使用的网卡，选择“属性”命令，在弹出的对话框的“常规”选项卡的“此连接使用下列项目”列表框中选择“Internet 协议（TCP/IP）”选项，如图 7-3-76 所示，单击“属性”按钮，进入“Internet 协议（TCP/IP）属性”对话框。

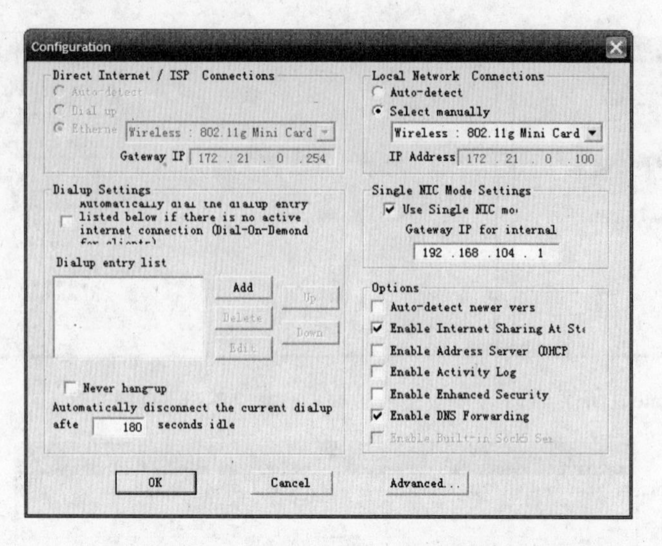

图 7-3-75 配置对话框（单网卡配置）

选中“使用下面的 IP 地址”单选按钮，并在“IP 地址”中填上“IP 分配表”中设计的该计算机 IP 地址，子网掩码填写“255.255.255.0”，默认网关填写服务器的 IP 地址。这里假设配置计算机 B 为客户机（计算机 A 为服务器），故 IP 填写 192.168.104.2（IP 分配表中计算机 B 的 IP 地址），默认网关填写 192.168.104.1（IP 分配表中计算机 A 的 IP 地址），如图 7-3-77 所示。

图 7-3-76 网卡属性对话框

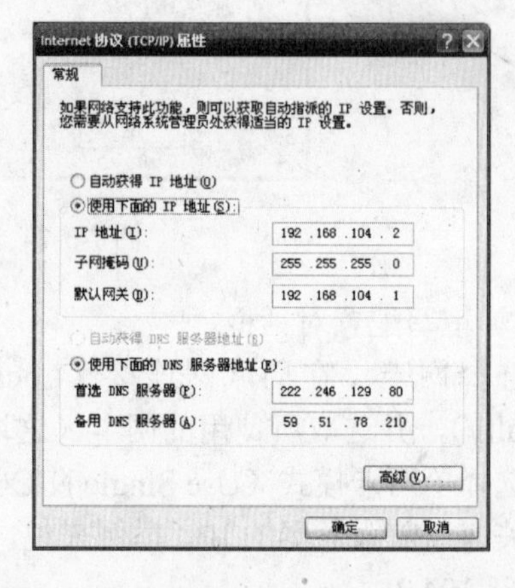

图 7-3-77 “Internet 协议（TCP/IP）属性”对话框

填写“首选 DNS 服务器”以及“备用 DNS 服务器”，如果不清楚怎么填写可以咨询提供网络服务的运营商。

（5）切换服务器

“服务器”这个词在这里只是逻辑层面的——它只是一台连接到 Internet 的计算机。可以用参与共享上网的计算机中任意一台充当服务器，而不需要另外准备一台计算机专门用作服务器。

① 在原服务器的 Sygate 主界面上单击“停止”（Stop）图标，停止原服务器的 Sygate Server 服务。

② 更改新服务器的 IP 配置，使之从内网 IP 转换为连接 Internet 所需的 IP 地址。通常

可以选择自动获取 IP 地址，有些网络服务运营商要求固定上网设备的 IP 地址，具体情况请咨询网络服务运营商，如图 7-3-78 所示。

③ 更改所有客户机的 IP 配置，将“默认网关”改为新服务器的内网 IP（即 IP 分配表中新服务器的对应 IP 地址）。这里假设要将服务器从计算机 A 换为计算机 B，则计算机 C 的默认网关需要从 192.168.104.1 改为 192.168.104.2，如图 7-3-79 所示。

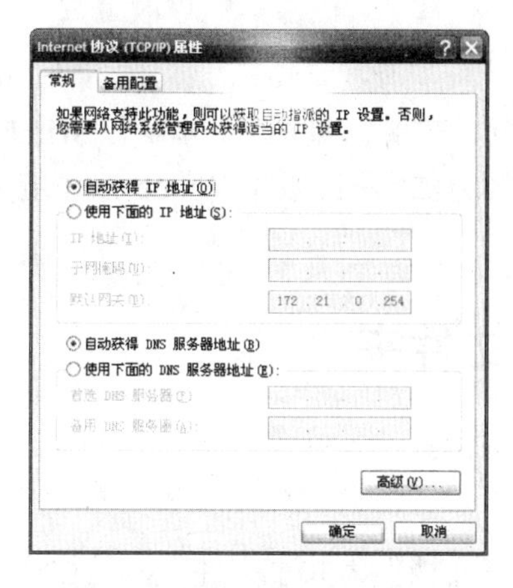

图 7-3-78　新服务器 IP 配置

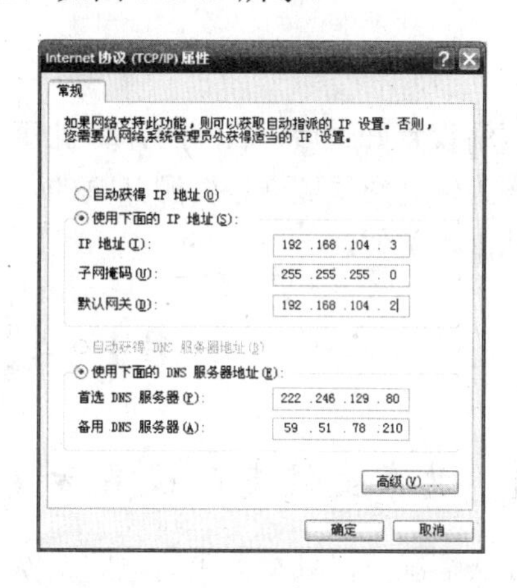

图 7-3-79　新客户机 IP 配置

3．几点建议

（1）为方便切换服务器，可以自己编写脚本或者使用 IP 切换工具。网络上有很多免费的 IP 切换工具可供选择，如图 7-3-80 所示。

（2）除 Sygate 外，还有 Homeshare、WinGate 等也可完成此实验。需要注意的是，最好不要同时使用几款此类软件。特别是 Sygate 的安装过程中，一定不能有同类型的软件运行。

图 7-3-80　一款免费的 IP 切换工具

（3）如果装有双网卡（如同时拥有有线及无线网卡），可以直接使用 Windows 的共享连接实现共享上网，方便快捷。

第 8 章 网络资源共享

网络设置好之后，联网的计算机便可以相互访问，实现资源共享。本章以 Windows 操作系统为例介绍局域网中资源共享的基本操作和使用方法，不同版本 Windows 系统下的操作方法基本类似。

8.1 设置共享文件夹

8.1.1 共享文件夹的设置方法

默认情况下，只有“我的电脑”窗口中的“共享文档”为共享文件夹，但往往不能满足需要。其实计算机中的任何一个文件夹、驱动器和打印机都可以设置为共享，方便网络上的其他用户访问或使用。设置共享文件夹的方法如下。

（1）右击需要共享的文件夹，从弹出的快捷菜单中选择“共享和安全”命令，打开“属性”对话框的“共享”选项卡。

（2）选中“在网络上共享这个文件夹”复选框，并根据需要决定选中或清除“允许网络用户更改我的文件”复选框，如图 8-1-1 所示。

提示： 默认情况下“允许网络用户更改我的文件”复选框被选中，表示网络用户不仅可以访问共享文件夹，而且可以更改共享的文件，即通常所说的“完全共享”。清除此复选框，则网络用户只可以浏览或复制共享文件夹中的内容，而不能修改，通常称为“只读共享”。

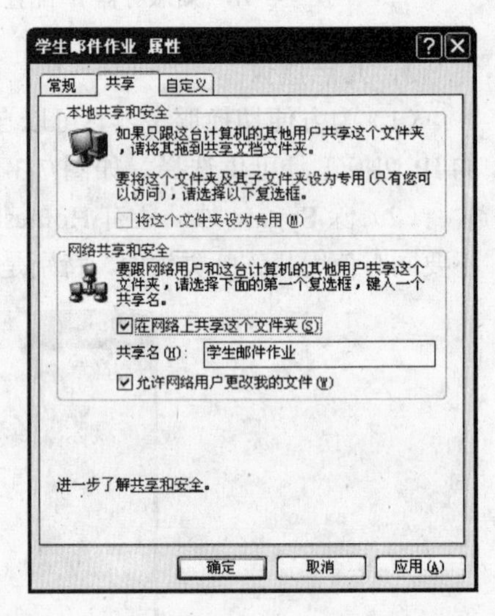

图 8-1-1 共享文件夹

（3）默认的共享名为文件夹的名称，若要更改共享名，可以在“共享名”文本框中输入新的名称。

（4）单击“确定”按钮，关闭该对话框。这样，共享文件夹图标显示为被一只可爱的小手托着的文件夹，如图 8-1-2 所示。经过上述方法共享的文件夹，网络上的任何用户都看得见。如果要将某个文件夹只共享给部分用户使用，可以通过在共享名后添加$符号实现。例如将共享名设置为“net$”，如图 8-1-3 所示。这样，该文件夹同样实现共享，但是其他用户在网上邻居中却看不到，只有知道共享名的用户才能访问。

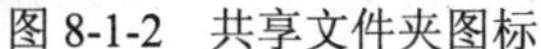
图 8-1-2　共享文件夹图标

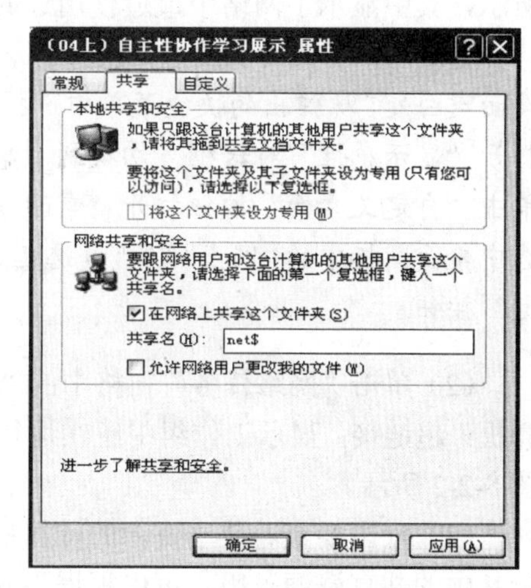

图 8-1-3　设置隐藏共享文件夹

提示：为了防止他人没有经过授权就访问自己的计算机，Microsoft 公司不建议在 Windows XP 操作系统中共享驱动器根（即包含根目录的整个驱动器）。所以在共享驱动器时（例如光驱）弹出的对话框中会显示不建议共享驱动器根的提示，单击“共享驱动器根”超链接，即可按照常规方法共享整个驱动器。

8.1.2　案例——设置隐藏只读共享文件夹

1．案例说明

在 D 盘上有一个名称为“资料宝库”的文件夹，将其设置为隐藏的只读共享，共享名称为 data。

2．实现方法

（1）打开驱动器 D，右击其中的“资料宝库”文件夹，从弹出的快捷菜单中选择“共享和安全”命令，打开“资料宝库 属性”对话框，切换到“共享”选项卡。

（2）选中“网络共享和安全”选项区域中的“在网络上共享这个文件夹”复选框，在“共享名”文本框中输入 data$，清除“允许网络用户更改我的文件”复选框。

（3）单击“确定”按钮，关闭该对话框，则“资料宝库”文件夹下面出现一只小手的图形，表明已经共享。

8.2　查看网络共享资源

网络上有了共享资源后，可以使用“网上邻居”、net 命令和 UNC 名称 3 种方式查看网络资源状况。

8.2.1　网上邻居

在 Windows XP 中，使用“网上邻居”查看网络资源的方法如下。

（1）登录网络，双击桌面上的“网上邻居”图标，打开“网上邻居”窗口，如图 8-2-1 所示，其中显示了网络中最近使用过的共享资源。

提示：如果桌面上没有“网上邻居”图标，右击桌面空白处，从弹出的快捷菜单中选择“属性”命令，打开“显示属性”对话框。切换到“桌面”选项卡，单击“自定义桌面”按钮打开“桌面项目”对话框。选中桌面图标中的“网上邻居”复选框，然后单击“确定”按钮。

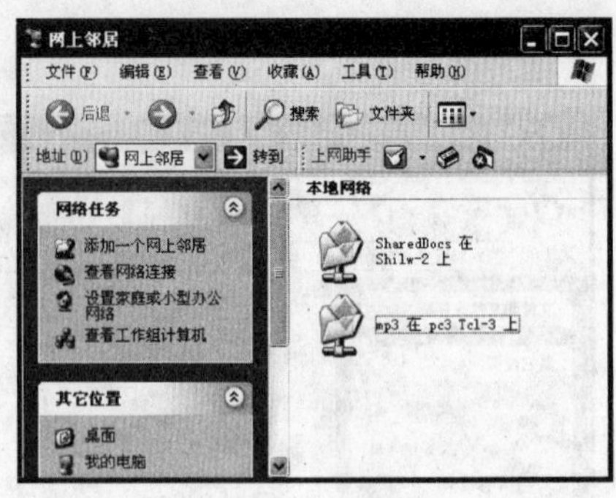

图 8-2-1 “网上邻居”窗口

（2）单击“网络任务”窗格中的“查看工作组计算机”超链接，显示工作组中正在运行的计算机，如图 8-2-2 所示。

（3）双击要查看共享资源的计算机，例如 Shilw-2，打开其窗口，如图 8-2-3 所示。显示其中的共享资源，用户可以根据不同权限使用网络共享资源。

图 8-2-2 工作组中正在运行的计算机

图 8-2-3 Shilw-2 中的共享资源

注意：如果在设置共享时，共享名后附加了$符号，则在此不显示图标。

（4）双击要访问的共享文件夹，例如“学生优秀电子作业集”，即可将其打开，如图 8-2-4 所示。

共享文件夹使用方法和本地文件夹类似，例如右击某一图标，从弹出的快捷菜单中选择“复制”命令，然后切换到本机桌面，按下 Ctrl+V 键即可将选定的内容复制到桌面上。如果无法在其中创建文件夹，则说明该共享资源是只读的。

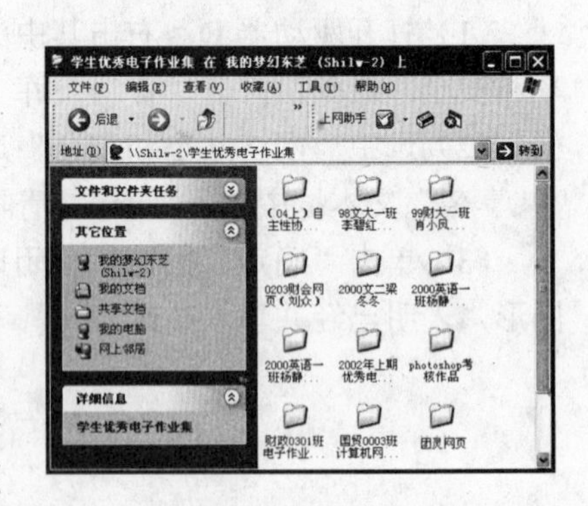

图 8-2-4 打开共享文件夹

8.2.2 net 命令

net 是一个用于测试局域网的命令集合，其中 net view 和 net share 常用于查看网络共享资源。

1. net view

net view 命令的重要用途之一就是查看指定计算机中的共享资源。

命令格式：net view 计算机名称

例如打开“命令提示符”窗口，运行 net view Shilw-2 命令。Shilw-2 上面的共享资源会以列表形式显示，如图 8-2-5 所示。

2. net share

net share 命令用于显示本地计算机上所有的共享资源，其中包括隐藏的共享资源。方法是在“命令提示符”窗口中直接运行 net share 命令，如图 8-2-6 所示，隐藏的共享资源显示在前面。

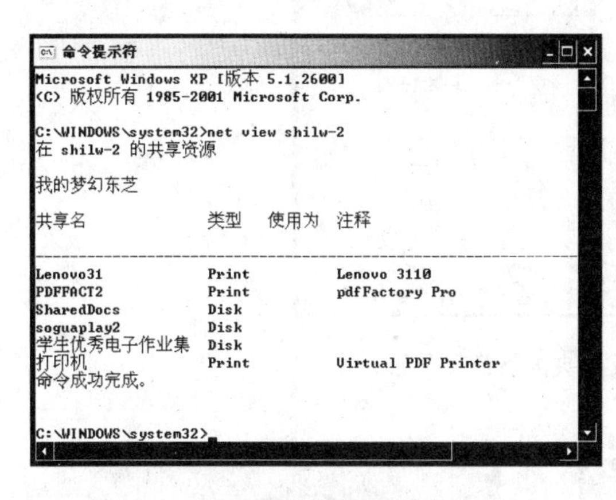

图 8-2-5　显示指定计算机上的共享资源

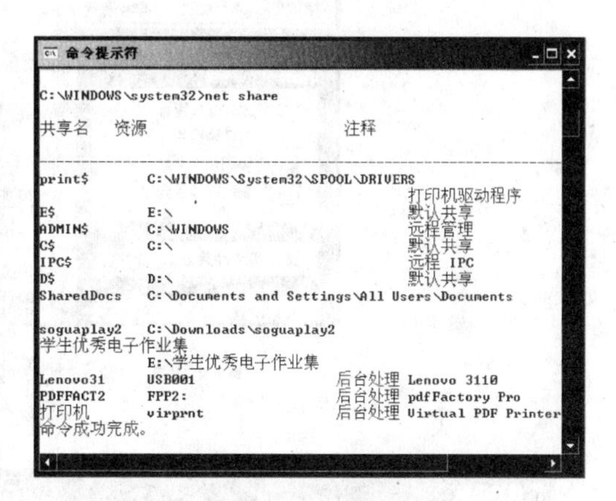

图 8-2-6　本地计算机上的所有共享资源

8.2.3　UNC 名称

如果知道网络上某个共享资源的具体名称和路径，可以使用 UNC（universal naming convention）名称直接打开，对于隐藏的共享资源十分方便。UNC 是网络上通用的共享资源命名方式，具体形式定义为：

\\计算机名称\共享名称\子目录名称\文件名称

UNC 所定义的共享资源路径的含义如下。

（1）计算机名称：在网络中提供共享资源的计算机名称。

（2）共享名称：共享资源名称，可以是文件夹、磁盘驱动器或打印机等资源。如果共享资源是隐藏的，则必须在共享名称后输入$符号。

（3）子目录名称：共享文件夹内的子目录路径。

（4）文件名称：文件夹内的文件名称，必须包括文件扩展名。

在 Windows XP 中，为使用 UNC 功能查看网络资源，打开资源管理器窗口，在“地址”下拉列表框中输入网络资源的路径后按回车键。

例如在计算机 Shilw-2 上有一个名为“学生优秀电子作业集”的共享文件夹，在“地址”下拉列表框中输入“\\Shilw-2\学生优秀电子作业集”，按回车键即可显示其中的内容，如图 8-2-7 所示。在计算机 Si 上有一个名为 Song$的隐藏共享文件夹，则在“地址”下拉列表框中输入\\Si\song$，按回车键为查看其中的内容。

如果将路径具体到文件名称，则会直接使用本地计算机上相应的程序打开该文件。例如在“地址”下拉列表框中输入“\\Si\图片宝库\flowers\素材合成 1.jpg”，如图 8-2-8 所示，按回车键打开文件，如图 8-2-9 所示。

注意：如果在“地址”下拉列表框中漏输了“\\”符号，则显示如图 8-2-10 所示的错误提示；如果指定的网络共享资源不存在，则会出现如图 8-2-11 所示的错误提示。

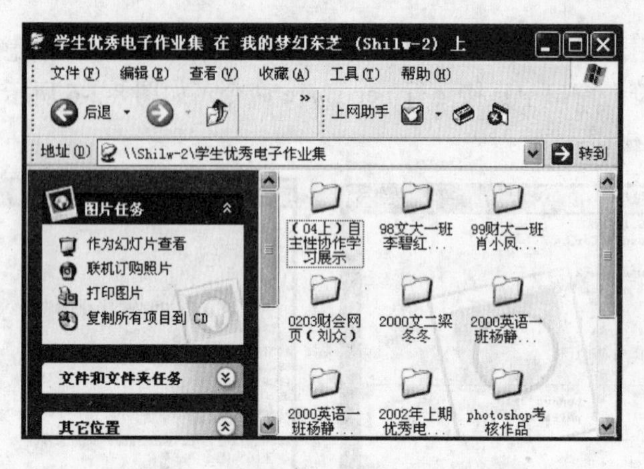

图 8-2-7　输入共享文件夹的路径和名称

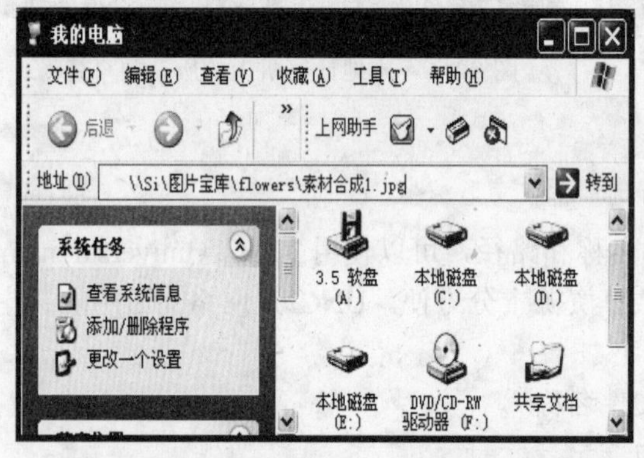

图 8-2-8　输入网络资源具体路径和文件名称

图 8-2-9　打开指定文件

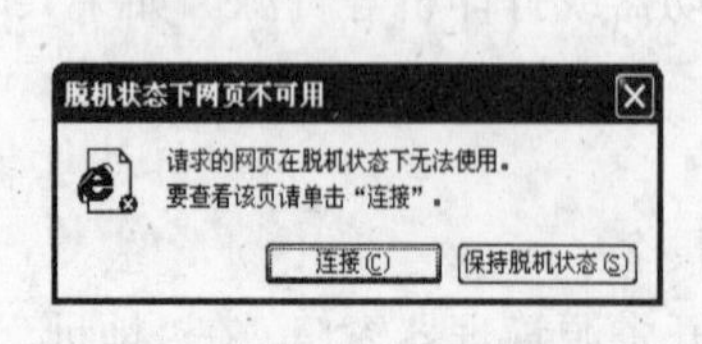

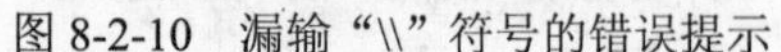

图 8-2-10　漏输“\\”符号的错误提示

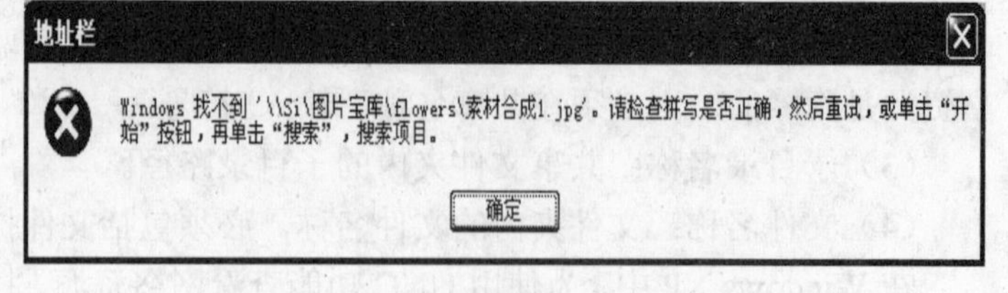

图 8-2-11　指定的共享资源不存在的错误提示

8.2.4　案例——复制隐藏共享文件夹中的文件到本地硬盘

1．案例说明

在计算机 Si 上有一个隐藏的共享文件夹 song，其中存放了 20 首 MP3 歌曲。如何将这些 MP3 歌曲全部复制到本地计算机的 E 盘中？

2．实现方法

（1）确保计算机 Si 正在运行且网络正常。

（2）双击本地计算机桌面上的“我的电脑”图标，打开“我的电脑”窗口。

（3）在“地址”下拉列表框中输入\\Si\song$后按回车键。

（4）打开共享文件夹 song，按下 Ctrl+A 键，选中其中全部的 MP3 歌曲。

（5）按下 Ctrl+C 键复制，打开本地计算机的 E 盘，按下 Ctrl+V 键粘贴，开始复制歌曲，直到完成。

8.3 搜索计算机

8.3.1 计算机搜索步骤

如果知道对方计算机的名称，可以使用“搜索”功能确定对方计算机是否正在运行。在 Windows XP 中搜索计算机的方法如下。

（1）右击桌面上的“网上邻居”图标，从弹出的快捷菜单中选择“搜索计算机”命令，打开“搜索结果-计算机”窗口。

（2）在“计算机名”文本框中输入要搜索的计算机名，例如 Shilw-2。

（3）单击“搜索”按钮，如果该计算机连接到网络并正在运行，稍后即可显示，如图 8-3-1 所示。

技巧：如果要同时搜索多台计算机，各计算机名称之间以英文逗号（,）间隔，例如“He,Si,Li”。如果没有输入计算机名，而单击“搜索”按钮，将显示网络中所有正在运行的计算机。

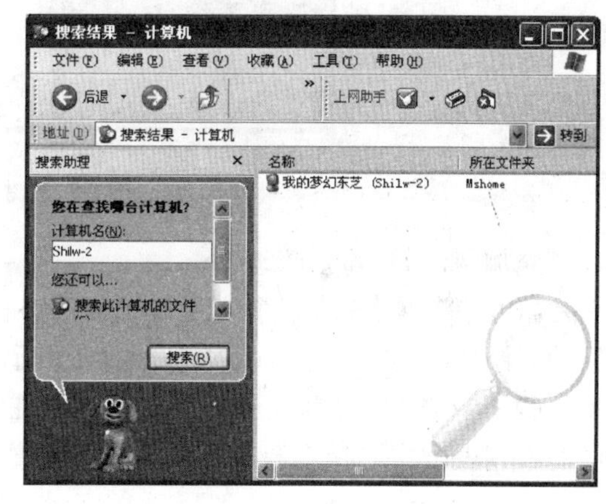

图 8-3-1　搜索计算机

（4）双击找到的计算机，即可显示其中的共享资源。

8.3.2 案例——搜索某局域网中的 3 台计算机

1．案例说明

某局域网中有 10 台计算机，名称分别为 a～j，同时搜索计算机 a、b、c。

2．实现方法

（1）右击桌面上的“网上邻居”图标，从弹出的快捷菜单中选择“搜索计算机”命令，打开“搜索结果-计算机”窗口。

（2）在“计算机名”文本框中输入“a, b, c”。

（3）单击“搜索”按钮，稍后显示搜索结果。

8.4 添加网上邻居

8.4.1 添加网上邻居的方法

在“网上邻居”窗口中，通常会显示若干个共享文件夹的快捷图标。它们被称为网上邻居，如图 8-4-1 所示。通过双击“网上邻居”图标，可以直接打开它所指向的共享文件夹，而不必一层一层地查找。

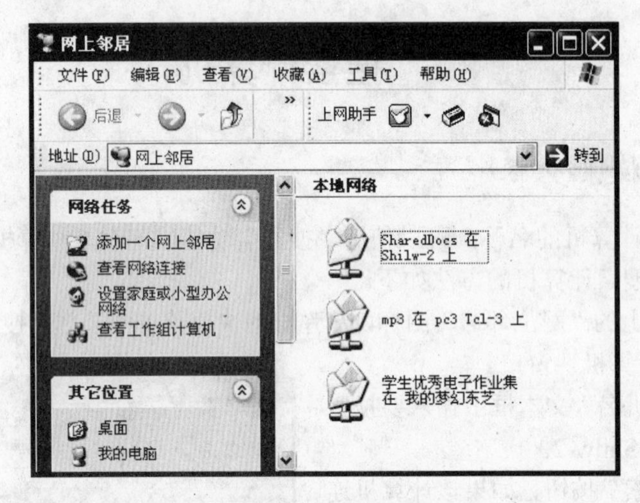

图 8-4-1　网上邻居图标

添加网上邻居的方法如下。

（1）在“网上邻居”窗口中单击“网络任务”窗格中的“添加一个网上邻居”超链接，启动“添加网上邻居向导”，如图 8-4-2 所示。

（2）单击“下一步”按钮，打开“要在哪儿创建这个网上邻居”对话框。在“网络提供商”列表框中选择“选择另一个网络位置”选项，如图 8-4-3 所示。

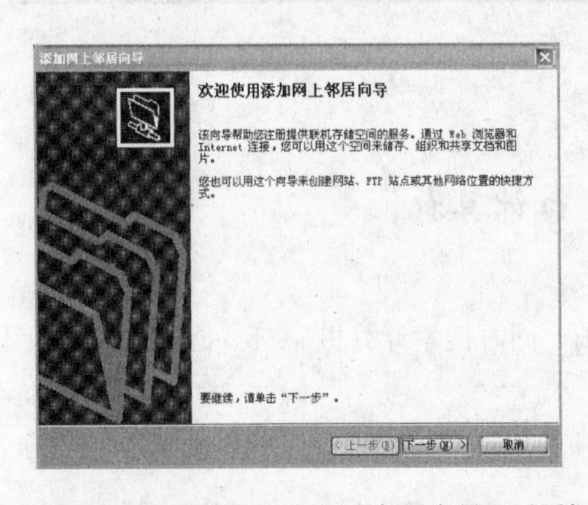

图 8-4-2 “欢迎使用添加网上邻居向导”对话框

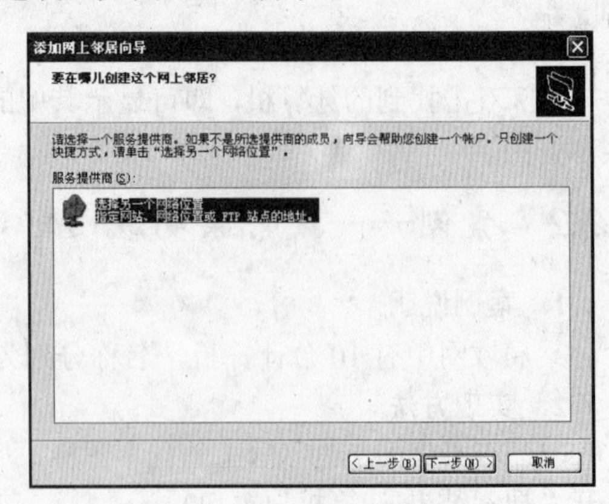

图 8-4-3　选择服务提供商

（3）单击“下一步”按钮，打开“这个网上邻居的地址是什么？”对话框，在“Internet

或网络地址”文本框中输入网上邻居的地址，如图 8-4-4 所示。或者单击“浏览”按钮，打开“浏览文件夹”对话框，在其中查找网上邻居的位置，如图 8-4-5 所示，然后单击“确定”按钮返回。

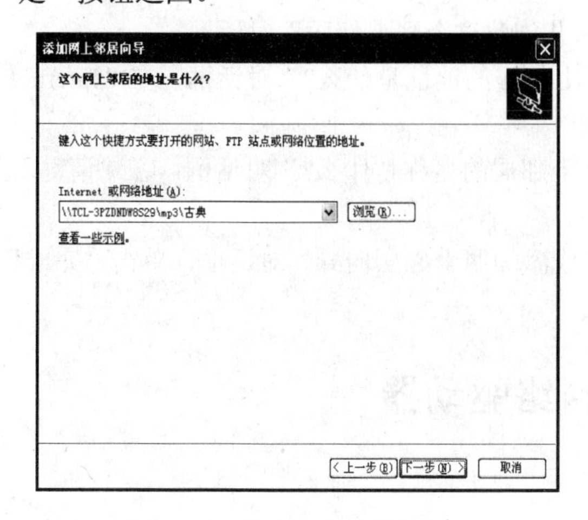

图 8-4-4 指定网上邻居的位置

图 8-4-5 “浏览文件夹”对话框

（4）单击“下一步”按钮，打开“这个网上邻居的名称是什么？”对话框，如图 8-4-6 所示，在“请键入该网上邻居的名称”文本框中输入网上邻居名称。

（5）单击“下一步”按钮，打开“正在完成添加网上邻居向导”对话框，如图 8-4-7 所示。

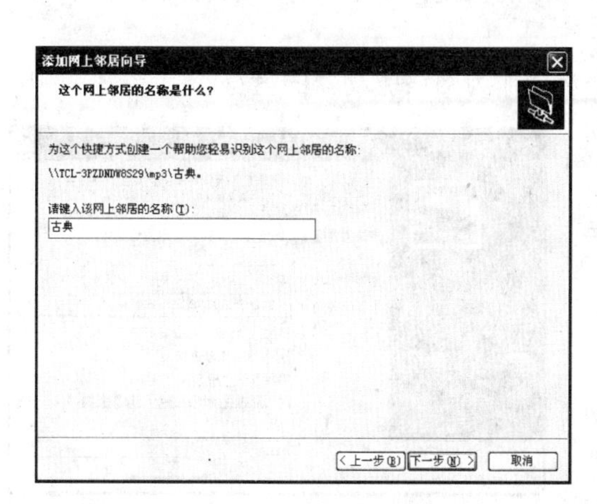

图 8-4-6 “这个网上邻居的名称是什么?”对话框

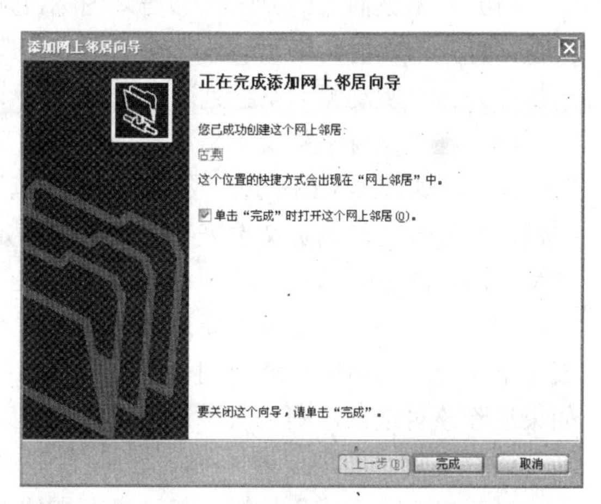

图 8-4-7 “正在完成添加网上邻居向导”对话框

（6）单击“完成”按钮，成功地添加一个名称为“古典”的网上邻居。如果选中“单击‘完成’时打开这个网上邻居”复选框，则打开该网上邻居，显示其中的内容。

8.4.2 案例——将某计算机的一个隐藏共享文件夹添加为网上邻居

1．案例说明

在计算机 He 上有一名称为“好听歌曲”的隐藏共享文件夹，在 Si 上将其添加为一个网上邻居，名称为 song。

2．实现方法

（1）双击 Si 桌面上的“网上邻居”图标，打开“网上邻居”窗口，单击“网络任务”窗格中的“添加一个网上邻居”超链接，启动“添加网上邻居向导”。

（2）单击“下一步”按钮，打开“要在哪儿创建这个网上邻居”对话框。

（3）单击“下一步”按钮，打开“这个网上邻居的地址是什么?”对话框，在“Internet 或网络地址”文本框中输入“\\He\好听歌曲$”。

（4）单击“下一步”按钮，打开“这个网上邻居的名称是什么?”对话框，在“请键入该网上邻居的名称”文本框中输入 song。

（5）单击“下一步”按钮，打开“正在完成添加网上邻居向导”对话框，单击“完成”按钮，完成添加。

8.5　映射网络驱动器

8.5.1　网络驱动器的映射方法

如果经常使用网络中其他计算机上的某个共享项目，可以将其映射为网络驱动器，这样将大大方便操作。网络驱动器和本地驱动器都显示在“我的电脑”窗口中，只要正确连接网络驱动器，使用起来就像在本地计算机操作一样。

映射网络驱动器的使用方法如下。

（1）右击桌面上的“网上邻居”图标，从弹出的快捷菜单中选择“映射网络驱动器”命令，打开“映射网络驱动器”对话框。

（2）在“驱动器”下拉列表框中选择一个字母作为网络驱动器的盘符。

（3）在“文件夹”文本框中输入网络驱动器的路径，如图 8-5-1 所示。或者单击“浏览”按钮，在打开的“浏览文件夹”对话框中指定网络驱动器的位置。

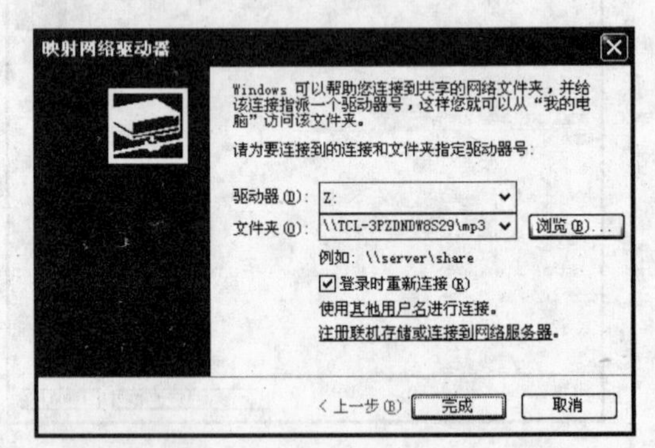

图 8-5-1　“映射网络驱动器”对话框

（4）默认为“登录时重新连接”复选框，表示下次登录网络时会连接到该网络驱动器；如果清除该复选框，则下次登录网络时会自动断开该网络驱动器。

（5）单击“完成”按钮，自动打开网络驱动器窗口。单击“⤴”按钮，回到“我的电脑”窗口。在其中可以看到所创建的网络驱动器，如图 8-5-2 所示。

网络驱动器的使用方法和本地驱动器类似。需要注意的是，如果将文件夹设置为只读共享，其他用户就没有修改网络驱动器内容的权限。

如果映射过多的网络驱动器，Windows XP 的启动速度会明显变慢。此时，可以断开网络驱动器，方法是打开“我的电脑”窗口，右击需要断开的网络驱动器图标，从弹出的快捷菜单中选择“断开”命令。

图 8-5-2　网络驱动器图标同样位于“我的电脑”窗口中

8.5.2　案例——将某计算机上的共享文件夹映射为网络驱动器

1．案例说明

在计算机 Li 上有一名称为 backup 的共享文件夹，在 si 上将其映射为网络驱动器，盘符指定为 X，然后将网络驱动器 X 重命名为“软件备份”。

2．实现方法

（1）双击 si 桌面上的“网上邻居”图标，打开“网上邻居”窗口。

（2）单击“网络任务”窗格中的“查看工作组计算机”超链接，显示工作组中的计算机，其中包括 Li。

（3）双击计算机 Li 图标，打开 Li 窗口，显示的共享资源中包括 backup 共享文件夹。

（4）右击 backup 共享文件夹，从弹出的快捷菜单中选择“映射网络驱动器”命令，打开“映射网络驱动器”对话框。

（5）从“驱动器”下拉列表中选择“X:”，单击“完成”按钮，打开网络驱动器 X 的窗口。

（6）单击工具栏中的“”按钮，回到“我的电脑”窗口。

（7）单击网络驱动器 X 图标，选择“文件”|“重命名”命令或按下 F2 键，输入名称“软件备份”后按回车键。

8.6　共享打印机

整个局域网中只要有一台打印机，使用共享打印机功能即可满足需要，大大节省了资金投入。将这台打印机共享，然后在其他计算机上添加网络打印机，这样，所有用户都可以方便地使用打印机。

8.6.1　设置打印机共享

要想让局域网中的其他用户使用同一台打印机，必须首先设置共享打印机，方法如下。

（1）在安装打印机的计算机上选择“开始”|“设置”|“打印机和传真”命令，打开“打

印机和传真”窗口。其中显示这台计算机上所安装的打印机，如图 8-6-1 所示。

（2）右击需要共享的打印机图标，从弹出的快捷菜单中选择“共享”命令，打开打印机的“属性”对话框。在“共享”选项卡中选中“共享这台打印机”单选按钮，并在“共享名”文本框中输入共享名称，如图 8-6-2 所示。

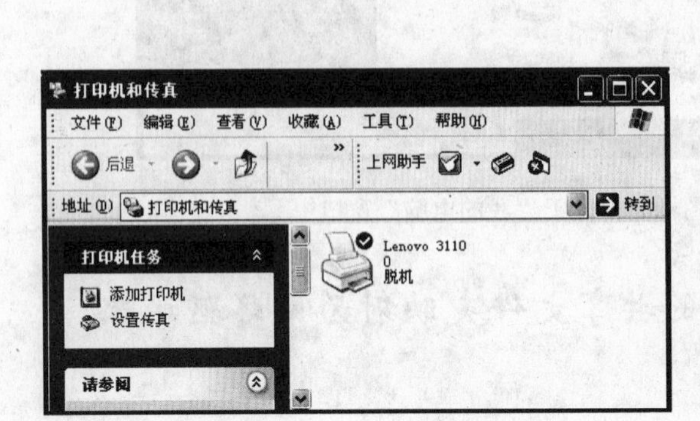

图 8-6-1 “打印机和传真”窗口

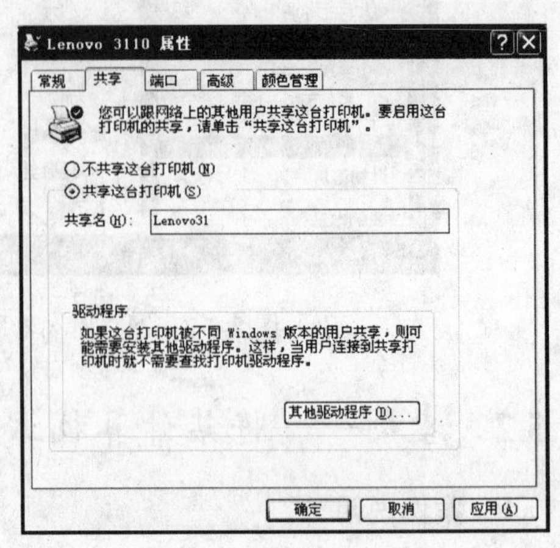

图 8-6-2 “共享”选项卡

（3）单击“确定”按钮，将该打印机设置为共享。这样，网络中的其他用户可以通过网络添加网络打印机。

8.6.2 添加网络打印机

将打印机设置为共享后，网络中没有安装打印机的计算机可以通过网络添加打印机，实现共享打印机。添加网络打印机的操作步骤如下。

（1）打开“打印机和传真”窗口，单击“打印机任务”窗口中的“添加打印机”超链接，启动添加打印机向导，如图 8-6-3 所示。

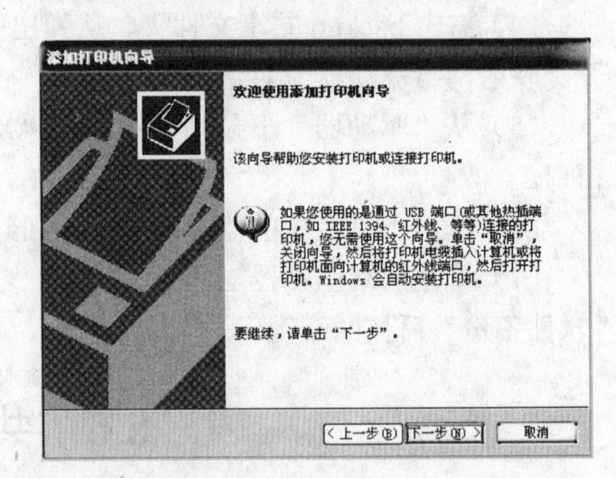

图 8-6-3 欢迎使用添加打印机向导

（2）单击“下一步”按钮，打开“本地或网络打印机”对话框，选中“网络打印机，或连接到另一台计算机的打印机”单选按钮，如图 8-6-4 所示。

（3）单击“下一步”按钮，打开“指定打印机”对话框，选中“浏览打印机”单选按钮，如图 8-6-5 所示。

（4）单击“下一步”按钮，打开“浏览打印机”对话框，在“共享打印机”列表框中选择要添加的网络打印机，此时“打印机”文本框中会显示所选打印机的名称，如图 8-6-6 所示。选择打印机后，若要更改打印机的名称，只需在“打印机”文本框中输入新的名称。

（5）单击“下一步”按钮，打开“默认打印机”对话框。选中“是”单选按钮，将这台打印机设置为默认打印机，如图 8-6-7 所示。有打印任务时，计算机会首先把文档送到默认打印机。

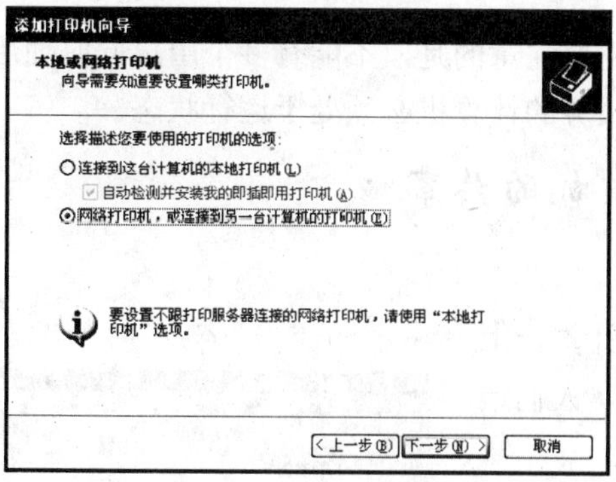

图 8-6-4 “本地或网络打印机”对话框

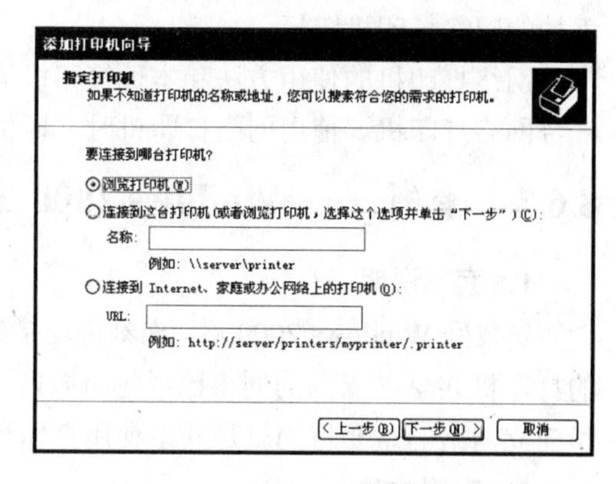

图 8-6-5 “指定打印机”对话框

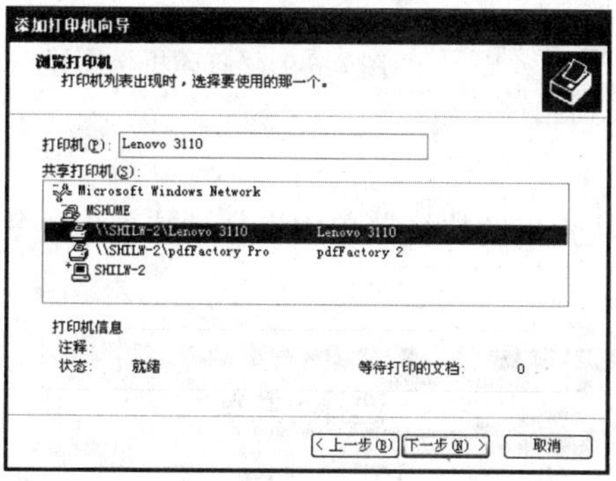

图 8-6-6 “浏览打印机”对话框

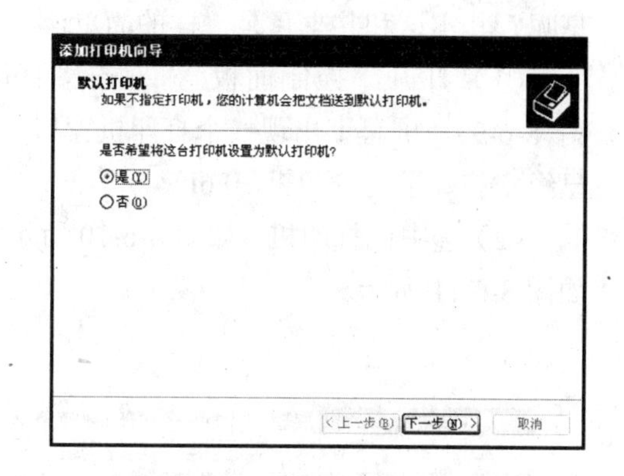

图 8-6-7 “默认打印机”对话框

（6）单击“下一步”按钮，打开“正在完成添加打印机向导”对话框，如图 8-6-8 所示。

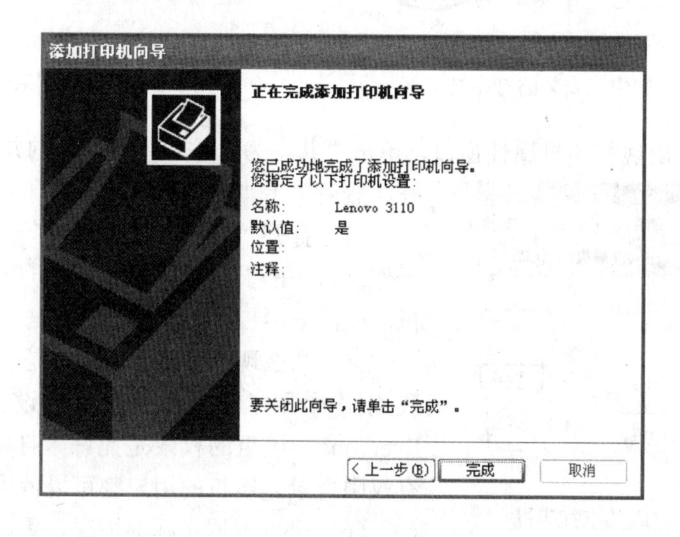

图 8-6-8 正在完成添加打印机向导

（7）单击“完成”按钮，成功添加网络打印机。在“打印机和传真”窗口中会显示所添加的网络打印机图标。

网络打印机的使用方法和本地打印机类似。需要注意的是，不能有多个用户同时使用一台网络打印机。使用网络打印机时，提供打印服务的计算机必须处于运行状态。

8.6.3 案例——Windows 2000 中打印机的共享

1．案例说明

安装好 Windows 2000 后，立刻将连接在自己计算机上的打印机共享，周围的同事已经等待多时了。其实人们最早建立网络的主要目的就是共享使用打印机资源。

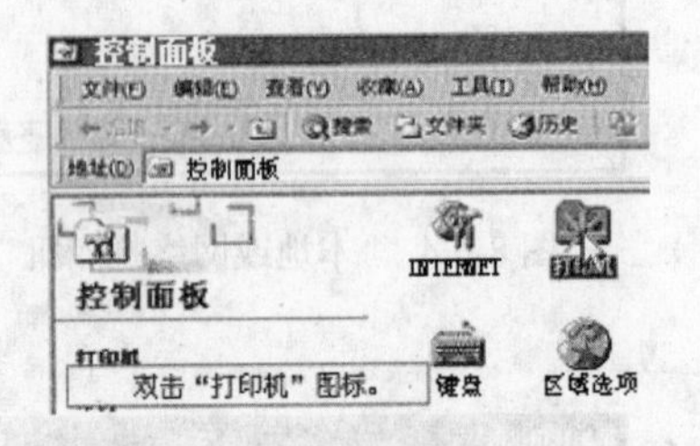

图 8-6-9 “打印机”图标

2．实现方法

那么在 Windows 2000 Professional 中怎样将打印机共享呢？其实这和共享目录一样的简单。

（1）打开“控制面板”，双击“打印机”图标（见图 8-6-9），屏幕上出现一个打印机窗口，其中可看到当前已经安装好了的打印机 HP6L。

（2）选中此打印机，如图 8-6-10 所示。右击，从弹出的快捷菜单中选择“共享”命令，如图 8-6-11 所示。

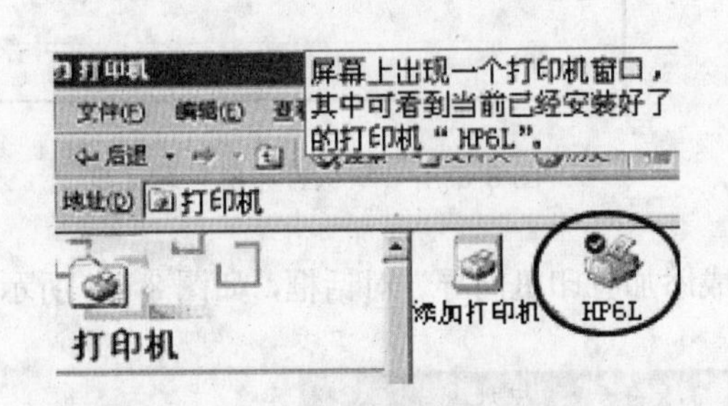

图 8-6-10 选中已安装的打印机

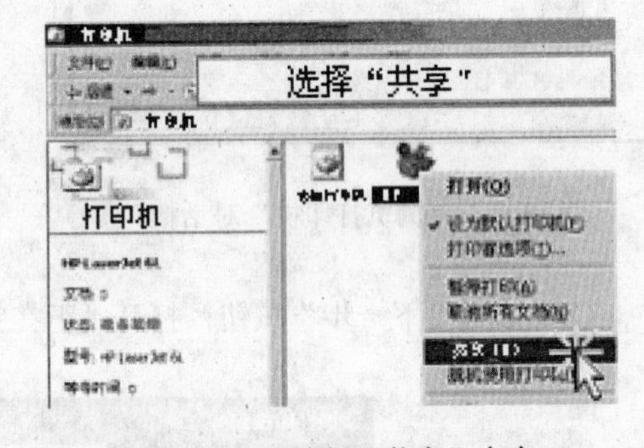

图 8-6-11 选择“共享”命令

（3）屏幕上出现打印机属性窗口，单击“共享为”按钮，打印机的共享名称将自动填好。然后单击“应用”按钮，打印机就共享好了。

图 8-6-12 完成共享打印机

（4）打开“网上邻居”。再打开“Windows 2000 工作站”，在它的共享资源中就可以看到共享的打印机，如图 8-6-12 所示。

（5）那么现在其他网络用户是否可以打印了呢？我们来看看打印机的“安全”设置。单击用户组 Everyone，该组的权限是允许“打印”，这表明只要有权限登录到本机的用户都可以使用打印机。

（6）可以根据实际的情况，重新分配使用权限，操作方法和设置共享目录权限一样。

8.6.4 案例——利用 HTTP 远程管理共享打印机

1. 案例说明

打印机已经成为现代办公和家庭不可或缺的一部分了，企业或学校更是必不可少。而随着人们对打印速度和质量的追求，使得企业和学校拥有打印机的数量也越来越多。打印机的维护和管理也成为现代企业效率的保证，而管理员又不可能时时刻刻守在打印室。伴随而生地出现了远程管理技术。下面以 Windows 2003 作为一台打印服务器，来介绍 HTTP 技术在管理打印机方面的应用。

2. 实现方法

（1）打开 Windows 2003 的打印机管理界面，执行“开始”|“设置”|“打印机和传真”命令。如图 8-6-13 所示，本台服务器上面连接了两台打印机（图标上有✔的表示为默认打印机）。

（2）要实现远程管理，首先要安装必需和必要的服务。打开控制面板，双击“添加或删除程序”，如图 8-6-14 所示。

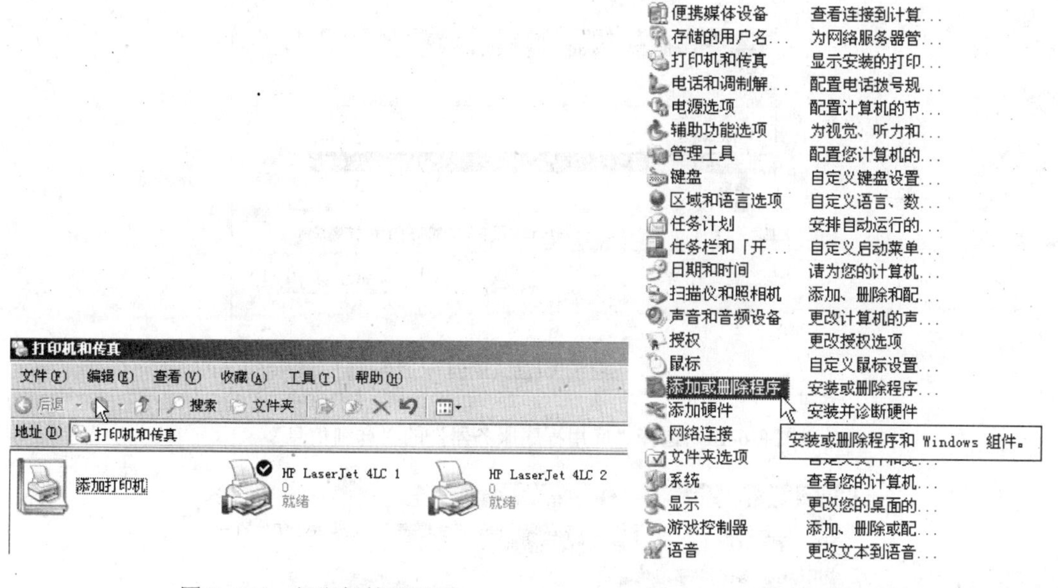

图 8-6-13　打印机管理界面

图 8-6-14　控制面板“添加或删除程序”

（3）在弹出的窗口中，选择“添加/删除 Windows 组件”。这里可以安装或删除 Windows 自带的应用程序，如图 8-6-15 所示。

（4）在“Windows 组件向导”窗口的下拉列表中选择“应用程序服务器”复选框，单击“详细信息”按钮进入下一步，如图 8-6-16 所示；继续在下拉列表中选中“Internet 信息服务（IIS）”复选框，单击“详细信息”按钮，如图 8-6-17 所示；然后选中“Internet 打印”复选框，单击“确定”按钮，如图 8-6-18 所示。

（5）选择好组件以后，就可以开始安装了，安装过程中可能要放入 Windows 2003 的安装盘，如图 8-6-19 所示。放入盘片以后继续等待系统安装完成。

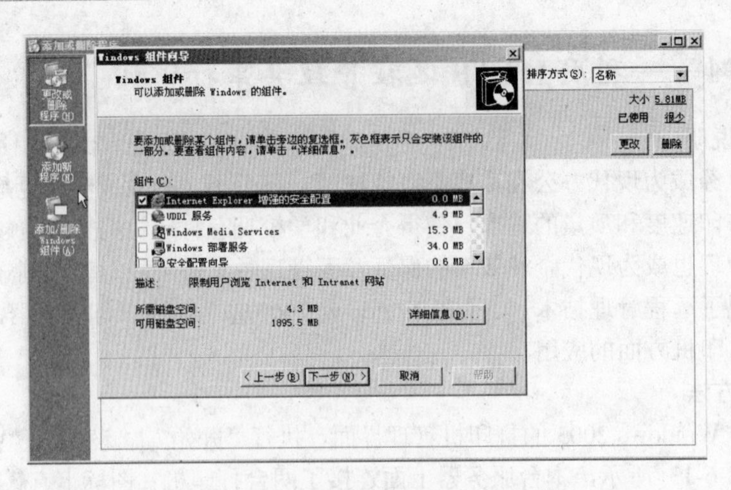

图 8-6-15 添加或删除 Windows 组件

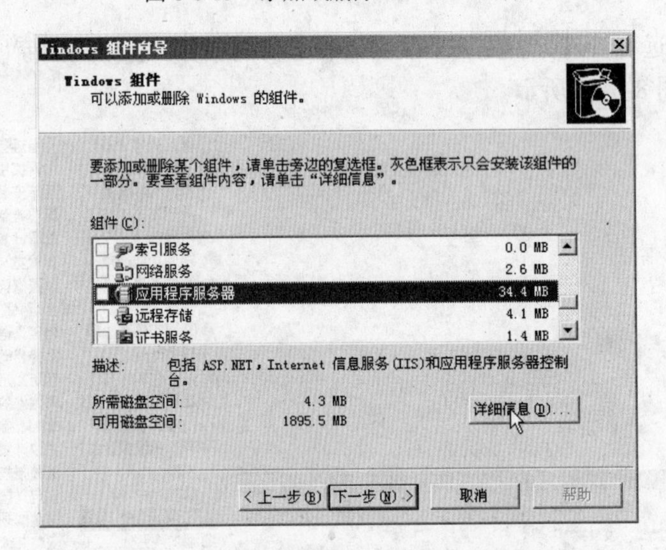

图 8-6-16 选择“应用程序服务器”的“详细信息”

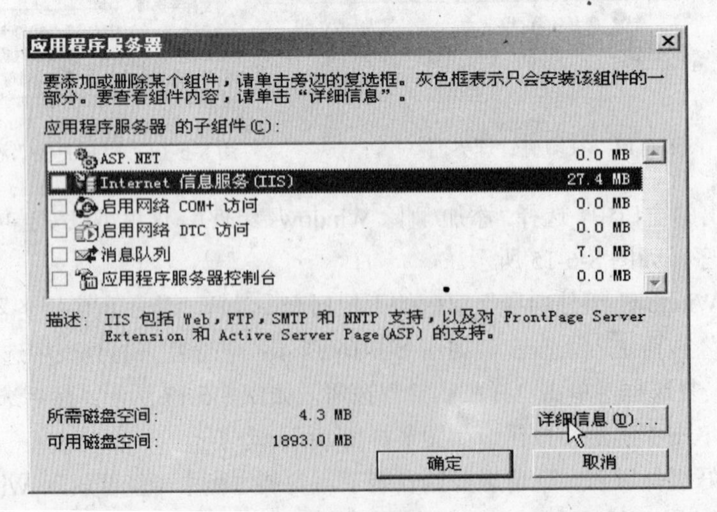

图 8-6-17 选择“Internet 信息服务 IIS” 的“详细信息”

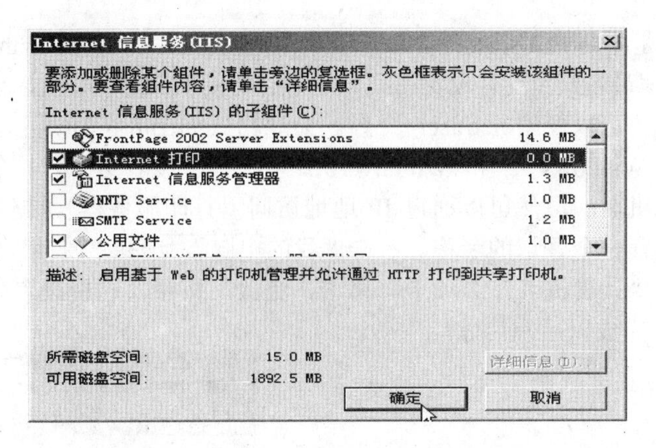

图 8-6-18　选中“Internet 打印”复选框

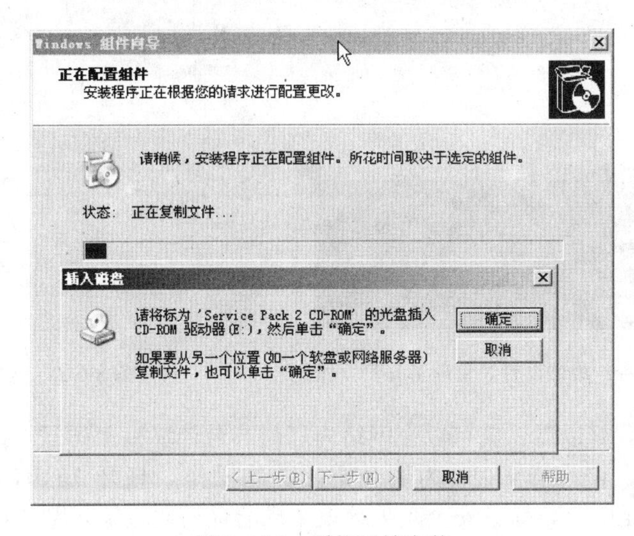

图 8-6-19　系统开始安装

（6）安装完后，打开“管理您的服务器”窗口，如果窗口如图 8-6-20 所示，则安装成功。

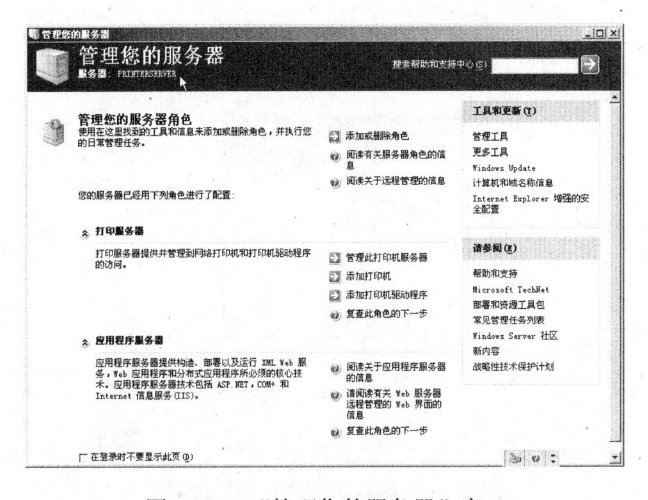

图 8-6-20　“管理您的服务器”窗口

（7）那么现在是不是就可以利用 HTTP 远程管理了呢？别着急。Windows 2003 为了安全考虑，如果“管理员帐户”没有设置密码，是不能访问 HTTP 的，所以要为 administration 帐号设置一个密码，可以使用 net user 命令。命令格式如图 8-6-21 所示，其中“abc123”为密码（在以前的 Windows 95 和 Windows 98 系统中，最多支持 14 个字符的密码）。

（8）设置计算机名。虽然可以通过 IP 地址访问“打印服务器”，但是为了便于记忆还是应该为服务器设置一个好记的名称。右击“我的电脑”，选择“属性”命令，在“系统属性”对话框中选择“计算机名”选项卡，单击“更改”按钮，这里设置为“printerserver”，如图 8-6-22 所示。完成以后重启才能生效。

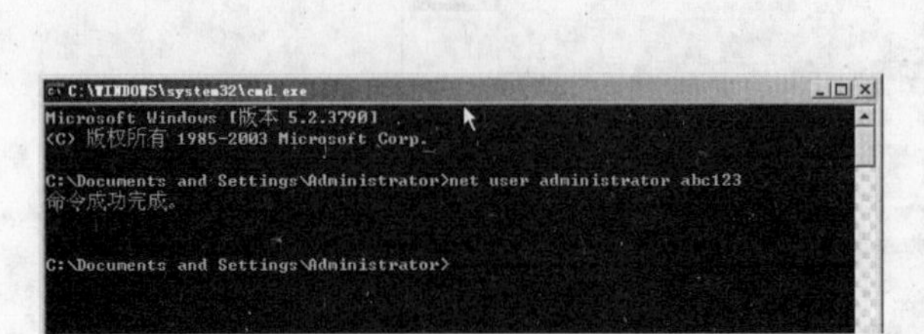

图 8-6-21　使用 net user 命令设置“管理员帐户”密码

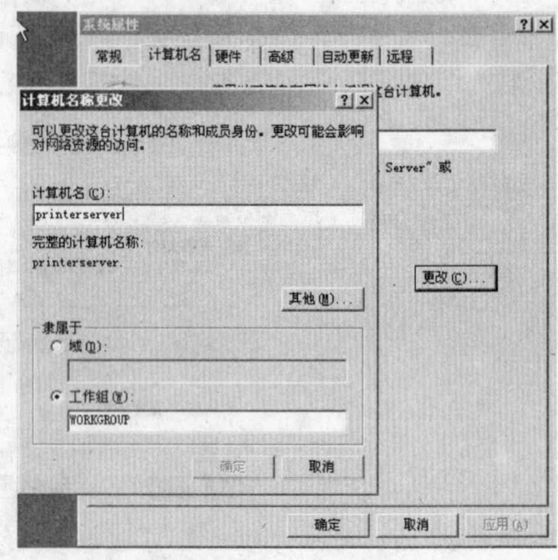

图 8-6-22　设置计算机名

（9）上述都设置好以后，就可以在网络内任何一台计算机上访问“打印服务器”来管理打印机。下面以 Windows XP 为例介绍相关的操作，打开 IE，在地址栏输入网址 http://printerserver/printers。为了安全起见这里要求验证密码，输入刚才设置好的数据，单击“确定”按钮，如图 8-6-23 所示。

（10）输入正确以后，进入网站就可以看到连接服务器上的两台打印机，如图 8-6-24 所示。

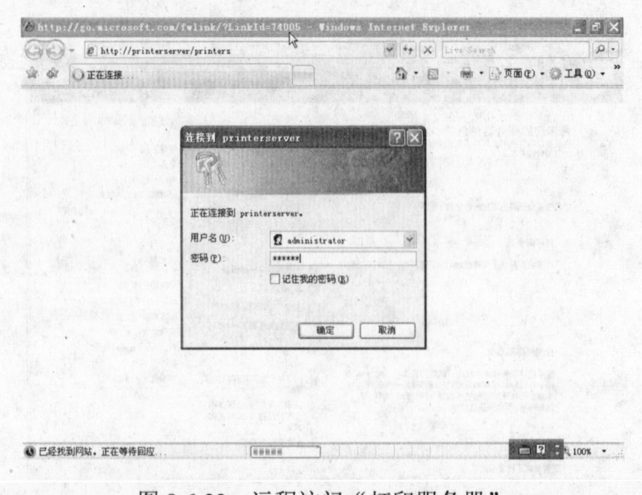

图 8-6-23　远程访问“打印服务器”

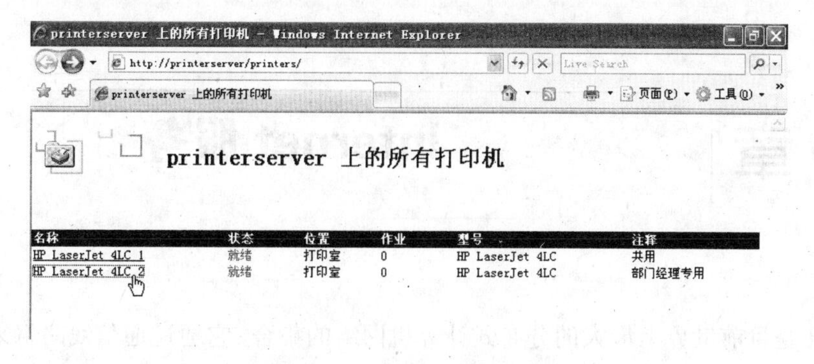

图 8-6-24 进入网站查看打印机

（11）任意单击一台打印机的连接，就可以进入详细的界面，如图 8-6-25 所示。现在就可以轻松地管理服务器上的打印机了。

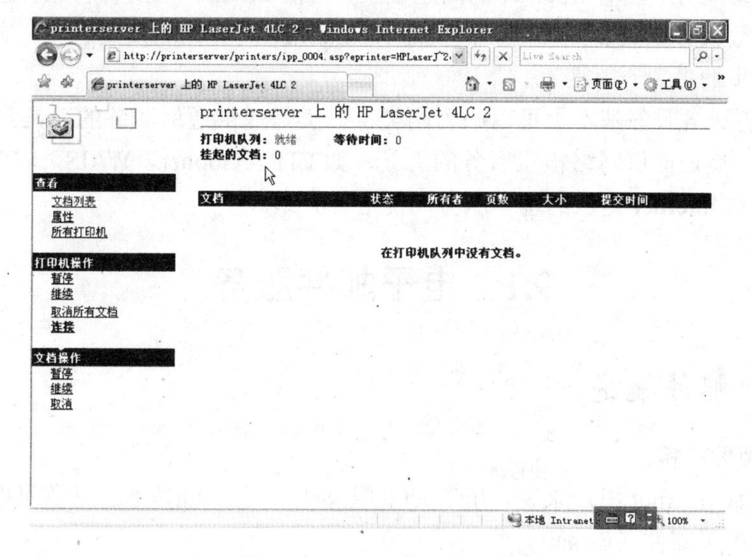

图 8-6-25 远程管理打印机

第9章 Internet 服务

Internet 是目前世界上最大的分布式计算机网络的集合，它通过通信线路将来自全世界的几万个大大小小的计算机网络互相连接在一起，按照 TCP/IP 协议互连互通，共享资源。每个计算机网络又相对独立、分散管理。为了使全世界 100 多个国家的 3000 多万用户能够高效、快捷地利用 Internet 资源，必须使用 Internet 上的各种网络工具，充分利用 Internet 提供的各种网络服务。随着 Internet 的高速发展，目前 Internet 上的各种服务已多达 65 535 种，其中大多数服务是免费提供的。而且随着 Internet 商业化的发展趋势，它所能提供的服务将会进一步增多。

Internet 的网络服务基本上可以归为两类：一类是提供通信服务的工具，如 E-mail，Telnet 等；另一类是提供网络检索服务的工具，如 FTP，Gopher，WAIS，WWW 等。

本章主要对 Internet 提供的基本服务功能进行介绍。

9.1 电子邮件服务

9.1.1 电子邮件概述

1. 电子邮件的特点

对于大多数 Internet 用户来说，Internet 的主要功能之一就是通过计算机网络发送和接收信件，简称电子邮件（E-mail）。

电子邮件服务是一种利用计算机和通信网络传递信息的现代化通信手段。一个 Internet 用户只要申请一个 E-mail 地址，就可以从自己的计算机上向 Internet 上任何拥有 E-mail 地址的用户发送电子邮件，用户还可以通过电子邮件向 Internet 上的各种计算机发送指令。

与传统邮件相比，E-mail 具有如下优点：

- 不论发送多少邮件，费用是固定的。因此特别适合于发送商用信息及发送公文。由于电子邮件是通过邮件服务器来传递的，因此即使对方不在，仍可将邮件发送到对方的邮箱。另外发送邮件的时间不受限制，如果加班到半夜两点想要发一个邮件，照样畅通无阻。
- 收到邮件的对方可对其内容进行修改，再寄回原发送者。
- 发送一个电子邮件一般不超过 1 分钟，可谓高速高效。
- 如果收件人地址有误，立刻就会返回发送者的手里，对之进行修改后再发送出去。

综上所述，电子邮件的特点如下所述。

（1）快速。只要单击一下，信件就能在几秒之内发送到世界各地。

（2）便宜。使用电子邮件，不论目的地有多远，只需支付有限的上网费用即可，比通过贴邮票寄信便宜。

（3）方便。用户可以在任何地方、任何时间收发邮件，不受时间、天气、地理位置的影响。

（4）内容丰富。在电子邮件中可以附加多媒体信息，例如声音、图片、录像等，是传统的通信手段所无法比拟的。

2．电子邮件提供的服务

电子邮件软件通常提供以下功能。

（1）接收与发送电子邮件。通过 Internet 将邮件发送到收信人的邮箱，从自己的邮箱中取回信件。

（2）处理电子邮件。如邮件的编辑、分类、通信地址管理等。

3．电子邮件的地址表达

同传统邮件一样，在 Internet 上发送电子邮件，也需要一个地址，这个地址就是在 Internet 上电子邮件信箱的地址。电子邮件地址的一般格式是“用户帐号@主机域名”。主机域名指的是 POP3（post office protocol，邮局协议 3）服务器（其功能为提供邮件服务）的域名。用户帐号是用户在该 POP3 服务器上申请的电子邮箱帐号。例如 xxx@hubce.edu.cn 中，xxx 是用户帐号，hubce.edu.cn 是 POP3 服务器的域名，中间用@隔开。

目前 Internet 上的电子邮件系统有许多种，其格式也不尽相同，但通常由两部分组成：第一部分是控制信息，其作用类似于传统邮件的信封，一般包括邮件从哪里发生（发件人地址）、发到什么地方去（收件人地址）、题目等；第二部分是报文内容，是要发送的真正消息。E-mail 是 Internet 上最早提供的服务之一，也是最基本和用户最常用的服务之一。

9.1.2 Outlook Express 的使用

1．Outlook Express 窗口概貌

在桌面上双击 Outlook Express 图标，或单击任务栏上的图标即可启动 Outlook Express，Outlook Express 窗口如图 9-1-1 所示，其界面包含以下部分。

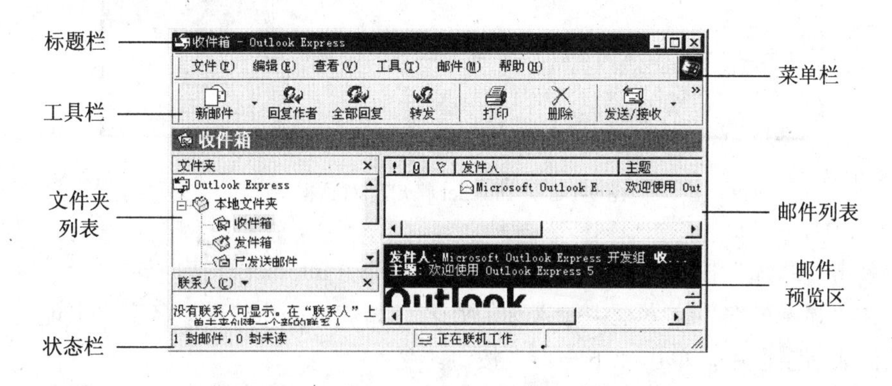

图 9-1-1 Outlook Express 窗口

① 菜单栏：菜单栏显示了所有的菜单，单击菜单名就会显示出一系列的菜单命令。

② 工具栏：工具栏里显示了一系列的按钮，其实就是最常用的菜单命令的快捷方式，

是为了方便用户而设置的，建议在使用 Outlook Express 的通信程序时，将这些工具按钮保持打开的状态。

③ 文件夹列表：文件夹列表显示了 Outlook Express 里的所有的文件夹，用户可以根据自己的实际需要添加或者删除文件夹。

④ 状态栏：状态栏显示了程序当前所处的状态。

⑤ 邮件列表：邮件表里显示用户收到的电子邮件，用户可以不打开电子邮件窗口，在预览区可以直接看到电子邮件的内容。

⑥ 邮件预览区：在此用户可以预览邮件的内容。

2．配置电子邮件帐号

要使用 Outlook Express 收发电子邮件，必须先让 Outlook 知道电子邮件的地址以及提供邮件服务的服务器，即设置邮件帐号。假设用户已申请了一个邮箱地址为 zhangsan@263.net，提供邮件接收服务的 POP3 服务器为 263.net，SMTP（simple message transfer protocol，简单邮件传输协议，用于电子邮件的传输）服务器为 smtp.263.net，其操作步骤如下：

（1）选择“工具”菜单中的“帐号”命令，出现如图 9-1-2 所示的“Internet 帐户”对话框。

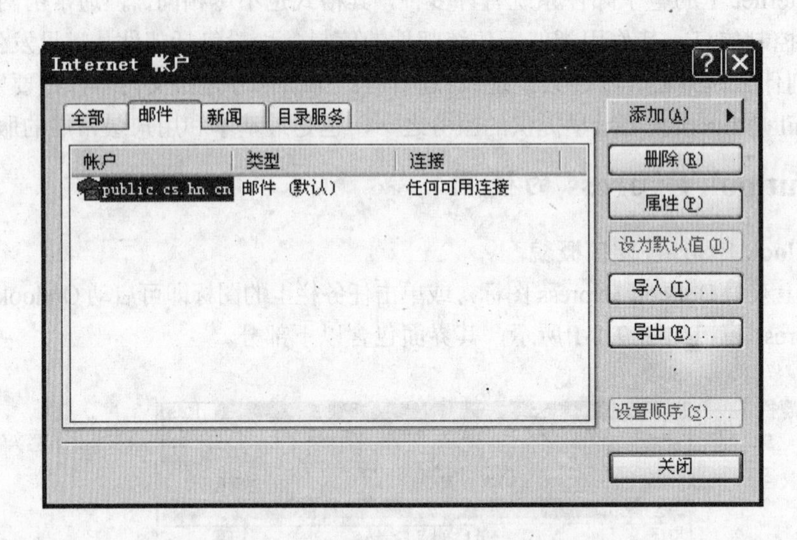

图 9-1-2 “Internet 帐户”对话框

（2）单击“添加”按钮，选择“邮件”选项，启动 Internet 连接向导。

（3）在“显示姓名”文本框中输入你的姓名（如 Zhangsan），该名字将出现在外发邮件的“发件人”字段中，单击“下一步”按钮。

（4）在“电子邮件地址”文本框中输入你的“电子邮件地址”（如 Zhangsan@263.net），单击“下一步”按钮。

（5）在“邮件接收服务器”文本框中输入 POP3 服务器的域名（如 263.net），在“外发邮件服务器”文本框中输入 SMTP 服务器的域名（如 smtp.263.net），单击“下一步”

按钮。

（6）输入邮件帐号（如 Zhangsan）以及密码，单击“下一步”按钮。

（7）当出现“选择连接类型”对话框时，如果是通过专线网络连接，请选择“通过本地局域网（LAN）连接”；如果是用拨号连接，请选择“通过本地电话线连接”，单击“下一步”按钮，选择“使用现有连接”单选按钮，从现有连接列表中选择连接名称。最后单击“下一步”按钮。

（8）单击“完成”按钮，完成配置工作。

添加邮件完毕，该帐号信息项将出现在“Internet 帐户”的邮件列表中。

3．用 Outlook Express 发送邮件

（1）启动 Outlook Express。

（2）在“文件”菜单中选择“新建”命令，选择“邮件”命令，或单击工具栏中的“新邮件”命令按钮，出现如图 9-1-3 所示的发送邮件对话框。

（3）在“收件人”文本框中写入收件人的 E-mail 地址，如 luxh@tup.tsinghua.edu.cn。在“主题”文本框中写入邮件主题，在邮件正文区中写入邮件正文。

（4）若要插入附件，选择“插入”菜单中的“文件附件”命令，如图 9-1-4 所示。选中附件后单击“附件”按钮。

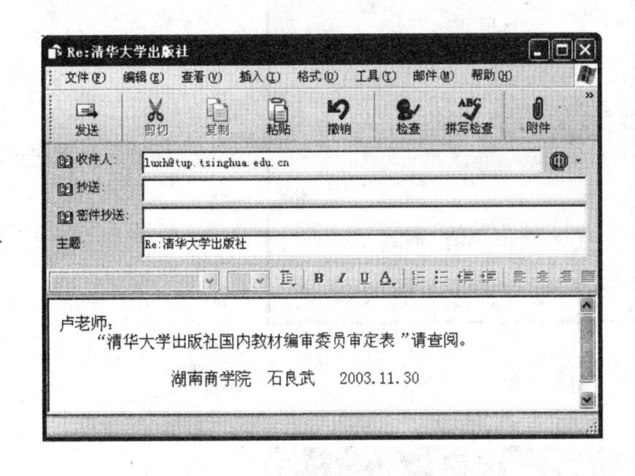

图 9-1-3 发送邮件对话框

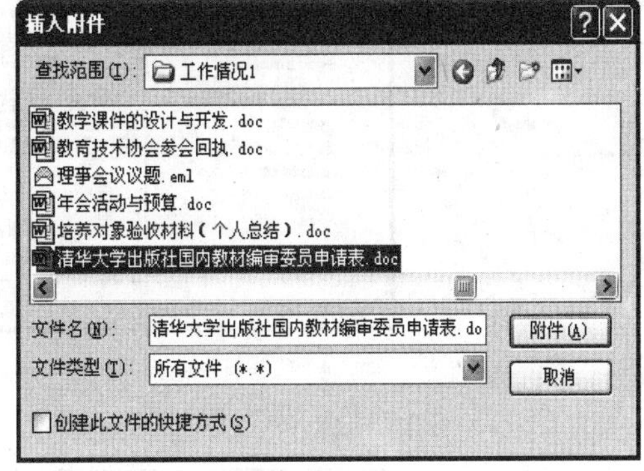

图 9-1-4 插入附件

（5）选择“文件”菜单中的“发送邮件”命令，即可完成邮件的发送。

4．用 Outlook Express 接收邮件

（1）启动 Outlook Express。

（2）选择“工具”菜单中的“发送和接收”命令，选择相应的帐号名，如图 9-1-5 所示。

（3）收件箱中列出了所收到的新邮件。在邮件列表中，刚收到的邮件标题以粗体的形式显示。单击未读的邮件时，在邮件预览框中会显示该邮件的预览内容，如图 9-1-6 所示。

（4）双击该邮件，则显示该邮件的全部内容，如图 9-1-7 所示。若带有附件还可双击打开。

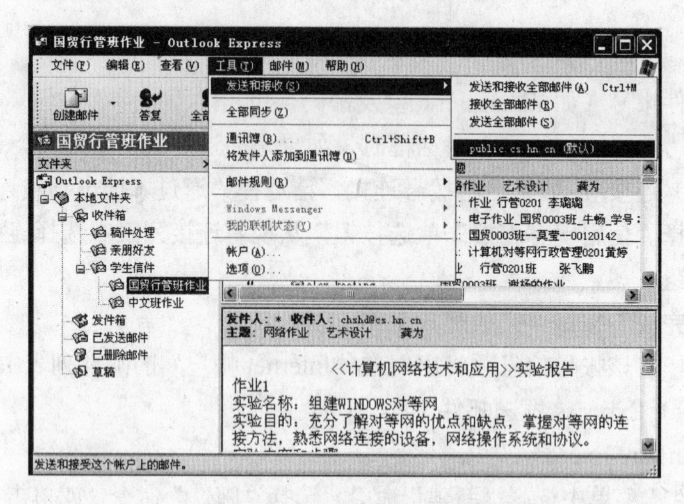

图 9-1-5　发送和接收电子邮件

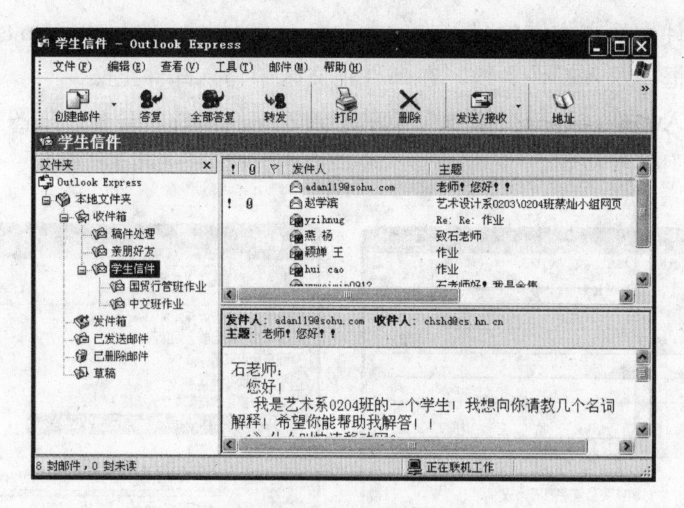

图 9-1-6　新邮件列表

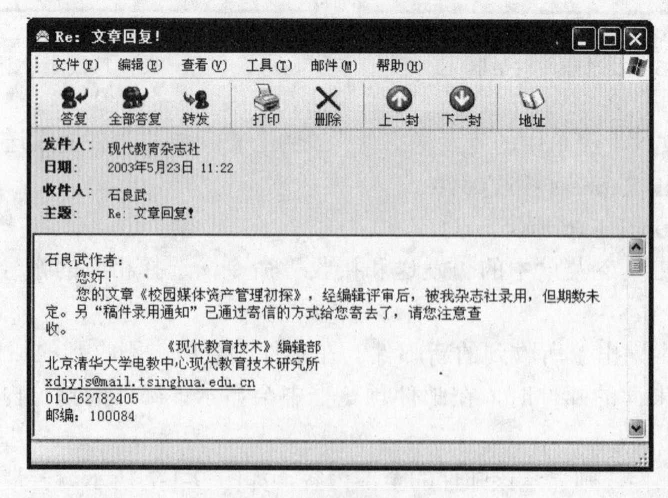

图 9-1-7　查看电子邮件

9.1.3 电子邮箱

随着计算机及网络技术的迅猛发展，网民人数可谓日益飙升。如今，人们可以通过Internet充分感受丰富多彩的数字化生活——网上冲浪、网上聊天、网上炒股、网络旅游、网上求职，甚至网上求医……而最经济实惠的莫过于朋友之间交换E-mail邮件了。

1．普通电子邮箱

我们在上网的时候，都首先必须选择一个ISP——为用户提供因特网服务的公司。用户通过电话线与它相连，它将为用户提供因特网的连接渠道，同时通过这个渠道进行若干项服务，其中包括提供一个电子邮箱，也叫“E-mail地址”，使用户能够传送电子邮件。这就是我们常听说的ISP邮箱，即“普通电子邮箱”了。普通电子邮箱并非所有网民都有，只有掌握着上网帐号及密码的网民才能拥有。相对上网帐号而言，它基本上是一个终身邮件地址。

2．免费电子邮箱

其实，我们不仅要有一个普通电子邮箱，而且还应该拥有一个或若干个“免费电子邮箱”。一般地，免费电子邮箱一般是基于WWW的。提供这种邮箱的不是所有网络服务公司，而只是一部分公司。由于是免费的，所以你无须在提供免费信箱的公司上网。唯一的前提是无论在哪里，只要上网了就行。

免费电子邮箱大致有3种：POP3邮箱、Web邮箱和转信邮箱。

（1）免费POP3邮箱如下。

在目前因特网所提供的3种免费电子邮箱中，POP3邮箱的优点最多，因为使用POP3邮箱的用户可以使用各种E-mail软件，并且不登录Web页面就可以取信、离线读信和写信，大大缩短了上网时间，与ISP提供的电子信箱相比没有什么差别。提供POP3邮箱的有http://mail.sina.com.cn和http://mail.163.com等。

（2）免费Web邮箱如下。

对于Web页面邮箱，一般只适合于在网吧玩（尤其通过代理服务器上网）的网友们。因为它只能登录到Web页面才能收信，不能离线读信和写信。提供这类免费电子邮箱的网站较多，如搜狐http://login.mail.sohu.com、龙腾世纪http://mail.21cn.com等，如图9-1-8所示。

（3）免费转信邮箱如下。

转信邮箱不是真正的电子邮箱，仅仅是一种中转站，设有转发地址，可以将别人发到这个信箱的邮件转发到用户真实的邮箱里去。它的好处是如果用户更换了真实的电子邮箱，只需将转信信箱中的转信地址改一下就可以了，无须另行通知朋友邮箱变了。还有不少转信邮箱都设有过滤垃圾信件的功能，这样邮件炸弹就无法袭击你的电子邮箱。提供转信邮箱的有http://mail.126.com，如图9-1-9所示。

用户在申请免费电子邮箱时，只需用浏览器登录到主页，然后照着提示一步一步地操作就可以了，注意一点就是标有“*”号处是必须填写的，否则系统就拒绝接受。

3．免费邮箱与普通邮箱的区别

无疑，用户上网所在的网络服务公司都会提供一个E-mail地址，为什么还需要申请免费电子邮箱呢？

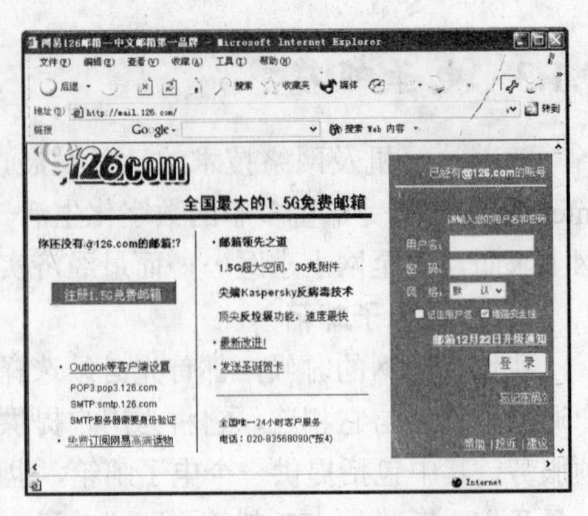

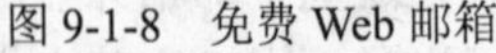

图 9-1-8　免费 Web 邮箱　　　　图 9-1-9　免费转信邮箱

第一，普通电子邮箱的 E-mail 地址，会因用户更换网络服务公司（ISP）而改变，而免费电子邮箱的 E-mail 地址则不受改变网络服务公司的影响。

改换网络服务公司常常是难免的事。比如用户可能因对服务不满意而改换网络服务公司，或者用户调动了工作等。这时用户不得不给其所有的朋友、亲戚、同事、业务关系户发出通知，将新 E-mail 地址告诉他们。免费电子邮箱地址则不受改换网络服务公司的影响，因为无论是上的哪一家 ISP，都可以通过 WWW 浏览器去找到和打开这个免费的电子邮箱。

第二，普通的电子邮箱一般只能通过自己的计算机打开查看，而许多免费邮箱则不受地址和计算机的影响，用户可以在任何一个地点的上网计算机上查看自己的邮件。这是一个很重要的特性，因为用户不可能每天都守在自己那台计算机前，而可能长年东奔西走，或者出差到外省多日，甚至到外国工作一年半载。没有免费信箱，出差在外的用户就会变得“耳聋眼瞎”，或只好用长途电话或借用别人的 E-mail 和家中联系，间接地了解自己的电子信箱里有什么邮件。而有了具有此功能的免费电子邮箱，用户到任何一地，找一台上网计算机，通过 WWW 浏览器找到向用户提供免费邮箱的 ISP 网址，在免费邮箱处输入用户名和口令，就可以打开自己的邮箱，查看别人发送的信件了。

第三，不少免费电子邮箱有自动转信功能，可以弥补自身速度方面的缺点。

通过 WWW 浏览器查看，也有一个小缺点，即连接免费的电子邮箱所在的 ISP 运行速度比较慢。上了网的人都知道，由于网上“路况”有时不太好，“路”窄“车”多，这时输入一个网址后等待得让人着急，这样直接查看免费电子邮箱就难免要等待一点时间了。相比之下，查看自己所在的 ISP 所提供的邮箱，则可以不经过 WWW，一眨眼就调出来，速度快多了。不过，不少免费邮箱有一个“自动转信”的功能，即用户在获得此信箱之后，只要开启“自动转信”的功能，输入自己的 ISP 提供的 E-mail 地址，对方按新的免费邮箱发送邮件，它也会自动地转到用户的普通电子邮件地址上。这样，用户为省时间，就不必上 WWW，而只需像过去一样，打开计算机所在的 ISP 提供的邮箱就可以了。如果用户换了 ISP，也不用再通知他人，而只要改填一下免费邮箱里“自动转信”所要转到的 E-mail 地址，而仍然可以用原来的免费邮箱地址。

第四，在和他人共用一个上网帐号的情况下，没有自己的专有电子邮箱，这一问题可以通过使用免费的电子邮箱解决。例如自己没有计算机，用单位的上网计算机收发邮件，而这台计算机的邮箱有好几个同事都使用，共用一个邮箱，各人的信件谁都能够随时看到，难以保护个人隐私。在此情况下，用免费邮箱就可以使每人都获得完全属于个人的邮箱，这就避免了许多不便。

4．免费邮箱的选择

现在因特网上有许多免费邮箱服务，网民们一般都能申请多个邮箱。这样做的目的，一是为了抵制垃圾邮件，二是可以用不同的邮箱收取不同种类的信件，如一个邮箱用于订阅刊物、一个邮箱专门收朋友的来信等。许多网友甚至因此将自己ISP提供的邮箱闲置不用。其实这样做弊大于利，因为即使最快的免费邮箱也要比ISP邮箱慢。同时，要收取所有邮箱中的信，就要连接上所有邮件服务器（经常是连接的时间比收信的时间还长）。因此建议你最好是申请一个免费转信邮箱，将其转信地址直接指向你的ISP邮箱。对于没有ISP邮箱的网友可指向一个主要的免费邮箱，只从这个邮箱取信。网友可以通过在转信邮箱上设置过滤条件来抵制垃圾邮件；如果感觉较烦琐，可以直接申请两个转信邮箱，一个被炸，立即废弃，启用另一个。然后利用E-mail软件的邮件分拣功能，将不同的信件分门别类地存放在不同的文件夹中。这样我们就既可以享受免费邮箱的好处，同时收发信速度飞快。

5．用 Outlook 管理免费 POP3 邮箱

用Outlook管理免费POP3邮箱的步骤如图9-1-10所示（以163邮箱为例）。

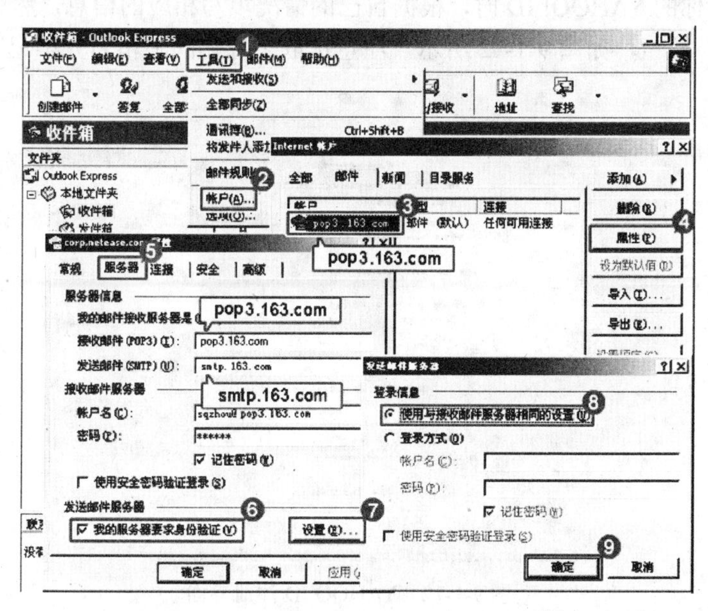

图9-1-10　用Outlook管理免费POP3邮箱

9.1.4　案例——雅虎千兆电子邮箱的申请与使用

大容量免费邮箱始终吸引互联网网民，随着雅虎推出容量为1 000 MB的邮箱，标志着千兆免费邮箱时代的来临。雅虎的1 000 MB免费邮箱对注册升级不做任何限制，任何人都能立即得到1 GB免费邮箱。

（1）登录图9-1-11所示的YAHOO网站（网址为http://cn.yahoo.com/），只要仔细阅读网站提示，按要求一步步做就行了。

（2）单击主页右上角的“千兆电邮”按钮，进入“YAHOO 电邮”页面，按以下步骤申请免费电子信箱：

图 9-1-11 YAHOO（雅虎中国）主页

① 页面提示“如果你是新用户，请马上注册”，单击这个链接，进入邮箱申请页面。

② 网站提出的服务条款必须选择“同意”，否则无法继续申请邮箱。

③ 在注册你的 YAHOO! ID 时，根据自己的情况填写相应的信息，然后单击页面底部的“提交表格”按钮，如图 9-1-12 所示（注意选取个性化的邮箱名并牢记密码）。

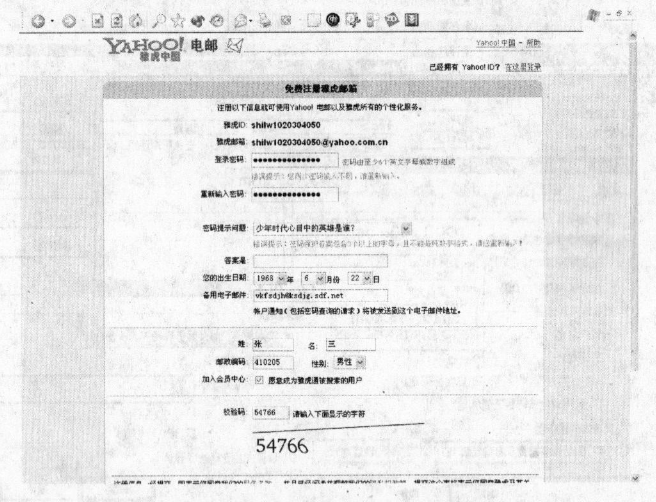

图 9-1-12 YAHOO ID 注册界面

④ 如果 ID 号不与他人重复、信息填写符合要求，用户将会注册成功，拥有一个自己的免费邮箱（记住邮箱名：用户名@提供的电子信箱服务网站的主机域名）。

9.2 WWW 服务

WWW 是 Internet 上最受欢迎的基于超文本（hypertext）方式的多媒体信息查询服务系统。用户只要将计算机的鼠标轻轻一点，就可以从 Internet 上获得所希望的文本、声音、视频、图像信息。

WWW 是 World Wide Web 的简称，与其他信息查询技术相比，有其独特之处。WWW

采用网型搜索，正如它的名字 Web 所表达的那样，WWW 的信息结构像蜘蛛网一样纵横交错，其信息搜索能从一个地方到达网络的任何地方，而不必返回根处。网型结构能提供比树型结构更密、更复杂的连接，因此建立和保持其连接更困难，但其搜索信息的效率会更高，它是目前 Internet 上最方便和最受欢迎的信息服务。

9.2.1 常用术语

1．超文本（Hyper text）和超媒体（Hyper media）

（1）超文本。WWW 以“超文本”技术为基础，用直接面向文件进行阅览的方式，替代通常的菜单式列表方式，能提供具有一定格式的文本和图形。那么什么是超文本呢?

理解超文本最简单的方法是与传统文本进行比较。传统文本（比如书本上的文章和计算机的文本文件等）都是线性结构，阅读时必须顺序阅读，没有什么选择的余地。超文本则是一种非线性结构。作者在制作超文本时，可将写作素材按其内部的联系划分成不同的层次、不同关系的思想单元，然后用著作工具将其组成一个网型结构。阅读时，不用按线性方式顺序往下读，而是有选择地阅读自己感兴趣的部分。

一个真正的超文本系统应能保证用户自由地搜索和浏览信息，类似于人的联想式思维方式。超文本的基本思想是按联想跳跃式结构组织、搜索和浏览信息，以提高人们获取知识的效率。

在 WWW 中，超文本是通过将可选菜单项嵌入文本中来实现的，即每份文档都包括文本信息和用以指向其他文档的嵌入式菜单项。这样用户既可以阅读一份完整的文档，也可以随时停下来选择一个可指向其他文档的超链接，进入别的文档。

（2）超媒体。超媒体由超文本演变而来，即在超文本中嵌入除文本外的视频和音频等信息，可以说，超媒体是多媒体的超文本。

超媒体进一步扩展了超文本所链接的信息类型。用户不仅能从一个文本跳转到另一个文本，而且可以激活一段声音，显示一个图形，甚至可以播放一段动画。在目前市场上，流行的多媒体电子书籍大都采用这种方式来组织信息。例如在一本多媒体儿童读物中，当读者选中屏幕上显示的老虎图片、文字时，也能看到一段关于老虎的动画，同时可以播放一段音乐。超媒体可以通过这种集成化的方式，将多种媒体的信息联系在一起。

超文本与超媒体通过将菜单集成于信息之中，使用户的注意力可以集中于信息本身。这样做不仅可以避免用户对菜单理解的二义性，而且能将多媒体信息有机地结合起来。因此，超文本与超媒体得到了各方面的广泛应用。目前，超文本与超媒体的界限已经比较模糊了，我们通常所指的超文本一般也包括超媒体的概念。

2．超文本标记语言与统一资源定位器

（1）超文本标记语言（hypertext markup language，HTML）是一种专门用于 WWW 的编程语言，用于描述超文本（超媒体）各个部分的构造，告诉浏览器如何显示文本，怎样生成与别的文本或图像链接等。

HTML 文档由文本、格式化代码和指向其他文本的超链接组成。具体格式这里就不再描述，使用时可参考相应文献。实际上，这种语言非常简单易学。

（2）统一资源定位器（uniform resource locator，URL）是 WWW 上的一种编址机制，

用于对 WWW 的众多资源进行标识，以便于检索和浏览。每一个文件，不论它以何种方式存在哪一个服务器上，都有一个 URL 地址，从这个意义上讲，可以把 URL 看做一个文件在 Internet 上的标准通用地址。只要用户正确地给出了某个文件的 URL，WWW 服务器就能正确无误地找到它，并传给用户。Internet 上的其他服务的服务器都可以通过 URL 地址从 WWW 中进入。

URL 的一般格式如下：

<通信协议>：<主机> / <路径> / <文件名>

其中，通信协议是指提供该文件的服务器所使用的通信协议；主机是指上述服务器所在主机的域名；路径是指该文件在主机上的路径；文件名是指文件的名称，如 http://www.hubce.edu.cn/lkb/index.htm。

注意：用户输入 URL 不能有空格，而且要注意区分大、小写，另外还要注意 URL 书写当中的“/”，千万不要与 DOS 命令中的“\”相混淆。

3．客户机和服务器

WWW 的客户机是指在 Internet 上请求 WWW 页面的用户计算机。WWW 服务器则是指 Internet 上保存并管理运行 WWW 信息的较大型计算机，它接收用户在客户机上发出的请求，访问超文本和超媒体，然后将相关信息传送回用户。客户机和服务器之间遵循超文本传输协议 HTTP。

4．浏览器

客户机上的用户通过客户浏览程序查询 WWW 信息和浏览超文本，因此客户浏览程序又称为浏览器（browser）。浏览器是目前 Internet 世界发展最快的工具。

目前最流行的 3 种软件平台（UNIX、Microsoft Windows 和 Apple Macintosh）上都有各种 WWW 浏览器可供用户选择。可在 UNIX 软件平台上运行的浏览器有 Lynx，Line Browser 等；Apple Macintosh 平台上有 Mac Web，Samba 等；Microsoft Windows 平台上有 Internet Explorer（IE），Netscape，Net Cruiser 等。每一种浏览器都有其自己的优点和缺点，可以满足众多用户不同层次的需要。

5．主页

用户使用 WWW 时首先看到的页面文本称为主页（homepage）。使用 WWW 的每一个用户都可以用超文本标记语言 HTML 建立自己的主页，并可以在该文本中加入表征用户特点的图形图像，列出一些最常见的链接，另外用户还可以对自己的主页进行更新。

主页是 WWW 服务器上的重要服务界面部分，目前，主页大致有以下几个功能。

（1）针对网上资源的剧增而提供分类的各种信息指南和网上地址，协助用户高效快速地查找 WWW 信息。

（2）题材广泛的各种专题论坛、学术讨论、知识讲座等，常利用主页进行信息传递。

（3）利用主页介绍各个公司、机构和个人的一般情况与最新资料。

（4）利用主页作为“节目预报栏”，提供电影、电视、商业、娱乐等服务的简要指南。

通常一个主页可以反映出以上所述的一种或几种功能。主页的开发和利用目前已成为

WWW 上使用者和开发者的共同课题。

需要注意的是，任何主页都不是浏览 WWW 的唯一起点，这体现了 Internet 的一个基本观点：Internet 上没有中心。用户可以利用他人的起始页，也可以指定某个 WWW 文档作为起始页，也可以利用浏览器在自己的机器上建造全新的起始页。总之，访问 WWW 服务器可以从任何起点开始，可以沿任何路径浏览到任何一个文件。

6．网络新闻

（1）网络新闻（Usenet）是为数众多的综合性新闻或专题讨论组的总称，它也可以叫做新闻论坛。每个讨论组都围绕某个专题展开讨论，如哲学、数学、计算机、文学、艺术、游戏与科学幻想等，用户所能想到的主题都会有相应的讨论组。20 世纪 70 年代初，Usenet 开始出现在美国的一些大学里，并且不断发展壮大，现已成为拥有数千个新闻组（news group，也可称为消息组）、数百万人参与并与 Internet 相交织的计算机全球网络。

（2）网络新闻阅读程序是一种专门阅读网络新闻的程序，它能完成以下的工作：

① 搜索用户指定的新闻组，列出用户未曾读过的文章。

② 根据用户的命令显示文章的内容。

③ 保存用户阅读的文章。

④ 选择用户感兴趣的新闻组。

⑤ 允许用户针对某文章发表自己的意见。

⑥ 允许用户提出自己的问题。

7．电子公告牌

电子公告牌（Bulletin Board System，BBS）是 Internet 上的一种电子信息服务系统，它提供一块公共电子白板，每个用户都可以在上面书写、发布信息或提出看法。电子公告牌可以限于几台计算机、一个组织，或在一个小的地理范围，也可以是世界上所有的 Internet 结点，它可以方便、迅速地使各地用户了解公告信息，是一种有力的信息交流工具。大部分的 BBS 是由教育机构、研究机构或商业机构创建并管理的。

各个 BBS 站的功能有所不同，但其主要功能都有软件交流、信息发布以及网上游戏等。用户通过信件交流来与网友进行通信联络与问题讨论，通过软件交流来获取所需要的共享软件，通过网上游戏来获得乐趣，通过信息发布栏来寻找自己关心的一些供应与需求信息。

BBS 站连入方便，目前的 BBS 站大多都有自己专用的拨入电话号码，用户只需使用计算机、调制解调器与电话线，就可以通过电话线拨号登录，不需要连入 Internet。随着 WWW 的广泛应用，大多数的 BBS 站正在向 Internet WWW 的方式转移。

8．文件查询服务

文件查询服务（Gopher）是一个分布式信息查询系统，采用客户机/服务器结构。Gopher 客户软件提供一个菜单界面，菜单项可以是目录或文件等。若是目录还可以进入下一级菜单；若是正文文件，可以进行浏览、打印、存储等操作；若是声音文件，可通过本地音频设备播放；若是图像文件，可通过图像显示程序来显示。

9．WAIS

WAIS（Wide Area Information Server）是一个分布式信息检索系统，通过自然语言而不是用特定的编程语言或数据库语言去搜索信息源。WAIS 特别适合检索文本文件。使用

WAIS 可以阅读世界各地的报纸，扫描各种专业数据库。使用 WAIS 检索时，会提示一张表，该表将查找信息按相关性从大到小的次序列出提示信息，相关性是以文件中出现关键字的次数来计算的。典型的 WAIS 搜索通常从服务器的目录开始，服务器目录包含其他 WAIS 服务器的信息，为了找出有关的 WAIS 服务器，只需简单地询问，服务器就会返回一张与搜索请求有关的列表。通过查看该列表，用户可以选中所关心的服务器，然后对该服务器进行搜索。

9.2.2 Internet Explorer 的使用

1．浏览器简介

浏览器，也就是 WWW 服务的客户端浏览程序，它根据用户的要求向 WWW 服务器发出各种请求，并对从服务器发来的由 HTML 语言定义的超文本信息和各种多媒体数据格式进行解释、显示和播放。用户只有通过 WWW 浏览器才能访问 WWW 服务器中丰富的内容。

1993 年，美国国家超级计算机应用中心 NCSA 开发出第一个图形方式的浏览器 Mosaic。进而发展成 Netscape。1995 年，Microsoft 公司推出了 Internet Explorer。目前，在个人计算机上最常用的浏览器有两种。一种是 Microsoft 公司的 Internet Explorer；另一种是 Netscape 的 Netscape Communicator。两种浏览器功能各有优劣。下面，以 Microsoft Internet Explorer 6.0（简称 IE 6.0）为例介绍如何在 WWW 上漫游。

2．Internet Explorer 窗口概貌

在桌面上双击 IE 图标，或单击任务栏上对应的图标，即可启动 IE 6.0。启动 IE 6.0 成功后，出现如图 9-2-1 所示的 IE 浏览器窗口，窗口主要由以下几个部分组成。

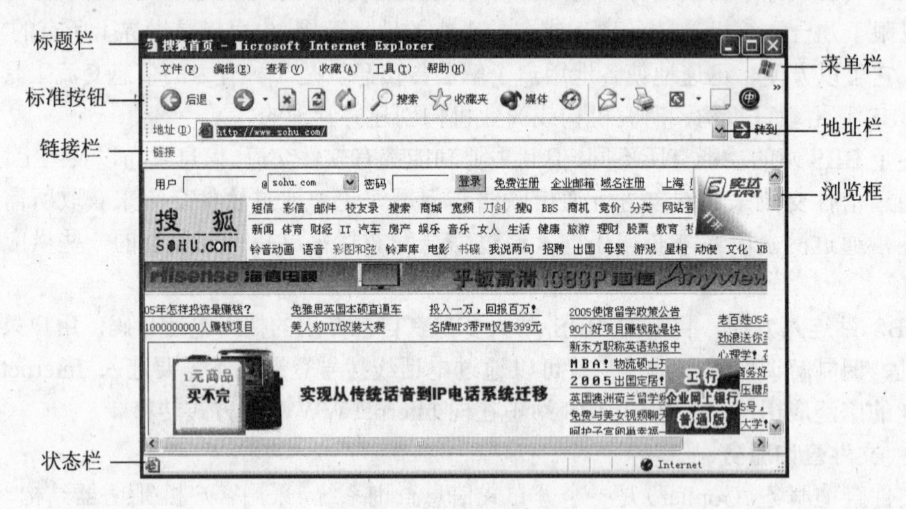

图 9-2-1 浏览器窗口

（1）标题栏：显示当前网页的名称或地址以及本程序的名称。

（2）菜单栏：包括完成 IE 6.0 所有功能的菜单命令。

（3）标准按钮栏：提供了常用操作所需的工具按钮。

（4）地址栏：用于输入、显示网页地址或文件名。

（5）链接栏：包括了几个链接到 Microsoft 网站的按钮。

（6）浏览框：用于显示当前网页或文件。

（7）状态栏：用于显示当前的状态及相关信息。

3．输入 Internet 地址

实际上，通过 Internet Explorer 来浏览 Web 上的站点是一件非常轻松的事情，只需要在地址栏中输入或选择要浏览的 Web 站点的地址或者单击一个链接即可。

Internet 是一个相当庞大的网络，当通过网络访问 Internet 上的资源时，必须有一个名字和地址来标志以区分这些资源。这个名字就是 WWW 的统一资源定位器（URL），每个 URL 都包括一些特定的部分以标识网页所在的具体位置。

下面以浏览武汉热线网站为例介绍其使用方法。

在地址栏中输入“武汉热线”的网址“http://www.wuhan.net.cn”，假如不久前曾经浏览过武汉热线，也可以单击地址栏的下拉箭头并选择其地址，如图 9-2-2 所示。

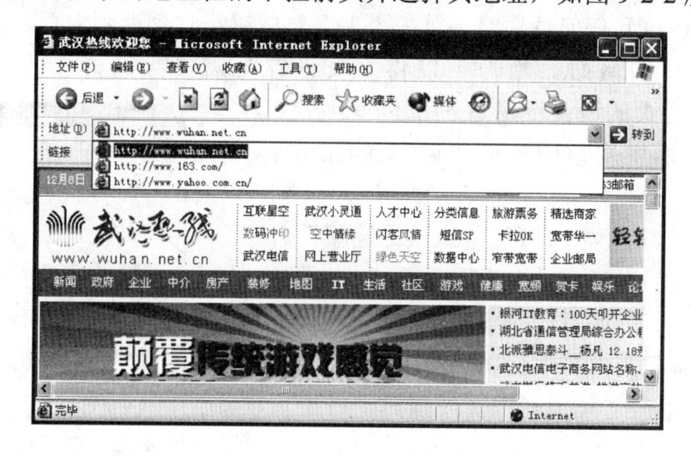

图 9-2-2　武汉热线网页

这时需要等待一段时间，状态栏会及时地反映打开网页的进度。很快武汉热线的网页就会呈现在窗口中。

一般的网页都包括了大量的文本、链接和动画，而且大多数网页的长度和宽度也不是统一的。若浏览框的垂直滚动条可用，说明该网页的长度已经超过了窗口，用鼠标拖动滚动条将会看到更多的信息。

4．超链接

在一个网页上，经常存在一些文字、图片，当鼠标指针移到这些内容上时，鼠标指针的形状会变成手形，这些文字、图片被称为“超链接”，它指向另一个网页的地址，用户可以单击“超链接”，转到这些文本或图片所链接的网页上。

超链接是网页浏览中非常有用的工具，通过它，用户可以在不同的网页中任意浏览。

5．前进与后退

在浏览网页时，有时会希望退回到刚才浏览过的地方，可以单击工具栏中的“后退”按钮，退回到你最近才浏览过的网页上。同样，若想浏览当前网页的下一页，则单击标准工具栏中的“前进”按钮，但是想要浏览的那一页必须是已经浏览过的。

上面的方法每次只能前进或者后退一页，如果想要前进或后退到某一指定页，就要单击工具栏“前进”或“后退”按钮旁边的向下箭头按钮，在下拉列表中选择目标网页。

6. 刷新与停止

对于信息变换比较频繁的网站，例如提供实时股票信息的网站。前一时刻加载的网页内容，一段时间后就过时了。要得到当前的最新信息，必须重新加载该网页。在浏览的过程中还会出现这种情况：网页已加载完毕，状态栏显示“完成”，但网页中的图片等信息由于数据的丢失而显示不完整，影响浏览，这时也应该重新加载该网页。用户可以单击标准工具栏中的“刷新”按钮，重新加载当前页。

在打开网页的过程中，有时由于网络上十分拥挤或当前链接的网页文档较大，会使得链接和加载整个网页的时间令用户无法忍受，这时，可以单击标准工具栏的“停止”按钮，或按 Esc 键停止当前正在进行的网页的链接和加载。

7. 主页的设置和返回

启动IE后，在浏览器窗口中将自动地打开一个网页，这个网页称为主页，即开始Internet浏览的第一页。浏览到任何页面时，单击“主页”按钮将立刻返回主页。系统默认的主页为 Microsoft 公司的网站。用户可以将主页设置为需要频繁查看的 Web 页，例如 www.sohu.com。主页的设置步骤如下所述。

（1）在浏览器主窗口中打开“www.sohu.com”的主页。

（2）选择“工具”菜单中的“Internet 选项”命令，在“Internet 选项”对话框中选择“常规”选项卡，如图 9-2-3 所示。

（3）在“地址”文本框中出现当前网页的网址 http://www.sohu.com，单击“使用当前页”按钮，将主页设置为该网页。

（4）单击“确定”按钮。

当再次启动 IE 时，刚才的设置将生效。

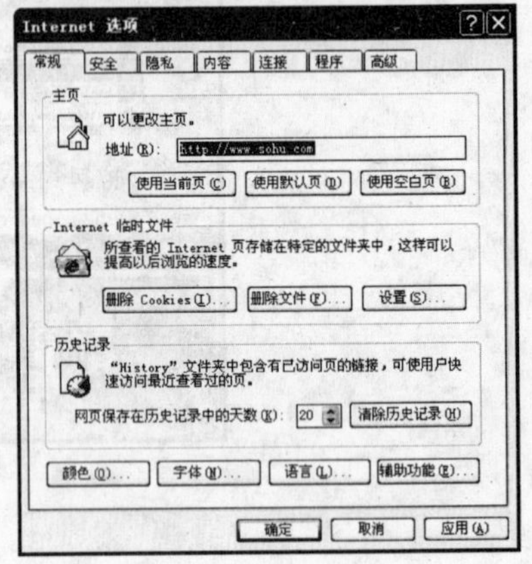

图 9-2-3 设置浏览主页

8. 查看不同编码的网页

对于初学上网的人，当在网上浏览了一段时间后，会发现这样一个问题：有些网页上的文字十分混乱，就是我们常说的“乱码”现象。我们知道 WWW 上的网站是来自于不同的国家、地区、民族的，因此 WWW 上的许多网页是使用不同的语言编写的，需要用特定的编码来显示。例如不少的网页需要用 BIG5（大五码）来显示。当出现“乱码”时，说明当前浏览所使用的编码无法正确地显示该网页上的文字。解决的方法是选择合适的编码来显示该网页，操作步骤如下：

（1）选择“查看”菜单中的“编码”命令。

（2）在“编码”级联菜单中选择“其他”命令。

（3）从弹出的下拉列表框中选择适当的编码即可。

9. 保存网页信息

WWW 是一个信息的海洋，在浏览时会发现有很多对自己非常有用的信息，可以将这些内容保存下来，其方法如下：

（1）打开含有该信息的网页。

（2）单击“文件”菜单中的“另存为”命令，这时将弹出“保存 Web 页”对话框。

（3）在对话框中选择用于保存网页的文件夹，并输入文件名。

（4）单击“保存”按钮，完成对当前网页的保存。

10．多窗口浏览

在浏览的过程中，有时希望在加载一个新的页面的同时，还能够浏览其他页面的内容。用户可以通过“新建”功能，将新页面在另一个窗口中打开。

方法一：选择“文件”|“新建”|“窗口”命令，打开一个与当前窗口完全一样的新窗口，在新窗口中，输入 URL 地址或单击超链接，打开另一个页面。

方法二：将鼠标指针移到想访问的超链接的位置，右击，在弹出的快捷菜单中选择“在新窗口中打开链接”命令，链接所指向的网页将在新的窗口中打开。

11．收藏夹的使用

（1）添加到收藏夹。当浏览到一个我们所喜爱的站点时，可以将该网站添加到收藏夹中，便于以后访问该站点。例如将网站“http://www.sohu.com”添加到收藏夹，其操作步骤如下：

① 打开将要添加的网页，如打开“http://www.sohu.com”。

② 选择“收藏”菜单中的“添加到收藏夹”命令，弹出如图 9-2-4 所示的“添加到收藏夹”对话框。

③ 在“名称”文本框中输入将要添加的网页的名称 sohu。

④ 单击“确定”按钮，完成网页的添加。

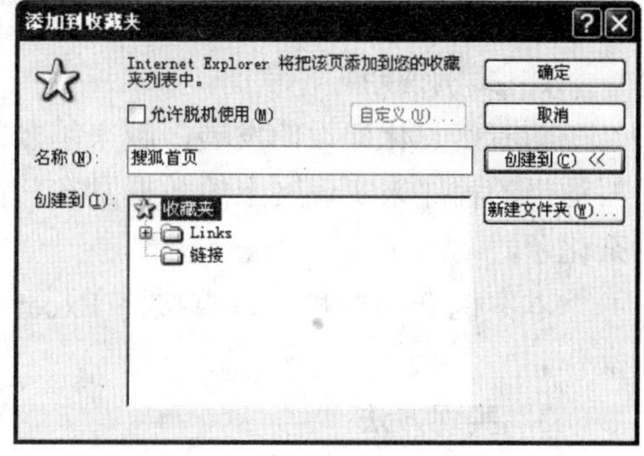

图 9-2-4 “添加到收藏夹”对话框

（2）通过收藏夹访问站点。将网站添加到收藏夹后，用户就可以通过单击“收藏”菜单中的该站点名称来访问网站，而无须输入网站地址了。

12．搜索栏的使用

随着 Internet 的迅速发展，网上的信息以飞快的速度在不断扩展，想要从中找到所需要的信息，无异于大海捞针。“搜索引擎”可以帮助用户“在大海中捞针”。搜索引擎是一种汇总了大量文档列表和这些文档内容的计算机软件。对于用户的查询，搜索引擎查找并列表显示相关的条目。

在 IE 6.0 浏览器的工具栏中提供了一个“搜索”按钮。单击“搜索”按钮，将在 IE 的主窗口左部出现一个“搜索栏”，如图 9-2-5 所示。

在“搜索栏”中，操作步骤如下：

（1）单击“新建”按钮开始一次新的搜索。

（2）在“请选择要搜索的类别”选项区域中，选择“查找网页”单选按钮。

（3）在“查找包含下列内容的网页”文本框中，输入相应的信息，以供搜索。

（4）单击“搜索”按钮，IE 将使用默认的搜索引擎（如“中文 excite”地址为 http://www.excite.com）开始搜索。

图 9-2-5　搜索网页

比较著名的中文搜索引擎还有 YAHOO 中文，地址是 http://gbchinese.yahoo.com; 搜狐，地址是 http://www.sohu.com 等。

9.2.3　案例——巧用 IE 发布和操作 Excel 数据

1．案例说明

随着信息化建设的发展，越来越多的单位拥有了办公网络。许多单位利用编程工具编写适当的程序来实现网上的数据发布。如果只是简单的数据，用这种方法操作就把问题复杂化了。

本案例介绍一种可以直接将 Excel 数据发送到网页上的方法，并可在 IE 中对其进行操作。

2．实现方法

（1）建立 Excel 数据库的方法如下所述。

① 建立数据清单。数据清单是一种特定的 Excel 工作表，是 Excel 数据库的基础。打开 Microsoft Excel，在工作表中输入相应内容，建立数据清单，如图 9-2-6 所示。

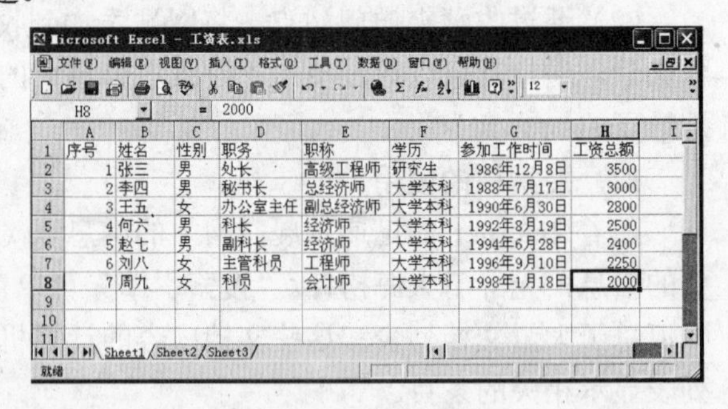

序号	姓名	性别	职务	职称	学历	参加工作时间	工资总额
1	张三	男	处长	高级工程师	研究生	1986年12月8日	3500
2	李四	男	秘书长	总经济师	大学本科	1988年7月17日	3000
3	王五	女	办公室主任	副总经济师	大学本科	1990年6月30日	2800
4	何六	男	科长	经济师	大学本科	1992年8月19日	2500
5	赵七	男	副科长	经济师	大学本科	1994年6月28日	2400
6	刘八	女	主管科员	工程师	大学本科	1996年9月10日	2250
7	周九	女	科员	会计师	大学本科	1998年1月18日	2000

图 9-2-6　建立数据清单

② 注意事项如下。

- 每个数据清单需单独占用一张工作表。
- 不要在数据清单中放置空白行或列。
- 数据清单的数据前后不要有空格，以免影响 Excel 对这些数据的操作。

（2）保存并发布数据库。

① 选择“文件”|“另存为 Web 页”命令，弹出如图 9-2-7 所示的对话框。

② 如果选择“整个工作簿”单选按钮，即将整个工作簿保存为一个 Web 页。如果选择“选择：工作表”单选按钮和“添加交互”复选框两项，如图 9-2-8 所示，单击“保存”按钮，即把工作表保存成交互 Web 页。

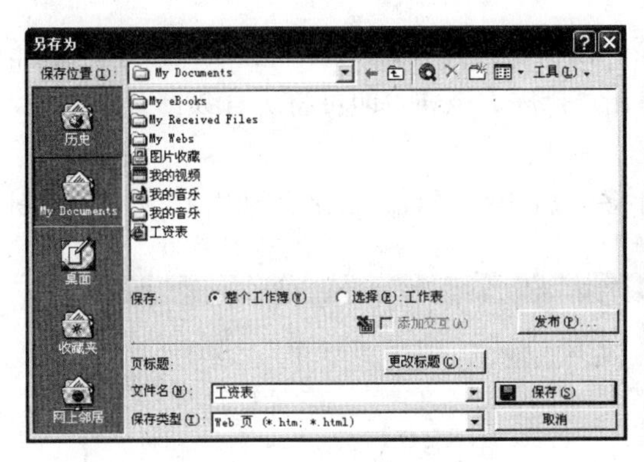

图 9-2-7 “另存为”对话框

图 9-2-8 保存为 Web 页

③ 在如图 9-2-8 所示的对话框中，单击“发布”按钮，弹出如图 9-2-9 所示的对话框，在“发布内容”下的“选择”下拉列表框中选择需要保存的对象，在“查看选项”选项区域中选择“电子表格功能”选项，选中“在浏览器中打开已发布 Web 页”复选框，单击“发布”按钮，即可用 IE 打开发布的 Excel 数据，如图 9-2-10 所示。

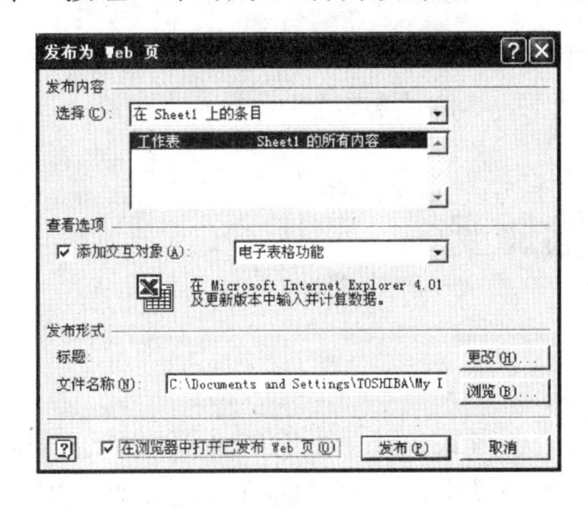

图 9-2-9 “发布为 Web 页”对话框

图 9-2-10 用 IE 打开发布的 Excel 数据

（3）在 IE 中操作 Excel 数据库。通过上述步骤，可将 Excel 数据发布为交互式 Web 页，由于其中带有工具栏，因此用户可以利用它操作 Excel 数据库。

① 公式统计。交互式 Web 页能用公式进行各种统计，除不能使用 Excel 函数向导和编辑栏外，其他操作与 Excel 基本一致。比如，如果在 H9 单元格中输入公式“=average（h2：h8）”（求平均值），按回车键后就可以在 H9 内看到结果 2636，如图 9-2-11 所示。

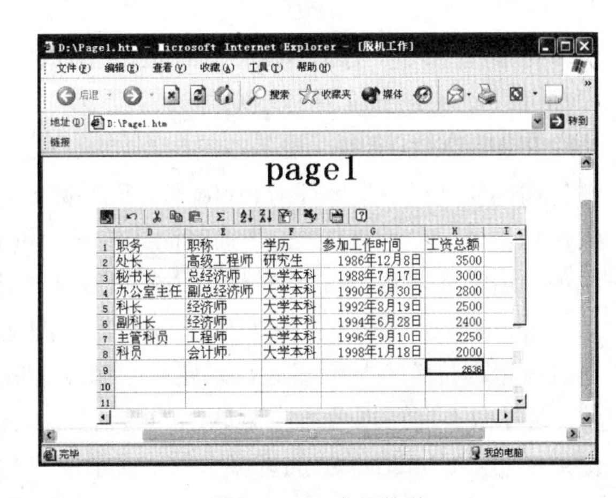

图 9-2-11 求平均值

② 数据排序。排序是数据库常用的操作，对于交互式 Web 页而言，用户可以选择任何一个列标记作为排序关键字。比如

按工资总额从小到大升序排列，则单击“排序”按钮，弹出如图 9-2-12 所示的菜单，选择“工资总额”命令，或者选中 H1 单元格，再单击“排序”按钮，即可将所有数据升序排列，结果如图 9-2-13 所示。

对于交互式 Web 页的操作与 Excel 相差不多，就不再多说。总之，利用 IE 处理 Excel 数据方便快捷，是一种进行数据交流的好方法。

图 9-2-12　弹出的菜单

	D	E	F	G	H
1	职务	职称	学历	参加工作时间	工资总额
2	科员	会计师	大学本科	1998年1月18日	2000
3	主管科员	工程师	大学本科	1996年9月10日	2250
4	副科长	经济师	大学本科	1994年6月28日	2400
5	科长	经济师	大学本科	1992年8月19日	2500
6	办公室主任	副总经济师	大学本科	1990年6月30日	2800
7	秘书长	总经济师	大学本科	1988年7月17日	3000
8	处长	高级工程师	研究生	1986年12月8日	3500

图 9-2-13　排序结果

9.3　文件传输服务

9.3.1　文件传输的概念

文件是计算机系统中信息存储、处理和传输的主要形式，几乎所有的计算机系统都非常重视文件操作，计算机网络也不例外。所谓文件传输是指用户直接将远程文件复制到本地系统，或将本地文件复制到远地系统。

文件传输服务提供了任意两台 Internet 计算机之间相互传输文件的机制，是广大用户获得丰富的 Internet 资源的重要方法之一。人们常见的 Windows 操作系统中的 WS-FTP、仿真终端程序，以及 Netscape Navigator 浏览器程序、Microsoft Internet Explorer 浏览器程序都可以实现 FTP 文件传输功能。

在 UNIX 系统中，最基本的应用层服务之一就是文件传输服务，它是由 TCP/IP 的文件传输协议（File Transfer Protocol，FTP）支持的。文件传输协议负责将文件从一台计算机传输到另一台计算机上，并且保证其传输的可靠性，因此人们通常将这一类服务称为 FTP 服务。通常人们也把 FTP 看做是用户执行文件传输协议所使用的应用程序。

Internet 由于采用了 TCP/IP 协议作为它的基本协议，所以无论两台与 Internet 连接的计算机在地理位置上相距多远，只要它们都支持 FTP 协议，它们之间就可以随时相互传送文件。这样做不仅可以节省实时联网的通信费用，而且可以方便地阅读与处理传输来的文件。更重要的是，Internet 上的许多公司、大学的主机上含有数量众多的公开发行的各种程序与文件，这是 Internet 上的巨大和宝贵的信息资源。利用 FTP 服务，用户就可以方便地访问这些信息资源。

采用 FTP 传输文件时，不需要对文件进行复杂的转换，因此具有较高的效率。Internet 与 FTP 的结合，使每个连网的计算机都拥有了一个容量巨大的备份文件库，这是单个计算机无法比拟的优势。但是这也造成了 FTP 的一个缺点，那就是用户在文件“下载”到本地之前，无法了解文件的内容。所谓下载（Download）就是把远程主机上软件、文字、图片、图像与声音信息转到本地硬盘上。

在异构系统间传输文件同样存在许多问题：

（1）文件命名规则可能不同。

（2）文件中目录系统规则可能不同。

（3）文件中数据的表示格式可能不同。

为了解决这些不同点，必须有一种大家共同遵循的规则，以完成不同系统之间文件的传送，这就是文件传输协议 FTP。

FTP 与 Telnet 一样，是一种实时联机服务，在传送文件之前首先必须登录到远程主机上。与 Telnet 不同的是，FTP 登录后只能进行与文件搜索和文件传送有关的操作，而 Telnet 登录后可使用远程主机允许的所有操作。

9.3.2 如何使用 FTP

使用 FTP 的条件是用户计算机和向用户提供 Internet 服务的计算机能够支持 FTP 命令。

UNIX 系统与其他的支持 TCP/IP 协议的软件都包含有 FTP 实用程序。FTP 服务的使用方法很简单，启动 FTP 客户端程序，与远程主机建立连接，然后向远程主机发出传输命令，远程主机在接收到命令后，会立即响应，并完成文件的传输。

FTP 提供的命令十分丰富，涉及文件传输、文件管理、目录管理与连接管理等方面。

用户在进行 FTP 操作时，首先应在 FTP 命令中给出远程计算机的主机名或 IP 地址，然后根据对方系统的询问，正确键入用户名与用户密码（已在远程主机上建立的帐户或匿名帐户）。通过上述操作就可以建立与远程计算机之间的连接，然后就可以将远程计算机上需要传输的文件传输到本地计算机上。

目前世界上有很多文件服务系统为用户提供公用软件、技术通报、论文研究报告，这就使 Internet 成为目前世界上最大的软件与信息流通渠道。Internet 是一个资源宝库，保存有很多的共享软件、免费程序、学术文献、影像资料、图片、文字与动画，它们都允许用户使用 FTP 下载。由于使用 FTP 服务时，用户在文件下载到本地之前无法了解文件的内容，为了克服这个缺点，人们越来越倾向于直接使用 WWW 浏览器去搜索所需要的文件，然后利用 WWW 浏览器所支持的 FTP 功能下载文件。

9.3.3 案例——用 CuteFTP 登录 FTP 服务器实现上传下载

1．案例说明

通过本例，掌握用 CuteFTP（界面如图 9-3-1 所示）登录 FTP 服务器及实现上传和下载操作的方法。

2．实现方法

（1）连接向导步骤如下。

① 第一次启动软件自动进入连接向导，在此需要填写连接 FTP 站点必需的信息。在

如图 9-3-2 所示的对话框中，选择 ISP（即网络服务提供商）为“其他”选项，不必做任何更改，单击“下一步”按钮继续。

② 系统弹出如图 9-3-3 所示的对话框，提示输入站点的标签名，以便识别。比如这里输入 wolf，单击“下一步”按钮。

③ 系统弹出的对话框如图 9-3-4 所示，输入要连接的 FTP 服务器的地址，也可在进入主界面后输入地址。这里不输入任何 FTP 地址，单击“下一步”按钮。

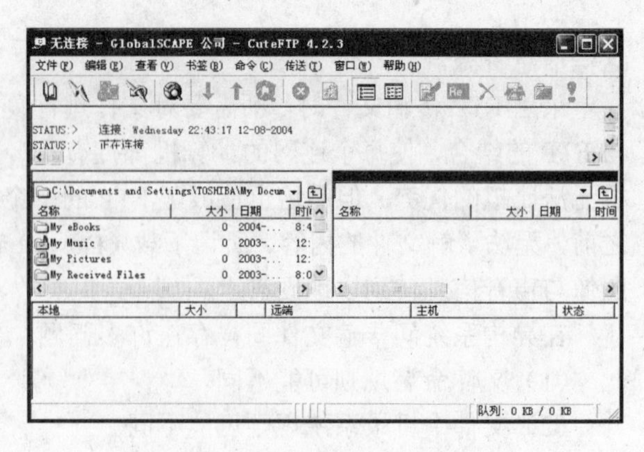

图 9-3-1 CuteFTP 运行界面

④ 弹出如图 9-3-5 所示的对话框。如果上一步填写了 FTP 地址，则在此就需要输入用户名和密码；如果上一步没有输入任何 FTP 地址，则选择“匿名登录”复选框，单击“下一步”按钮。

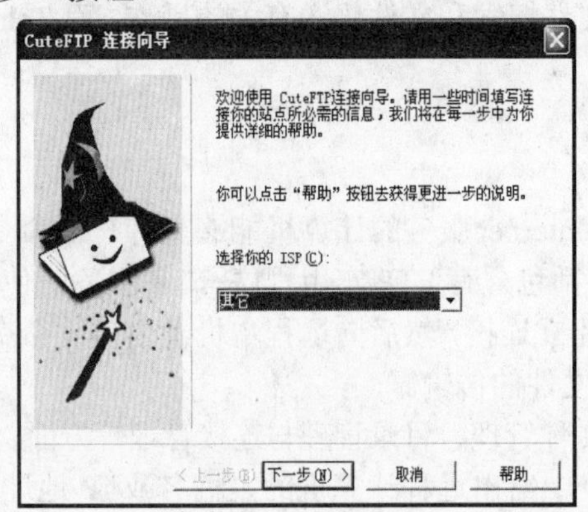

图 9-3-2 选择 ISP

图 9-3-3 输入站点的标签名

图 9-3-4 输入 FTP 主机地址

图 9-3-5 设置用户名和密码

⑤ 接下来需要指定一个目录作为“默认的本地目录”，弹出如图 9-3-6 所示的对话框。也就是说登录到其他服务器时，本地计算机显示的目录就是所谓“默认的本地目录”。以“F:\”为例，单击“下一步”按钮。

⑥ 到此，CuteFTP 的连接向导设置完毕，系统弹出如图 9-3-7 所示的对话框。在此可以选择是否自动连接，以及把 FTP“添加到右键点击外壳集成中”，单击“完成”按钮退出。

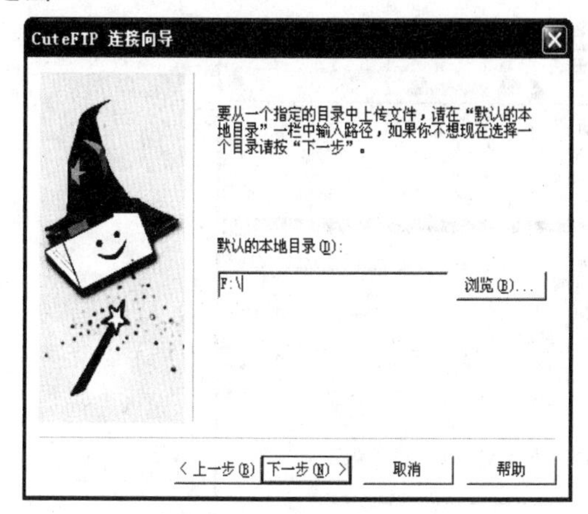

图 9-3-6 设置本地目录

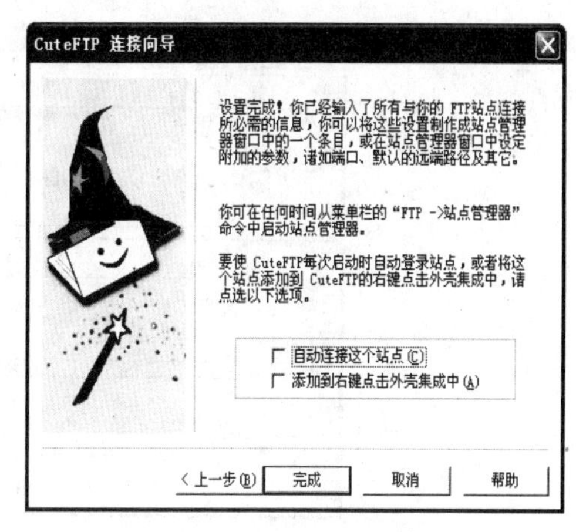

图 9-3-7 设置完成

（2）使用 CuteFTP 实现下载与上传步骤如下。

① 连接站点。

通过站点管理器：使用 CuteFTP 最主要的应用就是下载资源，连接上服务器后，单击主界面工具栏上的按钮打开站点管理器，如图 9-3-8 所示。系统会在左边的常规站点中自动新建一项，在右边的相应空格内输入“站点标签”、“FTP 主机地址”、“FTP 站点用户名”、“FTP 站点密码”、“FTP 站点连接端口”等信息，并选择“登录类型”。需要用户名和密码的站点一般为“普通”，能够匿名登录的站点为“匿名”，双重站点就是既可匿名登录，也可输入用户名和密码登录的站点，输入完毕后单击“连接”按钮即可连接。连接成功弹出如图 9-3-9 所示的对话框。

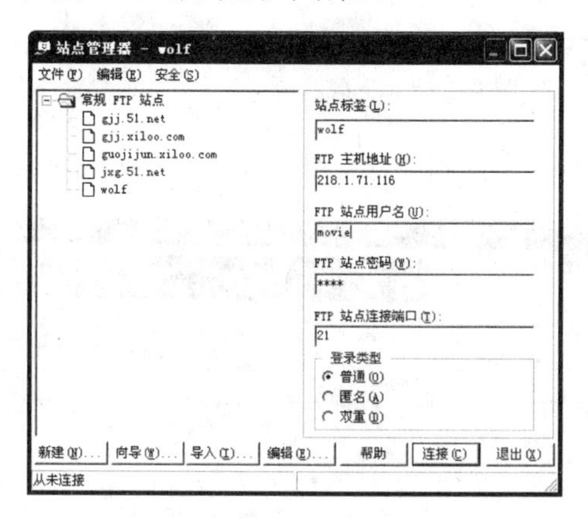

图 9-3-8 站点管理器

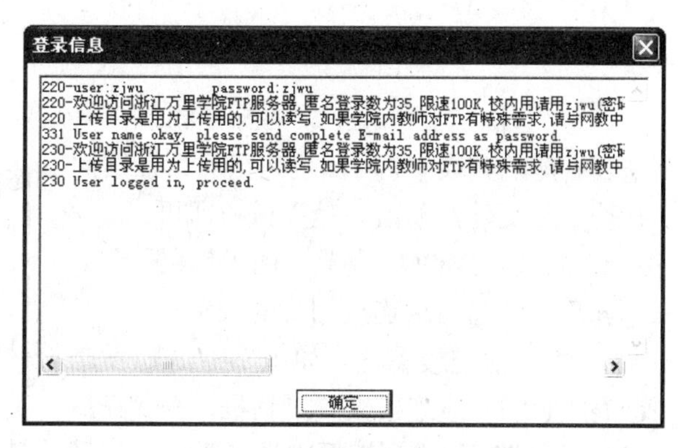

图 9-3-9 登录信息

快捷连接：单击主界面工具栏上的按钮，弹出快捷连接栏，在其中输入“主机”、“用户名”、“密码”和“端口”等信息，单击“端口”栏后相应按钮即可。

② 下载。连接一个站点后，在窗口右侧的列表中选择需要下载的资源，如图 9-3-10

所示，然后单击菜单栏上的相应按钮，或者直接用鼠标拖到左侧的列表中，系统弹出如图 9-3-11 所示的对话框，单击“是”按钮开始下载，CuteFTP 会显示下载进度和下载速度等信息，如图 9-3-12 所示。

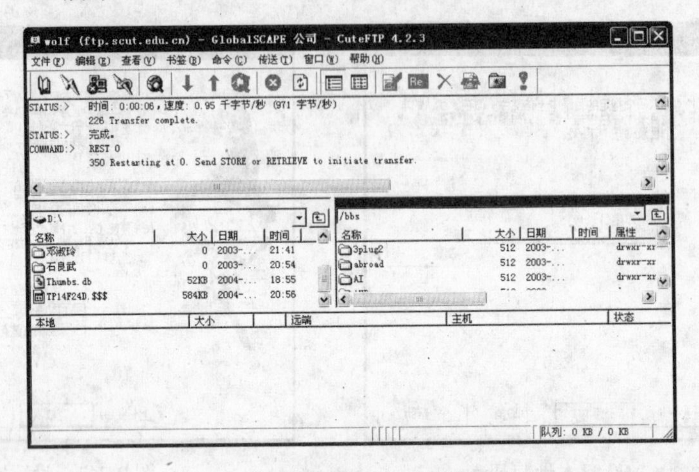

图 9-3-10　选择需要下载的资源

图 9-3-11 “确认”对话框

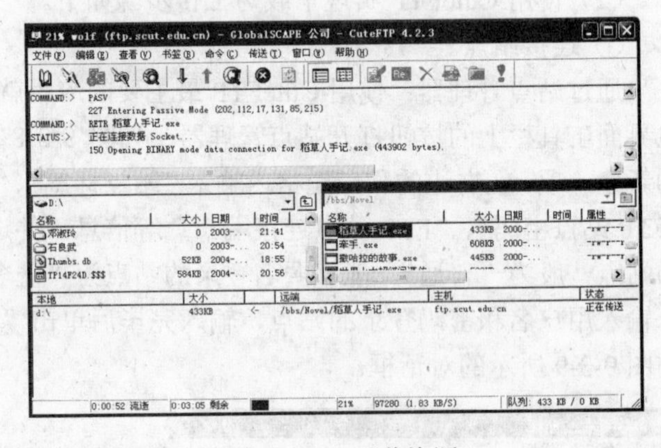

图 9-3-12　下载资源

③ 上传。上传和下载的操作相似，只是要在窗口左侧选择文件，单击相应按钮或者拖到右侧的列表中，同样也弹出对话框询问是否上传文件，单击“是”按钮即可。

（3）CuteFTP 的设置：由于篇幅所限，在此只讲解与网络连接相关的设置。

① 一般连接属性。如图 9-3-13 所示是 CuteFTP 的一般连接设置对话框，在“在启动时运行”下拉式列表框中选择需要在启动 CuteFTP 时运行的程序，有“站点管理器”、“连接默认站点”和“没有”3 个选项。在“连接时”选项区域中设定重新连接的次数及延迟时间，选中“启用续传下载”复选框，以便续传下载的文件。

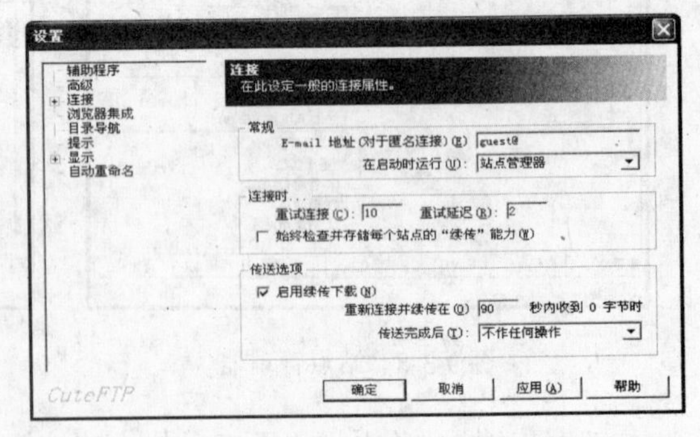

图 9-3-13　设置一般连接属性

② 拨号网络/局域网属性。如图 9-3-14 所示，在此设置网络连接及局域网，一般这里不需要修改，CuteFTP 会自动检测到所使用的连接方式，如果需要则选中“显示错误提示”复选框。

③ 智能保持连接。“智能保持连接”是 CuteFTP 很实用的功能，它能够使 CuteFTP 与 FTP 服务器保持连接。选中“启用‘智能保持连接’”复选框（如图 9-3-15 所示），启动该功能，其他设置无须改动。

④ 目录导航。“目录导航”设置下载的默认目录，如图 9-3-16 所示，在“默认的下载目录”下拉列表框中输入或者单击相应按钮选择目录，其他设置根据需要调整即可，一般不必修改。

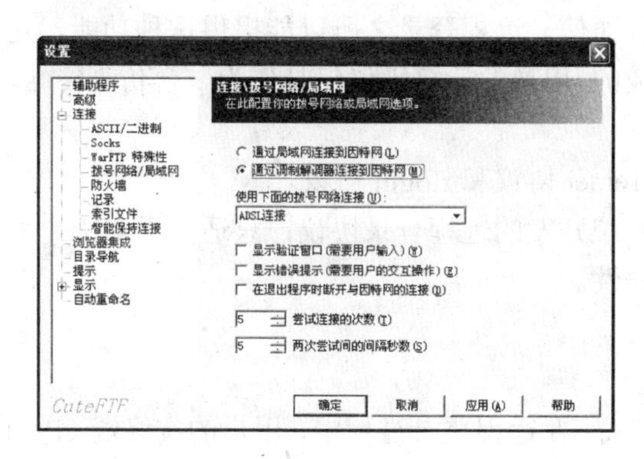

图 9-3-14　设置拨号网络/局域网属性

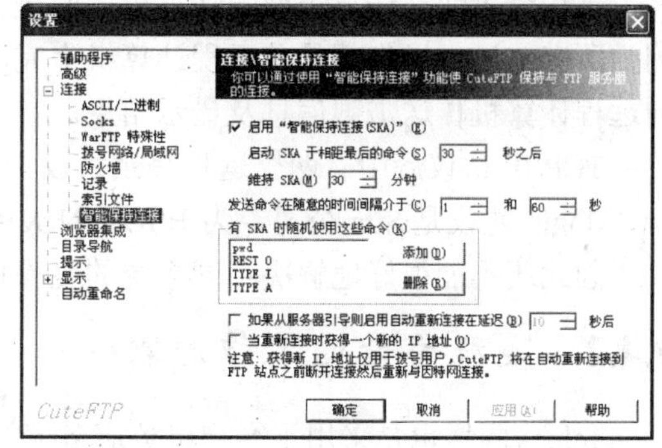

图 9-3-15　智能保持连接

⑤ 提示设置。“提示”是设置如何操作的选项，如图 9-3-17 所示。选中“覆盖确认”

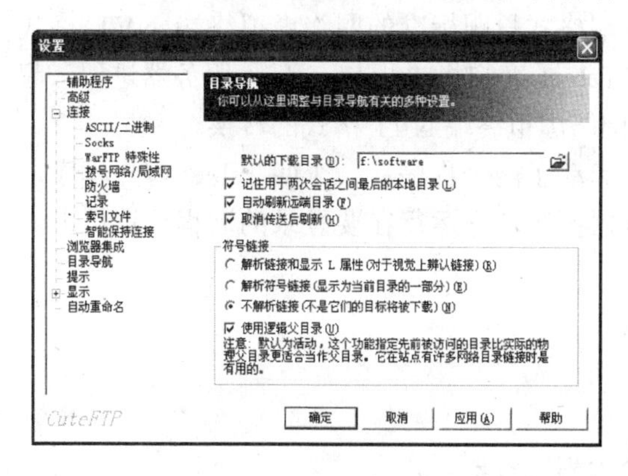

图 9-3-16　目录导航

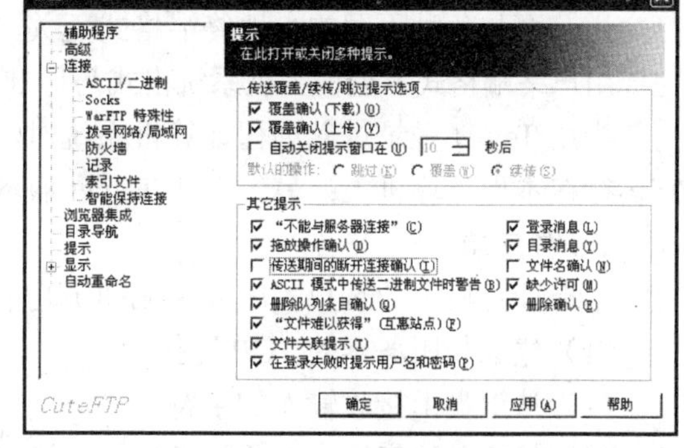

图 9-3-17　打开或关闭多种提示

复选框后，每当 CuteFTP 断线重新连接时，会弹出一个窗口让用户选择对已经部分下载的文件的操作方式，如图 9-3-18 所示，用户可以根据需要选择“覆盖”、“续传”、“重命名”或者“跳过”。在如图 9-3-17 所示的窗口下部，还有其他提示的设置，用户可以根据自己兴趣选择。

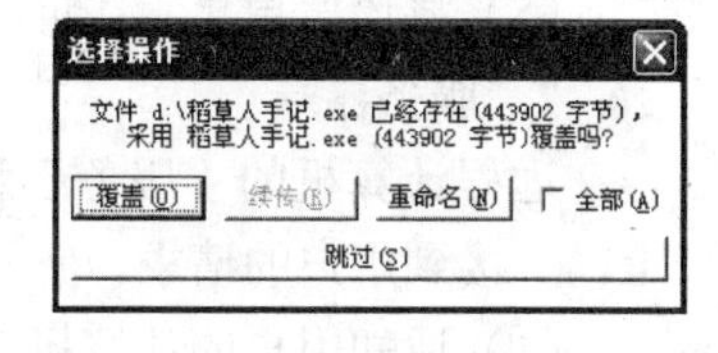

图 9-3-18　选择操作

9.4 远程登录服务

9.4.1 远程登录的概念

远程登录是Internet最早提供的基本服务功能之一。Internet中的用户远程登录是指用户使用Telnet命令，使自己的计算机暂时成为远程计算机的一个仿真终端的过程。一旦用户成功地实现了远程登录，用户使用的计算机就可以像一台与对方计算机直接连接的本地终端一样进行工作。

远程登录允许任意类型的计算机之间进行通信。远程登录之所以能提供这种功能，是因为所有的运行操作都是在远程计算机上完成的，用户的计算机仅仅是作为一台仿真终端，向远程计算机传送击键信息及显示结果。

TCP/IP协议簇中有两个远程登录协议：Telnet协议和rlogin协议。

rlogin协议是Sun公司专为BSD UNIX系统开发的远程登录协议，只适用于UNIX系统，因此还不能很好地解决不同系统的互操作性。

9.4.2 远程登录的工作原理

Telnet同样也是采用了客户机 / 服务器模式。在远程登录过程中，用户的实终端（Real terminal）采用用户终端的格式与本地Telnet客户机进程通信；远程主机采用远程系统的格式与远程Telnet服务器进程通信。通过TCP连接，Telnet客户机进程与Telnet服务器进程之间采用了网络虚拟终端NVT标准来进行通信。网络虚拟终端NVT格式将不同的用户本地终端格式统一起来，使得各个不同的用户终端格式只跟标准的网络虚拟终端NVT格式打交道，而与各种不同的本地终端格式无关。Telnet客户机进程与Telnet服务器进程一起完成用户终端格式、远程主机系统格式与标准网络虚拟终端NVT格式的转换。

当用Telnet登录进入远程计算机系统时，启动了两个程序：一个叫Telnet客户程序，它运行在本地计算机上；另一个叫Telnet服务器程序，它运行在要登录的远程计算机上。

1．客户端

本地计算机上的客户程序要完成如下功能：

（1）建立与服务器的TCP连接。

（2）从键盘上接收输入的字符。

（3）将输入的字符串变成标准格式传送给远程服务器。

（4）从远程服务器接收输出的信息。

（5）将该信息显示在屏幕上。

2．服务器端

远程计算机的“服务”程序通常被称为“精灵”，它平时不声不响地候在远程计算机上，一接到用户的请求，它马上活跃起来，并完成如下功能：

（1）通知用户的计算机，远程计算机已经准备好了。

（2）等候用户输入命令。

（3）对用户的命令做出反应（如显示目录内容，或执行某个程序等）。

（4）把执行命令的结果送回给用户的计算机。

（5）重新等候输入命令。

在 Internet 中，很多服务都采取这样一种客户 / 服务器结构。对 Internet 的使用者来讲，通常只要了解客户端的程序就够了。

9.4.3 如何使用远程登录

使用 Telnet 的一个条件是用户本身的计算机或向用户提供 Internet 访问的计算机是否支持 Telnet 命令；另一个条件是在远程计算机上有自己的用户帐户（包括用户名与用户密码）或该远程计算机提供公开的用户帐户，供没有帐户的用户使用。

用户在使用 Telnet 命令进行远程登录时，首先应在 Telnet 命令中给出对方计算机的主机名或 IP 地址，然后根据对方系统的询问，正确键入自己的用户名与用户密码。有时还要根据对方的要求，回答自己所使用的仿真终端的类型。

Internet 有很多信息服务机构提供开放式的远程登录服务，登录到这样的计算机时，不需要事先设置用户帐户，使用公开的用户名就可以进入系统。这样用户就可以使用 Telnet 命令，使自己的计算机暂时成为远程计算机的一个仿真终端。一旦用户成功地实现了远程登录，用户就可以像远程主机的本地终端一样地进行工作，使用远程主机对外开放的全部资源，如硬件、程序、操作系统、应用软件及信息资源。

Telnet 也经常用于公共服务或商业目的。用户可以使用 Telnet 远程检索大型数据库、公众图书馆的信息资源库或其他信息。

9.4.4 案例——操作异地远程计算机

1．案例说明

以前，很少有人买得起计算机，更不用说买功能强大的计算机了。所以那时的人采用一种叫做 Telnet 的方式来访问 Internet：把自己的低性能计算机连接到远程性能好的大型计算机上，一旦连接上，他们的计算机就仿佛是这些远程大型计算机上的一个终端，自己就仿佛坐在远程大型机的屏幕前一样输入命令，运行大型机中的程序。人们把这种将自己的计算机连接到远程计算机的操作方式叫做“登录”，称这种登录的技术为 Telnet（远程登录）。

Telnet 是 Internet 的远程登录协议的意思，它让用户坐在自己的计算机前通过 Internet 登录到另一台远程计算机上，这台计算机可以在隔壁的房间里，也可以在地球的另一端。当用户登录上远程计算机后，自身的计算机就仿佛是远程计算机的一个终端，用户就可以用自己的计算机直接操纵远程计算机，享受远程计算机本地终端同样的权力。用户可在远程计算机启动一个交互式程序，可以检索远程计算机的某个数据库，可以利用远程计算机强大的运算能力对某个方程式求解。

但现在 Telnet 已经越用越少了。主要有如下三方面原因：

（1）个人计算机的性能越来越强，致使在别人的计算机中运行程序要求逐渐减弱。

（2）Telnet 服务器的安全性欠佳，因为它允许他人访问其操作系统和文件。

（3）Telnet 使用起来不是很容易，特别是对初学者。

但是 Telnet 仍然有很多优点，如果用户的计算机中缺少什么功能，就可以利用 Telnet 连接到远程计算机上，利用远程计算机上的功能来完成所需要做的工作，可以这么说，

Internet 上所提供的所有服务，通过 Telnet 都可以使用。

不过 Telnet 的主要用途还是使用远程计算机上所拥有的信息资源，如果用户的主要目的是在本地计算机与远程计算机之间传递文件，则使用 FTP 会有效得多。

以下主要介绍如何利用 Windows 9X 实现远程登录。

2．实现方法

Windows 9X 的 Telnet 客户程序是属于 Windows 9X 的命令行程序中的一种。在安装 Microsoft TCP/IP 时，Telnet 客户程序会被自动安装到系统上。

利用 Windows 9X 的 Telnet 客户程序进行远程登录，步骤如下。

（1）连接到 Internet。

（2）选择“开始”|“程序”|“MS-DOS 提示方式”命令，便可转换至命令提示符下。

（3）在命令提示符下，按下列两种方法中的任一种与 Telnet 连接。

一种方法是输入 telnet 命令、空格以及相应的 telnet 的主机地址。如果主机提示输入一个端口号，则可在主机地址后加上一个空格，再紧跟上相应的端口号，然后按回车键。

方法二是输入 telnet 命令并按回车键，打开 Telnet 主窗口。在该窗口中，选择“连接”下的“远程系统”，如有必要，可以在随后出现的对话框中输入主机名和端口号，然后单击“连接”按钮。

（4）与 Telnet 的远程主机连接成功后，计算机会提示输入用户名和密码，若连接的是一个 BBS，Archie，Gopher 等免费服务系统，则可以通过输入 bbs，archie 或 gopher 作为用户名，就可以进入远程主机系统。

例：远程登录远端某个主机系统（中山大学 BBS“逸仙时空”）。

① 在 DOS 提示符下输入 telnet，按回车键（如图 9-4-1 所示）。

② 在 telnet 提示符下输入 o bbs.zsu.edu.cn，按回车键（如图 9-4-2 所示）。

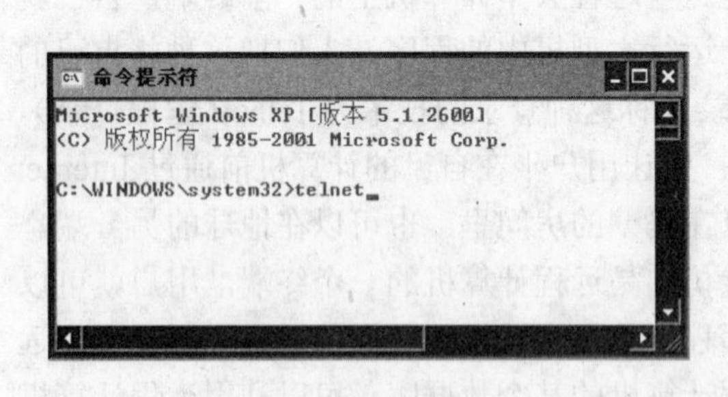

图 9-4-1　输入 telnet

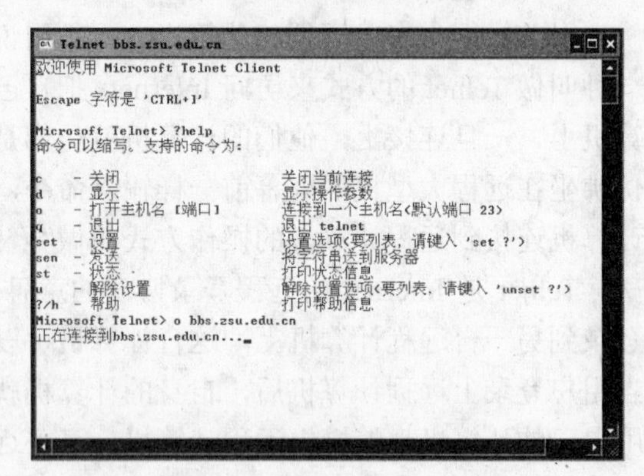

图 9-4-2　连接到 o bbs.zsu.edu.cn

③ 在 login:提示符下输入 bbs 登录，按回车键（如图 9-4-3 所示）。

④ 在帐号输入提示符下输入 guest（试用）或 new（注册），按回车键（如图 9-4-4 所示），然后用户就会发现已经进入了“逸仙时空”。

这样，Telnet 就为用户架起了通向远程主机的桥梁，现在你可以完全依照远程主机的命令行事了。

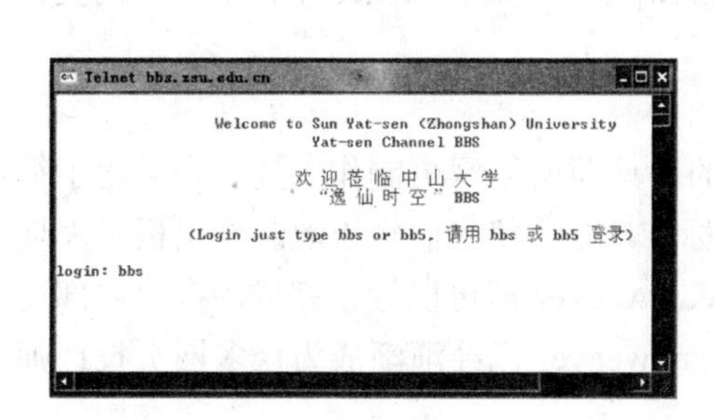

图 9-4-3　输入 bbs

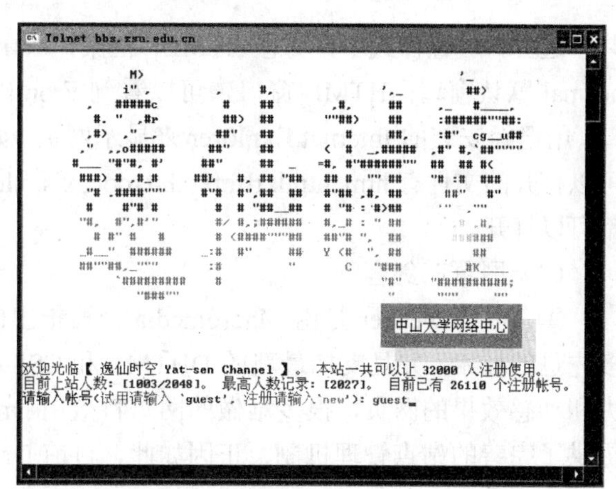

图 9-4-4　进入“逸仙时空”

9.5　网页的发布

WWW 已成为目前最主要的电子信息发布媒介，这些信息通过 Internet 快速而广泛地传播，Internet 也由于它们的存在而更加精彩。目前，人们已不满足于上网查询信息、发送邮件，更多的人开始在 Internet 上发布自己的网页。本节简单介绍如何制作网页，并将它们发布到因特网上。

9.5.1　网页制作和发布概述

1．网页和网站

发布到 Internet 的 WWW 信息称为网页，网页通常成组出现，每一个网页存放在单独的文件中。网页没有固定的长度，因此不需要像 Word 文档那样每隔固定尺寸设置一个分页符。

Web 网站是由一组具有相关主题的、经过组织和管理的网页组成的。WWW 作为 Internet 上的一种信息资源，它们存放在 Web 服务器中。Internet 用户可以浏览到网站中的每一个网页内容，这个站点成为与世界交流的窗口。进入某个站点的第一页通常称为主页（homepage）。

Web 网站遵循文件管理原则对网页文件进行相应的组织和管理，网页文件之间以超链接为纽带，组成一个整体。

2．常用的网页制作工具

制作网页第一件事就是选定一种网页制作软件。选择一个好的编辑器会令我们事半功倍。下面介绍一下目前主流的网页制作工具。

（1）FrontPage

FrontPage 是较好的网页制作工具，基本上实现了所见即所得的工作方式，即使用户不懂 HTML 语言，也能制作出专业效果的网页。如果用户水平较高，也可以在 HTML 窗口里直接写入代码，再切换到 preview 窗口看效果。FrontPage 提供了许多先进技术，如主题，共享边界，层叠样式单，动态 HTML，框架，ActiveX，Java Applet 等。编辑时有 3 种窗口：normal 默认窗口；HTML 窗口，可以看到 FrontPage 自动生成的 HTML 代码；preview 窗口，用已经安装的 Internet Explorer 来显示网页，如果你没有安装 IE 就不能预览。FrontPage 可以打开的文件有.htm,.html,.rtf,.txt,.htt,.doc,.xls,.xlm,.wpd 等，所有 Office 组件能打开的文件都可以打开。

（2）网页三剑客

① Dreamweaver 是由 Macromedia 公司推出的所见即所得网页制作工具。它采用了很多先进的技术，并且支持最新的 DHTML 和 CSS 标准，能够使我们轻松地制作出极具表现力和动感效果的网页，很多难做的网页特效用 Dreamweaver 都可以轻松完成。在它内部还提供了完善的站点管理机制，正因如此，目前 Dreamweaver 已经渐渐成为众多网页设计师的首选工具。

② Flash 是由 Macromedia 公司开发设计的，它可以让网页中不再只有简单的 GIF 动画或 Java 小程序，而是一个完全交互式多媒体网站，并且具有很多的优势：

- 使用矢量图形和流式播放技术。与位图图形不同的是，矢量图形可以任意缩放尺寸而不影响图形的质量；流式播放技术使得动画可以边播放边下载，从而缓解了网页浏览者焦急等待的情绪。
- 通过使用关键帧和图符使得所生成的动画（.swf）文件非常小，几 KB 的动画文件已经可以实现许多令人心动的动画效果，用在网页设计上不仅可以使网页更加生动，而且小巧玲珑下载迅速，使得动画可以在打开网页很短的时间里就得以播放。
- 把音乐，动画，声效，交互方式融合在一起，越来越多的人已经把 Flash 作为网页动画设计的首选工具，并且创作出了许多令人叹为观止的动画（电影）效果。而且在 Flash 4.0 的版本中已经可以支持 MP3 的音乐格式，这使得加入音乐的动画文件也能保持小巧的“身材”。
- 强大的动画编辑功能使得设计者可以随心所欲地设计出高品质的动画，通过 ACTION 和 FS COMMAND 可以实现交互性，使 Flash 具有更大的设计自由度。另外，它与当今最流行的网页设计工具 Dreamweaver 配合默契，可以直接嵌入网页的任一位置，非常方便。

总之，Flash 已经慢慢成为网页动画的标准，成为一种新兴的技术发展方向。

③ Fireworks是由Macromedia公司开发的网页制作软件利器之一。在绘图方面Fireworks结合了位图以及矢量图处理的特点，不仅具备复杂的图像处理功能，并且还能轻松地把图形输出到 Flash，Dreamweaver 以及第三方的应用程序。在网页制作方面 Fireworks 能快速地为图形创建各种交互式动感效果，不论在图像制作或是在网页支持上都有着出色的表现。随着版本的不断升级，功能的不断加强，Fireworks 受到越来越多图像网页制作者的青睐。

（3）HomeSite

HomeSite 是最好的 html 编辑工具之一。HomeSite 不同于上面的软件，它的特点是直接编写代码，而不像 FrontPage 和 Dreamweaver 那一类所见即所得的网页编辑软件。它需要用户熟悉各种网页标签，HomeSite 提供各种各样的标签，且完全支持 HTML 4.0 标准。值得一提的还有它的浮标功能，当我们把鼠标指针指向一个写好的标签的时候，浮标里会出现这个标签可以使用的各种属性。极其方便的快捷菜单会令你爱不释手，强大的多文件查找替换功能使你可以在整个目录下替换所有文件中指定的一段文字。所以用 HomeSite 写网页的时候，用户根本不用查语法书。

9.5.2 SharePoint Designer 2010 的使用

从 Office 2007 开始，FrontPage 已经改名为 SharePoint Designer。了解 SharePoint Designer 2010（以下简称 SPD）的全新用户界面，将有助于我们提高 SPD 的工作效率。

使用 SPD 最频繁的人群莫过于 SharePoint 站点的网站管理员或网站设计者了。例如创建一个从用户的站点到某个数据源的数据连接，利用 Visual Studio 可以完成该任务，然而这需要用户有编程经验。如果用户不知道如何编写代码的话，这个工作就非常适合用 SPD 来做。同样，如果想在用户的站点上创建可重用的业务过程（或工作流），SPD 一样可以胜任。

1．后台视图

打开 SPD 后显示的是后台视图(Backstage)，如图 9-5-1 所示。

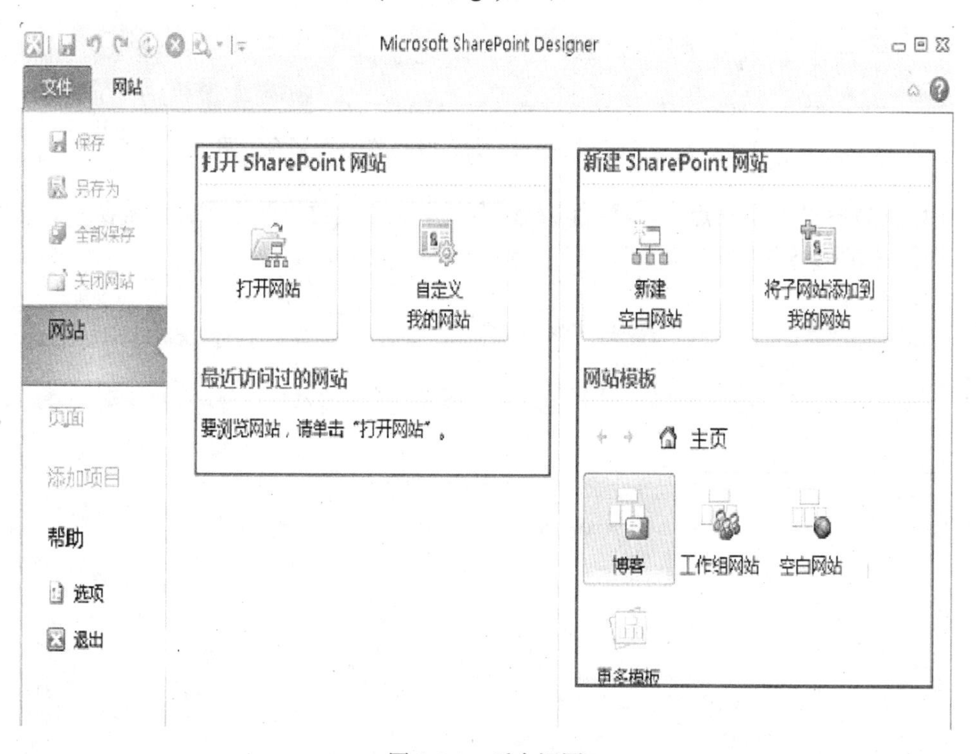

图 9-5-1　后台视图

后台视图是 Office 2010 的标准 UI 元素，类似于 Office 2003 的文件菜单。事实上显示后台视图的标签也称为文件。当首次使用 SPD 时，需要通过后台视图来打开一个已有的 SharePoint 2010 站点，或者新建一个。这里有两个要点：只有 SharePoint 站点才可以用 SharePoint Designer 2010 来管理和定制；SharePoint Designer 2010 并不能向后兼容，也就是说无法打开 SharePoint 2007 或更早版本的站点。

后台视图在我们已经打开一个站点后仍然有用，这时可以通过文件标签访问它，如图 9-5-2 所示。站点实际上是一个存储信息和业务过程的容器，而后台视图正是允许我们快速地给这个容器添加东西（页面，列表，工作流等）。

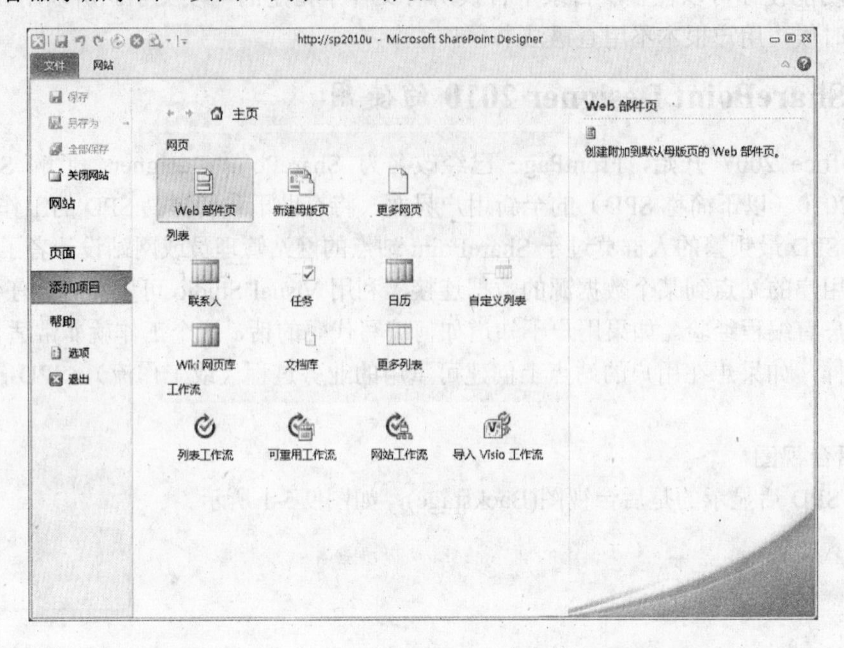

图 9-5-2　打开一个站点后通过文件标签访问后台视图

当用 SPD 打开一个站点后，就可以看到界面上的三大首要元素了：导航窗格、功能区和摘要页，如图 9-5-3 所示。

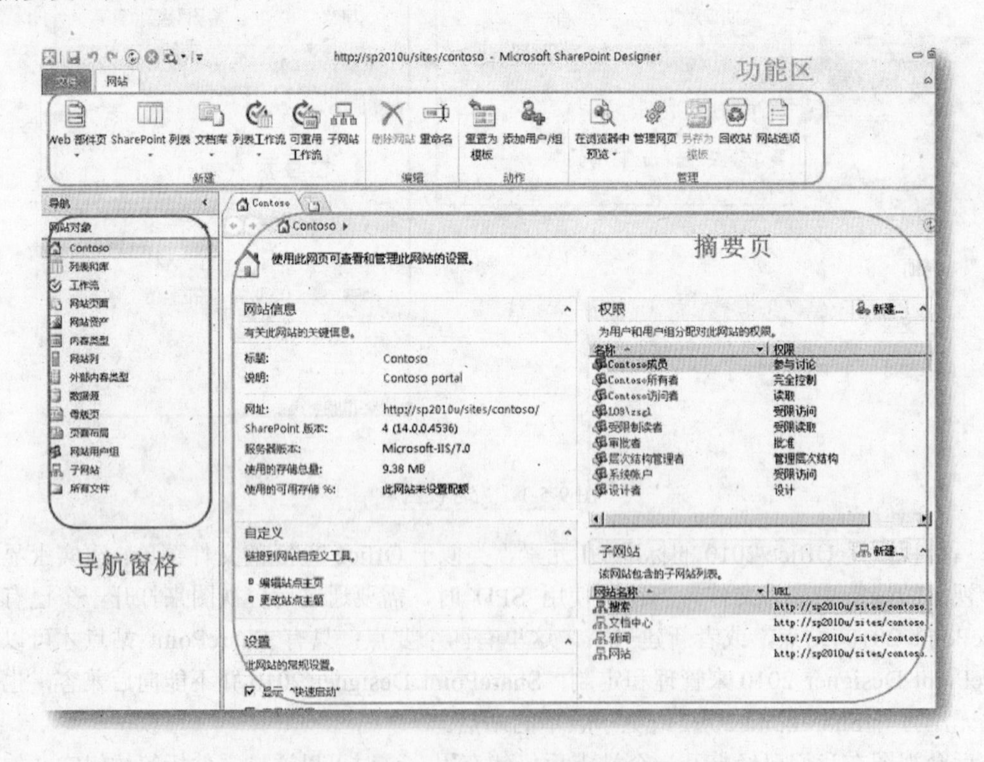

图 9-5-3　导航窗格、功能区和摘要页

2．导航窗格

SPD 提供的左侧导航窗格可以访问 SharePoint 站点里的所有组件。该窗格中的链接都是经过安全检验的。如果用户对某个功能（如，网站集管理员设置了 SharePoint Designer 设置，不允许定制母版页和页面布局）没有访问权限，则它将不显示。

（1）<网站标题>（在截屏中为“主页”）

在一个宏观层次上显示该网站相关信息的摘要页，如图 9-5-4 所示，包括网站权限、网站导航设置以及其下的子网站等。

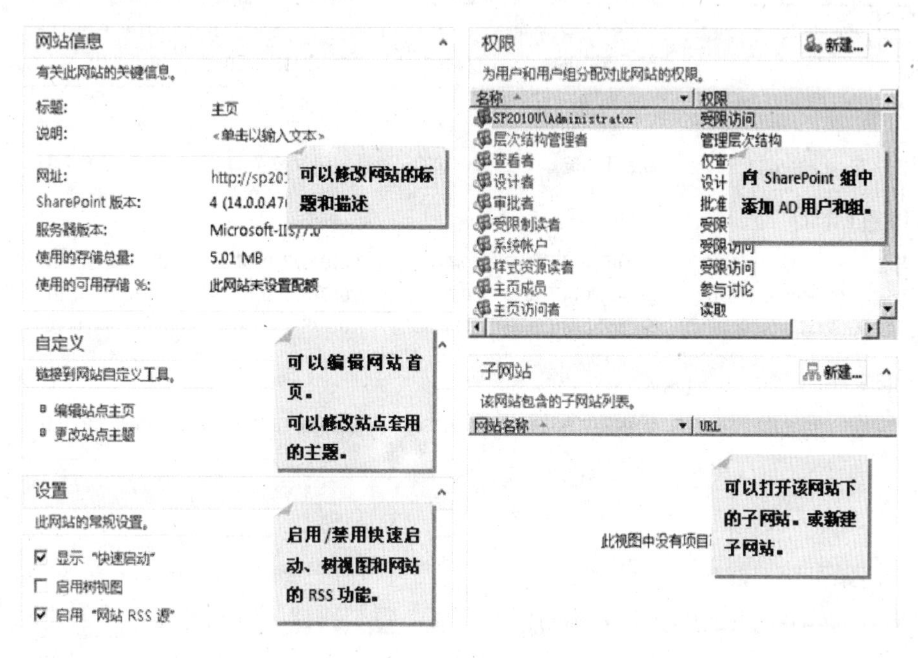

图 9-5-4　网站标题

（2）列表和库

显示当前网站下所有的列表和库，如图 9-5-5 所示。这些内容是经过安全检验的，如果用户没有权限将不会对其显示。

列表和库

主页 ▸ 列表和库 ▸

名称	类型	项目	修改日期	说明
列表				
工作组讨论	列表	0	2010/5/7 0:07	使用“工作组讨论”列表可保存对工作组相关主题进行的...
链接	列表	0	2010/5/7 0:07	使用“链接”列表可管理指向工作组成员感兴趣或觉得有...
任务	列表	0	2010/5/7 0:07	使用“任务”列表可跟踪您或您的工作组需要完成的工作。
日历	列表	0	2010/5/7 0:07	使用“日历”列表可及时了解即将举行的会议、时间期限...
通知	列表	1	2010/5/7 0:07	使用此列表跟踪即将发生的事件、状态更新或其他工作组...
文档库				
表单模板	文档库	0	2010/5/7 0:06	此库中包含管理员核准的、激活到该网站集的表单模板。
共享文档	文档库	1	2010/5/10 21:36	将文档添加到此文档库以便与工作组共享。
网站页面	文档库	2	2010/5/7 0:07	解决方案库用于创建和管理网站中的页面。
网站资产	文档库	0	2010/5/7 0:07	此库用于存储此网站内的网页上包括的文件，如 Wiki 网...
样式库	文档库	0	2010/5/6 23:58	使用样式库存储诸如 CSS 或 XSL 文件等样式表。此库中...
自定义报表	文档库	0	2010/5/7 0:06	此文档库拥有用于创建此网站集的 Web Analytics 自定义..

图 9-5-5　列表和库

（3）工作流

通过 SPD 可以创建 3 种类型的工作流：列表、可重用和网站工作流。另外，其内置的工作流（审批，收集签名和收集反馈）也可以复制和修改。如图 9-5-6 所示，该视图显示了当前站点上所有的工作流。

工作流　主页 ▸ 工作流 ▸

名称	类型	修改者	创建日期	修改日期
可重用工作流				
预约	可重用工作流	CONTOSO...	2010/6/18 7:10	2010/6/18 7:10
列表工作流				
设置指派	列表工作流	CONTOSO...	2010/6/18 7:11	2010/6/18 7:11
全局可重用工作流				
收集签名 - SharePoint 2010	全局可重用工作流	CONTOSO...	2010/5/7 0:07	2010/5/7 0:07
收集反馈 - SharePoint 2010	全局可重用工作流	CONTOSO...	2010/5/7 0:07	2010/5/7 0:07
审批 - SharePoint 2010	全局可重用工作流	CONTOSO...	2010/5/7 0:06	2010/5/7 0:06
网站工作流				
员工调查	网站工作流	CONTOSO...	2010/6/18 7:10	2010/6/18 7:10

图 9-5-6　工作流

（4）网站页面

用于显示 wiki 页面库（其名称为网站页面，每个新建的网站都会自动创建这么一个库）。如图 9-5-7 所示，该网站的主页就存储在这里。这个库中所有的页面都是 wiki 页面。每个 wiki 页面可以与同一个库中的其他页面有机地连接在一起。

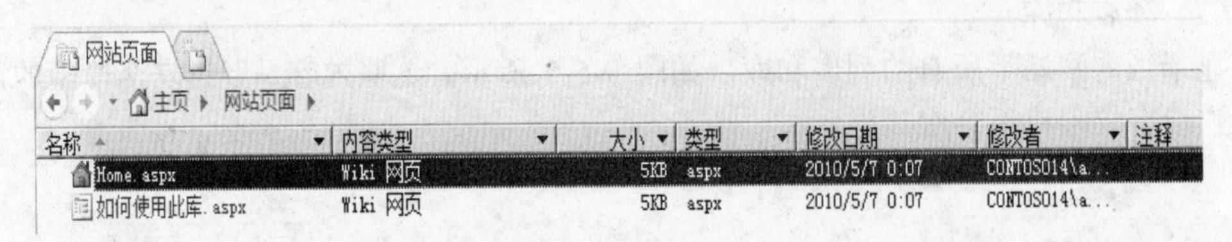

图 9-5-7　网站页面

（5）网站资产

显示网站资产库的内容。这个库也是在创建网站时自动创建的。此库用于存储此网站内的网页上包括的文件，如 wiki 网页上的图像、CSS、JavaScript、XML 等，如图 9-5-8 所示。

（6）内容类型

当前网站和父网站的内容类型都可以在这里看到，如图 9-5-9 所示。

（7）网站列

当前网站和父网站的所有网站栏都可以从这里找到，如图 9-5-10 所示。

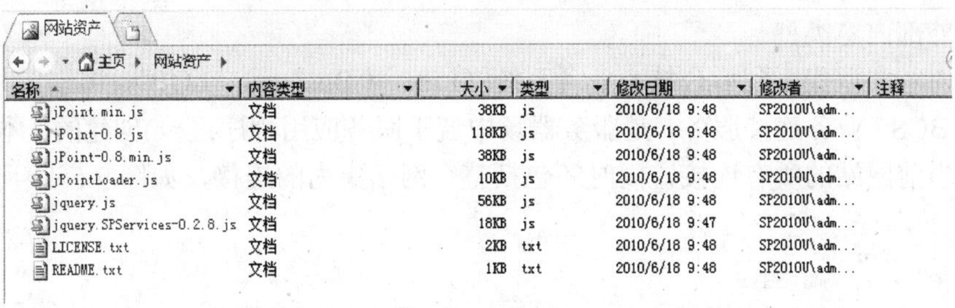

网站资产

主页 ▸ 网站资产 ▸

名称	内容类型	大小	类型	修改日期	修改者	注释
jPoint.min.js	文档	38KB	js	2010/6/18 9:48	SP2010U\adm...	
jPoint-0.8.js	文档	118KB	js	2010/6/18 9:48	SP2010U\adm...	
jPoint-0.8.min.js	文档	38KB	js	2010/6/18 9:48	SP2010U\adm...	
jPointLoader.js	文档	10KB	js	2010/6/18 9:48	SP2010U\adm...	
jquery.js	文档	56KB	js	2010/6/18 9:48	SP2010U\adm...	
jquery.SPServices-0.2.8.js	文档	18KB	js	2010/6/18 9:47	SP2010U\adm...	
LICENSE.txt	文档	2KB	txt	2010/6/18 9:48	SP2010U\adm...	
README.txt	文档	1KB	txt	2010/6/18 9:48	SP2010U\adm...	

图 9-5-8　网站资产

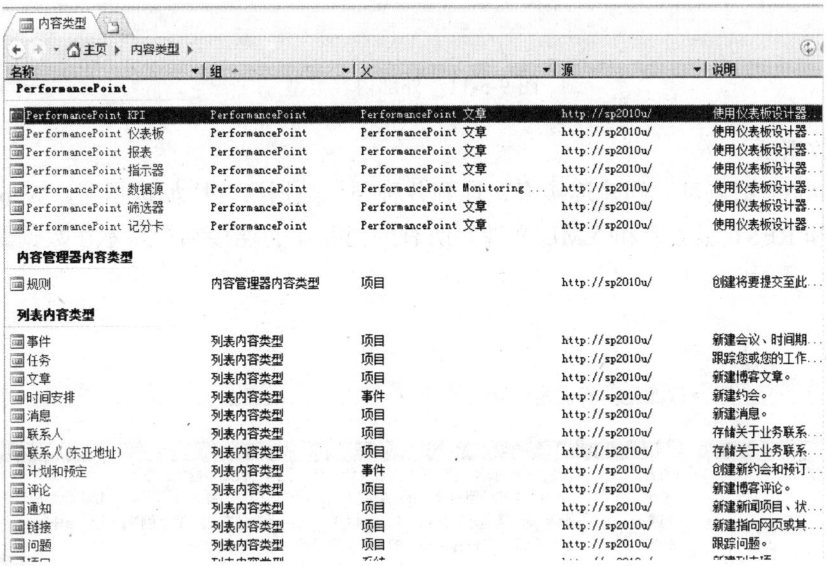

内容类型

主页 ▸ 内容类型 ▸

名称	组	父	源	说明
PerformancePoint				
PerformancePoint KPI	PerformancePoint	PerformancePoint 文章	http://sp2010u/	使用仪表板设计器...
PerformancePoint 仪表板	PerformancePoint	PerformancePoint 文章	http://sp2010u/	使用仪表板设计器...
PerformancePoint 报表	PerformancePoint	PerformancePoint 文章	http://sp2010u/	使用仪表板设计器...
PerformancePoint 指示器	PerformancePoint	PerformancePoint 文章	http://sp2010u/	使用仪表板设计器...
PerformancePoint 数据源	PerformancePoint	PerformancePoint Monitoring ...	http://sp2010u/	使用仪表板设计器...
PerformancePoint 筛选器	PerformancePoint	PerformancePoint 文章	http://sp2010u/	使用仪表板设计器...
PerformancePoint 记分卡	PerformancePoint	PerformancePoint 文章	http://sp2010u/	使用仪表板设计器...
内容管理器内容类型				
规则	内容管理器内容类型	项目	http://sp2010u/	创建将要提交至此...
列表内容类型				
事件	列表内容类型	项目	http://sp2010u/	新建会议、时间期...
任务	列表内容类型	项目	http://sp2010u/	跟踪您或您的工作...
文章	列表内容类型	项目	http://sp2010u/	新建博客文章。
时间安排	列表内容类型	事件	http://sp2010u/	新建约会。
消息	列表内容类型	项目	http://sp2010u/	新建消息。
联系人	列表内容类型	项目	http://sp2010u/	存储关于业务联系...
联系人(东亚地址)	列表内容类型	项目	http://sp2010u/	存储关于业务联系...
计划和预定	列表内容类型	事件	http://sp2010u/	创建新约会和预订...
评论	列表内容类型	项目	http://sp2010u/	新建博客评论。
通知	列表内容类型	项目	http://sp2010u/	新建新闻项目、状...
链接	列表内容类型	项目	http://sp2010u/	新建指向网页或其...
问题	列表内容类型	项目	http://sp2010u/	跟踪问题。

图 9-5-9　内容类型

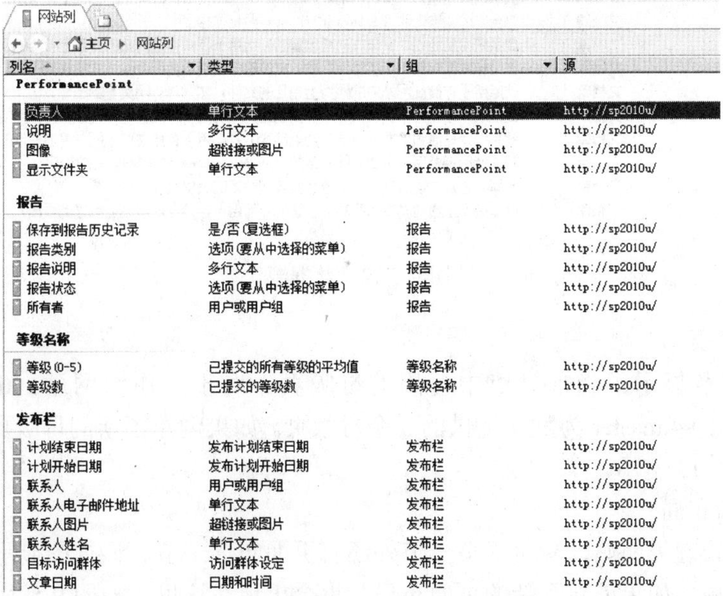

网站列

主页 ▸ 网站列

列名	类型	组	源
PerformancePoint			
负责人	单行文本	PerformancePoint	http://sp2010u/
说明	多行文本	PerformancePoint	http://sp2010u/
图像	超链接或图片	PerformancePoint	http://sp2010u/
显示文件夹	单行文本	PerformancePoint	http://sp2010u/
报告			
保存到报告历史记录	是/否(复选框)	报告	http://sp2010u/
报告类别	选项(要从中选择的菜单)	报告	http://sp2010u/
报告说明	多行文本	报告	http://sp2010u/
报告状态	选项(要从中选择的菜单)	报告	http://sp2010u/
所有者	用户或用户组	报告	http://sp2010u/
等级名称			
等级(0-5)	已提交的所有等级的平均值	等级名称	http://sp2010u/
等级数	已提交的等级数	等级名称	http://sp2010u/
发布栏			
计划结束日期	发布计划结束日期	发布栏	http://sp2010u/
计划开始日期	发布计划开始日期	发布栏	http://sp2010u/
联系人	用户或用户组	发布栏	http://sp2010u/
联系人电子邮件地址	单行文本	发布栏	http://sp2010u/
联系人图片	超链接或图片	发布栏	http://sp2010u/
联系人姓名	单行文本	发布栏	http://sp2010u/
目标访问群体	访问群体设定	发布栏	http://sp2010u/
文章日期	日期和时间	发布栏	http://sp2010u/

图 9-5-10　网站列

（8）外部内容类型

外部内容类型代表到后台核心业务系统（Line of Business，LOB）的连接。这些连接都是通过 BCS（业务连接服务，是服务器场中若干服务应用程序之一)创建的。本视图不仅仅会显示当前网站的所有连接，同时还包括整个网站集内的连接，如图 9-5-11 所示。

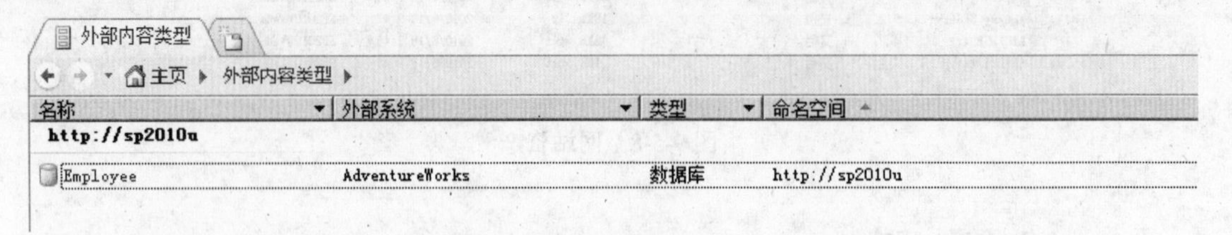

图 9-5-11　外部内容类型

（9）数据源

SharePoint 站点可以创建连接直接连到各种外部数据源，比如数据库，Web 服务（包括 SOAP 和 REST 服务）和 XML 文件。所有的已存在的连接都会显示在数据源视图中，如图 9-5-12 所示。

数据源

主页 ▸ 数据源

名称	类型	说明
列表		
PerformancePoint 内容	列表	包含 PerformancePoint 项目，其中包括记分卡、KPI、报表、筛选器、指示器和仪表板
内容和结构报告	列表	使用报告列表可自定义“内容”和“结构工具”视图中显示的查询
可重用内容	列表	此列表中的项目包含 HTML 或文本内容，这些内容可插入到网页中。如果项目选择了自动更新，则...
工作流任务	列表	此系统库是通过“发布”功能创建的，可用于存储在此网站上创建的工作流任务。
示例指标	列表	默认情况下在此报告中心的主页上显示的示例状态指标。
文档库		
仪表板	文档库	包含 Web 部件页面，其中包括含有状态列表和 PerformancePoint 部署的仪表板的 Web 部件页面
图像	文档库	此系统库是通过“发布”功能创建的，可用于存储在此网站的页面上使用的图像。
数据连接	文档库	包含 ODC、UDC 和 PerformancePoint 数据连接
文档	文档库	此系统库是通过“发布”功能创建的，可用于存储在此网站的页面上使用的文档。
样式库	文档库	使用样式库存储诸如 CSS 或 XSL 文件等样式表。此库中的样式表适用于此网站或其所有子网站。
网站资产	文档库	此库用于存储此网站内的网页上包括的文件，如 Wiki 网页上的图像。
网站集图像	文档库	此系统库是通过“发布资源”功能创建的，可用于存储在整个网站集内使用的图像。
网站集文档	文档库	此系统库是通过“发布资源”功能创建的，可用于存储在整个网站集内使用的文档。
自定义报表	文档库	此文档库拥有用于创建此网站集的 Web Analytics 自定义报表的模板
表单模板	文档库	此库中包含管理员核准的、激活到该网站集的表单模板。
页面	文档库	此系统库是通过“发布”功能创建的，可用于存储在此网站上创建的页面。

图 9-5-12　数据源

（10）母版页

母版页一节显示了当前站点中可用的母版页。对于工作组网站，default.master、minimal.master、v4.master 为默认提供的 3 个母版页。如果创建了新的母版页，也会出现在这里，如图 9-5-13 所示。

（11）页面布局

对于内容管理类网站，除母版页一节外还有页面布局一节。该视图显示了当前站点中可用的页面布局。如果创建了新的页面布局，也会出现在这里，如图 9-5-14 所示。

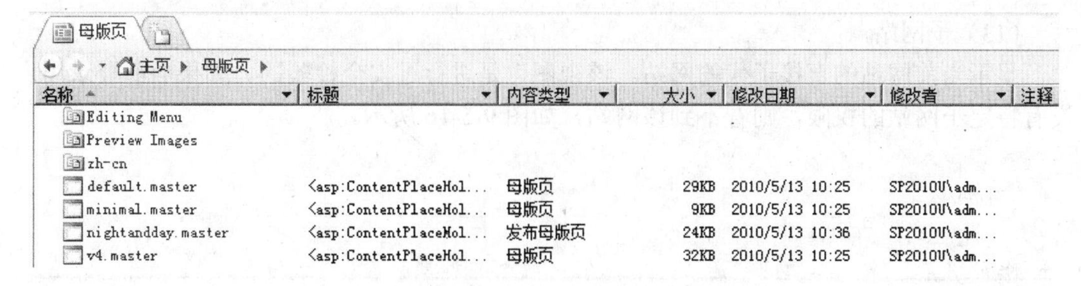

图 9-5-13　母版页

页面布局

主页 ▸ 页面布局 ▸

名称	标题	内容类型	大小	修改日期	修改者
Editing Menu					
Preview Images					
zh-cn					
AdvancedSearchLayout.aspx	高级搜索	页面布局	17KB	2010/5/13 10:37	SP2010V\adm
ArticleLeft.aspx	图像在左	页面布局	9KB	2010/5/13 10:36	SP2010V\adm
ArticleLinks.aspx	摘要链接	页面布局	8KB	2010/5/13 10:36	SP2010V\adm
ArticleRight.aspx	图像在右	页面布局	9KB	2010/5/13 10:36	SP2010V\adm
BlankWebPartPage.aspx	空白 Web 部件页	页面布局	9KB	2010/5/13 10:36	SP2010V\adm
DefaultLayout.aspx	Web 部件区域	页面布局	7KB	2010/5/13 10:37	SP2010V\adm
EnterpriseWiki.aspx	空白页	页面布局	6KB	2010/5/13 10:36	SP2010V\adm
NewsHomeLayout.aspx	新闻主页	页面布局	6KB	2010/5/13 10:37	SP2010V\adm
PageFromDocLayout.aspx	仅正文	页面布局	7KB	2010/5/13 10:36	SP2010V\adm
PageLayoutTemplate.aspx	_catalogs/masterpage...	页面布局	2KB	2010/5/13 10:36	SP2010V\adm
PeopleSearchResults.aspx	人员搜索结果	页面布局	28KB	2010/5/13 10:37	SP2010V\adm
ProjectPage.aspx	基本项目页面	页面布局	7KB	2010/5/13 10:36	SP2010V\adm
RedirectPageLayout.aspx	重定向	页面布局	5KB	2010/5/13 10:36	SP2010V\adm

图 9-5-14　页面布局

（12）网站用户组

SharePoint 组常用于活动目录用户和组的一个容器。所有当前网站集内的 SharePoint 组，无论是否在当前网站上具有权限，都将显示在这里，如图 9-5-15 所示。

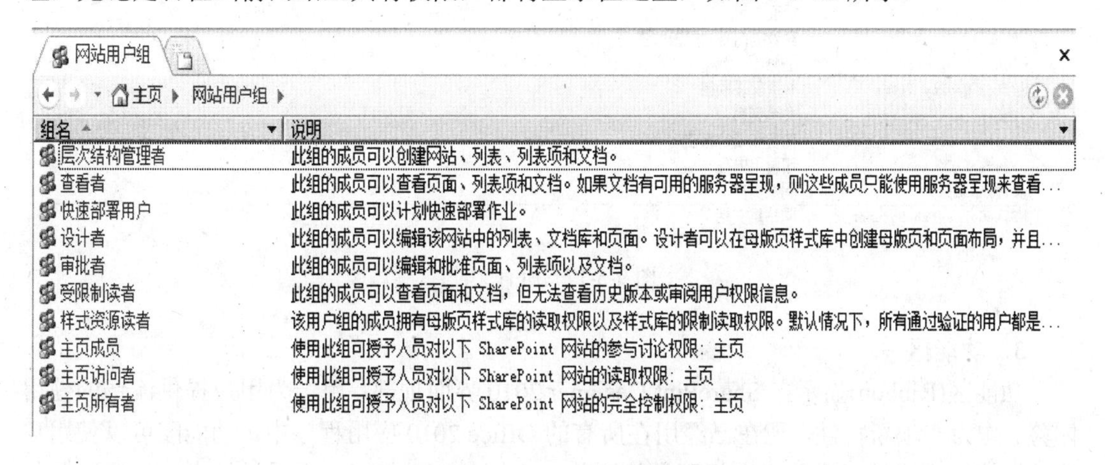

图 9-5-15　网站用户组

（13）子网站

显示当前网站的直接子代的网站。该视图也是进行过安全检验的。如果当前登录用户没有特定子网站的权限，则看不到该网站，如图 9-5-16 所示。

图 9-5-16　子网站

（14）所有文件

显示当前站点的 URL 结构。子网站、列表、库、隐藏文件夹等都会显示在这个树形结构中，如图 9-5-17 所示。

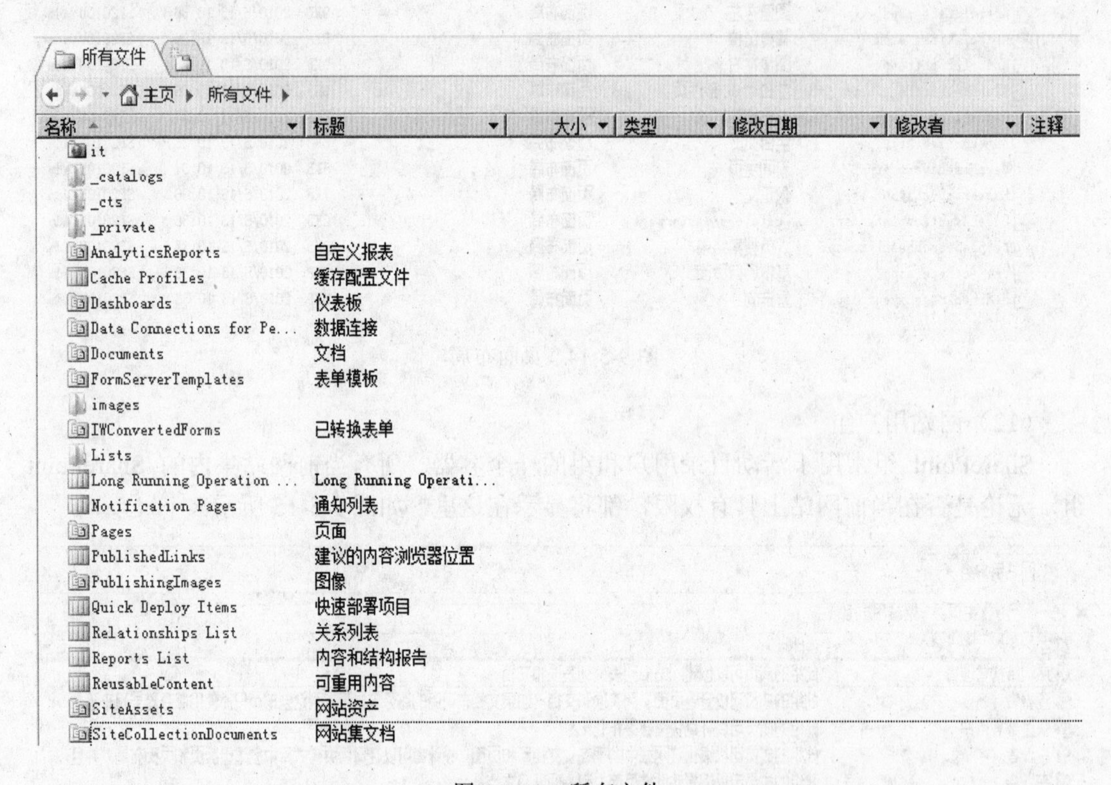

图 9-5-17　所有文件

3．功能区

功能区(Ribbon)显示在 SharePint Designer 2010 界面顶部，用于为用户提供流畅的使用体验。作为一项新特性，现在已经用在所有的 Office 2010 应用程序中。功能区可以使用户简单快速地完成针对当前内容想要做的工作。比如，如果你正在查看导航中工作流一节的内容，则功能区将显示创建工作流以及工作流编辑相关的操作，如图 9-5-18 所示。

图 9-5-18　创建工作流以及工作流编辑相关操作

此外，当我们进到内容里时，选中页面上特定的对象时，还会“点亮”更多的标签。如图 9-5-19 所示，当我们选中表格里的图片时，表格工具和图片工具标签会马上显示出来。

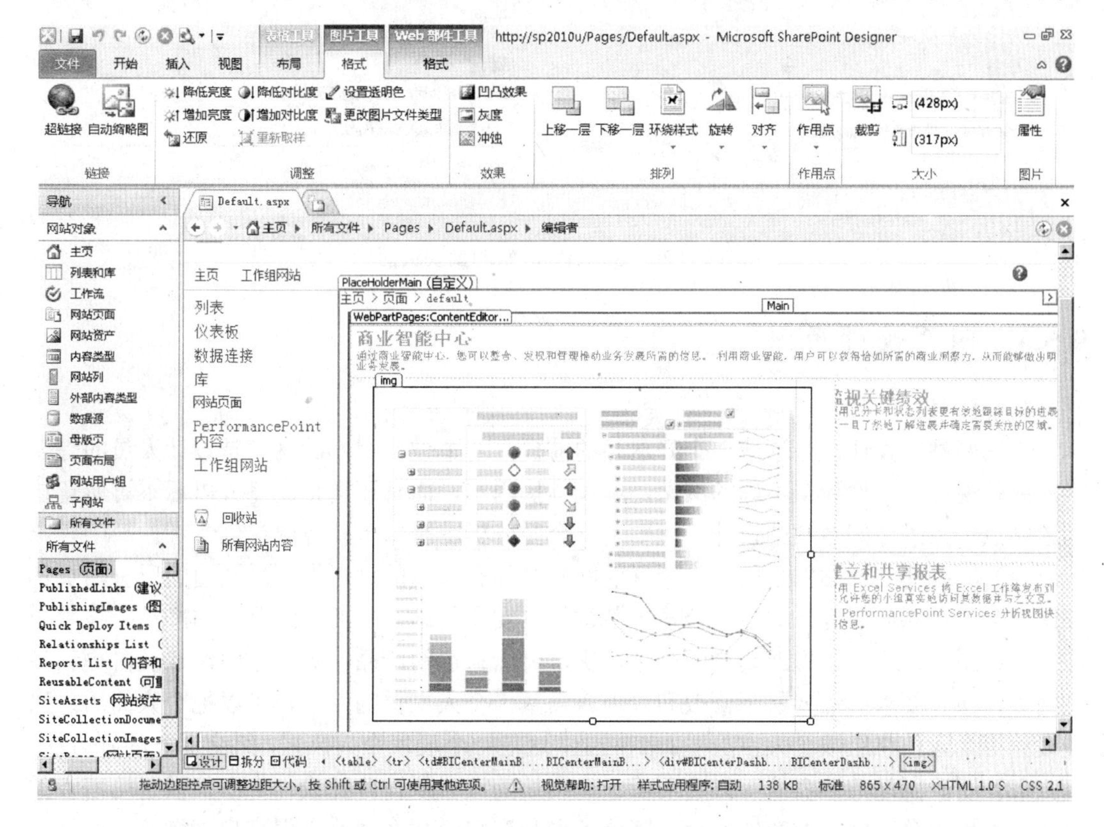

图 9-5-19　表格工具和图片工具标签

功能区也会体现 SharePoint 权限。当用户没有使用某个选项的权限时，该选项会自动变为不可用状态。

4．摘要页面

摘要页面显示了当前对象（比如：工作流、列表、库、页面等）的元数据及其设置。通常摘要页面由若干与对象信息相关的部分组成。这些部分都无法被移除或定制化。图 9-5-20 显示了一个 SharePoint 组的摘要页面。通过单击刚才提到的网站用户组视图里的某个组，就可以打开这个页面。

从图 9-5-20 中可看到，设计者 SharePoint 组的各类信息都列了出来。如：该组中有哪些成员？通过提供一些设置项，我们可以不必在浏览器里就可以快速修改对象的设置。

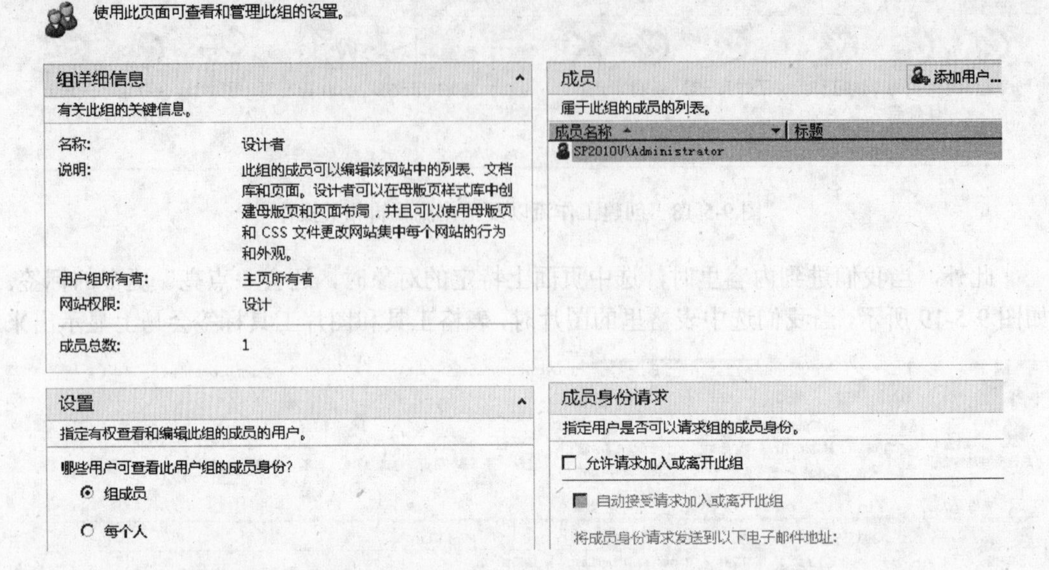

图 9-5-20　SharePoint 组的摘要页面

9.5.3　网页设计原则

1. 网站设计原则

做好网站的设计，是创建一个好网站的前提。一个设计得好的网站是设计人员的综合素质的体现；一个设计得不好的网站，不仅维护困难，而且还会使浏览者以后不再愿意访问该站点。为了做好网站的设计，就要进行全面分析，有以下几点建议供参考。

（1）明确建立网站的目的。一个好的网站必须有很强的针对性，网站内的所有网页都要围绕某一主题而展开，如用于公司，单位信息发布的站点，要介绍公司的产品，技术公告，支持服务，所以一方面要介绍公司情况，突出自己的产品；另一方面，要及时更新站点内容，而且要求站点要易于修改和管理。而基于个人主页的站点，可以把个人简历，兴趣爱好等个人信息组成个人主页发布到网上，这是一个展现个人风采、结交朋友的好方法。

（2）明确网站的读者群。只有明确一个网站的读者群，才能设计一个能吸引这些人的站点。如用于公司信息发布的站点，其读者群是客户，那么就要吸引客户来浏览该网站，所以整个网站要能体现公司形象，突出产品特点；而个人网站的读者群可能是同学、朋友、家人或一些兴趣相同的人，所以在网站设计上，不仅内容要体现个人特色，而且要在语言、内容的安排上能满足浏览者的要求。

（3）明确网站上应该发布的信息。网站上的信息都是经过仔细筛选的，“内容为主”是应该牢记的生存法则。网站设计中最重要的设计应该是内容而不是美工。图像太多、太大会降低下载速度，使得浏览者不愿意浪费时间和金钱去访问你的站点。此外，哪些信息要根据时机来发布，哪些信息要根据时间来撤销，也是要考虑的。如果想从读者那里获得反馈信息的话，还应该在网页上设置相应的表单。

（4）规划网站的结构。一个网站是由多个网页组成的，因此在根据网站的设计目标收集好网络上应发布的信息之后，必须规划好网站结构。对于一些未来扩充的部分，要预留好空间，使网站的可扩充性增强，避免日后扩充时的大幅度变动。可以采用分级结构，它类似于目录系统的树型结构，由主页开始，依次划分为一级标题、二级标题等，逐级细化，直至提供给浏览者具体信息。在这种结构中，主页是对整个文件的概述和归纳，同时提供了与下一级的链接。也可以采用网状结构，这也是Web的来历。网状结构中主页做中心的网页，在主页中有各个网页的超链接。事实上，网站结构是由这两种结构结合起来的，充分利用这两种结构各自的特点，使网络文件条理化、规范化，也可满足浏览者的要求。

（5）明确网站的维护。做好一个网站后，首先应明确它存放的地方，是用自己的计算机作为Web服务器，还是使用ISP（Internet服务提供商）提供的服务。其次要弄清维护的费用，一个Web站点越复杂，维护的时间越长，维护的费用也越高。这些都要有一个清楚的认识。

2．网页制作原则

（1）适当使用图形，保持页面简洁。图形是WWW网站的特色，好的图形应用能够使网页生辉。由于目前国内网络传输带宽十分有限，因此使用图形时一定要考虑传输时间的问题。要事先依据 HTML 文件、图形文件大小，考虑传输速率、延迟时间、网络流通量以及服务器端与用户端的软硬件条件，估算出网页的传输时间。如果传输时间过长，应舍弃一些图形。图形的使用尽量采用一般浏览器都可支持的压缩图形格式，如 JPEG，GIF等。

（2）兼容性好。这里说的兼容性是指浏览器的兼容性，这是设计中文站点时必须注意的问题。目前使用的浏览器主要有两个：Netscape 和 Internet Explorer。虽然它们都是以HTML 3.2 为标准，但有许多差别，因此设计网页时尽量使网页在大多数浏览器上能够查看，以使设计的网页在大多数环境中都能阅读。

（3）组织结构合理：网页结构的合理组织能帮助设计者表达思想，也有助于浏览者阅读。要在主页上对网站的性质与内容做个简要说明与引导，最好有清楚的类别选项，让浏览者很快可找到相关主题。此外应避免滥用超链接。适当地使用超链接，是设计网站不可缺少的手段，但过分使用超链接，就会失去网页文字的流畅性，使访问者不知如何进行浏览。

（4）文字颜色与背景搭配要易于阅读。网页中加入背景图案虽然可以使网页美观，但却耗费传输时间，而且容易影响阅读视觉。所以若没有特别必要，应避免使用背景图案，改用单色的背景，而且文字的颜色与背景的颜色要合理搭配，避免突兀的颜色。

9.5.4 网页发布

如果站点已经在本地计算机创建好，最好把它发布，让别人能看到你的成果。发布一个站点基本上是将你站点上的文件复制到一个目的地，例如他人可以浏览的站点服务器。发布站点，必须知道FTP服务器名称和目录路径。FTP服务器名称是你所发布到的站点服务器的地址（例如ftp.server.com），目录路径是服务器上存放站点文件夹（例如\YYY）。如果不能确定你的用户名称、密码或FTP位置，请与你的Internet服务提供商联系。

开发网站的一般步骤：明确开发目的与对网站进行正确定位→搜集资料→利用开发软件进行站点及页面设计→上传及发布站点→测试→更新与维护。

1．使用 FrontPage 发布网页

在发布站点之前，应该检查断开的超链接，确认网页的外观就是你所想的，以及测试站点各项操作都能正常工作，确认站点已准备好发布。有一个好的方法可以确认你的站点已准备就绪，那就是在 Web 浏览器上进行预览并且浏览站点的各处，以及在报表视图模式下，检查所有文件的状态。如果准备将站点发布到全球广域网上，将需要一个 Internet 服务提供者（ISP），最好是拥有安装了 FrontPage 服务器扩展的站点服务器。你还必须知道用来发布你站点的 ISP 的站点服务器位置，必要时还需知道用户名和密码。若要获得使用服务器扩展的 ISP（一般称为站点展示提供者），请选择“文件”|“发布”命令，然后再单击 WPP 按钮。

2．使用 HTTP 来发布站点

当准备好要让别人查看你的站点，或当你想更新站点上的文件时，请发布当前站点中的文件。如果你要发布到的站点服务器上已安装 FrontPage 服务器扩展，则可以使用 HTTP（超文本传输协议）来发布。

3．使用 Web 发布向导来发布站点

选择“开始”|“程序”|“附件”|“Internet 工具”命令，启动“Web 发布向导”发布站点。

4．使用其他工具发布网页

其他发布工具还有 CuteFTP，WS-FTP Pro 和 Bulletproof FTP。最常用的是 CuteFTP，这个工具使用简单，功能强大。

5．在网上申请免费主页

网页制作好之后，都希望把它放在网上，与自己的朋友一起分享这份喜悦。当然你可以花一些钱同 ISP 联系，然后请他们把你的网页放在上面。他们会为你提供一个域名以及技术上的支持。这样，世界上任何地方都可以访问你的主页。网上也提供了很多免费资源：免费主页空间、免费域名、免费电子邮件等。利用这些资源，你可以不花一分钱，同样可以把你的主页放在网上，让你的朋友访问你的网页。国内一般省会城市的热线、网易、263 等站点，大部分都提供免费主页空间。存放主页的空间从几兆到几十兆不等，甚至有一些站点不限制空间。

9.5.5 免费空间

如果你是一名学生，建议申请免费空间，因为你的目的是学习网页设计，而对于有多少人访问你的网站是不太关心的。

如果你非常希望有更多的人认识并了解你的网站，就应该使用收费空间。因为使用免费空间国内各大搜索引擎收录你的网站会很慢（甚至不会收录），绝大多数免费空间仅支持 Web 上传，非常不方便且上传速度缓慢或需要排队，每月会付出多一倍的上网费，并且网站限制太多。一个好的网站的推广是非常艰辛的，当有一天你的免费空间被中止时，那将是致命的打击，你的所有交换链接、广告服务均要一个个申请修改甚至无法修改，特别是 Baidu 和 Google 这样的搜索引擎登录，会导致你的网站在一个月内很难恢复元气。

1．EWS IDC

EWS IDC（公共云计算服务平台）为广大用户提供免费空间服务，四线机房，500MB

容量（空间+邮局+数据库），10 个邮箱的企业邮局，每月 2GB 流量限制，限制最大 50 个并发数，承诺无广告，提供免费二级域名 1 个，也可以绑定自己的域名。EWS IDC 免费空间可选 Windows 和 Linux 操作系统，Windows 2003 空间支持 ASP、ASP.NET、MSSQL 2005，Linux 空间支持 PHP、CGI、MySQL5。网址为 http://www.ewsidc.com。

2. Sina App Engine

Sina App Engine（SAE）是新浪推出的应用开发和运行平台，类似 Google 的 GAE，支持 PHP5、Mysql5、Memcache、Crontab、SMTP，提供 yourname.sinaapp.com 免费二级域名 1 个，不为普通用户提供域名绑定服务。SAE 没有具体的使用限制，对于每个用户，SAE 每天分配给 500 个“云豆”，CPU 使用、MySQL 应用、文件上传、文件下载等都会消耗“云豆”，超过配额，你的应用就会被停止。SAE 需要下载安装 SDK 来上传管理你的程序代码。SAE 不适合初学者。网址为 http://sae.sina.com.cn。

3. CO.CC

CO.CC 免费提供“yourname.co.cc”的免费二级域名，也可以注册“你的名字.co.cc”这样的中文域名以及其他语种域名，具有包括中文版在内的 20 多种语言版本，支持隐藏或不隐藏原 URL 转发，完全 DNS 解析功能，可以修改 DNS，设置 A 记录、CNAME 记录、NS 记录以及 MX 记录，还完全支持 GoogleApps 企业邮局，而且没有广告。先免费注册一个 CO.CC 会员帐户，就可申请免费域名了，但一个用户仅能申请 2 个免费域名。网址为 http://www.co.cc。

4. Tap

Tap 是一家提供免费自助建站服务的网站，可以在线创建博客、网络相册以及个性站（企业站、个人主页、简历等），更多功能模板正在开发中，未来还可以建立论坛、社区、网店等。Tap 定制性很强，只要你有想法就能设计出你想要的站点来，你创建的模板还可以在 Tap 中销售，Tap 中也有一些免费模板供你使用。Tap 为每个站点提供 1 个免费二级域名，如果绑定自己的域名需要交费。网址为 http://www.tap.cn。

5. Yandex

Yandex 是俄罗斯最大的门户网站，提供无限容量、无限流量的免费空间。可以 FTP 方式上传管理文件，不支持 ASP、PHP 等动态程序，纯静态空间，提供 yourname.narod.ru 免费二级域名 1 个，不支持绑定自己的域名，页面右上角有浮动广告。Yandex 还提供无限容量并且支持 POP3、SMTP、IMAP4 的 yourname@yandex.ru 免费邮箱，以及具有外链的免费网络相册（容量、大小、格式等限制不详）、无限容量的免费网络硬盘（最大单个文件 5GB）。网址为 http://www.yandex.ru。

6. Friko.pl

Friko.pl 来自波兰的免费空间，注册为会员后可以创建多个免费空间，每个免费空间都具有 100GB 容量，月流量不限，FTP 方式上传管理文件，支持 PHP5，可自定义.htaccess，提供 100MB 容量的 MySQL 数据库，提供 yourname.za.pl 等多种后缀的免费二级域名，并支持绑定自己的域名，提供以你的二级域名为后缀的免费邮箱，速度较慢，顶部有通栏广告。网址为 http://www.friko.pl。

7. Webs

Webs 是一家提供自助建站服务的公司，其免费自助建站服务对中文支持不好，会出现乱码，但是可以上传自己的网页文件，因此可以将它看成一个免费静态空间来使用。Webs为每个免费用户提供了42MB容量存储空间，每月500MB流量限制，Web方式上传管理文件，纯静态空间，不支持ASP、PHP等动态程序，提供yourname.webs.com免费二级域名1个，不可以绑定自己的域名，无广告。网址为http://www.webs.com。

8．人人斑竹网

人人斑竹网为免费注册用户提供1GB容量的免费自助建站系统，提供yourname.banzhu.net免费二级域名1个，免费用户不能绑定自己的域名。人人斑竹网免费自助建站可以发布文章，也可以发布商品，无论个人建站、企业建站均可使用，有多种风格供你选择，也可进行可视化编辑，上传文件限制单个文件4MB以内。成为VIP收费用户后可以关闭广告、绑定自己的域名。网址为http://www.banzhu.net。

9．Dinkypage

Dinkypage像其LOGO中的纸飞机一样，超级的轻量级，免费自助建站只能创建1个页面，当然也可以创建多个页面，但每个页面要用不同的密码管理，显得比较麻烦了。Dinkypage使用简单，在线编辑页面，所见即所得，可插入图片、Flash、Word等，能够直接进行HTML编辑，支持自动保存，可作为一个简单的网页编辑软件使用，界面清爽，无广告。网址为http://www.dinkypage.com。

10．110MB

110MB是目前世界上人气最旺的免费空间之一，Alexa世界排名607位，虽然不如FC2、free.fr等免费空间的Alexa排名高，但FC2主要提供免费博客服务，free.fr是法国一家ISP，也不是主要做免费空间，而110MB是纯粹提供免费空间的网站，免费空间用户数量应该是最多的。110MB免费空间提供110MB存储空间，单个文件最大为8MB，支持600多种类型文件，10GB月流量，Web方式上传管理文件（支持ZIP解压缩），支持PHP5（非安全模式），提供免费二级域名1个，可绑定1个自己的域名（支持绑定CO.CC免费域名），无广告。网址为http://www.110mb.com。

第10章 局域网应用

随着信息技术的迅猛发展，网络应用已经深入到人们日常生活的每一个角落，不少的居民小区、公司、学校、政府机关相继建立了自己的局域网，加上宽带网络的蓬勃发展更是让人们尝尽了甜头。

10.1 智 能 大 厦

智能大厦（Intelligent Building）是现代建筑技术与高新信息技术包括计算机技术、通信技术相结合的产物。它既是建筑业的一个主要发展趋势，又是网络技术的一个重要应用领域。智能大厦将是21世纪的应用开发热点。

一座智能大厦其组成应具有如下的功能和子系统。

（1）楼宇自动化系统BA（Building Automation）。

（2）通信自动化系统CA（Communication Automation）。

（3）办公自动化系统OA（Office Automation）。

（4）计算机网络CN（Computer Net）。

（5）建筑物结构化布线系统SCS（Structural Cabling System）。其中楼宇自动化系统包括楼宇设备监控系统；消防报警、安全系统；音响及紧急广播系统；停车场管理系统等。

智能大厦也可称为具有5A功能的系统。5A功能是通信自动化CA，办公自动化OA，建筑管理自动化BA，消防自动化FA（Fire Automation），安全保卫自动化SA（Safety Automation）。

智能大厦以网络系统为基础，采用结构化综合布线技术，将多种高新技术紧密结合、有机集成，实现办公、通信、物业管理、设备控制、消防、保安等自动化。智能大厦是具有先进性、经济性、效率性、舒适性、便利性、安全性的现代化高科技大楼。用美国计算机与信息科学教授麦里申的话来说就是，智能大厦即在一幢或一组大楼内拥有居住、工作、教育、医疗、娱乐等一切设施；楼内拥有电信系统，为大楼提供广泛的计算机和电信服务；拥有供暖、通风、灯光、保安、电梯控制和进出控制等子系统，能为楼内人员提供更富创造性、更高生产率和更安全、舒适的环境。

10.2 企业电子商务

10.2.1 电子商务的产生

企业商务活动几乎涵盖了社会生活的方方面面。在新的经济模式中，商业竞争越来越激烈，市场需求也越来越复杂。购买者需要更多的选择机会、更大的灵活性，要求可以更方便地选择更丰富的物品和服务。企业为了生存和发展，也需要改变原有的运营方式，以便在不增加太多成本的条件下更容易地接触到更多的顾客，使其产品可以更快地进入市场。随着计算机与通信技术的飞速发展和普及，电子商务系统应运而生。

电子商务并非是一种新生事物。早在20世纪70年代末，公司间采用电子数据交换EDI（Electronic Data Interchange）和电子资金传送的交易方式已经出现，因此，在20世纪80年代，人们认为电子商务就等于EDI。然而电子数据交换和自动付款机等系统均工作于封闭系统中，它们使用传统的通信媒介，并严格地限制使用的双方。这种建立在大量功能单一、专用软硬件设施基础上的系统，使用价格十分昂贵，只有大型企业才能承担得起它的费用。加之早期网络技术的局限性也限制了系统的应用范围和水平的提高。

Internet的发展、国际贸易的繁荣，使得以网络为基础的电子商务得到了迅速的推广。电子商务作为一个完整的概念出现仅有几年的时间，相关技术高速发展，其模式也在不断探索之中。

广义地讲，电子商务是在计算机与通信网络基础上，利用电子工具实现商业交换和行政作业的全过程。狭义地讲，电子商务是指利用Internet网络和技术进行在线交易或相关作业活动的业务，包括为政府部门、企事业单位、金融机构和个人等提供各种在线服务。

基于计算机网络的电子商务系统促使全球化市场、全球协同生产、全球化营销和由此而产生的全球化经营管理成为可能。它带给人们的绝不仅仅是技术手段本身的创新，同时也对社会、经济、政治、法律、人文和道德等诸方面产生了深远的影响。

电子商务系统的应用，可以大幅度地降低事务处理费用。例如全球各航空公司估计，以往出售一张机票的平均费用是8美元，如果在网上订票，那么处理费用就能降低到1美元。可以看出电子商务的作用已远远超出技术范畴，它能加强，甚至重构我们现今的各种经济活动。

网络技术，特别是Internet的广泛应用，打破了诸如时间和距离等限制市场机会的壁垒，使电子商务有了广阔的天地，并赋予了全球性的特征，彻底改变了竞争的性质，使企业竞争更为公平。电子商务系统已经成为一种全新的经济运作平台，以此为基础，可以为企业构造新的发展战略、新的产品与服务和新的经营管理方式。

10.2.2 电子商务技术环境模式

构建和实现电子商务网络的技术模式可以利用已有的计算机网络和通信系统，电子商务技术环境模式网络结构由基础网络层、安全基础结构层、支付体系层和业务应用系统层四个层次组成。

电子商务是以计算机网络为基础的，计算机网络是电子商务的运行平台。所有的电子商务活动最终都需要在网络中进行信息传递，因此电子商务网络与Internet连通，并具有高效、低成本和便于各种用户使用的特点。Internet是电子商务的主要载体，我国已建成的中国公用计算机互联网（CHINANET）、中国科学技术网（CSTNET）、中国教育和科研计算机网（CERNET）、中国金桥信息网（CHINAGBN）以及各省市自己建立的内部互联网将构成电子商务支撑网络。

电子商务活动不仅包括简单的广告宣传、信息浏览，而且也包括在线谈判、在线交易等各种复杂的商务活动。通常电子商务活动需要有一个安全的环境基础，以保证数据在网络中传输的安全性和完整性，保证在公网上传输的数据不被第三方窃取和数据在传送过程中不被篡改。实现身份认证，在涉及支付时，还需要确认对方的帐户信息是否真实有效。电子商务安全基础结构层建立在网络基础平台上，包括证书授权CA（Certificate Authority）体系和基本的安全技术。提供各种安全服务，保障电子商务活动安全、顺利进行，是安全基础结构层提供的功能。电子商务安全体系结构包括以下部分：基本加密算法；以基本加密算法为基础的CA体系以及数字签名等基本安全技术；以基本加密算法、安全技术、CA体系为基础的各种安全应用协议。

电子商务业务系统包括支付型业务和非支付型业务两类。支付型业务通常涉及资金的转移（如在线购物等）。支付型业务架构在支付体系之上，根据业务的需求使用相应的支付体系。非支付型业务（如在线谈判、单据传递等）则直接架构在安全基础结构之上，使用安全基础结构层提供的各种认证手段和安全技术保证安全的电子商务服务。

10.2.3 电子商务安全协议

一个完善的电子商务安全系统，需要有加密机制、验证机制和保护机制。安全协议的建立和完善是安全保密系统规范化、标准化的基本因素。目前已开发并应用的协议有加密协议、身份验证协议、密钥管理协议、数据验证协议、安全审计协议和防护协议等。目前，在Internet上使用着几种加密协议，对应网络模型的每一层都有相应的协议。对应应用层的有安全电子交易SET（Secure Electronic Transaction）协议，对应会话层有安全套接层SSL（Secure Socket Layer）协议。在所有的协议中，SSL和SET与电子商务的关系最为密切，以下将主要介绍SSL加密协议和SET协议。

1．SSL加密协议

SSL是对计算机之间整个会话过程进行加密的协议。它广泛地应用于在Internet上处理财务等需要安全保密的信息。

（1）加密方法：在SSL中，采用了公开密钥和专有密钥两种加密方法。

① 在建立连接过程中采用公开密钥。

② 在会话过程中使用专有密钥。

通过在两端之间建立连接的过程中判断决定加密的类型和强度。

（2）验证方法：服务器通过以下方法向客户机证实自身。

① 给出包含公开密钥的、可验证的证明。

② 演示它能对用此公开密钥加密的报文进行解密。

客户机可以提供表明它本身身份的证明。

会话密钥从客户提供的数据中推导出来，该数据用服务器的公开密钥加密。

在每个SSL会话（其中客户机和服务器都已被证实身份）中，要求服务器完成一次使用服务器专用密钥的操作和一次使用客户机公开密钥的操作。

由于实际上目前所有的系统都使用RSA加密法，每次操作都需要完成模数算法下的指数运算。通常选择的公开指数为小数，以减少要做的工作。

2．SET协议

（1）SET的形成

1995年10月，包括MasterCard，Netscape和IBM在内的联盟开始着手进行安全电子支付协议（SEPP）的开发。此前不久，VISA 和微软公司组成的联盟已经开始开发另外一种不同的网络支付规范，叫做安全交易技术（STT）。出现了两大信用卡组织 MasterCard（万事达信用卡）和 VISA（维萨信用卡）分别支持独立的网络支付解决方案的局面。直到1996年1月，这些公司才宣布它们将联合开发一种统一的系统，即安全电子交易(SET)。1996 年 2 月末，又发布了两份文件，其中第一份文件给出了 SET 协议的业务描述，而第二份文件给出了更多的技术细节，其后经历了一段公众评论期。在此期间，感兴趣的各方对该规范进行了讨论，并指出了其中的不当之处。此后，发表了修改后的文件。于 1997 年 6 月正式推出 SET 协议 1.0 版本，由于它专门针对网上电子交易而设计，较好地解决了认证和安全性问题，故很快被银行接受，且发展很快，世界上许多著名的银行都支持 SET 支付网关。

（2）SET 的设计思想与实现过程

SET 协议设计的思想是保证在网络边界安全被攻破时，即使传输的数据被窃取，也无法对其进行识别和篡改。在具体实现上，通过使用公共密钥和对称密钥方式加密，使公网上的信息安全传输，只有收件人才能访问和解密该信息。其加密过程：发送信息时，发信人先用自己的私有密钥进行数字签名，再用收信人的公开密钥对信息加密传输，收信人收到后用自己的私人密钥解密，再用发信人的公开密钥核实对方的数字签名。通过使用 CA 安全认证技术确认交易各方的真实身份。通过使用 Hash 算法和数字签名来确定数据是否被篡改，确保数据完整（未被篡改）地被收件人接收，完成交易，防止抵赖。通过保证不同厂商的产品使用相同的通信协议和信息格式，达到互相集成。

SET 提供了对消费者、商户和收单行的认证，确保交易数据的安全性、完整性和交易的不可否认性，特别是保证了不会将持卡人的信用卡号泄露给商户。

SET 协议比 SSL 协议复杂，SET 不仅加密两个端点间的单个会话，也加密和认定其他方面的多个信息。

（3）SET 交易的三个阶段

① 购买请求阶段。用户与商家确定所用支付方式的细节。

② 支付的认定阶段。商家与银行核实，随着交易的进展，得到付款。

③ 受款阶段。商家向银行出示所有交易的细节，银行以适当方式转移存款。如果直接支付现金，不是使用借记卡，则商家在第二阶段完成后的任何时间即可供货支付。第三阶段将紧接着第二阶段进行。

用户只与第一阶段交易有关，银行与第二、第三阶段有关，商家与三个阶段都发生关系。每个阶段均涉及 RSA 对数据加密及 RSA 数字签名。

使用 SET 协议，在一次交易中，要完成多次加密与解密操作，故要求商家的服务器有很高的处理能力。

SET 支持了电子商务的特殊安全需要。如购物信息和支付信息的私密性；使用数字签名确保支付信息的完整性；使用数字签名和持卡人证书，对持卡人的信用卡进行认证；使用数字签名和商户证书，对商户进行认证；保证各方对有关事项的不可否认性。

10.2.4 电子商务安全性的技术解决方案

电子商务通过信息网络传输商务信息和进行贸易活动，与传统的有纸贸易相比减少了直接的票据传递和确认的商业交易活动，因此要求电子商务比有纸贸易更安全、更可靠。这里一方面需要技术上的保证，使用如电子签名、电子识别等技术手段；另一方面需要通过法律的形式确定这些技术手段。

作为一个安全的电子商务系统，必须具有一个安全、可靠的通信网络，以保证交易信息安全、迅速地传递；必须保证数据库服务器绝对安全，防止黑客闯入网络盗取信息。

目前，电子签名和认证是网上比较成熟的安全手段，而在我国大多尚处在对 SSL 协议的应用上，在 SET 协议上的应用试验刚刚成功。要安全地实现 SET 协议安全支付，就必须有一个 CA 认证中心。

计算机技术、网络通信技术的快速发展和经济信息化的全面推进，使电子商务从一种概念逐步演进为各种现实的方案，并已在各发达国家投入实施，开展了众多的实际应用。作为电子商务的核心——安全认证体系 CA 也被各发达国家作为战略重点在研究，对我国来说，应把握住机遇，占领电子商务的制高点，在竞争中掌握主动。

1．CA 基本概念

CA 是 Certificate Authority 的缩写，即证书授权。在电子商务系统中的所有实体的证书，均由证书授权中心即 CA 中心分发并签名。CA 中心是为网上交易的各方进行身份证书的发放及管理的服务机构，负责给参与网上交易的各方（商户、银行、个人或集团）发放电子证书，并按设计者制定的策略管理电子证书的正常使用。

证书按照用户和应用范围可以分为个人证书、企业证书、服务器证书、业务受理点证书等。需要使用证书的单位（或个人）可以以书面（或通过网络）向 CA 安全认证中心（或代理机构）申请证书，CA 安全认证中心在审查用户的资料后，以磁盘或智能 IC 卡等方式给用户发放证书。对安全性要求不太高的用户，可以利用浏览器通过 Internet 直接申请和下载证书。

2．CA 机构

CA 机构由两个部门组成。

（1）审核授权部门，简称 RA（Registry Authority），是 CA 系统的一个功能组件。RA 负责对证书的申请者进行资格审查，决定是否同意给申请者发放证书，并承担因审核错误为不够资格的人发放了证书而引起的一切后果。RA 应由能够承担这些责任的机构担任。

（2）证书操作部门，简称 CP（Certification Processor），也是 CA 系统的一个功能组件。CP 为已被授权的申请者制作、发放和管理证书，并承担因操作运营错误所产生的一切后果，包括失密和为没有获得授权的人发放了证书等。CP 可由 RA 自己担任，也可委托给第三方担任。

在一个电子商务系统中，所有参与活动的实体都必须用证书来表明自己的身份。证书一方面可以用来向系统中的其他实体证明自己的身份；另一方面由于每份证书都携带着证书持有者的公钥（签名证书携带的是签名公钥，密钥加密证书携带的是密钥加密公钥），所以证书同时也起着公钥分发的作用。

注册服务器（证书受理服务器）简称 RS（Registry Server），即证书受理服务器，是 CA 系统的一个功能组件，接收用户的证书申请请求，并转发给 CP 和 RA 进行相应的处理。

证书作废表简称 CRL（Certification Revocation List），CRL 中记录着尚未过期但已声明作废的用户证书序列号，供证书使用者在认证对方证书时查询使用。

3．CA 认证体系的引入

CA 是电子商务发展到一定阶段的必然产物。电子商务的发展到目前为止，分为两个阶段。首先是电子商情的发布，这一时期，企业将自己的产品信息化，在网上进行发布，供用户直接查询，此时对安全性的要求较低。随着社会竞争的日益激烈，企业已不满足于仅仅是信息的发布，它们需要把生意的触角直接伸到每一个消费者，而又不增加太多的成本。作为网络及服务的提供者，在网络基础设施建设好以后，也希望在应用方面做些高层次的服务，电子商务进入第二阶段——网上电子商务阶段。

从传统商务活动过渡到电子商务所表现出来的突出问题是身份验证及交易的诚信度。为解决这两个问题，就必须引入一个公正的裁判——交易双方均信任的第三方，对买卖双方进行身份验证，以使交易的参与者确信自己确实是在与对方所说的人在交易。同时在公钥体系中，公钥的真实性鉴别是一个重要问题。CA 中心为用户发放的证书是一个有着该用户的公钥及个人信息，并经证书授权中心数字签名的文件。由于 CA 的数字签名使得攻击者不能伪造和篡改证书，因此证书便向接收者证实了某人或某机构对公钥的拥有，与其交易，身份不用怀疑，并且对方传来的数据，是带有其身份特征而且是不可否认的。在这里，这个各方均信任的裁判，就是所谓的 CA 安全认证机构。

10.2.5 电子商务交易的基本程序

参加交易买卖的双方在做好交易前的准备之后，通常都是根据电子商务标准规定开展电子商务交易活动的。

1．电子商务交易应遵循的基本程序

电子商务标准规定了电子商务交易应遵循的基本程序如下：

（1）客户方向供货方提出商品报价请求（REQOTE），说明希望购买的商品信息。

（2）供货方向客户方回答该商品的报价（QUOTES），说明该商品的报价信息。

（3）客户方向供货方提出商品订购单（ORDERS），说明初步确定购买的商品信息。

（4）供货方向客户方对提出的商品订购单的答复（ORDESP），说明有无此商品及规格型号、品种、质量等信息。

（5）客户方根据应答提出是否对订购单有变更请求（ORDCHG），说明最后确定购买商品信息。

（6）客户方向供货方提出商品运输说明（IFTMIN），说明运输工具、交货地点等信息。

（7）供货方向客户方发出发货通知（BESADN），说明运输公司、发货地点、运输设备、包装等信息。

（8）客户方向供货方发回收货通知（RECADV），报告收货信息。

（9）交易双方收发汇款通知（REMADV），买方发出汇款通知，卖方报告收款信息。

（10）供货方向客户方发送电子发票（INVOIC），买方收到商品，卖方收到货款并出具电子发票，完成全部交易。

这里说明在电子商务活动中如何利用电子钱包和电子信用卡进行购物交易处理和进行电子商务活动的全过程。

2．参加电子商务活动的主要角色

（1）顾客（购物者、消费者）。

（2）销售商店（或电子商务销售商）。

（3）商业银行（参加电子商务的银行，顾客和销售商店均在银行中有帐号或开设帐户）。

（4）信用卡公司（顾客使用信用卡的服务公司）。

（5）Internet（公用网络）。

（6）电子商务服务器。

3．电子商务活动中的主要工具

（1）终端（包括顾客使用的计算机、数据交换设备和数据通信设备）。

（2）电子钱包：电子钱包用保密口令保密。

（3）国际信用卡：信用卡号码采用保密算法加密。

（4）货物。

（5）电子订货单：顾客在计算机上输入的购买货物的订货单。

（6）加密电子购货帐单：上面有销售商店对顾客的编码。

（7）电子收据：销售商店利用计算机和网络为已经购完货物的顾客发送的电子收据。

4．电子钱包购物过程

（1）顾客（即购物消费者）坐在自己的计算机前，通过 Internet 查寻自己想购买的物品。

（2）顾客在计算机上输入了订货单，包括从哪个销售商店购买什么商品、购买多少，订货单上还注明将此货物在什么时间送到什么地方以及交给何人等信息。

（3）通过电子商务服务器与有关商店联系并立即得到应答，告诉顾客所购货物的单价、应付款数、交货等信息。

（4）顾客确认后，用电子钱包付钱。将电子钱包装入系统，单击电子钱包的相应项或电子钱包图标，电子钱包立即打开，输入自己的保密口令，顾客确认是自己的电子钱包，并从电子钱包中取出其中的一张电子信用卡来付款。

（5）电子商务服务器对此信用卡号码采用某种保密算法算好并加密后，发送到相应的银行，同时销售商店也收到了经过加密的购货帐单，销售商店将自己的顾客编码加入电子购货帐单后，再转送到电子商务服务器上去。这里要注意的是，商店对顾客信用卡上的号码是看不见的，不可能知道，也不应该知道，销售商店无权也无法处理信用卡中的钱款。因此只能把信用卡送到电子商务服务器上去处理，经过电子商务服务器确认这是一位合法顾客后，将其同时送到信用卡公司和商业银行，在信用卡公司和商业银行之间要进行应收付钱数和帐务往来的电子数据交换和结算处理。信用卡公司将处理请求再送到商业银行请求确认并授权，商业银行确认并授权后送回信用卡公司。

如果经商业银行确认后拒绝并且不予授权，则说明顾客的这张信用卡上的钱金额已不足或者是没有钱了，即已经透支。遭到商业银行拒绝后，顾客可以再单击电子钱包的相应项，再次打开电子钱包，取出另一张电子信用卡，重复上述操作。

（6）如果经商业银行证明这张信用卡有效并授权后，销售商店就可发货。与此同时，销售商店留下整个交易过程中发生往来的财务数据，并且出示一份电子收据发送给顾客。

上述交易成交后，销售商店就按照顾客提供的电子订货单将货物在发送地点交到顾客在电子订货单中所指明的人的手中。

对于顾客（购物消费者）来说，整个购物过程自始至终都是十分安全可靠的。在购物过程中，顾客可以用任何一种浏览器（例如用 IE 浏览器）进行浏览和查看。购物以后，无论什么时候一旦需要，顾客即可开机调出电子购物帐单，利用浏览器进行查阅。由于顾客的信用卡上的信息别人是看不见的，因此保密性很好，用起来十分安全可靠。这种电子购物方式也非常方便，单击电子钱包取出信用卡，即可利用电子商务服务器立即确认销售商店是真的而不是假冒的。电子商务与单独使用 Internet 进行网上购物的最大区别：在只单独利用 Internet 采用国际信用卡购物时，最令人担心的问题就是害怕销售商店是假冒的，顾客遇到一个自己不知道的假冒商店，顾客一买东西就让人把信用卡上的信息全部收去了，很不安全。有了电子商务服务器的安全保密措施，就可以保证顾客去购物的销售商店必定是真的，不会是假冒的，保证顾客安全地购买到货物。

就上述电子购物而言，在实际进行过程中，即从顾客输入订货单后开始到拿到销售商店出具的电子收据为止的全过程仅用 5～20s 的时间。这种电子购物方式十分省事、省力、省时。购物过程中虽经过信用公司和商业银行等多次进行身份确认、银行授权、各种财务数据交换和帐务往来等，但所有业务活动都是在极短的时间内完成的。

总之，这种购物过程彻底改变了传统的面对面交易、一手交钱一手交货及面谈等购物方式，是一种有效、保密性好、非常安全和可靠的电子购物过程。利用各种电子商务保密服务系统，就可以在 Internet 上使用自己的信用卡放心大胆地购买自己所需要的物品。从整个购物过程看出，购物的顾客也仅仅就是输入电子订货单说明自己购买的物品，调出自己的电子钱包和电子信用卡，只要电子信用卡上的钱足够即可完成购物，并得到电子收据。可以说，这是一种现代化、电子化、高效率的购物方式。

10.3 办公自动化网络

10.3.1 办公自动化的提出

传统的办公模式已经无法满足人们对信息的需求，无法适应现今高效率的社会。办公室事务的分散和互不关联性，导致办公系统越来越复杂，尤其是随着经济的发展和行业竞争的加剧，也使得人们对获取和处理信息的手段提出了更高的要求。如何将资源有效地组织起来，如何使管理部门的工作更加有效，是现代办公亟待解决的问题。于是办公自动化系统 OAS 便应运而生。

办公自动化因其明显推动企事业单位信息化的进程而备受重视，一直是信息系统建设的重点内容之一。由于其具有涉及信息量大、复杂，涉及岗位、人员众多，处理流程烦琐、多变等特点，同时又涉及多学科领域，是集计算机技术、网络技术、系统集成技术、管理科学、档案学等于一体的综合系统，因此也是 IT 建设的难点问题之一。

10.3.2 办公自动化系统的层次划分

一般对市场上的办公自动化产品及成果，按其功能可划分为以下几个层次。

1．集成化的办公环境

目前的办公自动化系统多定位于集成化的办公环境这一层次。这类产品以计算机为开发平台，集成了文字编辑器、激光照排系统、电子表格处理等。有些系统还集成了部分财务系统、电子邮件及数据库系统等内容。这一层次的系统可在相当程度上减轻办公人员的劳动强度，提高劳动效率，但整个系统的覆盖面小，操作较复杂，各功能之间的联系较差，难以形成规模，因而和大多数具体用户的需求相距甚远，不能满足用户的实际要求。

2．以计算机网络为平台的管理信息系统

这一层次的系统是建于网络平台之上，既可以是局域网，以适应局部用户的需求；也可以是广域网，以满足异地通信的需求。系统的应用内容信息既包括业务活动信息，也包括事务处理信息，从而能在更广泛的范围内为用户提供支持。系统充分考虑不同用户的特点，分别构造不同的应用，以方便不同层次用户的使用。鉴于以上特点，这类系统一般能适应当前用户的具体应用需求，并可根据需要扩充或裁剪整个系统，以获取最佳应用。

3．数据分析和决策支持系统

这一层次的系统，是在计算机网络为平台的管理信息系统的基础上增加了数据分析和决策支持系统，使信息系统获取的数据能直接地为应用服务。这一层次显然是高层次的，展现了办公自动化系统今后的发展方向。

10.3.3 自动化办公网络的设计与实施

企业办公网络既包括底层的网络应用支撑平台，也包括现有的网络应用支撑系统。网络应用支撑平台由网络通信协议、网络服务器、通信设备、安全设备等组成，采用网络间互联、路由、网络管理、防火墙以及虚拟专网等现代网络技术；网络应用支撑系统支持上层应用软件的运行，建立安全、稳固、可靠、开放的网络应用平台。此外还包括较高层次的消息传递、电子邮件处理系统、应用开发等通信基础设施。

企业办公网络的建立需要对企业的现行需求、未来的发展、安全性的要求、投资规模、应用水平等各种因素进行综合分析和考虑，对网络、主机、应用及管理等方面做精心的设计和规划，以期在每一个阶段都能以最小的投入得到最大的收益。

1．企业办公网络设计应考虑的问题

办公网络设计与建立的前提在于应用信息技术、信息资源、系统科学、管理科学、行为科学等先进的科学技术，不断使人们借助于各种办公设施（主要是指计算机），实现对内部工作的统一管理。信息资源的开发与利用是办公网络设计与建立的根本，以行为科学为指导，以系统科学、管理科学、社会科学为理论基础，以计算机、通信等信息工具，提供对企业整体办公的操作、管理、宏观调控和辅助分析决策。

办公网络的设计与建立应考虑以下问题：

（1）内部的各类基础信息的设计与建立需要一个整体规划，突出重点，集中必要投入，提高经济效益。

（2）如何有效地利用目前已存在的信息资源并将它们应用于办公系统、业务系统、管理和决策系统。

（3）网络通信产品的选用，以信息资源的综合利用需求来决定网络的设计与建立策略。

（4）信息的采集、加工、传递、利用是构成一项完整的信息活动的四个环节，只有保持稳定的平衡关系，才能使信息活动顺利进行。在更新和升级系统时，应考虑与原有系统的融合以及信息的采集和利用环节的加强。

（5）企业的办公网络应立足于企业应用，以企业信息化为基础，将信息技术的应用从办公管理扩展到设计、生产、销售等全过程的综合集成和现代企业的整体战略上；不局限于用信息资源来辅助企业内部管理和决策，进一步用来了解竞争环境的变化，竞争对手的动向，以及竞争对策的制定，提高企业在全球市场经济环境中的竞争能力。

2．办公网络建设的出发点

基于上述考虑，办公网络的设计与建立应从以下几个方面出发。

（1）符合现有办公习惯与思路，在提高基础建设和实施手段的同时，保证系统更新的平滑过渡。

（2）充分利用现有资源，保护原有资源。

（3）能够达到提高办公效率、管理水平、决策能力，降低成本，增加效益的目的。

（4）采用世界先进的主流技术产品，保证投资的长期应用。

（5）灵活的适应性和可扩展性，以便未来机构改革和业务扩展能减少投入，快速更新。

（6）广泛的信息交流、移动办公以适应迅速发展的信息。

（7）大规模的协作办公，以增强自身的企业竞争能力。

（8）与其他信息基础资源的无缝结合，实现企业信息管理的统一的全面的解决方案。

（9）完善的管理思想，指导系统的设计、开发及运作。

3．企业办公网络的规划

企业办公网络需要一个整体的、统一的规划。一般办公可分为操作层办公、管理层办公和决策层办公。对于操作层，办公网络具有采集、加工、处理、存储各类业务数据的能力，并能通过办公网络完成各种办公操作；对于管理层，办公网络应具有实时监控、协调、管理的能力；而对于决策层，办公网络应具备查询、分析各类业务数据、文档信息、动态信息的能力，并通过直观的多维分析图表，向领导提供决策支持。因此办公网络应将企业的各种业务系统、MIS 系统、OA 系统、决策支持系统融为一体，以完成对办公整体作业的统一管理。

交流、协作、控制是现代办公管理的目标，办公网络应能实现如下功能：采集、加工、传递、查询、分析各类业务系统信息数据；员工之间、部门之间、企业之间的信息交流与协作；人事、档案、公文、会议等办公管理；资源管理；财务管理；工作、项目、任务管理与监控；客户信息管理、技术支持、售后服务、产品维护等管理；信息发布以及各类 Internet 信息的自动采集与查询，各类网上行销行为；对各类业务数据、办公信息、外来信息的分析处理；电子商务等。

企业办公网络可采用防火墙技术保护办公网络不受外界侵袭，并与 Internet 连接，信息发布和信息采集放在公共区域，实现信息的综合查询和采集、分析利用；对企业内部操作层、管理层和决策层的办公管理，信息查询和利用，决策支持，业务系统操作，信息综合利用等均放在内部区域，以实现对整体作业的统一管理；可通过卫星专网、微波、DDN、PSTN 等通信手段将分部与总部的虚拟专网连接，以及与移动办公用户的连接，从而实现覆盖全国乃至全球的办公网络，实现科学的、规范的、统一的管理。

除采用防火墙作为网络的安全保护外，在规划办公网络的同时，还需要考虑镜像、备份、灾难恢复、口令、加密、权限控制、电子签名、验证、网络防病毒等一系列安全防护措施，以确保企业办公网络正常、可靠地运转。

企业办公网络可按以下原则进行统一规划。

（1）对整体应用需求做综合分析，以确定网络平台及应用系统的设计与建立规划。

（2）基于整体的规划和现行的投资规模，分期建立主机平台、网络平台、通信平台，留出充分的接口，以便下期工程的顺利实施，逐步完成硬件平台的建立。

（3）在现期硬件平台上，根据现期应用需求，进行应用平台的建设和应用系统的设计，保证现有平台的适用性，为后期应用预留接入点，以便适应将来企业不断发展的应用需求。

4．办公网络的实施

办公网络的建立应采取统一规划、分步实施的原则，以保证网络实施和应用的合理性，并能够顺利完成。根据应用需求及未来的发展，进行总体规划，根据现行需求情况、投资规模及使用者的接受程度、培训、教育计划、应用水平等因素综合考虑，进行分步实施和推广普及，以达到最有利的分阶段投入产出效益。

企业办公网络可按以下步骤，逐步实施、推广使用：

（1）建立企业网络、个人操作平台，实现文件、打印等初级资源的共享。

（2）建立初级信息交流、电子邮件、个人安排、网上讨论、Internet 信息查询等应用。

（3）建立基本办公管理应用和信息交流手段。

（4）加强办公网络功能，实施复杂办公管理应用，发布企业信息。

（5）完善办公网络应用，完成对业务系统、MIS 系统、决策支持系统、Internet 信息采集、处理、分析等的融合，实现对企业内部、外部各类信息的综合利用。

（6）建立各种多媒体技术与办公网络的无缝结合，实现多媒体办公。

10.4 校 园 网

10.4.1 校园网概述

校园网属于中国教育科研网工程，是我国“信息高速公路”建设的重要组成部分。中国教育科研网 CERNET 于 1995 年初建立。之后，全国各大学校校园网也相继先后建成。中国教育网使用了先进实用的计算机技术和网络通信技术，连接着全国大部分高等院校，与国家其他计算机信息网络互联，并与 Internet 相连。

校园网的建立使各院校之间能相互交流信息、共享网络资源、查询和使用各校园网的公共信息，如图书情报检索系统、校办信息系统等。网络用户可通过网络使用 CERNET 和 Internet 上资源，同时也为网络提供信息服务。校园网的建成使用，对于改进教学、科研手段，提高教学、科研质量，培养高尖人才，多出科研成果，有着十分重要和深远的意义。

10.4.2 校园网建设目标及原则

1．目标

校园网工程是一项高科技的综合性建设项目，它不仅涉及了多方面的技术，同时也涉及学校的各个部门。成立校园网的领导和实施组织机构是校园网建设的首要工作，因此应成立校园网专家委员会，规划和确定校园网的建设目标。

校园网建设的总体目标是建成一个主干网，其下连接多个子网，使全校的教学、科研、管理等项工作都能在网上执行，充分利用这个速度高、功能强的信息传输和处理媒介，共享网上的软、硬件资源。

2. 建设原则

校园网建设是一项长期的工程，除建设和实施工程外，还有运行管理、维护和发展的任务。因此，校园网的建设应本着实用、先进、升级方便、扩充性好、开放性好的原则进行。这就要求所建的校园网是即建即能用，且好用、实用；技术上采用当前先进的软、硬件技术，且具有良好的升级、扩展功能，以满足今后大容量、超高速、多媒体数据传输的需要；提供全时的服务；此外，网络还应具有良好的兼容性（拓扑结构、网络协议），以保证有好的互连性。综上所述，校园网建设原则如下：

（1）统一规划，分步实施，制定明确的远近目标。

（2）在通信网络、资源和运行管理上采用分层设计思想，尽量使用先进成熟的技术，坚持标准化、先进性、扩展性、开放性和实用性。

（3）为用户提供方便、可靠的服务。

10.4.3　校园网建设内容及技术

1. 校园网建设内容

校园网建设的主要内容包括校园主干网、各子网的设计建设，院校 MIS 系统的设计建设，各种应用软件的设计等。下面逐一说明。

（1）主干网。提供校园内计算机主干通信服务。主干网应具有速度快、通带宽、稳定、可靠的特点。早期实施的校园网工程采用光纤分布式数据接口 FDDI 网。FDDI 具有快速（100 Mb/s）、结构灵活、易扩充、开放性好等优点，但 FDDI 通信速率不易再提高，这就限制了 FDDI 的发展。异步传输模式网 ATM 支持数据、语音和视频信号的传输与交换处理，通信速率在 25 Mb/s～51.2 Gb/s，但其技术标准尚不成熟，推广困难。目前越来越多的学校采用千兆位以太网建构其校园网络。

（2）各子网及远程办公室网。校园网中，特别是在大型和复杂的网络情况下，划分多个子网是一项十分重要的工作。子网作为楼宇内或协同工作的计算机集合的网络，提供网络互联服务。子网主要包括计算中心子网、图书馆子网、教学子网、科研子网、综合办公子网和各系子网等。远程办公室网是为在校园高速网络实施安装条件差的办公地点或在校园之外的部门而建立的网络互联服务。子网有有线子网和无线子网两种。

（3）与中国教育科研网及 Internet 连接。使校园网能够实现国内、国际的信息传输，提供资源更多、范围更广的网络服务，是校园网建设的重要任务。

（4）远程个人入网。对校内外教师、科研人员、校领导、家庭以及其他个人办公地点提供网络服务，使远程个人入网后能坐在家中访问校园网、Internet 上的信息资源，进行国内、国际的网络通信。

（5）校园 MIS 系统的建设。提供先进的 MIS 系统实施环境和各种软件，以便将来与国际接轨。

2. 校园网建设的相关技术

校园网建设涉及的技术很多，这里仅就与计算机网络建设相关的主要内容进行介绍。

（1）网络结构：校园网多采用主干网下连多个子网的结构。其具体拓扑结构应结合校园楼群、网络中心、资源分布、教学、科研管理模式等实际情况确定。

（2）通信线路和协议：网络通信介质可选用双绞线、同轴电缆、光纤、微波等。光纤可作为校园网的主干通信线路和楼内的垂直干线通信线路。双绞线适用于子网内各部门之间的连线。微波可用于架线困难或无法架线的地方，如楼宇间有公路、给排水设施等。远程个人可通过普通电话线连接入网。

通信协议可选用 IEEE 802 系列标准、FDDI 和异步传输模式 ATM。IEEE 802 系列标准适用于各种类型的以太网，应用广泛。为支持数据通信和多媒体通信可选用千兆位以太网和交换技术。

（3）互联方式：网络的互联方式一般有中继、网桥、路由和交换方式等。中继方式虽然连接简单、便宜、安装容易，但网络性能低，互联设备数量和网络区域有限，只能用于较小的场合，校园网中使用不多。网桥连接距离大，且可连接不同介质的网络，处理效率高。路由器能连接大型、复杂和多种类型介质的网络，是校园网常选的连接设备。交换方式的主要特点是并行度高，可充分发挥现有 100 Mb/s 局域网和千兆主干网的功能，受到越来越多用户的青睐。

（4）网络体系结构：校园网建设的一个重要原则是开放性和标准化。因此校园网建设要考虑广泛长远的国内、国际网络互联的发展需要，这就涉及网络协议和网络操作系统的选择问题。应采用统一的标准网络协议，如选用 TCP/IP 作校园网的主要网络协议，可保证对校外信息交流的各类服务。其他的协议可作为校园网子网的协议使用。选用 TCP/IP 协议意味着，校园网能实现标准的网络服务，如 Telnet 远程终端功能、FTP 文件传输功能、E-mail 电子邮件功能、SNMP 网络管理功能、WWW 功能等。

（5）网络管理及运行服务：网络的管理实际上是直接面向广大用户提供的各种服务，应落实到某一个部门执行，如网络中心。校园网的服务涉及各个层次，工作繁多、琐碎，应有相应的组织机构和人员负责实现，校园网需提供全时服务。校园网建成后，可与中国教育网、科研网等网络连接，这样，校园网就成为世界性互联网络的一个部分，校内用户均可以享用各种成熟的网络服务和软件工具。

10.4.4 校园网建设方案

校园网的结构和建设投资，与网络的拓扑结构、通信协议、设备档次、地理范围以及网络规模等因素有关，这需要视需求而定，没有一个通用的统一模式。

下面介绍某大学的校园网设计方案。

1．用户状况及需求

（1）现状与建网目标。该学校有行政办公楼一栋，教学楼 20 余栋，A、B 图书馆各一栋楼，多个研究中心和学生宿舍 40 余栋。办公楼内建有教学管理和科研管理的局域网，各教学楼和图书馆也建有局域网。

该学校计划建成技术先进的，满足教学、科研和管理要求的校园网络系统。学校要实现管理的网络化，教学手段的现代化，信息自动获取，网上教学和网上招生录取等功能。建设行政办公管理网络、教学管理网络、多媒体网络教学、图书馆管理网络和电子图书系统、学生宿舍网络、生活服务管理网络和信息服务管理网络等系统。通过路由器与中国教育科研网络联通，并接入 Internet。

（2）校园网建设要求。校园网建设以应用为核心，充分考虑教学管理和多媒体教学的要求，在网络技术上应具有一定的先进性，同时还要为以后的扩展留有一定的余地。校园网应能达到以下要求：

① 网络具有高速传输数据、语音、图形和图像等多媒体信息的功能。

② 校园网各终端间具有快速交换功能。

③ 中心系统交换机采用虚拟网络技术，对网络用户具有分类控制功能。

④ 对网络资源的访问提供完善的权限控制。

⑤ 网络具有“防火墙”功能，以防止网络“黑客”入侵网络系统。

⑥ 具有防止和捕杀病毒功能，以保证网络安全。

⑦ 可对各网络用户进行访问权限控制。

2. 网络规划和设计方案

（1）系统规划将原有的分布在教学楼、图书馆、行政办公楼内的局域网在连入校园网前进行相应的改造、升级和功能扩展。在学生宿舍区内进行相关的网络建设。

进行应用系统规划。开发包括教务管理、考务管理、教材管理、师资管理、学生成绩管理等功能的教学管理系统；采用 Lotus Notes 系统实现人事管理、档案管理和文件收发的办公自动化；引进国外先进图书馆管理系统并开发网上电子图书系统；建设多媒体教学网站和学生网站；实现电子邮件和 BBS 系统；完善网络化科研管理系统；建立网络信息中心，负责学校宣传和对外交往的网络化，充分发挥校园网络的作用；与银行合作建设校园一卡通系统。

（2）校园网组网方案：该校园网需要将教学楼、研究开发中心、办公区和学生宿舍等局域网连接起来，构成一个大范围的园区网络。

该校园网主干网可以选用 FDDI、ATM 和高速以太网几种方案。近年来，由于千兆位以太网交换技术得到飞速发展，技术已成熟，特别是与 FDDI 和 ATM 相比，千兆位以太网的突出优势是价格低廉、可以与快速以太网及传统以太网完全兼容，可以为校园网提供足够的带宽，具有以太网的所有优点，是建设校园网的理想选择。因此该校园网选择千兆位以太网组网方案。

（3）网络拓扑结构设计：校园网主干网由主干交换机、分布在各区域建筑物中的主干结点（结点交换机）和连接这些结点的光纤组成。各结点交换机将本区域内的局域网系统连接起来，组成 100Base-T 快速以太网，再将这些快速以太网迁移到主干网中心交换机上。

网络管理中心与各教学楼、图书馆、研究开发中心和学生宿舍的结点交换机之间铺设多芯多模光纤，用来连接各结点交换机。

整个校园网组网方案如图 10-4-1 所示。

主干交换机采用了 Lucent 公司的 P550 交换机。该交换机属于第 3 层千兆位以太网路由交换机，其内部集成了路由功能，具有高容量、无阻塞、优质的管理能力和可靠的多媒体支持等特点。

行政办公楼和大部分教学楼使用 P120 交换机组成快速以太网。结点交换机和主干交换机之间通过千兆位光缆连接。一些建筑物通过 CISCO 路由器接入主干。

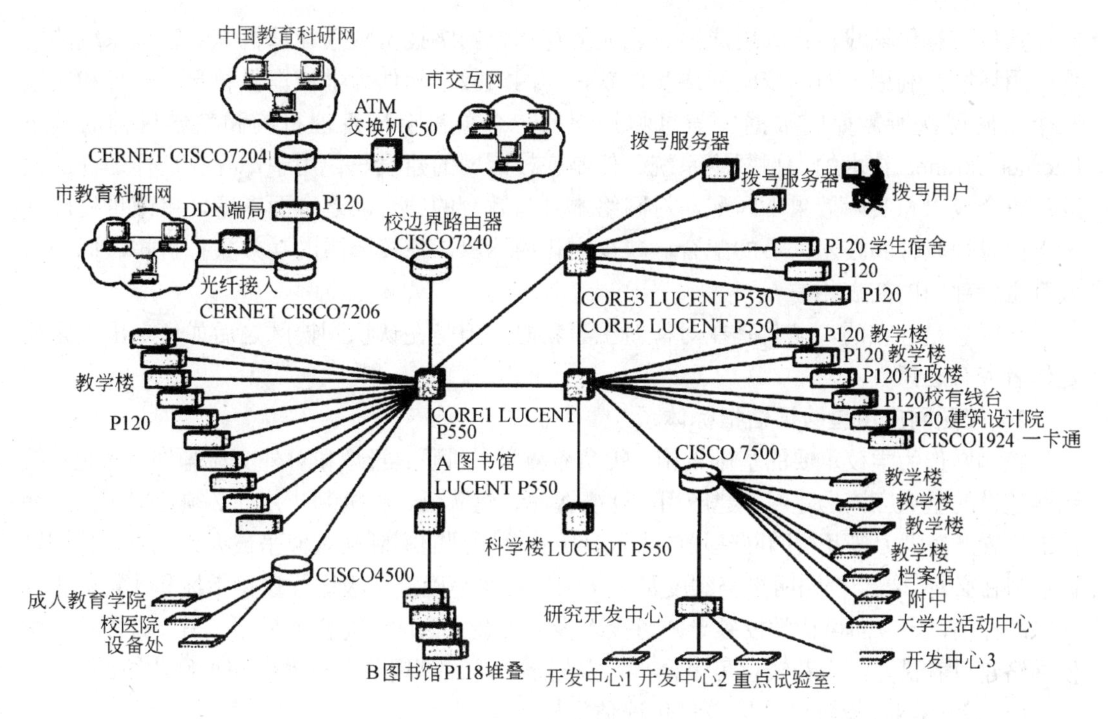

图 10-4-1　校园网络拓扑结构

10.4.5　校园网评估

百年大计，教育为本。在营建数字化校园的浪潮中，校园网建设遍地开花，捷报频传。而所建后的校园网的实际功效却为人们所忽略，飞快的建设速度与惊人的资源浪费在成正比例发展。如何让校园网建设与教学工作紧密结合起来，让教育思想与教育模式发生根本性的改变，让教育信息化推动教育现代化，我们还需进一步努力！

1．校园网评估势在必行

教师可以在网上查询资料、备课、批改作业；学生可以在网上读书、学习，接受教师指导；家长也可以上网了解学校情况、学生作业情况及在校表现，并可进行网上交费；学校可通过网络实施教育教学管理、学籍管理……，对于学校来说，这不再只是一种理想中的教学模式了，校园网已把这些变成了现实。毫无疑问，校园网是社会信息化发展的必然产物，随着网络的发展与普及，它已经被以前一直处于“深闺”的教育界认可，逐步向传统的教育行业不断地深入渗透。据湖南省教委统计资料显示：在全省教育技术设备配备上，计算机拥有量 157 968 台、多媒体教室 768 间；累计培训信息技术教师 32 000 多人次。具体到校园网建设层面，约有 80%的普通高等学校已建设好独立的校园网，目前大多处于二期工程或拓扑阶段；有将近 53%的职业技术院校已建成基本的校园网架构和网络教室；在中学校园网建设方面，除极少数省属重点中学已将校园网应用于教学和办公外，其他学校还没有大的动作，这也是目前各类商家最为看好的一块市场。在省教委的教育信息化发展规划中，已明确提出鼓励有条件的学校和地方建设校园网和城域网，规模较大的学校和重点高中应该建校园网。

校园网是一个全新的概念，它是利用先进的建筑综合布线技术构架安全、可靠、便捷的计算机信息传输线路；利用成熟、领先的计算机网络技术规划计算机综合管理系统的网络应用环境；利用全面的校园网络管理软件、网络教学软件为学校提供教学、管理和决策三个不同层次所需要的数据、信息和知识的一个覆盖全校管理机构和教学机构的基于Internet/Intranet 技术的大型网络系统。但是在校园网的建设与使用中却存在这样那样的误区：资金投入与实际效果不匹配，对网络本身与教育的结合缺乏全面考虑，单纯重视硬件投入而忽视软件和技术人员的配合，缺少文化内涵等，使校园网的功效大打折扣，似乎与教育主管部门的初衷相左。

误区总是存在的，尤其是在对待新生事物时。但是在认识到误区之后如何走出误区才是作者应有之意。

2．校园网应用星级评估指标体系

校园网作为学校重要的基础设施，担负着教学、科研、管理和对外交流等许多角色，校园网建设的重点应该是建网、建应用、建资源库、建队伍、建机制，并且必须把应用摆到突出的位置。在大力普及校园网建设的今天，所建校园网的实际功效似乎被人们忽略，校园网评估势在必行。结合校园网投资额度及其实际应用水平确定星级进行量化指标和非量化指标的系统评估，一方面可让学校领导知道投入多大资金应该达到怎样的效果；另一方面可让学校网络建设者借鉴，少花钱也可多办事、办好事，从而体现其办事效率和工作业绩。

（1）校园网各投资段各星级量化评估指标

校园网的建立应使学校的教学、管理、日常办公、信息交流得到全面的根本性的变革，在软件的支持之下实现网上协同工作，规范学校的管理行为，提高管理水平和效率。同时将学校的大量资源和信息上网，利用校园网和 Internet 连接，使得学校可以利用网络实现和学生家庭、兄弟学校、上级教育主管部门以及其他教育组织机构之间的及时信息交流，让每个老师和学生能够获取全球的信息和资源，为教学服务。为了对各校校园网做出科学的评估，笔者建议将校园网按投资额的大小结合所建校园网实际应用水平，划分为 100 万元以下（一星级）、100～300 万元（二星级）、300～500 万元（三星级）、500～800 万元（四星级）、800 万元以上（五星级）5 个级别，从软硬件环境、远程连接、网络应用、安全管理等方面进行全面量化评估（以下量化指标建议用于 300～500 万元投资额度的三星级校园网的评估）。

① 软硬件环境

服务器：双 CPU 3.0GHz 以上，片内全速缓存 512KB 以上，最大支持 4GB 内存，至少提供 6 个非热插拔硬盘扩展架，至少应具备主域控制器（主服务器）、Web 服务器、数据服务器，采用了可靠的数据安全机制。

网络带宽：主干网 1000M、100M 和 10M 交换到桌面（100M 节点大于 80%）。

网络结点数：800 以上或 ≥ 全校师生人数的 10%。

涉及范围：涉及行政科室、教研室、实验室、教室、图书馆五项以上。

网络软件：在正版操作系统、有经教育部鉴定的网络管理平台、有丰富的应用软件及辅助教学软件。

② 远程连接

连接方式：宽带或 DDN 专线接入。

主页：校外、校内均有网站，主页水平较高，更新时间为 10 天之内。

上 Internet 范围：学生、教师、管理人员均具备上网条件且能上网。

远程教育：有且技术成熟、广泛开展。

③ 网络应用

学校管理：开展教务、学生、人事、财务、党政、后勤六项管理以上。

教学应用：课堂教学使用良好，教学信息资源充足，课件质量高，有素材库及练习题库。

教育科研信息管理：有专门的科研信息服务器，信息资源充足，有采集维护人员，并有效使用。

图书馆应用：图书馆网络化管理，有电子阅览室200个座位以上。

校园IC卡应用：校园IC卡应用广泛，且与校园网连接。

④ 安全管理

组织机构：有校领导参加的管理组织机构，有专职校园网管理部门，有分层管理人员。

网络中心管理人员配备：有专职管理人员3～5人，且素质水平较高。

管理制度：有网络管理、使用及安全制度，并能认真执行。

网管中心配套设施：网管中心面积在200m^{2}以上，有稳压电源、不间断电源、防火、防雷、防漏电、防静电等，安全防范设施齐全。

以上量化指标如能结合投入产出数学模型加以分析，则更科学。

根据《湖南省教育网络互联互通工程技术指南》（湘教信办通〔2010〕1号）要求，按照“20栋教学楼、2栋图书馆、8栋办公楼、30栋学生宿舍、20栋教师宿舍，共5000个信息点”规模的本科院校五星级校园网，其软硬件环境设计参考范本如表10-1所示。

表10-1　本科院校校园网软硬件环境设计范本参考值一览表

项目	建设内容	数量	功能	资金概算
机房建设	综合配套环境保障（UPS、空调、防雷、消防等	/	参照国家“电子计算机机房设计规范”（GB50174-93）建设	80万
综合布线	全校实现班班通	5000个信息点	符合EIA/TIA 568和GBT/T 50311标准	110万
网络设备	万兆骨干级核心路由交换机	2台	1. 接口数量为≥16个千兆口、≥48个百兆口；交换容量≥1.6T； 2. 模块化结构，支持引擎及电源1+1冗余模块化设计； 3. 至少6个扩展插槽； 4. 支持VPN功能； 5. 硬件支持IPv6	2×30万=60万
	汇聚交换机	10台	1. 接口数量为≥24个百兆口、≥2个千兆光纤口； 2. 交换容量≥196 G； 3. 端口必须实现线速转发，处理能力≥90 Mb/s； 4. 模块化结构，至少1个扩展插槽； 5. 必须支持VLAN、堆叠、端口汇聚及网络管理； 6. 支持IPv6	10×2.5万=25万

续表

项目	建设内容	数量	功能	资金概算
	接入交换机	80 台	1．固定接口数量为≥24 个百兆口或者≥48 个百兆口； 2．支持堆叠，支持基于端口的 VLAN，802.1q Vlan 封装； 3．支持 SNMP	80×1 万=80 万
	无线 AP	50 台	1．支持 802.11 a/b/g/n 标准； 2．支持 SNMP； 3．可快速无缝温游	50×0.1=5 万
		小	计	170 万
网络安全设备	多链路负载均衡器	1 台	支持多个电信运营商及 ISP 链路接入，自动负载均衡，提供多个千兆接口	30 万
	防火墙	2 台	1．硬件架构为 ASIC 加速； 2．吞吐率≥1000Mbps； 3．并发连接数≥1500000 个； 4．VPN 吞吐量≥400Mbps； 5．光口≥2 个，电口≥2 个	2×20 万=40 万
	入侵检测设备	1 台	1．组件化体系结构； 2．全局预警控制体系； 3．可自定义入侵规则； 4．提供动态编辑方式； 5．可与业界主流的防火墙、交换机等网络设备联动； 6．具有日志记录功能	15 万
	安全审计设备	1 台	1．自动过滤不良信息、反动站点与非法站点； 2．可对各种网络协议进行分析并支持多种常用协议使用查询功能； 3．Web 管理界面，支持多用户远程管理； 4．提供与公安机关信息网络安全报警处置中心联网接口，可以进行信息上传下达	20 万
	防垃圾邮件系统	1 台	1．规则统一联网管理并实现自动更新； 2．全面或有选择地过滤和封堵各种垃圾邮件； 3．全透明设计，无 IP 接入，即插即用； 4．并发连接数可控制； 5．可对邮件进行病毒防护； 6．具有详细的日志记录功能	10 万
	网络版杀毒软件	1 套	1．一个系统控制中心； 2．每台服务器必须部署服务器端杀毒软件； 3．网管电脑及工作电脑部署客户端杀毒软件	10 万

续表

项目	建设内容	数量	功能	资金概算
	反黄过滤系统1套	1套	按国家、省教育厅统一部署，在校园网内安装网络版反黄过滤系统	5万
	网络管理软件 (*应重视全网管理系统的建设与应用，不可简单用设备网管软件替代)	1套	1. Web操作界面； 2. 具有主流设备图示库； 3. 网络拓扑自动发现； 4. 多种报警机制； 5. 具有多种流量监控及报表功能； 6. 具有日志记录及查询功能	30万
	小计			160万
服务器及其他系统	Web服务器	2台	设立校园综合门户网站，开展网上信息发布、资源共享及其它教育教学管理工作	16万
	Mail服务器	1台	提供电子邮件服务	5万
	DNS服务器	2台	提供校园网内域名解析服务	8万
	电子公文传输服务器	1台	教育系统上下级电子公文传输	4万
	数据库服务器	2台	网站、业务系统等后台数据管理	30万
	网管服务器	4台	提供校园网管理、监控服务	12万
	网络存储服务器	1套	各类业务数据、信息资料的安全存储，10T右左容量	30万
	教育视频会议系统	1套	接入全省教育视频会议系统，建立本单位分会场	15万
	其它业务服务器及存储设备	1批	开展校内各项教育教学业务	100万
	小　计			220万
计算机终端	学校公用计算机设备	1批	全校按2000台计算	80万
全校网络基础设施建设合计				820万
年度网络接入使用	电信 100M 宽带线路（或其它运营商）	2条	1. 网络延迟低于2MS； 2. 生命周期小于128； 3. 单条线路独立IP地址≥32个	2×6=12万
	教育科研网100M接入	1条	目前通过裸光纤或VPN方式	15万
	接入全省教育业务传输网	1条	MSTP 2M以上专线	3万
	小　计			30万
年度运维经费	网络运行维护费	1笔	聘用专职技术人员进行网络维护，加强培训学习，确保网络稳定、畅通	30万
	设备折旧	1笔	每年按投资总额5%计提	40万
	小　计			70万
每年全校网络计算机设备更新及运行维护费				100万

（2）校园网各投资段各星级非量化评估指标

为了避免校园网建设与应用中的各种误区，任何星级校园网还应按以下非量化指标进行系统评估。

① 校园数据库建设评估

要规范地构建校园网络，必须做好“三先”，即先规划后建网、先培训后建网、先建库后建网，只有这样才能使校园网络的建设取得很高的效益。所以说，建设校园网之前必须先建好校园数据库系统。学校的校园数据库系统一般应由以下部分构成：

- 人事档案库：包括教师档案库、职工档案库、学生档案库。教师档案库中包括教师的一些基本个人资料、教师在学校的历任和现任职务、教师在学校期间的考核资料、教师在学校期间的奖惩情况等。学生档案库中包括学生的成绩、评语、奖惩、身体发育状况等。
- 财务档案库：包括校产档案库、工资档案库、收支档案库。校产档案库中包括常规教学设备资料、电脑电教设备资料、图书资料、水电维修和木工资料、环境保护资料。
- 文件档案库：包括政府下达文件库、学校下发文件库、学校各种获奖文献库、学校和各种计划和总结文件库。
- 教学信息库：包括各学科教案库、各学科试题库、教学改革信息库、教学研究信息库。教案库中包括各学科教师对每一节新授课、复习课的教案，以便日后教学总结及提高教学能力之用。试题库中包括各种难度、各阶段的练习、测试、考查的试题，而且是每一道试题都已经经过分析并得出其难度的题目，以便从题库找出相应的题目组成一份试题。
- 教育信息库：包括学生基本档案库、后进生改变档案库、教师与学生谈话记录档案库、教育活动档案库、教育信息档案库。其中教育活动档案库包括每次教育活动的计划、总结、效果和记录，教育信息档案库包括教育文摘库、教育改革信息库。
- 多媒体信息库：包括声音素材库、图像素材库、影视素材库。多媒体信息库是为教学服务的，教师电子备课系统、辅助教学系统、学生学习系统都必须使用到这一类的信息。

只有把这部分信息库都建好或规划好，校园网才会很好地运转起来。如果这部分信息没有建好，那么校园网建好后只是一个空壳，实际运行不起来，校园网的资金投入就不能收到应有的效果。

② 校园门户网站建设评估

校园门户网站是为与学校有关的各类人群，如学生、教师、管理人员、家长、校友、高中生等，提供定制信息、综合服务和访问内部/外部资源便利性的网站。从用户的角度来看，门户就是一个“网页”，是用户每天开始网上历程的首页，上面有一些该用户所关心和希望得到的信息。比如，一个学生进入门户后可以看到学校或所在院系的通知、新邮件、现在正在学习的课程内容和成绩；教师进入门户网站后，不仅可以得到所教班级学生的名单、学生成绩单，还可以抵达其研究所追踪的网站、所喜爱的数据库，进入与其他教师的聊天室；管理人员进入门户后，可以查看院系部门的财务信息，统计数据，设立每月日程安排等。此外，每个人还可以根据自己的爱好，订阅一些公共信息，如天气预报、体育新闻。这些信息可以以频道的方式管理，用户可以自己安排订阅什么信息，安排这些信息在网页上如何布局。

从某种意义上来说，校园门户网站就是学校的品牌，它扩展了对学校教学理念的实现，将校园文化从校园内延伸到校园外，对校友持续的信息服务是门户网站有别于现在学校网站的一大特色。享受校园网的资源服务将是学校教职工的最大福利所在。

③ 联网机器平均成本评估

即校园网投资总费用 / 校园网实际联网机器数。其中，校园网投资的总费用包括所有的配套设施费用，以及不同阶段的升级扩容费用。这些费用包括校园网必需的管沟、布线、设备、场地、软件等费用。校园网建设后，是否得到充分使用，通过实际联网的机器数目可以反映这一点。如果在网络建设过程中，过分追求高配置，忽略发展用户，或者配置太低，导致频繁升级，都会使该指标偏高。

④ 联网机器平均流量评估

包括两个部分：校园网出口总流量 / 校园网实际联网机器数，校园内主要服务器流量 / 校园网实际联网机器数。这项指标可以反映校园网实际信息应用的情况。联网机器的平均流量和一个学校内的信息应用是密切相关的，如果公共信息（E-mail，FTP，BBS）等平均流量很大，则出口流量和公共服务器的流量会比较大，如果管理应用比较丰富，则有关服务器的流量也会较大。

⑤ 网络带宽利用率评估

主要包括以下几个方面：主干网络的带宽利用率、中心服务器群的带宽利用率、校园网络出口的带宽利用率等。网络带宽利用率可以用来评估一个学校校园网建设的效益情况。这项指标以介于50%～90%之间为好，如果太低，说明应用比较少，而设备的容量大大超过了实际的需求，投资比较多；太高，则说明网络容量不能够满足实际需求，存在着投入不够的现象。

⑥ 设备淘汰率评估

教育部曾提出：一定的时间内国内普及信息技术教育、高校实现网上录取、中小学实行“校校通”工程。可是由于一些实力较强的计算机商家在不停的宣传误导，使得我们的有些学校校长、少数教育领导干部头脑发热起来了，学校为了完成上面下达的任务，而不顾本校的实际情况，不顾当地的实际情况，大规模的建设校园网，造成学校大量负债，而这个所谓的校园网自从建立起来后就有可能面临着淘汰，为什么呢？因为计算机每 3～6 个月更新换代一次，CPU 每 18 个月性能加倍、价格减半，其他附件的价格更是如此。所以校园网评估指标体系中应包含设备淘汰率，虽然淘汰是不可避免的，但比率应该越小越好。

⑦ 软硬件比例评估

校园网的应用问题涉及广泛，但最明显的问题是软件不足和低价招标。按照专家的说法，校园网上的软件产品至少应该占总投资的 1/4～1/3。据有关部门调查的校园网学校没有一所达到了这一比例。由于各级党委教育行政部门对校园网所涉及的软件没有统一的要求，各软件供应商开发的产品又缤纷不一，在校园网的招标工作中难以统一组织和实施，致使招标采购时一般对校园网软件都是采取暂缓采购。当硬件招标和施工结束后，因经费和意识等方面的原因，教育管理和教学应用方面的软件又难以真正配置到位。校园网上的软件具有鲜明的教育特色，特别是其管理类软件。但正版的软件价格很高，因此不少学校就不愿意投入巨资买软件，校园网应用也就难以得到基本的保证。

由于我国正在推行政府采购方式，大部分学校校园网都是采取了招标采购的方式。招标采购采用专家组评标的形式，能够保证整个校园网建设中的公开、公平、公正的原则。但在招标过程中，不可避免地出现了企业利用价格进行恶性竞争的情况。企业的利润空间被压得很小，就为售后服务、系统升级等留下了严重隐患。

因为这些方面的原因，致使校园网建起来后，学校领导和师生都感到没有多大用途，校园网成了学校通过各级教育主管部门检查验收的高级摆设。更重要的是由于校园网缺少应用，整个网络基本上就是闲置，利用率非常低下，几年过后，大部分投资都白白浪费了。

⑧ 连续性经费投入比例评估

校园网本身存在着发育和成长问题，校园网的正常运行、网络的拓展、应用系统壮大、设备和软件的升级及更新等都需要后续的投入经费。在校园网规划时，一定要考虑是否有后续的投资能力，如果得不到后续的投资，应当量财而出，分步实施。因此连续性经费投入比例，也应作为校园网评估的一项指标。

⑨ 校园媒体资产管理评估

在校园网建设突飞猛进的同时，基于数据库对节目素材的视音频和针对素材的描述信息进行的媒体资产管理（Media Asset Management）也将应纳入校园网总体评估体系之中。在现代教育技术中心和网络中心的资源库中，历史积存和新增的浩繁视音频等资料均迫切需要加以数字化的存储、管理和应用。需要通过对媒体资产的系统管理来实现管理观念、管理手段上质的变革，从而极大地提高工作效率、服务质量，同时融合新闻、课件、制作、播出等多个业务环节，并创设各种增值服务，科学有效地对不同的组织和部门，以不同的形式重复进行节目发布和交换，实现媒体资产的有效利用和增值。

⑩ 网络可管理程度评估

即对网络管理的程度。例如一些主要数据是否可以及时得到，包括联网机器数、上网人数、网络应用情况（类别、流量等）；网络故障的响应、恢复时间，以及是否有完整的网络运行记录；对于突发事件（如网络安全）的响应、处理；在所有网络管理人员中，拥有博士、硕士、本科、大专等学位的人员比例，以及不同年龄的人员比例等。

校园网的建设和应用，涉及资金、技术、管理等许多方面，对此项工作既要有紧迫感，又要稳步进行。以上评估指标体系注重网络的应用和管理。目的在于促进校园网硬件、软件、信息资源等各方面的均衡发展，并在教学和管理工作中更好地发挥作用。

10.5 案例——视频会议的实现

1. 案例说明

NetMeeting 是 Windows 系统自带的允许在 Internet/Intranet 上进行实时的音频、视频和数据通信的软件。它提供了一种通过网络进行交谈、召开会议以及共享程序的通信方式。

本案例以 NetMeeting 3.01 中文版（帮助系统如图 10-5-1 所示）为例，讲解其设置方法和使用方法。

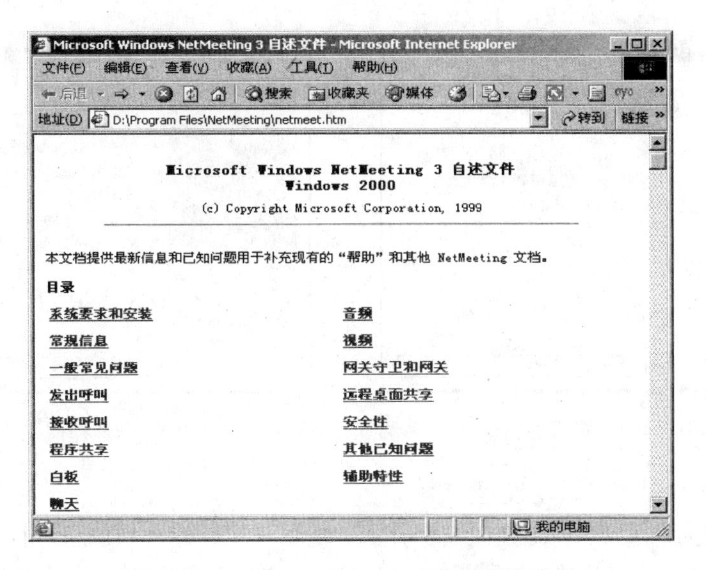

图 10-5-1　NetMeeting 3.01 中文版帮助系统

2．实现方法

（1）NetMeeting 的基本设置

① 安装完毕，选择“开始”|“所有程序”| NetMeeting 命令。第一次打开时，系统会自动进入设置对话框。

② 图 10-5-2 所示的对话框中主要说明了 NetMeeting 的功能，单击“下一步”按钮。

③ 弹出如图 10-5-3 所示的对话框，在此输入姓、名和电子邮件地址才可激活“下一步”按钮。填好后，单击“下一步”按钮，其他两项“位置”和“备注”可以不填。

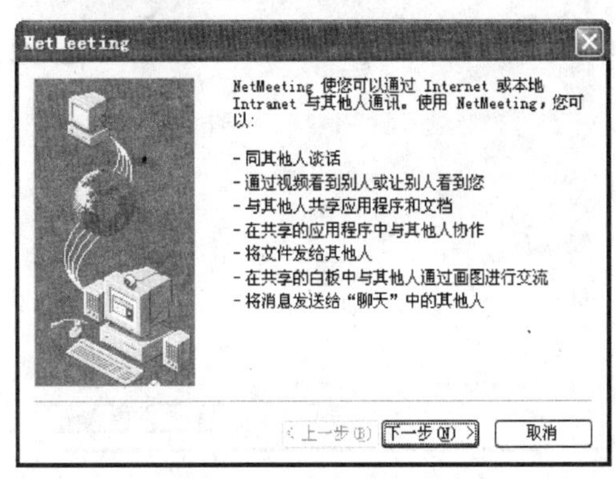

图 10-5-2　NetMeeting 功能介绍

图 10-5-3　填写个人信息

④ 弹出如图 10-5-4 所示的对话框，在此选择服务器，本案例中使用默认设置，单击“下一步”按钮继续。

⑤ 弹出如图 10-5-5 所示的对话框，系统要求选择网络连接的类型，如果是拨号上网，选择第二项“28800 bps 或更快的调制解调器”，之后单击“下一步”按钮。

⑥ 弹出对话框，询问是否在系统桌面和快捷启动栏中创建 NetMeeting 快捷键，根据需要选择后，单击“下一步”按钮。

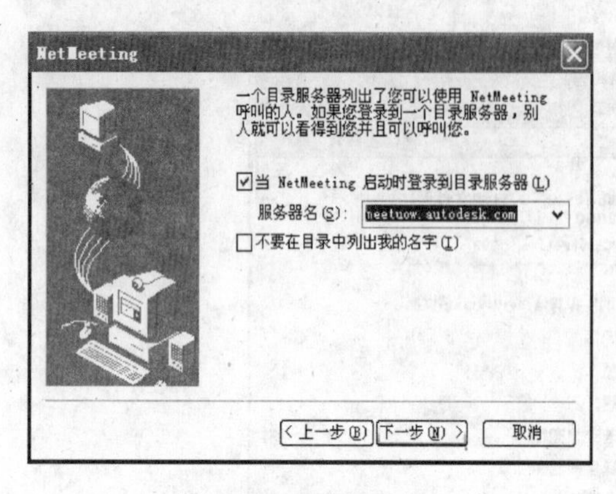

图 10-5-4　选择服务器

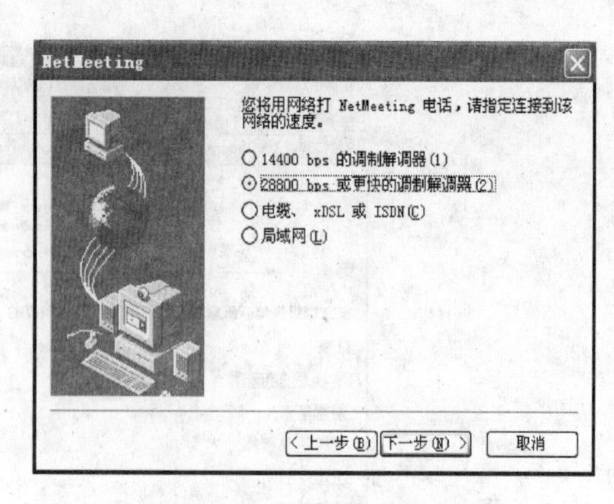

图 10-5-5　选择网络连接类型

（2）NetMeeting 音频属性设置

弹出一个提示对话框，如图 10-5-6 所示，从下一步开始，系统将进行音频属性设置。

① 单击“下一步”按钮，系统弹出对话框，在此选择所要使用的音频波形设备。本例选择本地声卡，即 C-Media Wave Device 作为录音和回放的首选设备。

② 单击“下一步”按钮，弹出如图 10-5-7 所示的对话框，系统提示检查扬声器或者耳机的连接情况，在此可以调节回放声音的音量大小。单击“测试”按钮会有采样声音播放，根据听到的回放声音做适当调节即可。

③ 单击“下一步”按钮，弹出麦克风的调节对话框，如图 10-5-8 所示。麦克风是声音输入设备，按照提示读出对话框上的测试文字，适当调节录音音量，单击“下一步”按钮。如果麦克风没有接好，系统会弹出对话框提示。

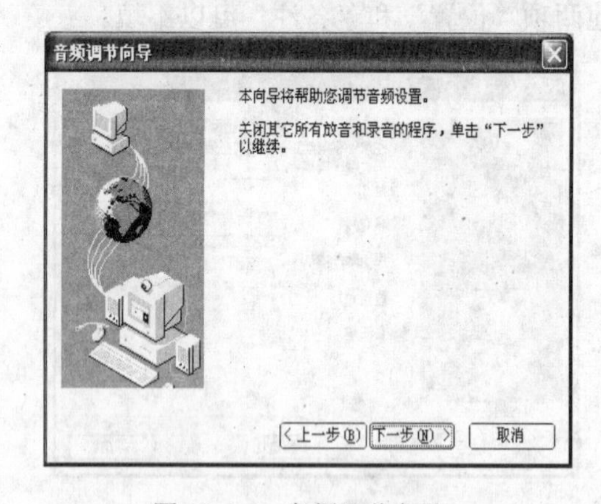

图 10-5-6　音频调节向导

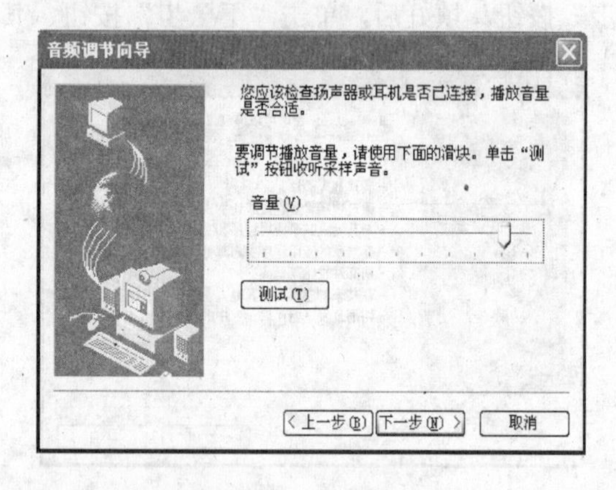

图 10-5-7　设置音量

④ 弹出如图 10-5-9 所示的对话框，提示“您已调整了设置”，单击“完成”按钮结束音频设置，系统会自动保存设置。如果在使用过程中由于异常或者其他原因需要重新调节音频设置，可以在 NetMeeting 窗口中通过选择“工具”|“音频调节向导”命令再次设置音频属性。

到此为止，NetMeeting 的设置全部完成，在操作系统的桌面上和快捷任务栏中生成 NetMeeting 快捷图标。同时，系统自动启动 NetMeeting，其主窗口如图 10-5-10 所示。

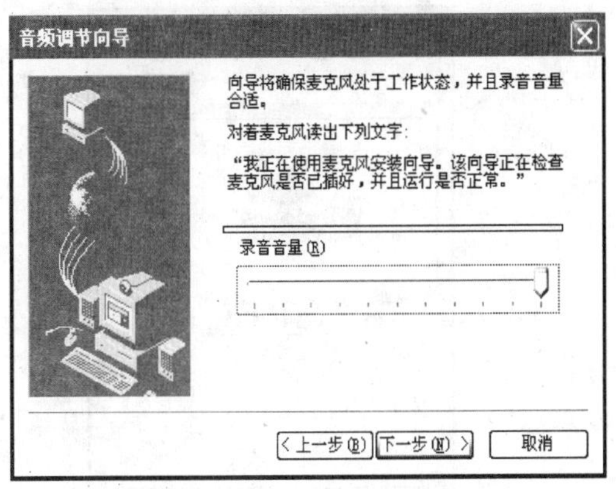

图 10-5-8　设置麦克风

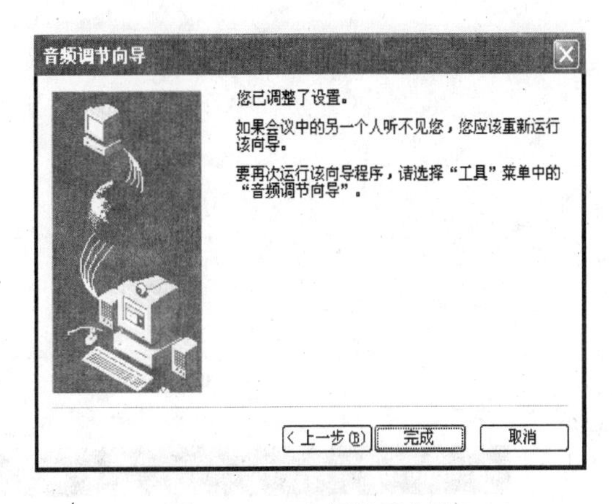

图 10-5-9　音频设置完成

（3）NetMeeting 的基本使用方法

① 使用 NetMeeting 进行通信的条件。硬件方面，计算机需要具有全双工声卡、音箱和麦克风等设备，或者带麦克风的耳机，具有一红一黑两个接头。软件方面，要使用 NetMeeting 的多部计算机必须全部安装了 TCP/IP 通信协议，并且在呼叫的时候同时打开 NetMeeting。

② 呼叫方法。在如图 10-5-10 所示的主界面中，选择“呼叫”|“新呼叫”命令，系统弹出如图10-5-11所示的对话框，在地址栏中输入所要呼叫的计算机的IP地址，如 192.168.0.2，然后单击“呼叫”按钮，系统弹出如图 10-5-12 所示的对话框，提示正在等待对方的响应。如果对方呼叫，则会出现对话框，单击“接受”按钮，即可与呼叫方建立连接。

图 10-5-10　NetMeeting 运行界面

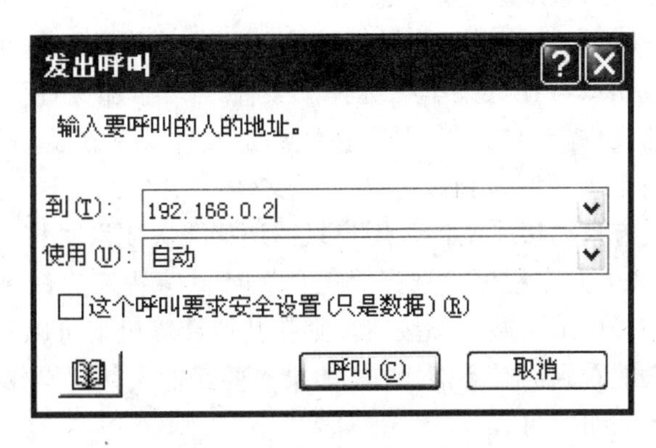

图 10-5-11　输入要呼叫的人的地址

被呼叫的计算机将会不断地发出响铃提示，如果在限定的时间内对方没有回应，系统会弹出一个“呼叫失败”的对话框。如果被呼叫的计算机接受呼叫，则 NetMeeting 主界面上的项目被全部激活，通话双方的名字显示在“名称”下面的列表中，如图 10-5-13 所示。

图 10-5-12　等待响应

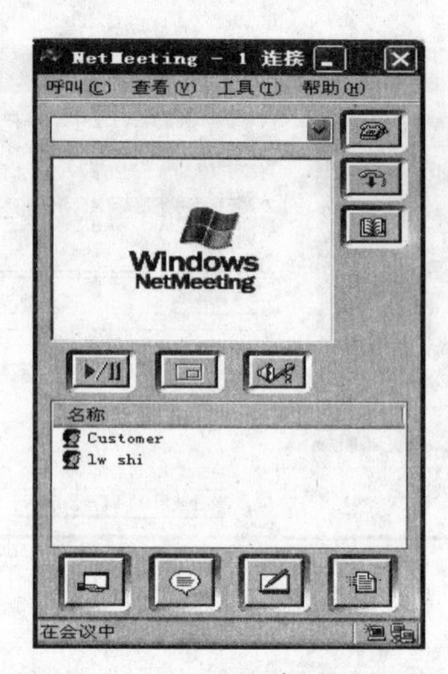

图 10-5-13　显示通话人的名字

注意：*使用 NetMeeting 进行通话的两台计算机不能离的太近，这样会彼此产生信号干扰，出现循环噪声。*

③ 视频交流。除了进行语音聊天外，使用 NetMeeting 还可以进行视频交流。如果需要进行视频信息传送，除了上述的条件外，还需要有摄像头。启动 NetMeeting 并呼叫成功后，单击相应按钮，即可将对方摄像头拍摄的内容显示在主界面的视频窗口中。进行视频交流需要有良好的网络条件才能实现。

（4）NetMeeting 的其他功能

① 图片交流。除了进行音频和视频的交流外，NetMeeting 还可以进行图片交流。选择“工具”|“白板程序”命令，启动白板程序。呼叫成功后，其中一个人在白板上用图画的形式来表述自己的某些想法，这时其他人可同时看到白板上的内容，进而配合语音，则可非常形象地表达某种意图。

② 文件传送。选择“工具”|“文件传送”命令，打开“文件传送”对话框。单击相应按钮或者在其菜单栏选择“文件”|“添加文件”命令，都会弹出对话框，选择需要传送的文件，单击“打开”按钮添加文件，并在窗口选择发送对象（也可以选择所有人），之后单击相应按钮或者选择“文件”|“全部发送”命令，即可把选择的文件发出。这时接受方自动接受文件，用户只需选择“关闭”、“打开”或者“删除”命令即可。

③ 共享程序。选择“工具”|“共享程序”命令，弹出对话框，在此选择需要共享的程序，单击“共享”按钮，则在其他计算机上可以看到共享程序窗口。在共享程序时，其他人能看到但是不能操作，如果需要其他人共同操作共享的文件，只需单击工具栏上的“协作”按钮即可。

④ 聊天功能。选择“工具”|“聊天”命令，打开聊天功能窗口。在“消息”一栏中输入聊天的内容，然后单击右侧的“发送消息”按钮或者直接回车，即可发送消息，在窗口的最下面是发送消息对象的选择。NetMeeting 的聊天功能比较简单，只是一个发送消息的工具，但是已经满足一般的需要了。

以上就是 NetMeeting 的设置以及使用方法。利用 NetMeeting，可以在单位内部小型局域网中方便地进行交谈、下达任务以及布置工作等。对于一个小型部门的工作人员来说，它是一个非常理想的通信工具。

10.6　案例——局域网虚拟 Internet

1．案例说明

所谓虚拟 Internet，是指在局域网环境中模拟 Internet 环境，实现 Internet 中最常用的一些服务。虚拟 Internet 环境被广泛应用于教学和培训，因此在局域网络中是非常实用的。在此以 Windows 2000 Server 操作系统为例，讲解创建虚拟 Internet 的方法。

2．实现方法

（1）虚拟 Internet 的环境创建——绑定多个 IP 地址

为了模拟多个网站，服务器需要绑定多个 IP 地址，并使每个虚拟网站都能分配到一个 IP 地址。

① 选择“开始”|“设置”|“控制面板”命令，打开“控制面板”窗口，如图 10-6-1 所示。

② 双击“网络和拨号连接”图标，打开网络设置，右击局域网的“本地连接”，选择“属性”命令，弹出如图 10-6-2 所示的对话框。

③ 选择 Internet TCP/IP 协议，单击“属性”按钮，弹出如图 10-6-3 所示的对话框，选择“使用下面的 IP 地址”单选按钮，分别键入为服务器指定的 IP 地址和子网掩码。建议内部网络使用 192.168.0.1～192.168.0.255 地址段，所使用的子网掩码为 255.255.255.0。

④ 单击“高级”按钮，弹出“高级 TCP/IP 设置”对话框，如图 10-6-4 所示。

⑤ 在 IP 地址栏中单击“添加”按钮，弹出如图 10-6-5 所示的对话框，输入为该服务器指定的另一个 IP 地址和子网掩码，单击“添加”按钮将其添加至 IP 地址的列表中。然后依次单击“确定”按钮保存设置。

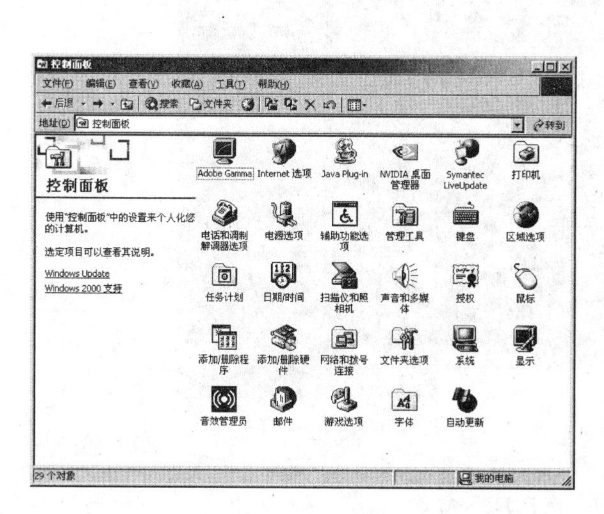

图 10-6-1 “控制面板”窗口

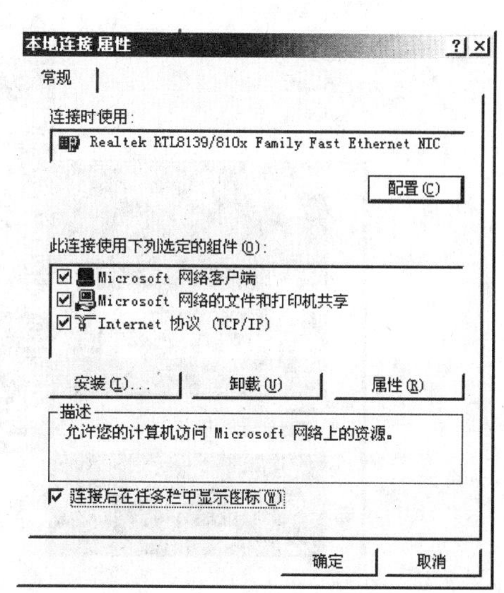

图 10-6-2 “本地连接 属性”对话框

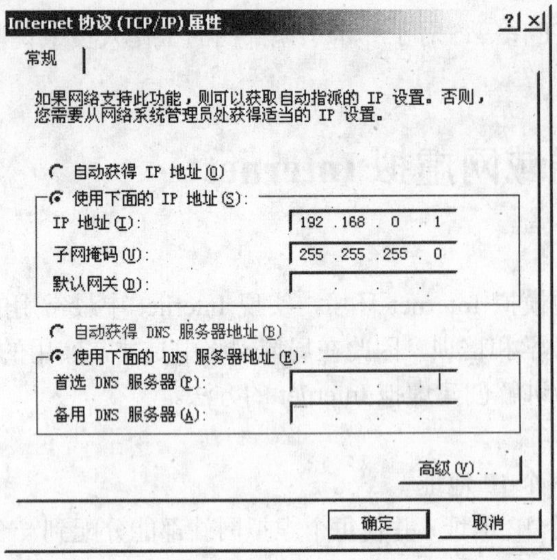

图 10-6-3 “Internet 协议（TCP/IP）属性”对话框

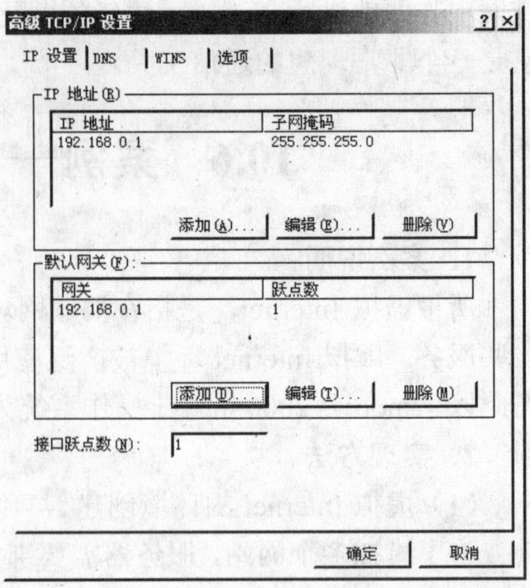

图 10-6-4 “高级 TCP/IP 设置”对话框

重复上述步骤，即可为服务器绑定多个 IP 地址。

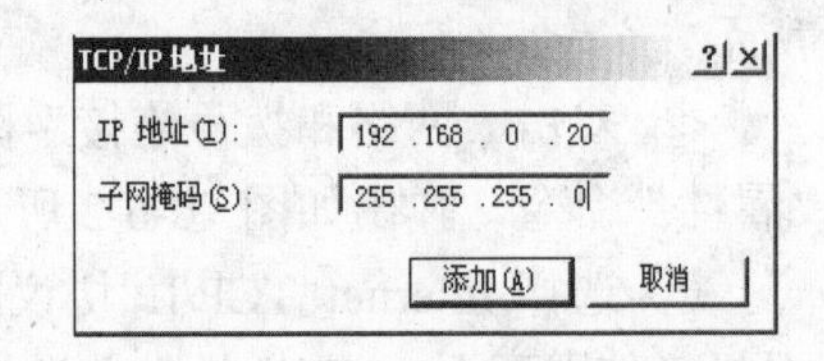

图 10-6-5 “TCP/IP 地址”对话框

（2）虚拟 Internet 的环境创建——配置 DNS 服务

① 选择“开始”|“程序”|“管理工具”|DNS 命令，如图 10-6-6 所示，打开 DNS 服务配置对话框。

② 展开左侧控制树，右击“正向搜索区域”，在弹出的快捷菜单中选择“新建区域”命令，弹出对话框。

③ 单击“下一步”按钮，弹出对话框，选中“标准主要区域”复选框，单击“下一步”按钮继续配置。

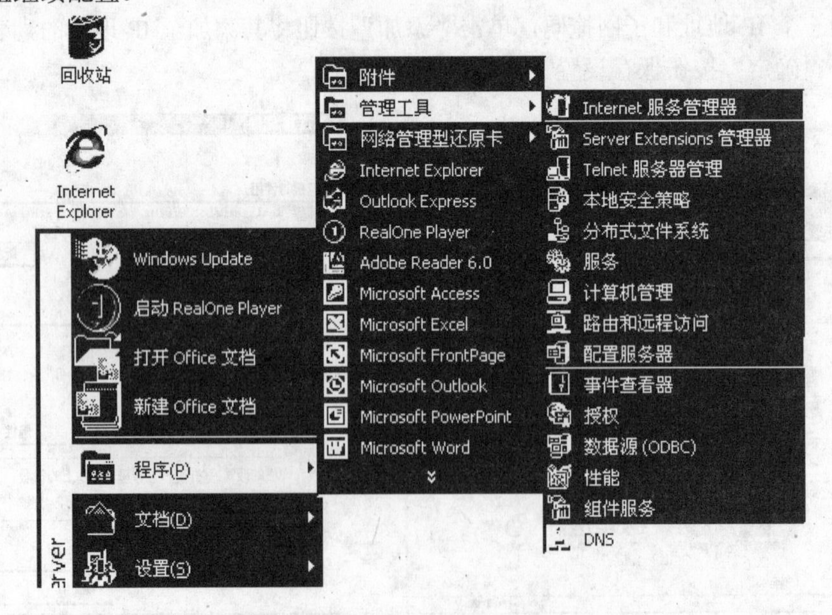

图 10-6-6 选择 DNS 命令

④ 系统弹出对话框，在“名称”文本框中输入虚拟网站的名称，如 DNS.net。

⑤ 单击“下一步”按钮，弹出对话框，系统自动选中“创建新文件，文件名为”选项，采用系统默认值即可。

⑥ 单击“下一步”按钮，弹出对话框，提示正在成功完成新建区域的操作，并把域名、域类型、搜索类型以及文件列在窗口中，单击“完成”按钮完成新建域的操作。

重复步骤②～⑥，可以为每个虚拟网站都创建一个区域。

⑦ 右击新建的区域，在弹出的快捷菜单中选择“新建主机”命令，弹出对话框。在“名称”文本框中输入主机名称，如 WWW，并在“IP 地址”文本框中为主机指定 IP 地址。不同的主机要靠不同的 IP 地址识别，而每个主机都具有一个单独的区域。

⑧ 单击“添加主机”按钮，弹出对话框，提示主机记录创建成功。

重复步骤⑦～⑧，可以为该区域创建多个主机。

至此一个 Internet 环境已经基本建立，以后的操作就是利用此 Internet 环境实现 Web 服务、FTP 服务等，即需要配置 IIS 服务器（Internet Information Server，IIS，作为当今流行的 Web 服务器之一，提供了强大的 Internet 和 Intranet 服务功能）。

（3）IIS 服务中 FTP 站点的建立

① 创建新的 FTP 站点。选择“开始”|“程序”|“管理工具”|“Internet 服务器管理器”命令，打开“Internet 信息服务”对话框。右击服务器结点，从弹出的快捷菜单中选择“新建”|“FTP 站点”命令，打开“欢迎使用 FTP 站点创建向导”对话框，然后单击“下一步”按钮，弹出“FTP 站点说明”对话框，在“说明”文本框中输入站点的说明文字，比如“FTP 下载站点”，然后单击“下一步”按钮（见图 10-6-7）。

打开“IP 地址和端口设置”对话框，在“输入 FTP 站点的 IP 地址”下拉列表框中选择或者直接输入 IP 地址，并设定 TCP 端口的值为 21，单击“下一步”按钮继续（见图 10-6-8）。

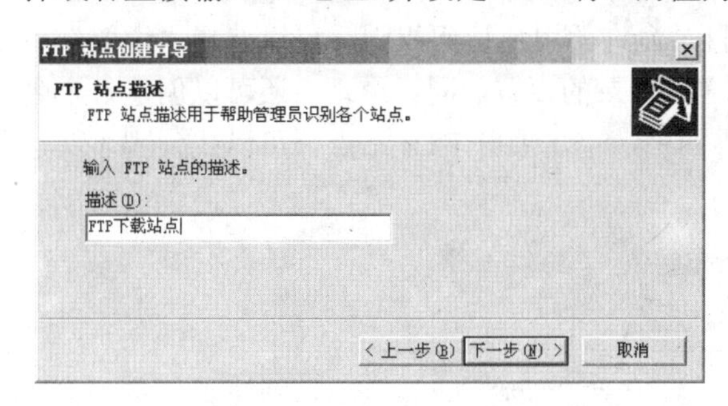

图 10-6-7　输入 FTP 站点的说明

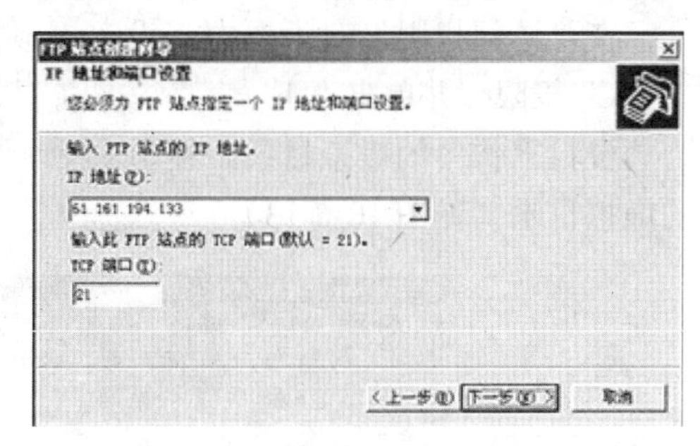

图 10-6-8　IP 地址和端口设置

弹出“FTP 站点主目录”对话框，在“路径”文本框中输入主目录的路径，然后单击“下一步”按钮（见图 10-6-9）。

打开“FTP 站点访问权限”对话框，FTP 站点只有两种访问权限：读取和写入。前者对应下载权限，后者对应上传权限，单击“下一步”按钮继续（见图 10-6-10）。在最后弹出的对话框中单击“完成”按钮，完成站点的创建。

② 创建虚拟目录。主目录是存储站点文件的主要位置，虚拟目录以在主目录中映射文件夹的形式存储数据，可以更好地拓展 FTP 服务器的存储能力。右击要建立虚拟目录的 FTP 站点，在弹出的菜单中选择“新建”|“虚拟目录”命令。打开虚拟目录创建向导并单

击“下一步”按钮，在“虚拟目录别名”对话框中的“别名”文本框中指定虚拟目录别名，比如“资料下载”（见图 10-6-11）。

在“FTP 站点内容目录”对话框中单击“浏览”按钮，设定虚拟目录所对应的实际路径（见图 10-6-12）。

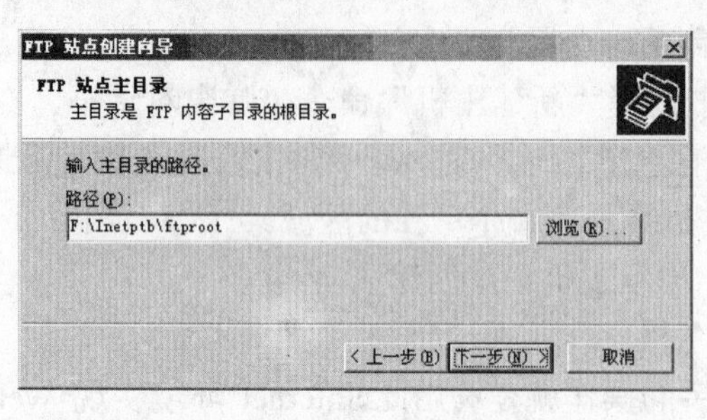

图 10-6-9　输入主目录的路径

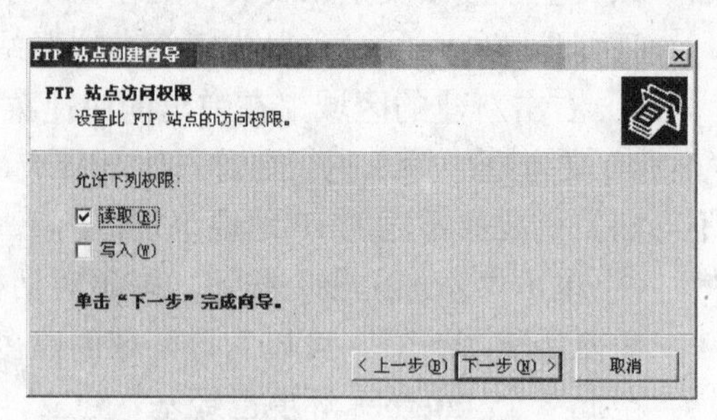

图 10-6-10　选择权限

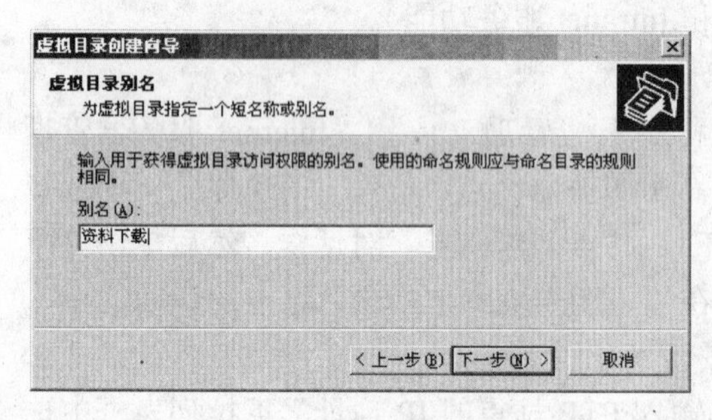

图 10-6-11　设置虚拟目录别名

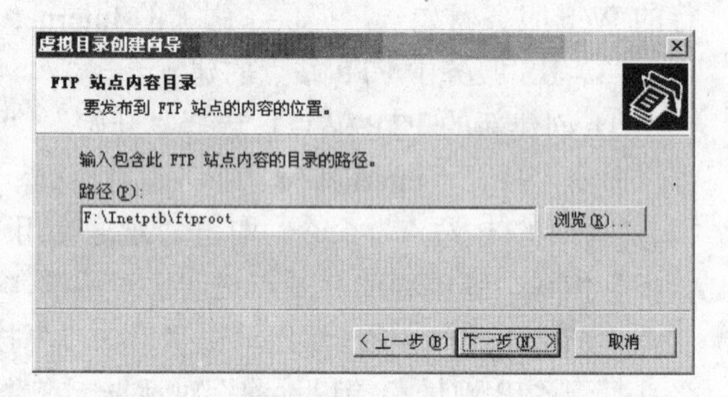

图 10-6-12　设置内容的目录路径

在“访问权限”对话框中，设定虚拟目录允许的用户访问权限，可以选择“读取”或“写入”权限，并单击“下一步”按钮完成虚拟目录的设置。同样道理，还可以创建一个名为“资料上传”的虚拟目录。在 IIS 管理界面中，单击展开 FTP 站点，可以找到刚才新建的虚拟目录（见图 10-6-13）。

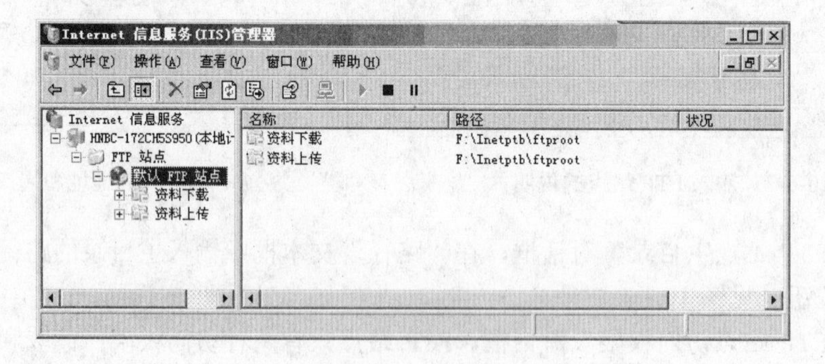

图 10-6-13　IIS 管理界面

③ 站点的维护与管理。查看连接用户：右击 FTP 站点，从弹出的菜单中选择“属性”命令，打开“FTP 站点”选项卡。在这里可以对站点说明、IP 地址和 TCP 端口号等内容进行配置。同时，在“连接”中可以设定同时连接到该站点的最大并发连接数（见图 10-6-14）。

单击“当前用户”按钮，打开“FTP 用户会话”对话框，在这里可以查看当前连接到

FTP 站点的用户列表，从列表中选择用户，单击“断开”按钮断开当前用户的连接（见图 10-6-15）。

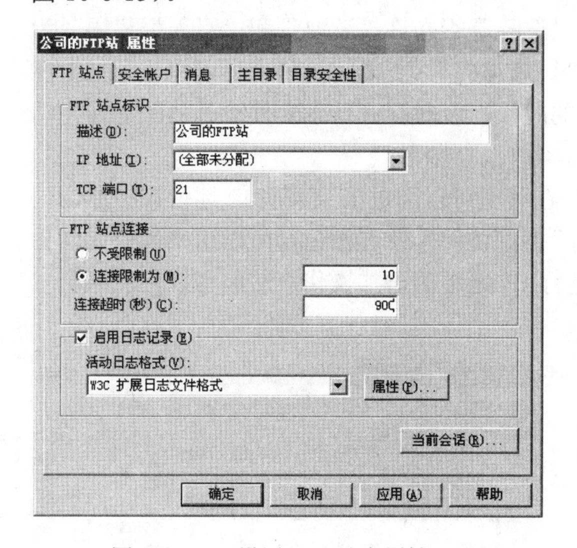

图 10-6-14　设置 FTP 站点属性

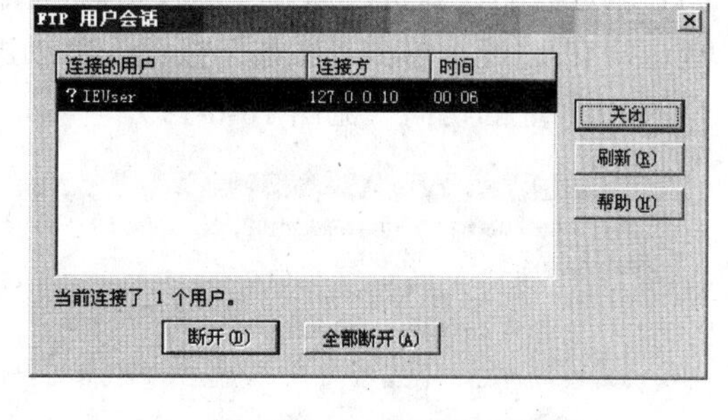

图 10-6-15　断开用户连接

设定 FTP 站点消息：FTP 站点消息分为欢迎、退出、最大连接数三种，在“消息”选项卡可以进行设定。“欢迎消息”用于向每一个连接到当前站点的访问者介绍本站点的信息，“退出消息”用于在客户断开连接时发送给站点访问者的信息，“最大连接数消息”用于在系统同时连接数达到上限时，向请求连接站点的新访问者发出的提示消息，完成后单击“确定”按钮（见图 10-6-16）。

配置匿名登录：右击 FTP 站点，从弹出的菜单中选择“属性”命令，选择“安全帐号”选项卡。在默认状态下，当前站点是允许匿名访问的。在这里如果选择“允许匿名连接”复选框，那么 FTP 服务器将提供匿名登录服务。如果选择“只允许匿名连接”复选框，则可以防止使用有管理权限的帐号进行访问，即便是 Administrator（管理员）帐号也不能登录，从而可以加强 FTP 服务器的安全管理（见图 10-6-17）。

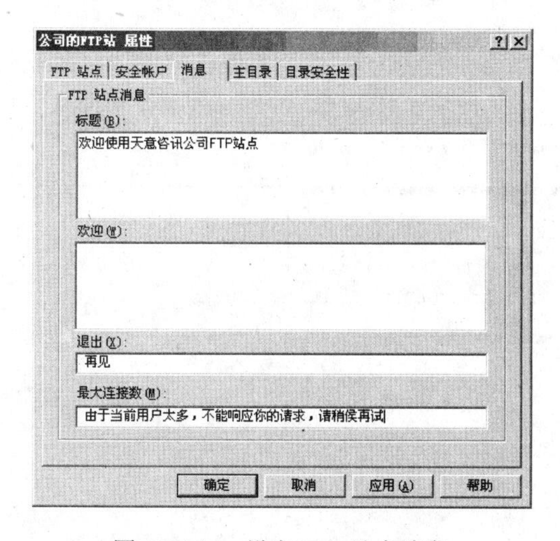

图 10-6-16　设定 FTP 站点消息

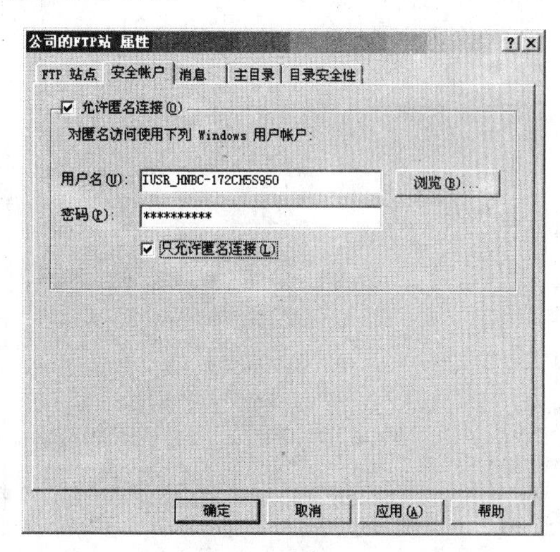

图 10-6-17　配置匿名登录

修改主目录文件夹：选择“主目录”选项卡，在这里可以使用“主目录”属性表改变FTP站点的主目录并修改其属性。单击“浏览”按钮，改变FTP站点的主目录文件夹存储的位置。如果打算改变主目录读写权限，可以选择是否允许“读取”和“写入”权限。为了更加进一步保障服务器的安全，建议选择“日志访问”复选框，这样就可以同步记录FTP站点上的操作，从而便于在服务器发生故障的时候，及时打开日志文件检查故障的发生情况（见图10-6-18）。

安全访问：选择“目录安全性”选项卡，在这里可以通过限制某些IP地址来控制访问FTP服务器的计算机。选择“授权访问”或“拒绝访问”单选按钮，可以用来调整如何处理这些IP地址，单击“添加”按钮，可以进行IP 地址的添加操作，从而可以控制来自安全的IP地址的访问（见图10-6-19）。

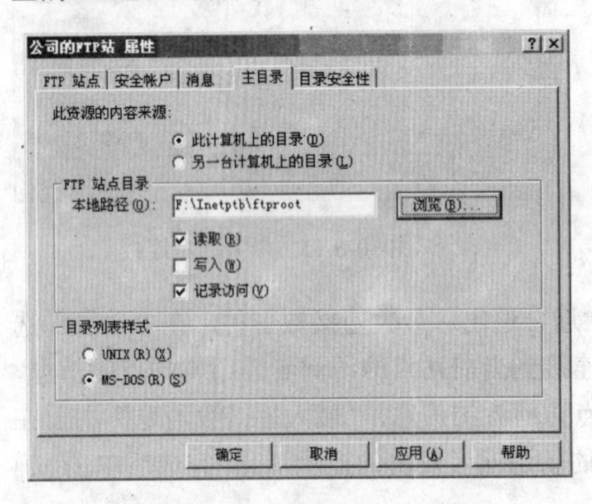

图10-6-18 修改主目录文件夹

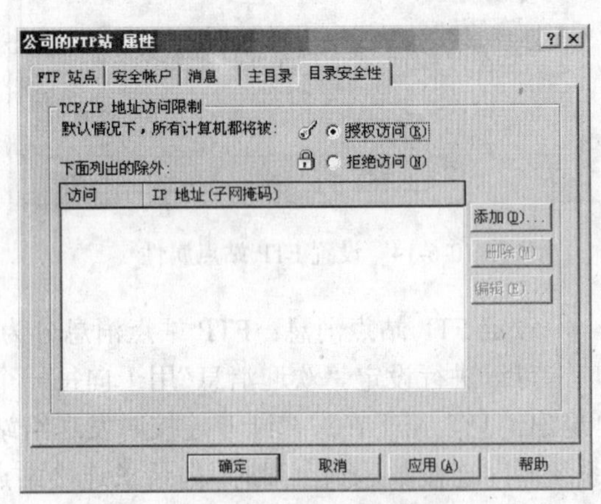

图10-6-19 安全访问

④ 访问 FTP 服务器。下面来测试一下 FTP 服务器是否已经正常工作了。首先在f:\inetpub\ftproot文件夹中加入一个名为Pic.bmp的文件。启动CuteFtp，配置好FTP站点的属性，然后单击Connect按钮连接FTP站点（见图10-6-20）。

弹出一个欢迎登录对话框，单击OK按钮结束，即可打开FTP主站点目录，此时即可实现上传与下载任务（见图10-6-21）。

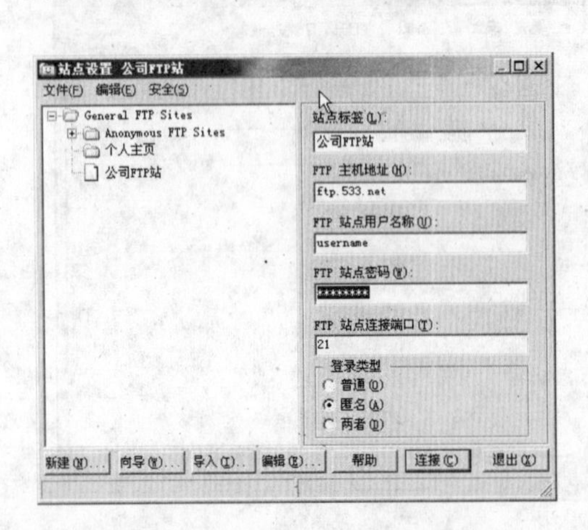

图10-6-20 连接FTP站点

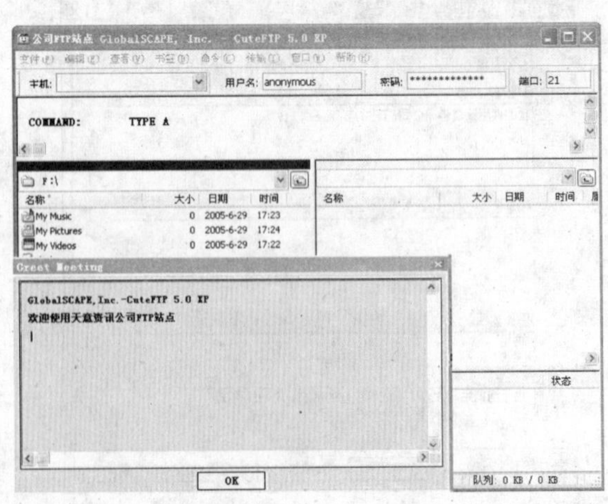

图10-6-21 登录成功

10.7 案例——KK公司网络构建方案设计与实现

1．案例说明

（1）公司概况：KK公司目前大约有100名员工，在新租用的办公环境中，需要组建网络来实现信息化办公。新办公室为同一楼层的平面办公环境。办公区内的水平布线系统已经具备。公司有财务、销售、工程三部门,建立了相关的行政管理制度、公文管理制度，但仍缺乏有效监控的机制。

（2）系统需求：公司办公大楼内部网络作为办公所依托的重要资源，为公司提供办公自动化、资源共享、计算机管理及信息交流等全方位的服务，现需增加信息点至100个，并建立FTP服务器和Web服务器等相关服务，且以后有扩充的可能。

公司的很多业务依托于网络，要求网络的性能满足高效的办公要求。同时对网络的可靠性要求也很高，要求在办公时间内，网络不能断掉，因此，在网络设计的过程中，需要充分考虑网络设备的可能性，同时无论是网络设备还是线路，要考虑冗余备份，不能因为单点故障引起整个网络的瘫痪，而影响公司业务的正常运行。公司需要通过专线连接外部网络。

（3）系统管理员素质要求：网络、接口和电缆基础知识；CISCO交换机基础知识、基本配置和VLAN划分；CISCO核心交换机基本操作、管理和故障排除，故障分析、日常维护方法；交换型局域网技能；网络层基础、子网规划、IPX协议及配置；广域网路由协议；CISCO路由器基础及原理；CISCO路由器基本配置；广域网配置、备份中心配置、常见网络问题分析及处理；IBM Mail、DB、FTP、VOD等服务器系统管理和Windows 2000 Advanced Server系统管理；光纤存储设备；存储系统安装、配置，故障排错，维护使用方式；网络安全基本原理和联想网御防火墙的配置；防病毒软件的管理、配置；软件的应用包括Mail和Web软件；布线设备、故障排除；CISCO CCNA。

2．设计方案

（1）网络拓扑结构

公司网络构建拓扑结构如图10-7-1和图10-7-2所示。

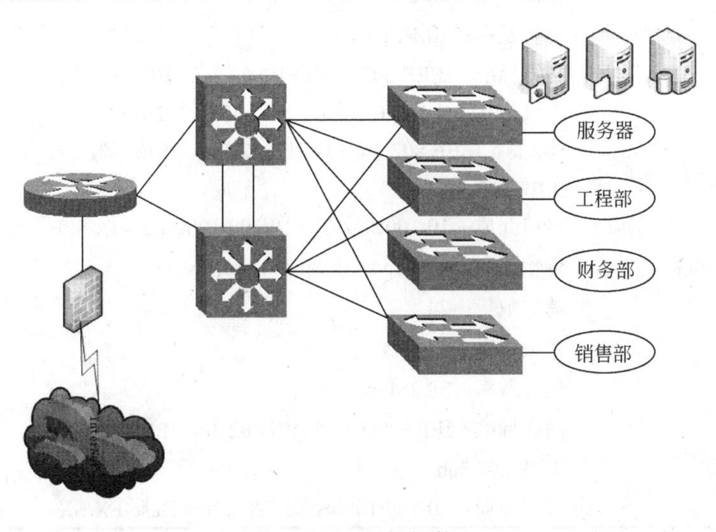

图10-7-1　网络拓扑1

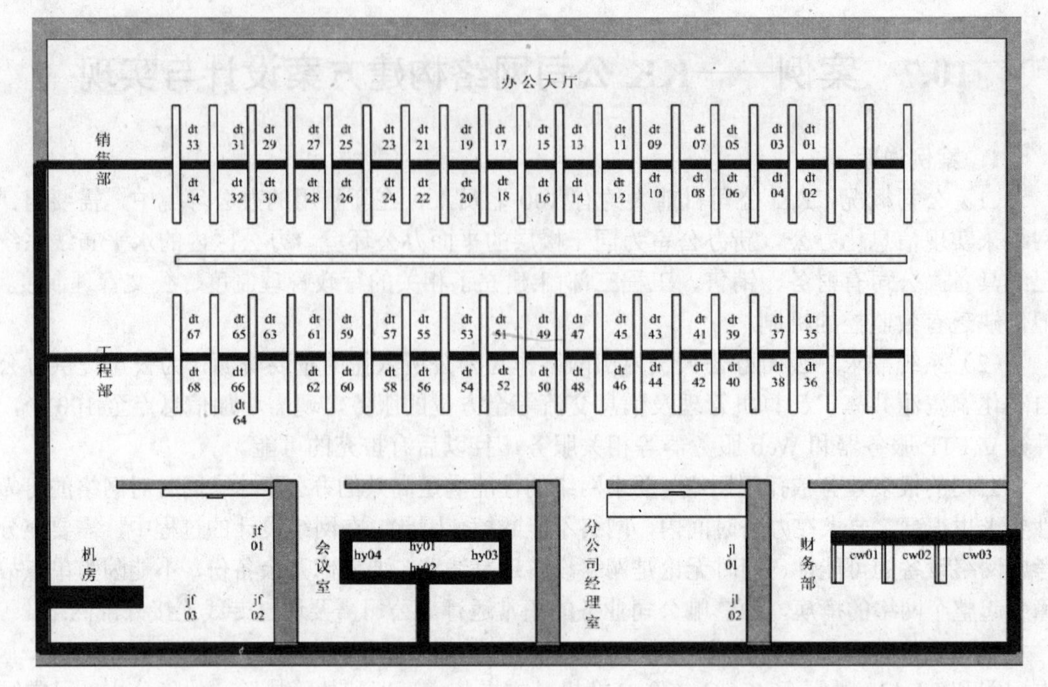

图 10-7-2　网络拓扑 2

（2）基本设备配置

考虑到用户对设备的倾向和设备的稳定性，我们以 CISCO 的网络设备为例进行介绍，如表 10-2 所示。

表 10-2　CISCO 网络设备基本配置

设备型号	描述	数量	参考价格
CISCO WS-C2960-48TC-L	传输速率：10Mb/s/100Mb/s/1000Mb/s 端口数量：48 背板带宽：6.8Gb/s 包转发率：10.1Mpps 网络标准：IEEE 802.3、IEEE 802.3u、IEEE 802.1x、IEEE 802.1Q、IEEE 802.1p、IEEE 802.1D、IEEE 802.1s、IEEE 802.1w、IEEE 802.3ad、IEEE 802.3z、IEEE 802.3 接口介质：10/100Base-T、10/100/1000Base-Tx/SFP	4	14300
CISCO WS-C3750G-24TS-S	传输速率：10Mb/s/100Mb/s/1000Mb/s 端口数量：24 背板带宽：32Gb/s 包转发率：38.7Mpps 网络标准：IEEE 802.3、IEEE 802.3u、IEEE 802.3z、IEEE 802.3ab 接口介质：10/100/1000Base-TX、1000Base-FX/SX	2	25800

续表

设备型号	描述	数量	参考价格
CISCO 3845	路由器类型：多业务路由器 包转发率：10 Mb/s:14,880 pps、100 Mb/s:148,810 pps、1000 Mb/s:1,488,100 pps 扩展模块：8 网络协议：Cisco ClickStart，SNMP 固定的局域网接口： 2 个千兆位以太网	1	49500

3．具体实施

（1）VLAN 划分

根据需求分析，在网络中划分 5 个 VLAN，控制广播的范围，防止广播风暴，增加一定的安全性，如表 10-3 所示。划分原则按照管理用途和部门划分，每个部门一个专用 VLAN。

表 10-3　VLAN 划分

VLAN ID	描述
1	管理专用
10	财务部
20	销售部
30	工程部
40	服务器专用

（2）IP 地址分配

管理专用、服务器专用及每个部门专用 VLAN IP 地址分配如表 10-4 所示（192.168.2.0/32 为路由器之间 IP 地址范围）。

表 10-4　IP 地址分配

VLAN ID	IP 地址范围	网关地址
1	192.168.1.0/24	192.168.1.1/24 192.168.1.2/24
路由器之间	192.168.2.0/32	
10	192.168.10.0/24	192.168.10.1/24 192.168.10.2/24
20	192.168.20.0/24	192.168.20.1/24 192.168.20.2/24
30	192.168.30.0/24	192.168.30.1/24 192.168.30.2/24
40	192.168.40.0/24	192.168.40.1/24 192.168.40.2/24

（3）端口规划

① 三层核心交换机

三层交换机的 Port1～20 用于汇聚层的接口。23～24 连接路由器，21～22 三层交换之间以太网通道互联。

② 接入层二层交换机

接入层二层交换机的 IP、端口号及隶属 VLAN 如表 10-5 所示。

表 10-5 接入层二层交换机

交换机 ID	端口号	隶属于
SW-2L-1	Port1～40	VLAN10
SW-2L-2	Port1～40	VLAN20
SW-2L-3	Port1～40	VLAN30
SW-2L-4	Port1～40	VLAN40

（4）交换机配置

VTP、STP 配置实现负载均衡，避免环路。

① VTP 配置参数

VTP 域名为 kk

(config)#vtp domain kk

密码为 cisco

(config)#vtp password cisco

启用修剪

(config)#vtp pruning

配置两台三层交换机为 VTP 的 Server 模式

(config)#vtp mode server

配置全部的二层交换机为 VTP 的 Client 模式

(config)#vtp mode client

② STP 配置参数

设置是 VLAN10,20 的生成树根网桥

(config)#spanning-tree vlan 10 root primary

(config)#spanning-tree vlan 20 root primary

设置是 VLAN30,40 的生成树根网桥

(config)#spanning-tree vlan 30 root primary

(config)#spanning-tree vlan 40 root primary

③ 在二层交换机上配置速端口与上行速链路

(config)#spanning-tree uplinkfast

(config-if)#spanning-tree portfast

④ 在三层交换机上配置各 VLAN 的 IP 地址

(config)#interface vlan 10

(config-if)#ip address 192.168.10.1 255.255.255.0

(config-if)#no shutdown

(config)#interface vlan 20

```
(config-if)#ip address 192.168.20.1 255.255.255.0
(config-if)#no shutdown
(config)#interface vlan 30
(config-if)#ip address 192.168.30.1 255.255.255.0
(config-if)#no shutdown
(config)#interface vlan 40
(config-if)#ip address 192.168.40.1 255.255.255.0
(config-if)#no shutdown
```

⑤ 配置两台三层交换机之间的 EthernetChannel

```
(config)#interface range fastEthernet 0/21 - 22
(config-if-range)#channel-group 1 mode on
```

⑥ 配置三层交换机的路由接口

```
(config)#interface f0/23
(config)#no switchport
(config-if)#ip address 192.168.2.1 255.255.255.252
```

⑦ 在三层交换机上配置 RIP 路由协议

```
(config)#router rip
(config-router)#version 2
(config-router)#network 192.168.1.0
(config-router)#network 192.168.20.0
(config-router)#network 192.168.30.0
(config-router)#network 192.168.40.0
```

（5）路由器配置

① 配置路由器接口的 IP 地址

```
(config-if)#ip address 192.168.2.2 255.255.255.252
(config-if)#no shutdown
```

② 配置路由器启动 RIP 路由协议

```
(config)#router rip
(config-router)#version 2
(config-router)#network 192.168.2.0
(config-router)#network 10.0.0.0
(config-router)#no auto-summary
```

路由条目配置正确，内置防火墙配置控制访问列表。

第四篇　网络安全与维护

计算机网络的迅速发展，特别是Internet在全球的普及，使计算机网络中的安全问题已引起人们的极大重视。由于计算机网络的安全直接影响到政治、军事、经济、科学以及日常生活的各个领域，如何有效地保障网络系统中信息的安全，就成为计算机研究与应用中一个重要的课题。

计算机网络永远保持正常运行是网络管理员的梦想，但这是不现实的。我们唯一可以做到的就是平时多保养网络，加强安全措施，努力提高自己的管理水平和故障排除能力；遇到问题时，在第一时间内把故障消除在萌芽状态，以尽量减少不必要的损失。本篇主要针对目前最流行的以太网，介绍一些维护与安全措施，并给出典型故障实例及排除方案。

第 11 章　病毒、黑客及其防范

11.1　病 毒 防 范

计算机病毒（computer virus）可以在瞬间损坏文件系统，使系统陷入瘫痪，导致丢失大量数据，因此是计算机安全的一大毒瘤，令许多计算机用户谈毒色变。对企业网络而言，更可能造成不可估量的损失。其实，只要了解计算机病毒的特点、原理、传播途径及发作症状，并加强防护，便可在最大程度上远离病毒的侵扰。

11.1.1　病毒定义及其特点

1．计算机病毒的定义

计算机病毒是一种别有用心的人编写的可以在计算机之间传播，并通过多种手段破坏计算机中的数据，或更改屏幕上显示的内容以干扰用户的特殊程序。

计算机病毒通常将自身具有破坏性的代码复制到其他有用的代码上，以计算机系统的运行及读写磁盘为基础进行传播。它驻留在内存中，然后寻找并感染攻击的对象。随着Internet的广泛应用，计算机病毒的传播速度非常惊人，能够在几个小时之内传播到世界各地，并造成巨大的损失。

2．计算机病毒的特点

计算机病毒的特征归纳起来有以下两点：

（1）具有破坏性、传染性、潜伏性及隐藏性，能够将自身复制到其他程序中。

（2）不以独立的文件形式存在，仅附着在被感染的程序上。调用该程序时，病毒首先运行。

一般情况下，病毒必须借助用户的交互才能传播。即必须启动含有病毒的程序，病毒才能传播并感染其他的程序。

每种病毒都有3个主要部分，即社会吸引力、复制能力及加载（或激活）能力，它们决定着病毒的传播力和覆盖面。其中社会吸引力是最重要的，病毒在发作前大多显示一段令人迷惑的语言（如一封情书）或漂亮的程序效果（如美丽的烟花）。这样才能激发他人的好奇心理而执行程序，从而给病毒的传播创建机会；复制能力是病毒存活和传播的部分；加载部分则给宿主（各种被感染的程序、文件，甚至操作系统）带来危险，病毒只有被加载后才能开始其破坏工作。

11.1.2　病毒的分类

根据不同的分类标准，计算机病毒可以分为多种类型。常见的分类方法有以下几种。

1．依据传染机型

（1）专门传染个人计算机的病毒，以 Windows 上的病毒种类最多。UNIX 和 Linux 等其他操作系统较少。UNIX 系统少的原因一是用户相对较少；二是安全机制比较高，编写 UNIX 等操作系统病毒需要更高的专业水平。

（2）专门感染 Apple 公司的 Macintosh 系列计算机（通常所说的苹果机）。

（3）传染 VAX 等小型机及各种工作站的病毒。

2．依据传播途径

（1）单机病毒：这类病毒自身不会通过网络传播，主要在交换文件时传播。传染媒介一般是磁性介质，如软盘、磁带等。随着 U 盘、移动硬盘和刻录机的普及，它们也成为传染病毒的介质。

（2）网络病毒：主要通过网络传播，如通过电子邮件和网页等传播。随着 Internet 的日益发展，这类病毒的数目越来越多，传播速度也越来越快。

3．依据传染程序的特点

（1）文件型病毒：主要攻击可执行文件，在个人计算机上修改.com 和.exe 文件，然后将自身置于其中。被感染病毒的可执行文件运行后成为新的病毒源，再感染其他文件，从而造成病毒的不断扩散。这种类型的病毒数量最多。

（2）操作系统型病毒：这类病毒大多传染或替换系统的引导记录。启动计算机时，病毒从硬盘中写入内存，在修改某些中断向量以后，将引导记录读出后运行。这类病毒往往在读盘时开始传染，具有很强的生命力，破坏力也很大。

4．依据破坏能力

（1）良性病毒：这类病毒往往只和用户开玩笑，而不破坏用户的文件和系统等。

（2）恶性病毒：这类病毒会给用户造成很大损失，甚至损坏计算机硬件。

11.1.3　病毒的破坏行为

每种计算机病毒都有其破坏行为，只不过后果轻重不一而已。计算机感染病毒并达到病毒运行的条件时，病毒被激活，开始破坏行为。这种破坏行为主要表现在以下几个方面。

（1）搞恶作剧，在屏幕上显示一些消息或画面。

（2）使程序运行速度变慢，降低系统性能。

（3）损坏文件使程序无法运行。

（4）使文件无限变大。

（5）删除磁盘上的文件，造成数据损坏。

（6）格式化硬盘。

（7）更改主引导区数据，使系统无法启动而瘫痪。

（8）修改主板 BIOS，损坏硬件。

11.1.4　宏病毒与蠕虫

宏病毒是一种特殊的计算机病毒，只感染具有宏功能的应用程序生成的文档。而计算机蠕虫严格来说并不能称为计算机病毒，但与病毒类似，对计算机安全造成的威胁更大。

1．宏病毒

宏是实现指定功能的代码段，可自动批量处理一些指定任务。一些别有用心的人通过编写具有破坏功能的宏，即宏病毒来破坏文档，使用户遭受损失。宏病毒主要破坏具有宏功能的应用程序生成的文件，如 Word 的.doc、Excel 的.xls 和 Access 的.mdb 文档等。

当前宏病毒非常泛滥，在所有计算机病毒中占据了较大的比例。用户可以根据宏病毒发作的一些现象，判断某个文件是否感染了宏病毒，操作如下。

（1）如果在打开文档的过程中显示是否启动宏的提示，如图 11-1-1 所示，则该文件有可能带有宏病毒。除非文件来源非常可靠，否则不要启用其中的宏。

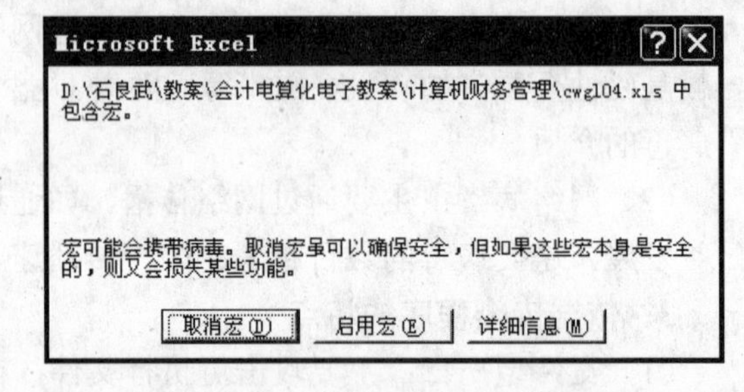

图 11-1-1　打开的文件中包括宏

（2）如果在运行具有宏功能的应用程序时，Windows 桌面图标突然全部改变，则可能是宏病毒所为。

（3）如果另存一个文件且保存类型只能选择“文档模板”时，则该文件可能有宏病毒。

（4）打开一个文件后，未执行任何操作即退出，并且提示存盘，则该文件很有可能有宏病毒。

发现含有宏病毒的文件或者怀疑某个文件含有宏病毒，应及时退出相应的应用程序，然后使用最新杀毒软件查杀病毒。可以分别使用不同的杀毒软件分别查杀，以免漏杀病毒。

2．蠕虫

计算机蠕虫是一种可独立运行的程序，它从内部消耗其宿主的资源以维护其自身，能够将其完整地传播到其他计算机上。蠕虫与病毒的差异在于其“存活”方式及其感染其他计算机的方式，但结果基本上相同，蠕虫也像病毒一样能够删除或改写文件。由于主要通过网络传播，因此从危害性看蠕虫可能更加危险。蠕虫类似病毒，许多用户也将其称为蠕虫病毒。

蠕虫一旦被放出，就不需要用户干预，蠕虫使用宿主计算机的资源找到进入其他计算机的途径或漏洞进行传播。即如果有一个与网络上其他计算机的连接，蠕虫则可检测到这个连接并且将自身复制到其他计算机上，而这些可能是在用户完全不知道的情况下进行的。

正是由于蠕虫的特殊“生存”方式，所以说它很危险。例如“爱虫”病毒作为一种蠕虫，在世界范围内，已经给用户造成了数百亿美元的损失。

11.1.5　日常防病毒措施

1．预防措施

对于计算机病毒，关键在于“防患于未然”，加强日常防范措施。预防计算机病毒的措施主要有如下几点。

（1）不要使用来历不明的磁盘或光盘，以免其中带病毒而被感染。如果必须使用，要先用杀毒软件检查，确认其无病毒。

（2）养成备份重要文件的习惯，万一感染病毒，可以用备份恢复数据。

（3）不要打开来历不明的电子邮件，以防其中带有病毒而感染计算机。

（4）使用杀毒软件定时查杀病毒，并且经常更新杀毒软件的病毒特征库文件，以查杀新出现的病毒。

（5）了解和掌握计算机病毒的发作时间或发作条件，并事先采取措施。例如 CIH 病毒的发作时间限定为每月的 26 日，可在此前更改系统日期跳过病毒发作日。

（6）如果主板上有控制 BIOS 写入的开关，一定要将其设为 Disable 状态，事先要备份好 BIOS 升级程序。若有条件，也可以买一块 BIOS 芯片，写入 BIOS 程序后作为备用。

（7）从 Internet 下载软件时，要从正规的站点下载，下载后要及时用杀毒软件进行查毒。

（8）安装杀毒软件，开启实时监控功能，随时监控病毒的侵入。

（9）随时关注计算机报刊或其他媒体发布的最新病毒信息及其防治方法。

（10）如果要打开的文件中含有宏，在无法确定来源可靠的情况下，不要轻易打开该文件。可以用最新杀毒软件进行检查，确认无病毒后再打开。

2．操作举例

针对于宏病毒，用户还可以通过 Windows 的搜索功能判断是否有包含宏病毒的文件。以 Word 文档为例，操作方法如下。

（1）选择"开始"|"搜索"|"文件或文件夹"命令，打开"搜索结果"窗口。

（2）在"搜索助理"窗格中单击"所有文件和文件夹"链接，然后在"完整或部分文档名"文本框中输入*.doc，在"文档中的一个字或词组"文本框中输入 autoopen，如图 11-1-2 所示。

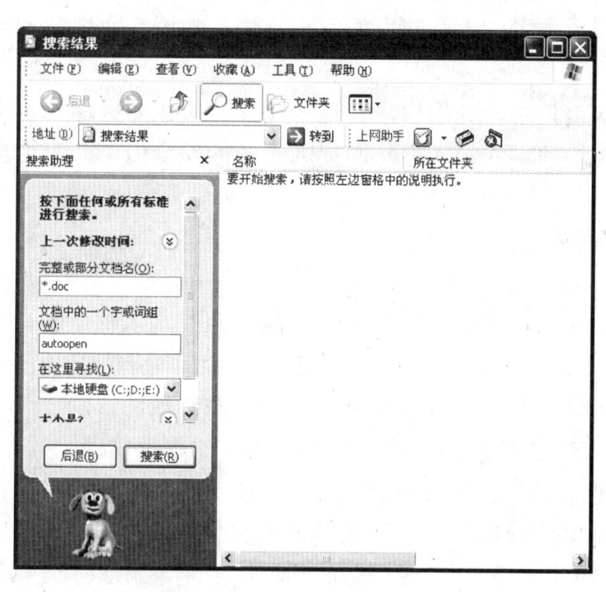

图 11-1-2 "搜索结果"窗口

（3）单击"搜索"按钮开始搜索，找到的文件很有可能包含 Word 宏病毒。

11.1.6 反病毒软件

反病毒软件，也称杀毒软件或防毒软件，是用于消除计算机病毒、特洛伊木马和恶意软件的一类软件。杀毒软件通常集成监控识别、病毒扫描和清除、自动升级等功能，有的杀毒软件还带有数据恢复等功能，是计算机防御系统（包含杀毒软件，防火墙，特洛伊木马和其他恶意软件的查杀程序，入侵预防系统等）的重要组成部分。

1．软件原理

反病毒软件的任务是实时监控和扫描磁盘。部分反病毒软件通过在系统添加驱动程序的方式进驻系统，并且随操作系统启动。大部分的杀毒软件还具有防火墙功能。

反病毒软件的实时监控方式因软件而异。有的反病毒软件是通过在内存里划分一部分空间，将计算机里流过内存的数据与反病毒软件自身所带的病毒库（包含病毒定义）的特征码相比较，以判断是否为病毒。另一些反病毒软件则在所划分到的内存空间里面，虚拟执行系统或用户提交的程序，根据其行为或结果作出判断。

而扫描磁盘的方式，则和上面提到的实时监控的第一种工作方式一样，只是在这里，反病毒软件将会将磁盘上所有的文件（或者用户自定义的扫描范围内的文件）做一次检查。

2．软件技术

脱壳技术，即是对压缩文件和封装好的文件进行分析检查的技术。

自身保护技术，避免病毒程序杀死自身进程。

修复技术，对被病毒损坏的文件进行修复的技术。

主动实时升级技术，最早由金山毒霸提出，每一次连接互联网，反病毒软件都自动连接升级服务器查询升级信息，如需要则进行升级。

主动防御技术，是通过动态仿真反病毒专家系统对各种程序动作的自动监视，自动分析程序动作之间的逻辑关系，综合应用病毒识别规则知识，实现自动判定新病毒，达到主动防御的目的。

系统权限拦截病毒技术，利用权限管理等功能，阻止防火墙和杀毒软件尚未识别的安全危险，从源头上杜绝病毒的侵入，从而提高系统的安全门槛，为用户提供全方位的系统安全防护。

3．主要国产反病毒软件

（1）金山毒霸

金山毒霸是金山公司推出的计算机安全产品，监控、杀毒全面、可靠，占用系统资源较少。其软件的组合版功能强大（金山毒霸 2011、金山网盾、金山卫士），集杀毒、监控、防木马、防漏洞为一体，是一款具有市场竞争力的杀毒软件。

金山毒霸 2011 是世界首款应用“可信云查杀”的杀毒软件，颠覆杀毒软件 20 年传统技术，全面超于主动防御及初级云安全等传统方法，采用本地正常文件白名单快速匹配技术，配合强大的金山可信云端体系，率先实现了安全性、检出率与速度。

金山毒霸 2011 极速轻巧，安装包不到 20MB，内存占用只有 19MB，首次扫描仅 4 分钟，3 分钟消灭活木马，扫描速度每秒可达 134 个文件。配合中国互联网最大云安全体系，100%鉴定文件是病毒还是正常文件。强大的自动分析鉴定体系使互联网上 95%的新未知文件，在 60 秒内即返回鉴定结果。应用精确样本收集技术更使文件鉴定准确率达到了 99%以上。

金山毒霸 2011 技术亮点：

可信云查杀：增强互联网可信认证，海量样本自动分析鉴定，极速快速匹配查询，中国最大云安全，100%识别率，互联网95%的新文件与未知文件60秒返回鉴定结果。

蓝芯II云引擎 BlueChipIICLOUD：微特征识别（启发式查杀2.0），将新病毒扼杀于摇篮中，针对类型病毒具有不同的算法，减少资源占用，多模式快速扫描匹配技术，超快样本匹配。

白名单优先技术：准确标记用户计算机所有安全文件，无须逐一比对病毒库，大大提高效率,双库双引擎，首家在杀毒软件中内置安全文件库,与可信云安全紧密结合，安全少误杀。

个性功能体验：下载保护、聊天软件保护、U盘病毒免疫防御、文件粉碎机、自定义安全区，提升性能、可定制的免打扰模式、自动调节资源占用、针对笔记本电脑电源优化使续航更久。

超强自保护：多于40个自保护点，免疫所有病毒使杀毒软件失效方法。

全面安全功能，下载（支持迅雷、QQ旋风、快车）、聊天（支持MSN）、U盘安全保护，免打扰模式，自动调节资源占用。

（2）瑞星

瑞星的监控能力是十分强大的，但同时占用系统资源较大。瑞星采用第八代杀毒引擎，能够快速、彻底查杀各种病毒的。但是瑞星的网络监控不行，最好再加上瑞星防火墙弥补缺陷。另外，瑞星2009的网页监控更是疏而不漏，这是云安全的结果。

拥有后台查杀（在不影响用户工作的情况下进行病毒的处理）、断点续杀（智能记录上次查杀完成文件，针对未查杀的文件进行查杀）、异步杀毒处理（在用户选择病毒处理的过程中，不中断查杀进度，提高查杀效率）、空闲时段查杀（利用用户系统空闲时间进行病毒扫描）、嵌入式查杀（可以保护MSN等即时通信软件，并在MSN传输文件时进行传输文件的扫描）、开机查杀（在系统启动初期进行文件扫描，以处理随系统启动的病毒）等功能；并有木马入侵拦截和木马行为防御，基于病毒行为的防护，可以阻止未知病毒的破坏。还可以对计算机进行体检，帮助用户发现安全隐患。可以选择工作模式，例如，家庭模式为用户自动处理安全问题，专业模式下用户拥有对安全事件的处理权。

（3）江民

江民是一款老牌的杀毒软件了。它具有良好的监控系统，独特的主动防御使不少病毒望而却步。建议与江民防火墙配套使用。江民的监控效果非常出色，可以与国外杀软媲美。占用资源不是很大。是一款不错的杀毒软件。最新版江民全功能杀毒软件KV2010已经发布，前置威胁预控、29道安全防护、指纹加速扫描。

（4）微点

微点是北京东方微点信息技术有限责任公司自主研发的具有完全自主知识产权的新一代反病毒产品，在国际上首次实现了主动防御技术体系，并依此确立了反病毒技术新标准。微点主动防御软件最显著的特点是，除具有特征值扫描技术查杀已知病毒的功能外，更实现了用软件技术模拟反病毒专家智能分析判定病毒的机制，自主发现并自动清除未知病毒。

（5）360杀毒

360杀毒是一款永久免费、性能超强的杀毒软件。现市场占有率位列第一。360杀毒采用国际领先的双引擎：国际性价比排名第一的BitDefender引擎+360云引擎，强力杀毒，全面保护计算机安全，拥有完善的病毒防护体系，且真正做到彻底免费、无需激活码。

360 杀毒轻巧快速不占资源、查杀能力超强、独有可信程序数据库，防止误杀，误杀率远远低于其他软件，依托 360 安全中心的可信程序数据库，实时校验，为计算机提供全面保护。最新版本特有的全面防御 U 盘病毒功能，彻底剿灭各种借助 U 盘传播的病毒，第一时间阻止病毒从 U 盘运行，切断病毒传播链。现可查杀 6157462 种病毒。在最新 VB100 测试中，双核 360 杀毒大幅领先，名列国产杀软第一。

360 杀毒采用领先的病毒查杀引擎及云安全技术，不但能查杀数百万种已知病毒，还能有效防御最新病毒的入侵。360 杀毒病毒库每小时升级，让用户及时拥有最新的病毒清除能力。360 杀毒具有优化的系统设计，对系统运行速度影响极小，独有的“游戏模式”还会在用户玩游戏时自动采用免打扰方式运行，让用户拥有更流畅的游戏乐趣。360 杀毒和 360 安全卫士配合使用，是安全上网的“黄金组合”。

4．世界顶级杀毒软件排名

国外网站 toptennews 以 VB100、AV-C、AV-test 为权威能力测试，对目前主流杀毒软件进行了排名，前十名情况如下：

第一名：BitDefender（比特梵德）

该软件来自罗马尼亚，连续三年第一。BitDefender 全方位安全软件为各种规模的企业和个人用户提供领先的信息安全保护。凭借防病毒、防间谍软件、防垃圾邮件、防火墙、网络内容过滤等多种安全管理工具，BitDefender 为运行在 Windows/Linux/FreeBSD 等平台下的桌面计算机、网关、Internet 服务器、邮件和文件服务器等网络环境中的一切安全薄弱环节提供全面的防护。

BitDefender 的安全保护技术被所有主要独立评测机构（如 ICSA 实验室和英国西海岸实验室）所承认，其技术优势主要表现在：虚拟环境中行为启发式分析（Behavioral Heuristic Analyzer in Virtual Environments，B-HAVE），在计算机内生成虚拟环境，模拟软件运行并识别是否存在恶意插件，将病毒与用户的操作系统完全隔离。新病毒的快速响应，BitDefender 以小于 1 小时的新病毒响应时间在众多防病毒软件中独占鳌头。

第二名：Kaspersky（卡巴斯基）

卡巴斯基有很高的警觉性，它会提示所有具有危险行为的进程或者程序，因此很多正常程序会被提醒确认操作。其实只要使用一段时间把正常程序添加到卡巴斯基的信任区域就可以了。

在杀毒软件的历史上，有这样一个世界纪录：让一个杀毒软件的扫描引擎在不使用病毒特征库的情况下，扫描一个包含当时已有的所有病毒的样本库。结果是，仅仅靠“启发式扫描”技术，该引擎创造了 95%检出率的纪录。这个纪录是由 AVP 创造的。

卡巴斯基总部设在俄罗斯首都莫斯科，Kaspersky Labs 是国际著名的信息安全领导厂商。公司为个人用户、企业网络提供反病毒、防黑客和反垃圾邮件产品。经过十四年与计算机病毒的战斗，被众多计算机专业媒体及反病毒专业评测机构誉为病毒防护的最佳产品。

第三名：Webroot Antivirus

该软件由英国 Webroot 公司开发，号称最好的防病毒、防间谍软件 Antivirus 的身影。

第四名：Norton AntiVirus

Norton AntiVirus 是一套强而有力的防毒软件，它可帮助用户侦测上万种已知和未知的病毒，并且每当开机时，自动防护便会常驻在 System Tray，当用户从磁盘、网络、E-mail 中开启档案时便会自动侦测档案的安全性，若档案内含病毒，便会立即警告，并进行适当的处理。另外它还附有 LiveUpdate 的功能，可帮用户自动连上 Symantec 的 FTP Server 下载最新的病毒码，下载完后会自动完成安装更新的动作。

第五名：ESET NOD32

ESET NOD32 是由 ESET 发明设计的杀毒防毒软件。ESET 于 1992 年建立，是一个全球性的安全防范软件公司，主要为企业和个人消费者提供服务。其旗舰产品 NOD32 能针对已知及未知的病毒、间谍软件（SPYWARE）及其他对用户系统带来威胁的程序进行实时的保护。

第六名：AVG Anti-Virus

AVG Anti-Virus System 功能上相当完整，可即时对任何存取文件侦测，防止计算机病毒感染；可对电子邮件和附加文件进行扫描，防止计算机病毒通过电子邮件和附加文件传播；“病毒资料库”里面则记录了一些计算机病毒的特性和发作日期等相关资料；“开机保护”可在计算机开机时侦测开机型病毒，防止开机型病毒感染。

第七名：F-Secure Anti-Virus

F-Secure Anti-Virus 是功能强大的实时病毒监测和防护系统，集合 AVP、LIBRA、ORION、DRACO 四套杀毒引擎，支持所有的 Windows 平台，它集成了多个病毒监测引擎，如果其中一个发生遗漏，就会有另一个去监测。可单一扫描硬盘或是一个文件夹或文件，软件更提供密码的保护性，并提供病毒的信息。

第八名：G-Data AntiVirus

G-Data AntiVirus 2010，采用 KAV 和 AntVir 双引擎杀毒软件，具有超强的杀毒能力，在国外拥有非常高的知名度。G-Data AntiVirus 2010，运行速度稳定，具有病毒监控、E-mail 病毒拦截器、支持在线自动更新等功能，可以阻挡来自互联网的病毒、蠕虫、黑客后门、特洛伊木马、拨号程序、广告软件、间谍软件等所有威胁，支持对压缩文件、电子邮件即时扫描，支持启发式病毒扫描，支持密码保护，有详细的日志方便查询，对计算机提供永久安全防护。

最大优点是，只要病毒或木马录入病毒库，它在病毒运行前拦截，不会出现中毒后再杀毒的情况。

第九名：Avira AntiVir（小红伞）

AntiVir 是一款德国著名杀毒软件，自带防火墙，它能有效地保护个人计算机以及工作站的使用，以免受到病毒侵害。软件只有几十 MB,它却可以检测并移除超过 100 万种病毒，支持网络更新。 AntiVir 也是深受 Linux 用户喜爱的杀毒软件之一，其在 Linux 系统中的占有率高居榜首。

第十名：Trend Micro（趋势科技）

趋势科技网络安全专家提供了全面的杀毒、防毒解决方案。针对病毒、特洛伊木马程序、蠕虫等网络威胁提供全面保护；集成趋势科技“云安全”技术，可对间谍软件、网络钓鱼欺诈以及有害、被挂马的网站加以阻止。

11.1.7 案例——瑞星全功能安全软件的使用

瑞星全功能安全软件 2010，是基于瑞星“云安全”（Cloud Security）计划和“智能主动防御”技术开发的新一代信息安全产品，该产品采用了全新的软件架构和最新引擎，全面优化病毒特征库，极大提高了运行效率并降低了资源占用。该产品完全互联网化，并实现了杀毒软件、个人防火墙等产品功能的无缝集成，针对目前木马病毒和黑客攻击等各种网络威胁，为用户提供了集“拦截、防御、查杀、保护”为一体的个人计算机安全整体解决方案。

1．产品注册

重要提示：用户只有完成产品注册，才能升级软件。

方法一：用户可以在瑞星全功能安全软件主界面的【工具】选项卡页中，选择【瑞星注册向导】|【运行】。

方法二：在 Windows 画面下依次单击【开始】|【程序】|【瑞星全功能安全软件】|【瑞星工具】|【瑞星注册向导】，打开注册向导程序后，根据提示进行注册。

附加说明：

瑞星注册向导可以引导用户进行产品注册，注册后将获得瑞星通行证。如果之前已有瑞星通行证，在注册向导中填写信息时请单击“我已经注册过瑞星通行证”。

瑞星通行证是瑞星用户在瑞星网站上的身份认证，注册通行证时，用户可以自定义通行证用户名和密码。申请瑞星通行证成功后，用户将成为瑞星通行证体系中的会员，可实现一证通行，并享受瑞星网站为用户量身定制的多样化、个性化服务。

2．升级方法

（1）通过互联网智能升级

需要先进行网络配置，方法是：在瑞星全功能安全软件主程序界面中，依次单击【设置】|【升级设置】|【网络设置】，在显示的【网络设置】对话框中选择所使用的上网方式，如图 11-1-3 所示。

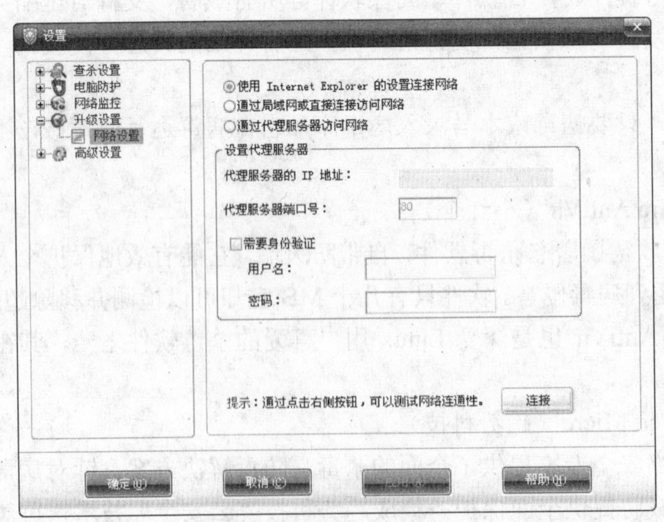

图 11-1-3 选择上网方式

如果此时已经可以浏览网页，则说明网络设置已经成功，直接使用默认设置进行升级即可。当序列号或 ID 号存在错误的时候，无法完成升级，可以单击瑞星软件主界面中的【产品激活】按钮，在弹出的界面中单击【更改产品序列号和用户 ID】按钮并重新输入产品序列号和用户 ID 后，单击【确定】按钮保存设置，回到主程序界面中单击【软件升级】按钮即可进行软件升级了。

提示： *瑞星全功能安全软件升级时会验证产品序列号与用户 ID 是否正确合法，以保障用户享受服务。非法的用户 ID 不能享受升级服务。*

（2）登录瑞星网站升级

如果安装有瑞星全功能安全软件的计算机不方便上网，用户可以在具备上网条件的计算机上登录瑞星网站，手动下载升级程序文件来完成升级。瑞星网站定期提供升级程序文件，这样在用户重新安装操作系统后，都可以方便快速地更新瑞星全功能安全软件的版本。

升级方法：登录瑞星网站，使用产品序列号和用户 ID 进入产品升级更新服务页面。

第一步：在瑞星全功能安全软件的升级程序下载栏目中单击升级程序文件的下载按钮，并保存到当前计算机的硬盘上。

第二步：下载结束后，复制该升级程序到已经安装有瑞星全功能安全软件的计算机中，双击运行升级程序，根据提示操作即可完成对当前计算机上瑞星全功能安全软件的升级。

升级程序不能在 DOS、Windows 3.x、Unix 和 Linux 环境下运行。开始升级后，所有操作由程序自动完成，用户只需要根据提示操作即可。

3．查杀病毒

瑞星全功能安全软件为用户提供了多种方便快捷的查杀方式，包括手动查杀、空闲时段查杀、开机查杀、嵌入式查杀。用户可以根据自己的需要从中选择一种方式或者多种方式结合使用。

打开瑞星全功能安全软件主程序的【杀毒】页面，在左侧的对象栏中选择【查杀目标】或【快捷方式】，选定查杀目标后，单击设置栏中的【开始查杀】按钮，即开始进行查杀，查杀期间，可随时单击【暂停查杀】按钮暂时停止查杀病毒，单击【继续查杀】按钮可继续查杀病毒，也可以单击【停止查杀】按钮结束当前杀毒操作。

如果需要对某一文件杀毒，也可以拖曳该文件到瑞星全功能安全软件的主界面上。也可以选中该文件右击，选择【瑞星全功能安全软件】命令，此时瑞星全功能安全软件将自动转到开始查杀，并显示杀毒结果。

瑞星全功能安全软件提供后台查杀、断点续杀、异步杀毒处理和空闲时段查杀等多种方式。

（1）后台查杀

在瑞星全功能安全软件中，所有查杀任务都转入后台执行，前台仅显示查杀的状态和结果。即通过手动查杀、空闲时段查杀等方式开始查杀病毒后，即使关闭了软件主程序，查杀任务仍在继续执行，如图 11-1-4 所示。

（2）断点续杀

在瑞星全功能安全软件中，手动查杀、空闲时段查杀集成了断点续杀的功能。当查杀任务正在执行时选择停止查杀，在下次启动查杀任务的时候，能够从上次停止的地方继续查杀。节省了用户的时间，提高了工作效率。

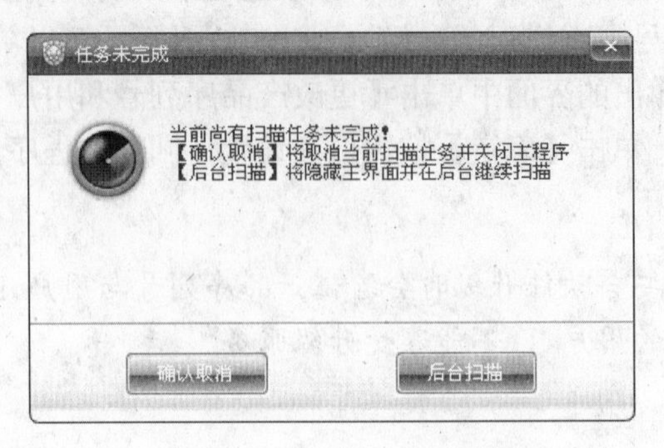

图 11-1-4　后台查

（3）异步杀毒处理

瑞星全功能安全软件实现了异步杀毒处理，即病毒查杀和病毒处理是完全分开的，在查杀的过程中如果发现病毒，会提示用户进行处理，如图 11-1-5 所示。同时，在用户处理过程中查杀过程仍然在继续，不会中断，耽误查杀时间，查杀和处理可以异步完成，如图 11-1-6 所示。用户可以在查杀完成后，再选择如何处理病毒。

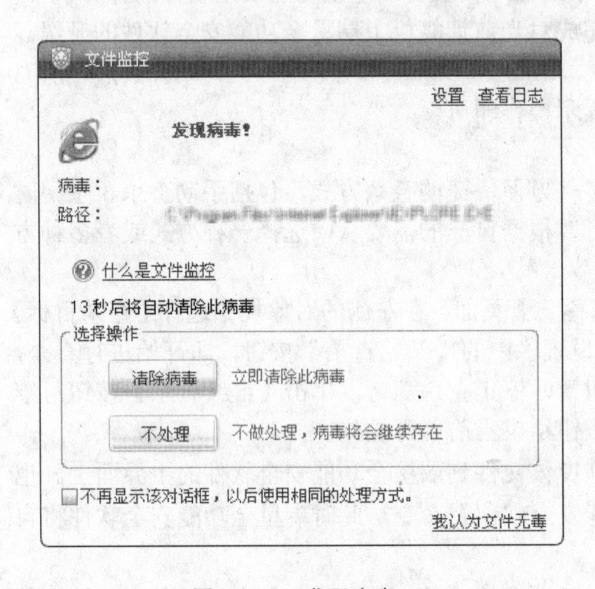

图 11-1-5　发现病毒

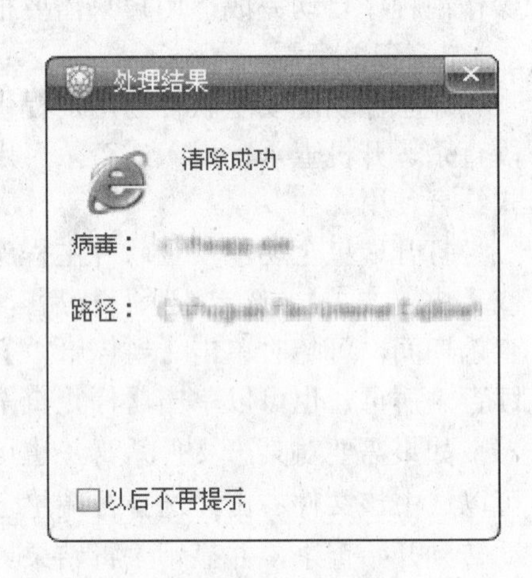

图 11-1-6　清除成功

（4）空闲时段查杀

空闲时段查杀以任务为导向进行病毒查杀，可以多个任务同时并行执行并且根据各个任务的优先级执行。在任务开始时（如：到达定时的时间或进入屏幕保护模式）自动执行后台查杀，在计算机右下角会出现狮子头图标，双击此狮子头图标可查看详细信息，如图 11-1-7 所示。

空闲时段查杀根据用户建立的查杀任务及查杀对象进行循环查杀，并且支持异步杀毒处理，用户可以在方便的时候选择如何处理病毒。

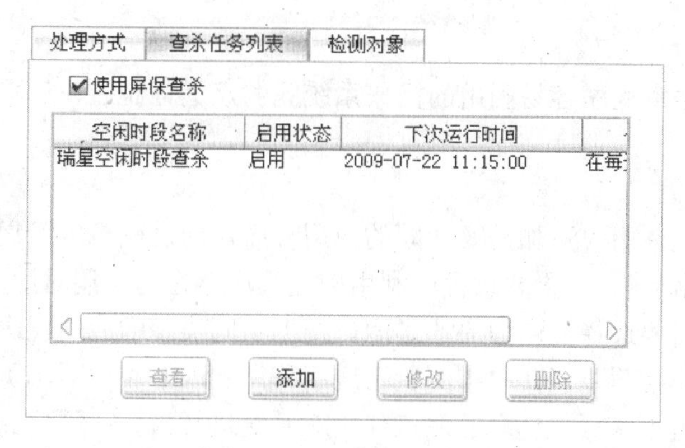

图 11-1-7　查看详细信息

4．计算机防护

瑞星全功能安全软件防御功能由智能主动防御、实时监控和网络监控三部分组成。

（1）实时监控

实时监控包括文件监控、邮件监控，拥有这些功能，瑞星全功能安全软件能在用户打开陌生文件、收发电子邮件时，查杀和截获病毒，全面保护用户的计算机不受病毒侵害。

文件监控用于实时地监控系统中的文件操作，在操作系统对文件操作之前进行查毒，从而阻止病毒通过文件进行传播，保护系统安全。

邮件监控可以对发送和接收邮件进行监控，防止病毒通过邮件传播，感染计算机。

（2）智能主动防御

智能主动防御是一种阻止恶意程序执行的技术。瑞星的智能主动防御技术提供了更开放的用户自定义规则的功能，用户可以根据自己系统的特殊情况，制定独特的防御规则，使智能主动防御可以最大限度地保护系统。

智能主动防御包括【系统加固】、【应用程序加固】、【应用程序控制】、【木马行为防御】、【木马入侵拦截】、【自我保护】六大功能，如图 11-1-8 所示。

图 11-1-8　智能主动防御

① 系统加固

系统加固针对恶意程序容易利用的操作系统脆弱点进行监控、加固，以抵御恶意程序对系统的侵害。

② 应用程序加固

应用程序加固允许用户添加需要加固的应用程序，通过分析应用程序的运行状态，判断并拦截程序的异常行为，防止恶意程序利用应用程序存在的漏洞对用户计算机进行破坏。

在添加程序时需要选择应用程序的类型，根据不同类型的应用程序瑞星会采用不同规则进行加固，操作非常简单。其中【浏览器应用程序加固】类型对浏览器类的应用程序进行资源访问控制，阻止网页中包含的恶意代码对系统进行破坏；【文档编辑应用程序加固】类型对文档编辑类的应用程序进行资源访问控制，阻止文档中包含的恶意代码对系统进行破坏。

设置完成后，当应用程序产生异常行为时，智能主动防御会直接阻止，如图 11-1-9 所示。

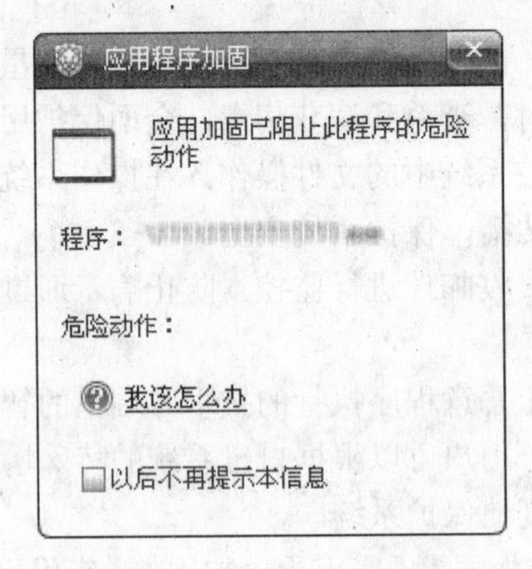

图 11-1-9　应用程序加固

③ 应用程序控制

应用程序控制允许用户对监控设置进行个性化定义，来监控程序的运行状态，拦截进程的异常行为，为用户提供个性化的保护。

将一个程序添加至应用程序控制中时采用向导的方式，并且添加程序时是以分类规则模板为基础的，即应用程序控制将各个规则策略分类并集成为多个模板，每个分类规则模板都是各种不同规则的集合。在将一个软件添加到应用程序控制中时，不用添加单个规则，仅需要选择相应的分类规则模板即可。同时，增加和修改的规则可以另存为模板。模板可以导出，进行备份，增加了可操作性，简化了操作，更方便用户使用，以及与其他瑞星用户共享、交换模板。设置完成后，当有程序触发规则后，智能主动防御会提示用户，如图 11-1-10 所示。

④ 木马行为防御

木马行为防御通过对木马等病毒的行为分析，智能监控未知木马等病毒，抢先阻止其偷窃和破坏行为。当木马行为防御功能检测到可疑程序时，会提示用户阻止其运行，如图 11-1-11 所示。

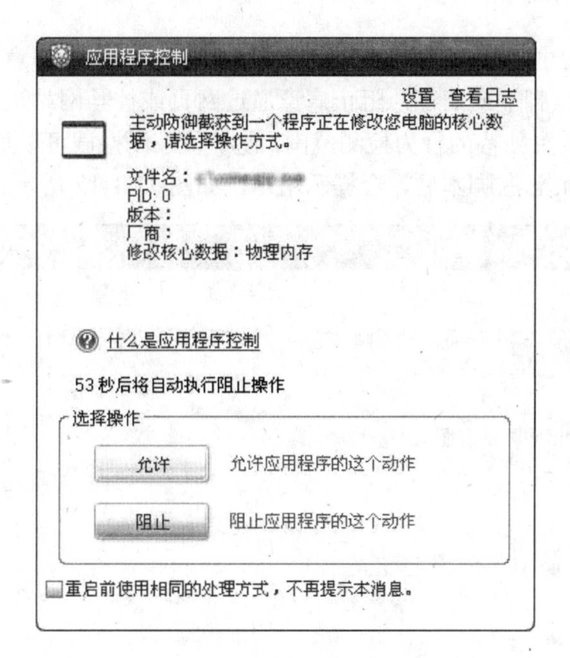

图 11-1-10 应用程序控制

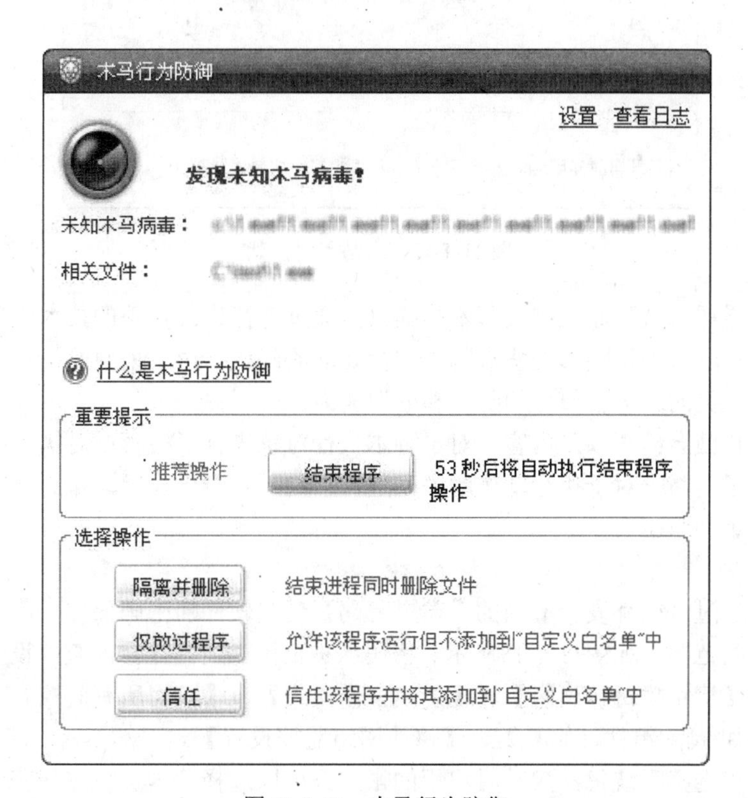

图 11-1-11 木马行为防御

⑤ 木马入侵拦截

通过对恶意网页行为的监控，阻止木马病毒通过网站入侵用户计算机，将木马病毒威胁拦截在计算机之外。

木马入侵拦截基于网页木马行为分析的技术，检测网页中的恶意程序和恶意代码，可以有效地拦截网页恶意脚本或病毒，阻止病毒通过网页或挂马网站进行传播。同时，用户可以根据自己需求，设置独特的行为检测范围，使木马入侵拦截可以最大限度地保护系统，当发现脚本病毒或网页恶意脚本后，会提示用户，如图 11-1-12 所示。

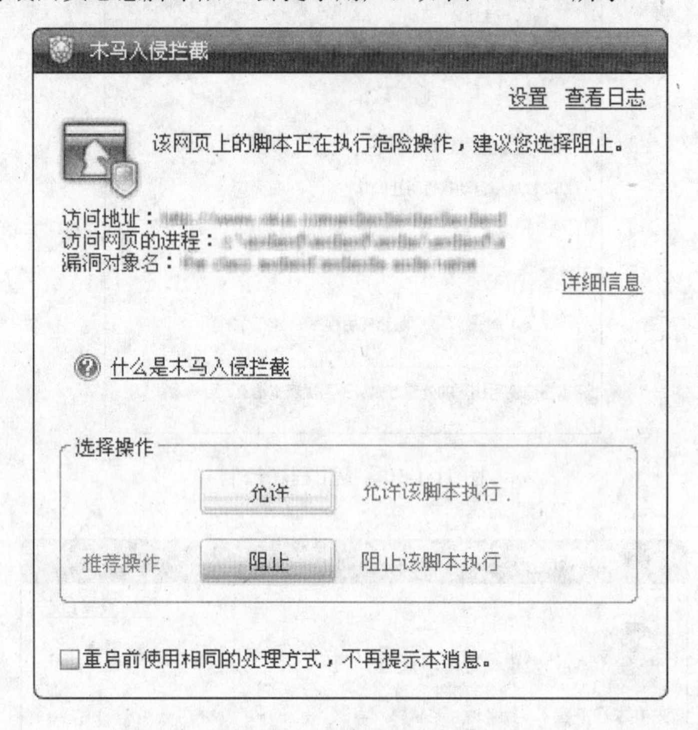

图 11-1-12　木马入侵拦截

木马入侵拦截突破了原来网页脚本扫描只能通过特征进行查杀的技术壁垒。解决了原网页脚本监控无法对加密变形的病毒脚本进行处理的问题。由于采用的是行为检测查杀，对于网页挂马一类的木马有很好的防御和处理能力。

木马入侵拦截会检查以下内容：对于脚本执行对象进行了检查；对执行前、执行中和最终结果进行了判断；对于执行动作的序列进行了判断；对于执行动作的最终结果及其导致的结果进行了判断。

⑥ 软件安全

用户可以通过【软件安全】中的【瑞星密码】设置软件的密码保护，可以根据自己的需要选择保护的范围，如图11-1-13所示。密码保护范围如下：【修改查杀设置】、【停止查杀任务】、【清空病毒隔离区】、【切换工作模式】、【禁用所有监控】、【修改监控设置】、【添加/删除组件、修复】、【修改网络监控设置】。

用户还可以选择系统每次启动时启用的帐户。可以选择管理员帐户和普通帐户，以保证【网络监控】的安全设置。

此外，针对软件保护，用户还可以进行【瑞星自我保护】的相关设置。

⑦ 排除查杀目标

用户可以在此功能中自定义查杀病毒时需要排除的目录或文件，瑞星软件在查杀扫描时将忽略这部分文件，以提高查杀效率。

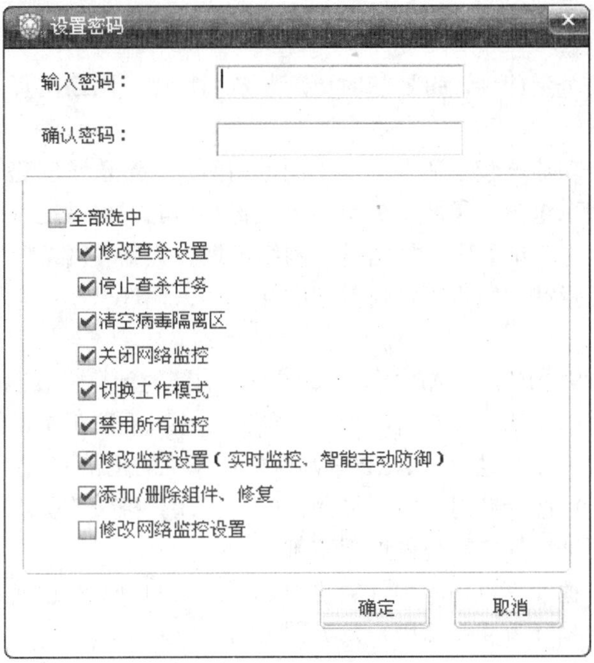

图 11-1-13　设置密码

（3）网络监控

① 应用程序网络访问监控

应用程序网络访问监控功能可以对计算机中应用程序的网络行为进行监控，防止黑客/病毒利用用户的应用程序控制本地计算机的恶意行为。

此外，还可以监控相应模块的网络行为，用来防止黑客/病毒利用计算机内相应的模块文件来控制本地计算机的恶意行为。

注：在 Windows 2000/XP/2003/Vista/ Windows 7 /Windows Server 2008 的 64 位平台操作系统下不支持访问监控中的 DNS 请求拦截和 IE 接口调用拦截。

② IP 包过滤

IP 包过滤功能是根据用户自定义的规则来针对 IP 包进行过滤，可以过滤的范围有发出、收到的 IP 包，也可以过滤所有 IP 包。

根据用户所定义的协议、远程端口的类型进行验证，对触发规则的 IP 包做放行或禁止通过的处理，以防止黑客/病毒利用向本地发送数据包来控制本地计算机的恶意行为。

③ 网络攻击拦截

入侵检测规则库每日随时更新，拦截来自互联网的黑客、病毒攻击，包括木马攻击、后门攻击、远程溢出攻击、浏览器攻击、僵尸网络攻击等。网络攻击拦截作为一种积极主动地安全防护技术，在系统受到危害之前拦截入侵，在不影响网络性能的情况下能对网络进行监测。

网络攻击拦截也是网络监控的一项基本功能，能够防止黑客/病毒利用本地系统或程序的漏洞，对本地计算机进行控制。通过使用此功能，可以最大限度地避免用户因为系统漏洞等问题而遭受黑客/病毒的入侵攻击。一旦网络监控检测到黑客/病毒入侵，则会拦截入侵攻击并提示相关信息。

④ 恶意网址拦截

依托瑞星“云安全”计划，每日随时更新恶意网址库，阻断网页木马、钓鱼网站等对计算机的侵害。

还可以通过这个功能屏蔽不适合青少年浏览的网站，给孩子创建一个绿色健康的上网环境。恶意网址拦截下包含了【网站黑白名单设置】功能。可以把可疑或不适合浏览的网络地址设置到【网站黑名单】中，把信任的网络地址设置到【网站白名单】中。

此外，恶意网址拦截功能也可针对具体的端口号、代理以及可疑程序进行监控。

⑤ ARP 欺骗防御

ARP 欺骗是通过发送虚假的 ARP 包给局域网内的其他计算机或网关，从而冒充别人的身份来欺骗局域网中的其他的计算机，使得其他的计算机无法正常通信，或者监听被欺骗者的通信内容。用户可以通过设置 ARP 规则保护计算机的正常通信。

启用本功能后，可选择针对一个局域网内的所有计算机做欺骗防御，也可选择针对某一个指定的计算机地址或静态地址做欺骗防御。

一旦检测到有其他计算机向本地计算机发送了虚假的 ARP 包或具有其它欺骗行为，程序会立即阻止此欺骗行为并提示用户，如图 11-1-14 所示。

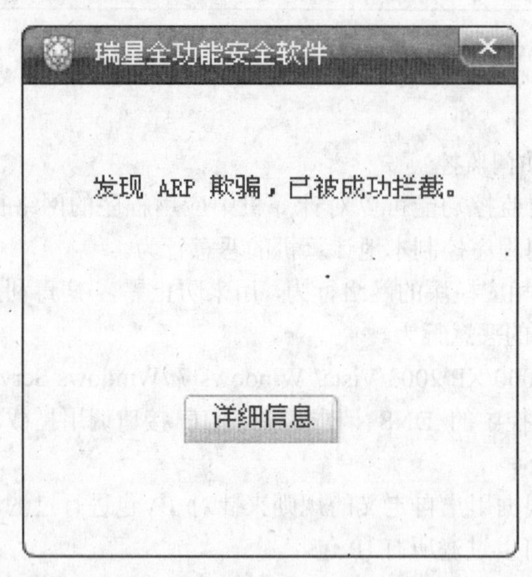

图 11-1-14　ARP 欺骗防御

⑥ 出站攻击防御

出站攻击防御阻止计算机被黑客操纵，变为攻击互联网的“肉鸡”，保护带宽和系统资源不被恶意占用，避免成为“僵尸网络”成员。

通过使用“出站攻击防御”功能，可以对本地与外部连接所收发的 SYN、ICMP、UDP 报文进行检测，如图 11-1-15 所示。

5. 工具

瑞星全功能安全软件为用户提供了以下工具，分别为瑞星卡卡上网安全助手、瑞星助手、其他嵌入式杀毒、瑞星安装包制作程序、病毒隔离区、注册向导、Linux 引导杀毒盘制作工具、病毒库 U 盘备份工具、进程信息、网络连接、账号保险柜和专杀工具。

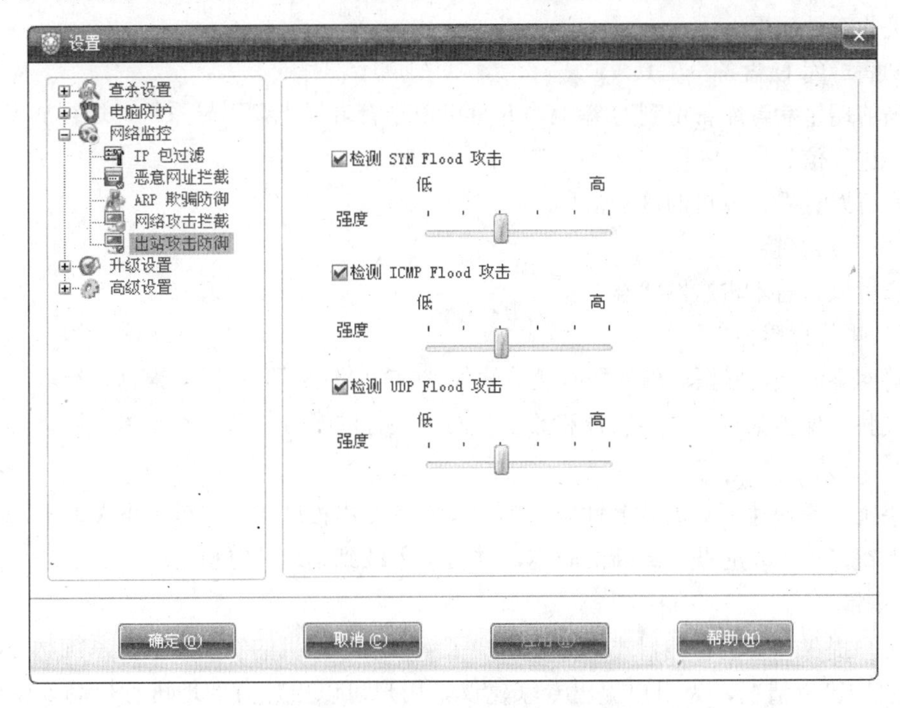

图 11-1-15　出站攻击防御

（1）瑞星卡卡上网安全助手

不仅提供全面的反木马、反恶意网址功能，而且拥有强大的漏洞扫描和修复系统、系统优化、在线诊断等常用功能，本产品针对互联网安全态势随时增加新的功能，并与“瑞星全功能安全软件 2010”无缝连接，是用户必备的免费上网安全工具。

（2）瑞星助手

瑞星助手是瑞星全功能安全软件的动画角色。通过双击瑞星助手图标，可启动瑞星全功能安全软件主程序界面。

（3）其他嵌入式杀毒

其他嵌入式杀毒是在用户使用即时通信软件（如 MSN Messenger 等）、压缩工具（如 WinZip）、下载工具（如 FlashGet 等）时，会自动调用瑞星全功能安全软件对指定的文件进行嵌入式病毒查杀，防止病毒感染用户的计算机。

（4）瑞星安装包制作程序

瑞星安装包制作程序用于将当前版本的瑞星全功能安全软件制作成安装程序，以便随时安装这个版本。

（5）病毒隔离区

病毒隔离区将安全隔离并保存染毒文件的备份，用户也可以从中将染毒文件恢复。

（6）注册向导

启动瑞星注册向导后，会自动尝试接入瑞星网站，引导用户完成注册。

（7）Linux 引导杀毒盘制作工具

使用 Linux 引导杀毒盘制作工具可制作瑞星 Linux 引导杀毒 U 盘，用户可以用它启动计算机并查杀病毒。

（8）病毒库 U 盘备份工具

将当前瑞星病毒库备份到 U 盘上，并且可以结合瑞星光盘引导系统，进行病毒查杀。

（9）进程信息

用户可以查看计算机的进程信息。

（10）网络连接

用户可以查看本机联网状态。

（11）帐号保险柜

针对网络游戏、股票软件、即时通信软件（QQ、MSN 等）、网上银行客户端等软件所面临的威胁，保护数百种常用软件和数十款网上银行的帐号、密码不被木马病毒窃取。

（12）专杀工具

专杀工具是快速应对流行恶性病毒单独发布的专用程序包，通过单击【工具】|【检查更新】按钮，可以及时获取最新的版本，并自动下载到本地计算机中。

6．安检

为用户提供全面的检测日志，方便用户了解当前计算机的安全等级及系统状态。并根据用户的计算机情况，为用户提出专家建议。用户可以更加方便地进行提高安全等级的操作。

（1）可疑文件上报

Web 上报方式：如果发现某个文件可能属于恶意文件，选择【上报可疑文件】，此时将为用户打开专门用于接收可疑文件上报的瑞星网站，用户可以填写详细的上报信息并选择可疑文件进行上报。

自动上报方式：通过瑞星全功能安全软件的安检功能，可以实现自动检测计算机中的可疑文件。对于自动检测到的可疑文件，可直接单击【安检】|【专家建议】|【将检测到的可疑文件上报】，即可打开上报可疑文件窗口。针对窗口中显示的可疑文件信息，用户可以填写附加说明信息及用户的联系方式（E-mail），单击【发送】按钮，即可实现可疑文件的自动上报，以便瑞星公司对其进行检查和分析。

（2）引导区备份

引导区备份仅备份引导区数据。在备份后，可以使用瑞星全功能安全软件的恢复引导区功能，或者通过 Linux 引导盘引导系统，通过工具恢复引导区数据。

（3）“云安全”（Cloud Security）计划

通过互联网，将全球瑞星用户的计算机和瑞星“云安全”平台实时联系，组成覆盖互联网的木马、恶意网址监测网络，能够在最短时间内发现、截获、处理海量的最新木马病毒和恶意网址，并将解决方案瞬时送达所有用户，提前防范各种新生网络威胁，如图 11-1-16 所示。每一位“瑞星全功能安全软件 2010”的用户，都可以共享上亿瑞星用户的“云安全”

成果。

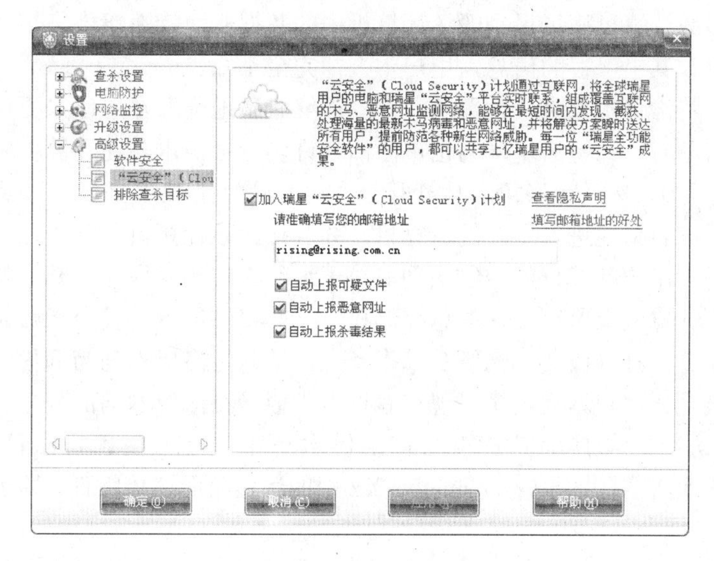

图 11-1-16　云安全

11.2　黑 客 防 范

对于“黑客”这一名称，相信有一点计算机知识的人都听说过。许多媒体也把黑客宣传得神乎奇神，使得许多初学计算机者对黑客有着一种既崇拜又畏惧的心理，崇拜的是其高超的计算机水平，畏惧的是如果自己真的被黑客攻击之后应该怎么办。

11.2.1　黑客与特洛伊木马

黑客是英文 Hacker 的音译，原意是指水平高超的程序员，而不是那些非法入侵他人计算机系统，破坏系统安全的人。他们通常具有软硬件的高级知识，并有能力通过创新方法剖析系统，检查系统的完整性和安全性。提起黑客，还必须涉及“入侵者”这一概念，入侵者是指怀有不良的企图，非法闯入，甚至破坏远程计算机系统的人。入侵者利用获得的非法访问权破坏重要数据，拒绝合法用户的服务请求，或者为了某种目的给他人制造麻烦。

黑客与入侵者的不同，一是动机，二是入侵者并不都有很高计算机知识。然而，入侵者可以找到大量的安全方面的资料，其中有些人与真正的安全专家之间的知识差距并不太大。这就使得当网络系统被入侵或者计算机遭到攻击后，人们往往说成是“被黑客入侵了”或“遭遇黑客了”。

黑客如果要入侵他人的计算机系统，必须借助于一定的工具。这些工具是一些专业的远程控制程序，通常称为特洛伊木马（特洛伊战争是古希腊人反对特洛伊人的 10 年战争，据说在这场战争中希腊人藏身在中空的木马内进入了特洛伊城。后来为希腊军队打开了城门，从而取得了战争的最终胜利。在计算机技术中，特洛伊木马是指一种计算机程序，表面上有某种有用的功能，而实际上却含有附加或隐藏的功能，能够调用进程的合法特许来危害计算机系统安全），如“冰河”及“网络神偷”等。

计算机特洛伊木马不能称为病毒，因为它不具备病毒的基本特征，但对计算机的安全威胁最大。大多数计算机病毒只是毁坏计算机中的数据，而特洛伊木马却可以让其他人控制用户的计算机和其中保存的信息，用户本人却完全不知。

严格来说，特洛伊木马是一种恶意程序，能够狡猾地隐藏在看起来无害的程序内部。当宿主程序被启动时，该特洛伊木马也被激活（许多特洛伊木马在计算机启动时，就自动启动并在后台运行）。然后特洛伊木马打开一个称为后门（Back door）的连接。通过这个后门，黑客可以很容易地进入用户的计算机，并且接管该计算机。

特洛伊木马对用户计算机的控制级别取决于编程人员已经内建于其中的内容，它通常给予黑客对用户计算机上所有文件的总控制权。某些特洛伊木马甚至能够允许黑客远程更改用户的系统设置，打开或关闭光驱等。事实上，某些特洛伊木马为远程黑客提供的对计算机的控制权甚至比用户本人还多（现在有许多类似于特洛伊木马的程序，被计算机技术人员作为远程访问的工具，其特点与特洛伊木马相似，但用于合法目的。例如使用 NetMeeting 的远程控制功能或者 Windows XP 中的远程桌面连接组件，即可控制网络中的其他计算机）。

特洛伊木马的工作原理类似客户机/服务器工作方式，每种特洛伊木马都有一个客户端和一个服务器端。服务器端安装在用户的计算机上，客户端安装在黑客的远程计算机上。黑客使用客户程序与运行在用户计算机上的匹配服务器程序相连，为其提供一个到达用户计算机的后门。特洛伊木马的服务器端在用户的计算机上创建了一个打开的端口，然后通过该端口接收来自客户端的命令。服务器收到客户端的请求时，它先侦听命令，然后执行该请求，并且传送回请求的信息，从而达到入侵的目的。该端口只是一个虚拟的通道，特洛伊木马通过它传送信息。

由于特洛伊木马总是创建同一个打开的端口，并且只接受从该端口进入的请求，因此使得诊断特洛伊木马非常容易。只要安装防火墙程序，即可监视已知的特洛伊木马端口，并且很容易阻塞它们，从而达到防范黑客的目的。

11.2.2 感染木马的症状

当计算机被黑客种上特洛伊木马以后，一般会出现如下症状。

（1）命令响应速度下降。对于习惯使用一台计算机的用户来说，可轻易地发现计算机命令响应速度的异常。

（2）并未执行任何操作，而硬盘灯却闪烁，可能是黑客正通过木马在计算机上上传或下载文件。

（3）浏览网页时网页自动关闭。

（4）软驱或光驱在无盘的情况下连续读。

（5）文件被移动位置，计算机被关闭或重新启动，甚至有人请求匿名聊天。

11.2.3 黑客防范措施

黑客要入侵远程计算机，必须首先在要入侵的计算机上种植木马，为此必须满足知道远程计算机的 IP 地址和远程计算机的系统漏洞。为了免遭黑客的攻击，关键在于提高网络安全意识，并采取如下措施。

（1）如果可能，使计算机单机运行，这样绝对不会受到黑客的攻击。

（2）上网时设法隐藏自己的 IP 地址，不要随易将详细资料告诉网络上的其他人，例如使用的操作系统、电子邮箱地址等，其中尤其是计算机 IP 地址。

（3）设置有效的密码。如果密码设定过于简单，如简单的数字、单纯的英文名或单个字符以及与帐号相同，都会使黑客轻易破解。黑客要入侵受密码保护的计算机时，通常首先尝试简单的可能猜中的密码。若这道防线被突破，则失去了密码的意义。因此在设置密码时，最好以英文加特定的数字。设置的密码越复杂，网络安全的防护越有保障。

（4）严禁将帐号及密码外借他人，以防止被别有用心的人利用。

（5）使用 ICQ 或 QQ 时，不要随便同意他人登录或接收他人传送的文件。

（6）尽量使用较新版本的操作系统或应用软件，因为随着软件的升级换代，漏洞会相对较少。并且关注软件开发商发布的软件补丁，在安装补丁时一定要确保补丁的安全来源。

（7）使用 Internet 连接防火墙，限制可以从局域网进入 Internet 以及从 Internet 进入局域网的信息。

如果使用 Internet 连接共享为多台计算机提供访问 Internet 的功能，则在共享的 Internet 连接中启用 Internet 连接防火墙，如图 11-2-1 所示。

如果使用诸如金山毒霸和 Norton AntiVirus 等杀毒软件，则在上网时也可以启用其 Internet 连接防火墙功能。

多数代理服务器都具备防火墙功能，例如 WinGate 可自动隐藏内部网络每台计算机的 IP 地址，所以使用代理服务器共享接入 Internet 的确是一种不错的选择。

针对网络安全问题，出现了许多专业的防火墙软件，用户可以对比选择使用。例如天网防火墙的界面，如图 11-2-2 所示。

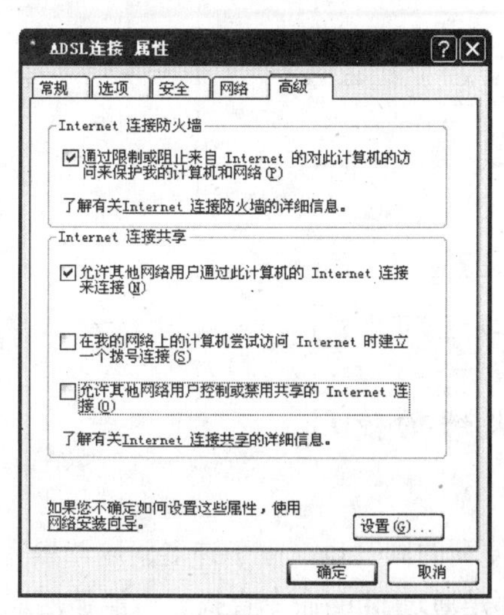

图 11-2-1　在 Internet 连接共享中使用 Internet 连接防火墙

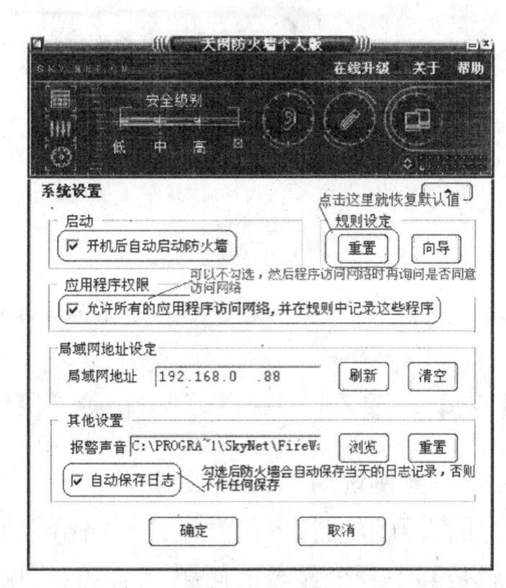

图 11-2-2　天网防火墙

（8）如果在上网时发现计算机异常，要及时断开 Internet 连接，然后可以按如下方法检测及清除特洛伊木马。

① 选择“开始”|“运行”命令，打开“运行”对话框。

② 在“打开”下拉列表框中输入“regedit”后，按回车键，打开注册表编辑器。

③ 检查“HKEY_LOCAL_MACHINEK\SOFTWARE\Microsoft\Windows\Currenversion\Run”这个键值后面有无奇怪的键值，如果有，很可能是存在木马。记下奇怪键值最后的字符，一般是*.exe，这正是木马程序的文件名。

④ 删除注册表中上述的奇怪键值，然后使用系统搜索功能在所有文件中查找木马程序的文件，包括系统文件和隐藏文件。

⑤ 找到后将其删除，如果无法删除，原因是木马程序正在运行。可以使用启动盘进入 MS-DOS（不是 Windows 中的 MS-DOS 方式或命令提示符）后，使用 Del 命令将其删除。

⑥ 使用最新版本的杀毒软件彻底检查系统，确保系统无毒。

⑦ 如果安装了 Windows 优化大师，可以打开其“系统性能优化”中的“开机速度优化”界面，如图 11-2-3 所示。在“请选择开机不自动运行的程序”列表框中查看有无奇怪的程序开机自动运行（选中某项后，在状态栏中有显示说明）。如果有，可以根据“程序位置”直接找到原程序文件，然后使用上述方法将其删除。

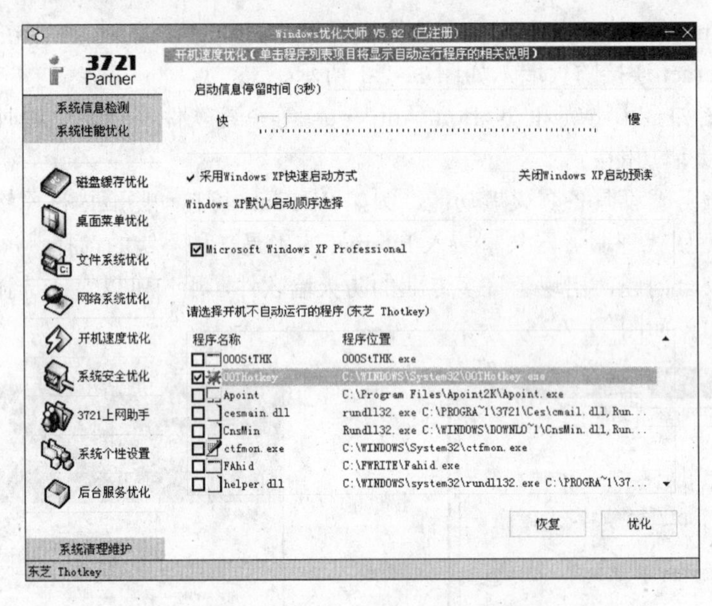

图 11-2-3　Windows 优化大师“开机速度优化”界面

11.2.4　案例——Windows XP 自带防火墙的使用

1．案例说明

随着互联网技术的发展，网络给人们带来无限便利的同时也产生了许多问题，黑客问题就是其中一个显著的问题。黑客们的攻击基本上都是通过 ping 命令查找一个能够连通 IP 地址的主机开始的。当找到这台主机后，通常是使用一些专门的黑客软件来进行端口扫描，来找到系统的漏洞，从而进行攻击。既然知道黑客攻击的手段是通过 ping 命令，那么只要不响应 ping 命令，黑客就会认为这台主机无法连通从而放弃对它的攻击，所以 Windows XP 中的防火墙就不响应 ping 命令，禁止外部程序对本机进行端口扫描，抛弃所有没有请求的

IP 包，它可以在一定的程度上很好地保护内部网络。本案例介绍如何启用 Windows XP 自带的防火墙，怎样设置 XP 中的防火墙，以提供较为安全的对外连接。

日常所说的防火墙是为了防止火势蔓延而在建筑物之间搭建的一道障碍物，而在计算机中，防火墙的作用和现实中的防火墙类似，它是一种充当网络与外部世界之间保护屏障的安全系统，以防备黑客的攻击。Windows XP 中包含 Internet 连接防火墙（ICF）软件，可用于限制 Internet 与家庭或小型办公室之间进行通信的信息。ICF 还可以保护通过电缆调制解调器、DSL 调制解调器或拨号调制解调器而连接 Internet 的单台计算机。

2．实现方法

（1）启用防火墙

选择“开始”|“网上邻居”命令，打开“网上邻居”窗口，如图 11-2-4 所示。单击“查看网络连接”，结果如图 11-2-5 所示。

右击“本地连接”图标，选择“属性”命令，出现“本地连接 属性”对话框，选择“高级”选项卡，如图 11-2-6 所示。

选中“通过限制或阻止来自 Internet 的对此计算机的访问来保护我的计算机和网络”复选框，再单击“确定”按钮即可启用 Windows XP 自带的防火墙。如果需要对防火墙进行设置，请参考“防火墙设置”部分。

图 11-2-4 “网上邻居”窗口

图 11-2-5 查看网络连接

（2）防火墙设置

如果防火墙处于启用状态，那么图 11-2-6 中右下方的“设置”按钮就变为可用。单击“设置”按钮，即可对防火墙进行设置，如图 11-2-7 所示。

① 服务项。通过设定服务项可以让防火墙禁止和允许哪些服务，加上“√”表示允许，不加“√”表示禁止。如果允许外部网络用户访问网络的某一项服务，则在图 11-2-7 所示对话框中间列表中所列出该项服务前加“√”（如果没有加“√”，则单击该项服务）。如果禁止外部网络用户访问内部网络的某一项服务，则将图 11-2-7 所示对话框列表中所列出该项服务前的“√”清除（如果加了“√”，则单击该项服务）。

② 安全日志项。可以记录所有允许和拒绝进入的数据包，选择进行进一步的分析。选择“安全日志”选项卡，如图 11-2-8 所示。

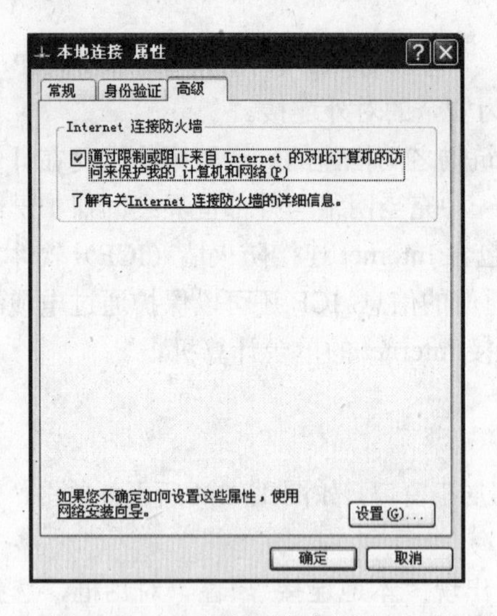

图 11-2-6 “本地连接 属性”对话框

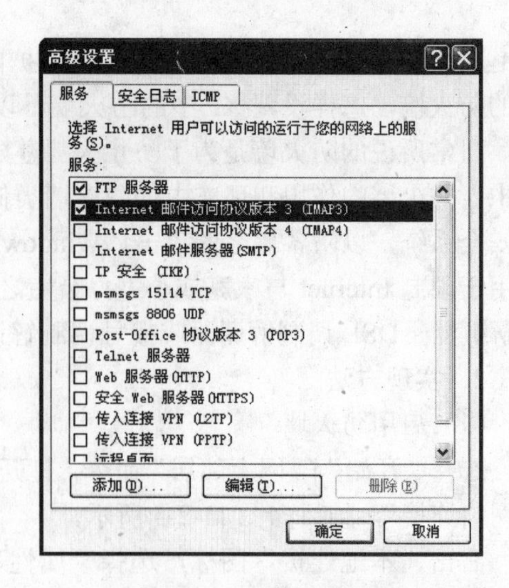

图 11-2-7 防火墙的设置

如果要记录被丢弃的包，则选中“记录被丢弃的包”复选框。如果要记录成功的连接，则选中“记录成功的连接”复选框。

如果要指定日志文件，则可在图 11-2-8 中“日志文件选项”下的“名称”文本框中输入文件名，而且还能限制文件可以使用的最大空间（通过设置“大小限制”来实现）。

③ ICMP 项。选择 ICMP 选项卡，如图 11-2-9 所示。

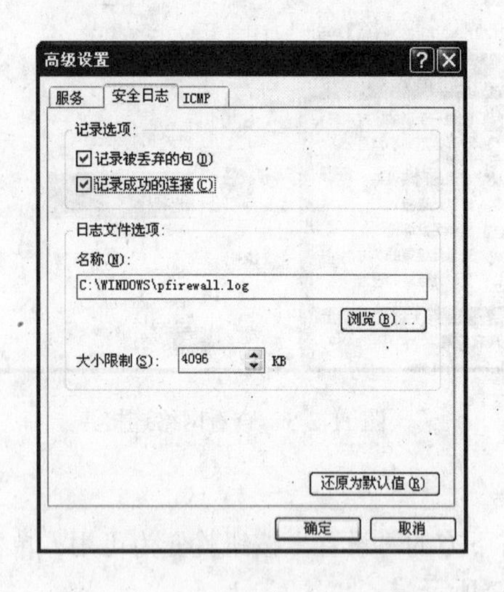

图 11-2-8 防火墙的安全日志设置

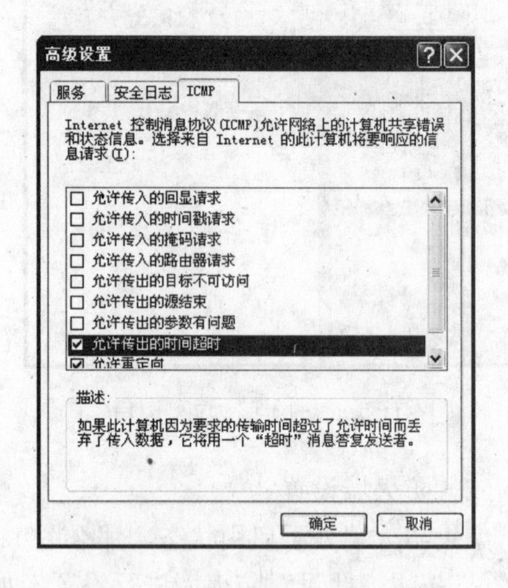

图 11-2-9 防火墙的 ICMP 设置

通过选中某项限制，启用该限制；清除某限制设置，则停止使用该限制。建议禁止所有的 ICMP 响应。

服务项、安全日志项和 ICMP 项设置完后，单击“确定”按钮确认设置。

（3）停止使用防火墙

防火墙的停止使用非常简单，只要清除图 11-2-6 中的“通过限制或阻止来自 Internet 的对此计算机的访问来保护我的计算机和网络”复选框，单击“确定”按钮即可。

（4）特别提示

① 内置的 Windows XP 防火墙是有效的，但它的初衷是实现非常基本的保护功能。它不是可配置的，而且缺乏商业防火墙软件所具有的许多特征。例如 Windows XP 的内置防火墙就无法区别外部“入侵者”和内部网络。同样内置防火墙只能防止外部人员侵入系统，却无法阻止那些已经感染到硬盘的恶意程序进行网络连接，并公布内部网络的一举一动或执行其他恶意的任务。因此 Windows XP 不能替代商业防火墙使用。如果对系统安全要求较高，则应使用商业防火墙软件，而不应用 Windows XP 自带的防火墙来代替。如果确实选择使用 Windows XP 防火墙，建议移除或禁止商业防火墙的启用。如果选择使用商业防火墙软件，建议不要激活内置的 Windows XP 防火墙。因为一个防火墙应该足够了。安装多个防火墙，将增加系统资源的消耗，影响系统性能。

② 安装防火墙后，会给一些网络应用带来影响，系统整体性能肯定要下降。因此建议在局域网中应该尽量不使用防火墙。

第12章 网络维护及故障分析处理

12.1 网络维护

减少网络故障的关键在于对网络的保养，即网络维护。以下从硬件和软件两方面阐述一些基本的网络维护措施。

12.1.1 硬件设备的维护

组成计算机网络的硬件设备除个人计算机外，主要有网卡、双绞线、集线器和交换机等。在日常应用中，可以从以下几方面进行维护。

1．注意保持计算机机箱内部干净

由于多数机箱都采用风扇式散热，这种散热方式的缺点是在风扇高速转动时，由于形成空气对流，容易将空气中的杂质，尤其是灰尘吸入机箱内部并附着在各种硬件的表面。过多的灰尘不仅影响散热效果，而且影响数据传输，甚至造成电源短路，所以不可轻视。

曾经有过这样的情况，一台运行 Windows XP 的计算机速度变慢，随之显示蓝屏，重装系统也如此。拆开机箱后发现灰尘竟然覆盖了芯片，尤其是 CPU 风扇上的灰尘裹住了整个风扇叶。将机箱内部清理干净后运行，系统运行正常。

一般来说，机箱内部应每月清理一次。在清理机箱内部灰尘时，一定要使用专用毛刷。对于一些无法用毛刷清理的部位，如电源内部，可使用吸尘器或一种俗称“气老虎”的吹气工具清理。

2．释放身上的静电

静电对计算机硬件的影响是致命的，所以在拆卸机箱之前，一定要戴上防静电塑料手套或者让手充分接触金属物体，以释放静电。

3．螺丝不仅要配而且要拧紧

小螺丝在固定机箱内部各种硬件及保证计算机正常运行方面起着较大的作用，这是因为硬件在抖动中工作对系统的稳定运行是一大隐患。

4．保护双绞线

不要经常拔插双绞线两端的 RJ-45 水晶头，防止其与双绞线接触不良及卡榫弹力不足；尽量将线路铺设在较隐蔽处或者高架，以免其他重物压迫双绞线。尤其要避免工作台的支架压在双绞线上，以避免双绞线受到外力的拉扯。在网络布线时，每段双绞线的长度要绝对充足，并将其妥善固定。

5．合理选择集线器或交换机的位置

一般应安放在相对隐蔽处，让它与每台连接的计算机距离相当，并最好安放在专门的保护盒中，并避免灰尘进入。

12.1.2 软件维护

计算机网络中的软件部分除了网络操作系统和通信协议外，还应包括各种应用软件。下面是软件维护的一些应注意的问题。

1．加装硬盘保护卡

加装硬盘保护卡后在增删软件，重新启动计算机后，一切都恢复原状。硬盘保护卡比较适合网吧，而不适合企业网络应用。

2．由系统添加硬件驱动程序

安装新的需要驱动程序的硬件后，启动计算机，系统会自动检测到新硬件并显示添加相应的驱动程序。系统将搜索并添加新硬件的驱动程序，如果找不到新硬件的驱动程序，可将该硬件的驱动程序盘放入光驱或软驱，然后启动计算机，这样不仅简化了添加驱动程序的步骤，而且避免了手动添加可能产生的错误。

3．不要使用过多的通信协议

过多的通信协议不仅增加设置工作，而且影响系统的运行速度。在局域网中，通常只选择 TCP/IP 协议即可满足需求。

4．合理应用组策略

在 C/S 局域网中合理地应用组策略，可以限制某些用户修改客户机的系统设置，例如安装软件或修改注册表等。

5．使用合适的系统优化软件或网络管理软件

一些系统优化或网络管理软件的功能比较强大，例如 Windows 优化大师、超级魔法兔子设置和美萍安全卫士等。使用这些软件，并通过简单的设置，即可保护整个系统设置或者达到特定的目的。图 12-1-1 所示为使用 Windows 优化大师清理系统中的垃圾文件。

12.1.3 案例：Windows Server 2008 安装及 VPN 网络连接设置

1．案例说明

Windows Server 2008 是专为强化下一代网络、应用程序和 Web 服务的功能而设计，是有史以来最先进的 Windows Server 操作系统。拥有 Windows Server 2008，即可在企业中开发、提供和管理丰富的用户体验及应用程序，提供高度安全的网络基础架构，提高和增加技术效率与价值。Windows Server 2008 虽是建立在 Windows Server 先前版本的成功与优势上，不过，Windows Server 2008 已针对基本操作系统进行改善，以提供更具价值的新功能及更进一步的改进。新的 Web 工具、虚拟化技术、安全性的强化以及管理公用程序，不仅可帮助用户节省时间、降低成本，并可为 IT 基础架构提供稳固的基础。

2．实现方法

（1）版本选择

Windows 2008 跟 Windows 2003 一样分为几个不同的版本：STD 标准版、ENT 企业版、DATACENTER 数据中心版、Web serverbbs.pcbeta，下载完以后是一个大小为 1.9GB，后缀名为：ISO 的文件，用 Daemon Tools 虚拟光驱来加载镜像文件读取这个 ISO 文件的内容，并直接从虚拟光驱上安装，或者复制到硬盘上进行安装。

（2）安装

安装时如果把文件复制到了硬盘上可以把系统引导到 DOS 状态下进行全新安装，如果使用虚拟光驱安装，可以在现有操作系统中再安装一个 Windows Server 2008。全新安装过程大约 20 分钟，从安装界面选择安装语言、时间、货币、键盘和输入方法开始，如图 12-1-2 所示，中间过程（选择要安装的 Windows 版本、正在安装 Windows、安装完成并重启、登录 Windows 2008 并更改密码、Windows Servers 2008 安装成功并登录成功）基本上是单击“下一步”按钮进行。

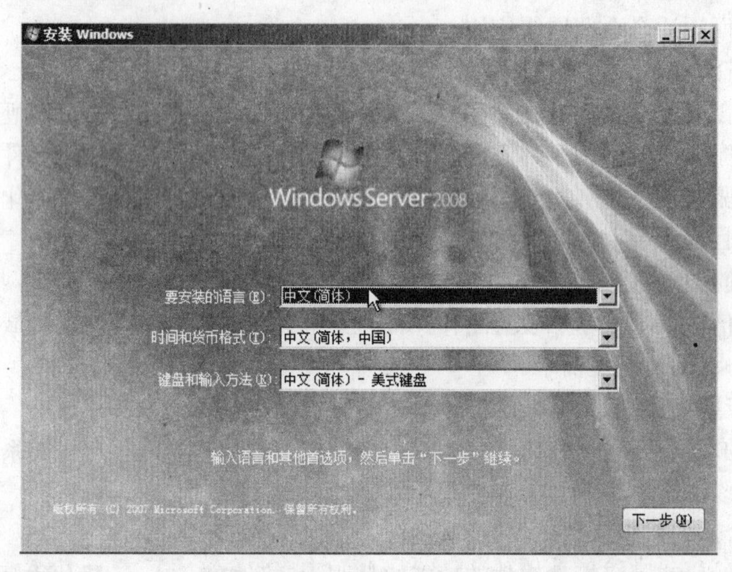

图 12-1-2　安装界面：选择安装语言、时间、货币、键盘和输入方法

安装以后默认打开一个向导：初始配置任务，用来配置系统。最后还需要做一个系统激活工作，右击桌面上的计算机图标，然后选择“属性”命令，在打开的界面中选中激活，系统会转向微软公司的激活网址引导激活，如果 Windows Server 2008 还处于测试状态的话，可以免费进行在线激活。

（3）利用服务器管理器配置系统

安装设置 VISTA 主题，启用硬件加速，安装 powershell：由于是服务器系统，所以默认没有华丽的 VISTA 界面，需要自己动手配置，首先打开服务器管理器，在右侧的功能处选择添加功能，弹出选择功能窗口，选择桌面体验以及 Windows powershell，然后单击“下一步”按钮，期间需要重新启动一次计算机以便完成安装。安装完毕以后还需要设置关键的一步，配置 Themes 服务。打开服务管理器，把 Themes 启动，并改为自动启动，否则还是改不了主题，接下来就可以在桌面上通过右键菜单选择个性化、主题、Windows Vista，然后单击“应用”按钮，即可换成 Windows Vista 效果。

安装 Media Player、调整音频属性：只要添加了桌面体验功能系统就已经安装上了 Media Player，同样需要打开相应的服务 Windows Audio，Windows 2008 的混音器可以针对不同的程序分别调整音量。

安装 IIS 7.0 以及相关角色：仍然是从服务器管理器里选择添加功能，然后在弹出来的窗口中选择.net framework 3.0，然后单击“下一步”按钮后会提示安装相关角色，接着按照提示进行安装，装完以后即可使用最新的.net framework 3.0 和 IIS.70 功能了。

（4）VPN 网络连接设置

对于不住在单位内又需要经常访问单位局域网中的重要内容时，该如何进行呢？有鉴于此，VPN 网络连接便应运而生了。通过 VPN 网络连接，任何一个位于 Internet 网络中的用户，都能像直接位于单位局域网一样，来访问重要服务器或主机中的内容，而且这个访问连接过程既安全又经济。

① 创建 VPN 网络连接

以超级管理员权限登录进入 Windows Server 2008 系统，打开该系统桌面中的“开始”菜单，从中依次选择“设置”|“控制面板”命令，在其后出现的系统控制面板窗口中，用鼠标双击“网络和共享中心”图标选项，打开对应系统的网络和共享中心管理窗口。

在网络和共享中心管理窗口的左侧显示区域，单击“设置连接或网络”功能选项，打开 VPN 网络连接创建向导对话框，依照向导提示选中如图 12-1-3 所示界面中的“连接到工作区”选项，同时单击“下一步”按钮。

网络连接创建向导对话框会询问我们如何连接到工作区，在如图 12-1-4 所示的向导设置界面中，选中“使用我的 Internet 连接（VPN）”功能选项，这样我们就能使用现成的 Internet 网络连接线路来建立直接访问单位局域网网络的虚拟加密通道了。

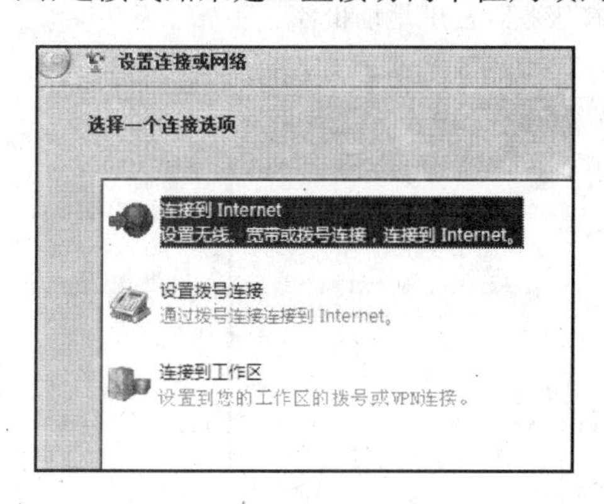

图 12-1-3　设置连接或网络

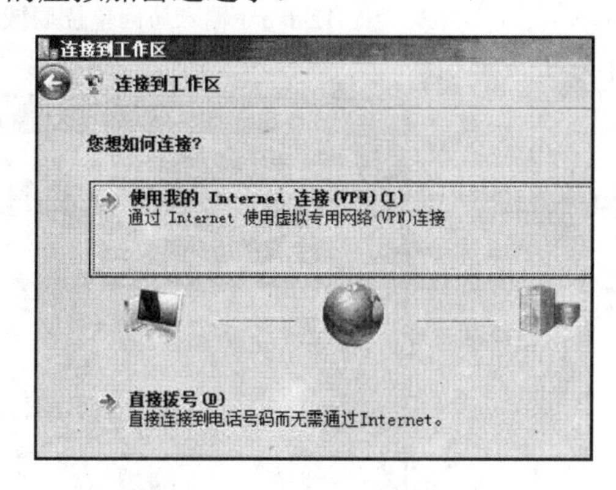

图 12-1-4　连接到工作区

继续单击向导对话框中的“下一步”按钮，系统屏幕上将会出现一个如图 12-1-5 所示的设置对话框，根据对话框的提示我们需要输入访问单位局域网 VPN 服务器的 IP 地址，同时需要为该网络连接设置一个合适的名称，在这里假设将该网络连接名称设置为“VPN 连接”，同时将需要访问的单位局域网 VPN 服务器 IP 地址设置为“69.21.12.80”，如果选中了允许其他人使用此连接选项，则该功能选项允许任意一位访问本地工作站的人使用“VPN 连接”。

确认上面的设置操作正确以后，再单击“下一步”按钮，随后我们会看到如图 12-1-6 所示的向导设置窗口，在这里正确输入访问目标 VPN 服务器的用户名与密码；在这里，需要提醒大家注意的是，如果我们想对局域网中的目标 VPN 服务器进行一些控制操作，需要在这里输入系统管理员权限的帐号名称与密码，不然的话通过 VPN 网络连接进入单位局域网后，访问目标 VPN 服务器时容易出错；要是不希望 VPN 网络访问需要进行身份验证时，可以尝试在目标 VPN 服务器所在的主机系统中启用“仅来宾”网络访问模式，并且将该系统中的“Guest”帐号启用起来，这样的话我们日后访问目标 VPN 服务器时，本地客户端系统就能自动以“Guest”帐号去完成身份验证操作了。

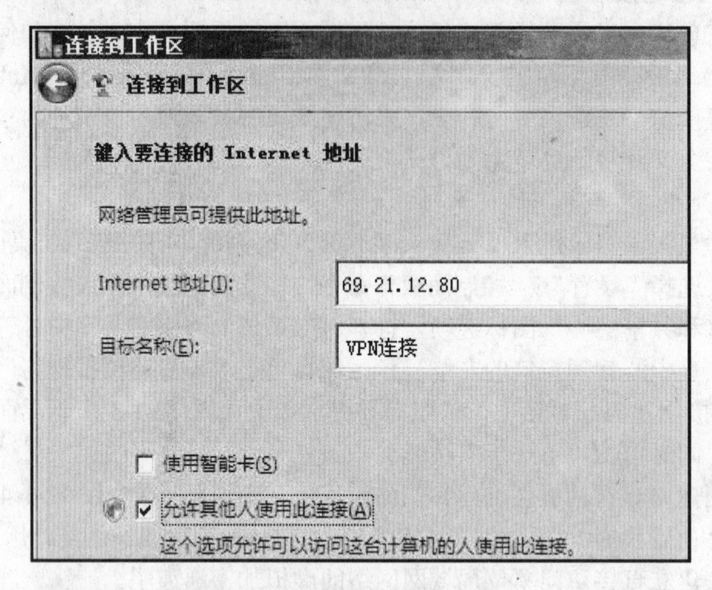

图 12-1-5　输入访问单位局域网 VPN 服务器的 IP 地址和名称

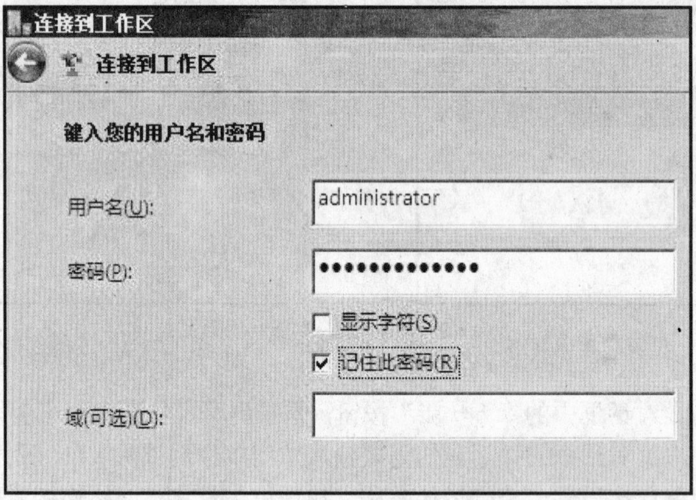

连接到工作区
连接到工作区
键入您的用户名和密码
用户名(U): administrator
密码(P): ••••••••••••••
显示字符(S)
记住此密码(R)
域(可选)(D):

图 12-1-6　输入访问目标 VPN 服务器的用户名与密码

最后单击向导对话框中的“连接”按钮，我们就能通过新创建的 VPN 网络连接访问单位局域网中的目标 VPN 服务器了。VPN 网络连接创建成功。

② 设置 VPN 网络连接

当我们通过 VPN 网络连接成功与单位局域网中的目标 VPN 服务器建立连接后，可能会发现本地客户端系统不能访问本地内部网络，或者不能访问 Internet 网络，出现这样情况，主要就是 Windows Server 2008 系统在 VPN 网络连接成功后，会自动修改本地系统的默认网关 IP 地址，让其自动使用远程网络的默认网关地址，这样一来本地客户端系统就没有指向本地内网的路由记录了，此时自然就会出现无法访问本地内网的故障现象了。为了让 VPN 网络连接既能访问本地内网的内容，又能访问 VPN 服务器所在工作子网的内容，我们需要对 Windows Server 2008 系统中的 VPN 网络连接进行如下设置操作：

打开 Windows Server 2008 系统的“开始”菜单，从中依次选择“设置”|“网络连接”命令，在其后出现的网络连接列表窗口中，找到先前创建好的 VPN 网络连接，同时用鼠标右键单击该连接图标，并执行快捷菜单中的“属性”命令，打开目标 VPN 网络连接的属性设置窗口。

在该属性设置窗口中选择“网络”选项卡，打开如图 12-1-7 所示的选项设置页面，选中该设置页面中的“Internet 协议版本 4（TCP/IPv4）”复项框，同时单击该选项下面的“属性”按钮，打开 TCP/IPv4 选项的属性设置窗口。

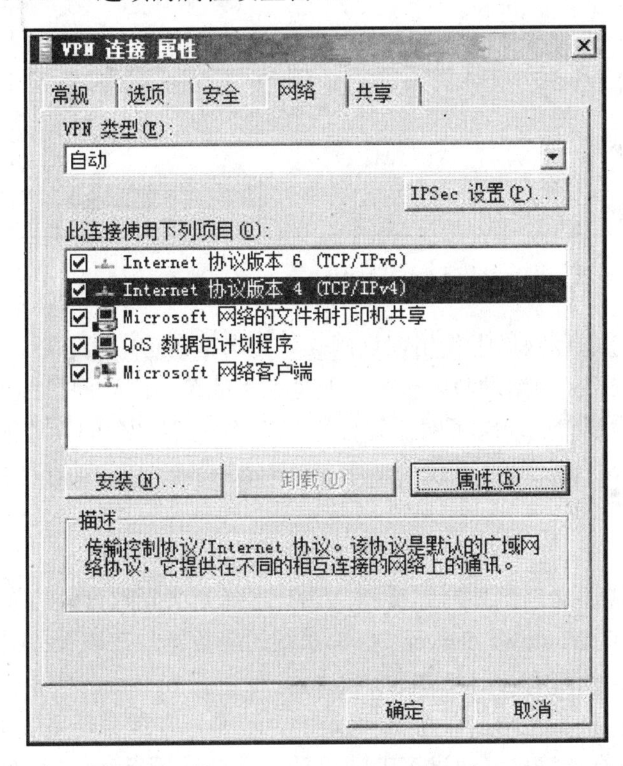

图 12-1-7 VPN 网络连接的属性设置

在 TCP/IPv4 选项属性设置窗口中单击“高级”按钮，在出现的高级属性界面中，单击“IP 设置”标签，进入如图 12-1-8 所示的标签设置页面，检查该设置页面中的“在远程网络上使用默认网关”复选框是否处于选中状态，一旦发现该复选框已经被选中时，那就说明 Windows Server 2008 系统中的默认网关地址已经被强行修改过了，此时我们需要取消选中“在远程网络上使用默认网关”复选框，再单击“确定”按钮保存好上述设置操作，这样 Windows Server 2008 系统通过 VPN 网络连接与目标 VPN 服务器成功建立连接后，仍然能够正常访问本地局域网中的内容；此外，如果本地客户端系统存在 Internet 网络连接，那么 VPN 网络连接成功后，就不会出现无法访问 Internet 网络的故障现象了。

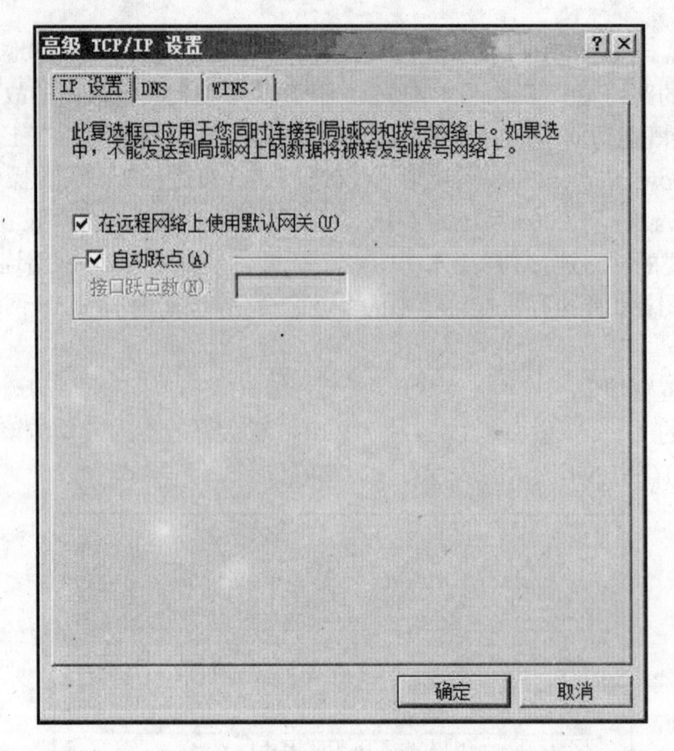

图 12-1-8　TCP/IPv4 高级属性界面

简单地取消“在远程网络上使用默认网关”复选框的选中状态后，虽然能够解决无法访问本地内网和 Internet 网络的故障现象，但是它不能跨子网访问目标 VPN 服务器之外的其他虚拟工作子网。要想成功跨子网访问目标 VPN 服务器之外的其他虚拟工作子网，我们还需要在 Windows Server 2008 系统中使用 route add 命令，来增加指向其他虚拟工作子网的路由记录。

③ 注意事项

有的时候，我们还会遇到外网连接和 VPN 连接无法同时有效的故障现象。例如，局域网中有一台安装了 Windows Server 2008 系统的服务器，在该服务器中设置启用了 ICS 主机功能，局域网中的所有计算机都通过该功能实现了 Internet 网络共享访问目的，并且内网中的每一台计算机都是自动获得 IP 地址的。可是，在服务器系统中启用了 VPN 共享连接，让内网中的所有计算机都通过 VPN 共享连接访问位于其他位置处的 VPN 服务器时，我们看到之前内网中的计算机都能访问外网，而现在都访问不了外网内容了，这是什么原因呢，面对这种现象我们该采取什么措施来解决呢？

一般情况下，在相同的一台服务器主机中，尽量不要同时使用 VPN 共享连接和 Internet 共享连接，因为在相同的服务器系统中启用了 VPN 共享连接功能后，服务器系统之前创建的 Internet 共享连接功能就会自动被关闭掉，那样的话内网中的每一台普通计算机自然就无法使用 Internet 共享功能来访问外网了。

如果我们希望在相同的服务器系统中让外网共享连接和 VPN 共享连接同时生效时，我们可以考虑在 Windows Server 2008 服务器系统中安装专业的代理服务器工具，比方说可以安装专业的 Wingate 程序，而不要在服务器系统中直接启用 Internet 共享连接功能。

对服务器系统进行相关设置后，我们还需要对普通计算机的IE进行设置。在设置浏览器参数时，可以先打开IE窗口，单击该窗口中的“工具”菜单项，从下拉菜单中选择“Internet选项”选项，在Internet属性界面中选择“连接”选项卡，再单击“连接”选项设置页面中的“局域网设置”按钮，接着在代理服务器设置窗口中正确输入代理服务器的IP地址和代理端口号码，默认的代理端口号码为“80”。

重新登录服务器系统，在其中正确设置好代理服务器的工作参数，以便保证普通计算机可以通过代理服务器顺利访问外网中的内容。在对代理服务器的工作参数进行设置时，我们可以先从系统的“开始”菜单中启动运行Wingate程序，之后进入Users选项设置页面，再双击Assumed users选项，然后选择打开的界面中的By IP Address选项卡，在对应的选项设置页面中单击Add按钮，如此一来我们就能看到Location设置对话框了，在这里输入需要访问服务器的普通计算机IP地址，同时将对应界面中的Guest项目选中，最后单击OK按钮，指定的普通计算机就能通过代理服务器来访问外网中的内容了。

12.2 网络故障分析与处理

网络出现故障时，需要根据用户平时的经验和专业知识并查阅相关资料，认真分析，然后在第一时间内解决故障，最大限度地降低因故障带来的损失。

12.2.1 故障分析

以双绞线构成的星型网络为例，当出现网络故障时通常按以下步骤分析，找出故障产生的原因后排除。

1．确定正确的查线方向

（1）单机故障

如果某一台单机的网络功能失灵，而其他计算机都能正常工作，则为单机问题，这时可以缩小范围，将目标限定在以下几种情况。

① 软件设置有误：例如未正确添加网络通信协议，未指定静态IP地址，而网络中又没有DHCP服务器。

② 网卡设置错误或本身已损坏。

③ 从集线器接往该计算机的接线故障或接触不良，包括两端RJ-45水晶头。

④ 计算机所连接的集线器插槽故障。

（2）部分网络故障

如果是部分计算机的网络功能同时失效，则可能存在以下两种可能。

① 连接这些计算机的集线器发生故障。

② 若网络中串联了多台集线器，也可能是该集线器连接上层的网线质量不佳。

2．单机故障的排除

（1）网卡设置错误

普通网卡的驱动程序磁盘大多附有测试和设置网卡参数的程序，分别检查网卡设置的接头类型、IRQ、I/O端口地址等参数，若有冲突，只要重新设置即可恢复正常。

检查是否正确安装了网卡驱动程序，如果驱动程序选择错误，则可能发生不稳定的现象。修复的方法是找到正确的驱动程序，重新安装即可。

（2）接线故障或接触不良

通信介质本身的导通问题也是引起网络故障的重要原因之一。因此确定网线是否正常是相当必要的，一般应检查下列几个方面。

① 双绞线颜色和RJ-45水晶头的脚位是否相符。

② 双绞线头是否顶到RJ-45水晶头顶端。如果没有，该线的接触会较差，需要重新压接。

③ RJ-45水晶头侧面的金属片是否已刺入绞线之中。如果没有，很可能造成线路不通。

④ 使用剥线工具时切断了绞线，即绞线内铜导线已断，但外皮未断。

如果看不出问题所在，可更换一条正常的网线。

（3）集线器问题

一般来说，集线器损坏情况不太严重，只会影响到一两个插槽。建议换插其他插槽试试看，一般问题即可解决。

（4）网卡本身故障

许多网卡上都有Power/TX灯，当网卡正常且连接正常的双绞线时，只要打开计算机电源，此灯便会亮起。在数据传输时，此灯还会闪烁。

如果确定了网卡本身故障，则更换一块网卡并重新开机测试。

3．部分网络故障的排除

对于多台计算机同时无法连通的部分网络故障，一般从以下两方面进行分析。

（1）检查集线器上的指示灯

集线器上的RJ-45插槽都有相对应的指示灯，观察各个集线器的指示灯状态。假如某个插槽在插了双绞线或者串联其他集线器之后，指示灯不亮，那么这个插槽可能有问题，或者通过这个插槽连接的网线或集线器有故障。

（2）确定范围并找出根源

星型网络上的一些计算机如果集体断线，通常发生在同一个集线器下，包括这个集线器之下的分支。这是因为从一个多层星型结构的网络中弄断一条连线或者去掉一个结点之后，整个完整的结构就会分解，使原本连通的各结点分开。因此找出“脱网”的多台计算机，然后确定它们共同接入网络的最近的集线器。此时使用替换法找出问题所在，网络很快就会正常。

12.2.2　网卡故障

网卡是实现网络通信的关键，出现故障一般是由于未正确安装驱动程序、设置错误或网卡硬件本身有问题。

1．网卡未安装好或者网卡本身已损坏

将网卡插入主板的PCI扩展槽中后，启动计算机，Windows XP没有提示安装网卡的驱动程序。打开“设备管理器”，发现网卡上显示错误符号。

出现这种问题的原因主要有网卡未安装好或者网卡本身已损坏，解决方法如下。

（1）右击桌面上的“我的电脑”图标，从弹出的快捷菜单中选择“属性”命令，打开

“系统属性”对话框，切换到“硬件”选项卡，如图 12-2-1 所示。

（2）单击“设备管理器”按钮，打开“设备管理器”窗口，如图 12-2-2 所示。

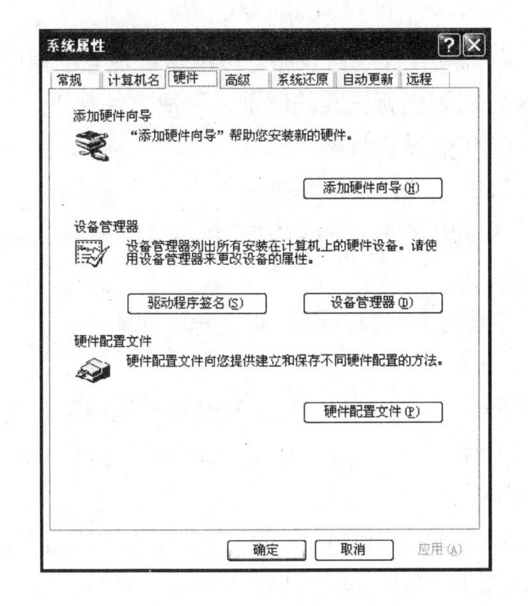

图 12-2-1 “硬件”选项卡

图 12-2-2 “设备管理器”窗口

（3）右击带有错误符号的网卡，从弹出的快捷菜单中选择“卸载”命令，并确认设备删除。

（4）关闭计算机，打开机箱查看网卡安装是否正确。

（5）将网卡金手指平行对准 PCI 扩展槽，然后均匀用手将其插入，并固定好螺丝。

（6）将驱动程序盘（一般是软盘）放入软驱，然后重新启动计算机。Windows XP 会提示发现新硬件，并自动安装其驱动程序。

提示：将驱动程序盘事先放入软驱的目的是为了保证 Windows XP 能够自动找到网卡的驱动程序并安装。即如果在内置驱动程序库中找不到新增网卡的驱动程序，它会自动查找可移动驱动器（光驱和软驱）中有没有匹配的驱动程序。如果没有，则弹出“添加新硬件”对话框，要求用户提供新硬件的驱动程序。

（7）安装网卡驱动程序后，再次打开“设备管理器”窗口。如果发现网卡上仍然显示错误符号，则表明网卡有故障，而不是安装不当。此时应该联系商家，要求更换网卡。

2．PCI 网卡无法正常工作

网络设置之后，总发现时断时续，使用 ping 命令检测时，有时返回结果正确，有时却找不到 ping 对象。而且网卡的指示灯时灭时亮，与网卡连接的集线器所对应的指示灯也如此。

这是由于现在大多数都是 PCI 网卡，而系统将 IRQ5（网卡的请求中断值）分配给了系统保留的 ISA 总线设备，结果导致 PCI 网卡无法正常工作，解决方法如下。

（1）重新启动计算机，按下 Del 键，进入 CMOS 设置状态。

（2）使用方向键选中 PNP/PCI configuration 选项，按回车键进入。

（3）使用方向键选中 IRQ5 选项，然后按下 Page Up 键或 Page Down 键将后面的状态“assigned to：Legacy ISA”（保留的 ISA 总线设备）改为“assigned to：PCI/ISA PnP”。

3．系统无法识别新安装的网卡

安装 PCI 网卡后，重新启动 Windows 时，系统没有发现新设备。出现这种现象的原因是个别老型号主板的默认设置，导致 Windows 无法识别新安装的网卡，解决方法如下。

（1）重新启动计算机，按下 Del 键，进入 CMOS 设置状态。

（2）使用方向键选中 BIOS FEATURES SETUP 选项，按回车键进入。

（3）使用方向键选中 Report No FDD For Win95 选项，然后按下 Page Up 键或 Page Down 键将后面的 Yes 改为 No。

网卡硬件引发的故障的概率并不大，如果怀疑网卡故障，则只能换一块重新测试。

4．网卡连接类型设置不当

使用 100 Mb/s 集线器和超 5 类双绞线组建局域网，网卡为 10/100 Mb/s 自适应型。其他计算机之间的数据传输速率都可以达到 100 Mb/s，但有一台运行 Windows XP 操作系统的计算机和其他计算机通信时，只能达到 10 Mb/s。

出现这种现象的原因是网卡的连接类型（connection type）设置不正确，解决方法如下。

（1）右击桌面上的“我的电脑”图标，从弹出的快捷菜单中选择“属性”命令，打开“系统属性”对话框。切换到“硬件”选项卡，单击“设备管理器”按钮，打开“设备管理器”对话框。

（2）双击“网络适配器”下面的网卡名称，打开网卡的属性对话框。切换到“高级”选项卡，如图 12-2-3 所示。在“属性”列表框中选择 Link Speed & Duplex，从“值”下拉列表框中选择 Auto Detect。

（3）依次单击“确定”按钮，关闭对话框。这样网卡就会根据具体的通信条件自动选择数据传输速率，最高为 100 Mb/s。

12.2.3 集线器故障

集线器是星型网络中常用的设备，可以通过观察集线器上的指示灯判断网线连接是否正常。一般集线器硬件本身出现问题的可能性极小，问题常出在连接距离上。有时为了扩大网络连接范围，通常通过集线器之间的级联来扩大传输距离。

在 10 Mb/s 星型网络中，最多可级联 4 台集线器，且其间的线长不得超过 100 m（即通常需要遵循的“5-4-3 原则”：在一个 10 Mb/s 网络中，一共可以分为 5 个网段，其中用 4 个中继器连接，允许其中 3 个网段有设备，其他 2 个网段只是传输距离的延长。在 10Base-T 网络中，只允许级联 4 个 Hub）。

在 100 Mb/s 星型网络中只允许两台 100 Mb/s 的集线器级联，而且之间的连接距离不能超过 5 m，如图 12-2-4 所示。

在新建一个 100 Mb/s 网络或网络从 10 Mb/s 升级到 100 Mb/s 时，由于集线器距离的加大，将导致网络无法正常工作。

解决的方案是根据网络布线原则，两台集线器之间的连接距离不能大于 5 m，100 Mb/s

网络在使用时的最大距离为 205 m。

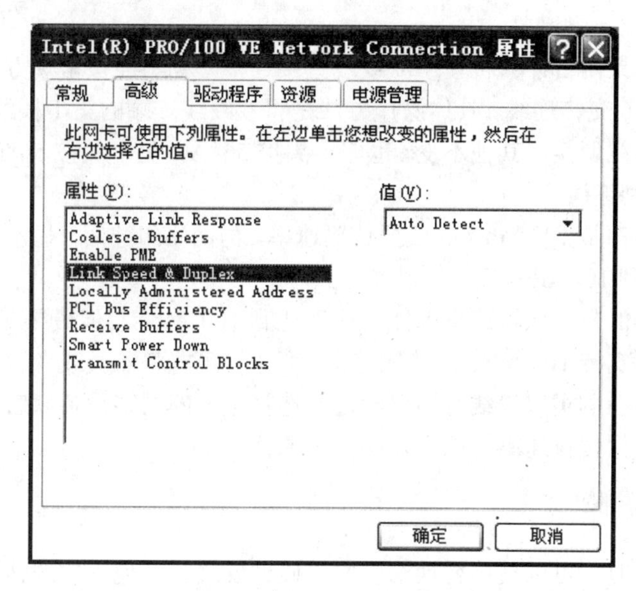

图 12-2-3 “高级”选项卡

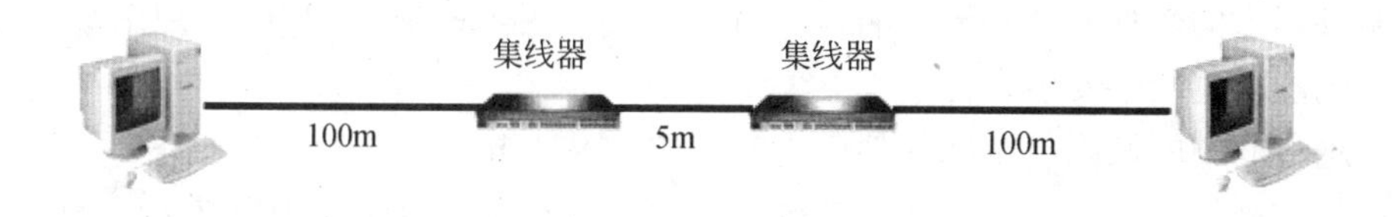

图 12-2-4 100 Mb/s 星型网络的集线器级联示意图

12.2.4 双绞线故障

双绞线是目前最常用的网络通信介质，常见问题是双绞线的头未顶到水晶头顶端、绞线未按照标准脚位压入水晶头、接头规格不符、接头松脱及双绞线类别错误等。

1. 双绞线头未顶到水晶头顶端

一个由 6 台计算机组成的对等网，刚组建时一切正常。几个月后，发现计算机 A 和其他计算机可通信，其他计算机从 A 上复制文件时速度正常。但向 A 上复制文件时速度特慢，有时一个几百 KB 的文件复制很长一段时间后，弹出一个“网络路径太深”错误提示。

由于计算机 A 和其他计算机能够通信，说明网卡和集线器没有问题。问题很可能出现在计算机 A 所使用双绞线的 RJ-45 水晶头脱落。原因是最初双绞线的头未顶到水晶头顶端，双绞线经过一段时间拉扯，最终导致水晶头脱落。

解决的方法是使用压线钳将原水晶头剪掉，然后安装两个新的水晶头。安装时要注意正确排线，将双绞线的头使劲压入水晶头的顶端。

2. 双绞线标准脚位规格不符

有两台计算机使用网卡和双绞线直接连接，却总是连接不通。网卡和双绞线都是新的，软件设置也肯定没有问题。

软件设置没有问题，网卡和双绞线都是新的，但双机无法连通，问题一定出在双绞线的 RJ-45 水晶头上。

解决方法是如果两台计算机使用双绞线直接连接，则不能按常规方法安装 RJ-45 水晶头，而应按 1-3、2-6 交错连线。具体操作方法是将双绞线一端的第 1 根线与第 3 根线调换，第 2 根线与第 6 根线调换，其他不变（也即一头按 568A，另一头按 568B 标准）。

3．双绞线类别错误

网卡和集线器都是 100 Mb/s 的数据传输速率，但网络组建后，显示的本地连接速度总为 10 Mb/s，达不到 100 Mb/s。

网卡和集线器的数据传输速率都能够保证达到 100 Mb/s，但最终却只有 10 Mb/s，原因一定是双绞线不支持 100 Mb/s 的传输速率，商家很可能将 4 类或者更次的双绞线以次充好销售。所以用户在购买双绞线时不仅一定要选择正规的网络设备商店，而且要求商家亲自测试双绞线的数据传输速率，总之，购买时要慎重。

12.2.5 软件故障

遇到网络故障时，可以使用替换法将网络硬件安装到其他正常的计算机上测试。如果正常，则应该考虑是软件故障。以下介绍几例因软件而引起的典型故障。

1．软件不支持网络安装

将服务器上的软件安装到自己的计算机上，双击 Setup.exe 图标时，却出现 I/O error 的提示，无法通过网络安装软件。

出现这种问题的原因是某些软件不支持网络安装引起的，解决方法如下。

要安装这样的软件，可以先在本地硬盘上创建一个临时目录，把服务器上的安装文件复制到该目录中，然后在本地进行安装。也可以使用“映射网络驱动器”的方法，把服务器上安装文件所在的目录映射为一个网络驱动器，然后双击 Setup.exe 图标，则不会出现 I/O error 的错误提示。

2．无法恢复“网上邻居”图标

一台计算机上网时把桌面上的“网上邻居”图标删除了，现在组建局域网，在 Windows 98 的“添加/删除程序”中却找不到安装“网上邻居”的项目，无法在桌面上恢复“网上邻居”图标。

可以通过以下 3 种方法恢复 Windows 98 桌面上的“网上邻居”图标。

（1）Windows 98 中有一个“系统策略编辑器”组件，默认为不安装。通过“添加/删除程序”安装该组件，然后使用它取消隐藏“网上邻居”图标的限制。

（2）也可以选择“开始”|“运行”|regedit 命令，打开“注册表编辑器”，把 HKEY_USERS\DEFAULT\Software\Microsoft\Windows\CurrentVersion\Policies\Explorer 中的 NoNet Hood 键值删除，然后重新启动计算机。

（3）打开“控制面板”窗口，双击“网络”图标，通过添加通信协议（如 TCP/IP）的方法来解决。

3．网卡调换 PCI 扩展槽

计算机服务器运行 Windows 2000 Server 操作系统，是一台域控制器。由于某种原因，调换了网卡所使用的 PCI 扩展槽和其他 PCI 设备。重新启动计算机后，发现“网络和拨号连接”窗口中原来的“本地连接”图标变成了“本地连接 2”，重新为其指定和原来一样的静态 IP 地址（192.168.0.1）。单击“确定”按钮时，出现一个错误提示，大意为指定的 IP 地址已经分配给了另一个适配器，是否纠正这个问题。如果选择“是”，则需要指定其他 IP 地址（如 192.168.0.2），这样整个网络中的许多配置必须重新设置；如果选择“否”，则关闭“Internet 协议（TCP/IP）属性”对话框。

出现这种问题的原因是将网卡调换了 PCI 扩展槽后，但 Windows 2000 Server 还保留着网卡在原 PCI 扩展槽上的驱动程序，而又重新为同一块网卡添加了驱动程序，解决方法如下。

（1）选择“开始”|“设置”|“控制面板”命令，打开“控制面板”窗口。

（2）双击“添加/删除硬件”图标，启动“添加/删除硬件向导”。

（3）单击“下一步”按钮，打开“选择一个硬件任务”对话框，如图 12-2-5 所示，选中“卸载/拔掉设备”单选按钮。

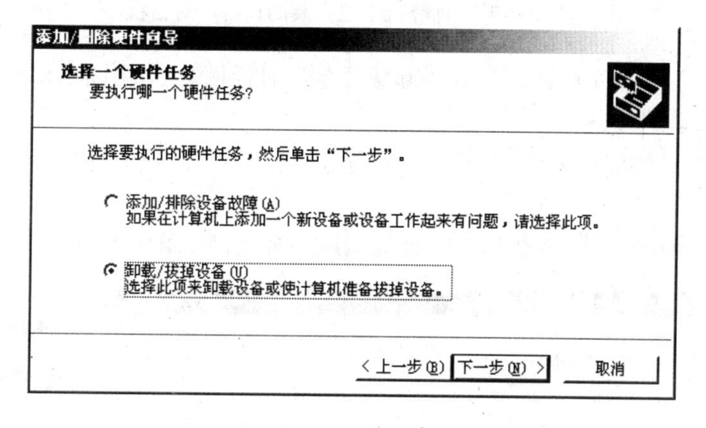

图 12-2-5 “选择一个硬件任务”对话框

（4）单击“下一步”按钮，打开“选择一个删除任务”对话框，如图 12-2-6 所示，选中“卸载设备”单选按钮。

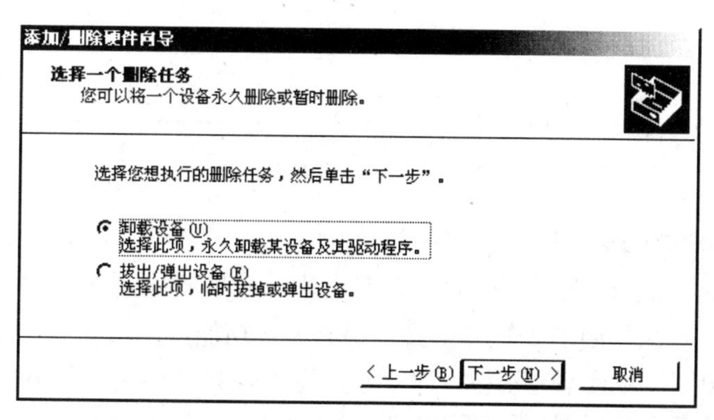

图 12-2-6 “选择一个删除任务”对话框

（5）单击“下一步”按钮，打开“计算机上已安装的设备”对话框，如图 12-2-7 所示。选中“显示隐藏设备”复选框，然后在“设备”列表框中选择网卡名称（不带#2）。

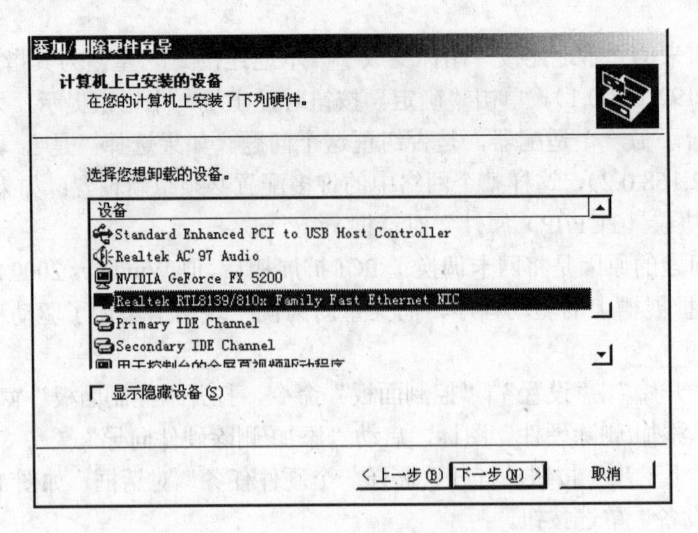

图 12-2-7 “计算机上已安装的设备”对话框

（6）单击“下一步”按钮，打开“卸载设备”对话框，如图 12-2-8 所示。选中“是，想卸载此设备”单选按钮。

（7）单击“下一步”按钮，稍候完成“添加/删除硬件向导”，提示“Windows 已成功卸载所选设备”。

（8）重新为域控制器指定原来的 IP 地址（192.168.0.1），单击“确定”按钮，一切正常。

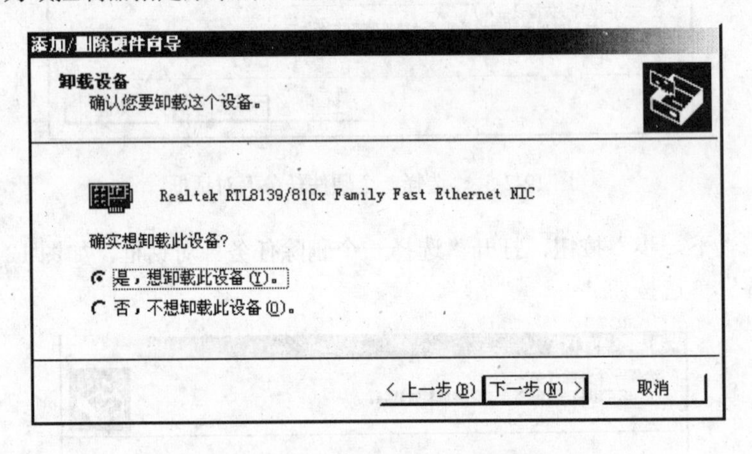

图 12-2-8 “卸载设备”对话框

4．无法启动拨号网络

一台安装 Windows XP 操作系统的计算机，使用内置 Modem 通过 16300 拨号上网，原来一直使用正常。自从使用了“管理工具”中的一些功能后，每次要上网时都提示“找不到‘连接到 16300’”，并且不显示拨号对话框。覆盖安装了一次 Windows XP，问题依旧。

从故障现象来看，应该是禁用了 Windows XP 的某些服务，导致无法启动拨号网络。Windows XP 启动时会自动启动多项服务，以便为系统的各种功能提供支持。禁用一些不需要的服务，可以加快系统启动速度，减少系统资源的开销。但如果禁用了 Windows XP 必需的服务，则会导致系统的某些功能无法使用。导致此故障的原因即是禁用了一项名为

Event.log 的服务，解决方法如下。

（1）重新启动计算机，以计算机管理员身份登录系统。

（2）选择“开始”|“程序”|“管理工具”|“服务”命令，打开“服务”窗口，发现 Event. log 服务已禁用。

（3）双击 Event.log 服务，打开“Event Log 的属性（本地计算机）”对话框。从“启动类型”下拉列表框中选择“自动”选项，如图 12-2-9 所示，单击“确定”按钮。

（4）重新启动计算机，重试拨号上网，故障排除。

12.2.6 案例——网络的连接测试与故障排除

1．案例说明

在局域网中经常碰到的事情就是网络突然无缘无故不通了。对于初学者而言，遇到这种情况就会束手无策。如果稍稍留心，就会发现问题解决起来并不难，因为现在局域网中广泛应用的 Windows 9x/NT 操作系统已经内置了大量的网络测试工具，当计算机之间无法访问或是网络工作不稳定时，用户只要能熟练地使用这些工具，就能比较快速、方便地对网络进行诊断，网络管理的工作就会变得轻松和简单。

在介绍这些测试工具之前，有必要先来认识一下 IP 地址、网关和子网掩码。

在使用 TCP/IP 协议的网络中，每个结点都是用一个 IP 地址来指明它在网上的身份，IP 地址是用户根据网络的具体环境和连接情况从软件上进行设置的。一个完整的 IP 地址用 32 位（bit）二进制数组成，每 8 位就是一个字节，为一段（SEGMENT），一共是 4 段（SEGMENT 1～SEGMENT 4），段与段之间用“.”隔开。但是在实际应用中 IP 地址不是直接用二进制，而是用十进制表示，如 202.197.83.1 等。由于 IP 地址并不好记，所以就要给每个用户或设备一个名称，如某台计算机的名称为 user1。

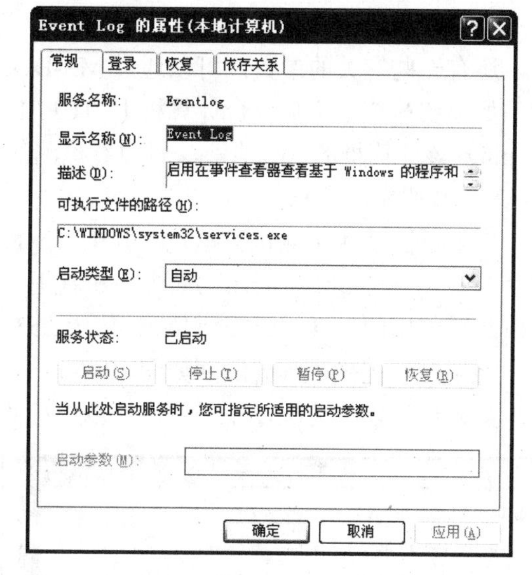

图 12-2-9 “Event Log 的属性（本地计算机）”对话框

网关是用来连接各种异种网络的设置，可以对不同的通信协议进行翻译，使不同协议的两种网络之间可以互相通信。如运行 TCP/IP 协议的用户要访问运行 IPX/SPX 的用户时，必须以网关作为中介，如果同是运行 TCP/IP 的用户，则可以用系统默认的网关来进行访问。

对 IP 地址的解释称为子网掩码，其作用是判断任意两个 IP 地址是否属于同一个子网络。如 IP 地址 202.197.93.1 的子网掩码为 11111111.11111111.11111111.00000001，对应的十进制数表示为 255.255.255.1。为了能让子网掩码正常工作，同一子网中的设备都必须支持子网掩码，而且子网掩码要相同。

2．实现方法

（1）IP 测试工具 ping

ping 是 Windows 95/98/NT 中集成的一个 TCP/IP 协议探测工具，只能在有 TCP/IP 协议的网络中使用。

ping 命令的使用格式：

```
ping目的地址 [参数1][参数2]…
```

目的地址是指被测试的计算机的 IP 地址或域名。下面是其可带的参数。

- a：解析主机地址。
- n：发出的测试包的个数，默认值为 4。
- 1：所发送缓冲区的大小。
- t：继续执行 ping 命令，直到用户按 Ctrl+C 键终止。

ping 命令可以在“开始/运行”中执行，也可以在 MS-DOS 下执行。

还有一些有关的参数，可以通过 MS-DOS 提示符下运行 ping 或 ping-?命令来查看。

如果要检查一下另一台计算机上 TCP/IP 协议的工作情况，可以在网络中其他计算机上 ping 该计算机的 IP 地址，假如要检测的计算机 IP 地址为 202.197.89.67，即显示如图 12-2-10 所示的信息。

以上返回了 4 个测试数据包，其中“bytes=32”表示测试中发送的数据包的大小是 32 个字节，“time<75ms”表示与对方主机往返一次所用的时间小于 75ms，“TTL=253”表示当前测试使用的 TTL（time to live）值为 253。

如果是不正确，则会返回如图 12-2-11 所示的信息。

如果出现以上情况，则需要进行以下检查工作：

```
命令提示符

C:\WINDOWS\system32>ping 202.197.89.67

Pinging 202.197.89.67 with 32 bytes of data:

Reply from 202.197.89.67: bytes=32 time=75ms TTL=253
Reply from 202.197.89.67: bytes=32 time=75ms TTL=253
Reply from 202.197.89.67: bytes=32 time=70ms TTL=253
Reply from 202.197.89.67: bytes=32 time=67ms TTL=253

Ping statistics for 202.197.89.67:
    Packets: Sent = 4, Received = 4, Lost = 0 (0% loss),
Approximate round trip times in milli-seconds:
    Minimum = 67ms, Maximum = 75ms, Average = 71ms
```

图 12-2-10　ping 命令的使用

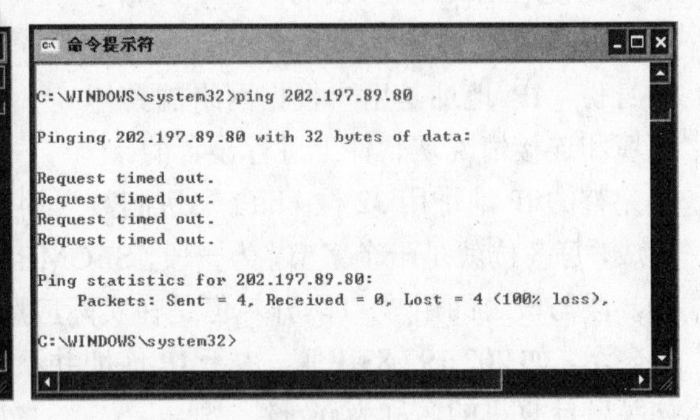

图 12-2-11　ping 命令的使用

① 检查本机和被测试的计算机的网卡显示灯是否亮，来判断物理连接是否正常。

② 是否已经安装了 TCP/IP 协议。

③ 网卡是否安装正确，IP 地址是否被其他用户占用。

④ 检查网卡的 I/O 地址，IRQ 值和 DMA 值，是否与其他设备发生冲突。

⑤ NT 的服务器的网络服务功能是否已经启动。

如果还是无法解决，建议用户重新安装和配置 TCP/IP 协议。

ping 在 Internet 中也经常用来探测网络的远程连接情况。比如用户发送邮件时，可以先 ping 对方服务器地址，如发送邮件地址是 fddu2000@sina.com，可以先键入 ping sina. com 来进行测试，如果返回的是 Bad IP address sina.com 等信息，说明对方的主机没有打开或是网络不通。即使发了邮件，对方也收不到。

（2）测试 TCP/IP 协议配置工具 Ipconfig

Ipconfig 可以查看和修改网络中的 TCP/IP 协议的有关配置，例如 IP 地址、子网掩码、网关等。在 Windows 95/98 中都能使用，在 Windows NT 中只能运行在 DOS 方式下。Ipconfig 是一个很有用的工具，特别是当网络设置的是 DHCP（动态 IP 地址配置协议），Ipconfig 可以很方便地了解到 IP 地址的实际配置情况。

Ipconfig 的命令格式：

```
Ipconfig[参数1][参数2]…
```

其中比较实用的参数是 all，显示与 TCP/IP 协议的细节，如主机名、结点类型、网卡的物理地址、默认网关等，如图 12-2-12 所示。

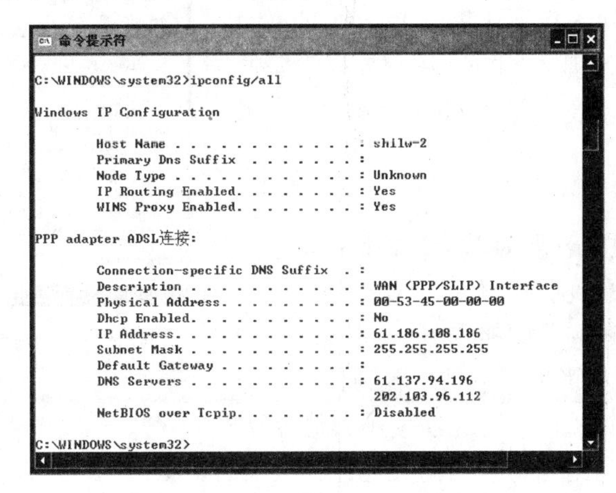

图 12-2-12　Ipconfig 的使用

```
Batch[文本文件名]
```

将测试的结果存入指定的文本文件名中。

比如在一台计算机上运行 Ipconfig/all/batch wq/txt，就会非常详细地显示 TCP/IP 协议的配置情况。

还有一些其他的参数，可以在 DOS 的提示符下键入 Ipconfig/?命令来查看。

（3）测试 TCP/IP 协议配置工具 Winipcfg

Winipcfg 的功能和 Ipconfig 基本相同，只是 Winipcfg 使用图形界面，在操作上更为方便，同时 Winipcfg 在 Windows NT 中不可使用。

要查看一台计算机上 TCP/IP 协议的配置情况，只要在 Windows 95/98 中选择“开始”|“运行”命令，输入 Winipcfg 命令，即可得到测试的结果。

（4）网络协议统计工具 Netstat

Netstat 和以上两个命令一样是运行在 Windows 95/98/NT 的 DOS 提示符下的工具，

该工具可以显示有关的统计信息和当前 TCP/IP 网络连接情况，可以得到非常详细的统计结果。

Netstat 的命令格式：

```
Netstat[-参数1][-参数2]…
```

以下是其主要参数。

- a：显示所有与该主机建立连接的端口信息。
- e：显示以太网的统计信息，一般与 s 参数共同使用。
- n：以数字格式显示地址和端口信息。
- s：显示每个协议的统计情况，这些协议主要有 TCP，UDP，ICMP 和 IP，这些协议在进行网络性能评测时很有用，如图 12-2-13 所示。

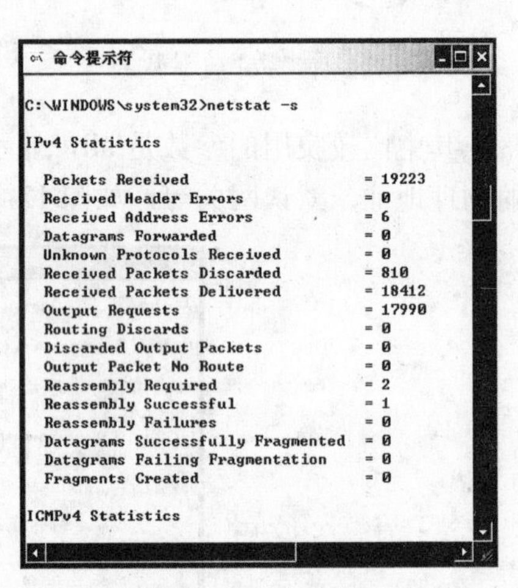

图 12-2-13　Netstat 的使用

其他的参数可以在 DOS 的提示符下键入 Netstat- ?命令来查看。

在 Windows 95/98/NT 下还集成了一个 Nbtstat 工具，其功能和 Netstat 基本相同，用户如果想要使用，可以在 DOS 的提示符下键入 Nbtstat-e -s 命令来查看。

（5）特别提示

① 连通性故障通常表现为以下几种情况：

- 计算机无法登录到服务器。
- 计算机无法通过局域网接入 Internet。
- 计算机在“网上邻居”中只能看到自己，而看不到其他计算机，从而无法使用其他计算机上的共享资源和共享打印机。
- 计算机无法在网络内实现访问其他计算机上的资源。
- 网络中的部分计算机运行速度异常缓慢。

② 以下原因可能导致连通性故障：

- 网卡未安装，或未安装正确，或与其他设备有冲突。
- 网卡硬件故障。
- 网络协议未安装，或设置不正确。
- 网线、跳线或信息插座故障。
- 集线器（Hub）电源未打开，Hub 硬件故障，或 Hub 端口硬件故障。
- UPS 电源故障。

附录　习题与参考答案

第一部分　习题

一、选择题

1. E-mail 是 Internet 提供的基本服务之一，它使用（　　）系统。

A. 主从式　　B. 客户机 / 服务器
C. 分布式　　D. 独立式

2. 在局域网中最常用的双绞线是（　　）。

A. 5 类、6 类　　B. 3 类、5 类　　C. 3 类、6 类　　D. 1 类、2 类

3. 以（　　）将网络划分为广域网（WAN）、城域网（MAN）和局域网（LAN）。

A. 接入的计算机多少　　B. 接入的计算机类型
C. 拓扑类型　　D. 接入的计算机距离

4. Novell Netware 是（　　）软件。

A. 网络操作系统　　B. 数据库管理系统
C. CAD　　D. 应用系统

5. 在计算机网络发展过程中，（　　）对计算机网络的形成与发展影响最大。

A. OCTOPUS　　B. ARPANET　　C. DATAPAC　　D. Newhall

6. 在计算机网络中处理通信控制功能的计算机是（　　）。

A. 通信控制处理机　　B. 通信线路
C. 主计算机　　D. 终端

7. 目前，实际存在与使用的广域网基本都是采用（　　）拓扑。

A. 总线型　　B. 环型　　C. 网状　　D. 星型

8. 在常用的传输介质中，带宽最宽、信号传输衰减最小、抗干扰能力最强的一类传输介质是（　　）。

A. 双绞线　　B. 光缆　　C. 同轴电缆　　D. 无线信道

9. 在 OSI 参考模型中，数据链路层的数据服务单元是（　　）。

A. 帧　　B. 报文　　C. 分组　　D. 比特序列

10. 在 TCP / IP 参考模型中，与 OSI 参考模型的网络层对应的是（　　）。

A. 主机-网络层　　B. 网间网际层　　C. 传输层　　D. 应用层

11. 在 TCP / IP 协议中，UDP 协议是一种（　　）协议。

A. 主机-网络层　　B. 互联层　　C. 传输层　　D. 应用层

12．在共享介质的以太网中，采用的介质访问控制方法是（　　）。

A．CSMA / CD 方法　　B．令牌方法

C．时间片方法　　D．并发连接方法

13．如果我们要用非屏蔽双绞线组建以太网，需要购买带（　　）接口的以太网卡。

A．RJ-45　　B．BNC　　C．AUI　　D．F / O

14．在 Windows NT 域中，只能有一个（　　）。

A．普通服务器　　B．文件服务器　　C．后备控制器　　D．主域控制器

15．如果在一个采用粗缆作为传输介质的以太网中，两个结点之间的距离超过 500 m，那么最简单的方法是选用（　　）来扩大局域网覆盖的范围。

A．中继器　　B．网桥　　C．路由器　　D．网关

16．接入 Internet 的主机既可以是信息资源及服务的使用者，也可以是信息资源及服务的（　　）。

A．多媒体信息　　B．信息　　C．提供者　　D．语音信息

17．Internet 主要由 4 个部分组成，包括路由器、主机、信息资源与（　　）。

A．数据库　　B．销售商　　C．管理员　　D．通信线路

18．随着电信和信息技术的发展，国际上出现了所谓“三网融合”的趋势，下列不属于其中的是（　　）。

A．传统电信网　　B．计算机网（指互联网）

C．有线电视网　　D．卫星通信网

19．早期的计算机网络是由（　　）组成系统。

A．计算机-通信线路-计算机　　B．个人计算机-通信线路-个人计算机

C．终端-通信线路-终端　　D．计算机-通信线路-终端

20．假设你使用口令登录 Microsoft Exchange 程序，OSI 模型的（　　）将解码你的口令。

A．应用层　　B．会话层　　C．表示层　　D．网络层

21．PSTN（公共服务电话网）是（　　）。

A．分组交换网　　B．电路交换网　　C．报文交换网　　D．存储交换网

22．以下数据为数字数据的是（　　）。

A．声音　　B．电视机的亮度

C．计算机内的文件　　D．市电电压值

23．局域网的典型特性是（　　）。

A．高数据速率，大范围，高误码率

B．高数据速率，小范围，低误码率

C．低数据速率，小范围，低误码率

D．低数据速率，小范围，高误码率

24．用如下书写方式描述 IP 地址 XXX.XXX.XXX.XXX，其中 X 为（　　）。

A．十进制　　B．十六进制　　C．八进制　　D．字符

25．对等网络与客户机/ 服务器网络比起来具有的优点是（　　）。

A．对等网络功能更为强大

B．对等网络应用面更广

C．对等网络不需要使用专用的服务器

D．以上都是

26．一路由器的 IP 地址是 182.168.91.2，系统默认的没有划分子网的子网掩码是（　　）。

A．255.0.0.0　　　　　　　　B．255.255.0.0

C．255.255.255.0　　　　　　D．255.255.255.255

27．World Wide Web 是以（　　）协议为基础的。

A．HTTP　　B．HTML　　C．FTP　　D．SMTP

28．超媒体是（　　）的扩充。

A．超文本　　B．HTTP　　C．HTML　　D．URL

29．域名服务器上存放着 Internet 主机的（　　）。

A．域名　　　　　　　　B．IP 地址

C．电子邮件地址　　　　D．域名和 IP 地址的对照表

30．当用户启动 Web 浏览器时自动打开的 Web 页面，如 Internet Explorer 或一个 Web 站点上的顶级 Web 页面叫（　　）。

A．Web Page（Web 页面）　　B．历史列表中的第一项

C．Home Page（主页）　　　　D．个人收藏夹中的第一项

31．用于实现身份鉴别的安全机制是（　　）。

A．访问控制机制和路由控制机制　B．加密机制和访问控制机制

C．数字签名机制和路由控制机制　D．加密机制和数字签名机制

32．中继器的作用包括（　　）。

A．放大信号　　B．存储帧　　C．转发帧　　D．寻径

33．在 Outlook Express 的“发件箱”文件夹中保存的是（　　）。

A．你已经撰写好，但是还没有发送的邮件

B．你已经抛弃的邮件

C．包含有不礼貌语句的邮件

D．包含有不合时宜想法的邮件

34．商业机构一般的域名为（　　）。

A．.ac　　B．.edu　　C．.com　　D．.net

35．下面给出一个 URL 地址 http://www.tsinghua.edu.cn/docs/cindex.html，对它的描述错误的是（　　）。

A．http 表示使用超文本传输协议

B．www.tsinghua.edu.cn 标志了要访问的主机名

C．www.tsinghua.edu.cn/docs 标志了要访问的主机名

D．整个地址定位了要访问的特定网页的位置

36．“Internet 服务供应商”的缩写形式是（　　）。

A．ISP　　B．ICP　　C．IEEE　　D．FAQ

37．发送的数据要先分片，为了重组正确，需要给它们编号，如果序号占 3b，那么，

最大的可能序号为（　　）。

A．4　　B．6　　C．7　　D．8

38．我们将文件从客户机传输到 FTP 服务器的过程称为（　　）。

A．下载　　B．浏览　　C．上传　　D．邮寄

39．计算机病毒感染的途径可以有很多种，但最容易被人们忽视而发生得最多的是（　　）。

A．网络传播　　B．软件商演示软件

C．系统维护盘　　D．用户个人软盘

40．在同一个信道上的同一时刻，能够进行双向数据传送的通信方式是（　　）。

A．单工　　B．半双工　　C．全双工　　D．上述 3 种均不是

41．在计算机网络中，通常所说的 LAN 是指（　　）。

A．局域网　　B．广域网　　C．城域网　　D．对等网

42．（　　）的普及是现代信息社会的主要标志之一。

A．计算机　　B．计算机网络　　C．局域网　　D．Internet

43．OSI 模型的（　　）负责信息寻址和将逻辑地址和名字转换为物理地址。

A．数据链路层　　B．网络层　　C．传输层　　D．会话层

44．结点也称网络单元，在计算机网络环境中，（　　）不能称其为结点。

A．服务器　　B．集线器　　C．双绞线　　D．交换机

45．组建局域网时，最常用的网络拓扑结构是（　　）。

A．星型　　B．总线型　　C．树型　　D．环型

46．提高局域网的数据传输速率的最直接方法是（　　）。

A．更新计算机配置　　B．升级操作系统

C．扩大网络规模　　D．增加其带宽

47．标准以太网的带宽为（　　）。

A．3 Mb/s　　B．10 Mb/s　　C．10 MB/s　　D．100 Mb/s

48．目前，最流行的网卡总线类型是（　　）。

A．ISA　　B．PCI　　C．USB　　D．BNC

49．局域网中最常用的网线是（　　）。

A．粗缆　　B．细缆　　C．UTP　　D．STP

50．关于集线器的叙述，（　　）是错误的。

A．集线器是组建总线型和星型局域网不可缺少的基本硬件设备

B．集线器是一种集中管理网络的共享设备

C．集线器能够将网络设备连接在一起

D．集线器具有扩大网络范围的作用

51．Windows 2000 操作系统一共有 4 个版本，多数小型局域网一般使用（　　）版本作为服务器操作系统。

A．Professional　　B．Server

C．Advanced Server　　D．Data Center Server

52．在局域网中最常用的通信协议是（　　）协议。

A. TCP / IP　　B. NetBEUI
C. NWLink IPX / SPX / NetBIOS　　D. AppleTalk

53. 合法的 IP 地址是（　　）。
A. 192.68.0.1　　B. 200.201.198
C. 127.45.89.213　　D. 108.16.99.35

54. C 类 IP 地址的默认子网掩码是（　　）。
A. 255.0.0.0　　B. 255.255.0.0
C. 255.255.255.0　　D. 255.255.255.2554_7_2

55. 下列关于对等网的叙述，不正确的是（　　）。
A. 对等网中的计算机都处于平等地位
B. 只有使用 TCP / IP 协议，对等网才能通信
C. 在对等网中，每台计算机具有唯一的 IP 地址和计算机名称
D. 对等网中的计算机可以属于不同的工作组

56. 总线型对等网通常采用（　　）结构化布线。
A. 10Base2　　B. 10Base-T　　C. 100Base-T　　D. 100Base-TX

57. 查看计算机 Bao 的 IP 地址的最简单命令是（　　）。
A. net view　　B. ipconfig Bao　　C. ping　　D. ping Bao

58. 在小型 C / S 局域网中，服务器处于核心地位，所使用的操作系统严重影响和整个网络的作用和性能。服务器一般使用（　　）操作系统。
A. Windows 98　　B. Windows 2000 Server
C. Windows XP　　D. UNIX

59. 下列（　　）场合一般不使用 C / S 局域网。
A. 家庭　　B. 学校机房　　C. 火车站　　D. 大公司

60. C / S 局域网的网络结构一般是（　　）。
A. 星型　　B. 对等式　　C. 总线型　　D. 主从式

61. 作为 C / S 局域网中的域控制器，一定要使用（　　）文件系统。
A. FAT　　B. FAT-32　　C. NTFS　　D. CDfs

62. 如果网络中的所有客户机都运行 Windows XP 操作系统，（　　）网络组件就不起任何作用。
A. AD　　B. DHCP　　C. DNS　　D. WINS

63. 目前使用最多的无线局域网标准是（　　）。
A. IEEE 802.3　　B. IEEE 802.11　　C. IEEE 802.11b　　D. 以上都不是

64. 组建无线局域网最基本的设备是（　　）。
A. 无线网卡　　B. 无线 AP　　C. 无线网桥　　D. 无线 Hub

65. 下列不是无线局域网拓扑结构的是（　　）。
A. 网桥连接型结构　　B. Hub 接入型结构
C. 无中心结构　　D. 总线型结构

66. 政府机构的网址通常以（　　）结尾。
A. com　　B. gov　　C. net　　D. edu

67．在ADSL宽带接入Internet方式中，（　　）不是必需的。

A．ADSL Modem　　B．输入电话线

C．滤波器　　D．公用帐号

68．从方便经济的角度看，家庭网络中的计算机采用（　　）方式上网最佳。

A．Internet连接共享　　B．共享Sygate

C．共享WinGate　　D．单机

69．在ADSL硬件连接中，ADSL Modem和计算机之间使用（　　）连接。

A．电话线　　B．同轴电缆　　C．双绞线　　D．光纤

70．下列（　　）资源通常不能共享。

A．显示器　　B．硬盘　　C．光驱　　D．文件夹

71．如果要隐藏共享文件夹，需要在共享名称后添加（　　）符号。

A．@　　B．￥　　C．$　　D．&

72．正确的UNC名称是（　　）。

A．//He/song　　B．http:\\Si\data

C．Li\picture\ship　　D．\\Xia\photo\me.jpg

73．对于硬件设备的维护，（　　）是不恰当的。

A．每天打开计算机机箱清理灰尘

B．用手触摸机箱内的硬件时，最好戴上防静电塑料手套

C．螺钉不仅要配而且要拧紧

D．集线器或交换机最好安放在专门的保护盒里，以避免灰尘侵入

74．对于软件的维护，（　　）是恰当的。

A．必须为计算机安装硬盘保护卡

B．安装的网络通信协议越多越好

C．最好让系统自己添加硬件驱动程序

D．同一网络中的计算机最好使用多种操作系统

75．关于计算机病毒的叙述，（　　）是不正确的。

A．计算机病毒是由于计算机所在的周围环境恶劣而产生的

B．计算机病毒是一种人为编写的特殊程序

C．并不是所有计算机病毒都起破坏作用

D．宏病毒只感染具有宏功能的应用程序所生成的文档

76．在下列杀毒软件中，（　　）是国外产品。

A．Rising　　B．KV3000　　C．金山毒霸　　D．Norton AntiVirus

二、填空题

1．Internet通过很多称之为__________的专用计算机将全球各种网络互连在一起的，它工作在OSI模型的__________层。

2．计算机网络是__________技术与__________技术结合的产物。

3．使用转发器（Repeater）扩展网络时，必须遵循__________原则。

4．100Base-T采用的拓扑结构主要是__________。

5．FTP支持两种登录方式，一种为实际帐号的用户，另一种为__________。

6．HTML 的正式名称是__________。

7．“统一资源定位器”的缩写形式是__________，它是 Web 浏览器中使用的标准 Internet 地址格式。

8．在多媒体应用中，要将模拟信号转变为数字信号通常采用 PCM（脉冲调制）技术，其转换过程可包括：__________、__________、__________。

9．局域网协议把 OSI 的数据链路层分为__________子层和__________子层。

10．已知用户登录名为 FOX，用户所在主机域名为 public.tpt.tj.cn，那么该用户的电子邮箱的地址应是__________。

11．依据覆盖范围分类，计算机网络可以分为_____、_____、_____和_____。

12．常见的网络硬件有_____、_____、_____、_____和_____。

13．OSI 模型的全称是_____，最底层和最高层分别是_____和_____。

14．人们通常所说的局域网大多指_____。

15．带宽为 100 Mb / s 的局域网的理论数据传输速率为每秒传输_____数据。

16．共享式局域网和交换式局域网分别采用_____和_____工作机制。

17．依据接口的不同，网卡可以分为_____和_____，另外还有_____。

18．_____是交换机接口处理器和数据总线间所能吞吐的最大数据量，其大小直接影响到交换机的实际传输速率。

19．路由器的主要作用是_____。

20．依据结构的不同，交换机可以分为_____和_____。

21．目前，Linux 支持多种文件系统，最常见的是_____。

22．通过_____协议，Windows 2000 Server 可以为苹果机提供文件和打印服务。

23．IP 地址实际上由_____和_____两部分组成。

24．通过 IP 地址 149.28.98.23，可以推断该主机属于一个_____网络，默认子网掩码是_____。

25．对等网通常采用_____和_____拓扑结构。

26．对等网操作系统通常使用_____、_____和_____。

27．计算机标识是 Windows 在网络上识别计算机身份的信息，主要包括_____、_____和_____。

28．最常用的网络测试命令有_____、_____和_____。

29．当网络中只有一台域控制器时，选择_____许可证方式；当网络中同时有多台域控制器时，选择_____许可证方式。

30．_____是 Server 版 Windows 2000 区别其他 Windows 操作系统的主要标志，其分区是_____。

31．Windows 2000 Server 计算机可以在网络中充当_____、_____和_____3 种角色，其中_____的权限最大。

32．一个用户可以有多个_____，而一台计算机只能有一个_____，其中_____不用网络管理员在域控制器上创建。

33．如果要将 Windows XP 计算机加入到域，则必须以_____身份登录到桌面。然后右击_____图标，选择_____命令，打开_____对话框。切换到_____选项卡，最后单击_____

按钮，根据向导进行设置。

34．无线局域网的优点主要有_____、_____、_____、易于扩展和_____。

35．无线网卡主要有 3 种类型，分别是_____无线网卡、_____无线网卡和_____无线网卡。

36．当前的 PCI 无线网卡大多由_____和_____两部分组成。

37．IEEE 802.11 的运作模式主要有_____和_____两种。

38．Internet 由_____、_____和_____3 部分组成，计算机之间使用_____协议进行通信。

39．常见的 Internet 接入方式有_____、_____和_____等几种。

40．国内的 ADSL 接入类型主要有_____及_____两种，以_____收费方式为主。

41．Sygate 和 WinGate 分别属于_____类和_____类代理服务器。

42．既能够查看和复制共享文件夹中的内容，又能够在其中添加内容，这种共享通常称为_____；如果无法修改共享文件夹中的内容，这种共享就称为_____。

43．查看网络共享资源的两个 net 命令分别是_____和_____，其中_____用于查看本地计算机的所有共享资源。

44．计算机 Li 正在运行且网络正常，在资源管理器的“地址”下拉列表框中输入_____后按回车键，即可打开 Li 的窗口。

45．网上邻居的图标通常显示在_____窗口中，而网络驱动器图标显示在_____窗口中。

46．每一种病毒都有 3 个主要部分，即_____、_____和_____，这些部分决定病毒的传播力和覆盖面。

47．如果要让瑞星 2004 关机时不检测软盘，需要在_____对话框的_____选项号中取消_____复选框。

48．特洛伊木马的工作原理类似于_____工作方式。每种特洛伊木马都有一个_____（安装在黑客的远程计算机上）和一个_____（安装在用户的计算机上）。

三、判断题

1．通常所说的 TCP/IP 是指用于计算机通信的一个协议集，包含 IP、ARP、ICMP、TCP、UDP、FTP、SMTP 等多种协议。（　）

2．模拟传输相对于数字传输而言，其优点是传输质量高。（　）

3．局域网络之间互连，其目的是实现互联网上资源共享。（　）

4．分组交换是将信息分成较小的分组进行存储、转发，动态分配线路带宽的一种进行大容量数据传输的有效方法。（　）

5．组建以太网时，通常都是用双绞线把若干台计算机连到一个“中心”设备上，这个设备叫作网络适配器。（　）

6．要利用 Internet Explorer 进行离线浏览，必须使用收藏夹的脱机功能。（　）

7．打印机被共享后，用户需要通过网络操作系统来连接打印机。（　）

8．当进行文本传输时，可能需要进行数据压缩，在 OSI 模型中，规定完成这一工作的是传输层。（　）

9．在网络技术的发展中，通常所说的三网合一是指将通信网、广播网及计算机网络

紧密融合实现统一网络。 (　　)

10．WWW 起源于加州大学伯克利分校。 (　　)

11．由于微波不能穿透金属物体结构，微波传送通道无障碍时才能够正常工作。 (　　)

12．宽带传输系统不允许在一个信道上同时传输数字信号和模拟信号。 (　　)

13．网络层的主要任务是寻址，以保证发送信息能到达目的地。 (　　)

14．交换机能接收发来的信息包暂时存储，然后发到另一端口。 (　　)

15．双绞线组网时如果网卡和网卡、集线器和集线器进行连接，则 RJ-45 接线序号应交叉对应。 (　　)

16．国际标准化组织（ISO）组织制定的标准为世界上大多数国家使用。 (　　)

17．在局域网中除了一台或数台计算机被指定为文件服务器外，其他计算机都称为工作站。 (　　)

18．局域网数据链路层与 OSI 数据链路层不同，加入了对传输媒体的访问控制部分。 (　　)

19．网络操作系统不能作为网络硬件系统与网络用户之间的接口。 (　　)

20．Linux 局域网操作系统是遵循标准操作系统界面（POSIX）设计的 UNIX 免费软件。 (　　)

21．操作系统 Linux 和 UNIX 不是多任务操作系统。 (　　)

22．TCP/IP 是目前较完整、被人们普遍接受的通信命令。 (　　)

23．Windows 2000 Server 是为服务器开发的多用途网络操作系统。 (　　)

24．Windows 2000 Server 访问 Netware 资源时不需要通过协议转换。 (　　)

25．TCP/IP 协议是实现网络互联的核心。 (　　)

26．Web 浏览器程序是一种访问 Web 服务器的客户端工具软件，也是 Web 服务器的一种易于使用的图形终端。 (　　)

27. 将电子邮件从一台计算机传送至另一台计算机，不需要邮件传输协议也可以传输。 (　　)

28．段落的标记是<P></P>，中间是一段的内容。</P>可以省略，因为 HTML 碰到下一个<P>就知道另起一段了。 (　　)

29. 在 HTML 语言中，图形图像、声音等多媒体文件需要用其他多媒体软件工具制作，再用 HTML 语言标记编排在源代码中，然后才能通过网络浏览器编译解读，在网页中显示出其效果。 (　　)

四、简答题

1．计算机网络的功能主要有哪些？

2．计算机网络资源主要有哪些？

3．局域网的特点是什么？

4．光纤与导线相比有哪些优点？

5．无线介质有哪些？

6．计算机网络可以使用的传输介质有哪些？

7．数据通信中单工传输方式有什么特点？

8．数据通信中半双工传输方式有什么特点？

9．数据通信中全双工传输方式有什么特点？

10．简述计算机网络协议。

11．网络协议包含哪 3 个要素？

12．OSI 参考模型分为哪几层？

13．简述网卡的作用。

14．局域网有哪些不同的技术分类？

15．令牌网是怎样工作的？

16．组建局域网需要哪些设备？

17．局域网结构方式有哪些？

18．ATM 异步传输模式用于什么样的网络环境？

19．局域网系统的核心是什么？

20．Netware 的特点有哪些？

21．Windows NT 主域控制器是什么？

22．怎样安装 Windows NT Server？

23．什么是 Windows NT Server 的 Administrator？

24．什么是域名服务？

25．TCP/IP 是一个协议吗？

26．FTP 是什么协议？

27．DNS 是什么？

28．邮件列表适合于哪些用户？

29．选择 ISP 应考虑哪些因素？

30．什么情况下选用专线与 Internet 连接？

31．专线连接可以把局域网接入 Internet 吗？

32．DNS 服务器具有哪些功能？IP 地址由自己设定吗？

33．建立拨号连接的过程怎样？

34．管理电子邮件一般有哪方面的内容？

35．在 FrontPage 2000 中制作网页时，如何查看具有动态效果的网页？

36．怎样在网页中插入水平线？

37．怎样插入一幅图片？

38．怎样在网页中添加动态按钮?

39．怎样在 FrontPage 实现横幅广告？

40．利用 FrontPage 2000 怎样创建表格样式？

41．怎样利用 FrontPage 2000 简化网页的制作过程？

42．网页制作中框架指的是什么？

43．框架网页是什么？

44．框架网页的特点是什么？

45．网页表单的作用是什么？

46．网页表单的组成有哪些？

47．对等网有什么特点，组建对等网时应遵循哪些原则?

48．4 台运行 Windows XP，3 台运行 Windows 2000 Professional，2 台运行 Windows 98 操作系统的计算机已经通过双绞线和集线器实现硬件互连。如何将这 9 台计算机设置成一个对等网?要求使用 TCP/IP 协议，IP 地址分别为 192.168.0.1～192.168.0.9，计算机名依次为 A～I，同属于 Work 工作组。

49．如何为一台刚安装 Windows 2000 Server 操作系统的计算机安装活动目录服务，使之成为网络中唯一的域控制器，域名为 network.local。

50．如何才能让客户机自动获得 IP 地址，从而减少网络管理员手动设置 IP 地址和子网掩码的工作量?

51．在域控制器上为李郡创建一个名称为 Lijun 的帐户，用户登录名和密码均为 jull，且用户不能修改密码，然后如何使用 Windows 2000 Professional 计算机登录到域中?

52．简述无线局域网的特点及使用无线局域网的场合。

53．简述组建无中心结构网的方法。

54．什么是代理服务器，使用它有什么好处?

55．在某家庭网络中，直接连接到 Internet 的计算机运行 Windows XP 操作系统，且已经建立并共享了 Internet 连接。网络中的 Windows 98 客户机如何使用 Internet 连接共享接入 Internet?

56．在使用 WinGate 代理服务器的局域网中，如何禁止客户机的“远程登录”(Telnet)功能?

57．某些时候，为什么不能在共享文件夹中新建文件?

58．网络驱动器和本地驱动器有什么区别和联系?如何将计算机 wang 上的“图片”共享文件夹映射为网络驱动器 M，并将其重命名为 Picture?

59．一个由 18 台计算机组成的局域网，只有一台打印机。如何充分利用有限的硬件资源，才能节省资金投入?

60．简述日常防范病毒和黑客的主要措施。

61．如何使用瑞星 2004 检测 C:\Windows 文件夹是否感染了病毒?

62．计算机 A 运行 Windows 2000 Professional 操作系统，由于原网卡损坏，更换了新网卡并安装了驱动程序。但当新网卡指定原来的 IP 地址时，总显示错误提示。出现这种故障的原因是什么，应如何解决?

第二部分 参考答案

一、选择题

1．B	2．B	3．D	4．A	5．B	6．C	7．C	8．B	9．A
10．B	11．D	12．A	13．A	14．D	15．A	16．C	17．D	18．D
19．D	20．C	21．B	22．C	23．B	24．A	25．C	26．B	27．A
28．A	29．D	30．C	31．D	32．A	33．A	34．C	35．C	36．A
37．C	38．C	39．A	40．C	41．A	42．D	43．B	44．C	45．A
46．D	47．B	48．B	49．C	50．A	51．B	52．A	53．D	54．C
55．B	56．A	57．D	58．B	59．A	60．D	61．C	62．D	63．A

64．C　65．D　66．B　67．D　68．A　69．C　70．A　71．C　72．D
73．A　74．C　75．A　76．D

二、填空题

1．路由器、网络
2．计算机、通信
3．5-4-3
4．星型
5．匿名登录方式
6．超文本标识语言
7．URL
8．采样、量化、编码
9．媒体访问控制（MAC）、逻辑链路控制（LLC）
10．FOX@Public.tpt.tj.cn
11．局域网、广域网、城域网、Internet
12．服务器、工作站、网卡、通信介质、各种网络互联设备
13．开放系统互连参考模型、物理层、应用层
14．以太网
15．12.5 MB
16．半双工、全双工
17．BNC 接口网卡、RJ-45 接口网卡、无线网卡
18．背板带宽
19．连通不同的网络
20．固定式交换机、模块化交换机
21．EXT3
22．AppleTalk
23．网络号、主机号
24．B 类、255.255.0.0
25．总线型、星型
26．Windows 98、Windows 2000 Professional、Windows XP
27．计算机名、所属工作组、计算机说明
28．ping、ipconfig、netview
29．每服务器方式、每客户方式
30．活动目录、域
31．域控制器、成员服务器、独立服务器、域控制器
32．用户帐户、计算机帐户、计算机帐户
33．计算机管理员、我的电脑、属性、系统属性、计算机名、网络 IP
34．安装简便、使用灵活、节约经费、传输距离远
35．PAMCIA、PCI、USB
36．PCMCIA 无线网卡、PCI 转接卡

37．点对点模式、基站模式

38．主机、通信子网、Internet 用户、TCP/IP

39．拨号接入、ADSL 专线接入、Cable Modem 接入

40．专线方式、虚拟拨号方式、包月制

41．网关、Proxy

42．完全共享、只读共享

43．netview、net share、net share

44．\\Si

45．“网上邻居”、“我的电脑”

46．该病毒的社会吸引力、复制能力、病毒的加载

47．“瑞星设置”、“定时杀毒”、“关机时检测软盘”

48．客户机 / 服务器、客户端、服务器端

三、判断题

1．√ 2．× 3．√ 4．√ 5．× 6．√ 7．√ 8．× 9．√

10．× 11．√ 12．× 13．√ 14．√ 15．√ 16．√ 17．√ 18．√

19．× 20．√ 21．× 22．√ 23．√ 24．√ 25．√ 26．√ 27．×

28．√ 29．√

四、简答题

1．计算机网络的功能可概括为以下 6 个方面：数据通信、资源共享、均衡使用网络资源、分布处理、数据信息的综合处理、提高计算机的安全可靠性。

2．硬件资源，如大容量硬盘、打印机等，有信息数据资源和软件资源，这些资源均可以根据不同的访问权限和访问级别，提供给入网的计算机用户共享和使用。

3．局域网的特点在于它是在一个有限地理范围内，网络通常分布在一个建筑物或一个校园中，通信速度快，能支持计算机间的高速通信，可靠性较高，误码率低；组网时网络结点的增加、删除比较容易。

4．光纤与导线相比四大优点：第一，因为传输的形式是光，所以光纤不会引起电磁干扰也不会被干扰；第二，因为玻璃纤维可以制成能反射光纤内绝大多数的光，所以一根光纤传送信号的距离比导线所能传送的距离要远得多；第三，较之电信号，光可编码更多的信息，光纤可在单位时间内传送比导线更多的信息；第四，与电流总是需要两根导线形成回路不同，仅需一根光纤即可将数据从一台计算机传送到另一台计算机。

5．无线电波、微波、红外线。

6．计算机网络可以使用各种传输介质，主要有金属导线、光纤、无线电波、微波等。

7．只有按一个方向传输的一条通道，数据传递只能从固定的一端发送到另一端，发送端不能作为接收端，接收端也不能作为发送端。

8．可以按两个方向传输，发送端可以作为接收端，接收端也可以作为发送端，但是一次只有一条通道。

9．同时存在两个通道按两个方向传输，发送端和接收端可以同时收发数据。

10．计算机网络通信的规则、标准和约定被称为网络通信协议，简称协议（protocol）。协议实质上也是计算机通信时所使用的、共同遵循的一种语言。

11．语法、语义和同步。语法是指数据和控制信息的结构或格式；语义是指需要发出何种控制信息，完成何种动作以及作出何种应答；同步是指实现信息传递顺序的相关要求。

12．OSI 参考模型从低到高共分为 7 层，依次是物理层、数据链路层、网络层、传输层、会话层、表示层和应用层。

13．网卡又称网络适配器或网络接口卡，是工作站、服务器等网上设备连接到网络传输介质的通信枢纽，是完成网络数据传输的关键部件。

14．有 Ethernet 以太网络、Token Ring 令牌环网络、FDDI 光纤分布数据接口（fiber distributed data interface）网络和 ATM 异步传输模式（asynchronous transfer mode）网络。

15．令牌环运行在共享介质上，当一个结点需要发送数据之前必须等待许可令牌，一旦获取令牌，则发送计算机持令牌传输，完全控制着令牌环，不会同时有其他传输。

16．组建局域网主要由计算机、局域网电缆、网络适配卡、网络操作系统以及局域网应用软件组成。

17．CSMA/CD 方式、Token Ring 方式、FDDI、ATM 网络。

18．ATM 异步传输模式（asynchronous transfer mode）适用信息传输有很大差别的多媒体网络系统，以不同的固定速率传输数据、语音、图像等信号。

19．核心是网络操作系统 NOS（network operating system）。用于管理网络系统资源，为网上用户提供方便有效的资源共享与服务。

20．先进的网络操作系统、良好的安全保密措施、兼容 DOS 系统。

21．主域控制器（primary domain controller，PDC）是一个域中的主管服务器，它包括了一个域的用户和组的所有信息，以及域的安全策略设置。PDC 主要用于创建域用户，维护域的安全策略，并用于验证用户的登录。

22．可直接从 CD-ROM 上进行安装。Windows NT Server 4.0 在 CD-ROM 上的目录为 I386。在此目录下键入 winnt/b，先键入文件系统所在路径，然后按回车键，系统就开始复制文件，按提示进行。

23．Administrator 是系统管理员，也就是系统管理员用的帐号。如果在主域控制器上，则可以管理整个域。在辖区内他拥有最高的权限，可以用这个帐号来管理 Windows NT 上的资源以及域的帐号数据库。

24．域名服务（DNS）Windows 2000 中的域名服务支持动态更新、增量区域传送和服务记录。

25．TCP/IP 协议是协议簇，主要分为两部分，一部分是 TCP 传输控制协议，相当于国际化标准组织的开放系统互连的基本参考模型 OSI 的 7 层协议中的传输层的功能，以 IP 协议为基础，并利用 IP 提供的路由功能；另一部分是 IP 网际协议，提供结点之间的信息交换服务，相当于 OSI 的 7 层协议中的网络层的功能。

26．FTP 意为文件传输协议（file transfer protocol），用于管理计算机之间的文件传送。

27．DNS 是域名系统，通过它可以将网络上的计算机名或域名解析为 IP 地址。

28．个人网站站长、有兴趣创办电子杂志的人士、商业网站等。

29．需要考虑的因素有 ISP 的出口带宽、服务质量、收费标准、通信线路和地理位置。

30．对于规模比较大的企业、团体或学校，往往有很多部门用户需要同时访问 Internet，并且经常要通过 Internet 传递大量的数据，最好的办法是通过专线与 Internet 连接。

31．专线连接可以把企业内部的局域网或学校内部的校园网与Internet直接连接起来，让所有员工都能方便快捷地进入Internet。

32．DNS服务器翻译和管理网址、域名的功能，DNS服务器的IP地址由ISP提供。

33．设置拨号网络属性、安装拨号网络、添加适配器和协议、安装TCP/IP协议、设置拨号网络。

34．创建和删除邮件文件夹、利用“邮件规则”管理邮件、快速查找邮件。

35．在普通模式下查看具有动态效果的网页。选择“格式”菜单的“动态HTML效果”命令，这时就会弹出“DHTML效果”，用这个工具栏设置动态效果。

36．把插入点调整到插入水平线的位置，选择“插入”菜单的“水平线”命令。

37．选择“插入”菜单的“图片”命令，单击“来自文件”按钮。

38．选择“插入”菜单的“组件”命令，单击“悬停按钮”选项。

39．选择“插入”菜单的“组件”命令，选择“横幅广告条编辑器”。

40．利用FrontPage 2000可创建任何表格样式。可以有三种方法创建：快速创建表格、插入表格、绘制表格。

41．使用模板（templates）、使用主题（themes）、使用向导（wizard）。

42．框架是一种高级的网页技术，将网页分成几个区域，每个区域都是一个单独的页面，帮助用户将站点设计得层次分明、结构合理和操作方便。框架也能使浏览者同时浏览多个页面，为浏览者提供了友好的界面。

43．把含有框架的网页称为“框架网页”，它是一种特殊的网页，利用框架将自身分成几个区域，在每个区域里都能单独显示一个网页。

44．框架网页最突出的特点就是层次分明，浏览者操作比较简单，只要单击需要浏览内容的目录，就可以看到它的内容，比一页一页切换方便很多。

45．表单的作用就是提供一种页面访问者和页面制作者之间信息交互的手段。

46．表单是由表单域（也叫表单控件）、说明文字和网页元素组成的。

47～62（略）

参考文献

[1] 金桥电脑工作室．局域网组建、维护与应用实例．北京：科学技术文献出版社，2002
[2] 刘涛．小型网站建设技术．北京：中国铁道出版社，2004
[3] 彭彩红．计算机网络．长沙：湖南大学出版社，2004
[4] 何莉．计算机网络概论．北京：高等教育出版社，2003
[5] 雷建军．计算机网络实用技术．北京：中国水利水电出版社，2003
[6] 网冠科技．组网用网时尚应用百例．北京：机械工业出版社，2003
[7] 李国厚．小型网组建与应用培训教程．北京：电子工业出版社，2003
[8] 杜方冬．局域网组建与应用百例．北京：中国铁道出版社，2003
[9] 刘济波．计算机网络技术与应用．长沙：湖南人民出版社，2002
[10] Andrew S. Tanenbaum. 计算机网络．北京：清华大学出版社，1999

21 世纪高等学校数字媒体专业规划教材

ISBN	书　名	定价（元）
9787302222651	数字图像处理技术	35.00
9787302218562	动态网页设计与制作	35.00
9787302222644	J2ME 手机游戏开发技术与实践	36.00
9787302217343	Flash 多媒体课件制作教程	29.5
9787302208037	Photoshop CS4 中文版上机必做练习	99.00
9787302210399	数字音视频资源的设计与制作	25.00
9787302201076	Flash 动画设计与制作	29.50
9787302174530	网页设计与制作	29.50
9787302185406	网页设计与制作实践教程	35.00
9787302180319	非线性编辑原理与技术	25.00
9787302168119	数字媒体技术导论	32.00
9787302155188	多媒体技术与应用	25.00

以上教材样书可以免费赠送给授课教师，如果需要，请发电子邮件与我们联系。

教学资源支持

敬爱的教师：

感谢您一直以来对清华版计算机教材的支持和爱护。为了配合本课程的教学需要，本教材配有配套的电子教案（素材），有需求的教师可以与我们联系，我们将向使用本教材进行教学的教师免费赠送电子教案（素材），希望有助于教学活动的开展。

相关信息请拨打电话 010-62776969 或发送电子邮件至 weijj@tup.tsinghua.edu.cn 咨询，也可以到清华大学出版社主页（http://www.tup.com.cn 或 http://www.tup.tsinghua.edu.cn）上查询和下载。

如果您在使用本教材的过程中遇到了什么问题，或者有相关教材出版计划，也请您发邮件或来信告诉我们，以便我们更好地为您服务。

地址：北京市海淀区双清路学研大厦 A 座 708　　计算机与信息分社魏江江　收

邮编：100084　　电子邮件：weijj@tup.tsinghua.edu.cn

电话：010-62770175-4604　　邮购电话：010-62786544

《网页设计与制作》目录

ISBN 978-7-302-17453-0　　蔡立燕　梁　芳　主编

图书简介：

Dreamweaver 8、Fireworks 8 和 Flash 8 是 Macromedia 公司为网页制作人员研制的新一代网页设计软件，被称为网页制作“三剑客”。它们在专业网页制作、网页图形处理、矢量动画以及 Web 编程等领域中占有十分重要的地位。

本书共 11 章，从基础网络知识出发，从网站规划开始，重点介绍了使用“网页三剑客”制作网页的方法。内容包括了网页设计基础、HTML 语言基础、使用 Dreamweaver 8 管理站点和制作网页、使用 Fireworks 8 处理网页图像、使用 Flash 8 制作动画、动态交互式网页的制作，以及网站制作的综合应用。

本书遵循循序渐进的原则，通过实例结合基础知识讲解的方法介绍了网页设计与制作的基础知识和基本操作技能，在每章的后面都提供了配套的习题。

为了方便教学和读者上机操作练习，作者还编写了《网页设计与制作实践教程》一书，作为与本书配套的实验教材。另外，还有与本书配套的电子课件，供教师教学参考。

本书适合应用型本科院校、高职高专院校作为教材使用，也可作为自学网页制作技术的教材使用。

目　　录：